人民艺术家·王蒙
创作70年全稿

红楼编

评点《红楼梦》

（上）

王　蒙

目　录

漓江出版社版前言 …………………………………………（ 1 ）
上海文艺出版社版前言 ……………………………………（ 1 ）
中华书局版序 ………………………………………………（ 1 ）
四川文艺出版社版前言 ……………………………………（ 1 ）

第 一 回　甄士隐梦幻识通灵　贾雨村风尘怀闺秀 …………（ 1 ）
第 二 回　贾夫人仙逝扬州城　冷子兴演说荣国府…………（ 14 ）
第 三 回　托内兄如海荐西宾　接外孙贾母惜孤女…………（ 24 ）
第 四 回　薄命女偏逢薄命郎　葫芦僧判断葫芦案…………（ 38 ）
第 五 回　贾宝玉神游太虚境　警幻仙曲演红楼梦…………（ 48 ）
第 六 回　贾宝玉初试云雨情　刘老老一进荣国府…………（ 63 ）
第 七 回　送宫花贾琏戏熙凤　宴宁府宝玉会秦钟…………（ 75 ）
第 八 回　贾宝玉奇缘识金锁　薛宝钗巧合认通灵…………（ 88 ）
第 九 回　训劣子李贵承申饬　嗔顽童茗烟闹书房…………（100）
第 十 回　金寡妇贪利权受辱　张太医论病细穷源…………（110）
第 十一 回　庆寿辰宁府排家宴　见熙凤贾瑞起淫心…………（119）
第 十二 回　王熙凤毒设相思局　贾天祥正照风月鉴…………（129）
第 十三 回　秦可卿死封龙禁尉　王熙凤协理宁国府…………（137）
第 十四 回　林如海捐馆扬州城　贾宝玉路谒北静王…………（146）
第 十五 回　王凤姐弄权铁槛寺　秦鲸卿得趣馒头庵…………（155）
第 十六 回　贾元春才选凤藻宫　秦鲸卿夭逝黄泉路…………（163）
第 十七 回　大观园试才题对额　荣国府归省庆元宵…………（176）

1

第 十 八 回	皇恩重元妃省父母	天伦乐宝玉呈才藻……	（191）
第 十 九 回	情切切良宵花解语	意绵绵静日玉生香……	（202）
第 二 十 回	王熙凤正言弹妒意	林黛玉俏语谑娇音……	（218）
第二十一回	贤袭人娇嗔箴宝玉	俏平儿软语救贾琏……	（227）
第二十二回	听曲文宝玉悟禅机	制灯谜贾政悲谶语……	（238）
第二十三回	西厢记妙词通戏语	牡丹亭艳曲警芳心……	（252）
第二十四回	醉金刚轻财尚义侠	痴女儿遗帕惹相思……	（262）
第二十五回	魇魔法叔嫂逢五鬼	通灵玉蒙蔽遇双真……	（276）
第二十六回	蜂腰桥设言传心事	潇湘馆春困发幽情……	（288）
第二十七回	滴翠亭杨妃戏彩蝶	埋香冢飞燕泣残红……	（301）
第二十八回	蒋玉函情赠茜香罗	薛宝钗羞笼红麝串……	（313）
第二十九回	享福人福深还祷福	多情女情重愈斟情……	（330）
第 三 十 回	宝钗借扇机带双敲	椿龄画蔷痴及局外……	（345）
第三十一回	撕扇子作千金一笑	因麒麟伏白首双星……	（356）
第三十二回	诉肺腑心迷活宝玉	含耻辱情烈死金钏……	（369）
第三十三回	手足眈眈小动唇舌	不肖种种大承笞挞……	（380）
第三十四回	情中情因情感妹妹	错里错以错劝哥哥……	（389）
第三十五回	白玉钏亲尝莲叶羹	黄金莺巧结梅花络……	（402）
第三十六回	绣鸳鸯梦兆绛芸轩	识分定情悟梨香院……	（416）
第三十七回	秋爽斋偶结海棠社	蘅芜院夜拟菊花题……	（428）
第三十八回	林潇湘魁夺菊花诗	薛蘅芜讽和螃蟹咏……	（444）
第三十九回	村老老是信口开河	情哥哥偏寻根究底……	（455）
第 四 十 回	史太君两宴大观园	金鸳鸯三宣牙牌令……	（467）

漓江出版社版前言

新中国成立以来，阅读、研究、改编、批判有关观点、借题发挥、胡乱拉扯《红楼梦》，高潮迭起，前后出了各种版本的上亿册的本文与有关书籍，写了无数论文，做了许多讲演与系列讲座，一是盛况空前，一是令人絮烦。

在中国，《红楼梦》这部书有点与众不同。你说它是小说，但是它引起的争论、兴趣、考据、猜测、推理更像是一个大的历史公案、探案。围绕它出现了一个又一个包公或者福尔摩斯。它掀起的一波又一波的谈论与分析，几乎像是一个时政话题。你可以很喜欢读《三国演义》或者《安娜·卡列尼娜》，你可以热衷于巴尔扎克或者陀思妥耶夫斯基，狄更斯或者塞万提斯，但是对于它们他们，你惊叹的是文学，是书写得真棒，你不会像对待《红楼梦》那样认真、钻牛角、耿耿于怀、牵肠挂肚、辗转反侧、面红耳赤。唯独《红楼梦》里的人物变成了你的亲人至少是邻居，变成了你的知音、同党或者对手，《红楼梦》里的故事变成了你自身的至少是你的亲友的活生生的经历，变成了你的所怒所悲所怨所爱。

《红楼梦》具有与人生同样的丰富性、立体性、可知与不可尽知性、可解与无解性、动情性、多元性、多义性、争议性、因果性必然性规律性、偶然性或然性等等。大体上说，人们对于人生诸事诸如恋爱、性欲、朝廷、官阶、政治、风气、家族、兴亡、盛衰、祸福、进退、生死、贫富、艺文、诗书、上下、主奴、忠奸、真伪……有多少感受有多少讨论，你对《红楼梦》此书也会有同样多的感受与讨论。你在现实社会中发现了什么有趣的故事：诸如弄权谋私、文人商人联手、短暂夺权、抄家打非、忘年嫉妒、拉帮结派、显勤进谗、巧言邀宠、东风西风、一面铺张浪费一面提倡节约……也都会在《红楼梦》中找到似曾相识的影子。

就是说，《红楼梦》富有一种罕见的人生与世界的质感，《红楼梦》

富有一种与天地、与世界、与人生、与男男女女的悲欢离合、喜怒哀乐的同质性。

我没有讲文艺学者爱说的"真实性"一词，因为真实性的提法会强调什么本质的真实、艺术的真实、典型的真实，而《红楼梦》的真实是一种可以触摸、可以体贴、可以拥抱、可以绞压、可以与它白刀子进红刀子出的真实。就是说，我们常说的艺术作品的真实如同一张油画、彩照，它是供欣赏供赞叹的真实，而《红楼梦》的真实是同床共枕、同爱共狂、同厮杀共纠缠的咬牙切齿而又若仙若死的真实。

因为它写得生动而又细致，因为它写得并不那么小说化尤其是戏剧化，它常常写得不巧反拙，它有时像流水账，有时像絮絮叨叨，有时像是年华老大后的忏悔与自言自语。你读多了，连说话的语气与腔调都会受它的影响。读它，你是如闻其声、如见其人、如入其境、如介入其中，如与其悲其盛。至今为止，好作品我遭遇的多了去了，我佩服巴尔扎克的解剖刀式的雕刻与拆解；我赞美托尔斯泰的工笔勾勒与缤纷上色；我痛苦于陀思妥耶夫斯基的疯狂的灵魂拷问；我狂喜于李白的放达与天才；我沉迷于李商隐的悲哀的绝对的审美化，但这些都首先是对于文学的力量的震动，是对于文学天才与作家心灵的赞美。只有《红楼梦》，它常常让你忘却它是小说、它有作者、它是一个字一个字码出来的。不，它给你的是自己的一个完整与自足的世界。它就是宇宙，它就是荒山与巨石，它就是从无生命到了有、而最后仍然是无的神秘的痛苦，它就是盛衰兴亡，它就是荣华富贵，它就是肮脏龌龊，它就是愚蠢蛮横与毁灭的天火霹雳，它就是风流缱绻，它就是疯魔一样的爱情与仇敌一样的嫉恨。

于是《红楼梦》的档案意义、历史意义、文化学意义常常冲击了它的小说性。有德高望重的学者去考察不同的大观园原址，有情难自已的学者去设计曹雪芹或贾宝玉的晚境，有拥林派与拥薛派的互挥老拳，有一谈"红"就冒火冒烟的气势，有对"红"的建筑、烹调、衣饰、医药、园林、奢侈品、诗词、灯谜等等的专业研究。

《红楼梦》的不同还在于它的残缺性。作为文本，它只留下了三分之二。残缺性变成了对于读"红"爱"红"者的刺激与挑战。爱"红"者被点燃起了热狂的求知与较真的精神火焰，非要查出个究竟与底细来不可。而这对于我来说是一个死结,因为我死死地认定,不但某甲为某乙续书是不可能的,某甲为自己续书也是根本不可能的。你可以让老王再续一段《青春万岁》或者《组织部来了个年轻人》、哪怕只写八百字吗?打死老王也做不到。高某为曹某做续,那么长时间居然没有被发现,这样的一对天才同时或前后脚出现的几率比出现一个能写出《红楼梦》的天才的机会还罕见一千倍。关于作者的资料就更少。传播呢?版本呢?"脂砚斋"这个似乎对文学知之甚少而对曹家知之甚多的刻舟求剑的自封的老大,偏偏插上一杠子,变成了事实上的红学祖师爷。区区如老王者也不是没有这样的哭笑不得的经验,一个决不把自己当外人的或沾亲或带故的爷或姑奶奶,到处散播你写的张三乃源自王五,你写的李四实源自赵六。他说得板上钉钉,全丝全扣。这是一种关切,这是一种友谊,这对小说写作人来说也确实是一大灾难。这是命定的小说的扫帚星,谁让小说家说出了那么多秘密,他或地理应得到口舌的报应。谁知道如脂评之属,带来的资讯更多,还是搅和干扰更多呢?

这些因素使得《红楼梦》从小说文本变成了残缺不全的密档,使《红楼梦》的研究变成了情报档案学遂注定了永无宁日。一方面我不能不感谢那些以有限的资料做出了对于"曹学""版本学"的重大贡献的前贤,一方面不能不为《红楼梦》的残缺性而扼腕长叹。书上说的是"满纸荒唐言,一把辛酸泪",我们呢,只能是"满纸热狂言,一笔糊涂账,学问都不小,仍难解真相",要不就是"满纸相因言,一笔(车)轱辘账,胶柱鼓瑟罢,刻舟求剑忙"。

而由于无需赘言的种种原因,《红楼梦》写得那样含蓄,有时候是藏头露尾,有时候是回目上有而内容上找不到,如贾琏戏熙凤,如伏白首双星,有时候是通过诗词、画面、谜语、掣签来有所暗示。就是说,《红楼梦》确实或多或少地采用了几分密电码式的文体。而破译密电码是人类绝对拒绝不了的智力游戏的诱惑。既然并非密电码却又不无密电码的少许成分,既然是对于残缺部分的猜测与臆断,那么种种破译就既不能证实也不能证伪,无论你怎么说,都不好完全不被允许,即使是被某些专家认为是分明的信口开河,也仍然不妨去姑妄听之,也就可以姑妄言之了。

然而《红楼梦》又明明不厌其烦地告诉你，它是虚构的小说，是"假作真时真亦假，无为有处有还无"。这两句话已经从方法论上宣布了对脂砚斋思路的否决。当一部作品使用了虚构（假）的情节、人物以后，即使同时使用了比较有生活依据的即有模特儿的人物原型与事件类型（真）作模子，这仍然只能算假，只能算是虚构作品而不是事实记录。不论是法院案例还是报纸新闻或是职工登记表，都绝对地不可以使用这样的文体，只有小说用之。当一部作品将本来不存在的人物、环境、事件（如贵妃省亲）当做确实存在的东西栩栩如生地写出来之后，即使你同时写下了更多的确实存在过的人与事，从整体上说，读者应该与作者达成默契：这不是一部书写实有的东西的档案，而更应该看作是说书人为警世感人、一吐块垒、也不排除卖弄文采、为自己树一座"非人工的纪念碑"（语出普希金）而编撰的故事。尽管是后四十回，或为高氏续作，它一再叮嘱：此书是假语村言，不可刨根问底，否则便是刻舟求剑，便是胶柱鼓瑟。偏偏人们往往因了小说的真实感而忘记了它的虚构性，因了小说的细节的真切与质感、因了传述的翔实与生动而"被真实"、被说服、被一切信以为真、被跟着对小说写作其实不通的脂评的"自传说"走，反而看不出或小视起它的文学性来。这应了我喜欢说的一句话，最好的文学被非文学化了，最好的技巧被无技巧化了，最好的描写刻画被非描写非刻画化而反而实录化了。最好的创作被非创作化了：你也许宁愿相信它原来是刻在青埂峰的大石头上的。

其实所有的文学作品都是作者的精神上的自传，又都不是纪实的自传，不是档案学、历史学意义上的自传。在自传上较劲，实在是犯傻犯呆犯死。

且不说女娲补天、无才多余、化为宝玉、衔玉而生、神瑛侍者、绛珠仙子、太虚幻境、警幻仙子、一僧一道等"魔幻现实主义"，内行人都明白，一部巨制长篇小说，最大的真实是细节，而最大的虚构是人物性格的鲜明化，氛围场面的强化或淡化，命运经历的沧桑化，还有语言的文学化。

认真地写过小说的人大概会明白，细节是真实性的基础，生活细节最难虚构，《红楼梦》中凡大富之家的饮食起居、吃喝玩乐、服装用具、礼数排场、建筑庭园、花草树木、鸟兽虫鱼、红白喜事、梳妆打扮、收入支出、迎来送往……如果没有生活经验,没有至少是见过听过——没吃过猪肉至少也见过猪跑,没有一定的生活事实作根据,你是虚构不出来的,虚构出来也会是捉襟见肘,破绽百出。

其次,情理逻辑是真实性的概括、真实性的纲,你的总体把握必须符合人生的、人性的与历史的社会的逻辑。

而文学与非文学的最大不同,往往首先在于人物性格的鲜明化。鲜明了才引人注目,才过目难忘,才一见倾心,才令读者击节赞赏,才令人回味不已,也才能令作者自己哭出来笑出来,把胸中的块垒吐出来。实际生活中,你很难找到那么纯、那么鲜、那么耀眼、那么与众不同的人物,如黛玉、如宝钗、如袭人、如晴雯、如宝玉、如探春者。原因其实很简单,人都要生活,生活是立体的与杂沓的,常常是平凡的,你只有单一的鲜明,你根本活不下去。黛玉一味孤高,只能枕月乘风,根本不可能在大观园活命两个月。宝钗一味完满匀称,根本不可能像一个活人似的维持自己的脉搏、消化、排泄与内分泌,更不必说每月的例假了。实际生活的根本特点是平凡,你当了皇上娘娘,自我感觉仍然会是难耐的平凡。而小说的要求是不平凡,这是文学与真实间的最大的悖论。其次,所有的社会,都有太多的共性要求、自己的普适规范,所有的社会的政权、学堂、尊长、师表、家长、村镇、社区、教会、团体、社会舆论与新闻媒体都肯定是按社会的共识、按集体的意识与无意识、按人性的平均数而不是按个性,更不是按个性的鲜明性来塑造一个人的。不要说是清代这种意识形态上了无新意的封建社会,就是整天把个人主义把个性化挂在嘴上的欧美,它们的白领蓝领、成功人士与购彩票中特奖者,毒枭与杀人狂也做不到像《红楼梦》中的人物那样生气洋溢与个性鲜明。《红楼梦》的人物描写的成功中,显然表明的是曹雪芹的文学功力,他的对于人性的深刻了解与无限困惑,而绝对不是曹雪芹的运气:他独独碰到了那么多个性非凡的人物,尤其是少女。

环境与氛围的独特性也是"被真实"出来的。一名宝玉,几十名(包括丫头)美少女,无怪乎索隐派会认为宝玉其实是顺治皇帝,其实顺治皇帝也没有这样的艳福,他一生面对多少军事政治的戎马倥偬挑战威胁,哪有那么多宝玉式的闲心去欣赏受用少女的青春、美丽和钟情!不存在的贵妃省亲情节也写得那样有声有色、有谱有派,那么,那些吃酒、听戏、过生日的各种烈火烹油、鲜花着锦的场面岂不是文学出来、移花接木过来的！

最明显的，最接近"穿帮"的人物描写是赵姨娘与贾环，在《红楼梦》中，所有的人物都是圆的、立体的，而赵氏母子写得那样扁平，曹氏对这两个人是抱着相当的厌恶来写的，当然，赵的声口仍然生动泼辣、野中带荤。而最戏剧化的、带有人为的巧合色彩的情节是二尤的故事，它经过了作者的大渲染大编织无疑。

真真假假，有有无无，这就是文学，这就是文学的天才和魅力，这就叫创造，这就叫笔能通神，这就叫文学与人生竞赛。我相信上亿上千万的读者当中，被感动被真实被猜谜的，仍然是启动于对小说创作文本的喜爱，而不是史学的郑重与推理的癖好。面对杰作《红楼梦》，我致力于体贴与穿透。要体贴作者，体贴人物，体贴写作。我不作意识形态的定性也不给他们穿靴戴帽。例如宝玉一见黛玉就问林有玉无有，及至知道黛玉无玉，便摔玉砸玉，这是无法解释的，也很少有人解释。但是如果你尽量去体贴少年乃至儿童的情意，体贴他的对于黛玉的亲切感认同感无差别感无距离感，那么他的天真纯洁轻信的"可有玉吗"的提问就催人泪下，感人至深。而有玉无玉的困扰，从此如影随形、如鬼附体一样地跟随上了宝黛、折磨上了宝黛，永无解释也永无缓释，令宝黛与亿万读者痛苦了一辈子又一辈子。同样的体贴也会让我们不再一味地为鸳鸯抗婚尤其是殉主喝彩，而是为鸳鸯的命运而哀哭悲愤泣血洒泪。当然，同样的体贴使我们不可能以名教杀人的封建刽子手的眼光去要求袭人为宝玉守节……穿透，就是说我们不可能"被真实"到了笃信不疑的程度，我们在为黛玉的眼泪与诗作而感动不已的同时也会看到她对于刘姥姥的污辱与蔑视，看到她的种种的不妥，看到她与宝玉远远挂不上反封建的荣誉骑士勋章。尤其是她与宝玉居然对于抄检大观园毫无反应，甚至比不上被一般认为是维护封建的探春的强烈批判。尤其是宝玉，对于那些为他献出了青春、劳作与真情的少女，没有向乃母与乃祖母说过一句辩诬与维护的话……而晴雯的针尖麦芒、拔份儿好胜、她的才女兼美女的刺儿，同样令人不能不哀其不幸，怜其不智也不善……

某虽不才，愿意以一个真正在人生中翻过几个筋斗的人的身份，以一个当真地爱过、苦过、做过、牛过也受过的人的身份,以一个写了一辈子小说的人的身份作出对《红楼梦》的真切发现,给亿万读者作证,与天才的杰作的作者再拥抱一回,顿足一回,哭喊一回……

呜呼红楼,再陪你走一遭儿吧,得其悲,得其乐,得其俗,得其雅,得其虚空,得其富贵,得其腐烂,得其高洁,它陪你,你陪它,一生又一世,一劫又一轮回,哭到眼枯又叹到气绝,恋到难分又舍到天外,世事洞明,人情练达,人生百味,情意千般,一梦又一梦,摇头又摆尾,这就是老王老李的只此一遭、别无找补的阳间"两辈子",我们中国的读书人都有两辈子经验,一辈子是自己的也许乏善可陈的一生,一辈子是贾宝玉与他的家人情人的大欢喜大悲哀大痴迷的一生!

你活得怎么样?你到世上走了一遭却是做了些什么呢?

除了自个儿那点鼻子尖底下的事儿,你要阅读、比照、体贴与穿透、证实与证伪那部地球上的、名叫中国的人儿们的——红、楼、梦!

上海文艺出版社版前言

我的《红楼梦》评点本在漓江出版社出版已经十年了。评点《红楼梦》本身是一大乐事,因为每读一次都会有所发现,都与读一本新书一样。说是读新书又不太对,它好像是一座宝山,你已经来过多次,但是,你不可能,别人也不可能穷尽它,吃透它,时有新景新意新启发新光辉新诠释的可能性涌现,使你得意洋洋,从中看到了《红楼梦》的活力也看到了自己阅读的活力,看到了贾宝玉林黛玉的生命力,也发现了自己的生命力。同时还使你对《红楼梦》书更加赞叹,对曹雪芹更加五体投地。

这样,近两年,重读重批重评《红楼梦》便是我的一大乐事。越读越评越觉得有了新的琢磨头。越读越评越觉得对人生有了新的认识,对书有了新的理解。与原来的评点篇幅相比,这次的增补本的评点内容增加了二分之一,比原本有很大的丰富,也趁机校改了不少错讹。相信上海文艺出版社的这个增补新版,能引起新的阅读乐趣。

红楼梦呀,红楼梦,读而时评之,评而时增补之,其乐何如!

2005 年秋于北戴河

中华书局版序

　　我爱读《红楼梦》。《红楼梦》是一本最经得住读,经得住分析,经得住折腾的书。
　　《红楼梦》是经验的结晶。人生经验,社会经验,感情经验,政治经验,艺术经验,无所不备。《红楼梦》就是人生。《红楼梦》帮助你体验人生。读一部《红楼梦》,等于活了一次,至少是活了二十年。
　　读《红楼梦》,就是与《红楼梦》的作者的一次对话,一次"经验交流"。以自己的经验去理解《红楼梦》的经验,以《红楼梦》的经验去验证、补充启迪自己的经验。你的经验、你的人生便无比地丰富了,鲜活了。
　　《红楼梦》又是一部充满想象的书。它留下了太多的玄想、奇想、遐想、谜语、神话、还来不及好好梳理因此需要你的智慧的信息……它使你猜测,使你迷惑,使你入魔,使你进入了另一个世界。于是你觉悟了:原来世界不止一个,原来你有那么多种有待探索和发现的世界。
　　读完《红楼梦》,你能和没有读它以前一样么?
　　《红楼梦》是一部令人解脱的书。万事都经历了,便只有大怜悯大淡漠大欢喜大虚空。便只有无。所有的有都像是谵妄直至欺骗,而只有无最实在,便不再有或不再那么计较那些渺小的红尘琐事。便活得稍稍潇洒了——当然也是悲凉了些。
　　读过《红楼梦》以后,你当懂得潇洒里自有悲凉,悲凉里自有潇洒的道理。
　　《红楼梦》是一部执着的书。它使你觉得,世界上本来还是有一些让人值得为之生为之死为之哭为之笑为之发疯的事情。它使你觉得,活一遭还是值得的;所以,死也是可以死得值得的。为了活而死也是值得的。一百样消极的情绪也掩盖不下去人生的无穷滋味!

这样,读一次《红楼梦》,又等于让你年轻了二十年。

《红楼梦》令你叹息。《红楼梦》令你惆怅。《红楼梦》令你聪明。《红楼梦》令你迷惑。《红楼梦》令你心碎。《红楼梦》令你觉得汉语汉字真是无与伦比。《红楼梦》使你觉得神秘,觉得冥冥中有一种不可思议的伟大。

你会觉得:不可能是任何个人写出了《红楼梦》。《红楼梦》里的人物都已经成了精。《红楼梦》里的事情已经都成了命。他们已经走入了你的生活,你甚至于无法驱逐他们。

是那冥冥中的伟大写了《红楼梦》。假曹雪芹之手写出了它,又假那么多人的眼睛包括王蒙的眼睛从中看出了一些什么,得到了一些什么。

《红楼梦》是一部文化的书。它似乎已经把汉语汉字汉文学的可能性用尽了,把我们的文化写完了。

《红楼梦》是一部百科全书,而且不仅是封建社会的。几乎是,你的一切经历经验喜怒哀乐都能从《红楼梦》里找到参照,找到解释,找到依托,也找到心心相印的共振。

《红楼梦》又是一个智力与情感、推理与感悟、焦躁与宁安的交换交叉作用场。你有没有唱完没有唱起来的戏么?你有还需要操练和发挥的智力精力和情感么?你有需要卖弄或者奉献的才华与学识么?你有还没有哭完的眼泪么?请到《红楼梦》这方来! 来多少个这里都容得下!

尤其是,《红楼梦》其实什么也没有告诉你。你永远为之争论,为之痛苦,你说不明白,为什么是这样而不是那样,是他而不是她。你更弄不明白,究竟是谁比谁好一些或者不好一些谁比谁可爱一些或者不可爱一些究竟哪一段更真实一些还是哪一段更假语村言……

再加上"红学",你和《红楼梦》较劲吧,你永远不可能征服它,它却强大得可以占领你的一生。

《红楼梦》永远是一部刚刚出版的新书。

读《红楼梦》是一次勇敢的精神探求。在那个世界里,你将听到什么、得到什么呢?

在一次又一次探求中,我写下了一些与曹雪芹,与宝玉、黛玉,与贾政、王夫人……的对话与辩论。评点,真是一个好主意。与《红楼梦》朝夕相处,切磋琢磨,这是缘分,也是福气。应该感谢出这个主意的漓江出版社与聂震宁先生。

也应该谢谢你,读者,你也进入到这个缘分和福气里来了。你也在梦里了。

四川文艺出版社版[①]前言

二〇一七年底,二〇一八年初,王蒙已经八十三—八十四岁,再将已在漓江出版社、上海文艺出版社、中华书局出版过、增补过的评点《红楼梦》的书重新修订增补,改变书名,交四川文艺出版社出版。

活到老,读"红"到老,评到老,陪你解"红"到老:此生应解"梦",新趣甚无穷,犹有少年论,何悲耄耋情!

---

① 本版书名为《王蒙陪读〈红楼梦〉》。

第 一 回

甄士隐梦幻识通灵　贾雨村风尘怀闺秀

此开卷第一回也。作者自云曾历过一番梦幻之后,故将真事隐去,而借"通灵"说此《石头记》一书也,故曰"甄士隐"云云。但书中所记何事何人?自己又云:"今风尘碌碌,一事无成,忽念及当日所有之女子,一一细考较去,觉其行止见识皆出我之上。我堂堂须眉,诚不若彼裙钗,我实愧则有余,悔又无益,大无可如何之日也!当此日,欲将已往所赖天恩祖德,锦衣纨绔之时,饫甘餍肥之日,背父兄教育之恩,负师友规训之德,以致今日一技无成,半生潦倒之罪,编述一集,以告天下,知我之负罪固多,然闺阁中历历有人,万不可因我之不肖,自护己短,一并使其泯灭也。故当此蓬牖茅椽,绳床瓦灶,未足妨我襟怀;况对着晨风夕月,阶柳庭花,更觉润人笔墨。虽我不学无文,又何妨用假语村言,敷演出来,亦可使闺阁昭传,复可破一时之闷,醒同人之目,不亦宜乎?故曰'贾雨村'云云。更于篇中间用'梦''幻'等字,却是此书本旨,兼寓提醒阅者之意。"

看官:你道此书从何而起?说来虽近荒唐,细玩深有趣味。却说那女娲氏炼石补天之时,于大荒山无稽崖炼成高十二丈、见方二十四丈大的顽石三万六千五百零一块,那娲皇只用了

既为梦幻,何真事之有?"曾历……""故隐……"可见所历是真,非męz,但最后又确是一番梦幻,至少感到是梦了。梦耶?真耶?是人生的"根本"问题,也是文学的根本问题。无真无文学,无梦行吗?

天恩祖德、锦衣纨绔、饫甘餍肥的追忆、怀旧、挽歌。"背教""负训""无成""潦倒",忏悔录。能真诚忏悔的作家可爱了。
立传。立传是怀旧的好方法,也是对时光流逝、对死亡的一种对抗。
解闷。非不郑重。非端起架子。怀旧、忏悔、立传、解闷,这是曹雪芹的"文学动机说"兼"文学功能论"。

旨在提醒一切皆梦幻,不可太痴迷,这是作者的真诚表白,却又自相矛盾。如尽为梦幻,还怀旧、忏悔、立传做什么?
中国特色的方法论:从大、玄、古、源破题,从发生学奠基,从0→1开始。零一、余一,注定了中式多余的人(石块)的命运。

1

补天故事讲得随意,漫不经心,有信口开河的风格,又包含一种难舍的隐痛,近乎癫狂的自嘲,自嘲中流露出彻骨的悲哀。

一个糊里糊涂的故事,恍兮惚兮,难得糊涂、混沌、无解。

混沌是无解,也是陶渊明不求的那种"甚解"。

三万六千五百块,单单剩下一块未用,弃在青埂峰下。谁知此石自经锻炼之后,灵性已通,自去自来,可大可小,因见众石俱得补天,独自己无才,不得入选,遂自怨自愧,日夜悲哀。

  一日,正当嗟悼之际,俄见一僧一道远远而来,生得骨格不凡,丰神迥异,来到这青埂峰下,席地坐谈。见着这块鲜莹明洁的石头,且又缩成扇坠一般,甚属可爱,那僧托于掌上,笑道:"形体倒也是个灵物了,只是没有实在的好处,须得再镌上几个字,使人人见了便知你是件奇物,然后携你到那昌明隆盛之邦、诗礼簪缨之族、花柳繁华地、温柔富贵乡那里去走一遭。"石头听了大喜,因问:"不知可镌何字?携到何方?望乞明示。"那僧笑道:"你且莫问,日后自然明白。"说毕,便袖了,同那道人飘然而去,竟不知投向何方。

  又不知过了几世几劫,因有个空空道人访道求仙,从这大荒山无稽崖青埂峰下经过,忽见一块大石,上面字迹分明,编述历历;空空道人乃从头一看,原来是无才补天、幻形入世、被那茫茫大士渺渺真人携入红尘、引登彼岸的一块顽石,上面叙着堕落之乡,投胎之处,以及家庭琐事,闺阁闲情,诗词谜语,倒还全备。只是朝代年纪,失落无考。后面又有一偈云:

    无才可去补苍天,枉入红尘若许年;
    此系身前身后事,倩谁记去作奇传?

空空道人看了一回,晓得这石头有些来历,

煅炼,或锻炼!此二字颇具现代感。

未说众石多么"有才",而自怨"无才",真谦虚么?或因他石更无才,却能入选。只说自怨自愧,自然无谤无争。

嗟而悼之,作家本分,而已。

鲜莹明洁——缩。确可爱也。没有商品意识,一笑。多管闲事。

人间自有好去处也。惜不是人皆去得。

生前焉知生命事?死前焉知?

谁不知?石头不知。僧亦不知吗?人不知,"上帝"亦不知吗?

人生就是"走一遭"!

不是俄见就是忽见,实无计划。

茫茫,渺渺,别有一种悲哀。

彼岸是红尘还是"后红尘"?

确是失考,考它做甚?干朝代年纪的事么?敢干朝代年纪么?无才故而不补乎?未补故而命定无才乎?说不行就不行,不服不行。

虽未补天,尚可传奇,爬格子者还差强己意。

曹雪芹写了一大段对于"通俗文学"的批评,主要批评两条:色情与公式化。倒也切中。一、曹公确有此意见。二、曹公表白自己还是正人君子,反对淫秽污臭,实是大大的好人。三、表白自己的严谨、独创,并无不良居心的创作方法。三者皆存,以"三"为主。作者文学上其实自负自信。

小说里夹着文论,倒也"现代"!

一个绝妙的爱情神话故事。神话故事确又是现实故事的升华。是悲哀的爱情故事的飞升。这个故事统御着宝黛爱情故事的全过程。令人神往。令人能不泪下!

遂向石头说道:"石兄,你这一段故事,据你自己说来,有些趣味,故镌写在此,意欲闻世传奇。据我看来,第一件,无朝代年纪可考;第二件,并无大贤大忠、理朝廷、治风俗的善政,其中只不过几个异样女子,或情或痴,或小才微善,我纵然抄去,也算不得一种奇书。"石头果然答道:"我师何必太痴!我想历来野史的朝代,无非假借'汉''唐'的名色,莫如我这石头所记,不借此套,只按自己的事体情理,反倒新鲜别致。况且那野史中,或讪谤君相,或贬人妻女,奸淫凶恶,不可胜数。更有一种风月笔墨,其淫秽污臭,最易坏人子弟。至于才子佳人等书,则又开口'文君',满篇'子建',千部一腔,千人一面,且终不能不涉淫滥。在作者不过要写出自己的两首情诗艳赋来,故假捏出男女二人名姓,又必旁添一小人拨乱其间,如戏中小丑一般。更可厌者,'之乎者也',非理即文,大不近情,自相矛盾。竟不如我半世亲见亲闻的这几个女子,虽不敢说强似前代书中所有之人,但观其事迹原委,亦可消愁破闷;至于几首歪诗,亦可以喷饭供酒。其间离合悲欢,兴衰际遇,俱是按迹循踪,不敢稍加穿凿,至失其真。只愿世人当那醉余睡醒之时,或避事消愁之际,把此一玩,不但洗了旧套,换新眼目,却也省了些寿命筋力,不比那谋虚逐妄。我师意为何如?"空空道人听如

第一,时代性不强。
第二,没有理想与理想人物。
小才微善,足矣。否则即是妄。

无非假借,请高抬贵手,莫过于执。
不借俗套,只按自己的(独创的)事体情理(生活逻辑)。

既中要害,又因模糊处理而嫌打击面略宽。
写作者常常产生一种压倒时文的冲动,雪芹亦如此。

亲见亲闻!叫做"有生活依据"。但并非全是亲见,闻就隔着一层了。所以亦不能刻舟求剑,按图索骥。

既可喷饭,又循兴衰。
把此一玩,不排斥玩,当然不仅仅是玩,这就通情达理了。

此说,思忖半晌,将这《石头记》再检阅一遍,因见上面大旨不过谈情,亦只实录其事,绝无伤时淫秽之病,方从头至尾抄写回来,闻世传奇。从此空空道人因空见色,由色生情,传情入色,自色悟空,遂改名情僧,改《石头记》为《情僧录》。东鲁孔梅溪题曰《风月宝鉴》。后因曹雪芹于悼红轩中,披阅十载,增删五次,纂成目录,分出章回,又题曰《金陵十二钗》,并题一绝。即此便是《石头记》的缘起。诗云:

满纸荒唐言,一把辛酸泪!
都云作者痴,谁解其中味?

《石头记》缘起既明,正不知那石头上面记着何人何事,看官请听——

按那石上书云:当日地陷东南,这东南有个姑苏城,城中阊门,最是红尘中一二等富贵风流之地。这阊门外有个十里街,街内有个仁清巷,巷内有个古庙,因地方狭窄,人皆呼作"葫芦庙"。庙旁住着一家乡宦,姓甄名费,字士隐,嫡妻封氏,性情贤淑,深明礼义。家中虽不甚富贵,然本地也推他为望族了。因这甄士隐禀性恬淡,不以功名为念,每日只以观花种竹、酌酒吟诗为乐,倒是神仙一流人物。只是一件不足,年过半百,膝下无儿,只有一女,乳名英莲,年方三岁。

一日炎夏永昼,士隐于书房闲坐,手倦抛书,伏几盹睡,不觉朦胧中走至一处,不辨是何地方。忽见那厢来了一僧一道,且行且谈,只听道人问道:"你携了此物,意欲何往?"那僧笑道:"你放心,如今现有一段风流公案,正该了结,这一干风流冤家尚未投胎入世,趁此机会,就将此物夹带于中,使他去经历经历。"那道人道:"原来近日风流冤家又将造劫历世,但不知起于何

> 只实录,就能躲开伤时、淫秽的指责了么?
> 不伤时,不淫秽,就有了安全系数了。上保险。

> 亦道亦僧,亦色亦空,亦情亦僧,亦石头记亦情僧录亦金陵十二钗,亦荒唐亦辛酸,亦痴亦有味。中华文士实是辩证得紧!很难找到比这二十个字更好的作家自叹了。二十字意味无穷。

> 石头上写的。

> 当一个像样的作家写出一部像样的作品的时候,他确实不认为那作品是他老兄"编"出来的,而认为是先验地存在于宇宙的某个角落——大荒、无稽、青埂、顽石上的。这也是"文章本天成"之意。

> 神仙非人物,人物非神仙。人物而神仙化,祸欤福欤?

> 一梦就什么都有了。

> 又搞上发生学了。
> 发生学的魅力在于不清不楚。风流冤家,造劫历世,中国独有的带调侃的哲学与神学。

处？落于何方？"那僧道："此事说来好笑。只因西方灵河岸上三生石畔有绛珠草一株,那时这个石头因娲皇未用,却也落得逍遥自在,各处去游玩,一日来到警幻仙子处,那仙子知他有些来历,因留他在赤霞宫居住,就名他为赤霞宫神瑛侍者。他却常在灵河岸上行走,看见这株仙草可爱,遂日以甘露灌溉,这绛珠草始得久延岁月。后来既受天地精华,复得甘露滋养,遂脱了草木之胎,得换人形,仅仅修成女体,终日游于'离恨天'外,饥餐'秘情果',渴饮'灌愁水'。只因尚未酬报灌溉之德,故甚至五内郁结着一段缠绵不尽之意,常说：'自己受了他雨露之惠,我并无此水可还,他若下世为人,我也同去走一遭,但把我一生所有的眼泪还他,也还得过了。'因此一事,就勾出多少风流冤家都要下凡,造历幻缘,那绛珠仙草也在其中。今日这石复还原处,你我何不将他仍带到警幻仙子案前,给他挂了号,同这些情鬼下凡,一了此案。"那道人道："果是好笑,从来不闻有'还泪'之说。趁此你我何不也下世度脱几个,岂不是一场功德？"那僧道："正合吾意。你且同我到警幻仙子宫中,将这'蠢物'交割清楚,待这一干风流孽鬼下世,你我再去。——如今有一半落尘,然犹未全集。"道人道："既如此,便随你去来。"

却说甄士隐俱听得明白,遂不禁上前施礼,笑问道："二位仙师请了。"那僧道也忙答礼相问,士隐因说道："适闻仙师所谈因果,实人世罕闻者。但弟子愚拙,不能洞悉明白,若蒙大开痴顽,备细一闻,弟子洗耳谛听,稍能警省,亦可免沉沦之苦。"二仙笑道："此乃玄机,不可预泄者。

笑比哭好！

即使是《红楼梦》,也仍然有中国士人"不为世用"的悲哀。

美！爱美护美之心,怜香惜玉之心,神仙有之。

情结。

悲！

可见,为了"了"此案,要做许多"不了""难了"之事。

忽成蠢物了！通了灵性才蠢了的。

"玄机"二字是语言文字的妙用,具有语言的衍生功能、自慰功能、自欺功能乃至神学功能。

真还是假？有还是无？中国式的哈姆雷特问题："to be or not to be？"
真、假、有、无，四字，够用一辈子几辈子的了。

到那时只不要忘了我二人，便可跳出火坑矣。"士隐听了，不便再问，因笑道："玄机固不可泄，但适云'蠢物'，不知为何？或可得见否？"那僧说："若问此物，倒有一面之缘。"说着取出递与士隐。士隐接了看时，原来是块鲜明美玉，上面字迹分明，镌着"通灵宝玉"四字。后面还有几行小字，正欲细看时，那僧便说"已到幻境"，便强从手中夺了去，与道人竟过一大石牌坊，上面大书四字，乃是"太虚幻境"，两边又有一副对联道：

"太虚幻境"是一个涵盖性极强的概念。是梦中所见，抑或醒来后仍醒在幻境之中呢？假真之辨是文学的一大问题，也是人生、政治、学术、情爱、道德的一大问题。读懂此联，还那么执着地考证本事吗？

假作真时真亦假，无为有处有还无。

士隐意欲也跟了过去，方举步时，忽听一声霹雳，若山崩地陷，士隐大叫一声，定睛看时，只见烈日炎炎，芭蕉冉冉，梦中之事，便忘了一半。又见奶母抱了英莲走来。士隐见女儿越发生得粉装玉琢，乖觉可喜，便伸手接来，抱在怀中，斗他玩耍一回，又带至街前看那过会的热闹。方欲进来时，只见从那边来了一僧一道，那僧癞头跣足，那道跛足蓬头，疯疯癫癫，挥霍谈笑而至。及到了他门前，看见士隐抱着英莲，那僧便大哭起来，又向士隐道："施主，你把这有命无运、累及爹娘之物抱在怀内作甚？"士隐听了，知是疯话，也不睬他。那僧还说："舍我罢，舍我罢！"士隐不耐烦，便抱女儿转身欲进去，那僧乃指着他大笑，口内念了四句言词，道是：

梦中的僧道径入现实。
现实与梦，同而不同，通而未通。

万事皆有定数，不解定数方有万事。

惯养娇生笑你痴，菱花空对雪澌澌；
好防佳节元宵后，便是烟消火灭时。

士隐听得明白，心下犹豫，意欲问他来历，

甄士隐这个人物带有以意为之的"图解"色彩。为某种旨趣而造一个人物，难免。
贾雨村作为对立面，是个俗而又俗的人，这个人物反而较生动，能写得下去。
俗是有一定的生命力的。一味俗下去就恶心了。

只听道人说道："你我不必同行，就此分手，各干营生去罢，三劫后我在北邙山等你，会齐了，同往太虚幻境销号。"那僧道："最妙，最妙！"说毕，二人一去再不见个踪影了。士隐心中此时自忖：这两个人必有来历，很该问他一问，如今后悔却已晚了。| 挂号完了还得销号。挂号、销号，至今活着的语言。疯话乎？有来历乎？一念之间乎？宿命不可违背乎？

这士隐正痴想，忽见隔壁葫芦庙内寄居的一个穷儒——姓贾名化、表字时飞、别号雨村的走了来。这贾雨村原系湖州人氏，也是诗书仕宦之族，因他生于末世，父母祖宗根基已尽，人口衰丧，只剩得他一身一口，在家乡无益，因进京求取功名，再整基业。自前岁来此，又淹蹇住了，暂寄庙中安身，每日卖文作字为生，故士隐常与他交接。当下雨村见了士隐，忙施礼陪笑道："老先生倚门伫望，敢街市上有甚新闻么？"士隐笑道："非也，适因小女啼哭，引他出来作耍。正是无聊的很，贾兄来得正好，请入小斋，彼此俱可消此永昼。"说着，便令人送女儿进去，自携了雨村，来至书房中，小童献茶。方谈得三五句话，忽家人飞报："严老爷来拜。"士隐慌的忙起身谢罪道："恕诓驾之罪，略坐，弟即来奉陪。"雨村起身亦让道："老先生请便。晚生乃常造之客，稍候何妨。"说着士隐已出前厅去了。| 也算专业作家。所以一露头就显出几分晦气。

永昼？时间是个累赘？

此时的雨村是低声下气的。

这里雨村且翻弄诗籍解闷，忽听得窗外有女子嗽声，雨村遂起身往外一看，原来是一个丫鬟在那里掐花，生得仪容不俗，眉目清秀，虽无十分姿色，却也有动人之处，雨村不觉看得呆了。那| 是丫鬟就有动人之处。

甄家丫鬟掐了花,方欲走时,猛抬头见窗内有人,敝巾旧服,虽是贫窘,然生得腰圆背厚,面阔口方,更兼剑眉星眼,直鼻方腮。这丫鬟忙转身回避,心下自想:"这人生的这样雄壮,却又这样褴褛,想他定是我家主人常说的什么贾雨村了,每有意帮助周济他,只是没甚机会。我家并无这样贫窘亲友,想一定就是此人了,怪道又说他必非久困之人。"如此想,不免又回头一两次。雨村见他回了头,便以为这女子心中有意于他,便狂喜不禁,自谓此女子必是个巨眼英豪,风尘中之知己。一时小童进来,雨村打听得前面留饭,不可久待,遂从夹道中自便门出去了。士隐待客既散,知雨村已去,便也不去再邀。

> 以鄙俗套套写鄙俗之人。
> 俗与拔俗的巧妙运用与过渡,也是重要的小说做法。
> 甚俗则滥。甚超拔则成了断线风筝。

一日到了中秋佳节,士隐家宴已毕,又另具一席于书房,自己步月至庙中来邀雨村。原来雨村自那日见了甄家之婢曾回顾他两次,自谓是个知己,便时刻放在心上,今又正值中秋,不免对月有怀,因而口占五言一律云:

> 从夹道中出去,不再相邀,春秋笔法也够损的。

  未卜三生愿,频添一段愁;
  闷来时敛额,行去几回头。
  自顾风前影,谁堪月下俦?
  蟾光如有意,先上玉人楼。

> 连甄家一个丫头都能使雨村如此放在心上。
> 这也叫乘虚而入。
> 这也反映了人的价值"剪刀差"。

雨村吟罢,因又思及平生抱负,苦未逢时,乃又搔首对天长叹,复高吟一联云:

  玉在椟中求善价,钗于奁内待时飞。

恰值士隐走来听见,笑道:"雨村兄真抱负不凡也!"雨村忙笑道:"不敢,不过偶吟前人之句,何期过誉如此。"因问:"老先生何兴至此?"士隐笑道:"今夜中秋,俗谓'团圆之节',想尊兄旅寄僧房,不无寂寥之感,故特具小酌,邀兄到敝斋一饮,不知可纳芹意否?"雨村听了,并不推辞,便

> 一个是等价钱,一个是等时机,有的人等了一辈子。

> 俗人吟咏,必有俗味,俗味经过诗的美化,又漂亮了些,易接受一些了。

笑道："既蒙谬爱，何敢拂此盛情。"说着，便同了士隐复过这边书院中来。

须臾茶毕，早已设下杯盘，那美酒佳肴，自不必说。二人归坐，先是款斟慢饮，渐次谈至兴浓，不觉飞觥献斝起来。当时街坊上家家箫管，户户笙歌，当头一轮明月，飞彩凝辉，二人愈添豪兴，酒到杯干。雨村此时已有七八分酒意，狂兴不禁，乃对月寓怀，口占一绝云：

> 时逢三五便团圆，满把清光护玉栏；
> 天上一轮才捧出，人间万姓仰头看。

士隐听了大叫："妙极！弟每谓兄必非久居人下者，今所吟之句，飞腾之兆已见，不日可接履于云霄之上了。可贺，可贺！"乃亲斟一斗为贺。雨村饮干，忽叹道："非晚生酒后狂言，若论时尚之学，晚生也或可去充数挂名，只是如今行囊路费，一概无措，神京路远，非赖卖字撰文即能到得。"士隐不待说完，便道："兄何不早言，弟已久有此意，但每遇兄时，并未谈及，故未敢唐突。今既如此，弟虽不才，义利二字，却还识得。且喜明岁正当大比，兄宜作速入都，春闱一捷，方不负兄之所学。其盘费余事，弟自代为处置，亦不枉兄之谬识矣。"当下即命小童进去速封五十两白银并两套冬衣，又云："十九日乃黄道之期，兄可即买舟西上，待雄飞高举，明冬再晤，岂非大快之事。"雨村收了银衣，不过略谢一语，并不介意，仍是吃酒谈笑。那天已交三鼓，二人方散。

士隐送雨村去后，回房一觉，直至红日三竿方醒，因思昨夜之事，意欲写荐书两封与雨村带至都中去，使雨村投谒个仕宦之家为寄身之地，因使人过去请时，那家人回来说："和尚说：'贾爷今日五鼓已进京去了，也曾留下话与和尚转达老

	不逢知己，却只是无聊，也是"千杯少"。
	越俗，越向往出人头地。
	所有的（包括今日的）贾雨村之流的基本牢骚：有"时尚"之学，无行囊路费。
	既有时尚之学，他人便该当助我，何介意之有？贾雨村倒是一面镜子。

9

爷,说:"读书人不在'黄道''黑道',总以事理为要,不及面辞了。""士隐听了,也只得罢了。

> 好急!

真是闲处光阴易过,倏忽又是元宵佳节。士隐令家人霍启抱了英莲去看社火花灯,半夜中,霍启因要小解,便将英莲放在一家门槛上坐着,待他小解完了来抱时,那有英莲的踪影?急得霍启直寻了半夜,至天明不见,那霍启也不敢回来见主人,便逃往他乡去了。

> 宿命没有逻辑。

那士隐夫妇见女儿一夜不归,便知有些不好,再使几人去找寻,回来皆云影响全无。夫妻二人半世只生此女,一旦失去,何等烦恼,因此昼夜啼哭,几乎不顾性命。看看一月,士隐已先得病,夫人封氏也因思女构疾,日日请医问卦。

> 士隐夫妇及女儿英莲遭际的描写并非上乘,为什么要摆在这样重要的位置写,尚需体察。可以设想的一种可能是为了突出"天有不测风云,人有旦夕祸福"的凶险,再一个可能是雪芹当年碰到过这样不幸的人物。

不想这日三月十五,葫芦庙中炸供,那和尚不小心,油锅火逸,便烧着窗纸,此方人家俱用竹篱木壁,也是劫数应当如此,于是接二连三,牵五挂四,将一条街烧得如"火焰山"一般。彼时虽有军民来救,那火已成了势了,如何救得下,直烧了一夜方息,也不知烧了多少人家。只可怜甄家在隔壁,早成了一堆瓦砾场了,只有他夫妇并几个家人的性命不曾伤了,急得士隐惟跌足长叹而已。与妻子商议且到田庄上去住,偏值近年水旱不收,贼盗蜂起,官兵剿捕,田庄上又难以安身,只得将田地都折变了,携了妻子与两个丫鬟,投他岳丈家去。

> 命不好,又加上了不太平,社会因素。

他岳丈名唤封肃,本贯大如州人氏,虽是务农,家中却还殷实,今见女婿这等狼狈而来,心中便有些不乐,幸而士隐还有折变田产的银子在身边,拿出来托他随便置买些房地,以为后日衣食之计;那封肃便半用半赚的,略与他些薄田破屋。士隐乃读书之人,不惯生理稼穑等事,必将"了",取代不了曾经的"好",现在的"好",渴望的"好"。
好是了不了的。再唱一万年《好了歌》,仍是收效甚微。
知道"了"的趋势,或可有助于一定程度的清醒。也就是可观的悟性了。
士隐的注解并无太大的价值,因为迹近诡辩。
反过来辩亦可成立,笏满床可以变成陋室空堂,陋室空堂也可以变成笏满床。
生生灭灭,向自己的对立物转化,本是常理。转化并不是单向的。
结尾处略见精彩:"你方唱罢……"云云令人嗟叹。
"为他人作嫁"的话亦有一定深度,反映了对意志论的一定的批判,反映了动机与效果的分离。

勉强支持了一二年,越发穷了。封肃见面时,便说些现成话,且人前人后,又怨他不善过活,只一味好吃懒做。士隐知投人不著,心中未免悔恨,再兼上年惊唬,急忿怨痛已伤,暮年之人,贫病交攻,竟渐渐的露出那下世的光景来。可巧这日拄了拐扎挣到街前散散心时,忽见那边来了一个跛足道人,疯狂落拓,麻鞋鹑衣,口内念着几句言词道:

> 世人都晓神仙好,惟有功名忘不了!
> 古今将相在何方?荒冢一堆草没了。
> 世人都晓神仙好,只有金银忘不了!
> 终朝只恨聚无多,及到多时眼闭了。
> 世人都晓神仙好,只有姣妻忘不了!
> 君生日日说恩情,君死又随人去了。
> 世人都晓神仙好,只有儿孙忘不了!
> 痴心父母古来多,孝顺子孙谁见了?

士隐听了,便迎上来道:"你满口说些甚么?只听见些'好了''好了'。"那道人笑道:"你若果听见'好了'二字,还算你明白。可知世上万般,好便是了,了便是好。若不了,便不好;若要好,须是了。我这歌儿便名《好了歌》。"士隐本是有夙慧的,一闻此言,心中早已彻悟,因笑道:"且住!待我将你这《好了歌》注解出来何如?"道人

"现成话"是什么意思?现成话是一些小人的话么?犹今之言"便宜话"吗?现成话也罢,便宜话也罢,有点人性恶的意味。

以虚无扼制与医治人欲的膨胀,久矣,难矣!
好后有了,不等于好即是了,反过来说,了后又会好。所以,好难"了"。

没有此等便利。

笑道："你就请解。"士隐乃说道：

　　陋室空堂，当年笏满床。衰草枯杨，曾为歌舞场。蛛丝儿结满雕梁，绿纱今又在蓬窗上。说甚么脂正浓、粉正香，如何两鬓又成霜？昨日黄土陇头埋白骨，今宵红绡帐底卧鸳鸯。金满箱，银满箱，转眼乞丐人皆谤。正叹他人命不长，那知自己归来丧？训有方，保不定日后作强梁。择膏粱，谁承望流落在烟花巷！因嫌纱帽小，致使锁枷扛。昨怜破袄寒，今嫌紫蟒长。乱哄哄你方唱罢我登场，反认他乡是故乡。甚荒唐，到头来都是为他人作嫁衣裳。

> 荒唐在于主观意愿与客观效果脱节。

那疯跛道人听了，拍掌大笑道："解得切！解得切！"士隐便说一声"走罢"，将道人肩上的搭裢抢过来背上，竟不回家，同了疯道人飘飘而去。

> 这就是小说了。简单化也是小说家的武器。以意为之也是小说家的手段。

当下哄动街坊，众人当作一件新闻传说。封氏闻知此信，哭个死去活来，只得与父亲商议，遣人各处访寻。那讨音信？无奈何，只得依靠着他父母度日；幸而身边还有两个旧日的丫鬟伏侍，主仆三人，日夜作些针线，帮着父亲用度。那封肃虽然每日抱怨，也无可奈何了。

> 对亲闺女，总要好一点吧。

> 你方唱罢我登场的体现。

这日那甄家的大丫鬟在门前买线，忽听得街上喝道之声，众人都说："新太爷到任了。"丫鬟隐在门内看时，只见军牢快手，一对一对过去，俄而大轿内抬着一个乌帽猩袍的官府过去。丫鬟倒发个怔，自思："这官好面善，倒像在那里见过的。"于是进入房中，也就丢过，不在心上。至晚间正待歇息之时，忽听一片声打的门响，许多人乱嚷，说："本县太爷的差人来传人问话。"封肃听了，唬得目瞪口呆。不知有何祸事，且听下回分解。

> 一直写到此处，《红楼梦》尚未摆脱劝世与浮沉小说的窠臼。

从甄与贾、真与假处落笔,似乎是整个《红楼梦》故事的微缩沙盘,大故事,小序曲,都表现了"好就是了"的主题。

但笔墨仍嫌拘谨,没有脱离开话本、说话人的语言套路。

第 二 回

贾夫人仙逝扬州城　　冷子兴演说荣国府

却说封肃听见公差传唤,忙出来陪笑启问,那些人只嚷:"快请出甄爷来!"封肃忙陪笑道:"小人姓封,并不姓甄;只有当日小婿姓甄,今已出家一二年了,不知可是问他?"那些公人道:"我们也不知什么'真''假',既是你的女婿,便带了你去面禀太爷便了。"大家把封肃推拥而去,封家各各惊慌,不知何事。

至二更时分,封肃方回来,众人忙问端的。"原来新任太爷姓贾名化,本湖州人氏,曾与女婿旧交,因在我家门首看见娇杏丫头买线,只说女婿移住此间,所以来传。我将缘故回明,那太爷感伤叹息了一回,又问外孙女儿,我说看灯丢了。太爷说:'不妨,待我差人去,务必找寻回来。'说了一回话,临走又送我二两银子。"甄家娘子听了,不觉感伤。一夜无话。

次日早有雨村遣人送了两封银子、四匹锦缎,答谢甄家娘子;又一封密书与封肃,托他向甄家娘子要那娇杏作二房。封肃喜得眉开眼笑,巴不得去奉承太爷,便在女儿前一力撺掇,当夜用一乘小轿便把娇杏送进衙内去了。雨村欢喜,自不必言,又封百金赠与封肃,又送甄家娘子许多礼物,令其且自过活,以待访寻女儿下落。

> 不厌其烦地真真假假。真假游戏是概念游戏还是人生游戏?亦即,真假游戏本身是真的还是假的呢?
> 官一找,多半没好事,便惊慌。

> 刚当官就出口不俗了。

> 二两!

> 怎么也是"一夜无话"?

> 小轿,不是大轿。

> 刚有功名和这么多钱了,腐败腐败,源远流长。

性情狡猾(不老实),擅改礼仪(弄权),外沽清正之名(有非分之思),暗结虎狼之势(这一条最重,拉帮结派,搞小舰队,朝廷决不能容),这几句话也是一面镜子。

故事发展并未可得出以上结论,可见这四条是曹公早有的对一些狗官的看法。这种概括与其说是来自贾雨村,不如说来自对更多的官员的观察体会,来自官场生活。

却说娇杏那丫鬟,便是当年回顾雨村的,因偶然一看,便弄出这段奇缘,也是意想不到之事。谁知他命运两济,不承望自到雨村身边,只一年,便生一子;又半载,雨村嫡配忽染疾下世,雨村便将他扶作正室夫人,正是:

　　偶因一回顾,便为人上人。

原来雨村因那年士隐赠银之后,他于十六日便起身赴京,大比之期,十分得意,中了进士,选入外班,今已升了本县太爷。虽才干优长,未免贪酷;且恃才侮上,那些官员皆侧目而视,不上一年,便被上司参了一本,说他性情狡猾,擅改礼仪,外沽清正之名,暗结虎狼之势,使地方多事,民命不堪等语,龙颜大怒,即批革职。部文一到,本府各官无不喜悦。那雨村虽十分惭恨,面上全无一点怨色,仍是嘻笑自若,交代过公事,将历年所积宦囊,并家属人等,送至原籍安顿妥当,却自己担风袖月,游览天下胜迹。那日偶又游至维扬地方,闻得今年盐政点的是林如海。

这林如海姓林名海,表字如海,乃是前科的探花,今已升兰台寺大夫,本贯姑苏人氏,今钦点为巡盐御史,到任未久。原来这林如海之祖,曾袭过列侯,今到如海,业经五世,起初只袭三世,因当今隆恩盛德,额外加恩,至如海之父,又袭了一代;至如海,便从科第出身,虽系世禄之家,却是书香之族。只可惜这林家支庶不盛,人丁有限,虽有几门,却与如海俱是堂族,没甚亲

婚姻是宿命的,而且是"政治的",回顾成了"感情投资"。但雨村能对娇杏产生印象,一定还有情与欲的原因。如果是位夜叉,回顾也只能吓退雨村的。

无事才是做官的诀窍。
早已伤了众了。

起码的"修养"。

为官而放纵情感,哭哭笑笑,比雨村亦低一等。

"闻得"云云,是生拉硬扯上的。像电视节目主持人的那种拉扯法。既是长篇,难以一线到底,不管怎样拉扯,该出场的人物一定要出场,该退场的一定要退场,服从大局,不足诟病。

这是一种观念定势:人丁兴旺才好。
林如海的事无关紧要,但是还是要说"圆"。未可太吝笔墨。

支嫡派的。今如海年已五十,只有一个三岁之子又于去岁亡了,虽有几房姬妾,奈命中无子,亦无可如何之事。只嫡妻贾氏生得一女,乳名黛玉,年方五岁,夫妻爱之如掌上明珠,见他生得聪明俊秀,也欲使他识几个字,不过假充养子之意,聊解膝下荒凉之叹。

> 假充、聊解,适可而止。并非所有人物的出场都要戏剧化,匠心化。
> 随随便便,已经几度炎凉。

且说雨村在旅店偶感风寒,愈后又因盘费不继,正欲得一居停之所,以为息肩之地,偶遇两个旧友,认得新盐政,知他正要请一西席教训女儿,遂将雨村荐进衙门去。这女学生年纪幼小,身体又弱,工课不限多寡,其余不过两个伴读丫鬟,故雨村十分省力,正好养病。

> 弃政从教。
> 无论如何,从贾雨村身上引出黛玉来,也算匪夷所思。

看看又是一载有余,不料女学生之母贾氏夫人一病而亡,女学生奉侍汤药,守丧尽礼,过于哀痛,素本怯弱,因此旧症复发,有好些时不曾上学。雨村闲居无聊,每当风日晴和,饭后便出来闲步。这一日偶至郊外,意欲赏鉴那村野风光,信步至一山环水漩、茂林修竹之处,隐隐有座庙宇,门巷倾颓,墙垣朽败,有额题曰"智通寺",门旁又有一副旧破的对联云:

　　身后有余忘缩手,眼前无路想回头。

> 缩手、回头,忠言逆耳。

雨村看了,因想道:"这两句文虽甚浅,其意则深,也曾游过些名山大刹,倒不曾见过这话头,其中想必有个翻过筋斗来的,也未可知,何不进去一访。"走入看时,只有一个龙钟老僧在那里煮粥,雨村见了,却不在意,及至问他两句话,那老僧既聋且昏,又齿落舌钝,所答非所问。

> 不翻筋斗,哪儿来的小说?
> 龙钟老僧宜煮粥,不能是煮鸡汤排骨汤燕窝汤莲子羹。
> 聋、昏、落、钝也是风景,并且增加了岁月沧桑之感。

雨村不耐烦,仍退出来,意欲到那村肆中沽饮三杯,以助野趣,于是款步行来。刚入肆门,只见座上吃酒之客,有一人起身大笑,接了出来,口内说:"奇遇,奇遇!"雨村忙看时,此人是

> 野乎文乎,咸有趣焉。

都中古董行中贸易姓冷号子兴的,旧日在都相识。雨村最赞这冷子兴是个有作为大本领的人,这子兴又借雨村斯文之名,故二人最相投契。雨村忙亦笑问:"老兄何日到此?弟竟不知。今日偶遇,真奇缘也。"子兴道:"去年岁底到家,今因还要入都,从此顺路找个敝友说一句话,承他之情,留我多住两日,我也无甚紧事,且盘桓两日,待月半时,也就起身了。今日敝友有事,我因闲走至此,不期这样巧遇。"一面说,一面让雨村同席坐了,另整上酒肴来,二人闲谈慢饮,叙些别后之事。

> 作家与企业家的"联姻"古已有之,"红"已有之。

> 雨村也还到处有酒喝。心里有底,不怕上一些闲闲散散乃至与前重复的场面。慢慢道来。远远扯来。如同用兵,先在外围移动,寻找战机。

雨村因问:"近日都中可有新闻没有?"子兴道:"倒没有什么新闻,倒是老先生的贵同宗家出了一件小小的异事。"雨村笑道:"弟族中无人在都,何谈及此?"子兴笑道:"你们同姓,岂非一族?"雨村问是谁家,子兴笑道:"荣国贾府中,可也不玷辱了老先生的门楣。"雨村道:"原来是他家。若论起来,寒族人丁却不少,自东汉贾复以来,支派繁盛,各省皆有,谁能逐细考查。若论荣国一支,却是同谱,但他那等荣耀,我们不便去认他,故越发生疏了。"子兴叹道:"老先生休如此说。如今的这荣宁两府也都萧索了,不比先时的光景。"雨村道:"当日宁荣两宅,人口也极多,如何便萧索了?"子兴道:"正是,说来也话长。"雨村道:"去岁我到金陵,因欲游览六朝遗迹,那日进了石头城,从他老宅门前经过,街东是宁国府,街西是荣国府,二宅相连,竟将大半条街占了。大门外虽冷落无人,隔着围墙一望,里面厅殿楼阁,也还都峥嵘轩峻;就是后边一带花园里,树木山石,也都还有葱蔚洇润之气,那里像个衰败之家?"子兴笑道:"亏你是进士出

> 以贾雨村的为人,不会因荣耀而自认"不便认",只不过尚无机会罢了。

> 说来话长,一部"红楼"也没说明白。

> 欲抑先扬。

身,原来不通。古人有言:'百足之虫,死而不僵。'如今虽说不似先年那样兴盛,较之平常仕宦之家,到底气象不同。如今生齿日繁,事务日盛,主仆上下,安富尊荣尽多,运筹谋画者无一。其日用排场费用,又不能将就省俭,如今外面的架子虽未甚倒,内囊却也尽上来了。这也小事。更有一件大事:谁知这样钟鸣鼎食之家,翰墨诗书之族,如今的儿孙,竟一代不如一代了!"雨村听说,也道:"这样诗礼之家,岂有不善教育之理?别门不知,只说这宁荣两宅,是最教子有方的。"

　　子兴叹道:"正说的是这两门呢。待我告诉你:当日宁国公、荣国公是一母同胞弟兄两个。宁公居长,生了四个儿子;宁国公死后,长子贾代化袭了官,也养了两个儿子,长名敷,八九岁上死了,只剩了一个次子贾敬,袭了官,如今一味好道,只爱烧丹炼汞,余者一概不在他心上。幸而早年留下一子,名唤贾珍,因他父亲一心想作神仙,把官倒让他袭了。他父亲又不肯回原籍来,只在都中城外和那些道士们胡羼。这位珍爷也倒生了一个儿子,今年才十六岁,名叫贾蓉。如今敬老爷是一概不管,这珍爷那里肯读书,只一味高乐不了,把那宁国府竟翻了过来,也没有敢来管他的人。再说荣府你听,方才所说异事就出在这里。自荣公死后,长子贾代善袭了官,娶的是金陵世家史侯的小姐为妻,生了两个儿子,长名贾赦,次名贾政。如今代善早已去世,太夫人尚在,长子贾赦袭了官,为人平静中和,也不管理家。次子贾政,自幼酷喜读书,为人端方正直,祖父钟爱,原要他以科甲出身的,不料代善临终时遗本一上,皇上因恤先臣,

死与不僵,本质与现象。

管理危机。

财政危机。
人事危机。
雨村非不世故,出此小儿之言,为了反衬子兴的论述,不得不听命于作家的调遣。
另一种可能,贾雨村装糊涂,以使子兴言之得趣。即是"套"子兴的话。大凡阴谋家与谁说话都抱着"套"的动机也。

袭了官却一味好道,为什么?谁知道?人生、仕途这一套系统中,似已预设了自毁的程序。

天翻地覆,不是慨而慷,而是烂而脏。

平静中和?为何对贾珍就揭露,对贾赦就隐讳呢?

即时令长子袭官外,问还有几子,立刻引见,遂又额外赐了这政老爷一个主事之衔,令其入部习学,如今现已升了员外郎。这政老爷的夫人王氏,头胎生的公子名唤贾珠,十四岁进学,不到二十岁就娶了妻,生了子,一病就死了;第二胎生了一位小姐,生在大年初一,就奇了;不想次年又生了一位公子,说来更奇,一落胞胎,嘴里便衔下一块五彩晶莹的玉来,还有许多字迹,你道是新闻异事不是?"

> 衔玉而生,是一个关键情节,也是一个永远的谜。

雨村笑道:"果然奇异。只怕这人的来历不小。"子兴冷笑道:"万人皆如此说,因而乃祖母爱如珍宝。那周岁时,政老爷便要试他将来的志向,便将那世上所有之物,摆了无数与他抓取,谁知他一概不取,伸手只把些脂粉钗环抓来玩弄;那政老爷便不喜欢,说将来是酒色之徒耳,因此便不甚爱惜。独那太君还是命根子一般。说来又奇,如今长了七八岁,虽然淘气异常,但聪明乖觉,百个不及他一个,说起孩子话来也奇怪,他说:'女儿是水做的骨肉,男人是泥做的骨肉,我见了女儿便清爽,见了男子便觉浊臭逼人。'你道好笑不好笑?将来色鬼无疑了。"雨村岸然厉色忙止道:"非也。可惜你们不知道这人来历,大约政老前辈也错以淫魔色鬼看待了。若非多读书识事,加以致知格物之功、悟道参玄之力者,不能知也。"

> 奇,怪异与奇(畸)零共存。反映了宿命论,也反映了视奇为灾的尚同精神。

子兴见他说得这样重大,忙请教其故。雨村道:"天地生人,除大仁大恶,余者皆无大异。若大仁者则应运而生,大恶者则应劫而生,运生世治,劫生世危。尧、舜、禹、汤、文、武、周、召、孔、孟、董、韩、周、程、朱、张,皆应运而生者;蚩尤、共工、桀、纣、始皇、王莽、曹操、桓温、安禄山、

> 雨村忽然又高明深刻起来了。宇宙学与人才学的综论。

曹雪芹写荣、宁二府,由远及近,由大及小,由鸟瞰至细描,渐渐靠拢。贾雨村与冷子兴的这次饮酒对谈,是为作家的交代轮廓服务的,两个人的话其实更多的是作家的话。拿人物当传声筒,本是现实主义所忌,但小说又毕竟是小说,小说听命于作者不是秘密。好在主要人物主要关节都是活生生的,令人信服的。二人谈话也大致符合客观逻辑。如果胶柱鼓瑟地作为对二人的性格描写来要求,就会失望了。

秦桧等,皆应劫而生者。大仁者修治天下,大恶者扰乱天下。清明灵秀,天地之正气,仁者之所秉也;残忍乖僻,天地之邪气,恶者之所秉也。今当祚永运隆之日,太平无为之世,清明灵秀之气所秉者,上至朝廷,下至草野,比比皆是。所余之秀气,漫无所归,遂为甘露、为和风,洽然溉及四海;彼残忍乖邪之气,不能荡溢于光天化日之下,遂凝结充塞于深沟大壑之中,偶因风荡,或被云摧,略有摇动感发之意,一丝半缕,误而逸出者,值灵秀之气适过,正不容邪,邪复妒正,两不相下,如风水雷电,地中既遇,既不能消,又不能让,必致搏击掀发后始尽。故其气亦必赋人,发泄一尽始散,使男女偶秉此气而生者,上则不能为仁人为君子,下亦不能为大凶大恶。置之千万人之中,其聪俊灵秀之气,则在千万人之上;其乖僻邪谬不近人情之态,又在千万人之下。若生于公侯富贵之家,则为情痴情种;若生于诗书清贫之族,则为逸士高人;纵偶生于薄祚寒门,亦断不至为走卒健仆,甘遭庸夫驱制驾驭,必为奇优名娼。如前之许由、陶潜、阮籍、嵇康、刘伶、王谢二族、顾虎头、陈后主、唐明皇、宋徽宗、刘庭芝、温飞卿、米南宫、石曼卿、柳耆卿、秦少游,近日倪云林、唐伯虎、祝枝山,再如李龟年、黄幡绰、敬新磨、卓文君、红拂、薛涛、崔莺、朝云之流:此皆易地则同之人也。"

子兴道:"依你说,'成则公侯败则贼'了?"

> 太平无为! 原来乱世才是有为之世。
>
> 秀气过剩症。
>
> 主流社会的口号是宁要多一点俗气浊气,不要太多的秀气乖气。
>
> 也算二重组合。
> 性格的张力。
>
> 大多是文人。
> 雨村不像有此见识者,是作者假雨村之口宣扬一通奇思妙论。

雨村道："正是这意。你还不知,我自革职以来,这两年遍游各省,也曾遇见两个异样孩子,所以方才你一说这宝玉,我就猜着了八九也是这一派人物。不用远说,只这金陵城内,钦差金陵省体仁院总裁甄家,你可知道?"子兴道："谁人不知!这甄府就是贾府老亲,他们两家来往极亲热的。至在下也和他家往来非止一日了。"

雨村笑道："去岁我在金陵,也曾有人荐我到甄府处馆,我进去看其光景,谁知他家那等荣贵,却是个'富而好礼'之家,倒是个难得之馆。但是这个学生虽是启蒙,却比一个举业的还劳神。说起来还可笑,他说:'必得两个女儿伴着我读书,我方能认得字,心上也明白;不然,我心里自己糊涂。'又常对着跟他的小厮们说:'这"女儿"两个字极尊贵极清净的,比那瑞兽珍禽、奇花异草更觉希罕尊贵呢!你们这种浊口臭舌,万万不可唐突了这两个字,要紧,要紧。但凡要说的时节,必用净水香茶漱了口方可;设若失错,便要凿牙穿眼。'其暴虐顽劣,种种异常。只放了学进去,见了那些女儿们,其温厚和平,聪敏文雅,竟变了一个样子。因此他令尊也曾下死笞楚过几次,竟不能改,每打的吃疼不过时,他便'姐姐''妹妹'的乱叫起来。后来听得里面女儿们拿他取笑:'因何打急了只管叫姐妹作什么?莫不叫姐妹们去讨情讨饶?你岂不愧些!'他回答的最妙,他说:'急痛之时,只叫"姐姐""妹妹"字样,或可解疼,也未可知,因叫了一声,果觉疼得好些,遂得了秘法,每疼痛之极,便连叫姐妹起来了。'你说可笑不可笑?为他祖母溺爱不明,每因孙辱师责子,我所以辞了馆出来的。这等子弟,必不能守祖父基业、从师友规劝

正是何意?又流露出对"不遇"的牢骚来了。

有甄士隐就有贾雨村。有贾宝玉就有甄宝玉。最重视最喜玩味的是宇宙万物的一种既是客观存在的又是主观臆想的对应关系。

可笑可爱,有几分天真烂漫之真情矣。

的。只可惜他家几个好姊妹都是少有的。"

子兴道:"便是贾府中现在三个也不错。政老爷之长女名元春,因贤孝才德,选入宫作女史去了。二小姐乃是赦老爷姨娘所出,名迎春;三小姐政老爷庶出,名探春;四小姐乃宁府珍爷之胞妹,名惜春。因史老夫人极爱孙女,都跟在祖母这边,一处读书,听得个个不错。"雨村道:"更妙在甄家风俗,女儿之名,亦皆从男子之名命取,不似别家,另外用这些'春''红''香''玉'等艳字,何得贾府亦落此俗套?"子兴道:"不然。只因现今大小姐是正月初一所生,故名'元春',余者方从了'春'字;上一排的却也是从弟兄而来的。现有对证:目今你贵东家林公之夫人,即荣府中赦政二公之胞妹,在家时名唤贾敏,不信时你回去细访可知。"雨村拍手笑道:"是极!我这女学生名叫黛玉,他读书凡'敏'字他皆念作'密'字,写字遇着'敏'字亦减一二笔,我心中每每疑惑,今听你说,是为此无疑矣。怪道我这女学生言语举止另是一样,不与凡女子相同,度其母不凡,故生此女,今知为荣府之外孙,又不足罕矣。可惜上月其母竟亡故了。"子兴叹道:"老姊妹三个,这是极小的,又没了。长一辈的姊妹,一个也没了。只看这小一辈的将来的东床何如呢。"

雨村道:"正是。方才说政公已有了一个衔玉之子,又有长子所遗弱孙,这赦老竟无一个不成?"子兴道:"政公既有玉儿之后,其妾又生了一个,倒不知其好歹。只眼前现有二子一孙,却不知将来何如。若问那赦公,也有二子,次名贾琏,今已二十来往了,亲上做亲,娶的是政爷夫人王氏之内侄女,今已娶了二年。这位琏爷身

你一段我一段,商量好了给读者讲故事。

起名字也看出身份和习俗来。

"东床"云云,提出得恁早!

中国人喜讲格局。贾冷二人一谈,大格局便描绘出来了。

读《红楼梦》可采此法：读一段，回来对照温习一下第二回的概念，收概念与具体进展相得益彰之妙。

上，现捐的是个同知，也是不喜读书的；于世路上好机变，言谈去得，所以目今现在乃叔政老爷家住，帮着料理家务。谁知自娶了令夫人之后，倒上下无一人不称颂他夫人的，琏爷倒退了一舍之地。模样又极标致，言谈又极爽利，心机又极深细，竟是一个男人万不及一的。"

雨村听了笑道："可知我言不谬。你我方才所说的这几个人，只怕都是那正邪两赋而来，一路之人，未可知也！"子兴道："'正'也罢，'邪'也罢，只顾算别人家的账，你也吃一杯酒才好。"雨村道："只顾说话，就多吃了几杯。"子兴笑道："说着别人家的闲话，正好下酒，即多吃几杯何妨。"雨村向窗外看道："天也晚了，仔细关了城，我们慢慢进城再谈，未为不可。"于是二人起身，算还酒钱。方欲走时，忽听得后面有人叫道："雨村兄恭喜了！特来报个喜信的。"雨村忙回头看时，要知是谁，且听下回分解。

说人闲话下酒，妙极，真实极了。读者，您有这种美训吗？这算不算是一种认识世界研究问题的类似于为学问而学问的兴趣呢？反正看不出他们的交谈有多少功利目的。
当然，了解大人物，对于较小人物永远是有用、很有用的。
如果，大人物也能兴味盎然、孜孜不倦地研究小人物，就好了。

在写到贾府以前，先远远地说一说，有提纲挈领之功，有来自《周易》的方法论，免得你陷入此后的生活细节的大海。

第 三 回

托内兄如海荐西宾　　接外孙贾母惜孤女

却说雨村忙回头看时,不是别人,乃是当日同僚一案参革的张如圭。他系此地人,革后家居,今打听得都中奏准起复旧员之信,他便四下里寻情找门路,忽遇见雨村,故忙道喜。二人见了礼,张如圭便将此信告知雨村,雨村欢喜,忙忙叙了两句,各自别去回家。冷子兴听得此言,便忙献计,令雨村央求林如海,转向都中去央烦贾政。

雨村领其意而别。回至馆中,忙寻邸报看真确了。次日,面谋之如海。如海道:"天缘凑巧,因贱荆去世,都中家岳母念及小女无人依傍,前已遣了男女船只来接,因小女未曾大痊,故尚未行,此刻正思送女进京。因向蒙教训之恩,未经酬报,遇此机会,岂有不尽心图报之理,弟已预筹之,修下荐书一封,托内兄务为周全,方可稍尽弟之鄙诚;即有所费,弟于内兄信中注明,不劳吾兄多虑。"雨村一面打恭,谢不释口,一面又问:"不知令亲大人现居何职?只怕晚生草率,不敢进谒。"如海笑道:"若论舍亲,与尊兄犹系一家,乃荣公之孙:大内兄现袭一等将军之职,名赦,字恩侯;二内兄名政,字存周,现任工部员外郎,其为人谦恭厚道,大有祖父遗风,非膏粱轻薄之流,故弟致书烦托。否则不但有污

说上就上,说下就下,不必细问,这也叫能上能下。
或曰"举逸民",或曰"招降纳叛",时不时地出现这样的人事动态。

又是巧了。

再说贾政的好处。

尊兄清操,即弟亦不屑为矣。"雨村听了,心下方信了昨日子兴之言,于是又谢了林如海。如海又说:"择了出月初二日小女入都,吾兄即同路而往,岂不两便?"雨村唯唯听命,心中十分得意。如海遂打点礼物并饯行之事,雨村一一领了。

　　那女学生原不忍弃父而去,无奈他外祖母必欲其往,且兼如海说:"汝父年已半百,再无续室之意,且汝多病,年又极小,上无亲母教养,下无姊妹扶持,今去依傍外祖母及舅氏姊妹,正好减我内顾之忧,如何不去?"黛玉听了,方洒泪拜别,随了奶娘及荣府中几个老妇登舟而去。雨村另有一只船,带两个小童,依附黛玉而行。

　　一日到了京都,雨村先整了衣冠,带了小童,拿了"宗侄"的名帖,至荣府门上投了。彼时贾政已看了妹丈之书,即忙请入相会,见雨村像貌魁伟,言谈不俗,且这贾政最喜的是读书人,礼贤下士,拯溺救危,大有祖风;况又系妹丈致意,因此优待雨村,更又不同,便极力帮助,题奏之日,谋了一个复职,不上二月,便选了金陵应天府,辞了贾政,择日到任去了,不在话下。

　　且说黛玉自那日弃舟登岸时,便有荣府打发轿子并拉行李车辆伺候。这黛玉尝听得母亲说,他外祖母家与别家不同,他近日所见的这几个三等的仆妇,穿吃用度,已是不凡,何况今至其家,多要步步留心,时时在意,不要多说一句话,不可多行一步路,恐被人耻笑了去。自上了轿,进了城,从纱窗中瞧了一瞧,其街市之繁华,人烟之阜盛,自与别处不同。又行了半日,忽见街北蹲着两个大石狮子,三间兽头大门,门前列

前后不断照应,也是长篇小说的一个必要的麻烦。

得什么意,将复出还是高攀?任何得意自旁观之都带有喜剧性。

尊卑与长幼不一致。长幼关系服从于尊卑关系。

先通过子兴,二通过如海,三作者干脆跳出来说贾政的好话了。
是礼貌,又不仅是礼貌。如果贾政是个坏蛋,悲剧性与认识价值反而贬损了。

先是听得。再开始见的。

黛玉并非不谙人情事理,而且自律不谓不严。不仅听见,而且留"心",在"意"。

坐着十来个华冠丽服之人。正门不开，只东西两角门有人出入；正门之上有一匾，匾上大书"敕造宁国府"五个大字。黛玉想道："这是外祖的长房了。"又往西不远，照样也是三间大门，方是"荣国府"，却不进正门，只由西角门而进。轿子抬着走了一箭之远，将转弯时，便歇了轿，后面的婆子也都下来了，另换了四个衣帽周全的十七八岁的小厮上来抬着轿子，众婆子步下跟随，至一垂花门前落下，众小厮又退了出去，众婆子上前打起轿帘，扶黛玉下了轿。

> 又见。

> 西角门进都是这等景象，走正门该是何等隆重！

> 派！

> 更派！礼数越多越威风！种种气派，唬了林黛玉，也唬了读者。
> 曹公似说："想当年……阔多啦！"

林黛玉扶着婆子手进了垂花门，两边是超手游廊，正中是穿堂，当地放着一个紫檀架子大理石屏风。转过屏风，小小三间厅房，厅后便是正房大院。正面五间上房，皆是雕梁画栋，两边穿山游廊厢房，挂着各色鹦鹉画眉等雀鸟。台阶上坐着几个穿红着绿的丫头，一见他们来了，都笑迎上来，说道："刚才老太太还念呢，可巧就来了。"于是三四人争着打帘子，一面听得人说："林姑娘来了！"

> 也是手续。手续引起敬畏，只是影响效率。

黛玉方进房，只见两个人扶着一位鬓发如银的老母迎上来，黛玉知是外祖母了，正欲下拜，早被外祖母抱住，搂入怀中，"心肝儿肉"叫着大哭起来。当下侍立之人，无不下泪，黛玉也哭个不休。众人慢慢解劝住了，黛玉方拜见了外祖母。当下贾母一一指与黛玉："这是你大舅母，这是二舅母，这是你先珠大哥的媳妇珠大嫂。"黛玉一一拜见了。贾母又叫："请姑娘们来。今日远客初来，可以不必上学去。"众人答应了一声，便去了两个。

> 亲人久别，见面先哭，这种风俗在一些边远地区至今存在。还是哭出点感情、人情味来的。

> 学习的事也是家长说了算。教育未与家政分离。

不一时，只见三个奶妈并五六个丫鬟拥着三位姑娘来了：第一个肌肤微丰，身材合中，腮凝新荔,鼻腻鹅脂,温柔沉默,观之可亲;第二个削肩细腰,长挑身材,鸭蛋脸儿,俊眼修眉,顾盼神飞,文彩精华,见之忘俗;第三个身量未足,形容尚小。其钗环裙袄,三人皆是一样的妆束。黛玉忙起身迎上来见礼,互相厮认;归了坐位,丫鬟送上茶来。不过叙些黛玉之母,如何得病,如何请医服药,如何送死发丧。不免贾母又伤感起来,因说:"我这些女孩儿,所疼者独有你母,今一旦先我而逝,不得见一面,教我怎不伤心!"说着携了黛玉的手又哭起来,家人忙相劝慰,方略略止住。

众人见黛玉年貌虽小,其举止言谈不俗,身体面庞虽弱不胜衣,却有一段风流态度,便知他有不足之症,因问:"常服何药?如何不治好了?"黛玉道:"我自来如此,从会吃饭时便吃药,到如今了,经过多少名医,总未见效。那一年我才三岁,记得来了一个癞头和尚,说要化我去出家,我父母固是不从。他又说:'既舍不得他,但只怕他的病一生也不能好的。若要好时,除非从此以后总不许见哭声,除父母之外,凡有外亲,一概不见,方可平安了此一生。'这和尚疯疯癫癫说了这些不经之谈,也没人理他。如今还是吃人参养荣丸。"贾母道:"这正好,我这里正配丸药呢,叫他们多配一料就是了。"

一语未休,只听后院中有笑语声,说:"我来迟了,不曾迎接远客!"黛玉思忖道:"这些人个个皆敛声屏气如此,这来者是谁,这样放诞无礼?"心下想时,只见一群媳妇丫鬟拥着一个丽人,从后房进来。这个人打扮与姑娘们不同,彩绣辉煌,恍若神妃仙子:头上戴着金丝八宝攒珠髻,绾着朝阳五凤挂珠钗,项上戴着赤金盘螭璎

四字一句的肖像描写,好处是简练,坏处是近似套话,过熟。

不过叙些什么,通过对比为后面的熙凤、宝玉出场作准备,突出熙凤与宝玉。

都生活在和尚一无一太虚的阴影下。
这一点与英莲一样,和尚说什么就一定反而更什么。不是和尚而是人生——生活的逻辑,哪壶不开提哪壶。

正配丸药?医院也没有与家庭分离。
封建家庭,无所不包。
每个人都知道自己的角色,该怎么演就怎么演。特殊情况下也有反串的情形。

这些描写给人以炫耀、吹嘘的感觉。"吹"好易,"了"好难!
越高贵穿得越啰嗦,这也是时装史的规律。

络圈,身上穿着缕金百蝶穿花大红云缎窄裉袄,外罩五彩刻丝石青银鼠褂,下着翡翠撒花洋绉裙;一双丹凤三角眼,两弯柳叶掉梢眉,身量苗条,体格风骚,粉面含春威不露,丹唇未启笑先闻。

> "体格风骚"是什么意思?有无类似"性感"的含义?

　　黛玉连忙起身接见,贾母笑道:"你不认得他,他是我们这里有名的一个泼辣货,南京所谓'辣子',你只叫他'凤辣子'就是了。"黛玉正不知以何称呼,众姊妹都忙告诉黛玉道:"这是琏嫂子。"

> 被嘲弄,也是得宠的标志。

黛玉虽不曾识面,听见他母亲说过,大舅贾赦之子贾琏,娶的就是二舅母王氏之内侄女;自幼假充男儿教养的,学名叫做王熙凤。黛玉忙陪笑见礼,以"嫂"呼之。

> 忙陪笑,不敢造次,不敢使性。黛玉绝非造反有理的信徒。

这熙凤携着黛玉的手,上下细细打量了一回,便仍送至贾母身边坐下,因笑道:"天下真有这样标致人物,我今日才算见了!况且这通身的气派,竟不像老祖宗的外孙女儿,竟是个嫡亲的孙女,怨不得老祖宗天天口头心头一刻不忘。

> 现在就不会把嫡亲看得那样高于外孙女了。

只可怜我这妹妹这样命苦,怎么姑妈偏就去世了!"说着便用帕拭泪,贾母笑道:"我才好了,你倒来招我。你妹妹远路才来,身子又弱,也才劝住了,快休再题前话。"这熙凤听了,忙转悲为喜道:"正是呢!我一见了妹妹,一心都在他身上,又是喜欢,又是伤心,竟忘记了老祖宗,该打,该打!"

> 着一"忙"字而出性情。转悲为喜也要忙着转。

又忙携黛玉之手问:"妹妹几岁了?可也上过学?现吃什么药?在这里不要想家,要什么吃的、什么玩的,只管告诉我;丫头老婆们不好,也只管告诉我。"一面又问婆子们:"林姑娘的行李东西可搬进来了?带了几个人来?你们赶早打扫两间下房让他们去歇歇。"

> 自然该打,亦是求宠术。不等回答,先提一串问题:一、急脾气。二、是关心的表示也是走过场。三、在"老祖宗"面前可以连珠炮般地说话提问,也是份儿、格儿。四、通过关心人显示自己的全面性、细致性、责任性。

　　说话时,已摆了茶果上来,熙凤亲为捧茶捧

果。又见二舅母问他:"月钱放完了不曾?"熙凤道:"月钱也放完了。刚才带了人到后楼上找缎子,找了半日,也没见昨日太太说的那样,想是太太记错了。"王夫人道:"有没有,什么要紧。"因又说道:"该随手拿出两个来给你这妹妹裁衣裳的,等晚上想着再叫人去拿罢。"熙凤道:"倒是我先料着了,知道妹妹这两日到的,我已预备下了;等太太回去过了目,好送来。"王夫人一笑,点头不语。

见黛玉本属礼仪活动,仍不停止理家政。端是大忙人也。

对物质财富不以为意,远不像此后对绣春囊那样看重。国人向来是轻物质而重伦理道德名节——精神文明的。

王夫人放手,熙凤精明。

　　当下茶果已撤,贾母命两个老嬷嬷带了黛玉去见两个舅舅去。维时贾赦之妻邢氏忙起身笑回道:"我带了外甥女过去,到底便宜些。"贾母笑道:"正是呢,你也去罢,不必过来了。"那邢夫人答应了,遂带了黛玉与王夫人作辞,大家送至穿堂。垂花门前早有众小厮拉过一辆翠幄清油车来,邢夫人携了黛玉坐上,众婆娘们放下车帘,方命小厮们抬起,拉至宽处,方驾上驯骡,亦出了西角门往东,过荣府正门,入一黑油大门内,至仪门前,方下车来。邢夫人挽了黛玉的手进入院中,黛玉度其处必是荣府中之花园隔断过来的。进入三层仪门,果见正房、厢庑、游廊,悉皆小巧别致,不似那边的轩峻壮丽;且院中随处之树木山石皆好。及进入正室,早有许多盛妆丽服之姬妾丫鬟迎着。邢夫人让黛玉坐了,一面令人到外书房中请贾赦。一时来回说:"老爷说了:'连日身上不好,见了姑娘彼此伤心,暂且不忍相见。劝姑娘不要伤怀想家,跟着老太太和舅母,是同家里一样。姊妹们虽拙,大家一处伴着,亦可以解些烦闷。或有委屈之处,只管说得,不要外道才是。'"黛玉忙站起身来一一听了。再坐一刻,便告辞,邢夫人苦留吃过饭去,

拉尿放屁都要派车。

房偏小巧,妾有许多。靠边住乎?寡人有疾乎?

贾赦不见,另一种行事方式,另一种风格,略显别扭,含义不明,亦留印象。

黛玉笑回道："舅母爱惜赐饭，原不应辞，只是还要过去拜见二舅舅，恐迟去不恭，异日再领，望舅母容谅。"邢夫人道："这也罢了。"遂命两个嬷嬷用方才坐来的车子送过去。于是黛玉告辞。邢夫人送至仪门前，又嘱咐了众人几句，眼看着车去了方回来。

〔都讲礼貌。
黛玉亦会精准地说套话。〕

一时黛玉进入荣府，下了车，众嬷嬷引着便往东转弯，走过一座东西的穿堂，向南大厅之后，仪门内大院落，上面五间大正房，两边厢房鹿顶耳门钻山，四通八达，轩昂壮丽，比贾母处不同，黛玉便知这方是正内室。一条大甬路，直接出大门的。进入堂屋，抬头迎面先见一个赤金九龙青地大匾，匾上写着斗大三个字，是："荣禧堂"；后有一行小字："某年月日书赐荣国公贾源"，又有"万几宸翰"之宝。大紫檀雕螭案上设着三尺来高青绿古铜鼎，悬着待漏随朝墨龙大画，一边是錾金彝，一边是玻璃盒，地下两溜十六张楠木椅子，又有一副对联，乃是乌木联牌，镶着錾银字迹，道是：

〔比乃兄住得好。〕

〔靠房屋建筑摆设与礼仪显示人的价值，这也是"异化"。〕

座上珠玑昭日月，堂前黼黻焕烟霞。

下面一行小字，道是："乡世教弟勋袭东安郡王穆莳拜手书。"

〔靠文句吹嘘拔份儿，未免可怜。结交权贵自是本钱。〕

原来王夫人时常居坐宴息亦不在这正室，只在东边的三间耳房内。于是老嬷嬷引黛玉进东房门来，临窗大炕上铺着猩红洋毯，正面设着大红金钱蟒引枕，秋香色金钱蟒大条褥；两边设一对梅花式洋漆小几，左边几上文王鼎，匙箸香盒，右边几上汝窑美人觚，内插着时鲜花卉，并茗碗茶具等物。地下面西一溜四张椅上，都搭着银红撒花椅搭，底下四副脚踏；两边又有一对高几，几上茗碗瓶花俱备。其余陈设，不必细

〔可能正室缺少生活、嬉笑、自在。〕

说。老嬷嬷让黛玉上炕坐,炕沿上却也有两个锦褥对设,黛玉度其位次,便不上炕,只就东边椅上坐了。本房的丫鬟忙捧上茶来,黛玉一面吃了,打量这些丫鬟们妆饰衣裙,举止行动,果与别家不同。

茶未吃了,只见一个穿红绫袄青缎掐牙背心的一个丫鬟走来笑道:"太太说,请林姑娘到那边坐罢。"老嬷嬷听了,于是又引黛玉出来,到了东廊三间小正房内,正面炕上横设一张炕桌,上面堆着书籍茶具,靠东壁面西设着半旧的青缎靠背引枕。王夫人却坐在西边下首,亦是半旧青缎靠背坐褥;见黛玉来了,便往东让。黛玉心中料定这是贾政之位,因见挨炕一溜三张椅子上也搭着半旧的弹花椅袱,黛玉便向椅上坐了。王夫人再三让他上炕,他方挨王夫人坐了。王夫人乃说:"你舅舅今日斋戒去了,再见罢。只是有一句话嘱咐你:三个姊妹倒都极好,以后一处念书认字,学针线,或偶一玩笑,都有个尽让的。但我最不放心的却有一件:我有一个孽根祸胎,是家里的'混世魔王',今日因庙里还愿去,尚未回来,晚间你看见便知道了。你以后只不要采他,你这些姊妹都不敢沾惹他的。"

黛玉素闻母亲说过,有个内侄乃衔玉而生,顽劣异常,不喜读书,最喜在内帏厮混;外祖母又溺爱,无人敢管。今见王夫人所说,便知是这位表兄,因陪笑道:"舅母所说的,可是衔玉而生的这位表兄?在家时记得母亲常说,这位哥哥比我大一岁,小名就叫宝玉,性虽憨顽,说待姊妹们极好的。况我来了,自然和姊妹同一处,兄弟们自另院别室的,岂有得沾惹之理?"王夫人笑道:"你不知道原故:他与别人不同,自幼因老

座位是不可掉以轻心的。黛玉注意克己复礼。

决不僭越。决非叛逆。

也不见。
是不是男性长辈对于女性晚辈不宜过热呢?

先打预防针,可惜没作用。生活特别是情感预防,远不如天花、霍乱预防之有效。
写到哪儿就有哪儿。盖作家不可能事先都计划绵密也。这也是突破时空的叙述。
"红"已有之。
《红楼梦》中的重要人物都有许多预先介绍。

太太疼爱,原系同姊妹们一处娇养惯的。若姊妹们不理他,他倒还安静些;若一日姊妹们和他多说了一句话,他心上一喜,便生出许多事来。所以嘱咐你别采他,他嘴里一时甜言蜜语,一时有天无日,疯疯傻傻,只休信他。"

一喜便生事。经验之谈,宜慎喜。

黛玉一一的都答应着。忽见一个丫鬟来说:"老太太那里传晚饭了。"王夫人忙携了黛玉从后房门,由后廊往西,出了角门,是一条南北宽夹道,南边是倒座三间小小抱厦厅,北边立着一个粉油大影壁,后有一半大门,小小一所房室,王夫人笑指向黛玉道:"这是你凤姐姐的屋子,回来你好向这里找他去,少什么东西只管和他说就是了。"这院门上也有几个才总角的小厮,都垂手侍立。王夫人遂携黛玉穿过一个东西穿堂,便是贾母的后院了,于是进入后房门,已有多人在此伺候,见王夫人来了,方安设桌椅;贾珠之妻李氏捧饭,熙凤安箸,王夫人进羹。贾母正面榻上独坐,两旁四张空椅,熙凤忙拉黛玉在左边第一张椅子上坐下,黛玉十分推让,贾母笑道:"你舅母和嫂子们左右不在这里吃饭。你是客,原该如此坐的。"黛玉方告了坐,就坐了。贾母命王夫人也坐了。迎春姊妹三个告了坐方上来,迎春坐右手第一,探春左第二,惜春右第二。旁边丫鬟执着拂尘漱盂巾帕,李、凤二人立于案旁布让。外间伺候之媳妇丫鬟虽多,却连一声咳嗽不闻。饭毕,各各有丫鬟用小茶盘捧上茶来。当日林家教女以惜福养身,每饭后必过片时方吃茶,不伤脾胃;今黛玉见了这里许多规矩,不似家中,亦只得随和着些,接了茶。又有人捧过漱盂来,黛玉也漱了口,又盥手毕。然后又捧上茶来,这方是吃的茶。贾母便说:

"一一的都",有几分可怜了。

紧着这样写,有点啰嗦了。生活在大户人家何其烦琐也!

贾赦那里写"姬妾丫鬟",凤姐这里写"小厮",有什么弗洛伊德吗?

四次让坐。
座位学的实质是座次学即名单学。

规矩是大佬的讲究。
更不会随地吐痰了。
服务专人化。

入乡随俗,黛玉很乖啊。

"你们去罢,让我们自在说话儿。"王夫人听了,忙起身,说了两句闲话,方引李、凤二人去了。贾母因问黛玉念何书,黛玉道:"刚念了《四书》。"黛玉又问姊妹们读何书,贾母道:"读什么书,不过认几个字罢了!"

> 读什么书!黛玉要是根本不读书,是不是会多活几年,幸福一些呢?
> "四书"培养出来的,不全是"儒"。

一语未了,只听外面一阵脚步响,丫鬟进来报道:"宝玉来了。"黛玉心中想:"这个宝玉不知是怎生个惫懒人物!"及至进来,原是一个青年公子,头上戴着束发嵌宝紫金冠,齐眉勒着二龙抢珠金抹额,一件二色金百蝶穿花大红箭袖,束着五彩丝攒花结长穗宫绦,外罩石青起花八团倭缎排穗褂,登着青缎粉底小朝靴;面若中秋之月,色如春晓之花,鬓若刀裁,眉如墨画,鼻如悬胆,睛若秋波,虽怒时而似笑,即瞋视而有情;项上金螭缨络,又有一根五色丝绦,系着一块美玉。

> 宝玉出场与熙凤出场,都是充分铺垫的重头戏,又都由黛玉的视角来写,反映了这三个人在"红"中的重要地位。
> 这身行头到了今天,只能是戏装。

黛玉一见便吃一大惊,心中想道:"好生奇怪,倒像在那里见过的,何等眼熟!"只见这宝玉向贾母请了安,贾母便命:"去见你娘来。"即转身去了。一回再来时,已换了冠带,头上周围一转的短发,即结成小辫,红丝结束,共攒至顶中胎发,总编一根大辫,黑亮如漆,从顶至梢,一串四颗大珠,用金八宝坠脚;身上穿着银红撒花半旧大袄;仍旧带着项圈、宝玉、寄名锁、护身符等物;下面半露松花撒花绫裤,锦边弹墨袜,厚底大红鞋。越显得面如傅粉,唇若施脂;转盼多情,语言若笑。天然一段风韵,全在眉梢;平生万种情思,悉堆眼角。看其外貌,最是极好,却难知其底细,后人有作《西江月》二词批宝玉极确,其词曰:

无故寻愁觅恨,有时似傻如狂;纵然生得好

> 她想。说明"红"已重视写心理活动了。
> 见一个人而曰"倒像在那里见过",是很俗的写法,但在规模庞大的"红"中,只此一次,便显非同一般。

> 偏于俊秀,带女性味。还不懂"寻找男子汉"。

皮囊，腹内原来草莽。潦倒不通庶务，愚顽怕读文章；行为偏僻性乖张，那管世人诽谤！

　　富贵不知乐业，贫穷难耐凄凉；可怜辜负好韶光，于国于家无望。天下无能第一，古今不肖无双；寄言纨袴与膏粱：莫效此儿形状！

　　却说贾母笑道："外客未见就脱了衣裳！还不去见你妹妹。"宝玉早已看见了一个姊妹，便料定是林姑妈之女，忙来作揖，相见毕归坐，细看形容，与众各别：

　　两弯似蹙非蹙笼烟眉，一双似喜非喜含情目。态生两靥之愁，娇袭一身之病。泪光点点，娇喘微微。闲静似娇花照水，行动似弱柳扶风。心较比干多一窍，病如西子胜三分。

宝玉看罢，笑道："这个姊妹我曾见过的。"贾母笑道："可又是胡说，你何曾见过他？"宝玉笑道："虽然未曾见过他，然看着面善，心里像倒是旧相认识，恍若远别重逢的一般。"贾母笑道："好，好！若如此更相和睦了。"

　　宝玉便走向黛玉身边坐下，又细细打谅一番，因问："妹妹可曾读书？"黛玉道："不曾读书，只上了一年学，些须认得几个字。"宝玉又道："妹妹尊名？"黛玉便说了名，宝玉又道："表字？"黛玉道："无字。"宝玉笑道："我送妹妹一字，莫若'颦颦'二字极妙。"探春便道："何处出典？"宝玉道："《古今人物通考》上说：'西方有石名黛，可代画眉之墨。'况这妹妹眉尖若蹙，用取这两个字岂不甚美？"探春笑道："只恐又是杜撰。"宝玉笑道："除《四书》，杜撰的太多，偏只

多情，敏感。
草莽者，偏于自然，未深受文明之害也。
特立独行，个性尚能保持。公子哥儿的通病。
贬损有加，仍不失可爱，道是无情却有情，作者写这个人物最放得开。与写贾政、王夫人、元春的精神状态不同。

写女孩病弱之美，那时的社会尚不懂健康的可贵？

宝玉眼中的黛玉，包含着性中心的潜意识。与书中黛玉的实际表现不尽一致，他想了，并说了："我曾见过。"黛玉也想了，却没说也不能说。

一见面先命名，再寻典，端的文化得紧。

宝玉见黛玉而问玉、摔玉,是宝黛爱情线索上的一个极重要的事件,但解读起来不易。一、象征的,有玉与无玉的矛盾从一开始便显出来了。二、心理的,与"妹妹"认同,不要自己的多余的"劳什子"。三、情感的,一见钟情,一见就兴奋躁狂,就"病"。四、准策略的,通过摔玉引起黛玉的注意。五、发泄的,随时准备发泄,越是富贵越是憋闷,有玉无玉,找借口罢了。六、宿命的,从一开始便是"不是冤家不聚头"。七、天真的,一句妹妹"可有玉没有",令人泪下。

我是杜撰不成?"又问黛玉:"可有玉没有?"众人都不解,黛玉便忖度着:"因他有玉,故问我有无。"因答道:"我没有。那玉亦是件罕物,岂能人人皆有?"	一见便亲。期待同有、共有、也有。
宝玉听了,登时发作起狂病来,摘下那玉,就狠命摔去,骂道:"什么罕物!人的高下不识,还说灵不灵呢!我也不要这劳什子。"吓的地下众人一拥争去拾玉,贾母急的搂了宝玉道:"孽障!你生气要打骂人容易,何苦摔那命根子!"宝玉满面泪痕泣道:"家里姐姐妹妹都没有,单我有,我说没趣,如今来了这个神仙似的妹妹也没有,可知这不是个好东西。"贾母忙哄他道:"这妹妹原有玉来的,因你姑妈去世时,舍不得你妹妹,无法可处,遂将他的玉带了去,一则全殉葬之礼,尽你妹妹之孝心;二则你姑妈之灵亦可权作见了你妹妹之意。因此他只说没有玉,也是不便自己夸张之意。你如今怎比得他,还不好生慎重带上,仔细你娘知道了。"说着便向丫鬟手中接来,亲与他带上。宝玉听如此说,想一想,也就不生别论了。	以变态写人物,不但注意人物的常态,更注意其变态。 这里有一种永远理不清的悲剧性,疯狂性。 如果说黛玉无玉之悲尚难于解释,不妨逆向一想,假若宝玉问的结果是黛玉也有一块玉,那将何等欢愉! "单我有"也者,有无弗洛伊德呢? 怎么编得这样方便?莫非早有准备? 说谎决不打等儿,本领乎?恶劣乎? 宝玉的病态,来得突兀,去得便宜。也是虎头蛇尾。
当下奶娘来问黛玉房舍,贾母便说:"将宝玉挪出来,同我在套间暖阁里;把你林姑娘暂安置碧纱厨里,等过了残冬,春天再与他们收拾房屋,另作一番安置罢。"宝玉道:"好祖宗!我就在碧纱厨外的床上很妥当,又何必出来,闹你老祖宗不得安静?"贾母想了一想,说:"也罢了。"	分外亲近。

每人一个奶娘并一个丫头照管,余者在外间上夜听唤。一面早有熙凤命人送了一顶藕合色花帐并锦被缎褥之类。

黛玉只带了两个人来:一个是自己的奶娘王嬷嬷,一个是十岁的小丫头,名唤雪雁。贾母见雪雁甚小,一团孩气,王嬷又极老,料黛玉皆不遂心,将自己身边一个二等丫头名唤鹦哥的与了黛玉;亦如迎春等一般,每人除自幼乳母外,另有四个教引嬷嬷;除贴身掌管钗钏盥沐两个丫头外,另有四五个洒扫房屋来往使役的小丫头。当下王嬷嬷与鹦哥陪侍黛玉在碧纱厨内,宝玉之乳母李嬷嬷并大丫鬟名唤袭人者陪侍在外大床上。

> 也是势力孤单。

> 袭人随着李嬷嬷出来,有点令人哭笑不得。

原来这袭人亦是贾母之婢,本名珍珠。贾母因溺爱宝玉,生恐宝玉之婢不中任使,素知袭人心地纯良,遂与宝玉。宝玉因知他本姓花,又曾见旧人诗句有"花气袭人"之句,遂回明贾母,即更名袭人。

这袭人有些痴处:伏侍贾母时,心中眼中只有一个贾母;今跟了宝玉,心中眼中又只有一个宝玉。只因宝玉性情乖僻,每每规谏,宝玉不听,心中着实忧郁。是晚宝玉李嬷嬷已睡了,他见里面黛玉鹦哥犹未安歇,他自卸了妆,悄悄的进来,笑问:"姑娘怎么还不安歇?"黛玉忙笑让:"姐姐请坐。"袭人在床沿上坐了,鹦哥笑道:"林姑娘在这里伤心,自己淌眼抹泪的,说:'今儿才来了,就惹出你家哥儿的病,倘或摔坏了那玉,岂不是因我之过!'所以伤心,我好容易劝好了。"袭人道:"姑娘快休如此,将来只怕比这更奇怪的笑话儿还有呢。若为他这种行状,你多心伤感,只怕你还伤感不了呢,快别多心!"黛玉

> 换主子不换忠心,有论者以为暗含贬意。存疑。按说有什么理由让袭人伏侍主子也必须从一而终呢?

> 感情牵连,互相能触动至此!

> 袭人一身"正气",对宝玉早有批判和思辨,奴才在意识形态上靠紧了主流,口气比主子还壮。

从冷子兴演说荣国府到林黛玉眼见(并心想)荣国府,是递进写法。戏刚刚开始,从摔玉开始。
长篇的头绪多,铺垫多,读者幸勿着急。
用黛玉的眼睛看,才能"陌生化"。
用黛玉眼睛看,亲热有礼之中包含一种压迫感和神秘感。
也是吊读者的胃口,如此气象不凡、威严繁复的深宅大府,瓢子里头有什么秘密,有什么好戏呢?所以至今,《浮华世家》《豪门内外》都是吸引人的电视剧题目。

道:"姐姐们说的,我记着就是了。"又叙了一回,方才安歇。

次早起来,省过贾母,因往王夫人处来,正值王夫人与熙凤在一处拆金陵来的书信,又有王夫人之兄嫂处遣来的两个媳妇儿来说话的。虽黛玉不知原委,探春等却晓得是议论金陵城中居住的薛家姨母之子,表兄薛蟠,倚财仗势,打死人命,现在应天府案下审理,如今母舅王子腾得了信,遣人来告诉这边,意欲唤取进京之意。毕竟怎的,下回分解。

头绪甚多,麻烦甚多。

"红"中,经常是钗不离黛,黛不离钗,在出场上,黛玉已占了先,马上扯到了薛家了。以林黛玉的眼睛写贾府,如梦如真,似吉似凶。一声妹无玉,双泪落君前,苦也!

第 四 回

薄命女偏逢薄命郎　葫芦僧判断葫芦案

毛泽东氏倡第四回是总纲说,他是作为革命家、政治家,把"红"定性为"政治小说",把"红"的内容定为"贾、王、史、薛四大家族兴衰史",以阶级斗争为纲来探讨的。当然四回极重要,四回确实讲到了"四大家族",言之有理。如果从哲理上掌握,还是第一回开宗明义。

从爱情、从十二钗的命运及整个人物的命运来看呢,总纲却是下一回了。一般红学家最重视、最花力气破译的也是第五回。

"总纲"多了,还算不算总纲?麻就麻烦在"红"这部书太立体,太"多元"。谁又能一以制之呢。

却说黛玉同姊妹们至王夫人处,见王夫人与兄嫂处的来使计议家务,又说姨母家遭人命官司等语;因见王夫人事情冗杂,姐妹们遂出来,至寡嫂李氏房中来了。

原来这李氏即贾珠之妻。珠虽夭亡,幸存一子,取名贾兰,今方五岁,已入学攻书。这李氏亦系金陵名宦之女,父名李守中,曾为国子祭酒;族中男女无不读诗书者,至李守中继续以来,便谓"女子无才便为德",故生了便不十分认真读书,只不过将些《女四书》《烈女传》读读,认得几个字罢了,记得前朝这几个贤女便了;却以纺绩女红为要,因取名为李纨,字宫裁。因此这李纨虽青春丧偶,且居处于膏粱锦绣之中,竟如"槁木死灰"一般,一概不问不闻,惟知侍亲养子,外则陪侍小姑等针黹诵读而已。今黛玉虽客居于此,已有这几个姑嫂相伴,除老父之外,余者也就无用虑及了。

引出了薛家,却先插叙一段李氏与贾兰。从阅读上说,不是好办法。但又无法另写李纨。长篇小说——特别是忠于生活的长篇,结构上的不得已处比比皆是。

为何处于膏粱锦绣之中有助于在丧偶前提下槁木死灰化呢?是不是在下层百姓中,寡妇身上的绳索稍稍松一些?今日读之,怵目惊心。

如今且说贾雨村授了应天府，一到任就有件人命官司详至案下，乃是两家争买一婢，各不相让，以致殴伤人命。彼时雨村即拘原告之人来审，那原告道："被殴死者乃小人之主人。因那日买了一个丫头，不想系拐子拐来卖的。这拐子先已得了我家的银子，我家小主原说第三日方是好日子，再接入门；这拐子又悄悄的卖与了薛家，被我们知道了，去找拿卖主，夺取丫头。无奈薛家原系金陵一霸，倚财仗势，众豪奴将我小主人竟打死了。凶身主仆已皆逃走，无踪迹了，只剩了几个局外之人。小人告了一年的状，竟无人作主。求太老爷拘拿凶犯，以扶善良，存殁感激天恩不尽！"

雨村听了大怒道："岂有这等事！打死了人，竟白白走了拿不来的！"发签差公人立刻将凶犯家属拿来拷问。只见案旁立着一个门子，使眼色不令他发签。雨村心下狐疑，只得停了手。退堂至密室，令从人退去，只留此门子一人伏侍。门子忙上前请安，笑问："老爷一向加官进禄，八九年来，就忘了我了？"雨村道："却十分面善，一时想不起来。"门子笑道："贵人多忘事，把出身之地竟忘了，不记得当年葫芦庙里之事么？"

雨村大惊，方忆起往事。原来这门子本是葫芦庙里一个小沙弥，因被火之后，无处安身，想这件生意倒还轻省，耐不得寺院凄凉景况，遂趁年纪尚轻，蓄了发，充当门子。雨村那里料得是他，便忙携手笑道："原来是故人。"因令坐了好谈。这门子不敢坐，雨村笑道："贫贱之交不可忘也，此系私室，但坐何妨。"这门子方告

又把贾雨村调动出来了。作家的工作，有时近似人事部长呢。

贾雨村并非特色人物，但书中颇有些"杂差"，可以设想，长篇小说作者为了"节约"人物，便把某些杂差"派"给了一些次要人物。

"拿不来的"即"岂有拿不来的"！"红"的对白很口语化，故语法意义常不完整。

贵人忘出身，有点幽默了。但门子这样说，放肆了。有祸生焉。

又是突破时空。
沙弥乎，门子乎？国人之出世入世何等便利？

座位学不但考虑"位"，还要考虑坐姿。立如松、坐如钟，不符合座位学原理。

坐,斜签着坐了。

雨村道:"方才何故不令发签?"这门子道:"老爷荣任到此,难道就没抄一张本省的'护官符'来不成?"雨村忙问:"何为'护官符'?"门子道:"如今凡作地方官者皆有一个私单,上面写的是本省最有权势极富贵的大乡绅名姓,各省皆然;倘若不知,一时触犯了这样的人家,不但官爵,只怕连性命也难保呢!所以叫做'护官符'。方才所说的这薛家,老爷如何惹得他!他这件官司并无难断之处,从前的官府,都因碍着情分脸面,所以如此。"一面说,一面从顺袋中取出一张抄的"护官符"来,递与雨村,看时,上面皆是本地大族名宦之家的谚俗口碑,云:

> 贾不假,白玉为堂金作马。
> 阿房官,三百里,住不下金陵一个史。
> 东海缺少白玉床,龙王来请金陵王。
> 丰年好大雪,珍珠如土金如铁。

雨村尚未看完,忽闻传点,报:"王老爷来拜。"雨村忙具衣冠出去接迎。有顿饭工夫方回来,问这门子,门子道:"这四家皆连络有亲,一损俱损,一荣俱荣,扶持遮饰,皆有照应的。今告打死人之薛就是'丰年大雪'之'薛'也。不单靠这三家,他的世交亲友在都在外者本亦不少,老爷如今拿谁去?"雨村听如此说,便笑问门子道:"如你这样说来,却怎么了结此案?你大约也深知这凶犯躲的方向了?"

门子笑道:"不瞒老爷说,不但这凶犯躲的方向我知道,并这拐卖的人我也知道,死鬼买主也深知道,待我细说与老爷听:这个被打死的乃是一个小乡宦之子,名唤冯渊,父母俱亡,又无

一针见血,直奔主题。此门子堪为大夫师矣。

权贵是官场的主宰,不可不察。
生死攸关!

毛泽东概括为"四大家族",极是。

哪个王老爷?拜什么?作者在卖关子。关系网的力量。

堂堂雨村,毕竟不能让门子上课太顺利,一顿饭工夫再回来听讲,得体了。

你知道得太多了!

兄弟，守着些薄产度日；年纪十八九岁，酷爱男风，不甚好女色。这也是前生冤孽，可巧遇见这拐子卖丫头，他便一眼看上了这丫头，立意买来作妾，设誓不近男色，也不再娶第二个了，所以郑重其事，必得三日后方进门。谁知这拐子又偷卖与薛家，他意欲卷了两家的银子而逃，谁知又走不脱，两家拿住，打了个半死，都不肯收银，各要领人。那薛公子岂肯让人的，便喝令下人动手，将冯公子打了个稀烂，抬回去三日竟死了。这薛公子原早择下日子要上京去的，既打了冯公子，夺了丫头，他便没事人一般，只管带了家眷走他的路，并非为此而逃。这人命些些小事，自有他弟兄奴仆在此料理。这且别说，老爷可知这被卖之丫头为谁？"雨村道："我如何得知？"门子冷笑道："这人还是老爷的大恩人呢！他就是葫芦庙旁住的甄老爷的女儿，小名英莲的。"雨村骇然道："原来就是他！闻得他自五岁被人拐去，却如今才卖呢？"

门子道："这种拐子单拐的是幼女，养至十二三岁，带至他乡转卖。当日这英莲，我们天天哄他玩耍，极相熟的，所以隔了七八年，虽模样儿出脱得齐整，然大段未改，所以认得他。且他眉心中原有米粒大的一点胭脂痣，从胎里带来的。偏生这拐子又租了我的房舍居住，那日拐子不在家，我也曾问他，他说是被拐子打怕了的，万不敢说，只说拐子是他亲爹，因无钱还债故卖的。我哄他再四，他又哭了，只说：'我原不记得小时之事。'这无可疑了。那日冯公子相见了，兑了银子，因拐子醉了，英莲自叹说：'我今日罪孽可满了！'后又听见冯公子三日后才令过门，他又转有忧愁之态。我又不忍，等拐子出

警惕这种拐子吧！

"些些小事"，讲得好。

在法律面前人与人不能平等，这是我们传统中的痼疾、毒瘤。

话虽如此，令人想象，门子黑道上亦有关系焉。

门子的话写得很细,很具体。

老爷的处理写得很虚。

也是"为尊者讳"。少触犯真正的官场,矛头瞄得低一点,与人方便,自己方便。

去,又叫内人去解释他:'这冯公子必待好日期来接,可知必不以丫鬟相看。况他是个绝风流人品,家里颇过得,素性又最厌恶堂客,今竟破价买你,后事不言可知。只耐得三两日,何必忧闷?'他听如此说,方略解些,自谓从此得所。谁料天下竟有不如意事,第二日,他偏又卖与了薛家。若卖与第二家还好,这薛公子的混名,人称他'呆霸王',最是天下第一个弄性尚气的人,而且使钱如土,遂打了个落花流水,生拖死拽,把个英莲拖去,如今也不知死活。这冯公子空喜一场,一念未遂,反花了钱,送了命,岂不可叹!"

命运为何常违人意?

雨村听了亦叹道:"这也是他们的孽障遭遇,亦非偶然,不然这冯渊如何偏只看上了这英莲?这英莲受了拐子这几年折磨,才得了个路头,且又是个多情的,若果聚合了,倒是件美事,偏又生出这段事来。这薛家纵比冯家富贵,想其为人,自然姬妾众多,淫佚无度,未必及冯渊定情于一人。这正为梦幻情缘,恰遇见一对薄命儿女。且不要议论他人,只目今这官司如何剖断才好?"门子笑道:"老爷当年何其明决,今日何反成个没主意的人了!小的闻得老爷补升此任,系贾府王府之力;此薛蟠即贾府之亲,老爷何不顺水行舟,做个人情,将此案了结,日后也好去见贾王二公。"雨村道:"你说的何尝不是。但事关人命,蒙皇上隆恩起复委用,正竭力图报之时,岂可因私枉法,是实不忍为的。"门子听了冷笑道:"老爷说的何尝不是,但如今世上是

是"他人",而不是"恩人"之女了。

没主意,是因为善心未全泯,恶得还不透。

把皇上的牌子都打出来了,最后还是得听"门子"的。不为"皇上"一叹乎?

行不去的,岂不闻古人有言'大丈夫相时而动',又曰'趋吉避凶者为君子'。依老爷这说,不但不能报效朝廷,亦且自身不保:还要三思为妥。"

雨村低了头,半日方说道:"依你怎么样?"门子道:"小人已想了个极好的主意在此:老爷明日坐堂,只管虚张声势,动文书,发签拿人,凶犯自然是拿不来的,原告固是不依,只用将薛家族人及奴仆人等拿几个来拷问,小的在暗中调停,令他们报个'暴病身亡',合族中及地方上共递一张保呈,老爷只说善能扶鸾请仙,堂上设了乩坛,令军民人等只管来看,老爷只说:'乩仙批了,死者冯渊与薛蟠原系冤孽,今狭路相遇,原因了结。今薛蟠已得了无名之病,被冯魂追索而死。其祸皆由拐子而起,除将拐子按法处治外,余不略及'等语。小人暗中嘱咐拐子,令其实招;众人见乩仙批语与拐子相符,自然不疑了。薛家有的是钱,老爷断一千也可,五百也可,与了冯家作烧埋之费。那冯家也无甚要紧的人,不过为的是钱,有了银子,也就无话了。老爷细想,此计如何?"雨村笑道:"不妥,不妥。等我再斟酌斟酌,或可压服口声也罢了。"二人计议已定。

至次日坐堂,勾取一干有名人犯,雨村详加审问,果见冯家人口稀少,不过赖此欲得些烧埋之银;薛家仗势倚情,偏不相让,故致颠倒未决。雨村便徇情枉法,胡乱判断了此案,冯家得了许多烧埋银子,也就无甚话说了。雨村便疾忙修书二封与贾政并京营节度使王子腾,不过说"令甥之事已完,不必过虑"之言寄去。此事皆由葫芦庙内沙弥新门子所为,雨村又恐他对人说出

这是一切官员,而且不仅官员常常面临的悖论——两难选择:不自保焉能报效?枉法以保自己,又哪里谈得上报效?报效难!

请出仙来为护官符所用。你管得太具体了。
到了此时此地,"仙"也鄙俗化了。

人口稀少,便处弱势,能不增加人口乎?

第一,雨村必须遵循门子的护官符办事。第二,雨村不能一一照办,否则岂不成了门子的傀儡?第三,一定要处理掉门子。这是合乎官术的。
自取其咎。你说得放肆,知得仔细,管得具体;你算什么东西?

不知道喜欢给上司"教坏"的大小"门子"能从此门子的遭遇里汲取点教训不？有道是"狗改不了吃屎"。

当日贫贱时事来，因此心中大不乐意；后来到底寻了他一个不是，远远的充发了才罢。

当下言不着雨村。且说那买了英莲、打死冯渊的那薛公子，亦系金陵人氏，本是书香继世之家，只是如今这薛公子幼年丧父，寡母又怜他是个独根孤种，未免溺爱纵容些，遂致老大无成；且家中有百万之富，现领着内帑钱粮，采办杂料。这薛公子学名薛蟠，表字文起，性情奢侈，言语傲慢；虽也上过学，不过略识几个字，终日惟有斗鸡走马，游山玩景而已。虽是皇商，一应经纪世事，全然不知，不过赖祖父旧日的情分，户部挂虚名，支领钱粮，其余事体，自有伙计老家人等措办。寡母王氏乃现任京营节度使王子腾之妹，与荣国府贾政的夫人王氏，是一母所生的姊妹，今年方四十上下，只有薛蟠一子。还有一女，比薛蟠小两岁，乳名宝钗，生得肌骨莹润，举止娴雅，当时他父亲在日，极爱此女，令其读书识字，较之乃兄，竟高十倍。自父亲死后，见哥哥不能安慰母心，他便不以书字为念，只留心针黹家计等事，好为母亲分忧代劳。近因今上崇尚诗礼，征采才能，降不世之隆恩，除聘选妃嫔外，在世宦名家之女，皆得亲名达部，以备选择，为宫主郡主入学陪侍，充为才人赞善之职。自薛蟠父亲死后，各省中所有的买卖承局、总管、伙计人等，见薛蟠年轻不谙世事，便趁时拐骗起来，京都几处生意，渐亦销耗。薛蟠素闻得都中乃第一繁华之地，正思一游，便趁此机

溺爱以至于斯！

特权毒化、腐化下一代。寄生性是病根，必然导致沉疴不治。

"肌骨"等八个字，有贵妇风。宝钗似在无意中介绍出来。

克己复礼，先人后己，有人无己。

给女子以"上进"之路，遂有宝钗响应。

会,一来送妹待选,二来望亲,三来亲自入部销算旧账,再计新支,其实只为游览上国风光之意。因此早已检点下行装细软,以及馈送亲友各色土物人情等类,正择日起身,不想偏遇了那拐子,买了英莲。薛蟠见英莲生得不俗,立意买了,又遇冯家来夺,因恃强喝令手下豪奴将冯渊打死,便将家中事务,一一嘱托了族中人并几个老家人,他便带了母妹等,竟自起身长行去了。人命官司,他却视为儿戏,自谓花上几个臭钱,没有不了的。

> 送妹待选,何如此积极?
> 宫中的事是好做的,宫中地方是一个女孩儿去得的么?
> "出差"与"旅游"相结合,"红"已有之,"薛"已有之。
> 至今至少是在香港,喜用"不俗"作为褒语。北方反而少了。

> 表面上靠臭钱,实际上靠势力。

　　在路不记其日。那日已将入都,又闻得母舅王子腾升了九省统制,奉旨出都查边,薛蟠心中暗喜道:"我正愁进京去有母舅管辖,不能任意挥霍,如今升出去,可知天从人愿。"因和母亲商议道:"咱们京中虽有几处房舍,只是这十年来没人居住,那看守的人,未免偷着租赁与人,须得先着人去打扫收拾才好。"他母亲道:"何必如此招摇!咱们这进京去,原是先拜望亲友,或是在你舅舅处,或是你姨爹家,他两家的房舍极是宽敞的,咱们且住下,再慢慢儿的着人去收拾,岂不消停些。"薛蟠道:"如今舅舅正升了外省去,家里自然忙乱起身,咱们这回子反一窝一拖的奔了去,岂不没眼色些。"他母亲道:"你舅舅虽升了去,还有你姨爹家。况这几年来,你舅舅姨娘两处每每带信捎书接咱们来。如今既来了,你舅舅虽忙着起身,你贾家的姨娘未必不苦留我们。咱们且忙忙的收拾房子,岂不使人见怪?你的意思我却知道,守着舅舅姨母住着,未免拘紧了你,不如各住,好任意施为。你既如此,你自去挑所宅子去住,我和你姨娘姊妹们别了这几年,却要厮守几日,我带了你妹子去投你

> 薛蟠憨直,仍然作巧伪之言。

> 薛蟠盼望独立些,薛姨妈则有意联络公关攀附。

姨娘家去，你道好不好？"薛蟠见母亲如此说，情知扭不过的，只得吩咐人夫，一路奔荣国府而来。

那时王夫人已知薛蟠官司一事亏贾雨村就中维持了，才放了心，又见哥哥升了边缺，正愁少了娘家的亲戚来往，略加寂寞。过了几日，忽家人报："姨太太带了哥儿姐儿合家进京，在门外下车了。"喜的王夫人忙带了人接出大厅来，将薛姨妈等接了进去，姊妹们暮年相见，悲喜交集，自不必说；叙了一番契阔，又引着拜见贾母，将人情土物各种酬献了，合家俱厮见过，又治席接风。

薛蟠拜见过贾政贾琏，又引着见了贾赦贾珍等。贾政便使人上来对王夫人说："姨太太已有了春秋，外甥年轻，不知庶务，在外住着，恐又要生事。咱们东南角上梨香院，一所十来间，白空闲着，叫人打扫了，请姨太太和姐儿哥儿住了甚好。"王夫人原要留住，贾母也就遣人来说："请姨太太就在这里住下，大家亲密些。"薛姨妈正欲同居一处，方可拘紧些儿，若另在外，恐纵性惹祸，遂忙道谢应允；又私与王夫人说明："一应日费供给，一概免却，方是处常之法。"王夫人知他家不难于此，遂亦从其愿。从此后，薛家母女就在梨香院中住了。

原来这梨香院乃当日荣公暮年养静之所，小小巧巧，约有十余间房舍，前厅后舍俱全；另有一门通街，薛蟠家人就走此门出入。西南又有一角门，通一夹道，出了夹道，便是王夫人正房的东院了。每日或饭后，或晚间，薛姨妈便过来，或与贾母闲谈，或与王夫人相叙。宝钗日与黛玉、迎春姊妹等一处，或看书下棋，或做针黹，

王夫人的娘家亲戚云云，似乎话中有话。

四十上下就算暮年了！还是不能不肯定现代医学保健与新中国卫生事业的成就。

占地方不占开支。务实态度。

黛玉进荣府,正戏开场,第三回才进了戏,第四回又岔出去,护官符呀,门子呀,冯渊呀,薛家呀,不得不打断。一般较单纯的作品的"主线"范畴,不很适用于《红楼梦》。一个作品越是忠于生活,视野开阔,越是必须突破线性结构;它要撒出许多点,延伸许多线,它不是专门盯着哪一个人物哪一个事件的,这就更需要功力,使每章每节每段每句都有引人入胜处,即使你尚未进戏,未抓住情节线索,仍然会津津有味地读下去。

倒也十分乐意。只是薛蟠起初原不欲在贾府中居住,生恐姨父管束,不得自在;无奈母亲执意在此,且贾宅中又十分殷勤苦留,只得暂且住下,一面使人打扫出自家的房屋,再移居过去。谁知自此间住了不上一月,贾宅族中凡有的子侄,俱已认熟了一半,都是那些纨袴气习,莫不喜与他来往,今日会酒,明日观花,甚至聚赌嫖娼,无所不至,引诱的薛蟠比当日更坏了十倍。虽说贾政训子有方,治家有法,一则族大人多,照管不到;二则现在房长乃是贾珍,彼乃宁府长孙,又现袭职,凡族中事都是他掌管;三则公私冗杂,且素性潇洒,不以俗事为要,每公暇之时,不过看书着棋而已。况这梨香院相隔两层房舍,又有街门别开,任意可以出入,这些子弟们,可以放意畅怀的。因此遂将移居之念,渐渐打灭了。日后何如,下回分解。

> 因富贵而腐化堕落,挡也挡不住。
> 开始表现贾政的不中用。
>
> 潇洒,原可能是无能的掩饰。

    写长篇小说如用兵,有前哨战,有外围战,有突然空降,有欲擒故纵,刚写到贾府,又舍近写远去了。

    薛蟠原怕进了荣府受到管束,结果是受到引诱,坏了十倍。这几句话已经给中国封建主义判了死刑。

第 五 回

贾宝玉神游太虚境　警幻仙曲演红楼梦

第四回中既将薛家母子在荣府中寄居等事略已表明,此回则暂不能写矣。

> 随意一提,就是旁白,也起到了间离的效果。

如今且说林黛玉自在荣府,一来贾母万般怜爱,寝食起居,一如宝玉,而迎春、探春、惜春三个孙女儿倒且靠后;便是宝玉和黛玉二人之亲密友爱处,亦较别个不同;日则同行同坐,夜则同止同息,真是言和意顺,似漆如胶。不想如今忽然来了一个薛宝钗,年纪虽大不多,然品格端方,容貌美丽,人谓黛玉所不及。而宝钗行为豁达,随分从时,不比黛玉孤高自许,目无下尘,故深得下人之心;便是那些小丫头们,亦多与宝钗顽笑。因此黛玉心中便有些不忿之意,宝钗却浑然不觉。那宝玉亦在孩提之间,况自天性所禀,一片愚拙偏僻,视姊妹兄弟皆出一意,并无亲疏远近之别。如今与黛玉同处贾母房中坐卧,故略比别个姊妹熟惯些。既熟惯,则更觉亲密;既亲密,则不免有求全之毁,不虞之隙。这日不知为何,二人言语有些不合起来,黛玉又在房中独自垂泪,宝玉又自悔言语冒撞,前去俯就,那黛玉方渐渐回转来。

> 几句大实话说得明明白白。越研究可就越复杂了。

> 从第三回对于黛玉的描写看,实未见孤高自许。

> 浑然不觉是一种上等状态,大致可能:一、大智若愚,确实不觉。二、不喜是非,有意"不觉"。三、以不觉胜有觉,以开朗胜计较,不战而胜,是为上上。四、越有信心就越不需要去觉去察去忿去争。五、越不觉越处于有利地位,越有"选票"。

因东边宁府花园内梅花盛开,贾珍之妻尤氏乃治酒具,请贾母、邢夫人、王夫人等赏花。

> 已概括了三人关系的基本格局。似是废话,却收不动声色的效果。

这段综述,一般地技巧地说,本为小说家所忌,盖综合判断跑到了叙述描写、情节展开的前面去了,概念走到了艺术表现的前面,作者先期把结论捅给了读者。

然而,大师、巨著,自有不计小节处,由于有真情实感真生活真学问,由于有无数活生生的东西即将表现出来,技巧不再重要,技巧上的失策乃便是不拘一格,化腐朽为神奇。而缺少总体价值的三流作家三流作品,即使手法讲究,也只是化神奇为腐朽。大师就是大师,不服不行。

是日先带了贾蓉夫妻二人来面请。贾母等于早饭后过来,就在会芳园游玩,先茶后酒。不过是宁荣二府眷属家宴,并无别样新文趣事可记。

一时宝玉倦怠,欲睡中觉,贾母命人好生哄着歇息一回再来。贾蓉之妻秦氏便忙笑道:"我们这里有给宝叔收拾下的屋子,老祖宗放心,只管交与我就是了。"亲向宝玉的奶娘丫鬟等道:"嬷嬷、姐姐们,请宝叔随我这里来。"贾母素知秦氏是极妥当的人,生得袅娜纤巧,行事又温柔和平,乃重孙媳中第一个得意之人,见他去安置宝玉,自是安稳的。

为什么这里"有"给宝玉准备的房室?

极妥当的袅娜纤巧?
极妥当是什么意思?为何贾母素知秦氏极妥当?第一得意又是与谁比出来的?又强调一次安稳。不免欲擒故纵,令读者警觉,关注她的妥当与否了。

当下秦氏引了一簇人来至上房内间,宝玉抬头看见是一幅画贴在上面,人物固好,其故事乃是"燃藜图"也,心中便有些不快。又有一副对联,写的是:

世事洞明皆学问,人情练达即文章。

及看了这两句,纵然室宇精美,铺陈华丽,亦断断不肯在这里了,忙说:"快出去!快出去!"秦氏听了笑道:"这里还不好,往那里去呢?不然往我屋里去罢。"宝玉点头微笑,有一嬷嬷说道:"那里有个叔叔往侄儿媳妇房里睡觉的礼?"秦氏笑道:"嗳哟,不怕他恼,他能多大了,就忌讳这些么?上月你没有看见我那个兄弟来了,虽然和宝叔同年,两个人若站在一处,只怕那一个还高些呢。"宝玉道:"我怎么没有见过他,你带

其实这副对联内容甚佳,不是空洞僵死的教条。倒是宝玉的反应过度。

宝玉为何微笑?

无为有处有还无。
预伏下秦钟。

49

他来我瞧瞧。"众人笑道："隔着二三十里，那里带去？见的日子有呢。"

说着大家来至秦氏房中。刚至房中，便有一股细细的甜香袭人，宝玉便觉得眼饧骨软，连说："好香！"入房向壁上看时，有唐伯虎画的"海棠春睡图"，两边有宋学士秦太虚写的一副对联云：

> 嫩寒锁梦因春冷，芳气袭人是酒香。

案上设着武则天当日镜室中设的宝镜，一边摆着赵飞燕立着舞的金盘，盘内盛着安禄山掷过伤了太真乳的木瓜。上面设着寿昌公主于含章殿下卧的宝榻，悬的是同昌公主制的连珠帐。宝玉含笑道："这里好！这里好！"秦氏笑道："我这屋子大约神仙也可以住得的。"说着，亲自展开了西施浣过的纱衾，移了红娘抱过的鸳枕，于是众奶姆伏侍宝玉卧好了，款款散去，只留下袭人、秋纹、晴雯、麝月四个丫鬟为伴。秦氏便吩咐小丫鬟们好生在檐下看着猫儿打架。

那宝玉才合上眼，便恍恍惚惚的睡去，犹似秦氏在前，遂悠悠荡荡，随了秦氏至一所在。但见朱栏玉砌，绿树清溪，真是人迹不逢，飞尘罕到。宝玉在梦中欢喜，想道："这个去处有趣，我就在这里过一生，虽然失了家也愿意，强如天天被父母打去。"正胡思之间，忽听见山后有人作歌曰：

> 春梦随云散，飞花逐水流；
> 寄言众儿女：何必觅闲愁。

宝玉听了是女儿的声气。歌音未息，早见那边走出一个丽人来，蹁跹袅娜，与凡人不同。有赋为证：

什么香？怎么骨都软了？这种气味是极富性感的。底下种种描写亦富性的暗示。

此室端的不凡，无怪乎刘心武倡秦可卿别有（大）来历说，猜测秦是金枝玉叶，因家庭在政治风波中遭到厄运，才被贾府保护在府中。

秦氏出语不凡。

俏皮。引起了许多红学家的疑心。

这就叫感觉，这就是东方意识流。

梦不忘打，宝玉其实老实可怜。

认清万物的好景不常，变动不羁，能销愁乎？更添愁乎？加点诗词歌赋，一为卖弄才学，二为调剂节奏、调剂阅读兴味，否则八十万乃至一百二十万字读下来，谁不疲劳？三为刻画、补充叙述，四为审美化，间离化。

方离柳坞,乍出花房。但行处,鸟惊庭树;将到时,影度回廊。仙袂乍飘兮,闻麝兰之馥郁;荷衣欲动兮,听环佩之铿锵。靥笑春桃兮,云堆翠髻;唇绽樱颗兮,榴齿含香。盼纤腰之楚楚兮,风回雪舞;耀珠翠之辉煌兮,鸭绿鹅黄。出没花间兮,宜嗔宜喜;徘徊池上兮,若飞若扬。蛾眉颦笑兮,将言而未语;莲步乍移兮,欲止而欲行。羡彼之良质兮,冰清玉润;慕彼之华服兮,闪烁文章。爱彼之容貌兮,香培玉篆;美彼之态度兮,凤翥龙翔。其素若何,春梅绽雪;其洁若何,秋蕙披霜。其静若何,松生空谷;其艳若何,霞映澄塘。其文若何,龙游曲沼;其神若何,月射寒江。应惭西子,实愧王嫱。奇矣哉,生于孰地?来自何方?信矣乎,瑶池不二,紫府无双。果何人哉?若斯之美也!

> 那个时代,小说是上不得台面的,辞赋,反而牛得多。

　　宝玉见是一个仙姑,喜的忙来作揖,笑问道:"神仙姐姐,不知从那里来,如今要往那里去?我也不知这里是何处,望乞携带携带。"那仙姑道:"吾居离恨天之上,灌愁海之中,乃放春山遣香洞太虚幻境警幻仙姑是也:司人间之风情月债,掌尘世之女怨男痴。因近来风流冤孽,缠绵于此,是以前来访察机会,布散相思。今日与尔相逢,亦非偶然。此离吾境不远,别无他物,仅有自采仙茗一盏,亲酿美酒一瓮,素练魔舞歌姬数人,新填'红楼梦'仙曲十二支,可试随我一游否?"

> 曰离恨,曰愁,曰虚曰幻,曰债,曰怨曰痴,曰冤孽,本应最美好最幸福最属于生命自身的爱情弄成了什么样子?没有比这更愚蠢、更罪过的了。

> 舞、歌离不开魔、姬。

　　宝玉听了,喜跃非常,便忘了秦氏在何处,竟随了仙姑至一所在。有石牌横建,上书"太虚幻境"四大字,两边一副对联,乃是:

> 此处已标明忘了秦氏。

假作真时真亦假,无为有处有还无。

转过牌坊,便是一座宫门,上横书四个大字,道是:"孽海情天"。又有一副对联,大书云:

厚地高天,堪叹古今情不尽;
痴男怨女,可怜风月债难酬。

宝玉看了,心下自思道:"原来如此。但不知何为'古今之情'?又何为'风月之债'?从今倒要领略领略。"宝玉只顾如此一想,不料早把些邪魔招入膏肓了。当下随了仙姑进入二层门内,只见两边配殿,皆有匾额对联,一时看不尽许多,惟见几处写着的是:"痴情司""结怨司""朝啼司""暮哭司""春感司""秋悲司"。看了,因向仙姑道:"敢烦仙姑引我到那各司中游玩游玩,不知可使得?"仙姑道:"此中各司贮的是普天之下所有的女子过去未来的簿册,尔凡眼尘躯,未便先知的。"宝玉听了,那里肯依,复央之再四,警幻便看这司的匾说:"也罢,就在此司内略随喜随喜罢。"宝玉喜不能胜,抬头看这司的匾上,乃是"薄命司"三字,两边写着对联道:

春恨秋悲皆自惹,花容月貌为谁妍。

宝玉看了,便知感叹。进入门中,只见有十数个大橱,皆用封条封着。看那封条上,皆有各省字样。宝玉一心只拣自己家乡的封条看,只见那边橱上封条大书"金陵十二钗正册",宝玉因问:"何为'金陵十二钗正册'?"警幻道:"即贵省中十二冠首女子之册,故为正册。"宝玉道:"常听人说,金陵极大,怎么只十二个女子?如

| 又一次真假有无的游戏。一是说整部小说的人物、情事亦真亦假,这里则是说爱情的世界亦是真真假假,靠不住的。假与真的嗟叹可以涵盖一切。

邪魔招入膏肓!爱使人如此抬不起头。自戕也。

爱情的悲剧性与生命的悲剧性。社会的与超社会的——自来的。

既有花容月貌,又有春恨秋悲,也就不白活一遭了,还闹什么?
感叹而已,岂能不感叹?

信仰上的宿命论与文学上的宿命感,内涵与价值十分不同。如果一个人告诉我们,我们的命运是写好在一个什么簿册——内分正册、副册、又副册,而由一位仙姑或仙叔保管的,我们只能对这种小儿科式的迷信付之一笑。显然,这是把人间的档案雏形搬到了仙界,这种说法根本不足挂齿。

文学描写是另一回事。作为人们对于自己主宰不了自己的命运的悲哀而又无可奈何的感受,作为只好如此、败在命运面前的可怜的人类个体的悲哀和知其就里的渴望与幻想,表达为一个故事化、文学化的太虚幻境经历,我们只能为之嗟叹,为之悲哀。我们读完了这些簿子上的判词,只能感到肃穆、畏惧、痛惜,乃至为之惊心动魄。至于这个幻境是否真实,并不重要,假作真时真亦假。幻境即使是假的,幻灭感、宿命感、痛苦、遗憾、无能为力而又恋恋难舍的感觉都是真的,比纪实文学报告文学新闻报道还真。文学承认客观反映的真实,也承认主观感受的真实,即使这种感受从认识论反映论的意义上可以判定为不真实也罢。

今单我们家里,上上下下就有几百个女孩儿。"警幻微笑道:"贵省女子固多,不过择其紧要者录之,两边二橱则又次之。余者庸常之辈,则无册可录矣。"

宝玉再看下首一橱,上写着"金陵十二钗副册";又一橱上写着"金陵十二钗又副册"。宝玉便伸手先将"又副册"橱门开了,拿出一本册来,揭开看时,只见这首页上画的,既非人物,亦非山水,不过是水墨滃染、满纸乌云浊雾而已。后有几行字迹,写道是:

> 霁月难逢,彩云易散。心比天高,身为下贱。风流灵巧招人怨。寿夭多因诽谤生,多情公子空牵念。

宝玉看了,又见后面画着一簇鲜花,一床破席,也有几句言词,写道是:

> 枉自温柔和顺,空云似桂如兰;
> 堪羡优伶有福,谁知公子无缘。

宝玉看了不解,遂掷下这个,去开了"副册"橱门,拿起一本册来,揭开看时,只见画着一枝桂花,下面有一池沼,其中水涸泥干,莲枯藕败,后面书云:

太虚幻境中,也不可能人人平等。

乌云浊雾下的人生。

"心比天高"云云,概括得精当而又残酷!
痛惜!

枉自,空云,堪羡,谁知,还是有感情的。
遗憾!

> 根并荷花一茎香,平生遭际实堪伤;
> 自从两地生孤木,致使香魂返故乡。

宝玉看了又不解,又去取"正册"看,只见头一页上便画着两株枯木,木上悬着一围玉带;又有一堆雪,雪中一股金簪。也有四句诗道:

> 可叹停机德,谁怜咏絮才;
> 玉带林中挂,金簪雪里埋。

宝玉看了仍不解,待要问时,知他必不肯泄漏天机;待要丢下,又不舍,遂往后看时,只见画着一张弓,弓上挂着一个香橼。也有一首歌词云:

> 二十年来辨是非,榴花开处照宫闱;
> 三春怎及初春景,虎兔相逢大梦归。

后面又画着两个人放风筝,一片大海,一只大船,船中有一女子,掩面泣涕之状。也有四句云:

> 才自清明志自高,生于末世运偏消;
> 清明涕送江边望,千里东风一梦遥。

后面又画几缕飞云,一湾逝水。其词曰:

> 富贵又何为,襁褓之间父母违;
> 展眼吊斜辉,湘江水逝楚云飞。

后面又画着一块美玉,落在泥污之中。其断语云:

> 欲洁何曾洁,云空未必空;
> 可怜金玉质,终陷淖泥中。

后面忽画一恶狼,追扑一美女,欲啖之意。其书云:

> 子系中山狼,得志便猖狂;
> 金闺花柳质,一载赴黄粱。

后面便是一所古庙,里面有一美人,在内看经独坐。其判云:

> 勘破三春景不长,缁衣顿改昔年妆;
> 可怜绣户侯门女,独卧青灯古佛旁。

哀伤。

钗黛合一,不是说两个人处处合一,而是指作为曹雪芹以及贾宝玉的女性理想、审美理想,二人的各自的特点结合起来,就是完美,就是理想了。钗黛在理想、在幻境判词中可以合一,在现实中只能分离乃至争斗。固可叹也。

元春的判词有宿命的威严。

"末世"云云,够刺激的。

湘云。

妙玉。
其实金、玉、洁、空本来离不开泥污。

迎春判词平平。

惜春。
"可怜"云云,说明入世与出世的两难。

后面便是一片冰山,上有一只雌凤。其判云: 又是"末世"。
  凡鸟偏从末世来,都知爱慕此生才;
  一从二令三人木,哭向金陵事更哀。   王熙凤。
后面又是一座荒村野店,有一美人在那里纺绩。其判云:
  势败休云贵,家亡莫论亲;　　　　　巧姐。
  偶因济刘氏,巧得遇恩人。
诗后又画一盆茂兰,旁有一位凤冠霞帔的美人。也有判云:
  桃李春风结子完,到头谁似一盆兰; 　李纨。
  如冰水好空相妒,枉与他人作笑谈。
诗后又画一座高楼,上有一美人悬梁自尽。其判云:
  情天情海幻情身,情既相逢必主淫; 　可卿。
  漫言不肖皆荣出,造衅开端实在宁。 　这些话说得够露的了。

  宝玉还欲看时,那仙姑知他天分高明、性情颖慧,恐泄漏天机,便掩了卷册,笑向宝玉道:"且随我去游玩奇景,何必在此打这闷葫芦!"   与其寻根问底,不如漫步游玩,此是金玉良言。

  宝玉恍恍惚惚,不觉弃了卷册,又随了警幻来至后面。但见珠帘绣幕,画栋雕檐,说不尽的光摇朱户金铺地,雪照琼窗玉作宫。更见仙花馥郁,异草芬芳,真个好所在。又听警幻笑道:"你们快出来迎接贵客!"一言未了,只见房中走出几个仙子来,皆是荷袂蹁跹,羽衣飘舞,娇若春花,媚如秋月。一见了宝玉,都怨谤警幻道:"我们不知系何'贵客',忙的接了出来!姐姐曾说今日今时必有绛珠妹子的生魂前来游玩,故我等久待。何故反引这浊物来污染这清净女儿之境?"   恍恍惚惚,有点涉笔下意识的意思。

  又扯出黛玉的前生来了。浊物!不知与弗洛伊德所论自卑心理有无干涉。

  宝玉听如此说,便吓得欲退不能,果觉自形

污秽不堪。警幻忙携住宝玉的手,向众姊妹笑道:"你等不知原委:今日原欲往荣府去接绛珠,适从宁府经过,偶遇荣宁二公之灵,嘱吾云:'吾家自国朝定鼎以来,功名奕世,富贵流传,已历百年,奈运终数尽,不可挽回。我等之子孙虽多,竟无可以继业者。惟嫡孙宝玉一人,禀性乖张,用情怪谲,虽聪明灵慧,略可望成,无奈吾家运数合终,恐无人规引入正。幸仙姑偶来,可望先以情欲声色等事警其痴顽,或能使彼跳出迷人圈子,入于正路,亦吾兄弟之幸矣。'如此嘱吾,故发慈心,引彼至此。先以彼家上中下三等女子之终身册籍,令彼熟玩,尚未觉悟;故引彼再到此处,令其历饮馔声色之幻,或冀将来一悟,未可知也。"

说毕,携了宝玉入室。但闻一缕幽香,不知所闻何物。宝玉遂不住相问,警幻冷笑道:"此香尘世中所无,尔何能知!此系诸名山胜境初生异卉之精,合各种宝林珠树之油所制,名为'群芳髓'。"宝玉听了,自是羡慕而已。大家入座,小鬟捧上茶来,宝玉自觉香清味美,迥非常品,因又问何名。警幻道:"此茶出在放春山遣香洞,又以仙花灵叶上所带的宿露而烹,此茶名曰'千红一窟'。"宝玉听了,点头称赏。因看房内瑶琴、宝鼎、古画、新诗,无所不有;更喜窗下亦有唾绒,奁间时渍粉污。壁上也有一副对联,书云:

幽微灵秀地,无可奈何天。

宝玉看毕,无不羡慕,因又请问众仙姑姓名:一名痴梦仙姑,一名钟情大士,一名引愁金女,一名度恨菩提,各各道号不一。少刻,有小鬟来调桌安椅,摆设酒馔,真是:

信笔开河,随意性嗖。随意性也是小说创作的一个契机,正像意图性、刻意性是不可少的一样。

扯上二公,有为自己找词儿打掩护即即拉旗为皮之意。似乎"红"书不离教化宗旨,这里有作者设防的色彩。

"觉悟"本佛家语。新中国成立后常讲阶级觉悟政治觉悟,借佛语通佛理也。

又是幽香,不能不想到秦氏房中之香。

博采方能精用。

与后面的在妙玉那里品茶呼应。
一哭。

中华料理,一直料理到了幻境。我们确有重视食文化的传统。

琼浆满泛玻璃盏,玉液浓斟琥珀杯。更不用说此馔之盛。宝玉因此酒香冽异常,又不禁相问。警幻道:"此酒乃以百花之蕊,万木之汁,加以麟髓之醅、凤乳之曲酿成,因名为'万艳同杯'。"宝玉称赏不迭。

同悲。

饮酒间,又有十二个舞女上来,请问演何调曲,警幻道:"就将新制'红楼梦'十二支演上来。"舞女们答应了,便轻敲檀板,款按银筝,听他歌道是:

开辟鸿蒙……

从开天辟地说起,方显幽深。

方歌了一句,警幻道:"此曲不比尘世中所填传奇之曲,必有生旦净末之则,又有南北九宫之调。此或咏叹一人,或感怀一事,偶成一曲,即可谱入管弦。若非个中人,不知其中之妙;料尔亦未必深明此调,若不先阅其稿,后听其曲,反成嚼蜡矣。"说毕,回头命小鬟取了"红楼梦"原稿来,递与宝玉。宝玉接过来,一面目视其文,耳聆其歌曰:

插话的传统。"红"已有之。

〔红楼梦引子〕开辟鸿蒙,谁为情种?都只为风月情浓。奈何天,伤怀日,寂寥时,试遣愚衷。因此上,演出这悲金悼玉的"红楼梦"。

又是钗黛并提。

〔终身误〕都道是金玉良缘,俺只念木石前盟。空对着,山中高士晶莹雪;终不忘,世外仙姝寂寞林。叹人间,美中不足今方信。纵然是齐眉举案,到底意难平。

俺与"都"的对立。
有情人终不成眷属。
钗与黛分开了。

〔枉凝眉〕一个是阆苑仙葩,一个是美玉无瑕。若说没奇缘,今生偏又遇着他;说有奇缘,如何心事终虚话?一个枉自嗟呀,一个空劳牵挂。一个是水中月,一个是镜中花。想眼中能有多少泪珠儿,怎禁得

可解释为只写宝黛,亦可解释为统写宝对钗、黛的感情。皆通。多义性。不必强求一解。

秋流到冬尽,春流到夏!

却说宝玉听了此曲,散漫无稽,未见得好处;但其声韵凄婉,竟能销魂醉魄。因此也不问其原委,也不究其来历,就暂以此释闷而已。因又看下面道:

〔恨无常〕喜荣华正好,恨无常又到。眼睁睁,把万事全抛。荡悠悠,把芳魂销耗。望家乡,路远山高。故向爹娘梦里相寻告:儿命已入黄泉,天伦呵,须要退步抽身早!

〔分骨肉〕一帆风雨路三千,把骨肉家园,齐来抛闪。恐哭损残年。告爹娘,休把儿悬念:自古穷通皆有定,离合岂无缘?从今分两地,各自保平安。奴去也,莫牵连。

〔乐中悲〕襁褓中,父母叹双亡。纵居那绮罗丛,谁知娇养?幸生来,英豪阔大宽宏量,从未将儿女私情,略萦心上。好一似,霁月光风耀玉堂。厮配得才貌仙郎,博得个地久天长,准折得幼年时坎坷形状。终久是云散高唐,水涸湘江:这是尘寰中消长数应当,何必枉悲伤?

〔世难容〕气质美如兰,才华馥比仙。天生成孤癖人皆罕。你道是啖肉食腥膻,视绮罗俗厌;却不知好高人愈妒,过洁世同嫌。可叹这,青灯古殿人将老;孤负了,红粉朱楼春色阑。到头来,依旧是风尘肮脏违心愿;好一似,无瑕白玉遭泥陷;又何须,王孙公子叹无缘?

〔喜冤家〕中山狼,无情兽,全不念当日根由。一味的,骄奢淫荡贪欢媾。觑着那,侯门艳质同蒲柳;作践的,公府千金似下

不甚解——不问其原委,不究其来历——也可以欣赏——销魂醉魄释闷,这是一种讲直觉讲感觉的接受美学。

人生的各种悲哀,既是特定某人的,又是普泛的、人类的。

在现代交通工具出现以前,生离之悲惨正如死别。

面对命运,人又何言,何堪!

"愈妒""同嫌",人间烦恼仍是逃避不成。

有性虐待的暗示。

流。叹芳魂艳魄，一载荡悠悠。

〔虚花悟〕将那三春看破，桃红柳绿待如何？把这韶华打灭，觅那清淡天和。说什么，天上夭桃盛，云中杏蕊多？到头来，谁见把秋捱过？则看那，白杨村里人呜咽，青枫林下鬼吟哦。更兼着，连天衰草遮坟墓。这的是，昨贫今富人劳碌，春荣秋谢花折磨。似这般，生关死劫谁能躲？闻说道，西方宝树唤婆娑，上结着长生果。

> 曲词天成，摇曳多姿，绝顶的颓废与虚空中，竟有清淡天和、唤婆娑，长生果之语。又能如何？能不如何！

〔聪明累〕机关算尽太聪明，反算了卿卿性命！生前心已碎，死后性空灵。家富人宁，终个有，家亡人散各奔腾。枉费了，意悬悬半世心；好一似，荡悠悠三更梦。忽喇喇似大厦倾，昏惨惨似灯将尽。呀！一场欢喜忽悲辛。叹人世，终难定！

> 看破终难破，聪明本不明，灯尽意未尽，无情总是情。

〔留余庆〕留余庆，留余庆，忽遇恩人；幸娘亲，幸娘亲，积得阴功。劝人生，济困扶穷，休似俺那爱银钱、忘骨肉的狠舅奸兄！正是乘除加减，上有苍穹。

〔晚韶华〕镜里恩情，更那堪梦里功名！那美韶华去之何迅！再休提绣帐鸳衾。只这戴珠冠，披凤袄，也抵不了无常性命。虽说是，人生莫受老来贫，也须要阴骘积儿孙。气昂昂，头戴簪缨，光灿灿，胸悬金印；威赫赫，爵禄高登，昏惨惨，黄泉路近！问古来将相可还存？也只是虚名儿与后人钦敬。

> 此曲中不无兰桂齐芳，至少是兰芳的影子。

〔好事终〕画梁春尽落香尘。擅风情，秉月貌，便是败家的根本。箕裘颓堕皆从敬，家事消亡首罪宁。宿孽总因情！

> "从敬""罪宁"云云，包含的内容似比后面写出来的更多。

〔飞鸟各投林〕为官的，家业雕零；富贵

的,金银散尽;有恩的,死里逃生;无情的,分明报应。欠命的,命已还;欠泪的,泪已尽。冤冤相报自非轻,分离聚合皆前定。欲知命短问前生,老来富贵也真侥幸。看破的,遁入空门;痴迷的,枉送了性命。好一似食尽鸟投林,落了片白茫茫大地真干净!

> 悲哀至极,到了这一步反而透亮。真干净,甚至是转悲为喜了呀!

歌毕,还又歌副歌。警幻见宝玉甚无趣味,因叹:"痴儿竟尚未悟!"那宝玉忙止歌姬不必再唱,自觉朦胧恍惚,告醉求卧。警幻便命撤去残席,送宝玉至一香闺绣阁中,其间铺陈之盛,乃素所未见之物。更可骇者,早有一位女子在内,其鲜艳妩媚,有似乎宝钗;风流袅娜,则又如黛玉。正不知何意,忽警幻道:"尘世中多少富贵之家,那些绿窗风月,绣阁烟霞,皆被淫污纨裤与那些流荡女子悉皆玷辱。更可恨者,自古来,多少轻薄浪子,皆以'好色不淫'为解,又以'情而不淫'作案,此皆饰非掩丑之语也。好色即淫,知情更淫。是以巫山之会,云雨之欢,皆由既悦其色、复恋其情所致也。吾所爱汝者,乃天下古今第一淫人也。"

> 亦钗亦黛,理想女性,幻境中所有,人间所无者也。

> 灵肉统一。

宝玉听了,唬的慌忙答道:"仙姑差了。我因懒于读书,家父母尚每垂训饬,岂敢再冒'淫'字?况且年纪尚幼,不知'淫'为何事。"警幻道:"非也。淫虽一理,意则有别。如世之好淫者,不过悦容貌,喜歌舞,调笑无厌,云雨无时,恨不能天下之美女供我片时之趣兴:此皆皮肤滥淫之蠢物耳。如尔则天分中生成一段痴情,吾辈推之为'意淫'。惟'意淫'二字,可心会而不可口传,可神通而不能语达。汝今独得此二字,在闺阁中固可为良友,然于世道中

> 意淫,其实就是爱情。

未免迂阔怪诡,百口嘲谤,万目睚眦。今既遇令祖宁荣二公剖腹深嘱,吾不忍君独为我闺阁增光而见弃于世道,故引子前来,醉以美酒,沁以仙茗,警以妙曲,再将吾妹一人,乳名兼美表字可卿者,许配与汝。今夕良时,即可成姻。不过令汝领略此仙闺幻境之风光尚然如此,何况尘境之情景哉?而今后,万万解释,改悟前情,留意于孔孟之间,委身于经济之道。"说毕,便秘授以云雨之事,推宝玉入房中,将门掩上自去。

此可卿即彼可卿乎?非彼可卿乎?亦难得要领,留待读者见仁见智。用这种办法鼓励宝玉改弦更张,留意孔孟,似匪夷所思。自欺乎?欺人乎?太过辩证乎?见解高超,常人难解乎?借口乎?欲盖弥彰乎?

那宝玉恍恍惚惚,依警幻所嘱之言,未免有儿女之事,难以尽述。至次日,便柔情缱绻,软语温存,与可卿难解难分。因二人携手出去游玩之时,忽然至一个所在,但见荆榛遍地,狼虎同行,迎面一道黑溪阻路,并无桥梁可通。正在犹豫之间,忽见警幻从后追来,说道:"快休前进,作速回头要紧!"宝玉忙止步问道:"此系何处?"警幻道:"此即迷津也,深有万丈,遥亘千里,中无舟楫可通,只有一个木筏,乃木居士掌柁,灰侍者撑篙,不受金银之谢,但遇有缘者渡之。尔今偶游至此,设如堕落其中,便深负我从前谆谆警戒之语矣。"话犹未了,只听迷津内响如雷声,有许多夜叉海鬼,将宝玉拖将下去,吓得宝玉汗下如雨,一面失声喊叫:"可卿救我!"吓得袭人辈众丫鬟忙上来搂住,叫:"宝玉不怕,我们在这里。"

认定这一节是表述宝玉的首次性经验,当可信。同时它又是哲学的、宿命的、神秘的、预言的。当然,人类总是从性当中获取哲学与神秘的信息,古今中外皆有,《周易》便是。

人生者,迷津也。

却说秦氏正在房外嘱咐小丫头们好生看着猫儿狗儿打架,忽闻宝玉在梦中唤他的小名,因纳闷道:"我的小名这里从无人知道,他如何知得,在梦中叫出来?"正在不解,且听下回分解。

谁不纳闷?
一纳闷,便回到了现实。

历来红学家重视此回,以之为推测人物命运,推测被认为是佚散了的最后四十回内容的依据。从纯小说阅读的角度来看,这一回的最大作用是先把悲剧的结局告诉读者,把虚无的感受传达给读者,底下再怎么写,都处在一种过来人的追忆的色调之中。这实是对时间这个因子的极灵动极大气的处理。终将灭亡的阴影笼罩着全书,盖第一回与第五回之功也。

《百年孤独》中有一些对时间翻过来掉过去的处理,"红"已略有之。

远古的来历,浓缩的故事,概括的介绍,主要的角色,都已渐渐浮出水面,然后,所有的旋律与乐器预演一遍,巨大的交响乐正式开始。

第 六 回

贾宝玉初试云雨情　刘老老一进荣国府

　　却说秦氏因听见宝玉在梦中唤他的乳名,心中自是纳闷,又不好细问。彼时宝玉迷迷惑惑,若有所失,众人忙端上桂圆汤来,喝了两口,遂起身整衣,袭人伸手与他系裤带时,刚伸手至大腿处,只觉冰冷一片粘湿,唬的忙退出手来,问:"是怎么了?"宝玉红涨了脸,把他的手一捻,袭人本是个聪明女子,年纪又比宝玉大两岁,近来也渐省人事,今见宝玉如此光景,心中便察觉了一半,不觉羞得红涨了脸面,遂不敢再问。仍旧理好了衣裳,随至贾母处来,胡乱吃过晚饭,过这边来,袭人趁众奶娘丫鬟不在旁时,另取出一件中衣,与宝玉换上。

　　宝玉含羞央道:"好姐姐,千万别告诉别人。"袭人含羞笑问道:"你梦见什么故事了?是那里流出来的那些脏东西?"宝玉道:"一言难尽。"便把梦中之事细说与袭人知了。说至警幻所授云雨之情,羞的袭人掩面伏身而笑。宝玉亦素喜袭人柔媚娇俏,遂与袭人同领警幻所训云雨之事。袭人自知系贾母将他与了宝玉的,今便如此,亦不为越理,遂和宝玉偷试了一番,幸无人撞见。自此宝玉视袭人更与别个不同,袭人侍宝玉越发尽职。暂且别无话说。

　　按荣府一宅中合算起来,人口虽不多,从上

可卿是人,可卿是梦中的仙,是宝玉的意识流。人的可卿并不了解梦中的仙的可卿。感受主体宝玉,以及雪芹,以及读者却隐隐感到了人的可卿与梦的仙的下意识中的可卿的联系,乃至与贾宝玉的粘湿生理现象的联系。这一处理,实在是妙极了,"先进"极了。作家的经验、真情实感再加上才华,常常走在科学——如生理学——的前面。

问得嗲。
是东西脏还是研究处理得脏呢?

越不越理,作者其实提出了一个疑问。雪芹精于反话正说,问话断说(明明是疑问却作出明确判断)。"幸无人撞见"云云,亦靠不住。

至下，也有三百余口人；事虽不多，一天也有一二十件，竟如乱麻一般，并没有个头绪可作纲领。正思从那一件事那一个人写起方妙，却好忽从千里之外，芥豆之微，小小一个人家，因与荣府略有些瓜葛，这日正往荣府中来，因此便就这一家说起，倒还是个头绪。

> 又岔开去了。初试云雨本是主要人物的主要情节之一，是近乎主线上的事，偏偏轻轻带过，竟扯到刘老老身上去了。真敢摊开了写，撒开了写。上天入地，全凭作者招呼，这就叫"抡开了写"。

原来这小小之家，姓王，乃本地人氏，祖上曾做过一个小小京官，昔年曾与凤姐之祖王夫人之父认识。因贪王家的势利，便连了宗，认作侄儿。那时只有王夫人之大兄凤姐之父与王夫人随在京的知有此一门远族，余者皆不知也。目今其祖早故，只有一个儿子，名唤王成，因家业萧条，仍搬出城外原乡中住了。王成亦相继身故，有子小名狗儿，娶妻刘氏，生子小名板儿；又生一女，名唤青儿。一家四口，以务农为业。因狗儿白日间又作些生计，刘氏又操井臼等事，青板姊弟两个，无人管着，狗儿遂将岳母刘老老接来，一处过活。

> 全不相干，姑妄写之。

这刘老老乃是个久经世代的老寡妇，膝下又无子息，只靠两亩薄田度日。如今女婿接了养活，岂不愿意，遂一心一计帮着女儿女婿过活起来。因这年秋尽冬初，天气冷将上来，家中冬事未办，狗儿未免心中烦虑，吃了几杯闷酒，在家闲寻气恼，刘氏不敢顶撞。因此刘老老看不过，乃劝道："姑爷，你别嗔着我多嘴，咱们村庄人家，那一个不是老老诚诚守着多大碗儿吃多大的饭。你皆因年小时，托着那老的福，吃喝惯了，如今所以把持不定，有了钱就顾头不顾尾，没了钱就瞎生气，成了什么男子汉大丈夫了！如今咱们虽离城住着，终是天子脚下。这'长安'城中，遍地皆是钱，只可惜没人会去拿罢了。"

> 久经世代的老寡妇，当然是"博士后"的水平。

> 穷了就在家闲寻气恼，弱者通病。

> 与贾府的超高消费成为对比。

> 不患无钱，患"不会拿"。

在家跳蹋也没用。"狗儿听了道："你老只会在炕头上坐着混说，难道叫我打劫去不成？"刘老老说道："谁叫你打劫去呢？也到底大家想个方法儿才好。不然，那银子钱会自己跑到咱们家里来不成？"狗儿冷笑道："有法儿还等到这会子呢！我又没有收税的亲戚、做官的朋友，有什么法子可想的？便有，也只怕他们未必来理我们呢。"刘老老道："这倒也不然。'谋事在人，成事在天'，咱们谋到了，靠菩萨的保佑，有些机会，也未可知。我倒替你们想出一个机会来。当日你们原是和金陵王家连过宗的，二十年前，他们看承你们还好，如今是你们拉硬屎，不肯去俯就他，故疏远起来。想当初我和女儿还去过一遭，他家的二小姐，着实爽快会待人的，倒不拿大。如今现是荣国府贾二老爷的夫人，听得他们说，如今上了年纪，越发怜贫恤老，最爱斋僧布施。如今王府虽升了边任，只怕二姑太太还认得咱们，你何不去走动走动？或者他还念旧，有些好处亦未可知。只要他发一点好心，拔一根寒毛比咱们的腰还壮呢。"刘氏一旁接口道："你老说得是，你我这样嘴脸，怎么好到他门上去？只怕他那门上人也不肯去通报，没的去打嘴现世。"

谁知狗儿利名心重，听如此说，心下便有些活动起来；又听他妻子这番话，便笑接道："老老既如此说，况且当日你又见过这姑太太一次，何不你老人家明日就去走一遭，先试试风头看。"刘老老道："哎哟！可是说的，'侯门似海'，我是个什么东西，他家人又不认得我，去了也是白去的。"狗儿道："不妨，我教你个法儿：你竟带了外孙小板儿先去找陪房周瑞，若见了他，就有些意思了。这周瑞先时曾和我父亲交过一桩事，我

对于穷人来说，打劫永远是有诱惑力的。

叹息自己没有过硬的亲友，也是古已如此。

攀附乎？打劫乎？两条路，要你选择。

寒毛与腰对比，既是认命自嘲，又是阶级对比的极而言之。呜呼！

刘老老也知道"侯门似海"！

狗儿忽然门槛精起来了。与那吃了几杯酒闲寻气恼的形象不甚一致。

写贾府,先通过冷子兴的演说,再通过林黛玉的初至,意犹未尽,再通过刘老老与板儿的眼光,旁看,大(面上)看,保持一定的距离看,然后方可言投入。

们本极好的。"刘老老道:"我也知道。只是许多时不走动,知道他如今是怎样?这说不得的了,你又是个男人,这样个嘴脸,自然去不得。我们姑娘年轻媳妇,也难卖头卖脚去,倒还是舍了我这副老脸去碰一碰。果然有些好处,也大家有益。"当晚计议已定。

次日天未明时,刘老老便起来梳洗了,又将板儿教了几句话;五六岁的孩子,听见带了他进城逛去,便喜的无不应承。于是刘老老带了板儿,进城至宁荣街来。至荣府大门前石狮子旁,只见簇簇的轿马。刘老老便不敢过去,且掸掸衣服,又教了板儿几句话,然后蹲在角门前,只见几个挺胸凸肚,指手画脚的人坐在大门上,说东谈西的。刘老老只得挨上前来问:"太爷们纳福。"众人打量了他一会,便问:"是那里来的?"刘老老陪笑道:"我找太太的陪房周大爷的,烦那位太爷替我请他出来。"那些人听了,都不睬他,半日,方说道:"你远远的那墙脚下等着,一会子他们家里有人就出来的。"内中有一年老的说道:"不要误了他的事,何苦耍他。"因向刘老老道:"那周大爷往南边去了。他在后一带住着,他娘子却在家。你从这边绕到后街门上找就是了。"

刘老老谢了,遂携着板儿绕至后门上,只见门上歇着些生意担子,也有卖吃的,也有卖玩耍的物件,闹吵吵三二十个孩子在那里厮闹。刘老老便拉住一个道:"我问哥儿一声,有个周大娘可在家么?"孩子道:"那个周大娘?我们这里

一车废话,只为使刘老老的前去合乎情理,抑另有他意焉?

先哈啰后问路,古今中外都是这个礼貌。

老惜老,还好。

周大娘有三个呢,还有两位周奶奶,不知是那一行当上的?"刘老老道:"他是太太的陪房。"孩子道:"这个容易,你跟我来。"引着刘老老进了后院,至一院墙边,指道:"这就是他家。"忙又叫道:"周大妈,有个老奶奶找你呢。"

周瑞家的在内忙迎了出来,问:"是那位?"刘老老迎上来问了个:"好呀,周嫂子。"周瑞家的认了半日,方笑道:"刘老老,你好呀?你说,这几年不见,我就忘了。请家里坐。"刘老老一面走,一面笑说道:"你老是'贵人多忘事'了,那里还记得我们?"说着,来至房中,周瑞家的命雇的小丫头倒上茶来吃着。周瑞家的又问:"板儿倒长了这么大了!"又问些别后闲话,又问刘老老:"今日还是路过,还是特来的?"刘老老便说:"原是特来瞧瞧你嫂子,二则也请请姑太太的安。若可以领我见一见更好,若不能,便借重嫂子转致意罢了。"

周瑞家的听了,便已猜着几分来意。只因他丈夫昔年争买田地一事,多得狗儿之力,今见刘老老如此,心中难却其意;二则也要显弄自己的体面。便笑说:"老老你放心。大远的诚心诚意来了,岂有个不教你见个正佛去的?论理,人来客至,回话却不与我相干。我们这里都是各占一样儿:我们男的只管春秋两季地租子,闲时带着小爷们出门就完了;我只管跟太太奶奶们出门的事。皆因你老是太太的亲戚,又拿我当个人,投奔了我来,我竟破个例与你通个信去。但只一件,老老有所不知,我们这里不比五年前了,如今太太不大理事,都是琏二奶奶当家了。你道这琏二奶奶是谁?就是太太内侄女儿,当日大舅老爷的女儿,小名凤哥的。"刘老老听了,

评点《红楼梦》(上)

一个周大娘也要铺排一阵,令人厌烦了。

贵人接触的人多,事多,忘也情有可原。刘老老应对有术。

得体。
以退为进,欲进先言退,叫做预留地步。

人情是宝,人情是债。

捎带着吹吹家政的规模气象。

一见刘老老便说得这样深,也是作者的有意安排吧。

67

罕问道："原来是他？怪道呢，我当日就说他不错的。这等说来，我今儿还得见了他。"周瑞家的道："这个自然的，如今有客来，都是这凤姑娘周旋接待，今儿宁可不见太太，倒要见他一面，才不枉走这一遭儿。"刘老老道："阿弥陀佛！这全仗嫂子方便了。"周瑞家的说："老老说那里话来？俗语说的：'与人方便，自己方便。'不过用我一句话儿，那里费了我什么事。"说着，便唤小丫头到倒厅上悄悄的打听老太太屋里摆了饭没有，小丫头去了。

> 既是介绍权力格局，又是从旁、大、远处介绍凤姐。

> 前面是一通买好，然后表示不费事，目的是为了让对方安心，是礼貌，却又小有虚伪。礼貌和真率常难得兼。

这里二人又说了些闲话。刘老老因说："这位凤姑娘，今年不过二十岁罢了，就这等有本事，当这样的家，可是难得的。"周瑞家的听了道："嗐！我的老老，告诉不得你呢。这位凤姑娘年纪虽小，行事却比是人都大呢。如今出挑得美人一般的模样儿，少说些有一万个心眼子，再要赌口齿，十个会说的男人也说不过他呢。回来你见了就知道了。就只一件，待下人未免严了些。"说着，小丫头回来说："老太太屋里已摆完了饭，二奶奶在太太屋里呢。"周瑞家的听了，连忙起身催着刘老老："快走，这一下来他吃饭是空儿，咱们先等着去了。若迟一步，回事的人多了，就难说话。再歇了中觉，越发没了时候了。"

> 心眼与口齿，人的法宝。
> 能干未免严，宽厚又常被识为无能。

> 周瑞家的如此尽心，稀罕。

说着，一齐下了炕，整顿衣服，又教了板儿几句话，随着周瑞家，逶迤往贾琏的住宅来。先至倒厅，周瑞家的将刘老老安插在那里略等一等，自己先过影壁，走进了院门，知凤姐未出来，先找着了凤姐的一个心腹通房大丫头名唤平儿的。周瑞家的先将刘老老起初来历说明，又说："今日大远的来请安，当日太太是常会的，今儿

> 是步骤，是排场，也是一个重要人物的出现。

不可不见,所以我带了他进来等奶奶下来,我细细回明,谅奶奶也不责我莽撞的。"平儿听了,便作了个主意:"叫他们进来,先在这里坐着就是了。"周瑞家的方出去领了他们进来。上了正房台阶,小丫头打起猩红毡帘,才入堂屋,只闻一阵香扑了脸来,竟不辨是何气味,身子就似在云端里一般。满屋中之物都是耀眼争光,使人头晕目眩,刘老老此时点头咂嘴念佛而已。于是引他到东边这间屋里,乃是贾琏的大女儿睡觉之所。平儿站在炕沿边,打量了刘老老两眼,只得问个好,让了坐。刘老老见平儿遍身绫罗,插金戴银,花容月貌,便当是凤姐儿了,才要称"姑奶奶",只见周瑞家的说:"他是平姑娘。"又见平儿赶着周瑞家的叫他"周大娘",方知不过是个有体面的丫头。于是让刘老老和板儿上了炕,平儿和周瑞家的对面坐在炕沿上,小丫头们倒了茶来吃了。

> 陌生化的效果。主观镜头的效果。全知角度与人物视角并存,不拘,是大家风范。

刘老老只听见咯当咯当的响声,大有似乎打箩柜筛面的一般,不免东瞧西望的,忽见堂屋中柱子上挂着一个匣子,底下又坠着一个秤砣般一物,却不住的乱晃,刘老老心中想着:"这是什么东西?有煞用处呢?"正呆时,陡听得"当"的一声,又若金钟铜磬一般,倒唬了一跳,展眼接着又是一连八九下,方欲问时,只见小丫头们一齐乱跑,说:"奶奶下来了。"平儿与周瑞家的忙起身说:"刘老老只管坐着,等是时候,我们来请你。"说着迎出去了。

> 挂钟,来自西洋,引进的。初见挂钟印象,有趣亦可怜。

刘老老只屏声侧耳默候,只听远远有人笑声,约有一二十个妇人,衣裙窸窣,渐入堂屋,往那边屋内去了。又见三两个妇人,都捧着大红漆捧盒,进这边来等候。听得那边说道"摆饭",

> 啧啧!

渐渐的人才散出去,只有伺候端菜的几人。半日鸦雀不闻。忽见两个人抬了一张炕桌来,放在这边炕上,桌上碗盘摆列,仍是满满的鱼肉在内,不过略动了几样。板儿一见了便吵着要肉吃,刘老老一巴掌打了开去。忽见周瑞家的笑嘻嘻走过来,招手儿叫他,刘老老会意,于是带着板儿下炕,至堂屋中,周瑞家的又和他咕唧了一会,方蹭到这边屋内。

只见门外铜钩上悬着大红洒花软帘,南窗下是炕,炕上大红条毡,靠东边板壁立着一个锁子锦靠背与一个引枕,铺着金心线闪缎大坐褥,傍边有银唾盒。那凤姐家常带着紫貂昭君套,围着那攒珠勒子,穿着桃红洒花袄,石青刻丝灰鼠披风,大红洋绉银鼠皮裙;粉光脂艳,端端正正坐在那里,手内拿着小铜火箸儿拨手炉内的灰。平儿站在炕沿边,捧着小小的一个填漆茶盘,盘内一个小盖钟。凤姐也不接茶,也不抬头,只管拨手炉的灰,慢慢的道:"怎么还不请进来?"一面说,一面抬身要茶时,只见周瑞家的已带了两个人立在面前了,这才忙欲起身,犹未起,满面春风的问好,又嗔周瑞家的:"怎么不早说!"刘老老已是在地下拜了数拜,问姑奶奶安。凤姐忙说:"周姐姐,搀着不拜罢。我年轻,不大认得,可也不知是什么辈数,不敢称呼。"周瑞家的忙回道:"这就是我才回的那个老老了。"凤姐点头,刘老老已在炕沿上坐下了。板儿便躲在他背后,百般的哄他出来作揖,他死也不肯。

凤姐笑道:"亲戚们不大走动,都疏远了。知道的呢,说你们弃嫌我们,不肯常来;不知道的那起小人,还只当我们眼里没有人似的。"刘老老忙念佛道:"我们家道艰难,走不起,来了这

> 凤姐的出场,足足地表现了两次,一次是黛玉初见,一次是老老首逢。这样笔酣墨畅地写,反映了作者对这个人物的无比敬畏与倾服。

> 多么有身份!多么自我感觉良好!换个旁人,装也装不像,演也演不出来的。这是极高明的表演,有意识的表演。有时毫不做作的流露,最好的技巧是无技巧,最好的表演是无表演。

> 板儿的"怵窝子"反衬了这里的大气。

> 一切言谈、动作、道理、姿态属于王熙凤!您占得也太全了!

里,没的给姑奶奶打嘴,就是管家爷们看着也不像。"凤姐笑道:"这话没的教人恶心,不过借赖着祖父虚名,作个穷官儿罢了,谁家有什么?不过是个旧日的空架子。俗语说,'朝廷还有三门子穷亲'呢,何况你我。"说着,又问周瑞家的:"回了太太了没有?"周瑞家的道:"如今等奶奶的示下。"凤姐儿道:"你去瞧瞧,要是有人有事就罢;得闲呢就回,看怎么说。"周瑞家的答应去了。

> 谦虚也是骄傲与自信的另一种方式。越是大人物越不怕将自身往小里说。
> 三门穷亲戚说,有利于阶级调和。阔人可以随兴承认或不承认穷亲戚,穷人却不宜轻易去认富亲戚。

这里凤姐叫人抓些果子与板儿吃,刚问了几句闲话时,就有家下许多媳妇儿管事的来回话。平儿回了,凤姐道:"我这里陪客呢,晚上再来回。若有要紧的事,你就带进现办。"平儿出去,一会进来说:"我问了,没什么紧事,我就叫他们散了。"凤姐点头。只见周瑞家的回来,向凤姐道:"太太说了:今日不得闲,二奶奶陪着便一样的,多谢费心想着。白来逛逛呢便罢;若有甚说的,只管告诉二奶奶,都是一样。"刘老老道:"也没甚的说,不过是来瞧瞧姑太太姑奶奶,也是亲戚们的情分。"周瑞家的说道:"没有甚说的便罢;若有话,只管回二奶奶,是和太太一样的。"一面说,一面递眼色与刘老老。

> 日理万机。

> 平儿已能做主。

> 搭桥是必要的。

刘老老会意,未语先飞红的脸,欲待不说,今日又所为何来?只得忍耻道:"论理今日初次见姑奶奶,却不该说的;只是大远的奔了你老这里来,少不得说了……"刚说到这里,只听二门上小厮们回说:"东府里小大爷进来了。"凤姐忙止道:"刘老老不必说了。"一面便问:"你蓉大爷在那里呢?"只听一路靴子脚响,进来了一个十七八岁的少年,面目清秀,身材夭娇,轻裘宝带,美服华冠。刘老老此时坐不是,立不是,藏没处

> 不说就满足,廉价了。说完,俗透了,恶心了。让你飞红了脸,忍耻先说了,又不让你说完,不让你失望,这才是会施恩的。廉价的应允与"直露满"以后的应允都不漂亮,也不能给求

71

藏。凤姐笑道："你只管坐着,这是我侄儿。"刘老老方扭扭捏捏在炕沿上坐了。

贾蓉笑道："我父亲打发我来求婶子,说上回老舅太太给婶子的那架玻璃炕屏,明日请一个要紧的客,借去略摆一摆就送过来的。"凤姐道："迟了一日,昨儿已给了人了。"贾蓉听说,便嘻嘻的笑着在炕沿子上下个半跪道："婶子若不借,我父亲又说我不会说话了,又挨了一顿好打呢。婶子,只当可怜侄儿罢。"凤姐笑道："也没见我们王家的东西都是好的?你们那里也放着那些好东西,只看不见我的东西才罢,一见了就要想拿去。"贾蓉笑道："只求开恩罢。"凤姐道:"碰坏一点,你可仔细你的皮!"因命平儿拿了楼门上钥匙,传几个妥当人来抬去。贾蓉喜的眉开眼笑,忙说："我亲自带了人拿去,别由他们乱碰。"说着便起身出去了。

这凤姐忽又想起一事来,便向窗外叫："蓉儿回来。"外面几个人接声说："请蓉大爷快回来。"贾蓉忙转回来,垂手侍立,听何指示。那凤姐只管慢慢地吃茶,出了半日神,方笑道："罢了,你且去罢。晚饭后你来再说罢。这会子有人,我也没精神了。"贾蓉方慢慢退去。

这刘老老身心方安,便说道："我今日带了你侄儿,不为别的,只因他爹娘在家里连吃的也没有,天气又冷了,只得带了你侄儿奔了你老来。"说着,又推板儿道："你爹在家里怎么教你的?打发咱们来作煞事的?只顾吃果子呢。"凤姐早已明白了,听他不会说话,因笑止道："不必说了,我知道了。"因问周瑞家的道："这老老不知可用了早饭没有呢?"刘老老忙道："一早就往这里赶咧,那里还有吃饭的工夫咧。"凤姐忙命:

帮者留下深刻印象。

又一个岔。
生活不能单一。

赖皮而又自信。

留下空白。一派红学家认定凤蓉关系暧昧。
写表面现象,令读者猜测其潜台词。

"快传饭来。"

一时周瑞家的传了一桌客馔来,摆在东边屋里,过来带了刘老老和板儿过去吃饭,凤姐说道:"周姐姐好生让着些儿,我不能陪了。"于是过东边屋里来,凤姐又叫过周瑞家的去道:"方才回了太太,说了些什么?"周瑞家的道:"太太说:他们原不是一家,是当年他们的祖与老太爷在一处做官,因连了宗的。这几年不大走动。当时他们来了,却也从没空过的;今来瞧瞧我们,也是他的好意,不可简慢了他。便有什么话说,叫二奶奶裁夺着就是了。"凤姐听了说道:"怪道,既是一家子,我如何连影儿也不知道。" ┊ 不知道却又待得这样好,难得。

说话间,刘老老已吃完了饭,拉了板儿过来,䑛唇咂嘴的道谢。凤姐笑道:"且请坐下,听我告诉你老人家,方才的意思,我已经知道了。论亲戚之间,原该不待上门来就有照应才是;但 ┊ 能听凤姐讲这么多话,也是面子!

如今家中事情太多,太太上了年纪,一时想不到是有的。况我接着管事,都不大知道这些亲戚们,一则外面看着,虽是烈烈轰轰,不知大有大的难处,说与人也未必信呢。今你既大远的来了,又是头一次儿向我张口,怎好教你空手回去。可巧昨儿太太给我的丫头们作衣裳的二十两银子,还没动呢,你不嫌少,且先拿了去用罢。" ┊ 大有大的难处,五十年代后期与六十年代,我们常引用这句话分析超级大国的不足惧。宇宙的统一性表现为物质的统一性也表现为事体情理的统一性。

那刘老老先听见告艰苦,只当是没想头了,又听见给他二十两银子,喜得眉开眼笑道:"我们也知艰难的,但只俗语道:'瘦死的骆驼比马还大些。'凭他怎样,你老拔一根寒毛比我们的腰还壮哩!"周瑞家的在旁听见他说的粗鄙,只管使眼色止他。凤姐笑而不睬,叫平儿把昨日那包银子拿来,再拿一串钱来,都送至刘老老跟 ┊ 粗鄙也罢,奉承起来仍令人不十分反感。只要决心奉承,不分粗细,成功率不会太低。 笑而不睬,是居高临下之态。

刘老老进大观园,如有神人助,到处绿灯。本来可以想象,侯门似海,刘老老能见熙凤就够难以相信的了,况及其他;完全吃闭门羹也是可能或更为可能的。金克木教授就对于刘老老三进大观园的真实可信性提出怀疑。窃以为,这就是小说了。小说的真实毕竟不全同于生活的真实,小说的真实往往是生活的可能性或然性与作家创作的必要性——为完成主题或人物或场面或情节或调剂或游戏笔墨服务——的契合。

作为小说观之,这一段有趣可读有参差,至少也没有变成令人反感,这就行了。

> 前。凤姐道:"这是二十两银子,暂且给这孩子们作件冬衣罢。改日无事,只管来逛逛,方是亲戚们的意思。天也晚了,不虚留你们了,到家该问好的都问个好儿。"一面说,一面就站了起来了。
>
> 刘老老只是千恩万谢的,拿了银钱,随周瑞家的走至外厢。周瑞家的道:"我的娘!你怎么见了他倒不会说了?开口就是'你侄儿';我说句不怕你恼的话,便是亲侄儿也要说和软些。那蓉大爷才是他的侄儿呢,他怎么又跑出这样侄儿来了。"刘老老笑道:"我的嫂子!我见了他,心眼儿爱还爱不过来,那里还说上话儿来。"二人说着,又至周瑞家坐了片刻,刘老老要留下一块银与周家的孩子们买果子吃,周瑞家的如何放在眼里,执意不肯,刘老老感谢不尽,仍从后门去了。未知刘老老去后如何,且听下回分解。

这埋怨也很亲切,套近乎。

这也是爱——love?

硬要写写刘老老,一换口味,二比衬贾府之富贵尊荣,三说明贾府的人也干过好事,四与后来的巧姐情节有关,五不离劝人惜老怜贫之旨。

第 七 回

送宫花贾琏戏熙凤　　宴宁府宝玉会秦钟

贾琏戏熙凤,入回目,有迹象,避其内容,这是可以理解的,毕竟是与熙凤,下笔需礼貌些,不比多姑娘、鲍二家的,可以游戏笔墨,写其"下流"。
会秦钟亦入回目。这两件事又有多大意义呢?

　　话说周瑞家的送了刘老老去后,便上来回王夫人话,谁知王夫人不在上房,问丫鬟们,方知往薛姨妈那边闲话去了。周瑞家的听说,便出东角门,至东院,往梨香院来。刚至院门前,只见王夫人的丫鬟金钏儿和那一个才留了头的小女孩儿站在台矶上玩。见周瑞家的来了,便知有话来回,因向内努嘴儿。
　　周瑞家的轻轻掀帘进去,只见王夫人和薛姨妈长篇大套的说些家务人情等话,周瑞家的不敢惊动,遂进里间来,只见薛宝钗家常打扮,头上只挽着纂儿,坐在炕里边,伏在小炕几上同丫鬟莺儿正描花样子呢。见他进里来,宝钗便放下笔,转身来,满面堆笑让:"周姐姐坐。"周瑞家的也忙陪笑问道:"姑娘好?"一面炕沿边坐了,因说:"这有两三天也没见姑娘到那边逛逛去,只怕是你宝兄弟冲撞了你不成?"宝钗笑道:"那里的话!只因我那种病又发了两天,所以且静养两日。"周瑞家的道:"正是呢,姑娘到底有什么病根儿?也该趁早请个大夫认真医治。小

> 安分守己。
> 堆笑与陪笑,互相尊重总是可喜。

> 虽然"那里的话",周瑞家的问得事出有因。

小的年纪,倒作下个病根,也不是玩的。"宝钗听说笑道:"再不要提起,为这病根,也不知请了多少大夫,吃了多少药,花了多少钱钞,总不见一点效验。后来还亏了一个秃头和尚,专治无名之病,因请他看了,他说我这是从胎里带来的一股热毒,幸而我先天结壮,还不相干;若吃凡药,是不中用的。他就说了一个海上方,又给了一包末药作引,异香异气的。他说发了时吃一丸就好。倒也奇怪,这倒效验些。"

又是和尚,超验的力量。
胎里的热毒,论理是人皆有之。

周瑞家的因问道:"不知是什么海上方?姑娘说了,我们也好记着,说与人知道;倘遇见这样的病,也是行好的事。"宝钗笑道:"不问这方儿还好,若问这方,真真把人琐碎坏了。东西药料一概却都有限,易得的,只难得'可巧'二字:要春天开的白牡丹花蕊心十二两,夏天开的白荷花蕊十二两,秋天的白芙蓉蕊十二两,冬天的白梅花蕊十二两。将这四样花蕊于次年春分这日晒干,和在末药一处,一齐研好;又要雨水这日的天落水十二钱……"周瑞家的忙笑道:"嗳哟!这样说来这就得三年的工夫!倘或雨水这日不下雨,可又怎处呢?"宝钗笑道:"所以了,那里有这样可巧的雨?也只好再等罢了。还要白露这日的露水十二钱,霜降这日的霜十二钱,小雪这日的雪十二钱。把这四样水调匀,和了龙眼大的丸子,盛在旧磁坛里,埋在花根底下,若发了病时,拿出来吃一丸,用十二分黄柏煎汤送下。"

宝钗与周瑞家的如此详谈自己的病(以今日眼光,病也是隐私),莫非也说明她的公关意识、选票意识?

花粉素,今天也是肯定的。

对节气(历法)的敬畏来自天象崇拜。

周瑞家的听了,笑道:"阿弥陀佛!真巧死了人。等十年都未必这样巧呢。"宝钗道:"竟好。自他说了去后,一二年间,可巧都得了,好容易配成一料,如今从南带至北,现埋在梨花树

胎里的热毒与冷香丸,虽不甚了了,但流露出一种中国式的宿命观;生辰八字、性格、家境、遭际……之间有一种互证的关系。

下。"周瑞家的又道:"这药本有名儿没有呢?"宝钗道:"有。这也是那癞和尚说下的,叫作'冷香丸'。"周瑞家的听了点头儿,因又说:"这病发了时,到底觉怎样?"宝钗道:"也不觉什么,不过只喘嗽些,吃一丸也就罢了。"

> 这一段关于冷香丸的"海上"奇谭的内涵令人把握不住。如此的奇巧蹊跷到底透露了什么信息呢?巧得有些造作了。病本身却又轻描淡写。都说"红"的谜多,宝钗的病药也是一个谜。
> 要不就是拐着弯儿写小姐的娇贵,中华豌豆公主。

周瑞家的还要说话时,忽听王夫人问道:"谁在里头?"周瑞家的忙出去答应了,便回了刘老老之事,略待半刻,见王夫人无话,方欲退出去,薛姨妈忽又笑道:"你且站住。我有一种东西,你带了去罢。"说着便叫:"香菱。"帘栊响处,才和金钏儿玩的那个小丫头进来了,问:"奶奶叫我做什么?"薛姨妈道:"把那匣子里的花儿拿来。"香菱答应了,向那边捧了个小锦匣儿来。薛姨妈道:"这是宫里头作的新鲜花样儿堆纱花,十二枝。昨儿我想起来,白放着可惜旧了,何不给他们姊妹们戴去。昨儿要送去,偏又忘了;你今儿来得巧,就带了去罢。你家的三位姑娘,每位二枝,下剩六枝,送林姑娘二枝,那四枝给凤姐儿罢。"王夫人道:"留着给宝丫头戴也罢了,又想着他们。"薛姨妈道:"姨妈不知,宝丫头古怪呢,他从来不爱这些花儿粉儿的。"

> 宫里头做的,皇恩无处不在。

> 抱朴守冲。

说着,周瑞家的拿了匣子,走出房门,见金钏儿仍在那里晒日阳,周瑞家的因问他道:"那香菱小丫头子,可就是时常说的、临上京时买的、为他打人命官司的那个小丫头子?"金钏儿道:"可不就是他。"正说着,只见香菱笑嘻嘻的走来,周瑞家的便拉了他的手细细的看了一回,因向金钏儿笑道:"这个模样儿,竟有些像咱们的东府里小蓉大奶奶的品格。"金钏儿笑道:"我也是这么说呢。"周瑞家的又问香菱:"你几岁投身到这里?"又问:"你父母今在何处?今年十几

> 评价甚高!

> 香菱的地位重要,作者重视,

岁了？本处是那里人？"香菱听问，摇头说："不记得了。"周瑞家的和金钏儿听了，倒反为叹息感伤一回。

一时周瑞家的携花至王夫人正房后。原来近日贾母说孙女们太多，一处挤着倒不便，只留宝玉、黛玉二人在这边解闷，却将迎春、探春、惜春三人移到王夫人这边房后三间抱厦内居住，令李纨陪伴照管。如今周瑞家的故顺路先往这里来，只见几个小丫头儿都在抱厦内听呼唤，默坐。迎春丫鬟司棋与探春的丫鬟侍书二人，正掀帘子出来，手里都捧着茶盘茶钟，周瑞家的便知他姊妹在一处坐着，也进入内房，只见迎春、探春二人正在窗下围棋。周瑞家的将花送上，说明原故，他二人忙住了棋，都欠身道谢，命丫鬟们收了。

周瑞家的答应了，因说："四姑娘不在房里，只怕在老太太那边呢？"丫鬟们道："在那屋里不是？"周瑞家的听了，便往这边屋里来。只见惜春正同水月庵的小姑子智能两个一处玩笑，见周瑞家的进来，惜春便问他何事。周瑞家的便将花匣打开，说明原故，惜春笑道："我这里正和智能儿说，我明儿也剃了头同他作姑子去，可巧儿又送了花来，若剃了头，却把这花戴在那里？"说着，大家取笑一回，惜春命丫鬟入画来收了。

周瑞家的因问智能："你是什么时候来的？你师父那秃歪剌那里去了？"智能道："我们一早就来了。我师父见过太太，就往于老爷府里去了，叫我在这里等他呢。"周瑞家的又道："十五的月例香供银子可得了没有？"智能道："不知道。"惜春听了，便问周瑞家的："如今各庙月例银子是谁管着？"周瑞家的道："是余信管着。"惜

但读者看不出多少名堂。不知这是否说明写得不成功或读得不仔细。

殊宠。这时黛有特殊地位。

听呼唤，默坐，寄生贵族生活的另一面是劳动力的浪费。

直奔主题。

黛玉初进府的表现与现下的表现大相径庭。因是时间长了放松了自我控制,却也有当着心爱的人宝玉撒娇使性的因素。

这一段以周瑞家的为核心组织情节,实际是从侧面反映了凤姐的生活的一部分。这也是由远及近,由表及里的写法。

问及香菱,特别是问及智能的一些似是岔出去的话,增加了周瑞家的活动的实感——真实永远不是线索单纯的,也反映了凤姐的管理领域的宽泛。对女婿的事不以为意,奴仆尚且如此,况主子乎!

春听了笑道:"这就是了。他师父一来了,余信家的就赶上来,和他师父咕唧了半日,想就是为这事了。"

那周瑞家的又和智能儿唠叨了一回,便往凤姐处来,穿夹道,从李纨后窗下越过西花墙,出西角门,进入凤姐院中。走至堂屋,只见小丫头丰儿坐在凤姐的房门槛上,见周瑞家的来了,连忙摆手儿,叫他往东屋里去,周瑞家的会意,忙的蹑手蹑脚的往东边屋里来,只见奶子拍着大姐儿睡觉呢。周瑞家的悄问奶子:"姐儿睡中觉呢?也该请醒了。"奶子摇头儿。正问着,只听那边一阵笑声,却有贾琏的声音。接着房门响处,平儿拿着大铜盆出来,叫丰儿舀水进去。

平儿便进这边来,一见了周瑞家的,便问:"你老人家又来作什么?"周瑞家的忙起身拿匣子给他说:"送花来。"平儿听了,便打开匣子,拿了四枝,转身去了;半刻工夫,手里拿出两枝来,先叫彩明来,吩咐他:"送到那边府里,给小蓉大奶奶戴。"次后方命周瑞家的回去道谢。

周瑞家的这才往贾母这边来,过了穿堂,顶头忽见他的女儿,打扮着才从他婆家来。周瑞家的忙问:"你这会子跑来作什么?"他女孩儿说:"妈一向身上好?我在家里等了这半日,妈竟不出去,什么事情这样忙的不回家?我等烦

僧尼佛事也是靠权贵来生存运营。

这是戏熙凤的暗写,虚写。叫做素谜荤猜。

关系网。关系里套着关系。

了,自己先到了老太太跟前请了安了,这会子请太太安去。妈还有什么不了的差事?手里是什么东西?"周瑞家的笑道:"嗳!今儿偏生来了个刘老老,我自己多事,为他跑了半日;这会子被姨太太看见了,叫送这几枝花儿与姑娘奶奶们,这会子还没送完呢。你这会子来,一定有什么事情的。"他女孩儿笑道:"你老人家倒会猜着!实对你老人家说:你女婿因前儿多吃了几杯酒,和人分争起来,不知怎的被人放了一把邪火,说他来历不明,告到衙门里,要递解还乡。所以我来和你老人家商议商议,这个情分,求那一个可了事?"周瑞家的听了道:"我就知道的。这有什么大不了的!你且家去等我,我送这林姑娘的花儿去了,就回家来。此时太太二奶奶都不得闲儿,你回去等我,这有什么忙的?"他女孩儿听说,便回去了,还说:"妈,好歹快来。"周瑞家的道:"小人儿家没经过什么事的,就急得这样的。"说着,便到黛玉房中去了。

　　谁知此时黛玉不在自己房里,却在宝玉房中,大家解九连环作戏。周瑞家的进来,笑道:"林姑娘,姨太太着我送花来与姑娘戴。"宝玉听说,便说:"什么花?拿来与我看。"一面便伸手接过来了,开匣看时,原来是两枝宫制堆纱新巧的假花,黛玉只就宝玉手中看了一看,便问道:"还是单送我一人,还是别的姑娘们都有的?"周瑞家的道:"各位都有了,这两枝是姑娘的了。"黛玉冷笑道:"我就知道,别人不挑剩下的也不给我。"周瑞家的听了,一声儿不言语。宝玉问道:"周姐姐,你作什么到那边去了?"周瑞家的因说:"太太在那里,我回话去了,姨太太就顺便叫我带来的。"宝玉道:"宝姐姐在家里作什么

递解还乡,"红"已有之。
奴仗主势,自古已然。

到底什么事,并不重要,文章在于周瑞家的如此沉稳有信心,有势力呀!

黛玉的态度与宝钗的满脸堆笑,长谈交流及迎春、探春的欠身道谢成为对比。

呢？怎么这几日也不过来？"周瑞家的道："身上不大好呢。"宝玉听了，便和丫头们说："谁去瞧瞧，就说我和林姑娘打发来问姨娘姐姐安，问姐姐是什么病，吃什么药。论理，我该亲自来的，就说才从学里回来，也着了些凉，改日再亲来。"说着，茜雪便答应去了。周瑞家的自去，无话。

> 有推托的意味。

原来周瑞家的女婿便是雨村的好友冷子兴，近日因卖古董，和人打官司，故叫女人来讨情分。周瑞家的仗着主子的势，把这些事也不放在心上，晚间只求求凤姐儿便完了。

> 撇开去又拉回来，原来冷子兴又出来了。可谓舒卷如意。

至掌灯时，凤姐已卸了妆，来见王夫人，回说："今儿甄家送来的东西，我已收了；咱们送他的，趁着他家有年下送鲜的船，交给他带了去了。"王夫人点点头。凤姐又道："临安伯老太太生日的礼已经打点了，太太派谁送去？"王夫人道："你瞧谁闲着，叫四个女人去就完了，又来问我。"凤姐又道："今日珍大嫂子来请我明日去逛逛，明日有没有什么事？"王夫人道："有事没事，都害不着什么。每常他来请，有我们，你自然不便；他既不请我们单请你，可知是他诚心叫你散淡散淡，别辜负了他的心，倒该过去走走才是。"凤姐答应了。当下李纨迎探等姊妹们亦各定省毕，各归房，无话。

> 凤姐日理万机的管窥一斑。

> 这里的"散淡"的用法也很别致。
> 王夫人一概放心，一概体贴照顾。

次日凤姐梳洗了，先回王夫人毕，方来辞贾母。宝玉听了，也要逛去，凤姐只得答应着，立等换了衣裳，姐儿两个坐了车，一时进入宁府；早有贾珍之妻尤氏与贾蓉之妻秦氏，婆媳两个引了多少侍妾丫鬟等接出仪门。

> 有点像接待出访呢。

那尤氏一见了凤姐，必先嘲笑一阵，一手携了宝玉，同入上房来归坐，秦氏献茶毕，凤姐便说:"你们请我来作什么?拿什么东西来孝敬,就献上来,我还有事呢。"尤氏秦氏未及答应,几个媳妇们先笑道:"二奶奶,今日不来就罢,既来了,就依不得二奶奶了。"正说着,只见贾蓉进来请安,宝玉因问:"大哥哥今日不在家么?"尤氏道:"今日出城请老爷爷安去了。"又道:"可是你怪闷的坐在这里,何不出去逛逛?"

秦氏笑道:"今日可巧,上回宝叔要见我兄弟,今儿也在这里,想在书房里,宝叔何不去瞧一瞧?"宝玉即下炕要走,尤氏便吩咐人:"小心跟着,别委曲着他,倒比不得跟着老太太过来就罢了。"凤姐道:"既这么着,何不请进这小爷来,我也见见,难道我是见不得他的?"尤氏笑道:"罢,罢!可以不必见他。比不得咱家的孩子们,胡打海摔跌惯了的。人家的孩子,都是斯斯文文惯了的,不像你这样泼辣货形象,倒要被你笑话死了呢。"凤姐笑道:"我不笑话就罢,竟叫快领去。"贾蓉道:"他生得腼腆,没见过大阵仗儿,婶子见了,没得生气。"凤姐啐道:"他是'哪吒',我也要见一见。别放你娘的屁了。再不带来给你一顿好嘴巴子!"贾蓉笑道:"我不敢强,就带他来。"一会子,果然带了一个小后生来,较宝玉略瘦些,眉清目秀,粉面朱唇,身材俊俏,举止风流,似在宝玉之上;只是怯怯羞羞有女儿之态,腼腆含糊的向凤姐作揖问好,凤姐喜的先推宝玉笑道:"比下去了!"便探身一把携了这孩子的手,就命他身边坐下,慢慢问他年纪读书等事,方知他学名叫秦钟。

早有凤姐跟的丫鬟媳妇们,看见凤姐初见秦钟,并未备得表礼来,遂忙过那边去告诉平儿。平儿素知凤姐与秦氏厚密,遂自作主意,拿

亲热、痛快。

这一段似乎在表面的调笑下面另有文章。如果凤姐与可卿至亲至密,何至于见秦钟还要费唇舌?哪怕是调侃也罢。

秦钟是不是另有身份背景呢?

出语惊人。何至于斯?

宝玉一见秦钟,居然想了这么多这么深,令读者甚至感到意外。可见:一、宝玉早有这些想法,秦钟一见,形成了一个自怨自叹腹中牢骚的契机;二、作者早想写宝玉的这些古怪念头,便利用了这一契机。

人自身(非常明显地表现为容貌、体态、气质)的价值淹没在出身门第境遇之中,固是可叹。宝玉秦钟关系也许对大的情节无深刻影响(因秦钟夭亡),但他们见面时的这些"活思想",自当值得重视。在那时能这样写,也算可贵。

了一匹尺头,两个"状元及第"的小金锞子,交付来人送过去,凤姐还说太简薄些。秦氏等谢毕,一时吃过了饭,尤氏、凤姐、秦氏等抹骨牌,不在话下。

> 秦氏姊弟到底是什么金枝玉叶?这样的厚礼还嫌简薄。该不是凤姐的唯友谊论在起作用吧?她能在人际关系中不考虑等级因素么?

宝玉秦钟二人随便起坐说话,那宝玉自一见秦钟人品,心中便有所失,痴了半日,自己心中又起了个呆意,乃自思道:"天下竟有这等的人物!如今看了,我竟成了泥猪癞狗了。可恨我为什么生在这侯门公府之家?若也生在寒儒薄宦之家,早得与他交接,也不枉生了一世。我虽比他尊贵,可知绫锦纱罗,也不过裹了我这枯株朽木;美酒羊羔,也只不过填了我这粪窟泥沟。'富贵'二字,不啻遭我荼毒了!"秦钟自见宝玉形容出众,举止不浮,更兼金冠绣服,艳婢娇童,——"果然怨不得人人溺爱他,可恨我偏生于清寒之家,那能与他交接,可知'贫富'二字限人,亦世界上大不快事。"二人一样的胡思乱想。宝玉又问他读什么书,秦钟见问,便依实而答。二人你言我语,十来句后,越觉亲密起来。

> 宝玉的反应似嫌突兀。宝玉崇拜美,特别是女性美,见美而自惭形秽。同时宝玉也为"美男"而激动,这是有几分同性恋的心理的。

> 平等的要求,来自这样一个领域,颇别致。

> 一见钟情,不限于异性之间。

一时摆上茶果吃茶,宝玉便说:"我们两个又不吃酒,把果子摆在里间小炕上,我们那里坐去,省得闹你们。"于是二人进里间来吃茶。秦氏一面张罗与凤姐摆果酒,一面忙进来嘱宝玉道:"宝叔,你侄儿年小,倘或言语不防头,你千

> "红"对秦氏的言行举止夸奖得虽不少,正面写得却不多。这一段的含义也待挖掘,因后

万看着我,不要睬他。他虽腼腆,却性子左强,不大随和些是有的。"宝玉笑道:"你去罢,我知道了。"秦氏又嘱了他兄弟一回,方去陪凤姐。

　　一时凤姐尤氏又打发人来问宝玉:"要吃什么,外面有,只管要去。"宝玉只答应着,也无心在饮食间,只问秦钟近日家务等事。秦钟因言:"业师于去岁辞馆,家父年纪老了,残疾在身,公务繁冗,因此尚未议及延师,目下不过在家温习旧课而已。再读书一事,也必须有一二知己为伴,时常大家讨论,才能进益……"宝玉不待说完,便道:"正是呢,我们家却有个家塾,合族中有不能延师的便可入塾读书,亲戚子弟可以附读。我因上年业师回家去了,也现荒废着。家父之意,亦欲暂送我去,且温习着旧书,待明年业师上来,再各自在家亦可。家祖母因说:一则家学里子弟太多,生恐大家淘气,反不好;二则也因我病了几天,遂暂且耽搁着。如此说来,尊翁如今也为此事悬心,今日回去,何不禀明,就在我们这敝塾中来,我也相伴,彼此有益,岂不是好事?"秦钟笑道:"家父前日在家提起延师一事,也曾提起这里的义学倒好,原来要和这里的亲翁商议引荐;因这里又有事忙,不便为这点小事来聒絮的。宝叔果然度小侄或可磨墨涤砚,何不速速的作成,彼此不致荒废,又可以常相谈聚,又可以慰父母之心,又可以得朋友之乐,岂不美事?"宝玉道:"放心,放心。咱们回来先告诉你姐夫姐姐和琏二嫂子,今日你回家就禀明令尊,我回去禀明了祖母,再无不速成之理。"二人计议已定,那天气已是掌灯时分,出来又看他们玩了一回牌,算账时,却又是秦氏尤氏二人输了戏酒的东道,言定后日吃这东道,一面又吃了

面的发展完全看不出秦钟有什么性子"左"来。
或可解释为表达她对宝玉的无微不至的、不一般的关切。

自然而然地过渡到下一个情节——与读书、书房、贾瑞有关的情节去了。

宝玉很少务实,这件事上"抓"得如此具体,可见他也不是没有组织能力。他缺少的是动力而不是能力。

不是吃就是玩。寄生虫们的生活亦殊单调。

晚饭。

　　因天黑了,尤氏说:"派两个小子送了秦相公家去。"媳妇们传出去半日,秦钟告辞起身,尤氏问:"派谁送去?"媳妇们回说:"外头派了焦大,谁知焦大醉了,又骂呢。"尤氏秦氏都道:"偏又派他作什么?那个小子派不得?偏又惹他。"凤姐道:"成日家说,你太软弱了,纵得家里人这样,还了得呢!"尤氏道:"你难道不知这焦大的?连老爷都不理他,你珍大哥哥也不理他。因他从小儿跟着太爷出过三四回兵,从死人堆里把太爷背了出来,得了命;自己挨着饿,却偷了东西给主子吃;两日没水,得了半碗水,给主子吃,他自己喝马溺。不过仗着这些功劳情分,有祖宗时,都另眼相待,如今谁肯难为他?他自己又老了,又不顾体面,一味的好酒,喝醉了无人不骂。我常说给管事的,以后不要派他差使,只当他是个死的就完了。今儿又派了他。"凤姐道:"我何曾不知这焦大?到底是你们没主意,何不远远的打发他到庄子上去就完了。"说着,因问:"我们的车可齐备了?"众媳妇们说:"伺候齐了。"凤姐也起身告辞,和宝玉携手同行。

　　尤氏等送至大厅口,见灯火辉煌,众小厮都在丹墀侍立。那焦大又恃贾珍不在家,因趁着酒兴,先骂大总管赖二,说他:"不公道,欺软怕硬,有好差使派了别人;这样黑更半夜送人,就派我,没良心的忘八羔子!瞎充管家!你也不想想焦大太爷跷起一只腿,比你的头还高些。二十年头里的焦大太爷眼里有谁?别说你们这一把子的杂种们!"

　　正骂得兴头上,贾蓉送凤姐的车出来,众人喝他不住,贾蓉忍不得便骂了几句,叫人:"捆起

> 与此前周瑞家的说凤姐"严"相呼应。
> 为后面焦大的炮轰作铺垫。

> 也是一种重要的类型,忠仆功臣,对主子恨铁不成钢,有用却又讨嫌。

> 调开,也是办法。"红"已有之。

来！等明日酒醒了,问他还寻死不寻死！"那焦大那里有贾蓉在眼里？反大叫起来,赶着贾蓉叫:"蓉哥儿,你别在焦大跟前使主子性儿。别说你这样儿的,就是你爹、你爷爷,也不敢和焦大挺腰子呢！不是焦大一个人,你们做官儿,享荣华,受富贵？你祖宗九死一生挣下这个家业,到如今不报我的恩,反和我充起主子来了。不和我说别的还可,再说别的,咱们白刀子进去,红刀子出来！"凤姐在车上说与贾蓉:"还不早些打发了没王法的东西！留在家里,岂不是害？亲友知道,岂非笑话咱们这样的人家,连个规矩都没有。"贾蓉答应"是了"。

众人见他太撒野,只得上来了几个,揪翻捆倒,拖往马圈里去。焦大益发连贾珍都说出来,乱嚷乱叫,说:"要往祠堂里哭太爷去,那里承望到如今生下这些畜生来！每日偷狗戏鸡,爬灰的爬灰,养小叔的养小叔子,我什么不知道？咱们'胳膊折了往袖子里藏'！"众小厮见他说出来的话有天没日的,唬得魂飞魄丧,便把他捆起来,用土和马粪满满的填了他一嘴。

凤姐和贾蓉也遥遥听得,都装作听不见。宝玉在车上听见,因问凤姐道:"姐姐,你听他说'爬灰的爬灰',是什么？"凤姐连忙喝道:"少胡说！那是醉汉嘴里胡嗳,你是什么样的人,不说没听见,还倒细问！等我回了太太,仔细捶你不捶你！"吓得宝玉连忙央告:"好姐姐,我再不敢说这些话了。"凤姐哄他道:"好兄弟,这才是。等回去咱们回了老太太,打发人家学里说明了,请了秦钟家学里念书去要紧。"说着自回荣府而来。要知端详,且听下回分解。

焦大的语言活性、活力、活泼,真是卑贱者最聪明。

居功自傲,正气凛然,一针见血,无私无畏。从大的方面看,他代表的是当时应肯定表彰的忠义的一方面,但仍逃不脱嘴灌马粪的下场。没有被割声带,算是便宜了他。

纸包不住火。

欲盖弥彰。

宁府之行,给人以"烂透了"之感。

这一回通过写并不怎么连贯的日常生活、日常起居诸事来渐渐靠拢矛盾。写长篇,读长篇,委实需要耐性。

戏熙凤只说了端一盆水。送宫花是黛玉挑刺,周瑞家的一再无话。没事去宁府,宝玉还要跟上,他们似乎闲得发慌。见个秦钟也写了一大堆没要紧的话。似乎是风起青萍之末。似乎是小船儿在静水中打旋。似乎是夏天正午的杨树,树叶似动非动。似乎是于无声处,远闻惊雷。

第 八 回

贾宝玉奇缘识金锁　薛宝钗巧合认通灵

　　话说宝玉和凤姐回家，见过众人，宝玉便回明贾母要秦钟上家塾之事，自己也有个伴读的朋友，正好发愤；又着实称赞秦钟的人品行事，最使人怜爱。凤姐又在一旁帮着说："改日秦钟还来拜老祖宗哩。"说得贾母喜悦起来。凤姐又趁势请贾母后日过去看戏。贾母虽年高，却极有兴头。至后日，尤氏来请，遂携了王夫人、林黛玉、宝玉等过去看戏。至晌午，贾母便回来歇息了。王夫人本是好清净的，见贾母回来，也就回来了。然后凤姐坐了首席，尽欢至晚而罢。

　　却说宝玉送贾母回来，待贾母歇了中觉，竟欲还去看戏，又恐搅的秦氏等人不便，因想起宝钗近日在家养病，未去亲候，意欲去望他。若从上房后角门过去，又恐遇见别事缠绕，又恐遇他父亲，更为不妥，宁可绕远路而去。当下众嬷嬷丫鬟伺候他换衣服，见不换，仍出二门去了；众嬷嬷丫鬟只得跟随出来，还只当他去那边府中看戏。谁知到了穿堂，便向东向北绕厅后而去。偏顶头遇见了门下清客相公詹光、单聘仁二人走来，一见了宝玉，便都赶上来笑着，一个抱住腰，一个携着手，都道："我的菩萨哥儿！我说做了好梦呢，好容易遇见了你。"说着，请了安，又

第七回的袅袅余音。

王夫人是好清净的，那么凤姐呢？该是好热闹的吧。这也是话里有话。

与凤、秦、黛、宝玉等人相比，宝钗好生平静。若不是宝玉想起，弄不好读者能忘记了她。
都有偶然性、随意性。公子哥儿就更随意。

甚至在自己府中，甚至优宠有加的贾宝玉，也有享有隐私权的必要。
在一个极不平等的等级社会里，位卑者见到尊贵者，感到怎样地激动、幸福！

问好,又唠叨了半日,才走开。老嬷嬷叫住,因问:"你二位爷是往老爷跟前来的不是?"他二人点头道:"老爷在梦坡斋小书房里歇中觉呢,不妨事的。"一面说,一面走了。

说的宝玉也笑了,于是转弯向北奔梨香院来。可巧银库房的总领名唤吴新登与仓上的头目名戴良,还有几个管事的头目,共七个人,从账房里出来,一见宝玉,赶来都一齐垂手站立;独有一个买办,名唤钱华,因他多日未见宝玉,忙上来打千儿请宝玉的安,宝玉忙含笑拉他起来。众人都笑说:"前儿在一处看见二爷写的斗方儿,字法越发好了,多早晚赏我们几张贴贴。"宝玉笑道:"在那处看见了?"众人道:"好几处都有,都称赞的了不得,还和我们寻呢。"宝玉笑道:"不值什么,你们说给我的小么儿们就是了。"一面说,一面前走,众人待他过去,方都各自散了。

闲言少述,且说宝玉来至梨香院中,先入薛姨妈屋中来,见薛姨妈打点针黹与丫鬟们呢。宝玉忙请了安,薛姨妈一把拉住了他,抱入怀中笑说:"这么冷天,我的儿!难为你想着来,快上炕来坐着罢。"命人倒滚滚的茶来。宝玉因问:"哥哥不在家?"薛姨妈叹道:"他是没笼头的马,天天逛不了,那里肯在家一日?"宝玉道:"姐姐可大安了?"薛姨妈道:"可是呢,你前儿又想着打发人来瞧他。他在里间不是,你去瞧。他那里比这里暖和,你那里坐着,我收拾收拾就进来和你说话儿。"

宝玉听了,忙下炕来至里间门前,只见吊着半旧的红绸软帘。宝玉掀帘一步进去,先就看见宝钗坐在炕上作针线,头上挽着黑漆油光的

顺手写到一些管理机构与管理人员,略见端倪,堪称(可以想象)其巨大与繁复。

字以人贵,自古已然。

宝玉亦不是不讲应酬。

"闲言少述"云云,有"说话人"的口吻,是中式的"旁白",也保持了审美距离。

用宝玉的眼光,认真写一下宝钗形象。不是描花样子就是作针线,真贤良淑女也。

嘲通灵宝玉的诗尚有看头。突出荒唐感。又突出了"运败"和"时乖"。生命本身的先验的悲哀与社会世道的可悲共存。

否定此岸的"臭皮囊"云云，可以解释为消极颓废的虚无主义，也可以解释为嗟叹乃至愤激的过甚其词。

篆儿，蜜合色的棉袄，玫瑰紫二色金银鼠比肩褂，葱黄绫子棉裙，一色儿半新不旧，看去不觉奢华。唇不点而红，眉不画而翠，脸若银盆，眼如水杏。罕言寡语，人谓装愚；安分随时，自云"守拙"。

> 大家闺秀，不必(不喜)奢华。罕言种种，又不是宝玉视角，而是作者全能叙述了。
> "装"不算好听。"守"，则极佳。小小年纪，修炼得如此心性。

宝玉一面看，一面问："姐姐可大愈了？"宝钗抬头只见宝玉进来，连忙起身含笑答道："已经大好了，多谢记挂着。"说着，让他在炕沿上坐了，即令莺儿倒茶来，一面又问老太太姨娘安，又问别的姊妹们好；一面看宝玉头上戴着累丝嵌宝紫金冠，额上勒着二龙捧珠金抹额，身上穿着秋香色立蟒白狐腋箭袖，系着五色蝴蝶鸾绦，项上挂着长命锁、记名符，另外有那一块落草时衔下来的宝玉。宝钗因笑说道："成日家说你的这玉，究竟未曾细细的赏鉴，我今儿倒要瞧瞧。"说着便挪近前来。宝玉亦凑上去，从项上摘了下来，递在宝钗手内。宝钗托在掌上，只见大如雀卵，灿若明霞，莹润如酥，五色花纹缠护。看官们须知道，这就是大荒山中青埂峰下的那块顽石幻相，后人曾有诗嘲云：

> 再用宝钗的眼光写宝玉。两人互相注视了吧？

> 宝钗主动要玉瞧，主动表示对宝玉(物)及宝玉(人)的兴趣。第三回，则是写宝玉主动问黛玉："可有玉没有？"然后为黛玉话而发痴。

> 小的情节多了，又不是紧密的因果关系(像其他传统小说那样)，便别具一种映照与征兆关系。

女娲炼石已荒唐，又向荒唐演大荒。
失去幽灵真境界，幻来新就臭皮囊。
好知运败金无彩，堪叹时乖玉不光。
白骨如山忘姓氏，无非公子与红妆。

那顽石亦曾记下他这幻相并癞僧所镌的篆文，今亦按图画于后，但其真体最小，方从胎中小儿口中衔下。今若按其体画，恐字迹过于微细，

> 莫忘大荒，敢忘大荒？从大荒来，到大荒去。哀哉宝玉，哀哉众生！
> 运败时乖，可叹至此！

《红楼梦》的妙处在于留下许多谜语,令你读了似懂非懂。宝玉与宝钗的关系,玉与金锁的关系的先验性或半先验性(因锁并非从娘肚子中带出来的)便是最值得研究考据的。这里有宿命观、爱情观、符号观……诸多命题。

使观者大废眼光,亦非畅事。故按其形式,无非略展放些,使观者便于灯下醉中可阅。今注明此故,方不至以胎中之儿口有多大,怎得衔此狼犺蠢大之物为谤。

通灵宝玉正面　　　　通灵宝玉反面

宝钗看毕,又从先翻过正面来细看,口里念道:"莫失莫忘,仙寿恒昌。"念了两遍,乃回头向莺儿笑道:"你不去倒茶,也在这里发呆作什么?"莺儿嘻嘻的笑道:"我听这两句话,倒像和姑娘项圈上的两句话是一对儿。"宝玉听了,忙笑道:"原来姐姐那项圈上也有八个字?我也赏鉴赏鉴。"宝钗道:"你别听他的话,没有什么字。"宝玉央道:"好姐姐,你怎么瞧我的呢!"宝钗被他缠不过,因说道:"也是个人给了两句吉利话儿,錾上了,所以天天带着;不然沉甸甸的,有什么趣儿?"一面说,一面解了排扣,从里面大红袄上将那珠宝晶莹、黄金灿烂的璎珞摘将出来。宝玉忙托着锁看时,果然一面有四个字,两面八个字,共成两句吉谶。——亦曾按式画下形相;

> 越发认真地荒唐起来了。没有认真,如何成全得了荒唐呢?
> 什么叫小说?小说就是若有其事,煞有介事。

> 宝玉的"话"是天生的,宝钗的"两句吉利话",则是"人给的"。是"一对"吗?终不甚平衡。

金锁正面　　　　　　　　　金锁反面

宝玉看了,也念了两遍,又念自己的两遍,因笑问:"姐姐,这八个字倒与我的是一对儿。"莺儿笑道:"是个癞头和尚送的,他说必须錾在金器上……"宝钗不待他说完,便嗔他不去倒茶,一面又问宝玉从那里来。

怎么这么巧?是命运的巧?是作家的巧?打从宝钗向周瑞家的介绍自己的常备药物冷香丸时便如此强调了"可巧"二字。抑是贬钗论者猜测的宝钗自己的巧安排?似不至于。如是宝钗、莺儿一起用"托"做伪,还有什么"停机德"或"咏絮才"?

　　宝玉此时与宝钗就近,只闻一阵阵的香气,不知是何气味,遂问:"姐姐熏的是何香?我竟从未闻过这味儿。"宝钗笑道:"我最怕熏香,好好的衣服,熏的烟火气的?"宝玉道:"既如此,是什么香?"宝钗想了一想,说:"是了,是我早起吃了冷香丸的香气。"宝玉笑道:"什么'冷香丸',这么好闻?好姐姐,给我一丸尝尝。"宝钗笑道:"又混闹了,一个丸药也是混吃的?"

也是万物皆备于我。

　　一语未了,忽听外面人说:"林姑娘来了。"话犹未了,林黛玉已摇摇摆摆的来了,一见宝玉,便笑道:"哎哟!我来的不巧了。"宝玉等忙起身让坐,宝钗因笑道:"这话怎么说?"黛玉道:"早知他来,我就不来了。"宝钗道:"我不解这意?"黛玉笑道:"要来时一齐来,要不来一个也不来;今儿他来,明儿我来,如此间错开了来,岂不天天有人来了?也不至太冷落,也不至太热闹。姐姐如何不解这意思?"

不巧与可巧的撞击。有深意乎?随口一说乎?
大而化之,是应对妙法。
闲逗嘴之中,不无弦外之意,不无另外的潜台词。
对有意说之的话作无意义的解说,表面上的自我解构,埋藏着内里的玄机。

　　宝玉因见他外面罩着大红羽缎对襟褂子,因问:"下雪了么?"地下婆子们说:"下了这半日了。"宝玉道:"取了我的斗篷来。"黛玉便笑道:

宝玉已来了很长时间了?语含机锋。不知可否编入外交人员学习参考材料。

"是不是？我来了他就该去了。"宝玉道："我何曾说要去？不过拿来预备着。"宝玉的奶母李嬷嬷因说道："天又下雪，也要看早晚的，就在这里和姐姐妹妹一处玩玩罢。姨妈那里摆茶果呢。我叫丫头去取了斗篷来，说给小么儿们散了罢。"宝玉应了。李嬷嬷出来，命小厮们："都散了。"

这里薛姨妈已摆了几样细巧茶果，留他们吃茶。宝玉因夸前日在那边府里珍大嫂子的好鹅掌鸭信。薛姨妈连忙把自己糟的取来与他尝。宝玉笑道："这个须就酒方好。"薛姨妈便命人灌了上等的酒来。李嬷嬷便上来道："姨太太，酒倒罢了。"宝玉笑央道："妈妈，我只吃一杯。"李妈道："不中用，当着老太太、太太，那怕你吃一坛呢。想那日我眼错不见一会，不知是那个没调教的，只图讨你的好，给了你一口酒吃，葬送得我挨了两日的骂。姨太太不知他性子又可恶，吃了酒更弄性。有一日老太太高兴，又尽着他吃，什么日子又不许他吃，何苦我白赔在里面？"薛姨妈笑道："老货，只管放心吃你的去！我也不许他吃多了。便是老太太问，有我呢。"一面命小丫头："来，让你奶奶去也吃杯搪搪寒气。"那李嬷嬷听如此说，只得且和众人吃酒去。这里宝玉又说："不必烫暖了，我只爱吃冷的。"薛姨妈道："这可使不得，吃了冷酒，写字手打颤儿。"宝钗笑道："宝兄弟，亏你每日家杂学旁收的，难道就不知道酒性最热，若热吃下去，发散的就快；若冷吃下去，便凝结在内，五脏去暖他，岂不受害？从此还不改了。快不要吃那冷的了。"宝玉听这话有情理，便放下冷的，令人烫来方饮。

"鸭信"想是鸭舌。

仆人而为主人的监护或老师，这种角色注定了讨嫌杀风景，愈是尽职愈是正正经经愈是可厌。

能被老板叫以昵称——老货，也算有头脸了。

中国式的臆想生理学、药理学。

果然有"姐姐"风。民间将这一套讲究称为"妈妈经"。

黛玉磕着瓜子儿，只管抿着嘴笑。可巧黛玉的丫鬟雪雁走来与黛玉送小手炉，黛玉因含笑问他说："谁叫你送来的？难为他费心，那里就冷死了我！"雪雁道："紫鹃姐姐怕姑娘冷，叫我送来的。"黛玉一面接了，抱在怀中，笑道："也亏你倒听他的话，我平日和你说的，全当耳旁风；怎么他说了你就依，比圣旨还快些！"宝玉听这话，知是黛玉借此奚落他，也无回复之词，只嘻嘻的笑一阵罢了。宝钗素知黛玉是如此惯了的，也不去睬他。薛姨妈因道："你素日身子单弱，禁不得冷的，他们记挂着你倒不好？"黛玉笑道："姨妈不知道。幸亏是姨妈这里，倘或在别人家，岂不要恼的？难道看得人家连个手炉也没有？巴巴儿的从家里送个手炉来。不说丫头们太小心，还只当我素日是这等轻狂惯了呢。"薛姨妈道："你是个多心的，有这样想，我就没有这些心。"

　　说话时，宝玉已是三杯过去了。李嬷嬷又上来拦阻。宝玉正在个心甜意洽之时，又兼姊妹们说说笑笑的，那里肯不吃？只得屈意央告："好妈妈，我再吃两杯就不吃了。"李嬷嬷道："你可仔细今儿老爷在家，提防着问你的书！"宝玉听了此话，便心中大不悦，慢慢的放下酒，垂了头。黛玉忙说："扫了大家的兴！舅舅若叫你，只说姨妈留着呢。这个妈妈，他吃了酒，又拿我们来醒脾了。"一面悄推宝玉，使他赌赌气；一面悄悄的咕哝说："别理那老货！咱们只管乐咱们的。"那李妈也素知黛玉的，因说道："林姐儿，你不要助着他了。你倒劝他，只怕他还听些。"林黛玉冷笑道："我为什么助他？我也不犯着劝他。你这妈妈太小心了，往常老太太又给他酒

逞一时口舌之快，其实无利亦无趣。

客观上，在言语调侃来往中，宝玉与宝钗站到一起去了。

本是打趣宝玉，姨妈一问，又增加了一层"多心"的意思。语言深处有语言，语言分层次解读。这倒很"现代"了。

从某种意义上说，乃至于可以说是评点者杜撰地说，"现代"永远不是趋时的产物，趋时是二三流以下的作家的事。最新的"现代感"来自才华。才华的发现万古常新，蕴涵丰富，与最现代的探索或学说相通。

李嬷嬷着实讨嫌。

没点牙口，上得了台盘吗？

吃,如今在姨妈这里多吃了一口,料也不妨事。必定姨妈这里是外人,不当在这里的,也未可知。"李嬷嬷听了,又是急,又是笑,说道:"真真这林姐儿,说出一句话来,比刀子还利害,我这话算什么!"宝钗也忍不住笑着把黛玉腮上一拧,说道:"真真的这个颦丫头的一张嘴,叫人恨又不是,喜欢又不是。"薛姨妈一面又说:"别怕,别怕,我的儿!来了这里,没好的你吃,别把这点子东西吓的存在心里,倒叫我不安。只管放心吃,有我呢。越发吃了晚饭去,便醉了,就跟着我睡罢。"因命:"再烫些酒来,姨妈陪你吃两杯,可就吃饭罢。"宝玉听了,方又鼓起兴来。李嬷嬷因吩咐小丫头:"你们在这里小心着,我家去换了衣服就来。"悄悄的回姨太太:"别由他的性儿多吃了。"说着便家去了。

逻辑上这叫"归谬法",也是一种"辩才"。

显得更高一筹,更大一圈。薛姨妈借此显示自己的地位。

看来薛姨妈也要用实际行动还击李嬷嬷的教师婆(仿教师爷)嘴脸的干涉。当然,也是为了哄宝玉。

李嬷嬷不支退下,嘴还不让。现在想起小丫头来了,刚才怎么唯我独尽心呢。

这里虽还有两三个婆子,都是不关痛痒的,见李嬷嬷走了,也都悄悄自寻方便去了。只剩两个小丫头,乐得讨宝玉的欢喜。幸而薛姨妈千哄万哄,只容他吃了几杯,就忙收过了。作了酸笋鸡皮汤,宝玉痛喝了几碗,又吃了半碗多碧粳粥,一时薛林二人也吃完了饭,又酽酽的喝了几碗茶。薛姨妈方放心。雪雁等三四人,也吃了饭进来伺候。黛玉因问宝玉道:"你走不走?"宝玉乜斜倦眼道:"你要走我和你一同走。"黛玉听说,遂起身道:"咱们来了这一日,也该回去了。"说着,二人便告辞。

真好吃呀,吃乃生活要务,也是重要的文学描写对象。写好了吃,增加了人间感、烟火气与说服力。

小丫头忙捧过斗笠来,宝玉便把头略低一低,叫他戴上,那丫头便将这大红猩毡斗笠一抖,才往宝玉头上一合,宝玉便说:"罢了,罢了!好蠢东西!你也轻些儿,难道没见别人戴过?

少爷的架势,少爷的声口。

以宝玉受宠的地位,气恼至此,又发了话,按道理驱逐掉李嬷嬷应无问题。但还是做不到。一、宝玉吃过她的奶,她有过硬的本钱。二、她的讨嫌的干预的核心是规劝宝玉走"正路",限制宝玉不要放纵,大节上,她比宝玉还有理,还符合贾家的根本利益。三、她多吃多占,仍没什么大不了的。招人生气却又上不了纲,宝玉徒唤奈何。

宝玉要月亮会有人给他摘,对于一个李嬷嬷却气得干瞪眼,有趣。有点意思。

这也可以说是"现尊于势",宝玉占势,但李嬷嬷占理。

让我自己戴罢。"黛玉站在炕沿上道:"过来,我与你戴罢。"宝玉忙近前来。黛玉用手轻轻笼住束发冠儿,将笠沿掖在抹额之上,将那一颗核桃大的绛绒簪缨扶起,颤巍巍露于笠外。整理已毕,端像了一会,说道:"好了,披上斗篷罢。"宝玉听了,方接了斗篷披上。薛姨妈忙道:"跟你们的妈妈都还没来呢,且略等等。"宝玉道:"我们倒去等他们,有丫头们跟着也够了。"薛姨妈不放心,吩咐两个妇女跟着送了他兄妹们去。

　　他二人道了扰,一径回至贾母房中。贾母尚未用晚饭,知是薛姨妈处来,更加喜欢。因见宝玉吃了酒,遂命他自回房中歇着,不许再出来了,因令人好生看待着。忽想起跟宝玉的人来,遂问众人:"李奶子怎么不见?"众人不敢直说他家去了,只说:"才进来的,想有事又出去了。"宝玉踉跄回顾道:"他比老太太还受用呢,问他作什么!没有他只怕我还多活两日。"一面说,一面来至自己卧室,只见笔墨在案。晴雯先接出来,笑道:"好好叫我研了墨,早起高兴,只写了三个字,丢下笔就走了,哄我等了这一天。快来给我写完了这些墨才罢!"宝玉方才想起早起的事来,因笑道:"我写的那三个字在那里呢?"晴雯笑道:"这个人可醉了。你头里过那府里去,嘱咐我贴在门斗儿上的,我生怕别人贴坏了,亲自爬高上梯,贴了半日,这会儿还冻得手僵呢。"

黛玉自有其尽心细致处。

中国旧称"爱情"为"恩爱",信然,黛玉对宝玉有戴大红猩毡斗笠之恩也。

李嬷处于贾母的视野之内,是受重视,也是体面。李嬷如知贾母问她,一会后悔不该回家,一会受宠若惊,得意洋洋,更加受用呢。

口气中透着亲近和多情。

宝玉笑道:"我忘了。你手冷,我替你握着。"便伸手携着晴雯的手,同看门斗上新写的三个字。 【动作天真烂漫而又亲切。】

一时黛玉来了,宝玉笑道:"好妹妹,你别撒谎,你看这三个字那一个好?"黛玉仰头看见是"绛芸轩"三字,笑道:"个个都好。怎么写得这样好法?明儿也替我写一匾。"宝玉笑道:"又哄我呢。"说着又问:"袭人姐姐呢?"晴雯向里间炕上努嘴。宝玉看时,只见袭人和衣睡着。宝玉笑道:"好,太睡早了些。"又问晴雯道:"今儿我那边吃早饭,有一碟儿豆腐皮的包子,我想着你爱吃,和珍大嫂子说了,只说我留着晚上吃,叫人送过来的。你可曾见么?"【小事见情性,见人际关系。】晴雯道:"快别提了。一送来我便知道是我的,偏才吃了饭,就搁在那里。后来李奶奶来了看见,说:'宝玉未必吃了,拿去给我孙子吃罢。'就叫人送了家去了。"【老天真式的赤裸裸的自私。】正说着,茜雪捧上茶来,宝玉还让:"林妹妹吃茶。"众人笑道:"林姑娘早走了,还让呢。"

宝玉吃了半盏,忽又想起早晨的茶来,因问茜雪道:"早起沏了一碗枫露茶,我说过那茶是三四次后才出色的,这会子怎么又沏上这个茶来?"【详写与李嬷嬷有关诸事,凸现了人物,剖析了关系,透露了无奈。】茜雪道:"我原是留着的,那会子李奶奶来了,吃了去。"宝玉听了,将手中杯子顺手往地下一掷,豁琅一声,打个粉碎,泼了茜雪一裙子。又跳起来问着茜雪道:"他是你那一门子的'奶奶',你们这样孝敬他?不过是我小时候吃过他几日奶罢了,如今惯的比祖宗还大,撵了出去大家干净!"说着立刻便要去回贾母撵他乳母。【酒后胆大。】

原来袭人实未睡着,不过是故意装睡,引宝玉来怄他玩耍;先闻得说字问包子,也还可以不必起来;后来摔了茶钟,动了气,遂连忙起来解释劝阻。早有贾母遣人来问:"是怎么了?"袭人 【侍候主子无定法。】

忙道："我才倒茶来,被雪滑倒了,失手砸了钟子。"一面又劝宝玉道："你立意要撵他也好,我们都愿意出去,不如趁势连我们一齐撵了,我们也好,你也不愁没有好的来伏侍你。"宝玉听了,方无言语,被袭人等挟至炕上,脱了衣裳。不知宝玉口内还说些什么,只觉口齿缠绵,眉眼愈加饧涩,忙伏侍他睡下。袭人摘下那"通灵宝玉"来,用手帕包好,塞在褥下,次日带时,便冰不着脖子。那宝玉到枕就睡着了。彼时李嬷嬷等已进来了,听见醉了,也就不敢上前,只悄悄的打听睡了,方放心散去。

次日醒来,就有人回："那边小蓉大爷带了秦钟来拜。"宝玉忙接出去,领了拜见贾母。贾母见秦钟形容标致,举止温柔,堪陪宝玉读书,心中十分欢喜,便留茶留饭,又命人带去见王夫人等。众人因爱秦氏,见了秦钟是这样人品,也都欢喜,临去时,都有表礼。贾母又与了一个荷包并一个金魁星,取"文星和合"之意。又嘱咐他道："你家住的远,或一时寒热不便,只管住在我这里。只和你宝叔在一处,别跟着那不长进的东西们学。"秦钟一一的答应,回家禀知他父亲。

他父亲秦邦业现任营缮郎,年近七旬,夫人早亡。因当年无儿女,便向养生堂抱了一个儿子并一个女儿。谁知儿子又死了,只剩女儿,小名唤可儿。长大时,生得形容袅娜,性格风流,因素与贾家有些瓜葛,故结了亲。秦邦业五旬之上方得了秦钟,因去岁业师回南,在家温习旧课,正要与贾亲家商议附往他家塾中去;可巧遇见宝玉这个机会,又知贾家塾中司塾的乃贾代儒,现今之老儒,秦钟此去,可望学业进益,从此

保境安民(也安"官"),息事宁人的方针是唯一正确的方针。如果把问题捅给贾母,袭人难辞其咎,宝玉和李嬷嬷都不会原谅袭人,袭人有成为宝、李矛盾的牺牲品的危险。那些喜欢拨弄是非的人应该借鉴。

细致入微。可以作出一种想象,"红"作者有过佩戴某种寄名符之类器物的经验,既是公子哥儿的饰物(如今日之一些男青年亦戴项链然),又有一种迷信色彩。迷信到与之须臾不可分离,视之为自己的生命的依托,生命的物化,进一步产生出恍兮惚兮的衔之而生的幻觉来。如是生编硬造的故事,实难写得如此体贴备至,细腻入微。

标致、温柔,似在说女儿。

什么瓜葛? 养生堂抱的一个营缮郎的养女,如何配得上贾蓉?

学业进益……成名"云云,成为

这一回,宝、黛、钗之间,宝、李嬷嬷之间开始出现一点前哨战。黛玉的言谈,带有"火力侦察"的性质。

成名,因十分喜悦。只是宦囊羞涩,那边都是一双富贵眼睛,少了拿不出来;儿子的终身大事,说不得东并西凑,恭恭敬敬封了二十四两赘见礼,带来秦钟到代儒家来拜见,然后听宝玉拣的好日子,一同入塾。塾中闹事如何,下回分解。

> 以后真实发展的讽刺。想得愈诚愈美就愈讽刺。
> 秦钟上个学都要如许的赘见礼,可卿的陪嫁又是怎么解决的呢?

  在宝黛悲剧因宝玉之玉而符号化的同时,与宝钗的关系——金玉缘——也符号化了。符号化可能只是人自身的幻觉,但这个幻觉反过来多少主宰了人的命运。
  一个刘老老,一个李嬷嬷,也许作者无意对比二人,读来却不无感慨。原来,人处的地位越低下,就越可爱。

第 九 回

训劣子李贵承申饬　嗔顽童茗烟闹书房

话说秦邦业父子专候贾家的人来送上学之信。原来宝玉急于要和秦钟相遇,遂择了后日一定上学,打发人送了信。至日一早,宝玉起来时,袭人早已把书笔文物收拾停妥,坐在床沿上发闷;见宝玉来,只得伏侍他梳洗。宝玉见他闷闷的,因问道:"好姐姐,你怎么又不自在了?难道怪我上学去,丢的你们冷清了不成?"袭人笑道:"这是那里的话。读书是极好的事,不然就潦倒了一辈子,终久怎么样呢。但只一件:只是念书的时节想着书,不念的时节想着家。总别和他们一处玩闹,碰见老爷不是玩的。虽说是奋志要强,那工课宁可少些,一则贪多嚼不烂,二则身子也要保重。这就是我的意思,你可时时体谅。"袭人说一句,宝玉应一句。袭人又道:"大毛衣服我也包好了,交给小子们去了。学里冷,好歹想着添换,比不得家里有人照顾。脚炉手炉也交出去的了,你可逼着他们添。那一起懒贼,你不说,他们乐得不动,白冻坏了你。"宝玉道:"你放心,我出外头,自己都会调停的。你们也可别闷死在这屋里,长和林妹妹一处去玩耍才好。"说着俱已穿戴齐备,袭人催他去见贾母、贾政、王夫人等。宝玉又嘱咐了晴雯麝月几句,方出来见贾母。贾母也未免有几句嘱咐的

> 人比书重要,会友比上学重要,贾宝玉的"以人为本"。

> 自幼就害怕交际,害怕民众,拼命提倡自我封闭。
> 袭人俨然是宝玉的第一个监护人、守护人、责任人。

> 这样不放心,这样叮嘱,不造就出窝囊废来才见鬼!

话。然后去见王夫人,又出来到书房中见贾政。

偏生这日贾政回家早,正在书房中与相公清客们闲话,忽见宝玉进来请安,回说上学里去,贾政冷笑道:"你如果再提'上学'两个字,连我也羞死了。依我的话,你竟玩你的去是正经。仔细站脏了我这地,靠脏了我这门!"众清客相公们都起身笑道:"老世翁何必如此。今日世兄一去,二三年就可显身成名的了,断不似往年作小儿之态的。天也将饭时,世兄竟快请罢。"说着便有两个年老的携了宝玉出去。

> 教育儿子,可以理解,怎么这么大情绪,说这话也有失父亲、贵族加正人君子的身份。颇有视子为敌的姿态。
> 一方面,贾政是以正镇邪;一方面,他是因庸妒才,父而妒子。与子的俄狄浦斯弑父情结同样普遍。

贾政因问:"跟宝玉的是谁?"只听见外面答应了一声,早进来三四个大汉,打千儿请安。贾政看时,认得宝玉奶母之子,名唤李贵的,因向他道:"你们成日家跟他上学,他到底念了些什么书!倒念了些流言混话在肚子里,学了些精致的淘气。等我闲一闲,先揭了你的皮,再和那不长进的算账!"吓的李贵忙双膝跪下,摘了帽子碰头,连连答应"是",又回说:"哥儿已念到第三本《诗经》,什么'呦呦鹿鸣,荷叶浮萍',小的不敢撒谎。"说的满坐哄然大笑起来,贾政也掌不住笑了。因说道:"那怕再念三十本《诗经》,也都是'掩耳盗铃',哄人而已。你去请学里太爷的安,就道我说的:什么《诗经》、古文,一概不用虚应故事,只是先把《四书》一齐讲明背熟,是最要紧的。"李贵忙答应"是",见贾政无话,方退出去。

> 与李嬷嬷联系上。长篇小说中人物众多,必须节省人物数量,增加人物间的网状关系,方易于阅读记忆。

> 恫吓也是管理一招。

> 贾政的诗论有高明与一针见血处。盖《诗经》中的一些诗,不失真性情。只有读《四书》,才能遏制住性情。贾政追求的是遏制直至消灭宝玉的性情,诗情对于性情只能略加疏导与美化,曰"掩耳盗铃",不无道理。

此时宝玉独站在院外,屏声静候,待他们出来便同走了。李贵等一面掸衣服,一面说道:"哥儿可听见了不曾?先要揭我们的皮呢!人家的奴才跟主子赚些好体面,我们这些奴才白陪着挨打受骂的。从此也可怜见些才好。"宝玉

> 实话。奴才不好当。奴才真心祝愿主子长进。

笑道："好哥哥，你别委屈，我明儿请你。"李贵道："小祖宗，谁敢望'请'，只求听一两句话就有了。"

说着又至贾母这边，秦钟早已来了，贾母正和他说话呢。于是二人见过，辞了贾母。宝玉忽想起来未辞黛玉，又忙至黛玉房中来作辞。彼时黛玉在窗下对镜理妆，听宝玉说上学去，因笑道："好，这一去，可是要'蟾宫折桂'了！我不能送你了。"宝玉道："好妹妹，等我下学再吃晚饭。那胭脂膏子也等我来再制。"唠叨了半日，方抽身去了。黛玉忙又叫住问道："你怎么不去辞辞你宝姐姐来？"宝玉笑而不答，一径同秦钟上学去了。

娇公子上学，也是撒娇，也是笑话。

问得好，笑得好，不答得更好。本来，又有什么"怎么不去"可说？

原来这义学也离家不远，原系当日始祖所立，恐族中子弟有力不能延师者，即入此中读书。凡族中为官者，皆有帮助银两，以为学中膏火之费；举年高有德之人为塾师。如今秦宝二人来了，一一的都互相拜见过，读起书来。自此后，二人同来同往，同起同坐，愈加亲密。兼贾母爱惜，也常留下秦钟，一住三五天，自己重孙一般看待。因见秦钟家中不甚宽裕，又助些衣服等物。不上一两月工夫，秦钟在荣府里便惯熟了。宝玉终是个不能安分守理的人，一味的随心所欲，因此发了癖性，又向秦钟悄说："咱们两个人，一样的年纪，况又同窗，以后不必论叔侄，只论兄弟朋友就是了。"先是秦钟不敢当，宝玉不从，只叫他"兄弟"，或叫他的表字"鲸卿"，也只得混着乱叫起来。

寺庙、僧尼、教育、文艺都从属于家庭权势。

再次要求平等。

原来这学中虽都是本族子弟与些亲戚家的子侄，俗语说的好，"一龙九种，种种各别"，未免人多了就有龙蛇混杂，下流人物在内。自秦宝二人来了，都生的花朵儿一般的模样，又见秦钟腼腆温柔，未语先红，怯怯羞羞，有女儿之风；宝玉又是天生成惯能作小服低，赔身下气，性情体贴，话语缠绵。因此二人又这般亲厚，也怨不得那起同窗人起了嫌疑之念，背地里你言我语，诟谇谣诼，布满书房内外。

> 人少了就不下流了？
> 这里有三个问题：上等人总是比下等人娇弱，优势转为劣势；其次，宝玉与秦钟涉嫌同性恋，易受议论；第三，任何过于亲密的双边关系都会引起疑嫉——包括两个国家也是这样。

　　原来薛蟠自来王夫人处住后，便知有一家学，学中广有青年子弟，偶动了"龙阳"之兴，因此也假说了来上学，不过是"三日打鱼，两日晒网"，白送些束脩礼物与贾代儒，却不曾有一些进益，只图结交些契弟。谁想这学内的小学生，图了薛蟠的银钱穿吃，被他哄上手的，也不消多记。又有两个多情的小学生，亦不知是那一房的亲眷，亦未考真姓名，只因生得妩媚风流，满学中都送了两个外号，一叫"香怜"，一叫"玉爱"。虽系都有窃慕之意，将"不利于孺子"之心，只是都惧薛蟠的威势，不敢来沾惹。如今秦宝二人一来了，见了他两个，亦不免缱绻羡爱，亦皆知系薛蟠相知，故未敢轻举妄动；香玉二人心中，一般的留情与秦宝。因此四人心中虽有情意，只未发迹。每日一入学中，四处各坐，却八目勾留，或设言托意，或咏桑寓柳，遥以心照，却外面自为避人眼目。不料偏又有几个滑贼看出形景来，都背后挤眉弄眼，或咳嗽扬声。这也非止一日。

> 可见彼时教育腐败之一斑。

> 那时的同性恋似比现在更普及更公开呢。

> 青春期综合征之一种。

　　可巧这日代儒有事回家，只留下一句七言对联，令学生对了明日再来上书；将学中之事，又命长孙贾瑞管理。妙在薛蟠如今不大上学应卯了，因此秦钟趁此和香怜弄眉挤眼，二人假出小恭，走至后院说话。秦钟先问他："家里的大

> 引出贾瑞来，故事在后边。

人可管你交朋友不管？"一语未了，只听见背后咳嗽了一声，二人吓的忙回顾时，原来是窗友名金荣的。香怜本有些性急，便羞怒相激，问他道："你咳嗽什么？难道不许我们说话不成？"金荣笑道："许你们说话，难道不许我咳嗽不成？我只问你们：有话不分明说，许你们这样鬼鬼祟祟的干什么故事？我可也拿住了，还赖什么！先让我抽个头儿，咱们一声儿不言语，不然大家就翻起来！"秦香二人就急得飞红的脸，便问道："你拿住什么了？"金荣笑道："我现拿住了是真的。"说着又拍着手笑嚷道："贴的好烧饼！你们都不买一个吃去？"秦钟香怜二人又气又恼，忙进来向贾瑞前告金荣，说金荣无故欺负他两个。

> 国人特别是恶人，有一种天生的捉奸意识，提双心理。

> 贴烧饼云云，不知是什么行话。反正每个时期都有这样的俚语、行话乃至黑话。可见语言的公共性可交流性也造成了弊病，所以人们热心于搞一些含蓄些乃至保密些的代码。

原来这贾瑞最是个图便宜没行止的人，每在学中以公报私，勒索子弟们请他；后又助着薛蟠图些银钱酒肉，一任薛蟠横行霸道，他不但不去管约，反"助纣为虐"讨好儿。偏那薛蟠本是浮萍心性，今日爱东，明日爱西，近来有了新朋友，把香玉二人丢开一边；就连金荣也是当日的好友，自有了香玉二人，便见弃了金荣，近日连香玉亦已见弃。故贾瑞也无了提携帮衬之人，不怨薛蟠得新厌故，只怨香玉二人不在薛蟠前提携了。因此贾瑞金荣等一干人，也正醋妒他两个。今见秦香二人来告金荣，贾瑞心中便不自在起来，虽不敢呵叱秦钟，却拿着香怜作法，反说他多事，着实抢白了几句。香怜反讨了没趣，连秦钟也讪讪的各归坐位去了。金荣越发得了意，摇头咂嘴的，口内还说许多闲话，玉爱偏又听了，两个人隔坐咕咕唧唧的角起口来。金荣只一口咬定说："方才明明的撞见他两个在后院里亲嘴摸屁股，两个商议定了，一对儿论长

> 连家学中的孩子们也这样肮脏，真是烂到家了。

> 醋妒心理，是"红"人物的重要行为动机，内趋力。
> 醋妒心理，甚至对于世界、国家、社会的种种矛盾、斗争也有相当大的作用。

道短之言。"只顾得志乱说,却不防还有别人,谁知早又触怒了一个人。你道这一个人是谁?

　　原来这人名唤贾蔷,亦系宁府中之正派玄孙,父母早亡,从小儿跟着贾珍过活,如今长了十六岁,比贾蓉生得还风流俊俏。他兄弟二人最相亲厚,常共起居,宁府中人多口杂,那些不得志的奴仆,专能造言诽谤主人,因此不知又有什么小人诟谇谣诼之辞。贾珍想亦风闻得些口声不好,自己也要避些嫌疑,如今竟分与房舍,命贾蔷搬出宁府,自己立门户过活去了。这贾蔷外相既美,内性又聪敏,虽然应名来上学,亦不过虚掩眼目而已;仍是斗鸡走狗、赏花阅柳为事。上有贾珍溺爱,下有贾蓉匡助,因此族中人谁敢触逆于他。他既和贾蓉最好,今见有人欺负秦钟,如何肯依?如今自己要挺身出来报不平,心中且忖度一番:"金荣贾瑞一等人,都是薛大叔的相知,我又与薛大叔相好,倘或我一出头,他们告诉了老薛,我们岂不伤和气?欲不管,如此谣言,说的大家没趣。如今何不用计制伏,又止息声口,又不伤脸面。"想毕,也装出小恭去,走至后面,悄悄把跟宝玉的书童茗烟叫至身边,如此这般,调拨他几句。

　　这茗烟乃是宝玉第一个得用的,且又年轻不谙事,如今听贾蔷说:"金荣如此欺负秦钟,连你的爷宝玉都干连在内,不给他个知道,下次越发狂纵了。"这茗烟无故就要欺压人的,如今得了这信,又有贾蔷助着,便一头进来找金荣,也不叫"金相公"了,只说:"姓金的,是什么东西!"贾蔷遂跺一跺靴子,故意整整衣服,看看日影儿说:"正时候了。"遂先向贾瑞说有事要早走一步。贾瑞不敢止他,只得随他去了。

说脏话也叫"得志"。

一、专能诽谤。二、也可能确有根据,不是诽谤。
即使是奴仆,也不能欺之太甚的。

一个巴掌拍不响,一大堆巴掌,岂有不大乱特乱之理?

任何一个"历史事件",一场恶斗中,都有各种不可或缺的角色被派定。

十六岁就练就了这等本事,等五十六岁六十六岁七十六岁可怎么得了!呜呼哀哉,呜呼哀哉!

这里茗烟走进来，便一把揪住金荣问道："我们臊屁股不臊，管你毽把相干？横竖没臊你爹就罢了！你是好小子，出来动一动你茗大爷！"吓的满室中子弟都茫茫的痴望。贾瑞忙喝："茗烟不得撒野！"金荣气黄了脸，说："反了！奴才小子都敢如此，我只和你主子说。"便夺手要去抓打宝玉。秦钟刚转出身来，听得脑后飕的一声，早见一方砚瓦飞来，并不知系何人打来，却打了贾兰贾菌的座上。

这贾兰贾菌亦系荣府近派的重孙，这贾菌少孤，其母疼爱非常，书房中与贾兰最好，所以二人同坐。谁知这贾菌年纪虽小，志气最大，极是淘气不怕人的。他在位上，冷眼看见金荣的朋友暗助金荣，飞砚来打茗烟，偏打错了落在自己面前，将个磁砚水壶儿打粉碎，溅了一书墨水。贾菌如何依得，便骂："好囚攮的们，这不都动了手了么！"骂着，也便抓起砚砖来要飞。贾兰是个省事的，忙按住砚砖，极口劝道："好兄弟，不与咱们相干。"贾菌如何忍得，见按住砚砖，他便两手抱起书箧子来，照这边掷了来。终是身小力薄，却掷不到，反掷至宝玉秦钟案上就落下来了。只听豁啷一响，砸在桌上，书本、纸片、笔、砚等物，撒了一桌；又把宝玉的一碗茶也砸得碗碎茶流。那贾菌即便跳出来，要揪打那飞砚的人。金荣此时随手抓了一根毛竹大板在手，地狭人多，那里经得舞动长板。茗烟早吃了一下，乱嚷："你们还不来动手？"宝玉还有几个小厮：一名扫红，一名锄药，一名墨雨，这三个岂有不淘气的，一齐乱嚷："小妇养的！动了兵器了！"墨雨遂掇起一根门闩，扫红锄药手中都是马鞭子，蜂拥而上。贾瑞急得拦一回这个，劝一

> 充分发挥了粗人（奴仆）的优越性，干脆把粗话说到极致，反倒震了，没了治了。管点事就必须撒野。

> 恶斗会使一些本来不相干的人卷进去。

> 也叫志气。

> 热闹！生动！好戏！人一急眼，语言就生动了，这八股那八股，都是不疼不痒的去了势的玩意儿。

这在"红"中,也算大场面了。如闻其声,如见其形,真切实在,令人信服。下流而不失天真,混乱而不失头绪,可恼更复可笑,闹剧而不失分寸。

任何矛盾一激化就往往演变为混战,一混战也就只能不了了之,稀泥和之。到这时候,见好就收也就是胜利了。如果动真格的,一定不依不饶(如茗烟),就是要捶死了。

李贵处理纠纷,实在是水平不低。第一,立足于息事宁人,而不是加剧矛盾,很对。本来就没有大不了的。第二,本人超脱,不介入矛盾,连宝玉主子这边也不盲目投合,这就赢得了化解纠纷的主动权。第三,先责备主管人员,而不是责备冲突中任何一方,既合情理,又转移了冲突热点。第四,适当弹压过激分子,如茗烟,以收杀一儆百之效。第五,当然还是谁势力大谁有理,所以最后还是让金荣道歉。这一套,方针对、方法对、收效好。值得借鉴。这种生活中的智慧,固不可轻视也。

回那个,谁听他的话?肆行大乱。众顽童也有帮着打太平拳助乐的,也有胆小藏过一边的,也有立在桌上拍着手乱笑,喝着声儿叫打的。登时鼎沸起来。

| 众皆好斗乎?遇斗则喜乎?喜不自胜乎?

外边几个大仆人李贵等听见里边作反起来,忙都进来一齐喝住,问是何故,众声不一,这一个如此说,那一个又如彼说。李贵且喝骂了茗烟等四个一顿,撵了出去。秦钟的头早撞在金荣的板上,打去一层油皮,宝玉正拿褂襟子替他揉,见喝住了众人,便命:"李贵,收书!拉马来,我去回太爷去!我们被人欺负了,不敢说别的,守礼来告诉瑞大爷,瑞大爷反派我们的不是,听着人家骂我们,还调唆人家打我们。茗烟见人欺负我们,岂有不为我的;他们反打伙儿打了茗烟,连秦钟的头也打破了。还在这里念书么?"李贵劝道:"哥儿不要性急,太爷既有事回家去了,这会子为这点子事去聒噪他老人家,倒显的咱们没礼似的。依我的主意,那里的事情那里了结,何必惊动老人家。这都是瑞大爷的不是,太爷不在这里,你老人家就是这学里的头脑了,众人看你行事。众人有了不是,该打的打,该罚的罚,如何等闹到这步田地还不管?"贾

文本永远不会统一。

宝玉似乎对这种场面也不陌生,语言对策颇现成、成套。

瑞道："我吆喝着都不听。"李贵道："不怕你老人家恼我，素日你老人家到底有些不是，所以这些兄弟不听。就闹到太爷跟前去，连你老人家也脱不了的。还不快作主意撕罗开了罢！"宝玉道："撕罗什么？我必要回去的。"秦钟哭道："有金荣在这里，我是要回去的了。"宝玉道："这是为什么？难道别人家来得，咱们倒来不得的？我必回明白众人，撵了金荣去。"又问李贵："这金荣是那一房的亲友？"李贵想一想，道："也不用问了。若说起那一房亲戚，更伤了兄弟们和气。"

> 一个富贵之家，必有众多的依附者，攀援者。

茗烟在窗外道："他是东衙里璜大奶奶的侄儿，那是什么硬挣仗腰子的，也来吓我们。璜大奶奶是他姑妈。你那姑妈只会打旋磨儿，给我们琏二奶奶跪着借当头，我眼里就看不起他那样主子奶奶！"李贵忙喝道："偏这小狗养的知道，有这些蛆嚼！"宝玉冷笑道："我只当是谁的亲戚，原来是璜嫂子侄儿，我就去问问他。"说着便要走，叫茗烟进来包书。茗烟进来包书，又得意洋洋的道："爷也不用自己去见他，等我去他家，就说老太太有话问他呢，雇上一辆车子拉进去，当着老太太问他，岂不省事？"李贵忙喝道："你要死！仔细回去我好不好先捶了你，然后回老爷、太太，就说宝哥全是你调唆的。我这里好容易劝哄的好了一半，你又来生了新法儿。你闹了学堂，不说变个法儿压息了才是，倒还往火里奔！"茗烟方不敢做声。

> 仆以主荣，反之亦然。
> "打旋磨儿"云云，何等生动。

此时贾瑞也生恐闹不清，自己也不干净，只得委曲着来央告秦钟，又央告宝玉。先是他二人不肯，后来宝玉说："不回去也罢了，只叫金荣赔不是便罢。"金荣先是不肯，后来经不得贾瑞

> 在这个家学中，当然宝玉的身份最高，但他依然接受了妥协。可见，谁的行为也不是不

也来逼他权赔个不是,李贵等只得好劝金荣,说:"原是你起的端,你不这样,怎得了局?"金荣强不得,只得与秦钟作了揖,宝玉还不依,定要磕头。贾瑞只要暂息此事,又悄悄的劝金荣说:"俗语云:'忍得一时忿,终身无恼闷。'"未知金荣从也不从,下回分解。

> 受客观的合理性与可能性的限制的。宝玉其实明白并接受这样的限制,所以他不是薛蟠式的混小子。

每读此回,皆有精神抖擞,兴奋神旺之感。一,包括评点者,都有爱闹腾的心理,都欣赏天下大乱而不是平静寡淡。二,都有势利心,势利眼,看到一些没有本钱,偏偏不肯服输的混球儿吃瘪,有为之喝彩的幸灾乐祸之心。盖旁观者的正义感、是非心,极易被看热闹、作壁上观之心所替代。

第 十 回

金寡妇贪利权受辱　　张太医论病细穷源

话说金荣因人多势众,又兼贾瑞勒令赔了不是,给秦钟磕了头,宝玉方才不吵闹了。大家散了学,金荣自己回到家中,越想越气,说:"秦钟不过是贾蓉的小舅子,又不是贾家的子孙,附学读书,也不过和我一样,他因仗着宝玉同他相好,就目中无人。既是这样,就该行些正经事,也没的说;他素日又和宝玉鬼鬼祟祟的,只当人都是瞎子,看不见。今日他又去勾搭人,偏偏撞在我眼里,就是闹出事来,我还怕什么不成?"

他母亲胡氏听见他咕咕唧唧的,说:"你又要管什么闲事?好容易我望你姑妈说了,你姑妈又千方百计的向他们西府里琏二奶奶跟前说了,你才得了这个念书的地方。若不是仗着人家,咱们家里还有力量请得起先生么?况且人家学里,茶饭都是现成的,你这二年在那里念书,家里也省好大的嚼用呢。省出来的,你又爱穿件鲜明衣服。再者,因你在那里念书,你就认得什么薛大爷了。那薛大爷一年也帮了咱们七八十两银子。你如今要闹出了这个学房,若再要找这样一个地方,我告诉你说罢,比登天的还难呢!你给我老老实实的玩回子睡你的觉去,好多着呢。"于是金荣忍气吞声,不多一时,也自睡觉了。次日仍旧上学去了,不在话下。

> 这一段自言自语(也可能是内心独白)是体贴着人物写出来的,表面上虽然是说秦钟,实际也批判了宝玉。这就比把人物分成黑白两色深刻得多。

> 咕咕唧唧,金荣差矣!这种矛盾本不应带回家来,更不应咕咕唧唧,太没有男子汉品格了。

> 穷人思量,比较务实。

> 依靠别人施舍者,能有什么尊严?

110

且说他姑妈原来给的是贾家"玉"字辈的嫡派,名唤贾璜,但其族人那里皆能像宁荣二府的富势?原不用细说。这贾璜夫妻,守着些小小的产业,又时常到宁荣二府里去请安,又会奉承凤姐儿并尤氏,所以凤姐儿尤氏也时常资助资助他,方能如此度日。今日正遇天气晴明,又值家中无事,遂带了一个婆子,坐上车,来家里走走,瞧瞧寡嫂并侄儿。

闲说之间,金荣的母亲偏提起昨日贾家学房里的事,从头至尾,一五一十都向他小姑子说了。这璜大奶奶不听则已,听了,怒从心上起,说道:"这秦钟小子是贾门的亲戚,难道荣儿不是贾门的亲戚?人都别要势利了,况且都做的是什么有脸的事!就是宝玉也不犯向着他到这个田地。等我去到东府瞧瞧我们珍大奶奶,再和秦钟的姐姐说说,叫他评评这个理!"这金荣的母亲听了,急的了不得,忙说:"这都是我的快嘴,告诉了姑奶奶,求姑奶奶快别去说罢。别管他们谁是谁非,倘或闹出来,怎么在这里站得住?若站不住,家里不但不能请先生,反在他身上添出许多嚼用来呢。"璜大奶奶说道:"那里管得许多?你等我说了,看是怎么样!"也不容他嫂子劝,一面叫老婆子瞧了车,坐了望宁府里来。

到了宁府,进了东角门,下了车,进去见了贾珍的妻子尤氏,未敢气高,殷殷勤勤叙过了寒温,说了些闲话,方问道:"今日怎么没见蓉大奶奶?"尤氏说:"他这些日子不知怎么,经期有两个多月没有来。叫大夫瞧了,又说并不是喜。那两日,到下半日就懒怠动了,话也懒怠说,眼神也发眩。我叫他:'你且不必拘礼,早晚不必

金荣母亲约束金荣,但向璜大奶奶告状,她以为璜大奶奶能为她做主呢!

自以为能说得上话。

"红"从不隐讳府内的腐烂,但它写到几大家族的不成器的烂亲戚,更加可憎十倍。

一见着已矮了半截。

秦氏的病,已露端倪。

111

照例上来,你竟养养罢。就是有亲戚来,还有我呢。就有长辈怪你,等我替你告诉。'连蓉哥我都嘱咐了,我说:'你不许累掯他,不许招他生气,叫他好生静养静养就好了。他要想什么吃,只管到我这里来取。倘或他有个好歹,你再要娶这一个媳妇儿,这么个模样儿,这么个性情儿,只怕打着灯笼儿也没处去找呢!'他这为人行事,那个亲戚那个长辈不喜欢他?所以我这两日好不心烦。偏生今儿早起他兄弟来瞧他,谁知他那小孩子家不知好歹,看见他姐姐身上不好,这些事也不当告诉他,就受了万分委曲也不该向着他说。谁知昨日学房里打架,不知是那里附学的学生,倒欺负了他,里头还有些不干不净的话,都告诉了他姐姐。婶子,你是知道的:那媳妇虽则见了人有说有笑的,他可心细,心又多,不拘听见什么话儿,都要忖量个三日五夜才罢。这病就是从这'用心太过'上得来的。今儿听见有人欺负了他的兄弟,又是恼,又是气:恼的是那狐朋狗友,搬是弄非,调三惑四;气的是为他兄弟不学好,不上心读书,以致如此学里吵闹。他为了这事,索性连早饭还没吃。我才到他那边安慰了他一会,又劝解了他的兄弟几句,我叫他兄弟到那边府里找宝玉儿去了;我又瞧着他吃了半盏燕窝汤,我才过来的。婶子,你说我心焦不心焦?况且今又没个好大夫,我想到他这病上,我心里如同针扎的一般。你们知道有什么好大夫没有?"

　　金氏听了这一番话,把方才在他嫂子家的那一团要向秦氏理论的盛气,早吓的丢在爪洼国去了。听见尤氏问他好大夫的话,连忙答道:"我们也没听见人说什么好大夫。如今听起大

尤氏这种旁敲侧击,敲山震鼠(不是虎)的手段,令人难忘。

何等的娇气!如非金枝玉叶,怎可能具有豌豆公主的脾气?

恼他人,气弟兄,两头站稳。

尤氏这一套是早有准备的。虽系"家庭妇女",生活在早早就有了苏秦、张仪的国家,不免无师自通地练就了春秋战国的外交口才。

势不足气盛,可哀可笑。气终难胜势,倒也转得快。

奶奶这个病来,定不得还是喜呢。嫂子倒别教人混治,倘若治错了,可了不得!"尤氏道:"正是呢。"

说话之间,贾珍从外进来,见了金氏,便问尤氏道:"这不是璜大奶奶么?"金氏向前给贾珍请了安,贾珍向尤氏说:"让这大妹妹吃了饭去。"贾珍说着话便向那屋里去了。金氏此来原要向秦氏说秦钟欺负他侄儿的事,听见秦氏有病,连提也不敢提了。况且贾珍尤氏又待的甚好,因转怒为喜的,又说了一会子闲话,方家去了。

金氏去后,贾珍方过来坐下,问尤氏道:"今日他来有什么说的?"尤氏答道:"倒没说什么,一进来脸上倒像有些着恼的气色似的,及至说了半天话,又提起媳妇的病,他倒渐渐的气色平静了。你又叫留他吃饭,他听见媳妇这样的病,也不好意思只管坐着,又说几句闲话就去了,倒没有求什么事。如今且说媳妇这病,你那里寻一个好大夫给他瞧瞧要紧,可别耽误了。现今咱们家走的这群大夫,那里要得,一个个都是听着人的口气儿,人怎么说,他也添几句文话儿说一遍;可倒殷勤的很,三四个人,一日轮流着,倒有四五遍来看脉。大家商量着立个方儿,吃了也不见效。倒弄得一日三五次换衣服,坐起来见大夫,其实于病人无益。"贾珍说:"可是这孩子也糊涂,何必又脱脱换换的,倘或又着了凉,更添一层病,还了得?任凭什么好衣裳,又值什么呢,孩子的身体要紧,就是一天穿一套新的,也不值什么。我正要告诉你:方才冯紫英来看我,他见我有些抑郁之色,问我是怎么了,我告诉他媳妇身子不大爽快,因为不得个好太医,断

> 曹氏写到这些下等人物的吃瘪,似有几分快意。盖曹本人出自上等也。写上等者的恶劣是悲情忏悔,写下等者的恶劣是出尽其洋相。

> 转怒为喜间,把侄儿扔到一边去了。

> 尤氏与贾珍完全一致地关心秦氏的病,这与秦死后尤的态度成为对比。

> 对"这群大夫"的勾勒亦很传神,可怜可叹!

> 这一段对于庸医的批判令人想起此后贾母对于通俗文艺的批判。

不透是喜是病,又不知有妨碍无妨碍,所以我心里实在着急。冯紫英因说他有一个幼时从学的先生,姓张名友士,学问最渊博,更兼医理极精,且能断人的生死。今年是上京给他儿子捐官,现在他家住着呢。这样看来,或者媳妇的病该在他手里除灾,也未可定。我已叫人拿我的名帖去请了。今日天晚,或未必来;明日想一定来的。且冯紫英又回家亲替我求他,务必请他来瞧的。等待张先生来瞧了再说罢。"

> 延医诊病,也是公关课题。

尤氏听说,心中甚喜,因说:"后日又是太爷的寿日,到底怎么办法?"贾珍说道:"我方才到了太爷那里去请安,兼请太爷来家受一受一家子的礼。太爷因说道:'我是清净惯了的,我不愿意往你们那是非场中去。你们必定说是我的生日,要叫我去受些众人的头,你莫如把我从前注的《阴骘文》给我好好的叫人写出来刻了,比叫我无故受众人的头还强百倍呢!倘或明日后日这两天一家子要来,你就在家里好好的款待他们就是了。也不必给我送什么东西来;连你后日也不必来。你要心中不安,你今日就给我磕了头去。倘或后日你又跟许多人来闹我,我必和你不依。'如此说了,后日我是再不敢去的了。且叫来升来,吩咐他预备两日的筵席。"尤氏因叫了贾蓉来:"吩咐来升照例预备两日的筵席,要丰丰富富的。你再亲自到西府里请老太太、大太太、二太太和你琏二婶子来逛逛。你父亲今日又听见一个好大夫,已打发人请去了,想明日必来。你可将他这些日子的病症细细的告诉他。"

> 贾敬先生的声气不像清净超脱——清净超脱还说这么多废话干啥?且说得相当俗。当俗人表白自己的清高的时候,就更俗得可厌了。

> 本书对贾敬着笔甚少,居然几句话画出这样一副装腔作势、强词夺理的嘴脸,好文笔也!

贾蓉一一答应着出去了。正遇着方才到冯紫英家去请那先生的小子回来了,因回道:"奴才方才到了冯大爷家，拿了老爷名帖请那先生去，那先生说道：'方才这里大爷也向我说了，但是今日拜上一天的客，才回到家，此时精神实在不能支持，就是去到府上也不能看脉，须得调息一夜，明日务必到府。'他又说：'医学浅薄，本不敢当此重荐，因冯大爷和府上既已如此说了，又不得不去，你先代我回明大人就是了。大人的名帖着实不敢当。'仍叫奴才拿回来了。哥儿替奴才回一声儿。"贾蓉复转身进去，回了贾珍和尤氏的话，方出来叫了来升，吩咐预备两日的筵席的话。来升听毕，自去照例料理，不在话下。

> 整体主义的中华传统认为，治病也如治国，需要调息在先，"惟精惟微，允执厥中"。

且说次日午间，门上人回道："请的那张先生来了。"贾珍遂延入大厅坐下，茶毕，方开言道："昨日承冯大爷示知老先生人品学问，又兼深通医学，小弟不胜钦敬。"张先生道："晚生粗鄙下士，知识浅陋。昨因冯大爷示知，大人家第谦恭下士，又承呼唤，敢不奉命。但毫无实学，倍增汗颜。"贾珍道："先生不必过谦，就请先生进去看看儿妇，仰仗高明，以释下怀。"

于是贾蓉同了进去，到了内室，见了秦氏，向贾蓉说道："这就是尊夫人了？"贾蓉道："正是。请先生坐下，让我把贱内的病症说一说再诊脉何如？"那先生道："依小弟意下，竟先看脉，再请教病源为是。我初造尊府，本也不知道什么，但我们冯大爷务必叫小弟过来看看，小弟所以不得不来。如今看了脉息，看小弟说得是不是，再将这些日子的病势讲一讲，大家斟酌一个方儿。可用不可用，那时大爷再定夺就是了。"贾蓉道："先生实在高明，如今恨相见之晚。就请先生看一看脉息可治不可治，得以使家父母

> 一个张先生来诊病，也写得这样啰嗦，但不这样写就无法：一、加深对于秦氏患病的印象；二、显示贾府的"派"，这派不仅表现在礼仪、吃、喝、享受上，也表现在就医上。就医状况，也说明着人的等级分野，古已如此！

> 这里，对于医生诊断的期望竟与对于占卜的期望一致，显得很天真可爱。至今这种占卜

放心。"于是家下媳妇们,捧过大迎枕来,一面给秦氏靠着,一面拉着袖口,露出手腕来。这先生方伸手按在右手脉上,调息了至数,凝神细诊了半刻工夫,换过左手,亦复如是。诊毕了,说道:"我们外边坐罢。"

> 式期望仍然未衰。这可能也反映一种没有文化的人考一考有文化的人的心理——对文化人的文化(或专业知识、专业能力)既敬畏,又心存疑惑——不是蒙我的吧?

贾蓉于是同先生到外边屋里炕上坐了,一个婆子端了茶来。贾蓉道:"先生请茶。"茶毕,问道:"先生看这脉息,还治得治不得?"先生道:"看得尊夫人脉息:左寸沉数,左关沉伏;右寸细而无力,右关虚而无神。其左寸沉数者,乃心气虚而生火;左关沉伏者,乃肝家气滞血亏。右寸细而无力者,乃肺经气分太虚;右关虚而无神者,乃脾土被肝木克制。心气虚而生火者,应现今经期不调,夜间不寐。肝家血亏气滞者,应胁下痛胀,月信过期,心中发热。肺经气分太虚者,头目不时眩晕,寅卯间必然自汗,如坐舟中。脾土被肝木克制者,必定不思饮食,精神倦怠,四肢酸软。据我看这脉,当有这些症候才对。或以这个为喜脉,则小弟不敢闻命矣。"

> 端茶云云,从整体来看似是个"废情节",但没有这几句话就没有一种真切的氛围。

> 作者借机卖弄其医学知识。越是云山雾罩的理论,越像高论。

旁边一个贴身伏侍的婆子道:"何尝不是这样呢!真正先生说得如神,倒不用我们说的了。如今我们家里现有好几位太医老爷瞧着呢,都不能说得这样真切。有的说道是喜,有的说道是病;这位说不相干,这位又说怕冬至前后,总没有个真著话儿。求老爷明白指示指示。"

> 视诊断如猜谜卜卦,医学如何能科学化?

那先生说:"大奶奶这个症候,可是众位耽搁了。要在初次行经的时候就用药治起,只怕此时已全愈了。如今既是把病耽误到这地位,也是应有此灾。依我看起来,病倒尚有三分治得。吃了我这药看,若是夜间睡的着觉,那时又添了二分拿手了。据我看这脉息,大奶奶是个

> 医生最懂不能打保票,事事需留有余地的。因为他的责任大,验证快,换句话说,大吹大擂者多是不负责任且内容无法验证者。

心性高强、聪明不过的人;但聪明太过,则不如意事常有;不如意事常有,则思虑太过。此病是忧虑伤脾,肝木忒旺,经血所以不能按时而至。大奶奶从前行经的日子问一问,断不是常缩,必是常长的。是不是?"这婆子答道:"可不是!从没有缩过,或是长两日三日,以至十日不等,都长过的。"先生听道:"是了,这就是病源了。从前若能以养心调气之药服之,何至于此!这如今明显出一个水亏火旺的症候来。待我用药看。"于是写了方子,递与贾蓉,上写的是:

益气养荣补脾和肝汤

人参　白术　云苓　熟地　归身

白芍　川芎　黄芪　香附米　醋柴胡

怀山药　真阿胶　延胡索　炙甘草

引用建莲子七粒去心　大枣二枚

贾蓉看了说:"高明的很。还要请教先生:这病与性命终久有妨无妨?"先生笑道:"大爷是最高明的人,人病到这个地位,非一朝一夕的症候了。吃了这药,也要看医缘了。依小弟看来,今年一冬是不相干的。总是过了春分,就可望全愈。"贾蓉也是个聪明人,也不往下细问了。

于是贾蓉送了先生去了,方将这药方子并脉案都给贾珍看了,说的话也都回了贾珍并尤氏了。尤氏向贾珍道:"从来大夫不像他说的痛快,想必用药不错的。"贾珍道:"人家原来不是混饭吃久惯行医的人,因为冯紫英我们相好,他好容易求了他来的。既有了这个人,媳妇的病或者就能好了。他那方子上有人参,就用前日买的那一斤好的罢。"贾蓉听说毕话,方出来叫人抓药去煎给秦氏吃。不知秦氏服了此药,病势如何,且听下回分解。

> 从症状扯到性格,兼而行"心理咨询"之事了。

> 养心调气,其实有利百病。

> 此方不妨一试,有病无病,有益无损。

> 医缘,医生也要:一、听从命运的,二、听从偶然性的。

> 这反映了中国人的又一个特殊观念:职业的是低下的,业余的方是高超的。

茗烟闹书房后璜大奶奶、金荣及其母亲的表现,如不参透人情世故,是写不了这样准确的。

太医诊病一节,为何占了这么多篇幅?当然,中医是中华传统文化的重要组成部分,作为封建社会生活及中华文化的百科全书,"红"是必须谈医的。写长篇,确实也是需要多方面的涉猎的。长篇而写得单调、单一、干瘪,不如不写。

除此之外,对于秦可卿这个人物,从临床诊断上再次强调了她好强、敏感、多思虑的特点。有没有进一步的含意呢?

闹学堂,是教育危机与继承人危机。权受辱,是人际关系危机,腐烂化与矛盾的掩盖。秦氏生病,是健康危机、生命危机。人生长恨水长东,各种不同的流水,都向着灭亡的深渊流去。

第 十 一 回

庆寿辰宁府排家宴　见熙凤贾瑞起淫心

话说是日贾敬的寿辰,贾珍先将上等可吃的东西,稀奇的果品,装了十六大捧盒,着贾蓉带领家下人送与贾敬去,向贾蓉说道:"你留神看太爷喜欢不喜欢,你就行了礼起来,说:'父亲遵太爷的话,不敢前来,在家里率领合家都朝上行了礼了。'"贾蓉听罢,即率领家人去了。

> 千头万绪,各有来历,前后呼应,逐渐适应,读者被引进了小说世界,任凭作者的导游矣。

这里渐渐的就有人来。先是贾琏、贾蔷来看了各处的座位,并问:"有什么玩意儿没有?"家人答道:"我们爷算计,本来请太爷今日来家,所以并未敢预备玩意儿。前日听见太爷不来了,现叫奴才们找了一班小戏儿并一档子打十番的,都在园子里戏台上预备着呢。"

> 文艺活动根据日历安排。

次后邢夫人、王夫人、凤姐儿、宝玉都来了,贾珍并尤氏接了进去。尤氏的母亲已先在这里,大家见过了,彼此让了坐。贾珍尤氏二人递了茶,因笑道:"老太太原是个老祖宗,我父亲又是侄儿,这样年纪、日子,原不敢请他老人家来;但是这时候,天气又凉爽,满园的菊花盛开,请老祖宗过来散散闷,看看众儿孙热热闹闹的,是这个意思。谁知老祖宗又不赏脸。"凤姐儿未等王夫人开口,先说道:"老太太昨日还说要来呢,因为晚上看见宝兄弟吃桃儿,他老人家又嘴馋了,吃了有大半个,五更天时候就一连起来了两

> 前边写宝玉在薛姨妈处吃酒时似是冬日,现是次年秋季么?"红"对时间的顺序并不清楚交代,"话说是日"云云,"是日"是哪一日谁也不清楚。山中方七日,世上已千年。反正立足大荒山无稽崖青埂峰,贾府的这些吃吃喝喝玩玩乐乐不过是瞬间的事。这也是心理时间,作为永不复返的往事,所有的旧事都停留在一个平面上。

119

次,今日早晨略觉身子倦些。因叫我回大爷,今日断不能来了,说有好吃的要几样,还要很烂的呢。"贾珍听了笑道:"我说老祖宗是爱热闹的,今日不来,必定有个缘故,这就是了。"

王夫人说:"前日听见你大妹妹说,蓉哥媳妇身上有些不大好,到底是怎么样?"尤氏道:"他这个病得的也奇。上月中秋还跟着老太太、太太玩了半夜,回家来好好的。到了二十日以后,一日比一日觉懒了,又懒得吃东西,这将近有半个多月。经期又有两个月没来。"邢夫人接着说道:"莫是喜罢?"

> 奇。这样不厌其烦地翻过来倒过去地研究秦氏的病,所为何来?

正说着,外头人回道:"大老爷、二老爷并一家的爷们都来了,在厅上呢。"贾珍连忙出去了。这里尤氏复说:"从前大夫也有说是喜的,昨日冯紫英荐了他幼时从学过的一个先生,医道很好,瞧了说不是喜,是一个大症候。昨日开了方子,吃了一剂药,今日头眩的略好些,别的仍不见大效。"凤姐儿道:"我说他不是十分支持不住,今日这样日子,再也不肯不挣扎着上来。"尤氏道:"你是初三日在这里见他的,他强扎挣了半天,也是因你们娘儿两个好的上头,还恋恋的舍不得去。"凤姐听了,眼圈儿红了一会子,方说道:"'天有不测风云,人有旦夕祸福。'这点年纪,倘或因这病上有个长短,人生在世,有什么趣儿!"

> 秦氏的病史有猫儿腻,不明说,绕着走。

> 大症候。
> 头眩,官能性的抑或器质性的疾患呢?

> 顺便回溯一下目前的交往,粗粗一带,意思意思即可。

> 甚不祥矣,何言重若是焉?已经在世,无趣又如何?

正说着,贾蓉进来,给邢夫人、王夫人、凤姐儿都请了安,方回尤氏道:"方才我给太爷送吃食去,并回说我父亲在家伺候老爷们,款待一家子的爷们,遵太爷的话,并不敢来。太爷听了甚欢喜,说:'这才是。'叫告诉父亲母亲,好生伺候太爷太太们,叫我好生伺候叔叔婶子并哥哥们。

> 不管多么肮脏腐烂,形式上的礼貌,从不或缺。礼的核心是对于尊卑(长幼)秩序的肯定与尊重。

120

还说:'那《阴骘文》叫他们急急刻出来,印一万张散人。'我将此话都回了我父亲了。我这会子还得快出去打发太爷们并合家爷们吃饭。"凤姐儿说:"蓉哥儿,你且站着。你媳妇今日到底是怎么着?"贾蓉皱皱眉儿说道:"不好了!婶子回来瞧瞧去就知道了。"于是贾蓉出去了。

这里尤氏向邢夫人王夫人道:"太太们在这里吃饭,还是在园子里吃去?有小戏儿现在园子里预备着呢。"王夫人向邢夫人道:"这里很好。"尤氏就吩咐媳妇婆子们:"快摆饭来。"门外一齐答应了一声,都各人端各人的去了。不多时,摆上了饭。尤氏让邢夫人王夫人并他母亲都上坐了,他与凤姐儿宝玉侧席坐着。邢夫人王夫人道:"我们来,原为给大老爷拜寿,这岂不是我们来过生日来了么?"凤姐儿说:"大老爷原是好养静的,已修炼成了,也算得是神仙了。太太们这么一说,就叫作'心到神知'了。"一句话说得满屋里都笑起来。

尤氏的母亲并邢夫人、王夫人、凤姐儿都吃了饭,漱了口,净了手;才说要往园子里去,贾蓉进来向尤氏道:"老爷们并各位叔叔哥哥们都吃了饭了。大老爷说家里有事,二老爷是不爱听戏又怕人闹的慌,都去了。别的一家子爷们被琏二叔并蔷大爷都让过去听戏去了。方才南安郡王、东平郡王、西宁郡王、北静郡王四家王爷,并镇国公牛府等六家,忠靖侯史府等八家,都差人持名帖送寿礼来,俱回了我父亲,先收在账房里,礼单都上了档子了,领谢名帖都交给各家的来人了,来人也各照例赏过,都让吃了饭去了。母亲该请二位太太、老娘、婶子都过园子里去坐着罢。"尤氏道:"也是才吃完了饭,就要过去

一面是声色犬马,一面是《阴骘文》,这样的虚伪令人作呕!

经过前十回垫底,特别是经过茗烟闹书房的绘声绘色的描写——乃是前十回的一个小高潮,读者也充分接受了"红"的真实性、可信性、主动性。这样,一切身边琐事、细节,便进一步凿实了这种真实、可信、生动的性质,使一部长篇显得更加细密结实。同样的细节,在短篇中颇宜删却。

也算对俚语套语的创造性活用,为一句套话注入新的生命。能老话新用的人脑子都较通达灵活。甚至有"伟人"气质。

贵族们的横向联系当然有,但多在大面上"按例"进行,未有(不得有、不敢有)真正的交流。这也就使得越是大户人家越封闭。

了。"凤姐儿说:"我回太太,我先瞧瞧蓉哥媳妇去,我再过去罢。"王夫人道:"很是。我们都要去瞧瞧,倒怕他嫌我们闹的慌,说我们问他好罢。"尤氏道:"好妹妹,媳妇听你的话,你去开导开导他,我也放心。你就快些过园子里来。"宝玉也要跟着凤姐儿去瞧秦氏,王夫人道:"你看看就过去罢,那是侄儿媳妇呢。"于是尤氏请了王夫人邢夫人并他母亲都过会芳园去了。

> 又是秦氏的事!
> 一个模模糊糊的病秦氏,无处不在,无时不在。
>
> 开导什么?即安慰么?有没有现代人的开导——解开思想疙瘩——含义?

凤姐儿宝玉方和贾蓉到秦氏这边来。进了房门,悄悄的走到里间房内,秦氏见了要站起来,凤姐儿说:"快别起来,看头晕。"于是凤姐儿紧行了两步,拉住了秦氏的手,说道:"我的奶奶!怎么几日不见,就瘦的这样了!"于是就坐在秦氏坐的褥子上。宝玉也问了好,在对面椅子上坐了。贾蓉叫:"快倒茶来,婶子和二叔在上房还未吃茶呢。"

> 秦氏的地位太重要了,书写又太隐讳了。越重要越要隐讳,越隐讳越显重要。

秦氏拉着凤姐儿的手,强笑道:"这都是我没福。这样人家,公公婆婆当自家的女儿似的待。婶娘,你侄儿虽说年轻,却是他敬我,我敬他,从来没有红过脸儿。就是一家子的长辈同辈之中,除了婶子不用说了,别人也从无不疼我的,也从无不和我好的。如今得了这个病,把我那要强的心一分也没有了。公婆面前未得孝顺一天儿;就是婶娘这样疼我,我就有十分孝顺的心,如今也不能够了。我自想着,未必熬得过年去。"

> 无不疼,无不好者,除了秦氏(也许还有宝玉、宝钗),谁能说得这样满呢?
> 很悲观。阴影来自何方?

宝玉正把眼瞅着那"海棠春睡图"并那秦太虚写的"嫩寒锁梦因春冷,芳气袭人是酒香"的对联,不觉想起在这里睡晌觉时梦到"太虚幻境"的事来。正在出神,听得秦氏说了这些话,如万箭攒心,那眼泪不觉流下来了。凤姐儿见

> 含糊其词了。

了,心中十分难过,但恐病人见了这个样子反添心酸,倒不是来开导他劝解他的意思了,因说:"宝玉,你忒婆婆妈妈的了。他病人不过是这样说,那里就到这田地?况且年纪又不大,略病病就好。"又回向秦氏道:"你别胡思乱想,岂不是自家添病了么?"贾蓉道:"他这病也不用别的,只吃得下些饭食就不怕了。"凤姐儿道:"宝兄弟,太太叫你快些过去呢。你倒别在这里只管这么着,倒招得媳妇也心里不好过。太太那里又惦着你。"因向贾蓉说道:"你先同你宝叔叔过去;我还略坐坐呢。"贾蓉听说,即同宝玉过会芳园去了。

> 太虚幻境之事,亦是与秦氏之事。
> 对秦氏的正面描写惜墨如金,但别人的反应却如此强烈,更加吊读者胃口。
> 美貌、人缘、地位,还有可疑的出现、疾病、托梦、死亡、下场。

这里凤姐儿又劝解了一番,又低低说了许多衷肠话儿。尤氏打发人来两三遍,凤姐儿才向秦氏说道:"你好生养着,我再来看你罢。合该你这病要好了,所以前日遇着这个好大夫,再也是不怕的了。"秦氏笑道:"任凭他是神仙,'治了病治不了命'。婶子,我知道这病不过是挨日子的。"凤姐儿说道:"你只管这么想,这那里能好呢?总要想开了才好。况且听得大夫说,若是不治,怕的是春天不好。咱们若是不能吃人参的人家,也难说了;你公公婆婆听见治得好,别说一日二钱人参,就是二斤也吃得起。好生养着罢,我就过园子里去了。"秦氏又道:"婶子,恕我不能跟过去了。闲了的时候还求过来瞧瞧我呢,咱们娘儿们坐坐,多说几句闲话儿。"凤姐儿听了,不觉眼圈儿又红了,说道:"我得了闲儿必常来看你。"

> 许多衷肠话儿是什么意思?凤姐的热点在于管理、在于权,丝毫看不出秦有志于斯或有利害于斯呀。

> 所有的小说,都多少带有"揭秘"的性质,问题是秘中又有隐情,又有不可揭者,反过来拼命写表面的可揭已揭的东西,令人狐疑。

于是带着跟来的婆子媳妇们,并宁府的媳妇婆子们,从里头绕进园子的便门来。只见:

　　黄花满地,白柳横坡。小桥通若耶之

溪，曲径接天台之路。石中清流滴滴，篱落飘香；树头红叶翩翩，疏林如画。西风乍紧，犹听莺啼；暖日常暄，又添蛩语。遥望东南，建几处依山之榭；近观西北，结三间临水之轩。笙簧盈座，别有幽情；罗绮穿林，倍添韵致。

凤姐儿正看园中景致，一步步行来，正赞赏时，猛然从假山石后走出一个人来，向前对凤姐说道："请嫂子安。"凤姐儿猛一惊，将身往后一退，说道："这是瑞大爷不是？"贾瑞说道："嫂子连我也不认得了？"凤姐儿道："不是不认得，猛然一见，想不到是大爷在这里。"贾瑞道："也是合该我与嫂子有缘。我方才偷出了席，在这里清净地方略散一散，不想就遇见嫂子。这不是有缘么？"一面说着，一面拿眼睛不住的观看凤姐。

凤姐是个聪明人，见他这个光景，如何不猜八九分呢，因向贾瑞假意含笑道："怪不得你哥哥常提你，说你好。今日见了，听你这几句话儿，就知道你是个聪明和气的人了。这会子我要到太太们那边去呢，不得合你说话，等闲了再会罢。"贾瑞道："我要到嫂子家里去请安，又怕嫂子年轻，不肯轻易见人。"凤姐又假笑道："一家骨肉，说什么年轻不年轻的话。"贾瑞听了这话，心中暗喜，因想道："再不想今日得此奇遇！"那情景越发难堪了。凤姐儿说道："你快去入席去罢，看他们拿住了，罚你的酒。"贾瑞听了，身上已木了半边，慢慢的走着，一面回过头来看。凤姐儿故意的把脚放迟了，见他去远了，心里暗忖道："这才是'知人知面不知心'呢。那里有这样禽兽的人？他果如此，几时叫他死在我手里，他才知道我的手段！"

> 是凤姐忽然来了赏秋的雅兴？还是作者急转，急于转换镜头，不想再继续方才的画面和话题呢？老是吞吞吐吐地渲染秦氏的病，作者也累了么？这一段赋何等突兀！
>
> 这一段赋何等突兀！
>
> 从闹书房一节提到了贾瑞，想不到他的用场竟在此处。
>
> 贾瑞显轻薄，凤姐却毒辣应之，人心唯危，如蛇蝎，如陷阱，如暗道机关。
> 假笑比真哭危险得多。
>
> 不是提防，而是杀机，这样的进攻型思路！

于是凤姐儿方移步前来。将转过了一重山坡儿，见两三个婆子慌慌张张的走来，见凤姐儿，笑道："我们奶奶见二奶奶不来，急的了不得，叫奴才们又来请奶奶来了。"凤姐儿说："你们奶奶就是这样'急脚鬼'似的。"凤姐儿慢慢的走着，问："戏文唱了几出了？"那婆子回道："唱了八九出了。"说话之间，已到天香楼后门，见宝玉和一群丫头小子们那里玩呢，凤姐儿说："宝兄弟，别忒淘气了。"一个丫头说道："太太们都在楼上坐着呢，请奶奶就从这边上去罢。"

> 一出多少时间？凤姐与秦氏做了长时间的谈话了么？

　　凤姐儿听了，款步提衣上了楼，尤氏已在楼梯口等着。尤氏笑道："你们娘儿两个忒好了，见了面总舍不得来了。你明日搬来和他同住罢。你坐下，我先敬你一钟。"于是凤姐儿至邢夫人王夫人前告坐。尤氏拿戏单来让凤姐儿点戏，凤姐儿说："太太们在上，如何敢点。"邢夫人王夫人说道："我们和亲家太太点了好几出了，你点几出好的我们听。"凤姐儿立起身来答应了，接过戏单来，从头一看，点了一出《还魂》，一出《弹词》，递过戏单来，说："现在唱的这《双官诰》完了，再唱这两出，也就是时候了。"王夫人道："可不是呢，也该趁早叫你哥哥嫂子歇歇，他们心里又不静。"尤氏说道："太太们又不是常来的，娘儿们多坐一会子去，才有趣，天气还早呢。"凤姐儿立起身来望楼下一看，说："爷们都往那里去了？"傍边一个婆子道："爷们才到凝曦轩，带了十番那里吃酒去了。"凤姐儿道："在这里不便宜，背地里又不知干什么去了。"尤氏笑道："那里都像你这么正经人呢。"

> 亦不祥。

> 这些小节写得绵密。

> 尤氏与凤姐关系亦不同寻常，才能开这种玩笑。

　　于是说说笑笑，点的戏都唱完了，方才撤下

> 吃吃喝喝，说说笑笑，玩玩乐

125

酒席，摆上饭来。吃毕，大家才出园子来，到上房坐下，吃了茶，才叫预备车，向尤氏的母亲告了辞。尤氏率同众姬妾并家人媳妇们送出来，贾珍率领众子侄在车旁侍立，都等候着，见了邢王二夫人，说道："二位婶子明日还过来逛逛。"王夫人道："罢了，我们今儿整坐了一日，也乏了，明日也要歇歇。"于是都上车去了。贾瑞犹不住拿眼看着凤姐儿。贾珍进去后，李贵才拉过马来，宝玉骑上，随了王夫人去了。

这里贾珍同一家子的弟兄子侄吃过饭，方大家散了。次日，仍是众族人等闹了一日，不必细说。此后凤姐不时亲自来看秦氏。秦氏也有几日好些，也有几日歹些。贾珍、尤氏、贾蓉好不焦心。

且说贾瑞到荣府来了几次，偏都值凤姐儿往宁府去了。这年正是十一月三十日冬至。到交节的那几日，贾母、王夫人、凤姐儿日日差人去看秦氏。回来的人都说："这几日未见添病，也未见甚好。"王夫人向贾母说："这个症候，遇着这样节气，不添病就有指望了。"贾母说："可是呢，好个孩子，若有个长短，岂不叫人疼死。"说着，一阵心酸，向凤姐儿说道："你们娘儿们好了一场，明日大初一，过了明日，你再看看他去。你细细的瞧瞧他的光景，倘或好些儿，你回来告诉我。那孩子素日爱吃什么，你也常叫人送些给他。"

凤姐儿一一答应了。到初二日，吃了早饭，来到宁府里，看见秦氏光景，虽未添甚病，但那脸上身上的肉都瘦干了。于是和秦氏坐了半日，说了些闲话，又将这病无妨的话开导了一

乐，神仙过的日子。

享福也累人。

秦氏的病，越说越弄不清楚。

悲凉之雾渐渐起了。

贾母对秦氏亦如此关心。不知是否辈分关系，不便前去探望。

瘦干云云，还是病重了。王夫人指望云云，恐是自慰而已。

疾病与人物密不可分,到此,已写到宝钗、黛玉的病,二人的病特别是黛玉的病更是人物性格与命运的组成部分。此后晴雯的病是重要关节。熙凤的病也很重要,是大家族没落的一个征兆。可卿的病泼墨如水地写来写去。欲为其暴死做铺垫或打掩护吗?借此突出她的地位与人缘吗?总觉得作者似在声东击西,以病写一些隐情。把表面文章做足,把侧面(众人对秦病的关注)做足,其他则留下谜给读者。

写病如此占篇幅,不知是否也反映了当时卫生保健条件之差与贵族人家卫生习惯之差,病正如烦恼,与生俱来。宜哉,生、老、病、死,并列为人生的大问题也。

番。秦氏道:"好不好,春天就知道了。如今现过了冬至,又没怎么样,或者好的了也未可知。婶子回老太太、太太放心罢。昨日老太太赏的那枣泥馅的山药糕,我倒吃了两块,倒像克化的动的似的。"凤姐儿道:"明日再给你送来。我到你婆婆那里瞧瞧,就要赶着回去回老太太话去。"秦氏道:"婶子替我请老太太、太太的安罢。"

> 中国式的整体观念,注意疾病与季节、地域、气候……外部世界的联系。

> 病不忘礼。

凤姐儿答应着就出来了,到了尤氏上房坐下。尤氏道:"你冷眼瞧媳妇是怎么样?"凤姐儿低了半日头,说道:"这个就没法儿了。你也该将一应的后事给他料理料理,冲一冲也好。"尤氏道:"我也暗暗的叫人预备了。就是那件东西不得好木头,且慢慢的办着呢。"于是凤姐儿吃了茶,说了一会子话儿,说道:"我要快些回去回老太太的话去呢。"尤氏道:"你可缓缓的说,别吓着老人家。"凤姐儿道:"我知道。"

> 又发展了一步。

于是凤姐儿就回来了,到家中,见了贾母,说:"蓉哥媳妇请老太太安,给老太太磕头,说他好些了。求老祖宗放心罢。他再略好些,还给老祖宗磕头请安来呢。"贾母道:"你看他是怎么样?"凤姐儿说:"暂且无妨,精神还好呢。"贾母听了,沉吟了半日,因向凤姐说:"你换换衣服歇歇去罢。"

> 贾母并非不懂,向她汇报的情况是尽量淡化了的,沉吟半日,说明她知道了严重性。

凤姐儿答应着出来，见过了王夫人，到了家中，平儿将烘的家常衣服给凤姐儿换上了。凤姐儿坐下，问："家中没有什么事么？"平儿方端了茶来，递了过去，说道："没有什么事。就是那三百两银子的利银，旺儿媳妇送进来，我收了。再有瑞大爷使人来打听奶奶在家没有，他要来请安说话。"凤姐儿听了，哼了一声，说道："这畜生合该作死，看他来了怎么样！"平儿回道："这瑞大爷是为什么只管来？"凤姐儿遂将九月里在宁府园子里遇见他的光景，他说的话，都告诉了平儿。平儿说道：" '癞蛤蟆想吃天鹅肉'，没人伦的混账东西，起这样念头，叫他不得好死！"凤姐儿道："等他来了，我自有道理。"不知贾瑞来时作何光景，且听下回分解。

> 三百两银子，一带而过，一闪而过，也就行了。更有神龙（神凤）见首不见尾的效果。绵密处见生活，粗略处见关节。

> 凤姐与平儿的同仇敌忾，反映的究竟是一种道德激情，捍卫贞节的激情呢，还是一种由于妇女的普遍的性压抑处境（包括思想、心理上的压抑）而变态成为的"性仇视"呢？

秦氏的病如雾一样地弥漫烘染扩散。贾瑞的事则单刀直入，直奔陷阱毒穴。

第 十 二 回

王熙凤毒设相思局　贾天祥正照风月鉴

话说凤姐正与平儿说话,只见有人回说:"瑞大爷来了。"凤姐命:"请进来罢。"贾瑞见请,心中暗喜。见了凤姐,满面陪笑,连连问好。凤姐儿也假意殷勤让坐让茶。贾瑞见凤姐如此打扮,越发酥倒,因饧了眼问道:"二哥哥怎么还不回来?"凤姐道:"不知什么缘故。"贾瑞笑道:"别是路上有人绊住了脚,舍不得回来了?"凤姐道:"可知男人家见一个爱一个也是有的。"贾瑞笑道:"嫂子这话错了,我就不是这样。"凤姐笑道:"像你这样的人能有几个呢,十个里也挑不出一个来。"

贾瑞听了,喜的抓耳挠腮,又道:"嫂子天天也闷的很。"凤姐道:"正是呢,只盼个人来说话解解闷儿。"贾瑞笑道:"我倒天天闲着,若天天过来替嫂子解解闷儿,可好么?"凤姐笑道:"你哄我呢,你那里肯往我这里来?"贾瑞道:"我在嫂子面前,若有一句谎话,天打雷劈!只因素日闻得人说,嫂子是个利害人,在你跟前一点也错不得,所以唬住了我。如今见嫂子是个有说有笑极疼人的,我怎么不来?死了也情愿。"凤姐笑道:"果然你是个明白人,比贾蓉兄弟两个强远了。我看他那样清秀,只当他们心里明白,谁知竟是两个糊涂虫,一点不知人心。"

贾瑞听了这话,越发撞在心坎儿上,由不得

这边假笑,那边便暗喜,死定了。

进展未免太快、太直、太粗了。贾瑞居然能上圈套,除不了解凤姐与自己色胆迷了心窍外,盖贾府的性混乱已成了气候,三勾两搭便到手,不足为奇。

"那里肯"云云,太假。凤姐红里透紫,又漂亮,何谈"肯往我这里"?按说,凤姐做假似不会这么小儿科。想是曹公鄙弃这一段故事,写其不堪,略过分了些。变成了一个假白痴与一个真白痴的对话。

又往前凑一凑,觑着眼看凤姐的荷包,又问:"戴着什么戒指?"凤姐悄悄的道:"放尊重些,别叫丫头们看见了。"贾瑞如听纶音佛语一般,忙往后退,凤姐笑道:"你该去了。"贾瑞道:"我再坐一坐儿,好狠心的嫂子!"凤姐儿又悄悄的道:"大天白日人来人往,你就在这里也不方便。你且去,等到晚上起了更你来,悄悄的在西边穿堂儿等我。"贾瑞听了,如得珍宝,忙问道:"你别哄我。但是那里人过的多,怎么好躲呢?"凤姐道:"你只放心,我把上夜的小厮们都放了假,两边门一关了,再没别人了。"

> 也可以从另一个角度分析,封建社会不准有真正的爱情,作为爱情的一种蹩脚的形式——偷情,也无法发育充分,呈现出这样一种连嫖妓的"丰富性"都不如的寒伧状态。

贾瑞听了,喜之不尽,忙忙的告辞而去,心内以为得手。盼到晚上,果然黑地里摸入荣府,趁掩门时,钻入穿堂。果见漆黑无一人来往,往贾母那边去的门已倒锁,只有向东的门未关。贾瑞侧耳听着,半日不见人来。忽听"咯噔"一声,东边的门也关上了。贾瑞急的也不敢则声,只得悄悄出来,将门撼了撼,关得铁桶一般。此时要出去,亦不能了,南北俱是大墙,要跳也无攀援。这屋内又是过门风,空落落的;现是腊月天气,夜又长,朔风凛凛,侵肌裂骨,一夜几乎不曾冻死。好容易盼到早晨,只见一个老婆子先将东门开了进来,去叫西门,贾瑞瞅他背着脸,一溜烟抱了肩跑出来,幸而天气尚早,人都未起,从后门一径跑回家去。

> 多少混蛋死于自"以为得手"。

> 这样小儿科的"局",居然也上钩。

> "抱了肩跑",是冻坏了的样子。

原来贾瑞父母早亡,只有他祖父代儒教养。那代儒素日教训最严,不许贾瑞多走一步,生怕他在外吃酒赌钱,有误学业。今忽见他一夜不归,只料定他在外非饮即赌,嫖娼宿妓,那里想到这段公案?因此也气了一夜。贾瑞也捏着一把汗,少不得回来撒谎,只说:"往舅舅家去的,天黑了,留我住了一夜。"代儒道:"自来出门,非禀我不敢擅出,如何昨日私自去了?据此也该打,何况是撒谎!"因此发狠按倒打了三四十板,还不许吃饭,令他跪在院内读文章,定要补出十天工课来方罢。贾瑞先冻了一夜,又遭了打,且饿着肚子,跪在风地里读文章,其苦万状。

到处有肉体与灵魂的虐待。

此时贾瑞邪心未改,再不想到凤姐捉弄他。过了两日,得了空,仍来找寻凤姐。凤姐故意抱怨他失信,贾瑞急的赌咒发誓。凤姐因他自投罗网,少不得再寻别计令他知改,故又约他道:"今日晚上,你别在那里了。你在我这房后小过道儿里那间空屋里等我,可别冒撞了。"贾瑞道:"果真?"凤姐道:"谁来哄你,你不信就别来。"贾瑞道:"来,来,来!死也要来!"凤姐道:"这会子你先去罢。"贾瑞料定晚间必妥,此时先去了。凤姐在这里便点兵派将,设下圈套。

令他知改?岂不成了教育帮助了?凤姐也搞置之死地而后生的教育么?

决心大。

那贾瑞只盼不到晚上,偏生家里亲戚又来了,吃了晚饭才去,那天已有掌灯时分;又等他祖父安歇,方溜进荣府,直往那夹道中屋子里来等着,热锅上蚂蚁一般。只是左等不见人影,右闻也没声响,心中害怕,不住猜疑道:"别是又不来了,又冻一夜不成?"正自胡猜,只见黑魆魆的来了一个人,贾瑞便意定是凤姐,不管皂白,等那人刚至面前,便如饿虎扑食、猫儿捕鼠的一般,抱住叫道:"亲嫂子,等死我了!"说着,抱到屋里炕上就亲嘴扯裤子,满口里"亲爹""亲娘"的乱叫起来。那人只不做声,贾瑞扯了自己的裤子,硬帮帮就想顶入。忽见灯光一闪,只见贾蔷举着个蜡台,照道:"谁在屋里?"只见炕上那人笑道:"瑞大叔要肏我呢。"

人与各种动物都有性欲,唯有人专门嘲笑、丑化、践踏自身的欲望。

"硬帮帮"云云,传神,糟蹋人。放开了想,到处都有硬帮帮就想顶入的蠢货。

贾瑞一见,却是贾蓉,直臊得无地可入,不

131

知怎样才好,回身就要跑脱,被贾蔷一把揪住,道:"别走!如今琏二婶已经告到太太跟前,说你调戏他,他暂用了脱身计哄你在那边等着。太太气死过去,因叫我来拿你。快跟我去见太太去!"贾瑞听了,魂不附体,只说:"好侄儿!你只说没有我,我明日重重的谢你。"贾蔷道:"放你不值什么,只不知你谢我多少?况且口说无凭,写一文契来。"贾瑞道:"这如何落纸呢?"贾蔷道:"这也不妨,写一个赌钱输了外人账目,借头家银若干两便罢。"贾瑞道:"这也容易。"贾蔷翻身出来,纸笔现成,拿来命贾瑞写。他两个做好做歹,只写了五十两银子,画了押,贾蔷收起来。然后撕罗贾蓉,贾蓉先咬定牙不依,只说:"明日告诉族中的人评评理。"贾瑞急的至于叩头。贾蔷做好做歹的,也写了一张五十两欠契才罢。

贾蔷又道:"如今要放你,我就担着不是。老太太那边的门早已关了,老爷正在厅上看南京来的东西,那一条路定难过去,如今只好走后门。若这一走,倘或遇见了人,连我也不好。等我先去探探,再来领你。这屋里你还藏不住,少时就来堆东西,等我寻个地方。"说毕,拉着贾瑞,仍息了灯,出至院外,摸着大台阶底下,说道:"这窝儿里好,只蹲着,别哼一声,等我来再走。"说毕,二人去了。

贾瑞此时身不由己,只得蹲在那台阶下。正要盘算,只听头顶上一声响,唿喇喇一净桶尿粪从上面直泼下来,可巧浇了他一身一头。贾瑞掌不住"嗳哟"一声,忙又掩住口,不敢声张,满头满脸皆是尿屎,浑身冰冷打战。只见贾蔷跑来叫:"快走,快走!"贾瑞方得了命,三步两步

可知贾蓉贾蔷与凤姐的关系。虽未写这种关系。

凤、蓉、蔷的做局极其卑劣下流,但打着维护道德礼法的旗子。

出了问题给以经济补偿,也是"红"已有之。

贾蓉贾蔷的行为固有受凤姐委托的任务性,也有恶作剧并勒索打劫的流氓性,更颇有一种寻开心的趣味性。这种趣味性的一大内容就是借抓奸惩淫来发泄自己的"力比多"。中国人对抓奸最有兴趣,似乎内中有无穷的乐趣。既然自己的性本能得不到舒畅与满

从后门跑到家中,天已三更,只得叫开了门。家人见他这般光景,问:"是怎么了?"少不得撒谎说:"天黑了,失脚掉在茅厕里了。"一面即到自己房中更衣洗濯,心下方想到凤姐玩他,因此发一回狠;再想想凤姐的模样儿标致,又恨不得一时搂在怀里,胡思乱想,一夜也不曾合眼。自此虽想凤姐,只不敢往荣府去了。

贾蓉等两个常常来索银子,他又怕祖父知道。正是相思尚且难禁,况又添了债务,日间工课又紧;他二十来岁人,尚未娶亲,还来想着凤姐不得到手,未免有些"指头儿告了消乏";更兼两回冻恼奔波,因此三五下里夹攻,不觉就得了一病:心内发膨胀,口内无滋味,脚下如绵,眼中似醋,黑夜作烧,白日常倦,下溺遗精,嗽痰带血。诸如此症,不上一年,都添全了。于是不能支持,一头躺倒,合上眼还只梦魂颠倒,满口说胡话,惊怖异常。百般请医疗治,诸如肉桂、附子、鳖甲、麦冬、玉竹等药,吃了有几十斤下去,也不见个动静。

倏又腊尽春回,这病更又沉重。代儒也着了忙,各处请医疗治,皆不见效。因后来吃"独参汤",代儒如何有这力量,只得往荣府里来寻。王夫人命凤姐秤二两给他。凤姐回说:"前儿新近替老太太配了药,那整的太太又说留着送杨提督的太太配药,偏偏昨儿我已着人送了去了。"王夫人道:"就是咱们这边没了,你打发个人往那边你婆婆处问问,或是你珍大哥哥那里有,寻些来,凑着给人家,吃好了,救人一命,也是你们的好处。"凤姐应了,也不遣人去寻,只将些渣末凑了几钱,命人送去。只说:"太太送来的,再也没了。"然后向王夫人只说:"都寻了来,

足,便极其残酷地取笑折磨别人的性本能。一个过于热心地抓奸惩淫的人群,心理上是病态的,人际关系也是危险的。

贾瑞病情十分明白。与秦氏病情不明不白大不相同。

何至于斯?难道也是迫害狂?

红粉骷髅,风月宝鉴,其实很陈腐。这样戒淫并无说服力。当然,没有任何精神内容的偷鸡摸狗之"情"令人鄙夷。

虐杀故事成了喜剧,哪怕是针对贾瑞也罢,不知是否反映了对生命、对人的不以为意?人文主义思想还远远没有传过来。连写法也嫌残酷了。

共凑了有二两送去。"

　　那贾瑞此时要命心急,无药不吃,只是白花钱,不见效。忽然这日有个跛足道人来化斋,只称专治冤业之症。贾瑞偏生在内听了,直着声叫喊,说:"快去请进那位菩萨来救命!"一面在枕头上叩首。众人只得带了那道士进来。贾瑞一把拉住,连叫"菩萨救我!"那道士叹道:"你这病非药可医。我有个宝贝与你,你天天看此时,命可保矣。"说毕,从搭裢中取正反面皆可照人的镜子来,背上面錾着"风月宝鉴"四字。递与贾瑞道:"这物出自太虚幻境空灵殿上,警幻仙子所制,专治邪思妄动之症,有济世保生之功。所以带他到世上来,单与那些聪明杰俊、风雅王孙等看照。千万不可照正面,只照他的背面,要紧,要紧!三日后吾来收取,管叫你好了。"说毕,徜徉而去,众人苦留不住。

　　贾瑞接了镜子,想道:"这道士倒有意思,我何不照一照试试?"想毕,拿起"风月宝鉴"来,向反面一照,只见一个骷髅立在里面,唬得贾瑞连忙掩了,骂:"道士混账!如何吓我!我倒再照照正面是什么?"想着,便将正面一照,只见凤姐站在里面点手儿叫他。贾瑞心中一喜,荡悠悠觉得进了镜子,与凤姐云雨一番,凤姐仍送他出来。到了床上,"嗳哟"了一声,一睁眼,镜子从新又掉过来,仍是反面立着一个骷髅。贾瑞自觉汗津津的,底下已遗了一滩精。心中到底不足,又翻过正面来,只见凤姐还招手叫他,他又

不是癞头就是跛足,有点残疾崇拜(怪异崇拜)的味道。所以子不语"怪、力、乱、神"。子不语,留下了老百姓语、小说家语的可能性。也是网开一面。

禁欲主义是有其临床依据的,一些人缺乏性知识,既有性亢奋的问题,又有性无能的问题,乃视为洪水猛兽,视红粉为骷髅。

进去,如此三四次。到了这次,刚要出镜子来,只见两个人走来,拿铁锁把他套住,拉了就走。贾瑞叫道:"让我拿了镜子再走……"只说这句,就再不能说话了。

旁边伏侍的人,只见他先还拿着镜子照,落下来,仍睁开眼拾在手内,末后镜子掉下来,便不动了。众人上来看看,已咽了气,身子底下冰凉精湿一大滩精。这才忙着穿衣抬床,代儒夫妇哭的死去活来,大骂道士:"是何妖镜!若不毁此镜,遗害人世不小。"遂命架火来烧。只听空中叫道:"谁教你们瞧正面了的!你们自己以假为真,为何烧我此镜?"忽见那镜从空中飞出。代儒出门看时,只见还是那个跛足道人,喊道:"谁毁'风月宝鉴'?"说着,抢了镜子,眼看他飘然去了。

当下代儒料理丧事,各处去报。三日起经,七日发引,寄灵铁槛寺,日后带回原籍。一时贾家众人齐来吊问,荣府贾赦赠银二十两,贾政也是二十两,宁府贾珍亦有二十两,其余族中人贫富不一,或一二两三四两,不等。外又有各同窗家中分资,也凑了二三十两。代儒家道虽然淡薄,得此帮助,倒也丰丰富富完了此事。

谁知这年冬底,林如海因为身染重疾,写书来特接林黛玉回去。贾母听了,未免又加忧闷,只得忙忙的打点黛玉起身。宝玉大不自在,争奈父女之情,也不好拦阻。于是贾母定要贾琏送他去,仍叫带回来。一应土仪盘费,不消繁说,自然要妥贴。作速择了日期,贾琏与林黛玉辞别了众人,带领仆从,登舟往扬州去了。要知端的,且听下回分解。

> 这一段表现,令人不敢恭维,说明曹氏的情欲道德观实不高明,幸亏这一段故事还有表现凤姐的性格与手段的功能。

> 加在一起,略等于贾瑞写的欠据数字。未见贾蓉等来讨债,看来意在惩戒取乐,还不是专向钱看。

> 宝黛感情的第一阶段——童稚阶段就此结束。

贾瑞的故事,是"红"中写得相当低俗的一个故事。不是说贾瑞俗,作者写得也相当俗,但不悖离全书主旨。这说明,雅中可能言俗,鹰有时飞得与鸡一样低;俗中难有真雅,鸡飞不了鹰那样高。

第 十 三 回

秦可卿死封龙禁尉　王熙凤协理宁国府

话说凤姐儿自贾琏送黛玉往扬州去后，心中实在无趣，每到晚间，不过同平儿说笑一回就胡乱睡了。这日夜间正和平儿灯下拥炉倦绣，早命浓熏绣被，二人睡下，屈指算行程该到何处，不知不觉已交三鼓。平儿已睡熟了。凤姐方觉睡眼微蒙，恍惚只见秦氏从外走进来，含笑说道："婶婶好睡！我今日回去，你也不送我一程。因娘儿们素日相好，我舍不得婶婶，故来别你一别。还有一件心愿未了，非告诉婶婶，别人未必中用。"

凤姐听了，恍惚问道："有何心愿？只管托我就是了。"秦氏道："婶婶，你是个脂粉队里的英雄，连那些束带顶冠的男子也不能过你，你如何连两句俗语也不晓得？常言：'月满则亏，水满则溢'，又道是：'登高必跌重。'如今我们家赫赫扬扬，已将百载，一日倘或'乐极生悲'，若应了那句'树倒猢狲散'的俗语，岂不虚称了一世诗书旧族了！"凤姐听了此话，心胸不快，十分敬畏，忙问道："这话虑的极是，但有何法可以永保无虞？"秦氏冷笑道："婶婶好痴也！'否极泰来'，荣辱自古周而复始，岂人力所能常保的。但如今能于荣时筹画下将来衰时的世业，亦可以常永保全了。即如今日诸事俱妥，只有两件

对贾瑞之死毫无反应么？哪怕是拍手称快称解恨？心中无趣与此事无关么？

贾瑞才死就是秦氏之丧，偶然的吗？

死神是"红"中一个重要角色。也许是最重要的角色。

此理甚好。可惜，仅仅是一般性的哲学解决不了贾家的命运问题，更不具有可操作性。

秦氏此话，何等深刻高远！为何这样的话出自未见根底的秦氏之口？作为梦来说，则或可解释为实是王熙凤的思想意识或下意识，植到了秦氏身上。

未妥,若把此事如此一行,则后日可保永全了。"

凤姐便问:"何事?"秦氏道:"目今祖茔虽四时祭祀,只是无一定的钱粮;第二,家塾虽立,无一定的供给。依我想来,如今盛时固不缺祭祀供给,但将来败落之时,此二项有何出处?莫若依我定见,趁今日富贵,将祖茔附近多置田庄、房舍、地亩,以备祭祀供给之费皆出自此处,将家塾亦设于此。合同族中长幼,大家定了则例,日后按房掌管这一年的地亩钱粮、祭祀供给之事。如此周流,又无争竞,也没有典卖诸弊。便是有罪,己物可入官,这祭祀产业,连官也不入的。便败落下来,子孙回家读书务农,也有个退步,祭祀又可永继。若目今以为荣华不绝,不思后日,终非长策。眼见不日又有一件非常喜事,真是烈火烹油、鲜花着锦之盛。要知道,也不过是瞬息的繁华,一时的欢乐,万不可忘了那'盛筵必散'的俗语。若不早为后虑,只恐后悔无益了。"凤姐忙问:"有何喜事?"秦氏道:"天机不可泄漏。只是我与婶婶好了一场,临别赠你两句话,须要记着。"因念道:

三春去后诸芳尽,各自须寻各自门。

凤姐还欲问时,只听二门上传事云板连叩四下,正是丧音,将凤姐惊醒,人回:"东府蓉大奶奶没了。"凤姐吓一身冷汗,出了一回神,只得忙穿衣往王夫人处来。彼时合府皆知,无不纳闷,都有些疑心。那长一辈的,想他素日孝顺;平辈的,想他素日知睦亲密;下一辈的,想他素日的慈爱,以及家中仆从老小,想他素日怜贫惜贱、爱老慈幼之恩,莫不悲号痛哭。

闲言少叙,却说宝玉因近日林黛玉回去,剩得自己落单,也不和人玩耍,每到晚间,便索然

这种思路,不仅凤姐敬畏,读者能不敬畏吗? 敬畏完了,又有谁认真对待呢?
不但深远,而且具体入微。不但务虚,而且务实。究竟谁能这么高明呢? 秦氏? 凤姐? 雪芹? 是秦氏给凤姐托梦,抑是曹公给各位赫赫一时的读者"托梦"?

哲学、智慧、远虑乃至神秘的预言,都是现实生活中的一种阴影。归根结底,确有令人不待见的理由。

各寻各门,这里有一种终须散摊子的悲凉的英明预见。
各寻各门,这又像一个威严的结论、谶语。

秦氏之死,"无不纳闷",此四字诡异。至于"疑心",或作"伤心",无所谓。

睡了。如今从梦中听见说秦氏死了，连忙翻身爬起来，只觉心中似戳了一刀的，不觉"哇"的一声，直喷出一口血来。袭人等慌慌忙忙上来扶着，问："是怎么样的？"又要回贾母去请大夫。宝玉道："不用忙，不相干。这是急火攻心，血不归经。"说着便爬起来，要衣服换了，来见贾母，即时要过去。袭人见他如此，心中虽放不下，又不敢拦阻，只得由他罢了。贾母见他要去，因说："才咽气的人，那里不干净；二则夜里风大，等明早再去不迟。"宝玉那里肯依。贾母命人备车多派跟从人役，拥护前来。

　　一直到了宁国府前，只见府门大开，两边灯火，照如白昼，乱烘烘人来人往。里面哭声摇山振岳。宝玉下了车，忙忙奔至停灵之室，痛哭一番，然后见过尤氏。谁知尤氏正犯了胃痛旧症，睡在床上。然后又出来见贾珍。彼时贾代儒、代修、贾敕、贾效、贾敦、贾赦、贾政、贾琮、贾瑞、贾琏、贾珖、贾琛、贾琼、贾璘、贾蔷、贾菖、贾菱、贾芸、贾芹、贾蓁、贾萍、贾藻、贾蘅、贾芬、贾芳、贾蓝、贾菌、贾芝等都来了。贾珍哭的泪人一般，正和贾代儒等说道："合家大小，远近亲友，谁不知我这媳妇比儿子还强十倍。如今伸腿去了，可见这长房内绝灭无人了。"说着又哭起来。众人忙劝道："人已辞世，哭也无益，且商议如何料理要紧。"贾珍拍手道："如何料理，不过尽我所有罢了！"

　　正说着，只见秦业、秦钟并尤氏的几个眷属尤氏姊妹也都来了。贾珍便命贾琼、贾琛、贾璘、贾蔷四个人去陪客，一面吩咐去请钦天监阴阳司来择日，择准停灵七七四十九日，三日后开丧送讣闻。这四十九日，单请一百零八僧众在

反应超常。	
也是半个大夫。	
围绕着秦氏的病、丧，各种人、事、气氛、反应直到梦境都写足，就是不涉事件本身。	
名单洋洋大观。	
哭的泪人一般，说明有问题还是没有问题（故而坦荡，不避讳）呢？	
规格这样高，不怕违例吗？高规格治丧，是礼数，是排场，也是转移和心理补偿。	

从来红学家分析这些描写的可疑处,加上其他依据(如脂批)得出秦氏与贾珍有染,败露自缢身亡的结论,应是不差。

但此回尤为要紧处在于秦氏托梦,简直是代表祖宗神灵说话,也代表作者曹雪芹说话,说的是金玉良言,完全符合"红"的立意主旨。"红"的内容充实丰富,作者自己意识到的立意远没有那样充实,几被秦氏说尽。秦氏到底是个什么人,充当了这样重要又这样恍惚的角色呢?

大厅上拜《大悲忏》,超度前亡后化鬼魂;另设一坛于天香楼,是九十九位全真道士,打十九日解冤洗业醮。然后停灵于会芳园中,灵前另外五十众高僧,五十位高道,对坛按七作好事。

那贾敬闻得长孙媳死了,因自为早晚就要飞升,如何肯又回家染了红尘,将前功尽弃,故此并不在意,只凭贾珍料理。

且说贾珍恣意奢华,看板时,几副杉木板皆不中意。可巧薛蟠来吊,因见贾珍寻好板,便说:"我们木店里有一副板,叫作什么檣木,出在潢海铁网山上,作了棺材,万年不坏。这还是当年先父带来的,原系忠义亲王老千岁要的,因他坏了事,就不曾用。现在还封在店里,也没有人买得起。你若是要,就来看看。"贾珍听说甚喜,即命抬来,大家看时,只见帮底皆厚八寸,纹若槟榔,味若檀麝,以手扣之,声如玉石。大家称奇。贾珍笑问道:"价值几何?"薛蟠笑道:"拿着一千两银子只怕没买处,什么价不价,赏他们几两银子作工钱便是了。"贾珍听说,忙谢不尽,即命解锯造成。贾政因劝道:"此物恐非常人可享,殓以上等杉木也罢了。"贾珍如何肯听。

恣意奢华,险矣哉!

老千岁坏事,不能用这样的棺木。秦氏呢,秦氏莫非具有不曾坏事的千岁的"格"儿?

死了也还要炫耀一番。
无价以明珍贵,无价便干脆不要价了,慷慨。薛蟠有给人好感处。

忽又听见秦氏之丫鬟名唤瑞珠的,见秦氏死了,也触柱而亡。此事可罕,合族都称叹。贾珍遂以孙女之礼殡殓之,一并停灵于会芳园之登仙阁。又有小丫鬟名宝珠的,因秦氏无出,乃愿为义女,请任摔丧驾灵之任。贾珍甚喜,即时

曰:"可罕!"

奇事连连。

传命,从此皆呼宝珠为小姐。那宝珠按未嫁女之礼,在灵前哀哀欲绝。

  于是合族人丁并家下诸人都各遵旧制行事,自不得错乱。贾珍因想道:"贾蓉不过是黉门监,灵幡上写时不好看,便是执事也不多。"因此,心下甚不自在。可巧这日正是首七第四日,早有大明宫掌宫内监戴权,先备了祭礼遣人来,次坐了大轿,打道鸣锣,亲来上祭。贾珍忙接陪,让坐至逗蜂轩献茶。贾珍心中早打定了主意,因而趁便就说要与贾蓉捐个前程的话。戴权会意,因笑道:"想是为丧礼上风光些?"贾珍忙道:"老内相所见不差。"戴权道:"事倒凑巧,正有个美缺。如今三百员龙禁尉缺了两员,昨儿襄阳侯的兄弟老三来求我,现拿了一千五百两银子送到我家里。你知道,咱们都是老相好,不拘怎么样,看着他爷爷的分上,胡乱应了。还剩了一个缺,谁知永兴节度使冯胖子要求与他孩子捐,我就没工夫应他。既是咱们的孩子要捐,快写个履历来。"贾珍忙命人写了一张红纸履历来。戴权看了,上写着:

  江南应天府江宁县监生贾蓉,年二十岁。曾祖,原任京营节度使世袭一等神威将军贾代化。祖,丙辰科进士贾敬。父,世袭三品爵威烈将军贾珍。

  戴权看了,回手递与一个贴身的小厮收了,道:"回去送与户部堂官老赵,说我拜上他起一张五品龙禁尉的票,再给个执照,就把这履历填上,明日我来兑银子送过去。"小厮答应了。戴权告辞,贾珍款留不住,只得送出府门。临上轿,贾珍问:"银子还是我到部去兑,还是送入内相府中?"戴权道:"若到部里兑,你又吃亏了;不

> 一件突发的丧事,居然造就了许多好人好事。

> 极不寻常。内监岂可轻易吊唁贾珍一个儿媳妇?

> 所谓履历,只写乃祖乃父,个人项目极少,倒也反映习俗与观念。

> 执照!

如平准一千两银子送到我家就完了。"贾珍感谢不尽，因说："待服满后，亲带大小犬到府叩谢。"于是作别。

接着又听喝道之声，原来是忠靖侯史鼎的夫人来了。王夫人、邢夫人、凤姐等刚迎入正房，又见锦乡侯、川宁侯、寿山伯三家祭礼也摆在灵前；少时，三人下轿，贾珍接上大厅。如此亲朋你来我去，也不能计数。只这四十九日，宁国府街上一条白漫漫人来人往，花簇簇官来官去。

贾珍令贾蓉次日换了吉服，领凭回来。灵前供用执事等物俱按五品职例，灵牌疏上皆写"诰授贾门秦氏宜人之灵位"。会芳园临街大门洞开，两边起了鼓乐厅，两班青衣按时奏乐，一对对执事摆的刀斩斧齐。更有两面朱红销金大牌竖在门外，上面大书道："防护内廷紫禁道御前侍卫龙禁尉。"对面高起着宣坛，僧道对坛，榜上大书"世袭宁国公冢孙妇防护内廷御前侍卫龙禁尉贾门秦氏宜人之丧。四大部洲至中之地，奉天永建太平之国，总理虚无寂静教门僧录司正堂虚万、总理元始正一教门道纪司正堂叶生等，敬谨修斋，朝天叩佛"以及"恭请诸'伽蓝''揭谛''功曹'等神，圣恩普锡，神威远振，四十九日销灾洗业平安水陆道场"等语，亦不及繁记。

只是贾珍虽然心意满足，但里面尤氏又犯了旧疾，不能料理事务，惟恐各诰命来往，亏了礼数，怕人笑话，因此心中不自在。当下正忧虑时，因宝玉在侧，便问道："事事都算安贴了，大哥哥还愁什么？"贾珍便将里面无人的话告诉了

都是些什么猫腻？

权贵之家，以丧葬示威武，示雄强，示豪富，示荣华，谬矣！

虽是有名无实的头衔，却也威风一下，自欺欺人一下。

又提尤氏的病。无一人问候与照料地位并非不重要的尤氏。活现尤氏远远不及秦氏之重要。

他。宝玉听说,笑道:"这有何难,我荐一个人与你,权理这一个月的事,管保妥当。"贾珍忙问:"是谁?"宝玉见坐间还有许多亲友,不便明言,走向贾珍耳边说了两句。贾珍听了,喜不自胜,笑道:"这果然妥贴,如今就去。"说着,拉了宝玉,辞了众人,便往上房里来。

> 宝玉极少过问这类事,这次大为破例。

> 宝玉居然介入人事与政务管理。

可巧这日非正经日期,亲友来的少,里面不过几位近亲堂客,邢夫人、王夫人、凤姐并合族中的内眷陪坐。闻人报:"大爷进来了。"唬的众婆娘"嗯"的一声,往后藏之不迭,独凤姐款款站了起来。

贾珍此时也有些病症在身,二则过于悲痛,因拄个拐踱了进来。邢夫人等因说道:"你身上不好,又连日事多,该歇歇才是,又进来做什么?"贾珍一面拄拐,扎挣着要蹲身跪下请安道乏;邢夫人等忙叫宝玉搀住,命人挪椅子与他坐。贾珍不肯坐,因勉强陪笑道:"侄儿进来有一件事要求二位婶婶并大妹妹。"邢夫人等忙问:"什么事?"贾珍忙忙道:"婶婶自然知道,如今孙子媳妇没了,侄儿媳妇又病倒,我看里头着实不成体统。要屈尊大妹妹一个月,在这里料理料理,我就放心了。"邢夫人笑道:"原来为这个。你大妹妹现在你二婶婶家,只和你二婶婶说就是了。"王夫人忙道:"他一个小孩子,何曾经过这些事,倘或料理不清,反叫人笑话,倒是再烦别人好。"贾珍笑道:"婶婶的意思,侄儿猜着了,是怕大妹妹劳苦了。若说料理不开,从小儿大妹妹玩笑时就有杀伐决断,如今出了阁,在那府里办事,越发历练老成了。我想了这几日,除了大妹妹再无人可求了。婶婶不看侄儿与侄儿媳妇面上,只看死的分上罢!"说着流下泪来。

> 邢夫人并不管事。

> 杀伐决断,自信,敢拍板,能迅速判明情况与抓住要害,确是领导人管理人的素质。
> 未提宝玉举荐,这里有不成文的规则,举荐等过程,属于暗箱作业。

143

王夫人心中为的是凤姐未经过丧事,怕他料理不起,被人见笑;今见贾珍苦苦的说,心中已活了几分,却又眼看着凤姐出神。那凤姐素日最喜揽事,好卖弄能干,今见贾珍如此央他,心中早已允了;又见王夫人有活动之意,便向王夫人道:"大哥说得如此恳切,太太就依了罢。"王夫人悄悄的问道:"你可能么?"凤姐道:"有什么不能!算外面的大事,已经大哥哥料理清了,不过是里面照管照管。便是我有不知的,问太太就是了。"王夫人见说得有理,便不出声。贾珍见凤姐允了,又陪笑道:"也管不得许多了,横竖要求大妹妹辛苦辛苦。我这里先与大妹妹行礼,等完了事,我再到那府里去谢。"说着就作揖下去,凤姐连忙还礼不迭。

> 王夫人对自己的娘家人,更有责任感。

> 说得轻松,而且不忘乘机向"太太"致敬。

贾珍便命人取了宁国府对牌来,命宝玉送与凤姐,说道:"妹妹爱怎么就怎么样办,要什么,只管拿这个取去,也不必问我。只求别存心替我省钱,要好看为上;二则也同那府里一样待人才好,不要存心怕人抱怨。只这两件外,我再没不放心的了。"凤姐不敢就接牌,只看着王夫人,王夫人道:"你大哥既这么说,你就照看照看罢了。只是别自作主意,有了事打发人问你哥哥嫂子一声儿要紧。"宝玉早向贾珍手里接过对牌来,强递与凤姐了。贾珍又问:"妹妹还是住在这里,还是天天来呢?若是天天来,越发辛苦了。我这里赶着收拾出一个院落来,妹妹住过这几日,倒安稳。"凤姐笑说:"不用,那边也离不得我,倒是天天来的好。"贾珍说:"也罢,也罢。"然后又说了一回闲话,方才出去。

> 宝玉这么积极做甚?

一时女眷散后,王夫人因问凤姐:"你今儿

写秦氏丧事,极尽铺张渲染,但对其死因背景则讳莫如深,其中道理,红学家所分析得极是,"淫丧天香楼",因不宜写得太直露也。

问题是,这样做,反而增添了艺术反差与艺术效果,疏与密,明与暗,直与曲,这样写起来平添一种魅力,一种神秘。

秦氏托梦,十分旨要,紧接着被丧事排场所冲。这本身,也是一种象征性的悲剧。但知悼秦死,谁思秦良言?良言常常没有效用,即使临死的其言也善也往往收不到理想的效果。话语的力量,切不可估计过高呀!

怎么样?"凤姐道:"太太只管请回去;我须得先理出一个头绪来才回得去呢。"王夫人听说,便先同邢夫人回去,不在话下。

这里凤姐来至三间一所抱厦内坐了,因想:头一件是人口混杂,遗失东西;二件,事无专管,临期推委;三件,需用过费,滥支冒领;四件,任无大小,苦乐不均;五件,家人豪纵,有脸者不能服钤束,无脸者不能上进。此五件实是宁府中风俗。不知凤姐如何处治,且听下回分解。

> 人、财、物的管理是行政管理的主要内容。凤姐对宁府事如此一清到底,是否早已有心插一杠子?

从秦氏托梦的严重话题到秦氏猝死的丧葬,再到贾蓉的官皮,最后到凤姐的智力输出与宁府的政务管理,生活在冲淡思考,世俗在解构终极,事务在淹没悲情与背景。

第 十 四 回

林如海捐馆扬州城　贾宝玉路谒北静王

话说宁国府中都总管来升闻知里面委请了凤姐，因传齐同事人等说道："如今请了西府里琏二奶奶管理内事，倘或他来支取东西，或是说话，须要小心伺候。每日大家早来晚散，宁可辛苦这一个月，过后再歇息，不要把老脸面丢了。那是个有名的烈货，脸酸心硬，一时恼了，不认人的。"众人都道："有理。"又有一个笑道："论理，我们里面也该得他来整治整治，都忒不像了。"正说着，只见来旺媳妇拿了对牌来领呈文经榜纸札，票上开着数目。众人连忙让坐倒茶，一面命人按数取纸；来旺抱着同来旺媳妇一路来至仪门，方交与来旺媳妇自己抱进去了。

凤姐即命彩明定造册簿；即时传了来升媳妇，要家口花名册查看；又限明日一早传齐家人媳妇进府听差。大概点了一点数目单册，问了来升媳妇几句话，便坐车回家。

至次日卯正二刻，便过来了。那宁国府中婆子媳妇闻得到齐，只见凤姐与来升媳妇分派众人执事，不敢擅入，在窗外打听。听见凤姐和来升媳妇道："既托了我，我就说不得要讨你们嫌了。我可比不得你们奶奶好性儿，由着你们去。再不要说你们'这府里原是这么样'的话，如今可要依着我行，错我半点儿，管不得谁是有

"烈货"云云，难说恭敬。畏而不敬，必有后患。

下马威！

勤政。

丑话说在前头。

为秦氏办丧事,是"红"前十几回的最大事件。一石多鸟。一、极写秦氏之死的特殊性,透露出重要的难言之隐,令多少红学家为之倾心。二、极写丧事之排场,再加上元春省亲,红白喜事都有了,是谓"而衰"之前的盛极。三、通过秦氏之死特别是死前托梦,写出了衰败的开始,秦氏是十二钗中第一个匆匆忙忙走上黄泉路的。四、给王熙凤提供了新的活动舞台。"新官上任三把火",这个谚语本身也与文学上的陌生化原理相通。

凤姐协理宁国府,是凤姐管理家政的顶峰,差不多是得心应手。且有余力搞"智力输出","都知爱慕此生才"! 谈到写到管理的时候,不能否认"恶"的价值,如果王熙凤是个腐儒、道德家、善人,还怎么搞管理?

脸的,谁是没脸的,一例清白处治。"	有错必纠。
说罢,便吩咐彩明念花名册,按名一个一个叫进来看视,一时看完,又吩咐道:"这二十个分作两班,一班十个,每日在内单管人客来往倒茶,别事不用他们管。这二十个也分作两班,每日单管本家亲戚茶饭,也不管别事。这四十个人也分作两班,单在灵前上香添油,挂幔守灵,供饭供茶,随起举哀,也不管别事。这四个人专在内茶房收管杯碟茶器,若少了一件,四人分赔。这四个人单管酒饭器皿,少一件也是分赔。这八个人单管收祭礼。这八个单管各处灯油、蜡烛、纸札,我总支了来,交与你八个人,然后按我的定数再往各处分派。这二十个每日轮流各处上夜,照管门户,监察火烛,打扫地方。这下剩的按房分开,某人守某处,某处所有桌椅古玩起,至于痰盒掸帚,一草一苗,或丢或坏,就问这看守之人赔补。来升家的每日揽总查看,或有偷懒的,赌钱吃酒打架拌嘴的,立刻来回我。你要徇情,经我查出,三四辈子的老脸,就顾不成了。如今都有了定规,以后那一行乱了,只和那一行说话。素日跟我的人,随身俱有钟表,不论大小事,皆有一定时刻,横竖你们上房里也有时辰钟:卯正二刻我来点卯,巳正吃早饭,凡有领	分工必须明确。 责任制或曰岗位责任制,"红"已有之。 定额管理。 保卫组。 拿摩温(领班)。 钟表已用在管理上。

147

牌回事的,只在午初二刻。戌初烧过黄昏纸,我亲到各处查一遍,回来上夜的交明钥匙。第二日仍是卯正二刻过来。说不得咱们大家辛苦这几日罢,事完了,你们大爷自然赏你们的。"

说毕,又吩咐按数发与茶叶、油烛、鸡毛掸子、笤帚等物,一面又搬取家伙:桌围、椅搭、坐褥、毡席、痰盒、脚踏之类,一面交发,一面提笔登记,某人管某处,某人领物件,开得十分清楚。众人领了去,也都有了投奔,不似先时只拣便宜的做,剩下苦差没个招揽。各房中也不能趁乱迷失东西。便是人来客往,也都安静了,不比先前紊乱无头绪,一切偷安窃取等弊,一概都蠲了。

> 写什么像什么,要什么有什么,写小说的人,哪样能够不知不详?

凤姐自己威重令行,心中十分得意。因见尤氏犯病,贾珍也过于悲哀,不大进饮食,自己每日从那府中熬了各样细粥,精美小菜,令人送来劝食。贾珍也另外吩咐每日送上等菜到抱厦内,单与凤姐。凤姐不畏勤劳,天天按时刻过来,点卯理事,独在抱厦内起坐,不与众妯娌合群,便有堂客来往,也不迎送。

> 威重令行,十分得意,早把秦氏的警告丢到九霄云外了。

> 公事公办,保持公事人员的严肃性。结果不免脱离了"妯娌"们,难以合群,留下后患了。

这日乃五七正五日上,那应佛僧正开方破狱,传灯照亡,参阎君,拘都鬼,延请地藏王,开金桥,引幢幡;那道士们正伏章申表,朝三清,叩玉帝,禅僧们行香,放焰口,拜水忏;又有十二众青年尼僧,搭绣衣,靸红鞋,在灵前默诵接引诸咒,十分热闹。

> 宗教为世俗效力。

那凤姐知道今日人客不少,寅正便起来梳洗,及收拾完备,更衣盥手,喝了几口奶子,漱口已毕,正是卯正二刻了。来旺媳妇率领众人伺候已久。凤姐出至厅前,上了车,前面一对明角灯,上写"荣国府"三个大字。来至宁府大门首,

> 把丧事办得"十分热闹",这也是一种移情,把悲哀转换为巨大的组织工作乃至炫耀风光的"宣传"活动。最后,丧事本身变成了目的,为举丧而举丧,反与死者并无瓜葛了。

> 写上"荣国府"三字,客卿身份

门灯朗挂,两边一色蠟灯,照如白昼,白汪汪穿孝家人两行侍立。请车至正门上,小厮退去,众媳妇上来揭起车帘。凤姐下了车,一手扶着丰儿,两个媳妇执着手把灯照着,簇拥凤姐进来。宁府诸媳妇迎着请安。凤姐款步入会芳园中登仙阁灵前,一见棺材,那眼泪恰似断线之珠,滚将下来。院中多少小厮垂手侍立,伺候烧纸。凤姐吩咐一声:"供茶烧纸。"只听一棒锣鸣,诸乐齐奏,早有人端过一张大圈椅来,放在灵前,凤姐坐了放声大哭,于是里外上下男女都接声嚎哭。

　　一时贾珍、尤氏令人劝止,凤姐方止住。来旺媳妇倒茶漱口毕,凤姐方起身,别了族中诸人,自入抱厦来,按名查点,各项人数,俱已到齐,只有迎送亲客上的一人未到,即令传来。那人惶恐,凤姐冷笑道:"原来是你误了!你比他们有体面,所以不听我的话。"那人回道:"小的天天都来的早,只有今儿来迟了一步,求奶奶饶过初次。"正说着,只见荣国府中的王兴媳妇来了,在前探头。凤姐且不发放这人,却问:"王兴媳妇来作什么?"王兴媳妇近前说:"领牌取线,打车轿网络。"说着将个帖儿递上去,凤姐令彩明念道:"大轿两顶,小轿四顶,车四辆,共用大小络子若干根,每根用珠儿线若干斤。"凤姐听了数目相合,便命彩明登记,取荣国对牌掷下。王兴家的去了。

　　凤姐方欲说话,只见荣国府的四个执事人进来,都是要支取东西领牌的,凤姐命他们要了帖念过,听了一共四件,因指两件道:"这个开销错了,再算清了来领。"说着将帖子掷下。那二人扫兴而去。

更加高雅。无此三字,成了临时给宁国府打工的了。

何等威风,一样手续不能少。揭车帘,放到现在类似开车门和用手掌挡住门顶了。

礼仪表达了感情也规范了感情。这里的哭,已经不是纯然的个人感情流露,也就是可以控制的了。

办公会议。

必须自己昭昭,才能纠正昏昏。

凤姐因见张材家的在旁,因问:"你有什么事?"张材家的忙取帖子回道:"就是方才车轿围做成,领取裁缝工银若干两。"凤姐听了,收了帖子,命彩明登记。待王兴交过,得了买办的回押相符,然后与张材家的去领。一面又命念那一件,是为宝玉外书房完竣,支领买纸料糊裱。凤姐听了,即命收帖儿登记,待张材家的缴清再发。

> 放一放先不处理,更其威严。让你在旁边看着怎样有条不紊而又严明不苟地管理,你就更知罪了。今日之交通警对于违章者常用此法,叫你在一旁等候。

凤姐便说道:"明儿他也来迟了,后儿我也来迟了,将来都没有人了。本来要饶你,只是我头一次宽了,下次就难管别人了,不如开发的好。"登时放下脸来,命带出去打二十板子,众人见凤姐动怒,不敢怠慢,拉出去照数打了,进来回复;凤姐又掷下宁府对牌:"说与来升革他一月银米。"吩咐:"散了罢。"众人方各自办事去了。那时被打之人亦含羞饮泣而去。彼时荣宁两处领牌交牌人往来不绝,凤姐又一一开发了。于是宁府中人才知凤姐利害,自此各兢兢业业,不敢偷安,不在话下。

> 这样的厉害,完全必要。

如今且说宝玉,因见人众,恐秦钟受了委曲,遂同他往凤姐处坐坐,凤姐正吃饭,见他们来了,笑道:"好长腿子,快上来罢。"宝玉道:"我们偏了。"凤姐道:"在这边外头吃的,还是那边吃的?"宝玉道:"同那些浑人吃什么! 原是那边,我还同老太太吃了来的。"说着,一面归坐。

> 宝玉与凤姐也有一种联盟关系,难怪日后赵姨娘要对此二人下手。他们是一种地位的联盟,而不是行动的联盟。

凤姐饭毕,就有宁府一个媳妇来领牌,为支取香灯,凤姐笑道:"我算着你今儿该来支取,想是忘了。要终久忘了,自然是你包出来,都便宜了我。"那媳妇笑道:"何尝不是忘了,方才想起来,再迟一步,也领不成了。"说毕,领牌而去。

> 你忘了,我没有忘,证明我比你清楚,比你强。

一时登记交牌。秦钟因笑道:"你们两府里

都是这牌,倘别人私造一个,支了银子去,怎样?"凤姐笑道:"依你说,都没王法了。"宝玉因道:"怎么咱们家没人来领牌子支东西?"凤姐道:"他们来领的时候,你还做梦呢。我且问你,你们多早晚才念夜书呢?"宝玉道:"巴不得今日就念才好,只是他们不快给收拾出书房,也是没法。"凤姐笑道:"你请我一请,包管就快了。"宝玉道:"你也不中用,他们该做到那里的时候,自然有了。"凤姐道:"就是他们做也得要东西,搁不住我不给对牌,是难的。"宝玉听说,便猴向凤姐身上立刻要牌,说:"好姐姐,给他们牌,好支东西去收拾。"凤姐道:"我乏的身上生疼,还搁的住你这揉搓?你放心罢,今儿才领了裱糊纸去了,他们该要的还等叫去呢,可不傻了?"宝玉不信,凤姐便叫彩明查册子与宝玉看了。

> 宝玉凤姐,一对得到殊宠者,也是惺惺惜惜惺惺。祝他们永远生活在娇宠之中。

正闹着,人来回:"苏州去的昭儿来了。"凤姐急命唤进来。昭儿打千儿请安。凤姐便问:"回来做什么的?"昭儿道:"二爷打发回来的。林姑老爷是九月初三巳时没的。二爷带了林姑娘同送林姑爷的灵到苏州,大约赶年底就回来。二爷打发小的来报个信请安,讨老太太示下。还瞧瞧奶奶家里好,叫把大毛衣服带几件去。"凤姐道:"你见过别人了没有?"昭儿道:"都见过了。"说毕,连忙退出。凤姐向宝玉笑道:"你林妹妹可在咱们家住长了。"宝玉道:"了不得,想来这几日他不知哭的怎样呢。"说着蹙眉长叹。

> 噩耗来自苏州,黛玉更加孤苦,丧钟自远渐近。

> 也是贾家亲眷,为何对其过世只是"笑道",就没有什么礼仪的表示或举动要做么?死个女婿就比死个孙子媳妇这样不重要么?

凤姐见昭儿回来,因当着人不及细问贾琏,心中自是记挂,待要回去,奈事未了毕,少不得耐到晚上回来,复令昭儿进来,细问一路平安信息。连夜打点大毛衣服,和平儿亲自检点包裹,再细细追想所需何物,一并包裹交付昭儿。又

> 也算"先公后私"。

151

细细吩咐昭儿："在外好生小心伏侍，不要惹你二爷生气。时时劝他少吃酒，别勾引他认得混账女人，——回来打折你的腿！"赶乱完了，天已四更，睡下，不觉早又天明，忙梳洗过宁府来。

> 凤姐也有力不从心处。

那贾珍因见发引日近，亲自坐车带了阴阳司吏，往铁槛寺来踏看寄灵所在；又一一嘱咐住持色空好生预备新鲜陈设，多请名僧，以备接灵使用。色空忙备晚斋，贾珍也无心茶饭，因天晚不及进城，竟在净室胡乱歇了一夜。次日早，便进城来料理出殡之事；一面又派人先往铁槛寺，连夜另外修饰停灵之处，并厨茶等项，接灵人口。

凤姐见发引日期在限，也预先逐细分派料理，一面又派荣府中车轿人从跟王夫人送殡，又顾自己送殡去占下处。目今正值缮国公诰命亡故，邢王二夫人又去吊祭送殡；西安郡王妃华诞，送寿礼；镇国公诰命生了长男，预备贺礼；又有胞兄王仁连家眷回南，一面写家信禀叩父母并带往之物；又有迎春染疾，每日请医服药，看医生启帖、症源、药案……各事冗杂，亦难尽述。又兼发引在迩，因此忙的凤姐茶饭无心，坐卧不宁。刚到了宁府，荣府的人跟着；既回到荣府，宁府的人又跟着。凤姐虽然如此之忙，只因素性好胜，惟恐落人褒贬，故费尽精神，筹划得十分整齐，于是合族中上下无不称叹。

> 活着一批寄生虫，什么事不干，也还是各事冗杂，难以尽述。

> 秦氏好胜已极，凤姐犹好胜。

> 鲁迅曾斥"褒贬"此词之不通，但口语上确有此言，"红"已有之。

这日伴宿之夕，里面两班小戏并耍百戏的，与亲朋等伴宿。尤氏犹卧于内室，一切张罗款待，独是凤姐一人周全承应，合族中虽有许多妯娌，也有羞口羞脚的，也有不惯见人的，也有惧贵怯官的，种种之类，俱不及凤姐举止大雅，言语典则，因此也不把众人放在眼里，挥霍指示，

> 挥霍……旁若无人，已是批判了。

任其所为，旁若无人。一夜中灯明火彩，客送官迎，百般热闹，自不用说。至天明吉时，一般六十四名青衣请灵。前面铭旌上大书："诰封一等宁国公冢孙妇防护内廷紫禁道御前侍卫龙禁尉享强寿贾门秦氏宜人之灵柩。"一应执事陈设，皆系现赶新做出来的，一色光彩夺目。宝珠自行未嫁女之礼，摔丧驾灵，十分哀苦。

那时官客送殡的，有镇国公牛清之孙现袭一等伯牛继宗，理国公柳彪之孙现袭一等子柳芳，齐国公陈翼之孙世袭三品威镇将军陈瑞文，治国公马魁之孙世袭三品威远将军马尚，修国公侯晓明之孙世袭一等子侯孝康；缮国公诰命亡故，其孙石光珠守孝不得来。这六家与荣宁二家，当日所称"八公"的便是。余者更有南安郡王之孙，西宁郡王之孙，忠靖侯史鼎，平原侯之孙世袭二等男蒋子宁，定城侯之孙世袭二等男兼京营游击谢鲲，襄阳侯之孙世袭二等男戚建辉，景田侯之孙五城兵马司裘良。余者锦乡伯公子韩奇、神武将军公子冯紫英，陈也俊、卫若兰等，诸王孙公子，不可枚数。堂客也共有十来顶大轿，三四十顶小轿，连家下大小轿车辆，不下百十余乘。连前面各色执事陈设百耍，浩浩荡荡，一带摆三四里远。

走不多时，路上彩棚高搭，设席张筵，和音奏乐，俱是各家路祭：第一棚是东平王府的祭，第二棚是南安郡王的祭，第三棚是西宁郡王的祭，第四棚便是北静郡王的祭。原来这四王，当日惟北静王功最高，及今子孙犹袭王爵。现今北静王世荣年未弱冠，生得美秀异常，情性谦和。近闻宁国府冢孙妇告殂，因想当日彼此祖父有相与之情，同难同荣，未以异姓相视，因此

评点《红楼梦》(上)

又是百般热闹，成了过节了。

宝珠太聪明了，也就不用死了。

也是名单堆砌，这类文字在小说中本不应出现，但不这样出现就缺乏实感，不知算不算"红"已有之的"新闻主义"，"新新闻主义"。亦即故意把小说文体往非小说、反小说文体上靠。

高大上化，即形式化，奢靡化，空心化。

这么多VIP，百姓如何负担！

呜呼，盛哉！
太不一般了。

153

不以王位自居，上日也曾探丧上祭，如今又设路奠，命麾下各官在此伺候。自己五更入朝，公事一毕，便换了素服，坐大轿，鸣锣张伞而来，至棚前落轿，手下各官两旁拥侍，军民人众不得往还。

> 拉开架子写其盛，轻描淡写见其衰。

一时只见宁府大殡浩浩荡荡、压地银山一般从北而至。早有宁府开路传事人等报与贾珍，贾珍急命前面住扎，同贾赦贾政三人连忙迎来，以国礼相见。世荣在轿内欠身，含笑答礼，仍以世交称呼接待，并不自大。贾珍道："犬妇之丧，累蒙郡驾下临，荫生辈何以克当。"世荣笑道："世交至谊，何出此言？"遂回头令长府官主祭代奠。贾赦等一旁还礼，复亲身来谢恩。世荣十分谦逊，因问贾政道："那一位是衔玉而诞者？久欲得一见为快，今日一定在此，何不请来。"贾政忙退下，命宝玉更衣，领他前来谒见。那宝玉素闻得世荣是个贤王，且才貌俱全，风流跌宕，不为官俗国体所缚，每思相会，只是父亲拘束，不克如愿，今见反来叫他，自是喜欢。一面走，一面瞥见那世荣坐在轿内，好个仪表。不知近前又是怎样，且听下回分解。

> 压地银山，从北而至，一个孙子媳妇的葬礼隆重到这般地步，大不祥了。

> 人人都相信并一再提及这个衔玉而诞，也就像是真有其事了。也算"坚持就是胜利"。

把丧事办得如此辉煌，是荒唐，是做孽，也是异化！

第 十 五 回

王凤姐弄权铁槛寺　秦鲸卿得趣馒头庵

　　话说宝玉举目见北静王世荣头上戴着净白簪缨银翅王帽,穿着江牙海水五爪龙白蟒袍,系着碧玉红鞓带;面如美玉,目似明星,真好秀丽人物。宝玉忙抢上来参见,世荣忙从轿内伸手搀住。见宝玉戴着束发银冠,勒着双龙出海抹额,穿着白蟒箭袖,围着攒珠银带;面若春花,目如点漆。世荣笑道:"名不虚传,果然如'宝'似'玉'。"问:"衔的那宝贝在那里?"宝玉见问,连忙从衣内取出,递与世荣。世荣细细看了,又念了那上头的字,因问:"果灵验否?"贾政忙道:"虽如此说,只是未曾试过。"世荣一面极口称奇,一面理顺彩绦,亲自与宝玉带上,又携手问宝玉几岁,现读何书。宝玉一一答应。

　　世荣见他语言清朗,谈吐有致,一面又向贾政笑道:"令郎真乃龙驹凤雏,非小王在世翁前唐突,将来'雏凤清于老凤声',未可量也。"贾政陪笑道:"犬子岂敢谬承金奖,赖藩郡余祯,果如所言,亦荫生辈之幸矣。"世荣又道:"只是一件,令郎如此资质,想老太夫人自然钟爱;但吾辈后生,甚不宜溺爱,溺爱则未免荒失了学业。昔小王曾蹈此辙,想令郎亦未必不如是也。若令郎在家难以用功,不妨常到寒第,小王虽不才,却多蒙海内众名士凡至都者,未有不垂青目,是以

> 称道男人的秀丽,不知算不算宝玉的同性恋倾向?

> 一要重视仪表,二要重视应对,虽表面了些,仍有一定道理(与进化论、优生学或不无关系)。如果交接邀赏的尽是些獐头鼠目、形容委琐、口齿不清之辈,确也不好想象。

155

寒第高人颇聚,令郎常去谈谈会会,则学问可以日进矣。"贾政忙躬身答道:"是。"

世荣又将腕上一串念珠卸下来,递与宝玉,道:"今日初会,仓卒无敬贺之物,此系圣上所赐蓉蓉香念珠一串,权为贺敬之礼。"宝玉连忙接了,回身奉与贾政。贾政与宝玉一齐谢过了。于是贾赦、贾珍等一齐上来请回舆,世荣道:"逝者已登仙界,非碌碌你我尘寰中人也。小王虽上叨天恩,虚邀郡袭,岂可越仙辀而进也?"贾赦等见执意不从,只得告辞谢恩回来,命手下人掩乐停音,将殡过完,方让北静王过去。不在话下。

> 此事似无下文,想是这一番话作者写时带有临场发挥的随机性。

> 这样赠礼,更亲切珍贵。

且说宁府送殡,一路热闹非常。刚至城门,又有贾赦、贾政、贾珍诸同寅属下各家祭棚接祭,一一的谢过,然后出城,竟奔铁槛寺大路而来。彼时贾珍带着贾蓉来到诸长辈前让坐轿上马,因而贾赦一辈的各自上了车轿,贾珍一辈的也将要上马;凤姐因记挂着宝玉,怕他在郊外纵性不服家人的话,贾政管不着,惟恐有闪失,因此命小厮来唤他。宝玉只得到他车前。凤姐笑道:"好兄弟,你是个尊贵人,同女孩儿一般人品,别学他们猴在马上。下来,咱们姐儿两个同车,岂不好么?"宝玉听说,便下了马,爬上凤姐车内,二人说笑前进。

> 风光已经压过了哀悼,得意已经冲淡了痛苦。地位高了,生老病死都成了出镜、表演。

> 凤姐与宝玉,二位都是贾府中受殊宠之人,故常"拍拖"(结伴),宜哉赵姨娘视二人为死敌也。

不一时,只见那边两骑马直奔凤姐车,下马扶车回道:"这里有下处,奶奶请歇歇更衣。"凤姐命请邢王二夫人示下,那二人回说:"太太们说不歇了,叫奶奶自便。"凤姐便命歇歇再走。小厮带着轿马岔出人群,往北而来。宝玉在车内急命请秦相公。那时秦钟正骑着马随他父亲的轿,忽见宝玉的小厮跑来请他去打尖,秦钟远看这宝玉所骑的马,搭着鞍笼,随着凤姐的车往北而去,便知宝玉同凤姐一车,自己也带马赶上来,同入一庄门内。

那庄农人家,无多房舍,妇女无处回避;那些村姑庄妇见了凤姐、宝玉、秦钟的人品衣服,几疑天人下降。凤姐进入茅屋,先命宝玉等出去玩玩。宝玉会意,因同秦钟带了小厮们各处游玩。凡庄家动用之物,俱不曾见过的,宝玉见了,都以为奇,不知何名何用。小厮中有知道的,一一告诉了名目并其用处。宝玉听了,因点头道:"怪道古人诗上说:'谁知盘中餐,粒粒皆辛苦。'正为此也。"一面说,一面又到一间房内,见炕上有个纺车,越发以为稀奇。小厮们又告以:"纺线织布之用。"宝玉便上炕摇转作耍,只见一个村妆丫头,约有十七八岁,走来说道:"别弄坏了!"众小厮忙喝住了,宝玉也住了手,说道:"我因不曾见过,所以试一试玩儿。"那丫头道:"你们不会,我转给你瞧。"秦钟暗拉宝玉道:"此卿大有意趣。"宝玉推他道:"再胡说,我就打了。"说着,只见那丫头纺起线来,果然好看。忽听那边老婆子叫道:"二丫头,快过来!"那丫头丢了纺车,一径去了。

宝玉怅然无趣。只见凤姐打发人来叫他两个进去。凤姐洗了手,换了衣服,问他换不换,宝玉道:"不换。"也就罢了。仆妇们端上茶食果品,又倒上香茶来,凤姐等吃过茶,待他们收拾完备,便起身上车。外面旺儿预备赏封,赏了那庄户人家,那庄妇人等来谢赏。宝玉留心看时,并不见纺线之女。走不多远,却见这二丫头怀里抱了个小孩子,想是他的兄弟,同着几个小女孩子说笑而来。宝玉情不自禁,然身在车上,只

阶级分化,阶级矛盾。

这也算接触体验一下生活。

居然能想到此,"下去"一下,终受教育。

秦钟更显流气。

劳动也有审美价值。

忘了死人,快成三S(观光、购

得以目相送。一时电卷风驰,回头已无踪迹了。

　　说笑间,忽已赶上大殡。早已前面法鼓金铙,幢幡宝盖,铁槛寺中僧众已列路旁。少时到了寺中,另演佛事,重设香坛,安灵于内殿偏室之中,宝珠安理寝室为伴。外面贾珍款待一应亲友,也有扰饭的,也有就告辞的,一一谢过乏,从公、侯、伯、子、男,一起一起的,散至未末方散尽了。里面的堂客皆是凤姐陪伴接待,先从诰命散起,也到晌午方散完了。只有几个近亲本族,等做过三日道场方去呢。那时邢王二夫人知凤姐必不能回家,便要进城。王夫人要带了宝玉同去,宝玉乍到郊外,那里肯回去?只要跟凤姐住着,王夫人只得交与凤姐而去。

　　原来这铁槛寺是宁荣二公当日修造的,现今还有香火地亩,以备京中老了人口,在此停灵。其中阴阳两宅俱是预备妥帖的,好为送灵人口寄居。不想如今后人繁盛,其中贫富不一,或情性参商:有那家业艰难安分的,便住在这里了;有那有钱有势尚排场的,只说这里不方便,一定另外或村庄,或尼庵,寻个下处,为事毕宴退之所。即今秦氏之丧,族中诸人,皆权在铁槛寺下榻。独凤姐嫌不方便,因遣人来和馒头庵的姑子净虚说了,腾出两间房来做下处。原来这馒头庵就是水月寺,因他庙里做的馒头好,就起了这个浑号,离铁槛寺不远。

　　当下和尚工课已完,奠过晚茶,贾珍便命贾蓉请凤姐歇息。凤姐见还有几个妯娌陪着女亲,自己便辞了众人,带了宝玉秦钟往水月庵来。原来秦业年迈多病,不能在此,只命秦钟等待安灵罢,那秦钟只跟着凤姐宝玉。一时到了水月庵,净虚带领智善智能两个徒弟出来迎接,

物、性)旅游了。

庵、寺也是权贵官宦所经营管理的,于是也跟着腐烂堕落。

"馒头"云云,无隐含坟墓之意乎?

这也有几分怪处。秦氏之丧,娘家无人,弟弟秦钟了无悲痛,却居然有这样动天惊地的

大家见过。凤姐等至净室更衣净手毕,因见智能儿越发长高了,模样越发出息了,因说道:"你们师徒怎么这些日子也不往我们那里去?"净虚道:"可是这几日都没有工夫,因胡老爷府里产了公子,太太送了十两银子来这里,叫请几位师父念三日'血盆经',忙的没个空儿,就没有来请奶奶的安。"

  不言老尼陪着凤姐,且说秦钟宝玉二人正在殿上玩耍,因见智能过来,宝玉笑道:"能儿来了。"秦钟说:"理那东西作什么?"宝玉笑道:"你别弄鬼!那一日在老太太房里,一个人没有,你搂着他作什么?这会子还哄我。"秦钟笑道:"这可是没有的话。"宝玉道:"有没有也不管你,你只叫住他倒碗茶来我吃,就丢开手。"秦钟笑道:"这又奇了!你叫他倒去,还怕他不倒?何必要我说呢。"宝玉道:"我叫他倒的是无情意的,不及你叫他倒的是有情意的。"秦钟只得说道:"能儿倒碗茶来。"那能儿自幼在荣府走动,无人不识,常和宝玉秦钟玩笑,如今长大了,渐知风月,便看上了秦钟人物风流,那秦钟也爱他妍媚,二人虽未上手,却已情投意合了。智能走去倒了茶来。秦钟笑说:"给我。"宝玉又叫:"给我!"智能儿抿嘴笑道:"一碗茶也争,难道我手上有蜜!"宝玉先抢得了,喝着,方要问话,只见智善来叫智能去摆果碟子,一时来请他两个去吃果茶。他两个那里吃这些东西?略坐一坐仍出来玩耍。

  凤姐也略坐片时,便回至净室歇息,老尼相送。此时众婆娘媳妇见无事,都陆续散了,自去歇息,跟前不过几个心腹小婢,老尼便趁机说道:"我有一事,要到府里求太太,先请奶奶一个

丧事举行。内里究竟有什么文章呢?

神佛也要侍候官宦。

邪恶中略有天真。

庵寺变成附庸,宗教变成服务,尼姑也变成玩物了。
为我佛一叹。

说得甜。

示下。"凤姐问:"何事?"老尼道:"阿弥陀佛!只因当日我先在长安县善才庵内出家的时节,那时有个施主姓张,是大财主。他有个女儿小名金哥,那年都往我庙里来进香,不想遇见了长安府太爷的小舅子李衙内。那李衙内一心看上,要娶金哥,打发人来求亲,不想金哥已受了原任长安守备的公子的聘定。张家若退亲,又怕守备不依,因此说已有了人家。谁知李公子执意要娶他女儿,张家正无计策,两处为难。不料守备家一知此信,也不问青红皂白,便来作践辱骂,说:'一个女儿许几家人家?'偏不许退定礼,就打官司告状起来。那家急了,只得着人上京来寻门路,赌气偏要退定礼。我想如今长安节度云老爷,与府上相契,可以求太太与老爷说声,发一封书,求云老爷和那守备说一声,不怕他不依。若是肯行,张家连倾家孝顺也都情愿。"

> 红尘扰扰,尽是些鸡鸣狗盗,不三不四之事!

凤姐听了笑道:"这事倒不大,只是太太再不管这样的事。"老尼道:"太太不管,奶奶可以主张了。"凤姐笑道:"我也不等银子使,也不做这样的事。"净虚听了,打去妄想,半晌叹道:"虽如此说,只是张家已知我来求府里。如今不管这事,张家不知道没工夫管这事,不希罕他的谢礼,倒像府里连这点子手段也没有的一般。"

> 老尼居然管这样的事,又这样会说话会办事,对这一路人不可不防。
> 中国的宗教神职人员早就世俗化了,故中国不需要文艺复兴。

凤姐听了这话,便发了兴头,说道:"你是素日知道我的,从来不信什么阴司地狱报应的,凭是什么事,我说要行就行。你叫他拿三千两银子来,我就替他出这口气。"老尼听说,喜之不胜,忙说:"有,有!这个不难。"凤姐又道:"我比不得他们扯蓬拉牵的图银子。这三千两银子,不过是给打发去说的小厮们作盘缠,使他赚几

> 激到穴位上了。
> 凤姐正在兴头上,正在盛极之时。
> 强悍而至于狠毒,没有任何约束了。
> 凤姐显得幼稚了,轻易入了老尼的圈套。叫做"为逞能而逞能"了。

个辛苦钱,我一个钱也不要。便是三万两我此刻还拿的出来。"老尼忙答应道:"既如此,奶奶明日就开恩也罢了。"凤姐道:"你瞧瞧我忙的,那一处少了我?我既应了你,自然快快的了结。"老尼道:"这点子事,在别人跟前,就忙的不知怎么样;若是奶奶跟前,再添上些,也不够奶奶一发挥的。只是俗语说的:'能者多劳。'太太见奶奶大小事都妥帖,越发都推给奶奶了,奶奶也要保重贵体才是。"一路奉承的话,凤姐越发受用,也不顾劳乏,更攀谈起来。

> 不全是吹,是真的。权威本身变成了目的,是权威的异化。

> "那一处少了我"的自我感觉,既是真实的,也是危险的。

> 不论多么精明的人,也吃不住几句奉承话,真了不得呀!

谁想秦钟趁黑晚无人,来寻智能,刚至后面房中,只见智能独在那里洗茶碗。秦钟便搂着亲嘴,智能急的跺脚说:"做什么!"就要叫唤。秦钟道:"好人,我已急死了!你今儿再不依我,我就死在这里。"智能道:"你想怎么样?除非等我出这牢坑,离了这些人,才好呢。"秦钟道:"这也容易,只是远水救不得近火。"说着一口吹了灯,满屋漆黑,将智能抱到炕上,就云雨起来。那智能百般的挣挫不起,又不好叫的,少不得依了。正在得趣,只见一人进来,将他二人按住,也不出声,他二人唬得魂飞魄丧。倒是那人"嗤"的一声笑了,方知是宝玉。秦钟连忙起来抱怨道:"这算什么?"宝玉道:"你倒不依?咱们就叫喊起来。"羞的智能趁暗中跑了。宝玉拉着秦钟出来道:"你可还和我强?"秦钟笑道:"好人,你只别嚷的众人知道,你要怎样我都依你。"宝玉笑道:"这会子也不用说,等一会睡下再细细的算帐。"一时宽衣安歇的时节,凤姐在里间,宝玉秦钟在外间,满地下皆是家下婆子打铺坐更。凤姐因怕"通灵玉"失落,便等宝玉睡下,令人拿来塞在自己枕边。宝玉不知与秦钟算何帐

> 在俗、恶、赖方面,宝玉与秦钟、薛蟠并无二致;在真情与文质彬彬方面,则宝玉的善、雅、诚是独特的。

> 这些地方反映了宝玉的灵肉二元论。宝玉在"肉"上,也是很不干净很不严肃的。

> 露骨至此。宝玉可恶,不能一味美化。

在表现悲痛、庄严、排场、礼仪一丝不苟的丧事下面,玩尼姑,癖断袖,包揽词讼,仗势欺人。封建特权阶层的内幕委实怵目惊心。贾宝玉也是生活在这个圈子这个氛围里的,至少在这一两回中,实看不出他与别的公子哥儿有什么不同。

"弄权"云云,带有"为艺术而艺术"的性质,带有异化色彩,带有非功利性性质。并无功利目的,却要伸手干涉他人的事,更加令人毛骨悚然。

目,未见真切,此系疑案,不敢创纂。一宿无语。

　　至次日一早,便有贾母王夫人打发了人来看宝玉,又命多穿两件衣服,无事宁可回去。宝玉那里肯回去?又有秦钟恋着智能,调唆宝玉求凤姐再住一天。凤姐想了一想:丧仪大事虽妥,还有些小事未安排,可以借此再住一日,岂不又在贾珍跟前送了满情,二则又可以完了净虚的那件事,三则顺了宝玉的心。因有此三益,便向宝玉道:"我的事都完了。你要在这里逛,少不得越发辛苦了,明儿是一定要走的了。"宝玉听说,千"姐姐"万"姐姐"的央求:"只住一日,明儿必回去的。"于是又住了一夜。

> 整天关在府第里,确实痛苦。宝玉一出来,便觉有了兴味。

> 越依仗家、离不开家,越想离家,不必宝玉,人人都是如此的。

　　凤姐便命悄悄将昨日老尼之事说与来旺儿,旺儿心中俱已明白,急忙进城,找着主文的相公,假托贾琏所嘱,修书一封,连夜往长安县来。不过百里之遥,两日工夫,俱已妥协。那节度使名唤云光,久悬贾府之情,这些小事,岂有不允之理,给了回书,旺儿回来,不在话下。

> 这原来叫"妥协"。

　　且说凤姐等又过了一日,次日方别了老尼,着他三日后往府里去讨信。那秦钟与智能,百般不忍分离,背地里多少幽期密约,俱不用细述,只得含恨而别。凤姐又到铁槛寺中照望一番。宝珠执意不肯回家,贾珍只得派妇女相伴。且听下回分解。

> 宝珠没有别的选择。

　　哀哉可卿,你的丧事中掺和着黑暗与罪孽。贾府不灭,世无天理。

第 十 六 回

贾元春才选凤藻宫　秦鲸卿夭逝黄泉路

且说秦钟宝玉二人跟着凤姐自铁槛寺照应一番,坐车进城,到家见过贾母王夫人等,回到自己房中,一夜无话。至次日,宝玉见收拾了外书房,约定了与秦钟读夜书。偏生那秦钟秉赋最弱,因在郊外受了些风霜,又与智能儿偷期缱绻,未免失于调养,回来时便咳嗽伤风,懒怠进饮食,大有不胜之态,只在家中调养,不能上学,宝玉便扫了兴,然亦无法,只得候他病痊再议了。

> 乐极生悲。
> 古人戒淫的原因之一是,养生条件差,常有淫而伤身的经验。

那凤姐却已得了云光的回信,俱已妥协,老尼达知张家,果然那守备忍气吞声,受了前聘之物。谁知爱势贪财之父母,却养了一个知义多情的女儿,闻得退了前夫,另许李门,他便一条汗巾悄悄的寻了个自尽。那守备之子闻知金哥自缢,他也是个情种,遂投河而死。可怜张李二家没趣,真是"人财两空"。这里凤姐却安享了三千两,王夫人连一点消息也不知道。自此凤姐胆识愈壮,以后所作所为,诸如此类,不可胜数。

> 这种悲剧结局的设计只能说是为了从道义上谴责凤姐。弄权杀人不见血,能不慎之!

一日正是贾政的生辰,宁荣二处人丁都齐集庆贺,热闹非常,忽有门吏报道:"有六宫都太监夏老爷特来降旨。"唬的贾赦贾政一干人不知

> 不是生辰就是生病,要不就是死人。要不就是性混乱。生活内容极其空虚,只剩下人的生理内容了。
> 一级怕一级,谁都怕降旨。

何事，忙止了戏文，撤去酒席，摆香案，启中门跪接。早见都太监夏秉忠乘马而至，又有许多跟从的内监。那夏太监也不曾负诏捧敕，直至正厅下马，满面笑容，走至厅上，南面而立，口内说："奉特旨：立刻宣贾政入朝，在临敬殿陛见。"说毕，也不吃茶，便乘马去了。

贾政等也猜不出是何兆头，只得即忙更衣入朝。贾母等合家人心俱惶惶不定，不住的使人飞马来往报信。有两个时辰，忽见赖大等三四个管家喘吁吁跑进仪门报喜，又说"奉老爷命，速请老太太率领太太等进宫谢恩"等语。

> 惶惶不定。入朝意味着危险。

那时贾母心神不定，在大堂廊下伫候，邢王二夫人、尤氏、李纨、凤姐、迎春姊妹以及薛姨妈等，皆聚在一处打听信息。贾母又唤进赖大来细问端的，赖大禀道："小的们只在临庄门外伺候，里头的信息一概不知。后来夏太监出来道喜，说咱们家的大小姐晋封为凤藻宫尚书，加封贤德妃。后来老爷出来亦如此吩咐小的。如今老爷又往东宫去了，速请老太太们去谢恩。"贾母等听了方心安，一时皆喜见于面，于是都按品大妆起来。贾母率领邢王二夫人并尤氏，一共四乘大轿，鱼贯入朝。贾赦贾珍亦换了朝服，带领贾蔷贾蓉，奉侍贾母前往。

> 关上门封诰，威严认真得很，旁观冷眼，又过上许多年，简直像闹剧。
> 人总是要自己给自己找些事做，找些麻烦发愁，找些乐子开心的。否则，什么时候能"按品大妆"一番呢？不仅欲望生烦恼，空虚也生事。

于是宁荣两处上下内外人等，莫不欣喜，独有宝玉置若罔闻。你道什么缘故？原来近日水月庵的智能私逃入城来找秦钟，不意被秦业知觉，将智能逐去，将秦钟打了一顿，自己气的老病发了，三五日光景，呜呼哀哉了。秦钟本自怯弱，又带病未痊，受了笞杖，今见老父气死，此时悔痛无及，又添了许多病症。因此，宝玉心中怅怅不乐。虽有元春晋封之事，那解得他愁闷？

> 秦（邦）业并未病弱到卧床不起的地步，却不为女儿之死所动。

> 因此，又不仅因此。

贾母等如何谢恩,如何回家,亲友如何来庆贺,宁荣两府近日如何热闹,众人如何得意,独他一个皆视有如无,毫不介意。因此众人嘲他越发呆了。

> 视有如无,倒是境界。

且喜贾琏与黛玉回来,先遣人来报信,明日就可到家了,宝玉听了,方略有些喜意。细问原由,方知贾雨村亦进京引见,皆由王子腾累上荐本,此来候补京缺,与贾琏是同宗弟兄,又与黛玉有师徒之谊,故同路作伴而来。林如海已葬入祖茔了,诸事停妥。贾琏此番进京,若按站而走,本该出月到家,因闻元春喜信,遂昼夜兼程而进,一路俱各平安。宝玉只问了黛玉"平安"二字,余者也就不在意了。

好容易盼到明日午错,果报:"琏二爷和林姑娘进府了。"见面时彼此悲喜交集,未免大哭一场,又致慰庆之词。宝玉心中忖度黛玉,越发出落的超逸了。黛玉又带了许多书籍来,忙着打扫卧室,安排器具,又将些纸笔等物分送与宝钗、迎春、宝玉等。宝玉又将北静王所赠鹡鸰香串珍重取出来,转送黛玉。黛玉说:"什么臭男人拿过的,我不要这东西!"遂掷而不取。宝玉只得收回,暂且无话。

> 这些书也是黛玉悲剧性格的一个来源,一个组成部分。

> 宝玉对北静王的权势与恩宠其实洋洋得意,远不如黛玉清高。

且说贾琏自回家见过众人,回至房中,正值凤姐事繁,无片刻闲空,见贾琏远路归来,少不得拨冗接待。房内无外人,便笑道:"国舅老爷大喜!国舅老爷一路的风尘辛苦!小的听见昨日的头起报马来报说,今日大驾归府,略预备了一杯水酒掸尘,不知可赐光谬领否?"贾琏笑道:"岂敢,岂敢!多承,多承。"一面平儿与众丫鬟参见毕,献茶。

贾琏遂问别后家中诸事,又谢凤姐的操持

这实在是道德的尴尬。

道德上讲夫为妻纲,讲孝悌忠信,讲举案齐眉,但又不尊重夫与妻的个人的应有的尊严与独立性。结果,背地里尔虞我诈,鬼鬼祟祟。我们常常嘲笑外国的一对情人或夫妻吃完饭各付各的账,我们可以认为或假设那确是值得嘲笑的。但贾琏、熙凤这样呢,难道不是更野蛮、更丑恶么?未必能断定作者写这些时怀着一种暴露的愤懑;他只是说出实情罢了。

辛苦。凤姐道:"我那里管得这些事来!见识又浅,口角又笨,心肠又直率,'人家给个棒槌,我就认作针'。脸又软,搁不住人家给两句好话,心里就慈悲了。况且又没经过大事,胆子又小,太太略有些不自在,就连觉也睡不着了。我苦辞过几回,太太又不许,倒说我图受用,不肯学习。殊不知我是捏着一把汗呢。一句也不敢多说,一步也不敢妄行。你是知道的,咱们家所有的这些管家奶奶,那一个是好缠的?错一点儿他们就笑话打趣,偏一点儿他们就'指桑说槐'的抱怨;'坐山看虎斗''借刀杀人''引风吹火''站干岸儿''推倒油瓶不扶',都是全挂子的武艺。况且我年纪轻,不压人,怨不得不放我在眼里。更可笑那府里蓉儿媳妇死了,珍大哥再三在太太跟前跪着讨情,只要请我帮他几日;我是再四推辞,太太做情允了,只得从命,依旧被我闹了个马仰人翻,更不成个体统,至今珍大哥还抱怨后悔呢。你明儿见了他,好歹描补描补,就说我年纪小,原没见过世面,谁叫大爷错委了他。"

说着,只听外间有人说话,凤姐便问:"是谁?"平儿进来回道:"姨太太打发了香菱妹子来问我一句话,我已经说了,打发他回去了。"贾琏笑道:"正是呢,我方才见姨妈去,和一个年轻的小媳妇子撞了个对面,生得好齐整模样。我疑惑咱家并无此人,说话时问姨妈,方知道是上京

这种"谦虚"透着得意。所有的话按相反的意思解读,就行了。

但这些话并非全是虚伪。各有各的难处,弄权者也有弄权者的窝心处。

底下的话倒也是实情。

"都是全挂子的武艺",形容得真好!这些武艺可不是拜师学来的,而是被生活实践所培育的。洞悉这些"武艺",凤姐的武艺岂不更加超群?

买来的小丫头,名叫什么'香菱'的,竟与薛大傻子作了房里的人,开了脸,越发出挑的标致了。那薛大傻子真玷辱了他。"凤姐道:"哎!往苏杭走了一趟回来,也该见些世面了,还是这样眼馋肚饱。你要爱他,不值什么,我拿平儿去换了他来如何?那薛老大也是'吃着碗里瞧着锅里'的,这一年来的光景,他为香菱儿不能到手,和姨妈打了多少饥荒。那姨妈看着香菱模样儿好还是小事,其为人行事,更又比别的女孩子不同,温柔安静,差不多的主子姑娘还跟不上他,故此摆酒请客的费事,明堂正道与他做了妾。过了没半月,也看的没事人一大堆了。我倒心里可惜他。"一语未了,二门上小厮传报:"老爷在大书房等二爷呢。"贾琏听了,忙忙整衣出去。

这里凤姐乃问平儿:"方才姨妈有什么事,巴巴儿的打发香菱来?"平儿道:"那里来的香菱,是我借他暂撒个谎儿。奶奶你说,旺儿嫂子越发连个成算也没了。"说着,又走至凤姐身边,悄悄说道:"奶奶的那利银迟不送来,早不送来,这会子二爷在家,他偏送这个来了。幸亏我在堂屋里碰见,不然他走了来回奶奶,二爷少不得要知道,我们二爷那脾气,油锅里的还要捞出来花呢,知道奶奶有了体己,他还不大着胆子花么?所以我赶着接过来,教我说了他两句,谁知奶奶偏听见了。我故此当着二爷面前只说香菱儿来了。"凤姐听了笑道:"我说呢,姨妈知道你二爷来了,忽剌巴的反打发个房里人来了,原来你这蹄子闹鬼!"

说着贾琏已进来了,凤姐命摆上酒馔来,夫妻对坐。凤姐虽善饮,却不敢任兴,只陪侍着。见贾琏的乳母赵嬷嬷走来。贾琏凤姐忙让吃

倒也是见微知著。

一句话显出了平儿的卑贱。

一派丑态。

平儿真好帮手也。

撒谎已经日常化、普泛化、生活化了。

酒,令其上炕去。赵嬷嬷执意不肯。平儿等早于炕沿设下一几,又有小脚踏,赵嬷嬷在脚踏上坐了,贾琏向桌上拣两盘肴馔与他,放在几上自吃。凤姐又道:"妈妈很嚼不动那个,没的倒硌了他的牙。"因问平儿道:"早起我说那一碗火腿炖肘子很烂,正好给妈妈吃,你怎么不拿了去赶着叫他们热来?"又道:"妈妈,你尝一尝你儿子带来的惠泉酒。"赵嬷嬷道:"我喝呢,奶奶也喝一钟。怕什么?只不要过多了就是了。我这会子跑了来,倒也不为酒饭,倒有一件正经事,奶奶好歹记在心里,疼顾我些罢!我们这爷,只是嘴里说的好,到了跟前就忘了我们。幸亏我从小儿奶了你这么大。我也老了,有的是那两个儿子,你就另眼照看他们些,别人也不敢呲牙儿的。我还再三的求了你几遍,你答应的倒好,如今还是燥屎。这如今又从天上跑出这样一件大喜事来,那里用不着人?所以倒是来和奶奶说是正经。靠着我们爷,只怕我还饿死了呢。"凤姐笑道:"妈妈,你的两个奶哥哥都交给我。你从小儿奶的儿子还有什么不知他那脾气的?拿着皮肉倒往那不相干的外人身上贴。可见现放着奶哥哥那一个不比人强?你疼顾照看他们,谁敢说个'不'字儿?没的白便宜了外人。我这话也说错了,我们看着是'外人',你却看着是'内人'一样呢。"说着,满屋里人都笑了。赵嬷嬷也笑个不住,又念佛道:"可是屋子里跑出青天来了。要说'内人''外人'这些混账缘故,我们爷是没有;不过是脸软心慈,搁不住人求两句罢了。"凤姐笑道:"可不是呢,有'内人'的他才慈软呢,他在咱们娘儿们跟前才是刚硬呢!"赵嬷嬷道:"奶奶说的太尽情了,我也乐了,再吃一

> 又是座次学。

> 熙凤显得何等贤良善意,克己复礼!

> 越是地位低的人,越能说出鲜活的口语,越少陈词滥调。

> "都交给我"四字,露出权威与自信来了。

> 有打有拉有嘲有笑,这样的凤姐作为妻子,也还是有趣味的。

> 凤姐拉赵嬷嬷,毕竟是阳谋。

杯好酒。从此我们奶奶做了主,我就没的愁了。"

贾琏此时没好意思,只是讪笑道:"你们别胡说了,快盛饭来吃,还要往珍大爷那边去商议事呢。"凤姐道:"可是,别误了正事。刚才老爷叫你说什么?"贾琏道:"就为省亲的事。"凤姐忙问道:"省亲的事竟准了?"贾琏笑道:"虽不十分准,也有八九分了。"凤姐笑道:"可见当今的隆恩呢!历来听书看戏,古时从来未有的。"赵嬷嬷又接口道:"可是呢,我也老糊涂了。我听见上上下下吵嚷了这些日子,什么省亲不省亲,我也不理论他去;如今又说省亲,到底是怎么个缘故?"贾琏道:"如今当今体贴万人之心,世上至大莫如'孝'字,想来父母儿女之性,皆是一理,不在贵贱上分的。当今自为日夜侍奉太上皇、皇太后,尚不能略尽孝意,因见宫里嫔妃才人等皆是入宫多年,抛离父母,岂有不思想之理?且父母在家,思想女儿,不能一见,倘因此成疾,亦大伤天和之事,故启奏上皇、太后,每月逢二六日期,准其椒房眷属入宫请候省视。于是太上皇、皇太后大喜,深赞当今至孝纯仁,体天格物。因此二位老圣人又下旨谕说:椒房眷属入宫,未免有关国体仪制,母女尚未能惬怀。竟大开方便之恩,特降谕诸椒房贵戚,除二六日入宫之恩外,凡有重宇别院之家,可以驻跸关防者,不妨启请内廷銮舆入其私第,庶可尽骨肉私情,共享天伦之乐事。此旨下了,谁不踊跃感戴?现今周贵妃的父亲已在家里动了工,修盖省亲的别院呢。又有吴贵妃的父亲吴天祐家,也往城外踏看地方去了。这岂非有八九分了?"

赵嬷嬷道:"阿弥陀佛!原来如此。这样说

> 伟大的天恩,伟大的人伦道德,平凡的人物。

> 贾琏突然转入了官话系统。

> 下面折腾,易成动乱;上面乱动,劳民伤财,终成败局。

谚云,好汉不提当年勇。盖他老人家当今更勇也。

反过来说,提当年勇者,已经无多少余勇可贾,也算不得好汉了。一个大富之家,垂涎三尺地怀念祖上的富贵,不更透出一番没落的凄凉么?

这种回味,有不祥的意味。

> 起,咱们家也要预备接大小姐了?"贾琏道:"这何用说?不然这会子忙的是什么?"凤姐笑道:"果然如此,我可也见个大世面了。可恨我小几岁年纪,若早生二三十年,如今这些老人家也不薄我没见世面了。说起当年太祖皇帝仿舜巡的故事,比一部书还热闹,我偏没造化赶上。"赵嬷嬷道:"嗳哟!那可是千载希逢的!那时候我才记事儿,咱们贾府正在姑苏扬州一带监造海船,修理海塘,只预备接驾一次,把银子花的像淌海水似的!说起来……"凤姐忙接道:"我们王府里也预备过一次。那时我爷爷专管各国进贡朝贺的事,凡有外国人来,都是我们家养活。粤、闽、滇、浙所有的洋船货物都是我们家的。"
>
> ［所以终于破败穷困下去了。］
>
> 赵嬷嬷道:"那是谁不知道的?如今还有个口号儿呢,说:'东海少了白玉床,龙王来请江南王。'这说的就是奶奶府上了。如今还有现在江南的甄家,嗳哟哟!好势派!独他家接驾四次,若不是我们亲眼看见,告诉谁也不信的。别讲银子成了土泥,凭是世上有的,没有不是堆山积海的。'罪过可惜'四个字竟顾不得了。"凤姐道:"我常听见我们太爷说,也是这样的。岂有不信的?只纳罕他家怎么就这样富贵呢?"赵嬷嬷道:"告诉奶奶一句话,也不过拿着皇帝家的银子往皇帝身上使罢了!谁家有那些钱买这个虚热闹去?"
>
> ［种种关于几大家族的来历、富贵、气派、场面的不无夸张的说法,一方面表现了封建朝廷与皇亲国戚们搜刮民脂民膏,挥霍浪费的惊心动魄的事实,另一方面与此后的交租庄头的诉苦,贾府的入不敷出直至最后的败落成为对比。］
>
> 正说着,王夫人又打发人来瞧凤姐吃完了饭不曾。凤姐便知有事等他,忙忙的吃了饭,漱

口要走,又有二门上小厮们回:"东府里蓉蔷二位哥儿来了。"贾琏才漱了口,平儿捧着盆盥手,见他二人来了,便问:"说什么话?"凤姐因亦止步,只听贾蓉先回说:"我父亲打发我来回叔叔:老爷们已经议定了,从东边一带,接着东府里花园起,至西北,丈量了,一共三里半大,可以盖造省亲别院了。已经传人画图样去,明日就得。叔叔才回家,未免劳乏,不用过我们那边去,有话明日一早再请过去面议。"贾琏笑说:"多谢大爷费心,体谅我,就从命不过去了。正经是这个主意,才省事,盖造也容易;若采置别的地方去,那更费事,且倒不成体统。你回去说,这样很好,若老爷们再要改时,全仗大爷谏阻,万不可另寻地方。明日一早,我给大爷请安去,再议细话。"贾蓉忙应几个"是"。

　　贾蔷又近前回说:"下姑苏请聘教习,采买女孩子,置办乐器行头等事,大爷派了侄儿,带领着来管家两个儿子,还有单聘仁、卜固修两个清客相公,一同前往,所以命我来见叔叔。"贾琏听了,将贾蔷打量了打量,笑道:"你能够在行么?这个事虽不甚大,里头却有藏掖的。"贾蔷笑道:"只好学着办罢了。"

　　贾蓉在身傍灯影下悄拉凤姐的衣襟,凤姐会意,因笑道:"你也太操心了,难道大爷比咱们还不会用人?偏你又怕他不在行了。谁都是在行的?孩子们已长的这么大了,'没吃过猪肉,也看见过猪跑'。大爷派他去,原不过是个坐纛旗儿,难道认真的叫他去讲价钱会经纪呢!依我说,很好。"贾琏道:"自然是这样。并不是我要驳回,少不得替他筹算筹算。"因问:"这一项银子动那一处的?"贾蔷道:"刚才也议到这里。

迎接一个大活动、大场面,先要上项目,上基建。

与贾蓉这种下流胚子勾搭,也算"用人不当"。

171

贾琏贾珍在管理上也还有相当的作用。特别是涉及府外包括朝廷旨意的事,凤姐不知其详,而那二位已经做了部署。凤姐毕竟是"女流",管的是内政。

这样,为凤姐考虑,应注意与贾琏的结盟。可惜凤姐过于自信,加上夫妻的其他矛盾掺和进来,此后凤姐与贾琏实处于对立地位。这是凤姐败亡的一个原因。

赖爷爷说,竟不用从京里带银子去,江南甄家还收着我们五万银子。明儿写一封书信会票我们带去,先支三万两,剩二万存着,等置办彩灯花烛并各色帘帏帐幔的使用。"贾琏点头道:"这个主意好。"凤姐忙向贾蔷道:"既这样,我有两个在行妥当人,你就带他们去办,这个便宜了你呢。"贾蔷忙陪笑道:"正要和婶娘讨两个人呢,这可巧了。"因问名字。凤姐便问赵嬷嬷。彼时赵嬷嬷已听话听呆了,平儿忙笑推他,才醒悟过来,忙说:"一个叫赵天梁,一个叫赵天栋。"凤姐道:"可别忘了,我干我的去了。"说着便出去了。贾蓉忙跟出来,悄悄的向凤姐道:"婶娘要什么东西,吩咐了开个账儿给我兄弟带去,按账置办了来。"凤姐笑道:"别放你娘的屁!我的东西还没处撂呢,希罕你们鬼鬼祟祟的。"说着,一径去了。

> 各种横向联系。

> 见缝插针,倚马可待。贾蔷答得多乖,多招人疼,即使明知这样的人多是坏种。

> 贱得可喜。
> 骂得亲热。
> 有点打是疼骂是爱的辩证法。
> 人人玩花活闹鬼祟。

这里贾蔷也是问贾琏:"要什么东西?顺便织来孝敬。"贾琏笑道:"你别兴头。才学着办事,到先学会了这把戏。短了什么,少不得写信来告诉你,且不要论到这里。"说毕,打发他二人去了。接着回事的人不止三四起,贾琏乏了,便传与二门上,一应不许传报,俱待明日料理。凤姐至三更时分方下来安歇。一宿无话。

> 中国的腐败史,是一个好题目。

> 一宿无话,有时大体上与现代电影手法相当,床上镜头进入一定情况后,暗转了。

次早贾琏起来,见过贾赦贾政,便往宁国府中来,合同老管事人等,并几位世交门下清客相公,审察两府地方,缮画省亲殿宇,一面参度办理人丁。自此后,各行匠役齐全,金银铜锡以及

> 边干边烂,边烂边干。

土木砖瓦之物,搬运移送不歇。先令匠役拆宁府会芳园墙垣楼阁,直接入荣府东大院中。荣府东边所有下人一带群房已尽拆去。当日宁荣二宅,虽有一条小巷界断不通,然这小巷亦系私地,并非官道,故可以联络。会芳园本是从北墙角下引来一股活水,今亦无烦再引。其山树木石虽不敷用,贾赦住的乃是荣府旧园,其中竹树山石以及亭榭栏杆等物,皆可挪就前来。如此两处又甚近,凑来一处,省许多财力,纵有不敷,所添有限。全亏一个胡老名公,号山子野,一一筹画起造。

> 写基建,园林建设。

贾政不惯于俗务,只凭贾赦、贾珍、贾琏、赖大、来升、林之孝、吴新登、詹光、程日兴等几人安插摆布。堆山凿池,起楼竖阁,种竹栽花,一应点景,又有山子野制度,下朝闲暇,不过各处看望看望,最要紧处和贾赦等商议商议便罢了。贾赦只在家高卧,有芥豆之事,贾珍等或自去回明,或写略节,或有话说,便传呼贾琏赖大等来领命。贾蓉单管打造金银器皿。贾蔷已起身往姑苏去了。贾珍赖大等又点人丁,开册籍,监工等事。一笔不能写到,不过是喧阗热闹而已。暂且无话。

> 贾政为什么不惯于俗务,如果是理政治、做学问、搞艺术、搞发明的人,舍弃俗务,可以理解。贾政不惯俗务又惯什么呢?实看不出哪怕他是道德家、国学家。是无能吗?是摆谱吗?是教条僵化,《四书》《五经》把他培养成了一个废人吗?

> 内行看门道,外行看热闹。

且说宝玉近因家中有这等大事,贾政不来问他的书,心中自是畅快;无奈秦钟之病,日重一日,也着实悬心,不能快乐。这日一早起来,才梳洗了,意欲回了贾母去望候秦钟,忽见茗烟在二门照壁前探头缩脑,宝玉忙出来问他:"做什么?"茗烟道:"秦相公不中用了!"宝玉听了,吓了一跳,忙问道:"我昨儿才瞧了他还明明白白,怎么就不中用了?"茗烟道:"我也不知道,刚

> 秦钟要死,生死亦大矣,茗烟为什么"探头缩脑"?堂堂秦可卿的弟弟要死了,何必做出鬼祟相?

才是他家的老头子特来告诉我的。"宝玉听了，忙转身回明贾母，贾母吩咐派妥当人跟去，"到那里尽一尽同窗之情就回来，不许多耽搁了。"

宝玉忙出来更衣。到外边，车犹未备，急的满厅乱转，一时催促的车到，忙上了车，李贵茗烟等跟随。来到秦家门首，悄无一人，遂蜂拥至内室，唬的秦钟的两个远房婶母并几个弟兄都藏之不迭。

> 满厅乱转云云，也带嘲讽意。

此时秦钟已发过两三次昏了，已易箦多时矣。宝玉一见，便不禁失声。李贵忙劝道："不可，不可，秦相公是弱症，未免炕上挺扛的骨头不受用，所以暂且挪下来松散些。哥儿如此，岂不反添了他的病？"宝玉听了，方忍住近前，见秦钟面如白蜡，合目呼吸，转展枕上。宝玉忙叫道："鲸哥！宝玉来了。"连叫了两三声，秦钟不睬。宝玉又叫道："宝玉来了。"

那秦钟早已魂魄离身，只剩得一口悠悠余气在胸，正见许多鬼判持牌提索来捉他。那秦钟魂魄那里肯就去？又记念着家中无人掌着家务，又记挂着智能尚无下落，因此百般求告鬼判。无奈这些鬼判都不肯徇私，反叱咤秦钟道："亏你还是读过书的人，岂不知俗语说的：'阎王叫你三更死，谁敢留人到五更。'我们阴间上下都是铁面无私的，不比阳间瞻情顾意，有许多关碍处。"

> 竟把人死往丑角戏上写，太不"以人为本"了。

正闹着，那秦钟魂魄忽听见"宝玉来了"四字，便忙又央求道："列位神差略慈悲，让我回去，和一个好朋友说一句话，就来了。"众鬼道："又是什么好朋友？"秦钟道："不瞒列位，就是荣国公孙子，小名宝玉的。"都判官听了，先就唬慌起来，忙喝骂鬼使道："我说你们放了他回去走

> 秦钟到底是何等人物？仪表很好，受到凤姐好评并使宝玉为之自惭。行事无起色，出身很一般。作者居然以打趣笔调调侃他的死亡，不怎么人道。贾家对其病、死亦不在意。莫非可卿已死，秦钟的"茶"也就凉了吗？

走罢,你们断不依我的话,如今等的请出个运旺时盛的人才罢。"众鬼见都判如此,也皆忙了手脚,一面又抱怨道:"你老人家先是那等'雷霆火炮',原来见不得'宝玉'二字。依我们愚见,他是阳,我们是阴,怕他亦无益于我们。"毕竟秦钟死活如何,且听下回分解。

以秦可卿之死为元春的"提升"铺垫,以秦钟之死为元春的"提升"陪衬,姐儿俩之死,夹一层馅是元春的"喜讯"。

秦钟死得极其随意,如同玩笑一般。

第 十 七 回

大观园试才题对额　荣国府归省庆元宵

话说秦钟既死，宝玉痛哭不止，李贵等好容易劝解半日方住，归时还带余哀。贾母帮了几十两银子，外又另备奠仪，宝玉去吊丧。七日后便送殡掩埋了，别无记述。只有宝玉日日感悼，思念不已，然亦无可如何了。又不知过了几时才罢。

这日贾珍等来回贾政："园内工程俱已告竣，大老爷已瞧过了，只等老爷瞧了，或有不妥之处，再行改造，好题匾额对联的。"贾政听了，沉思一会，说道："这匾对倒是一件难事。论礼该请贵妃赐题才是，然贵妃若不亲观其景，亦难悬拟；若直待贵妃游幸时再请题，若大景致，若干亭榭，无字标题，任是花柳山水，也断不能生色。"

众清客在旁笑答道："老世翁所见极是。如今我们有个主意：各处匾对断不可少，亦断不可定。如今且按其景致，或两字、三字、四字，虚合其意拟了来，暂且做出灯匾联悬了，待贵妃游幸时，再请定名，岂不两全？"贾政听了道："所见不差。我们今日且看看去，只管题了，若妥使用；若不妥，将雨村请来，令他再拟。"众人笑道："老爷今日一拟定佳，何必又待雨村。"贾政笑道：

"红"中，死个人不比死个苍蝇希罕。人命太廉价了。

姐姐死得惊天动地。弟弟死得轻于鸿毛。

"这日"何日，起码又过了一年左右吧？

匾对是起点睛作用的。

一切准备齐，不定，等老板拍板，确是至今有效的工作方法。

"你们不知,我自幼于花鸟山水题咏上就平平;如今上了年纪,且案牍劳烦,于这怡情悦性的文章上更生疏了。纵拟出来,不免迂腐古板,反使花柳园亭因而减色,转没意思。"众清客道:"这也无妨。我们大家看了公拟,各举所长,优则存之,劣则删之,未为不可。"贾政道:"此论极是。且喜今日天气和暖,大家去逛逛。"说着,起身引众人前往。贾珍先去园中知会众人。

> 老爷不善怡情悦性,只知杀情砍性。倒也有自知之明。
> 设想老爷如果是个文学爱好者,必通情达理得多——当然也可能会有另一方面的短处,如感情用事、神经兮兮之类。

可巧近日宝玉因思念秦钟,忧伤不已,贾母常命人带他到新园中来戏耍。此时亦才进去,忽见贾珍来了,向他笑道:"你还不快出去,一会儿老爷来了。"宝玉听了,带着奶娘小厮们,一溜烟就出园来。方转过弯,顶头看见贾政引着众人来了,躲之不及,只得一旁站了。贾政近因闻得塾师称赞他专能对对,虽不喜读书,偏有些歪才,所以此时便命他跟入园中,意欲试他一试。宝玉未知何意,只得随往。

> 只说忧伤不已,无具体描写,使人怀疑宝玉对秦钟是否真的情深。

> 有歪才,就另有正才了,歪正之分,有趣。

刚至园门,只见贾珍带领许多执事旁边侍立。贾政道:"你且把园门闭了,我们先瞧外面,再进去。"贾珍命人将门关上,贾政先秉正看门,只见正门五间,上面筒瓦泥鳅脊;那门栏窗槅,俱是细雕时新花样,并无朱粉涂饰;一色水磨群墙,下面白石台阶,凿成西番花样。左右一望,皆雪白粉墙,下面虎皮石,随意乱砌,自成纹理,不落富丽俗套,自是喜欢。遂命开门,只见一带翠嶂挡在面前。众清客都道:"好山,好山!"贾政道:"非此一山,一进来园中所有之景悉入目中,则有何趣?"众人都道:"极是。非胸中大有丘壑,焉能想到这里。"

> 写园林,写匾对,写贾政及宝玉,有机结合,亦景亦人。

> 通过贾政眼睛大写园林,也是陌生化。

说毕,往前一望,见白石崚嶒,或如鬼怪,或似猛兽,纵横拱立;上面苔藓斑驳,或藤萝掩映,

177

其中微露羊肠小径。贾政道:"我们就从此小径游去,回来由那一边出去,方可遍览。"说毕,命贾珍前导,自己扶了宝玉,逶迤走进山口。抬头忽见山上有镜面白石一块,正是迎面留题处。贾政回头笑道:"诸公请看,此处题以何名方妙?"众人听说,也有说该题"叠翠"二字的,也有说该题"锦嶂"的,又有说"赛香炉"的,又有说"小终南"的,种种名色,不止十几个。原来众客心中,早知贾政要试宝玉的才,故此只将些俗套来敷衍。宝玉也知此意。

贾政听了,便回头命宝玉拟来。宝玉道:"尝听见古人云:'编新不如述旧,刻古终胜雕今。'况此处并非主山正景,原无可题之处,不过是探景一进步耳。莫如直书古人'曲径通幽'这旧句在上,倒也大方。"众人听了,赞道:"是极,妙极!二世兄天分高,才情远,不似我们读腐了书的。"贾政笑道:"不当过奖他。他年小的人,不过以一知充十用,取笑罢了。再俟选拟。"

说着,进入石洞来,只见佳木茏葱,奇花烂灼,一带清流,从花木深处泻于石隙之下。再进数步,渐向北边,平坦宽豁,两边飞楼插空,雕甍绣槛,皆隐于山坳树杪之间。俯而视之,但青溪泻玉,石磴穿云,白石为栏,环抱池沼,石桥三港,兽面衔吐。桥上有亭。贾政与诸人到亭内坐了,问:"诸公以何题此?"诸人都道:"当日欧阳公《醉翁亭记》有云:'有亭翼然',就名'翼然'罢。"贾政笑道:"'翼然'虽佳,但此亭压水而成,还须偏于水题为称。依我拙裁,欧阳公句:'泻于两峰之间',竟用他这一个'泻'字。"有一客道:"是极,是极。竟是'泻玉'二字妙。"贾政捋须寻思,因叫宝玉也拟一个来。宝玉回

	他怎么那么内行?说明已走过看过。
	当门客,容易吗?
	是宝玉炫才,也是"红"的作者炫才,又不时以贾政口吻敲打敲打,才就更高了。
	好景(不长在)。

道:"老爷方才所说已是。但如今追究了去,似乎当日欧阳公题酿泉用一'泻'字则妥,今日此泉也用'泻'字,似乎不妥。况此处既为省亲别墅,亦当依应制之体,用此等字,亦似粗陋不雅。求再拟蕴藉含蓄者。"贾政笑道:"诸公听此论何如?方才众人编新,你说'不如述古';如今我们述古,你又说'粗陋不妥'。你且说你的。"宝玉道:"用'泻玉'二字,则不若'沁芳'二字,岂不新雅?"贾政拈须点头不语。众人都忙迎合,称赞宝玉才情不凡。贾政道:"匾上二字容易。再作一副七言对来。"宝玉四顾一望,机上心来,乃念道:

　　　绕堤柳借三篙翠,隔岸花分一脉香。

贾政听了,点头微笑。众人又称赞个不已。于是出亭过池,一山一石,一花一木,莫不着意观览。忽抬头见前面一带粉垣,数楹修舍,有千百竿翠竹遮映。众人都道:"好个所在!"于是大家进入,只见进门便是曲折游廊,阶下石子漫成甬路;上面小小三间房舍,两明一暗,里面都是合着地步打的床几椅案。从里间房里,又有一小门,出去却是后园,有大株梨花并芭蕉,又有两间小小退步。后院墙下忽开一隙,得泉一派,开沟仅尺许,灌入墙内,绕阶缘屋至前院,盘旋竹下而出。贾政笑道:"这一处倒还好;若能月夜坐此窗下读书,也不枉虚生一世。"说着,便看宝玉,唬的宝玉忙垂了头,众人忙用闲话解说。又二客说:"此处的匾该题四个字。"贾政笑问:"那四个字?"一个道是:"淇水遗风。"贾政道:"俗。"又一个道是:"睢园遗迹。"贾政道:"也俗。"贾珍在旁说道:"还是宝兄弟拟一个来。"贾政道:"他未曾做,先要议论人家的好歹,可见就

咬文嚼字,书生一乐也。

宝玉的遵命文学。
也许古人的文学的一个重要用途就是待命以遵吧。

又提了不开的那一壶了。

以文写景,以景引文。

是个轻薄人。"众客道："议论的极是,其奈他何。"贾政忙道："休如此纵了他。"因命他道："今日任你狂为乱道,先说出议论来,方许你做。方才众人说的,可有使得的否?"宝玉见问,便答道："都似不妥。"贾政冷笑道："怎么不妥?"宝玉道："这是第一处行幸之所,必须颂圣方可。若用四字的匾,又有古人现成的,何必再做?"贾政道："难道'淇水''睢园'不是古人的?"宝玉道："这太板了。莫若'有凤来仪'四字。"众人都哄然叫妙。贾政点头道："畜生,畜生!可谓'管窥蠡测'矣。"因命:"再题一联来。"宝玉便念道:

> 宝鼎茶闲烟尚绿,幽窗棋罢指犹凉。

贾政摇头道："也未见长。"说毕,引人出来。方欲走时,忽想起一事来,问贾珍道："这些院落屋宇,并几案桌椅都算有了。还有那些帐幔帘子并陈设玩器古董,可也都是一处一处合式配就的么?"贾珍回道："那陈设的东西早已添了许多,自然临期合式陈设。帐幔帘子,昨日听见琏兄弟说,还不全。那原是一起工程之时就画了各处的图样,量准尺寸,就打发人办去的。想必昨日得了一半。"贾政听了,便知此事不是贾珍的首尾,便叫人去唤贾琏。一时来了。贾政问他："共有几种?现今得了几种?尚欠几种?"贾琏见问,忙向靴筒内取出靴掖内装的一个纸折略节来,看了一看,回道："妆蟒绣堆、刻丝弹墨,并各色绸绫大小幔子一百二十架,昨日得了八十架,下欠四十架。帘子二百挂,昨俱得了。外有猩猩毡帘二百挂,湘妃竹帘二百挂,金丝藤红漆竹帘二百挂,黑漆竹帘二百挂,五彩线络盘花帘二百挂,每样得了一半,也不过秋天都全了。

时时不忘老子的尊严。

冷笑云云,贾政态度渐渐差了。刚才还大致首肯的意思。

宝玉的遵命文学越好,发布命令者越要贬而低之,一、不让他翘尾巴,二、提醒列位:我是他老子!文章搞得再好也得管我叫爸爸!

顺便交代一下珍、琏的管理功能。

不是不惯俗务么,又听这样具体的汇报做甚?想来不是贾政要听,而是曹公要让看官们听一听,震一震。也是铺陈,也是炫耀。如果不铺陈也不炫耀,又写小说做甚?

贾琏这位"秘书长",有问必答,不怕突然袭击,应算合格称职。

椅搭、桌围、床裙、杌套，每分一千二百件，也有了。"

一面说，一面走，忽见青山斜阻。转过山怀中，隐隐露出一带黄泥墙，墙上皆用稻茎掩护。有几百枝杏花，如喷火蒸霞一般。里面数楹茅屋，外面却是桑、榆、槿、柘，各色树稚新条，随其曲折，编就两溜青篱。篱外山坡之下，有一土井，旁有桔槔辘轳之属；下面分畦列亩，佳蔬菜花，一望无际。

> 移步换景，美不胜收，语含得意，可与后面的荒园描写相对照。

贾政笑道："倒是此处有些道理。虽系人力穿凿，而入目动心，未免勾引起我归农之意。我们且进去歇息歇息。"说毕，方欲进去，忽见篱门外路旁有一石，亦为留题之所，众人笑道："更妙，更妙！此处若悬匾待题，则田舍家风一洗尽矣。立此一碣，又觉许多生色，非范石湖田家之咏不足以尽其妙。"贾政道："诸公请题。"众人云："方才世兄云：'编新不如述旧。'此处古人已道尽矣，莫若直书'杏花村'为妙。"贾政听了，笑向贾珍道："正亏提醒了我。此处都好，只是还少一个酒幌，明日竟做一个来，就依外面村庄的式样，不必华丽，用竹竿挑在树梢头。"贾珍答应了，又回道："此处竟不必养别样雀鸟，只养些鹅、鸭、鸡之类，才相称。"贾政与众人都说："妙极。"贾政又向众人道："'杏花村'固佳，只是犯了正村名，直待请名方可。"众客都道："是呀。如今虚的，却是何字样好？"

> 既是重农，更是回归自然之意。封建贵族的生活是极端封闭的，不能设想开放交流，但又不能完全绝对封闭，故园内求其野趣，求其包罗万象。我国园林之发达，不知和这种又封闭又希望万物皆备于我的心态有没有关系。

大家正想，宝玉却等不得了，也不等贾政的命，便说道："旧诗有云：'红杏梢头挂酒旗。如今莫若且题以'杏帘在望'四字。"众人都道："好个'在望'！又暗合'杏花村'意思。"宝玉冷笑道："村名若用'杏花'二字，则俗陋不堪了。

> 遵命而文学，文学一阵子也便起性，就是说有了创作冲动了。文学的骨头，并不都是高贵的呀。

又有唐人诗云'柴门临水稻花香',何不用'稻香村'的妙?"众人听了,越发同声拍手道:"妙!"贾政一声断喝:"无知的业障!你能知道几个古人,能记得几首旧诗,也敢在老先生前卖弄!方才那些胡说,也不过是试你的清浊,取笑而已,你就认真了!"

> 由贬而低之到骂而喝之,文学当真起了性,就会嫌放肆了。

说着,引众人步入茆堂,里面纸窗木榻,富贵气象一洗皆尽。贾政心中自是欢喜,却瞅宝玉道:"此处如何?"众人见问,都忙悄悄的推宝玉教他说好。宝玉不听人言,便应声道:"不及'有凤来仪'多矣。"贾政听了道:"无知的蠢物,你只知朱楼画栋、恶赖富丽为佳,那里知道这清幽气象?终是不读书之过!"宝玉忙答道:"老爷教训的固是,但古人尝云'天然',此二字不知何意?"

> 表面上是贬园林的设计有不够天然处,实际上更像显派,可以硬着头皮"要"景。

众人见宝玉牛心,都怪他呆痴不改;今见问"天然"二字,众人忙道:"别的都明白,如何'天然'反不明白?'天然'者,天之自成,而非人力之所为也。"宝玉道:"却又来!此处置一田庄,分明是人力造作而成:远无邻村,近不负郭,背山山无脉,临水水无源,高无隐寺之塔,下无通市之桥,峭然孤出,似非大观,怎似先处有自然之理,得自然之趣?虽种竹引泉,亦不伤穿凿。古人云'天然图画'四字,正畏非其地而强为其地,非其山而强为其山,即百般精巧,终不相宜……"未及说完,贾政气的喝命:"叉出去!"才出去,又喝命:"回来!"命:"再题一联,若不通,一并打嘴!"宝玉只得念道:

> 表面上看是争论"稻香村"的景观设计,实际上与宝玉的总的思路相通。生在这种形式主义的富贵大家,究无天趣,与他见秦钟时的嗟叹同属一理。

新绿涨添浣葛处,好云香护采芹人。

贾政听了,摇头道:"更不好。"一面引人出来,转过山坡,穿花度柳,抚石依泉,过了荼蘼

> 叉出去,回来!太妙了。如果只叉出去,宝玉反倒解脱了。如果只回来,宝玉反倒入了围了。一会儿叉出去,一会儿回来,才是真真的老子呢。这也才是真正的贾宝玉呢。

架,入木香棚,越牡丹亭,度芍药圃,入蔷薇院,来到芭蕉坞,盘簇曲折。忽闻水声潺潺,出于石洞;上则萝薜倒垂,下则落花浮荡。众人都道:"好景,好景!"贾政道:"诸公题以何名?"众人道:"再不必拟了,恰恰乎是'武陵源'三字。"贾政笑道:"又落实了,而且陈旧。"众人笑道:"不然就用'秦人旧舍'四字也罢。"宝玉道:"越发过露了。'秦人旧舍'说避乱之意,如何使得?莫若'蓼汀花溆'四字。"贾政听了道:"更是胡说。"

> 从低到高,要什么有什么。

于是贾政进了港洞,又问贾珍:"有船无船?"贾珍道:"采莲船共四只,座船一只,如今尚未造成。"贾政笑道:"可惜不得入了。"贾珍道:"从山上盘道也可以进去。"说毕,在前导引,大家攀藤抚树过去。只见水上落花愈多,其水愈清,溶溶荡荡,曲折萦纡。池边两行垂柳,杂以桃杏遮天蔽日,真无一些尘土。忽见柳阴中又露出一个折带朱栏板桥来,度过桥去,诸路可通,便见一所清凉瓦舍,一色水磨砖墙,清瓦花堵。那大主山所分之脉,皆穿墙而过。

> 中国小说很少仔细写景的,这一回活写园景,堪称无双。

贾政道:"此处这一所房子,无味的很。"因而步入门时,忽迎面突出插天的大玲珑山石来,四面群绕各式石块,竟把里面所有房屋悉皆遮住。且一株花木也无,只见许多异草:或有牵藤的,或有引蔓的,或垂山巅,或穿石脚,甚至垂檐绕柱,萦砌盘阶,或如翠带飘飘,或如金绳蟠屈,或实若丹砂,或花如金桂,味香气馥,非凡花之可比。贾政不禁道:"有趣!只是不大认识。"有的说:"是薜荔藤萝。"贾政道:"薜荔藤萝那得有此异香?"宝玉道:"果然不是。这众草中也有藤萝薜荔,那香的是杜若蘅芜,那一种大约是茝

> 大写植物花草。

这样一些去处,越是讲究,越会产生一种寂寞孤独之感。园内过于集中与完满,园外一片荒芜贫穷混乱肮脏。这是其一。花草山水越多,四时更迭,光阴流转,逝者如斯之感越发浓了。此其二。建筑讲究过来讲究过去,反而衬托出人的脆弱,人生的脆弱短暂。此其三。徜徉于园林之中,本身就更与进取心态、经风雨见世面闯世界的心志无缘。此其四。园林中是培养不出发现美洲新大陆的哥伦布、绕地球一周的麦哲伦来的。

兰,这一种大约是金葛,那一种是金蕫草,这一种是玉蕗藤,红的自然是紫芸,绿的定是青芷。想来那《离骚》《文选》所有的那些异草,有叫作什么霍纳姜汇的,也有叫作什么纶组紫绛的,还有什么石帆、水松、扶留等样的,见于左太冲《吴都赋》。又有叫作什么绿荑的,还有什么丹椒、蘼芜、风莲,见于《蜀都赋》。如今年深岁改,人不能识,故皆象形夺名,渐渐的唤差了,也是有的……"未及说完,贾政喝道:"谁问你来?"唬的宝玉倒退,不敢再说。

　　贾政因见两边俱是超手游廊,便顺着游廊步入,只见上面五间清厦连着卷棚,四面出廊,绿窗油壁,更比前清雅不同。贾政叹道:"此轩中煮茶操琴,亦不必再焚香矣。此造却出意外,诸公必有佳作新题,以颜其额,方不负此。"众人笑道:"莫若'兰风蕙露'贴切了。"贾政道:"也只好用这四字。其联云何?"一人道:"我想了一对,大家批削改正。"道是:

　　　　麝兰芳霭斜阳院,杜若香飘明月洲。
众人道:"妙则妙矣!只是'斜阳'二字不妥。"那人引古诗"蘼芜满院泣斜阳"句,众人云:"颓丧,颓丧!"又一人道:"我也有一联,诸公评阅评阅。"念道:

　　　　三径香风飘玉蕙,一庭明月照金兰。
贾政拈须沉吟,意欲也题一联,忽抬头见宝玉在旁不敢作声,因喝道:"怎么你应说话时又不说

> 宝玉会有这些知识,但未见得如此清晰并且讲起来口若悬河。想来也是作者的意思。"红"中的人物是"活的人物",但毕竟又是曹雪芹笔下的角色。承认后者,并不贬低这些人物的生动性生活性典型性,却又时时考虑到作者的匠心与难处。

> 人皆不喜颓丧,诗心偏常颓丧。诗人常常不招待见,颓丧是原因之一。

了？还要等人请教你不成！"宝玉听了回道:"此处并没有什么'兰麝'、'明月'、'洲渚'之类,若要这样着迹说来,就题二百联也不能完。"贾政道:"谁按着你的头,教你必定说这些字样呢？"宝玉道:"如此说,则匾上莫若'蘅芷清芬'四字。对联则是:

吟成豆蔻诗犹艳,睡足荼蘼梦也香。

贾政笑道:"这是套的'书成蕉叶文犹绿',不足为奇。"众人道:"李太白'凤凰台'之作,全套'黄鹤楼'。只要套得妙。如今细评起来,方才这一联竟比'书成蕉叶'尤觉幽雅活动。"贾政笑道:"岂有此理！"

> 众人道的话,是曹雪芹为贾宝玉、为自己的拟联辩护的话。
>
> 想贬就贬,想斥就斥,想笑就笑,拟联的人不会这么自由,抓拟联的人才有如此优越。

说着,大家出来,走不多远,则见崇阁巍峨,层楼高起,面面琳宫合抱,迢迢复道萦纡。青松拂檐,玉兰绕砌,金辉兽面,彩焕螭头。贾政道:"这是正殿了。只是太富丽了些。"众人都道:"要如此方是。虽然贵妃崇尚节俭,然今日之尊,礼仪如此,不为过也。"一面说,一面走,只见正面现出一座玉石牌坊,上面龙蟠螭护,玲珑凿就。贾政道:"此处书以何文？"众人道:"必是'蓬莱仙境'方妙。"贾政摇头不语。

> "尊"与"节俭"的悖论。

宝玉见了这个所在,心中忽有所动,寻思起来,倒像在那里见过的一般,却一时想不起那年那月日的事了。贾政又命他题咏,宝玉只顾细思前景,全无心于此了。众人不知其意,只当他受了这半日折磨,精神耗散,才尽词穷了;再要留难逼迫着了急,或生出事来,倒不便。遂忙都劝贾政道:"罢了,明日再题罢了。"贾政心中也怕贾母不放心,遂冷笑道:"你这畜生,也竟有不能之时了。也罢,限你一日,明日题不来,定不饶你。这是第一要紧处所,要好生作来！"

> 能走神,能有自己的精神世界精神游离,这是慧根,也是痴呆。
>
> 虽是一心一意细写园林建筑,却能联系到梦中的太虚幻境。实与虚、真与假的流动,正是"红"的魅力,文学的魅力。

说着,引人出来,再一观望,原来自进门至此,才游了十之五六。又值人来回,有雨村处遣人回话。贾政笑道:"此数处不能游了。虽如此,到底从那一边出去,也可略观大概。"说着,引客行来,至一大桥,水如晶帘一般奔入。原来这桥便是通外河之闸,引泉而入者。贾政因问:"此闸何名?"宝玉道:"此乃沁芳源之正流,即名'沁芳闸'。"贾政道:"胡说,偏不用'沁芳'二字。"

> 偏不用?老子要与儿子斗气吗?

于是一路行来,或清堂,或茅舍,或堆石为垣,或编花为门,或山下得幽尼佛寺,或林中藏女道丹房,或长廊曲洞,或方厦圆亭,贾政皆不及进去。因半日未尝歇息,腿酸脚软,忽又见前面露出一所院落来,贾政道:"到此可要歇息歇息了。"说着一径引入,绕着碧桃花,穿过竹篱花障编就的月洞门,俄见粉垣环护,绿柳周垂。贾政与众人进了门,两边尽是游廊相接,院中点衬几块山石,一边种几本芭蕉,那一边是一株西府海棠,其势若伞,丝垂金缕,葩吐丹砂。众人都道:"好花,好花!海棠也有,从没见过这样好的。"贾政道:"这叫做'女儿棠',乃是外国之种,俗传出'女儿国',故花最繁盛,亦荒唐不经之说耳。"众人道:"毕竟此花不同,'女国'之说,想亦有之。"宝玉云:"大约骚人咏士以此花红若施脂,弱如扶病,近乎闺阁风度,故以'女儿'命名。世人以讹传讹,都未免认真了。"众人都说:"领教,妙解!"

> 天下好景好树,好房好水,尽入园中。

> 中国园林的思路也是"万物皆备于我"。

一面说话,一面都在廊下榻上坐了。贾政因道:"想几个什么新鲜字来题?"一客道:"'蕉鹤'二字妙。"又一个道:"'崇光泛彩'方妙。"贾政与众人都道:"好个'崇光泛彩'!"宝玉也道:

写大观园、省亲别墅也是先从大处写全景写轮廓,再一一依情节发展方便与需要写下去。与写冷子兴演说,林黛玉初见,刘老老一进一样的路子。中国式的思路,先大后小,先总后细,先抓根本,再推演下去。

"妙。"又说:"只是可惜了。"众人问:"如何可惜?"宝玉道:"此处蕉棠两植,其意暗蓄'红''绿'二字在内,若说一样,遗漏一样,便不足取。"贾政道:"依你如何?"宝玉道:"依我,题'红香绿玉'四字,方两全其美。"贾政摇头道:"不好,不好!"

说着,引人进入房内。只见其中收拾的与别处不同,竟分不出间隔来的。原来四面皆是雕空玲珑木板,或"流云百蝠",或"岁寒三友",或山水人物,或翎毛花卉,或集锦,或博古,或万福万寿,各种花样,皆是名手雕镂,五彩销金嵌玉的。一槅一槅,或贮书,或设鼎,或安置笔砚,或供设瓶花,或安放盆景;其槅式样,或圆,或方,或葵花蕉叶,或连环半璧。真是花团锦簇,玲珑剔透。倏尔五色纱糊,竟系小窗;倏尔彩绫轻覆,竟如幽户。且满墙皆是随依古董玩器之形抠成的槽子,如琴、剑、悬瓶之类,俱悬于壁,却都是与壁相平的。众人都赞:"好精致!难为怎么做的!"

美丽、豪华、讲究、舒适,这些东西令人眷恋,而令人眷恋的东西似亦令人丧失斗志,令人忧伤。

原来贾政走了进来,未到两层,便都迷了旧路,左瞧也有门可通,右瞧也有窗暂隔,及到跟前,又被一架书挡住。回头又有窗纱明透门径可行,及至门前,忽见迎面也进来了一起人,与自己的形相一样,——却是一架大玻璃镜。转过镜去,一发见门多了。贾珍笑道:"老爷随我来,从此门出去便是后院,出了后院,倒比先近了。"引着贾政及众人转了两层纱厨,果得一门出去,院中满架蔷薇。转过花障,则见青溪前

室内也是如此迷人。

似乎听到雪芹说:"我们原来是多么阔绰,多多繁华!"令人难以卒闻。

阻。众人咤异:"这水又从何而来?"贾珍遥指道:"原从那闸起流至那洞口,从东北山坳里引到那村庄里,又开一道岔口,引至西南上,共总流到这里,仍旧合在一处,从那墙下出去。"众人听了,都道:"神妙之极!"说着,忽见大山阻路,众人都迷了路,贾珍笑道:"随我来。"乃在前导引,众人随着,由山脚下一转,便是平坦大路,豁然大门现于面前,众人都道:"有趣,有趣! 搜神夺巧,至于此极!"于是大家出来。

> 越设计得好就越显小气,盖怎么设计也改不了封闭的特性,只好自己绕来绕去,自找麻烦。

> 搜神夺巧,费尽心机。

那宝玉一心只记挂着里边姊妹们,又不见贾政吩咐,只得跟到书房。贾政忽想起来道:"你还不去,看老太太记念你。难道还逛不足么?"宝玉方退了出来。至院外,就有跟贾政的小厮上来抱住,说道:"今日亏了老爷喜欢,方才老太太打发人出来问了几次,我们回说老爷喜欢;若不然,老太太叫你进去了,就不得展才了。人人都说,你才那些诗比众人都强,今儿得了彩头,该赏我们了。"宝玉笑道:"每人一吊。"众人道:"谁没见那一吊钱! 把这荷包赏了罢。"说着,一个个都上来解荷包,解扇袋,不容分说,将宝玉所佩之物,尽行解去。又道:"好生送上去罢。"一个个围绕着,送至贾母门前。那时贾母正等着他,见他来了,知道不曾难为他,心中自是喜欢。

> 老太太、老爷、宝玉三者的关系,为此后的宝玉挨打勾勒好了布局。

> 众小厮和宝玉的关系比较平等随意,不知是否说明宝玉尚有某种民主作风。

少时袭人倒了茶来,见身边佩物,一件不存,因笑道:"带的东西必又是那起没脸的东西们解了去了。"林黛玉听说,走过来一瞧,果然一件无存,因向宝玉道:"我给你的那个荷包也给他们了? 你明儿再想我的东西,可不能够了!"说毕,生气回房,将前日宝玉嘱咐他做而未完之

> 黛玉的火来得忒快了些! 恐不仅是由于带的东西被小厮们解去,也有对袭人的某种情

香袋，拿起剪子来就铰。宝玉见他生气，便忙赶过来，早已剪破了。宝玉曾见过这香袋，虽未完工，却十分精巧，无故剪了，却也可气。因忙把衣领解了，从里面衣襟上将所系荷包解了下来，递与黛玉道："你瞧瞧，这是什么东西？我可曾把你的东西给人？"林黛玉见他如此珍重，带在里面，可知是怕人拿去之意，因此又自悔莽撞剪了香袋，低着头一言不发。宝玉道："你也不用剪，我知你是懒怠给我东西。我连这荷包奉还，何如？"说着掷向他怀中而去。黛玉越发气得哭了，拿起荷包又剪。宝玉忙回身抢住，笑道："好妹妹，饶了他罢！"黛玉将剪子一摔，拭泪说道："你不用合我好一阵歹一阵的，要恼就撂开手。"说着赌气上床，面向里倒下拭泪。禁不住宝玉上来"妹妹"长"妹妹"短赔不是。

　　前面贾母一片声找宝玉。众人回说："在林姑娘房里。"贾母听说道："好，好，好！让他姊妹们一处玩玩罢。才他老子拘了他这半天，让他开心一会子罢。只别叫他们拌嘴。"众人答应着。

　　黛玉被宝玉缠不过，只得起来道："你的意思不叫我安生，我就离了你。"说着往外就走。宝玉笑道："你到那里，我跟到那里。"一面仍拿着荷包来带上。黛玉伸手抢道："你说不要，这会子又带上，我也替你怪臊的！"说着"嗤"的一声笑了。宝玉道："好妹妹，明儿另替我做个香袋儿罢。"黛玉道："那也瞧我的高兴罢了。"

　　一面说，一面二人出房，到王夫人上房中去了，可巧宝钗亦在那里。此时王夫人那边热闹非常。原来贾蔷已从姑苏采买了十二个女孩子并聘了教习以及行头等事来了。那时薛姨妈另

绪。袭人可以付诸一笑，黛玉可不能这样轻贱，黛玉要恼要怒。袭人先发现的，黛玉不能无所反应……以及其他。

好一阵，歹一阵，永生难忘。

真是两小无猜。
人生能有几次这样的逗嘴？
余年已古稀，读之泪下矣。
人生能有几次痴？
这毕竟是宝黛爱情的最清新最快乐的时期。

189

迁于东北上一所幽静房舍居住,将梨香院另行修理了,就令教习在此教演女戏;又另派家中旧曾学过歌唱的众女人们——如今皆是皤然老妪,着他们带领管理。就令贾蔷总理其日月出入银钱等事,以及诸凡大小所需之物料账目。

> 一手抓物质硬件,一手抓文艺软件。

又有林之孝家的来回:"采访聘买得十二个小尼姑、小道姑,都到了,连新做的二十分道袍也有了。外又有一个带发修行的,本是苏州人氏,祖上也是读书仕宦之家,因自幼多病,买了许多替身,皆不中用,到底这姑娘入了空门,方才好了,所以带发修行。今年十八岁,取名妙玉。如今父母俱已亡故,身边只有两个老嬷嬷、一个小丫头伏侍。文墨也极通,经典也极熟,模样又极好。因听说'长安'都中有观音遗迹,并贝叶遗文,去年随了师父上来,现在西门外牟尼院住着。他师父精演先天神数,于去冬圆寂了。遗言说他:'不宜回乡,在此静候,自有结果。'所以未曾扶灵回去。"王夫人便道:"这样我们何不接了他来?"林之孝家的回道:"若请他,他说:'侯门公府,必以贵势压人,我再不去的。'"王夫人道:"他既是宦家小姐,自然要傲些,就下个请帖请他何妨?"林之孝家的答应着出去,叫书启相公写个请帖去请妙玉,次日遣人备车轿去接。不知后来如何,且听下回分解。

> 还有宗教软件。物质条件越好,越要点缀解闷散心。尼姑道姑,本是神职人员,竟成为依附权贵的奴隶商品。真正的佛尊是权贵。

> 妙玉一出场,就给人以不祥之感。
> 这些地方写得具体细致,更突出了奢侈、气派、烈火烹油、鲜花着锦。

> 妙玉再傲,也是上述宗教软件中的一件罢了。

好一个大观园,专写风光园林,极易令人生厌,与试才题对额联系,布局甚好。

这样好的园林,令人想起法国的凡尔赛宫,西班牙的阿拉伯花园,比利时的布鲁诺街区,令人心碎!美是一种令人心碎的忧郁。

第 十 八 回

皇恩重元妃省父母　天伦乐宝玉呈才藻

话说彼时有人回,工程上等着糊东西的纱绫,请凤姐去开库拿纱绫;又有人来回,请凤姐开库收金银器皿。王夫人并上房丫鬟等皆不得空闲。宝钗说:"咱们别在这里碍手碍脚。"说着,同宝玉等往迎春房中来。

王夫人日日忙乱,直到十月里才全备了,监督都交清账目;各处古董文玩,俱已陈设齐备;采办鸟雀,自仙鹤、鹿、兔以及鸡、鹅等,已买全,交于园中各处饲养;贾蔷那边也演出二十出杂戏来;一班小尼姑、道姑也都学会念佛经咒。于是贾政方略心安意畅,又请贾母等到园中,色色斟酌,点缀妥当,再无些微不当之处。贾政才敢题本。本上之日,奉旨:"于明年正月十五日上元之日贵妃省亲。"贾府奉了此旨,一发日夜不闲,连年亦不曾好生过的。

转眼元宵在迩,自正月初八,就有太监出来,先看方向:何处更衣,何处燕坐,何处受礼,何处开宴,何处退息。又有巡察地方总理关防太监,带了许多小太监来各处关防,挡围幕;指示贾宅人员何处出入,何处进膳,何处启事,种种仪注。外面又有工部官员并五城兵马司打扫街道,撵逐闲人。贾赦等监督匠人扎花灯烟火之类,至十四日,俱已停妥。这一夜,上下通不

阔绰时则无一不阔绰,无微不阔绰。

古董文玩,鸟雀鹤兔,优伶杂戏,尼姑道姑,真假山水,围帘幔帐……全放到了一个平面上。算不算"后现代主义"呢?一笑。

自己给自己找事,确是人类一大本领。

先遣人员。

保卫。
典礼、礼宾、仪仗。

曾睡。

至十五日五鼓，自贾母等有爵者，俱各按品大妆。大观园内帐舞蟠龙，帘飞彩凤，金银焕彩，珠宝生辉，鼎焚百合之香，瓶插长春之蕊，静悄悄无一人咳嗽。贾赦等在西街门外，贾母等在荣府大门外。街头巷口，用围幕挡严。正等的不耐烦，忽见一个太监骑匹马来了，贾政接着，问其消息。太监云："早多着呢！未初用晚膳，未正还到宝灵宫拜佛，酉初进大明宫领宴看灯方请旨，只怕戌初才起身呢。"凤姐听了道："既这样，老太太与太太且请回房，等到了时候，再来也未为晚。"于是贾母等且自便去了。园中赖凤姐照料。执事人等，带领太监们去吃酒饭，一面传人挑进蜡烛，各处点起灯来。

忽听外面跑马之声不一，有十来个太监，喘吁吁跑来拍手儿。这些太监都会意，知道是来了，各按方向站立。贾赦领合族子弟在西街门外，贾母领合族女眷在大门外迎接，半日静悄悄的。忽见两个太监骑马缓缓而来，至西街门下了马，将马赶出围幕之外，便面西站立。半日又是一对，亦是如此。少时便来了十来对，方闻隐隐鼓乐之声，一对对龙旌凤翣，雉羽宫扇，又有销金提炉，焚着御香；然后一把曲柄七凤金黄伞过来，便是冠袍带履。又有执事太监捧着香巾、绣帕、漱盂、拂尘等物。一队队过完，后面方是八个太监抬着一顶金顶金黄绣凤銮舆，缓缓行来。贾母等连忙跪下，早有太监过来，扶起贾母等，那銮舆抬入大门、仪门往东一所院落门前，有太监跪请下舆更衣。于是抬舆入门，太监散去，只有昭容、彩嫔等引元春下舆。只见苑内各色花灯炫灼，皆系纱绫扎成，精致非常。上面有

鸡飞狗跳，喧天动地。

无一人咳嗽，隆重氛围立现。可见中国人亦非都随地吐痰。

活动的重要性与"提前量"成正比。

威风太过，便近虚枉闹腾。

用拍手代替说话，更加谨肃。这些细节真实完备细密结实，不大可能是虚构。曹公当年确实见过大世面。

荣华富贵，已至其极。

一跪一扶，俱甚得体。

一灯匾,写着"体仁沐德"四个字。元春入室,更衣出,复上舆进园。只见园中香烟缭绕,花影缤纷,处处灯光相映,时时细乐声喧,说不尽这太平景象,富贵风流。

却说贾妃在轿内看了此园内外光景,因点头叹道:"太奢华过费了!"忽又见太监跪请登舟,贾妃下舆登舟,只见清流一带,势若游龙,两边石栏上,皆系水晶玻璃各色风灯,点的如银光雪浪;上面柳杏诸树,虽无花叶,却用各色绸绫纸绢及通草为花,粘于枝上,每一株悬灯万盏;更兼池中荷荇凫鹭之属,亦皆系螺蚌羽毛做就的,诸灯上下争辉,真是玻璃世界,珠宝乾坤。船上又有各种盆景灯,珠帘绣幕,桂楫兰桡,自不必说。已而入一石港,港上一面匾灯,明现着"蓼汀花溆"四字。

看官听说:这"蓼汀花溆"四字及"有凤来仪"等字,皆系上回贾政偶试宝玉之才,何至便认真用了?想贾府世代诗书,自有一二名手题咏,岂似暴发之家,竟以小儿语搪塞了事呢?只因当日这贾妃未入宫时,自幼亦系贾母教养。后来添了宝玉,贾妃乃长姊,宝玉为幼弟,贾妃念母年将迈,始得此弟,是以独爱怜之。且同侍贾母,刻未相离。那宝玉未入学之先,三四岁时,已得贾妃口传教授了几本书,识了数千字在腹中。虽为姊弟,有如母子。自入宫后,时时带信出来与父兄说:"千万好生扶养,不严不能成器;过严恐生不虞,且致祖母之忧。"眷念之心,刻刻不忘。前日贾政闻塾师赞他尽有才情,故于游园时聊一试之,虽非名公大笔,却是本家风味;且使贾妃见之,知爱弟所为,亦不负其平日切望之意。因此故将宝玉所题用了。那日未题

	说不尽太平景象,却孕育着那么多危险。
	叹也白叹。
	今人曾用此法拍电影。
	本来这一回的主角是元妃,仍不忘拉到宝玉身上。
	也是辩证的。但更多是保护。
	不但有奶奶贾母的宠爱,又加上贵人姐姐的宠爱,分量更重了。

完之处,后来又补题了许多。

且说贾妃看了四字,笑道:"'花溆'二字便好,何必'蓼汀'?"侍坐太监听了,忙下舟登岸,飞传与贾政,贾政即刻换了。彼时舟临内岸,去舟上舆,便见琳宫绰约,桂殿巍峨,石牌坊上"天仙宝境"四大字,贾妃命换了"省亲别墅"四字。于是进入行宫,只见庭燎绕空,香屑布地,火树琪花,金窗玉槛。说不尽帘卷虾须,毯铺鱼獭,鼎飘麝脑之香,屏列雉尾之扇。真是:

　　金门玉户神仙府,桂殿兰宫妃子家。

贾妃乃问:"此殿何无匾额?"随侍太监跪启道:"此系正殿,外臣未敢擅拟。"贾妃点头不语。礼仪太监请升座受礼,两阶乐起。二太监引贾赦贾政等于月台下排班上殿,昭容传谕曰:"免。"乃退出。又引荣国太君及女眷等自东阶升月台上排班,昭容再谕曰:"免。"于是亦退。

茶三献,贾妃降座,乐止;退入侧室更衣,方备省亲车驾出园。至贾母正室,欲行家礼,贾母等俱跪止之。贾妃垂泪,彼此上前厮见,一手挽贾母,一手挽王夫人,三个人满心皆有许多话,俱说不出,只是呜咽对泣而已。邢夫人、李纨、王熙凤、迎春、探春、惜春等,俱在旁垂泪无言。半日,贾妃方忍悲强笑,安慰贾母王夫人道:"当日既送我到那不得见人的去处,好容易今日回家,娘儿们一会不说不笑,反到哭个不了,一会子我去了,又不知多早晚才能一见!"说到这句,不禁又哽咽起来。邢夫人忙上来劝解。贾母等让贾妃归坐,又逐次一一见过,又不免哭泣一番。然后东西两府执事人等在外厅行礼。其媳妇丫鬟行礼毕。贾妃叹道:"许多亲眷,可惜都不能见面。"王夫人启道:"现有外亲薛王氏及宝

地位高的人都喜欢当编辑,改别人的文字。

怎么即刻能换?似也应借此吹一吹描一描。

终审级别,毕竟高明。

点头后面加了"不语"二字(本来写贾妃点头即可的),似有无声的感慨:自己成了"贵妃",而家人成了"外臣"了,还语什么呢?

全部举止都礼仪化、程序化,从而形式化了。

跪止,焉得不垂泪。祖母给你跪下了,什么滋味?

呜呼,哀哉!

极盛大繁华的场面,极凄怆压抑的情感,这是一个反差,使此回颇有戏剧性。

钗黛玉在外候旨。外眷无职,不敢擅入。"贾妃命请来相见。一时薛姨妈等进来,欲行国礼,命免过,上前各叙阔别。又有贾妃原带进宫的丫鬟抱琴等叩见,贾母连忙扶起,命入别室款待。执事太监及彩嫔昭容各侍从人等,宁府及贾赦那宅两处自有人款待,只留三四个小太监答应。母女姊妹,叙些久别情景,及家务私情。

别室款待,周到。

又有贾政至帘外问安,贾妃于内行参等事。又向其父说道:"田舍之家,齑盐布帛,得遂天伦之乐;今虽富贵,骨肉分离,终无意趣。"贾政亦含泪启道:"臣草芥寒门,鸠群鸦属之中,岂意得征凤鸾之瑞。今贵人上锡天恩,下昭祖德,此皆山川日月之精奇、祖宗之远德钟于一人,幸及政夫妇。且今上体天地生生之大德,垂古今未有之旷恩,虽肝脑涂地,岂能报效于万一!惟朝乾夕惕,忠于厥职。伏愿我君万岁千秋,乃天下苍生之福也。贵妃切勿以政夫妇残年为念,更祈自加珍爱,惟勤慎肃恭以侍上,庶不负上眷顾隆恩也。"贵妃亦嘱以"国事宜勤,暇时保养,切勿记念。"贾政又启:"园中所有亭台轩馆,皆系宝玉所题;如果有一二可寓目者,请即赐名为幸。"元妃听了宝玉能题,便含笑说道:"果进益了。"贾政退出。元妃因问:"宝玉因何不见?"贾母乃启道:"无职外男,不敢擅入。"元妃命引进来。小太监引宝玉进来,先行国礼毕,命他近前,携手搅于怀内,又抚其头颈笑道:"比先前长了好些……"一语未终,泪如雨下。

元妃省亲,既不乏套话、官话、礼仪、过场,又不失亲情人情之真,能掌握到这个分寸,如非过来人,也很难做到。

中国儒生的忠君爱君意识,也是长期培育熏陶积淀的结果。贾政这一段话,颇有真情,特别是"勿以政夫妇残年为念"几字,更是把亲子之情和忠君肝脑涂地之情合起来写,令人感动,令人欷歔不已。

宝玉是一个受宠者,受"红"的作者宠爱,也受元妃的殊宠。"泪如雨下"四字本是熟语套语,用在这里仍有极强的感染力。

尤氏凤姐等上来启道:"筵宴齐备,请贵妃游幸。"元妃起身,命宝玉导引,遂同诸人步至园门前。早见灯光之中,诸般罗列,进园先从"有凤来仪""红香绿玉""杏帘在望""蘅芷清芬"等处,登楼步阁,涉水缘山,眺览徘徊。一处处铺陈不一,一桩桩点缀新奇。贾妃极加奖赞,又劝:"以后不可太奢了,此皆过分。"既而来至正殿,谕免礼归坐,大开筵宴,贾母等在下相陪,尤氏、李纨、凤姐等捧羹把盏。

> 贾妃一定要戒奢。众人一定要以奢示忠,以奢示敬。所以,一面戒,一面继续奢下去。

元妃乃命笔砚伺候,亲拂罗笺,择其喜者赐名。题其园之总名曰"大观园",正殿匾额云:"顾恩思义",对联云:

> 天地启宏慈,赤子苍生同感戴;
> 古今垂旷典,九州万国被恩荣。

又改题:"有凤来仪"赐名"潇湘馆","红香绿玉"改作"怡红快绿"赐名"怡红院","蘅芷清芬"赐名"蘅芜院","杏帘在望"赐名"浣葛山庄";正楼曰"大观楼",东面飞楼曰"缀锦楼",西面叙楼曰"含芳阁";更有"蓼风轩""藕香榭""紫菱洲""荇叶渚"等名。又有四字匾额如"梨花春雨""桐剪秋风""荻芦夜雪"等名,不可胜纪。又命旧有匾联不可摘去。于是先题一绝句云:

> 从众清客的七嘴八舌,到宝玉的才思敏捷,再到元妃的终审拍板,文字上确有一个提高的过程。

> 衔山抱水建来精,多少工夫筑始成。
> 天上人间诸景备,芳园应锡"大观"名。

写毕,向诸姊妹笑道:"我素乏捷才,且不长于吟咏,姊妹辈素所深知;今夜聊以塞责,不负斯景而已。异日少暇,必补撰'大观园记'并'省亲颂'等文,以记今日之事。妹等亦各题一匾一诗,随意发挥,不可为我微才所缚。且知宝玉竟能题咏,一发可喜。此中潇湘馆蘅芜苑二处,我所极爱;次之怡红院浣葛山庄,此四大处,必得别有章句题咏方妙。前所题之联虽佳,如今再各赋五言律一首,使我当面试过,方不负我自幼教授之苦心。"宝玉只得答应了,下来自去构思。

> 此诗不佳,盖题名更要求大气和眼光,而诗更要求文才。

> 这笔文债算是永远地欠下了。

迎春、探春、惜春三人中,要算探春又出于姊妹之上,然自忖亦难与薛林争衡,只得勉强随众塞责而已。李纨也勉强凑成一律。贾妃挨次看姊妹们的,写道是:

旷性怡情(匾额)　迎春
园成景物特精奇,奉命羞题额旷怡。
谁信世间有此境,游来宁不畅神思?

万象争辉(匾额)　探春
名园筑就势巍巍,奉命多惭学浅微。
精妙一时言不尽,果然万物有光辉。

文章造化(匾额)　惜春
山水横拖千里外,楼台高起五云中。
园修日月光辉里,景夺文章造化功。

文采风流(匾额)　李纨
秀水明山抱复回,风流文采胜蓬莱。
绿裁歌扇迷芳草,红衬湘裙舞落梅。
珠玉自应传盛世,神仙何幸下瑶台。
名园一自邀游赏,未许凡人到此来。

> 李纨此诗反比三春好些。细揣摩,甚至不无讽喻。

凝晖钟瑞(匾额)　薛宝钗
芳园筑向帝城西,华日祥云笼罩奇。
高柳喜迁莺出谷,修篁时待凤来仪。
文风已著宸游夕,孝化应隆归省时。
睿藻仙才瞻仰处,自惭何敢再为辞?

世外仙源(匾额)　林黛玉
宸游增悦豫,仙境别红尘。
借得山川秀,添来气象新。
香融金谷酒,花媚玉堂人。
何幸邀恩宠,宫车过往频。

> 黛玉也是遵命讴歌,大大良民。

元妃看毕,称赏一番,又笑道:"终是薛林二妹之作与众不同,非愚姊妹所及。"原来林黛玉安心今夜大展奇才,将众人压倒,不想贾妃只命一匾

> 众人奉命赋诗,既是制造吉庆气氛,也是联欢、游戏,给众姊妹以参与其盛的机会——也给曹雪芹以一次次大显身手的机会。此诸诗虽乏善可陈,堆到一起却也可观——也算

一咏，倒不好违谕多做，只胡乱做一首五言律应命罢了。

彼时宝玉尚未做完，才做了"潇湘馆"与"蘅芜苑"两首，正做"怡红院"一首，起稿内有"绿玉春犹卷"一句。宝钗转眼瞥见，便趁众人不理论，推他道："贵人因不喜'红香绿玉'四字，才改了'怡红快绿'；你这会子偏又用'绿玉'二字，岂不是有意和他分驰了？况且蕉叶之典故颇多，再想一个改了罢。"宝玉见宝钗如此说，便拭汗说道："我这会子总想不起什么典故出处来。"宝钗笑道："你只把'绿玉'的'玉'字改作'蜡'字就了了。"宝玉道："'绿蜡'可有出处？"宝钗悄悄的咂嘴点头笑道："亏你今夜不过如此，将来金殿对策，你大约连'赵钱孙李'都忘了呢！唐朝韩翃咏芭蕉诗头一句：'冷烛无烟绿蜡干'，都忘了么？"宝玉听了，不觉洞开心意，笑道："该死！眼前现成之句一时竟想不到。姐姐真可谓'一字师'了。从此只叫你师傅，再不叫姐姐了。"宝钗亦悄悄的笑道："还不快做上去，只姐姐妹妹的。谁是你姐姐？那上头穿黄袍的才是你姐姐呢。"一面说笑，因怕他耽延工夫，遂抽身走开了。

宝玉续成了此首，共三首。此时黛玉未得展才，心上不快。因见宝玉构思太苦，走至案旁，知宝玉只少"杏帘在望"一首，因叫他抄录前三首，却自己吟成一律，写在纸条上，搓成个团子，掷向宝玉跟前。宝玉打开一看，觉比自己做的三首高得十倍，遂忙恭楷誊完呈上。贾妃看是：

　　有凤来仪　宝玉
秀玉初成实，堪宜待凤凰。

以量胜质。古代重视诗、文，轻视小说，作者一写到诗就颇来精神，源出于此。

早蒙宝姐姐关爱。

乘机掉一掉书袋，亦大乐事。

有点逗趣的意思，也有羡慕贵人的意味。

宝玉本是聪明灵秀之人，但只要与女孩子们特别是与黛玉以及宝钗在一起，就形同傻子。智商大不如众女子。这里当然有艺术夸张——小说毕竟是小说。

钗给以指点，黛干脆代劳；二人性格不同，与宝玉的关系不同，助宝玉的方法也不同。

竿竿青欲滴,个个绿生凉。
迸砌防阶水,穿帘碍鼎香。
莫摇分碎影,好梦正初长。

蘅芷清芬
蘅芜满静苑,萝薜助芬芳。
软衬三春草,柔拖一缕香。
轻烟迷曲径,冷翠湿衣裳。
谁谓"池塘"曲,谢家幽梦长。

怡红快绿
深庭长日静,两两出婵娟。
绿蜡春犹卷,红妆夜未眠。
凭栏垂绛袖,倚石护清烟。
对立东风里,主人应解怜。

> 这三首诗并不比黛玉代做的第四首差。

杏帘在望
杏帘招客饮,在望有山庄。
菱荇鹅儿水,桑榆燕子梁。
一畦春韭绿,十里稻花香。
盛世无饥馁,何须耕织忙。

> 黛玉不忘歌升平而颂圣世,固亦良民百姓也。
> 写得自然流畅。

贾妃看毕,喜之不尽,说:"果然进益了!"又指"杏帘"一首为四首之冠,遂将"浣葛山庄"改为"稻香村"。又命探春将方才十数首诗,另以锦笺誊出,令太监传与外厢。贾政等看了,都称颂不已。贾政又进《归省颂》。元春又命以琼酪金脍等物,赐与宝玉并贾兰。此时贾兰尚幼,未谙诸事,只不过随母依叔行礼而已。

那时贾蔷带领一班女戏子在楼下,正等得不耐烦,只见一个太监飞跑下来,说:"做完了诗了,快拿戏目来!"贾蔷忙将戏目呈上,并十二个人的花名册子。少时,点了四出戏:第一出,《豪宴》;第二出,《乞巧》;第三出,《仙缘》;第四出,《离魂》。贾蔷忙张罗扮演起来,一个个歌欺裂

> 不知是否纯文艺的批评。
>
> 回到宝玉的思路上,但贾政这次为何不挑出宝玉的诗骂几句"畜牲",莫非堂堂老子见儿子沾了乃姊的势力便没了脾气了么?
>
> 为何这些活动都没有贾环的份儿?连幼小的贾兰都在眷顾之中。探春同样是庶出,可见问题没有出在嫡庶上。从元春到贾府衮衮诸公诸婆,直到曹雪芹,都不待见贾环。

人生体验的实在性、丰富性与瞬时性是一个根本的悲哀。

转瞬即逝才宝贵诱人。却又如梦如幻如泡如电……(佛家"六如"之说)元妃省亲,大场面写得富丽辉煌,丝丝入扣。高贵、隆重、忠顺、贤德、殊宠殊荣皇恩似海的气氛中一番难言的凄怆。欲言又止,多少泪水吞下肚。贾家及其余人不可谓不忠,皇恩不可谓不重,礼仪不可谓不周,照顾(包括留下了说体己话的场合和时间)不可谓不周到,盛况不可谓不圆满,仍令人心潮难平。这不但是封建王朝的体制造成贾妃的不自由的悲哀,也是人生自身的悲哀;人有悲欢离合,月有阴晴圆缺,此事古难全!

石之音,舞有天魔之态,虽是妆演的形容,却做尽悲欢情状。

| 四出戏的排列,戏名不无预兆。

　　刚演完了,一个太监执一金盘糕点之属进来,问:"谁是龄官?"贾蔷便知是赐龄官之物,连忙接了,命龄官叩头。太监又道:"贵妃有谕,说:'龄官极好,再做两出戏,不拘那两出就是了。'"贾蔷忙答应了,因命龄官做《游园》《惊梦》二出。龄官自为此二出原非本角之戏,执意不从,定要做《相约》《相骂》二出。贾蔷扭他不过,只得依他做了。贾妃甚喜,命:"莫难为了这女孩子,好生教习。"额外赏了两匹宫绸,两个荷包,并金银锞子食物之类。然后撤筵,将未到之处,复又游玩。忽见山环佛寺,忙盥手进去焚香拜佛,又题一匾云:"苦海慈航";又额外加恩与一班幽尼女道。

龄官居然有此骨气,不服行政命令,坚持艺术规律!

地位虽低也可以受宠。虽然受宠地位仍然低。抓完文艺紧接着抓宗教,与采购时思路同,反正都是精神生活方面的消费。

　　少时,太监跪启:"赐物俱齐,请验按例行赏。"乃呈上略节。贾妃从头看了无话,即命照此而行。太监下来,一一发放。原来贾母的是金玉如意各一柄,沉香拐杖一根,伽楠念珠一串,"富贵长春"宫缎四匹,"福寿绵长"宫绸四匹,紫金"笔锭如意"锞十锭,"吉庆有余"银锞十锭。邢夫人等二分,只减了如意、拐、珠四样。贾敬、贾赦、贾政等每分御制新书二部,宝墨二匣,金银盏各二只,表礼按前。宝钗黛玉诸姊妹

写到各种物——礼物、设备、财产、饰物……之时,作者的炫耀依恋之情溢于语表,个中又包含着哀叹的潜台词:"我们当年曾怎样地阔过,而今……还能说什么呢?"

物质的光泽,物质的群体,物质的微笑。

烈火烹油,鲜花着锦之盛的结果是"哭的哽噎难言","皇家规矩,违错不得",(很希望能违错,是么?),"好容易劝住","搀扶出园"。

盛筵散后,只有萧索凄凉。萧索凄凉中,回忆起以前的盛筵,说不定又眉飞色舞起来。人啊,人!

等,每人新书一部,宝砚一方,新样格式金银锞二对。宝玉亦同。贾兰是金银项圈二个,金银锞二对。尤氏、李纨、凤姐等皆金银锞四锭,表礼四端。另有表礼二十四端,清钱一千串,是赏与贾母王夫人及各姊妹房中奶娘众丫鬟的。贾珍、贾琏、贾环、贾蓉等皆是表礼一端,金银锞一对。其余彩缎百匹,白银千两,御酒数瓶,是赐东西两府及园中管理工程、陈设、答应及司戏、掌灯诸人的。外又有清钱五百串,是赐厨役、优伶、百戏、杂行人等的。

　　众人谢恩已毕,执事太监启道:"时已丑正三刻,请驾回銮。"贾妃不由的满眼又滚下泪来,却又勉强笑着,拉了贾母王夫人的手不忍放,再四叮咛:"不须记挂,好生保养。如今天恩浩荡,一月许进内省视一次,见面尽容易的,何必过悲。倘明岁天恩仍许归省,不可如此奢华靡费了。"贾母等已哭的哽噎难言了。贾妃虽不忍别,奈皇家规矩,违错不得的,只得忍心上舆去了。这里诸人好容易将贾母劝住,及王夫人搀扶出园去了。未知如何,下回分解。

> 提到贾环,可见其"法定"身份并不差。
>
> 兼顾人众,各得其所。
>
> 其实是谢恩无毕,谢恩不已。
>
> 泪下而强笑,拉手而不放,贤哉贾妃,哀哉贾妃,浩荡哉上恩!

　　省亲无限好,只是近黄昏。荣华无限好,只是不自由。贵妃无限好,只是怼郁结。红楼无限梦,尔后尽成灰。

第 十 九 回

情切切良宵花解语　意绵绵静日玉生香

话说贾妃回宫,次日见驾谢恩,并回奏归省之事,龙颜甚悦,又发内帑彩缎金银等物,以赐贾政及各椒房等员,不必细说。

> 用一点套话交代一下,对于喜欢读较完整的故事的读者来说,也好。

且说荣宁二府中连日用尽心力,真是人人力倦,各各神疲,又将园中一应陈设动用之物收拾了两三天方完。第一个凤姐事多任重,别人或可偷闲躲静,独他是不能脱得;二则本性要强,不肯落人褒贬,只扎挣着与无事的人一样。第一个宝玉是极无事最闲暇的。偏这一早,袭人的母亲又亲来回过贾母,接袭人家去吃年茶,晚间才得回来。因此,宝玉只和众丫头们掷骰子赶围棋作戏。正在房内玩得没兴头,忽见丫头们来回说:"东府里珍大爷来请过去看戏,放花灯。"宝玉听了,便命换衣裳。才要去时,忽又有贾妃赐出糖蒸酥酪来;宝玉想上次袭人喜吃此物,便命留与袭人了,自己回过贾母,过去看戏。

> 越是大事、好事、盛事,越是劳民伤财,令人疲惫不堪。

> 闲愁最苦,这显然也是(上帝)整人的一种办法,让他吃饱穿暖,养尊处优,却一生无一件正经事可做。

谁想贾珍这边唱的是《丁郎认父》《黄伯央大摆阴魂阵》,更有《孙行者大闹天宫》《姜太公斩将封神》等类的戏文。倏尔神鬼乱出,忽又妖魔毕露。内中扬幡过会,号佛行香,锣鼓喊叫之声,远闻巷外。满街上个个都赞:"好热闹戏,别宝玉行事并非多么清高,他并无黛玉那种洁癖,这一点从他的上学、闹馒头庵及此后的与薛蟠等吃酒等情节可以看出来。偏偏听一出戏闹了个"与俗鲜谐"。或宝玉本来不怎么喜欢听戏,或这是反映了宝玉的世故,别的事牵扯到人际关系,他便随和,听戏,毕竟是个人口味问题,可以自由裁夺。

人家断不能有的。"宝玉见繁华热闹到如此不堪的田地,只略坐了一坐,便走往各处闲耍。先是进内去和尤氏并丫头姬妾说笑了一回,便出二门来。尤氏等仍料他出来看戏,遂也不曾照管。贾珍、贾琏、薛蟠等只顾猜谜行令,百般作乐,纵一时不见他在座,只道在里边去了,也不理论。至于跟宝玉的小厮们,那年纪大些的,知宝玉这一来了必是晚间才散,因此偷空也有会赌钱的,也有往亲友家去吃年茶的,或赌或饮,都私自散了,待晚间再来;那些小些的,都钻进戏房里瞧热闹去了。

> 这似乎也反映了作者对这一类武打戏闹剧的不喜欢。为何不堪?如何不堪?如果放在今天,一个小说家就宝玉"逃戏"大概可以写几千字。与我国传统小说相比,"红"是很写了人物的心理活动内心世界的。"逃戏"与情节故事没什么关系,反映的只是宝玉的百无聊赖却又不堪热闹的精神世界。
> 但这些心理活动,多是点到就止,令读者分析去。

宝玉见一个人没有,因想:"素日这里有个小书房内曾挂着一轴美人,极画的得神。今日这般热闹,想那里自然无人,那美人也自然是寂寞的,须得我去望慰他一回。"想着,便往那厢来。刚到窗前,闻得房内呻吟之声。宝玉倒唬了一跳:"敢是美人活了不成?"乃大着胆子,舐破窗纸,向内一看,那轴美人却不曾活,却是茗烟按着一个女孩子,也干那警幻所训之事。宝玉禁不住大叫:"了不得!"一脚踹进门去,将那两个唬开了,抖衣而颤。

> 一直体贴到画上去了。端的是情种。

> 宝玉自己早干过了,见别人干便不甚以为奇。不像有的人自己专干无耻之事,却又道貌岸然,专门整顿别人。

茗烟见是宝玉,忙跪下哀求。宝玉道:"青天白日,这是怎么说!珍大爷知道,你是死是活?"一面看那丫头,虽不标致倒白净,些微亦有动人心处,羞的脸红耳赤,低首无言。宝玉跺脚道:"还不快跑?"一语提醒了那丫头,飞也似的去了。宝玉又赶出去叫道:"你别怕,我是不告

> 也算一种体贴。

203

诉人的。"急得茗烟在后叫:"祖宗,这是分明告诉人了!"宝玉因问:"那丫头十几岁了?"茗烟道:"不过十六七岁了。"宝玉道:"连他的岁数也不问问,别的自然越发不知了,可见他白认得你了。可怜,可怜!"又问:"名字叫什么?"茗烟笑道:"若说出名字来话长,真正新鲜奇文。他说他母亲养他的时节,做了一个梦,梦得了一匹锦,上面是五色富贵不断头的'卍'字花样,所以他的名字就叫作万儿。"宝玉听了笑道:"真也新奇,想必他将来有些造化。"说着,沉思一会。

> 在奴婢面前,宝玉确实算是个"自由派"。

> 于世事,常麻木不觉;听怪梦,便沉思一会:倒有几分艺术家气质。

　　茗烟因问:"二爷为何不看这样的好戏?"宝玉道:"看了半日,怪烦的,出来逛逛,就遇见你们了。这会子作什么呢?"茗烟微微笑道:"这会子没人知道,我悄悄的引二爷往城外逛去,一会儿再往这里来,他们就不知道了。"宝玉道:"不好,仔细花子拐了去。且是他们知道了,又闹大了。不如往近些的地方去,还可就来。"茗烟道:"就近地方谁家可去?这却难了。"宝玉笑道:"依我的主意,咱们竟找花大姐姐去,瞧他在家作什么呢。"茗烟笑道:"好,好!倒忘了他家。"又道:"他们知道了,说我引着二爷胡走,要打我呢?"宝玉道:"有我呢。"茗烟听说,拉了马,二人从后门就走了。幸而袭人家不远,不过一半里路程,转眼已到门前。

> 主仆相行方便,虽是主仆关系,形同哥儿们。

> 勿谓言之不预,先讨下"有我呢"的保证,讨下预应力。

　　茗烟先进去叫袭人之兄花自芳。此时袭人之母接了袭人与几个外甥女儿几个侄女儿来家,正吃果茶,听见外面有人叫"花大哥",花自芳忙出去看时,见是他主仆两个,唬的惊疑不定,连忙抱下宝玉来,至院内嚷道:"宝二爷来了!"别人听见还可,袭人听了,也不知为何,忙跑出来迎着宝玉,一把拉着问:"你怎么来了?"

> 虽然后文有探晴雯的情节,但先探的是袭人,排名次,袭人永远在前。可惜探晴雯是著名文艺段子,探袭人,则纯属瞎掰。

宝玉笑道:"我怪闷的,来瞧瞧你作什么呢。"袭人听了,才把心放下来,说道:"你也胡闹了,可作什么来呢?"一面又问茗烟:"还有谁跟来?"茗烟笑道:"别人都不知,就只我们两个。"袭人听了,复又惊慌说道:"这还了得!倘或撞见了人,或是遇见了老爷,街上人挤马碰,有个闪失,也是玩得的?你们的胆子比斗还大。都是茗烟调唆的,回去我定告诉嬷嬷们打你。"茗烟撅了嘴道:"二爷骂着打着叫我引了来的,这会子推到我身上。我说别要来罢!不然,我们还去罢。"花自芳忙劝道:"罢了,已是来了,也不用多说了。只是茅檐草舍,又窄又不干净,爷怎么坐呢?"

袭人之母也早迎了出来。袭人拉了宝玉进去。宝玉见房中三五个女孩儿,见他进来,都低了头,羞脸通红。花自芳母子两个恐怕宝玉冷,又让他上炕,又忙另摆果桌,又忙倒好茶。袭人笑道:"你们不用白忙,我自然知道,果子也不用摆了,不敢乱给东西吃。"一面说,一面将自己的坐褥拿了,铺在一个杌子上,宝玉坐了;用自己的脚炉垫了脚,向荷包内取出两个梅花香饼儿来,又将自己的手炉掀开焚上,仍盖好,放与宝玉怀内;然后将自己的茶杯斟了茶,送与宝玉。彼时他母兄已是忙着齐齐整整的摆上一桌子果品来,袭人见总无可吃之物,因笑道:"既来了,没有空去的理,好歹尝一点儿,也是来我家一趟。"说着,便拈了几个松子瓤,吹去细皮,用手帕托着送与宝玉。

宝玉看见袭人两眼微红,粉光融滑,因悄问袭人道:"好好的哭什么?"袭人笑道:"何尝哭!才迷了眼揉的。"因此便遮掩过了。因见宝玉穿

> 袭人在自己的家人面前乐于显派她最了解宝玉,最会侍候宝玉。别人张罗则是"白忙"。你张罗就不是"白忙"了吗?

> 看他人之白忙清,看自己之白忙糊涂,人都是这么蠢!

> 看来花家生活过得去,几近小康。不知是否得益于袭人的为奴。

> 袭人哭,留下公案。

着大红金蟒狐腋箭袖,外罩石青貂裘排穗褂,说道:"你特为往这里来,又换新衣服,他们就不问你往那里去的?"宝玉笑道:"原是珍大爷请过去看戏换的。"袭人点头,又道:"坐一坐就回去罢,这个地方不是你来的。"宝玉笑道:"你就家去才好呢,我还替你留着好东西呢。"袭人笑道:"悄悄的,叫他们听着什么意思。"一面又伸手从宝玉项上将"通灵玉"摘下来,向他姊妹们笑道:"你们见识见识。时常说起来都当稀罕,恨不能一见,今儿可尽力瞧了。再瞧什么稀罕物儿,也不过是这么个东西。"说毕,递与他们传看了一遍,仍与宝玉挂好,又命他哥哥去雇一乘小轿,或雇一辆小车,送宝玉回去。花自芳道:"有我送去,骑马也不妨了。"袭人道:"不为不妨,为的是碰见人。"

> 永远穿新衣好衣,永远令人羡慕,直至完蛋。

> 亲昵逗弄,话语并不像她素日标榜的那样正经。

> 传看此神玉宝玉?给人以展览宝玉的隐私的感觉。其意究竟何在?似乎有未明说的话。

花自芳忙去雇了一顶小轿来,众人也不好相留,只得送宝玉出去。袭人又抓些果子与茗烟,又把些钱与他买花炮放,教他:"不可告诉人,连你也有不是。"一面说着,一直送宝玉至门前,看着上轿,放下轿帘。茗烟二人牵马跟随。来至宁府街,茗烟命住轿,向花自芳道:"须得我同二爷还到东府里混一混,才过去的,不然人家就疑惑了。"花自芳听说有理,忙将宝玉抱出轿来,送上马去。宝玉笑道:"倒难为你了。"于是仍进了后门来,俱不在话下。

> 这些细节增加了真实性。

却说宝玉自出了门,他房中这些丫鬟们都越性恣意的玩笑,也有赶围棋的,也有掷骰抹牌的,磕了一地的瓜子皮。偏奶母李嬷嬷拄拐进来请安,瞧瞧宝玉,见宝玉不在家,丫鬟们只顾玩闹,十分看不过,因叹道:"只从我出去了不大

> 一地瓜子皮!遥想一九五六年,拙作《组织部来了个年轻人》中有一地"葵花皮"的描写,并被批评为"小资产阶级的疯狂性、散漫性",往事何堪回首!

进来,你们越发没了样儿了,别的嬷嬷越不敢说你们了。那宝玉是个'丈八的灯台——照见人家,照不见自己'的,只知嫌人家腌臜,这是他的屋子,由着你们遭塌,越不成体统了。"

这些丫头们明知宝玉不讲究这些;二则李嬷嬷已是告老解事出去了的,如今管不着他们。因此,只顾玩笑,并不理他。那李嬷嬷还只管问:"宝玉如今一顿吃多少饭?什么时候睡觉?"丫头们总胡乱答应,有的说:"好个讨厌的老货!"李嬷嬷又问道:"这盖碗里是酥酪,怎不送与我吃?"说毕,拿起就吃。一个丫头道:"快别动!那是说了给袭人留着的,回来又惹气了。你老人家自己承认,别带累我们受气。"李嬷嬷听了,又气又愧,便说道:"我不信他这样坏了肠子!别说我吃了一碗牛奶,就是再比这个值钱的,也是应该的。难道待袭人比我还重?难道他不想想怎么长大了?我的血变的奶,吃的长这么大;如今我吃他一碗牛奶,他就生气了?我偏吃了,看他怎样!你们看袭人不知怎样,那是我手里调理出来的毛丫头,什么阿物儿!"一面说,一面赌气将酥酪吃尽。又一个丫头笑道:"他们不会说话,怨不得你老人家生气。宝玉还送东西孝敬你老人家去,岂有为这个不自在的?"李嬷嬷道:"你们也不必妆狐媚子哄我,打量上次为茶撵茜雪的事我不知道呢。明儿有了不是,我再来领。"说着,赌气去了。

少时,宝玉回来,命人去接袭人,只见晴雯躺在床上不动,宝玉因问:"敢是病了?再不然输了?"秋纹道:"他倒是赢的。谁知李老太太来了混输了,他气的睡去了。"宝玉笑道:"你们别和他一般见识,由他去就是了。"

——

两方面的思路不同,缺乏沟通。也有代沟。

从李嬷嬷身上,已看到奴仆间的矛盾。有好吃的理应给我,修炼到了婴儿境界了。
又气又愧,恼羞成怒,更加不服气。

去与袭人争、比,失了体统,出了丑。这样提问题就丢了人,年高功大的李嬷嬷,去与袭人争一口吃的,您不想想这影响么。

赌气吃尽酥酪,更天真可爱。

与众丫头为敌。好话不信,坏话发火。李嬷嬷的表现或可称之为"忘年妒(妒)"。

说着，袭人已来，彼此相见。袭人又问宝玉何处吃饭，多早晚回来，又代母妹问诸同伴姊妹好。一时换衣卸妆。宝玉命取酥酪来，丫鬟们回说："李奶奶吃了。"宝玉才要说话，袭人便忙笑说道："原来是留的这个，多谢费心。前日我吃的时候好吃，吃过了，好肚子疼，闹的吐了才好了。他吃了倒好，搁在这里白遭塌了。我只想风干栗子吃，你替我剥栗子，我去铺床。"

> 息事宁人，克己复礼。既是为宝玉着想，也是为自己着想。像李嬷嬷这样的老小孩，还是不得罪为上。

> 奴才比主人有城府，是生活的教训也是生活的需要，对于奴才，生活的教训更严厉也更复杂，生活的要求更高。主人可以卖弄自己的天真单纯善良被骗，奴才可没有这种机会，这种可能与这种雅兴。

宝玉听了，信以为真，方把酥酪丢开，取栗子来，自向灯前检剥。一面见众人不在房中，乃笑问袭人道："今儿那个穿红的是你什么人？"袭人道："那是我两姨妹子。"宝玉听了，赞叹了两声。袭人道："叹什么？我知道你心里的缘故，想是说，他那里配穿红的？"宝玉笑道："不是，不是。那样的人不配穿红的，谁还敢穿？我因为见他实在好得很，怎么也得他在咱们家就好了。"袭人冷笑道："我一个人是奴才命罢了，难道连我的亲戚都是奴才命不成？定还要拣实在好的丫头才往你家来。"宝玉听了，忙笑道："你又多心了！我说往咱们家来，必定是奴才不成？说亲戚就使不得？"袭人道："那也搬配不上。"宝

> 袭人的反唇相讥既是确实意识到自己"奴才命"的可悲，更是讨厌宝玉的贪婪，"还要拣实在好的丫头……"也有自然而然的嫉妒心理。

玉便不肯再说，只是剥栗子。袭人笑道："怎么不言语了？想是我冒撞冲犯了你，明儿赌气花几两银子买他们进来就是了。"宝玉笑道："你说的话怎么叫人答言呢？我不过是赞他好，正配生在这深堂大院里，没的我们这种浊物倒生在这里！"袭人道："他虽没这造化，倒也是娇生惯养的，我姨父姨娘的宝贝，如今十七岁，各样的嫁妆都齐备了，明年就出嫁。"

> 在上之人讲平等是坐着说话不腰疼。在下之人要少幻想得多。阶级地位越低下，人们越易于面对现实。

> 干脆把针扎到穴位上。

宝玉听了"出嫁"二字，不禁又"嗐"两声。正不自在，又听袭人叹道："只从我来这几年，姊

> 见袭人家的红衣少女而思之，袭人十分不悦，不能不规劝宝玉了，更不能不考验宝玉了。

妹们都不得在一处,如今我要回去了,他们又都去了。"宝玉听这话内有文章,不觉吃一惊,忙丢下栗子,问道:"怎么,你如今要回去了?"袭人道:"我今儿听见我妈和哥哥商议,教我再耐烦一年,明年他们上来就赎我出去呢。"宝玉听了这话,越发忙了,因问:"为什么要赎你?"袭人道:"这话奇了!我又比不得是你这里的家生子儿,我一家子都在别处,独我一个人在这里,怎么是个了局?"宝玉道:"我不叫你去也难。"袭人道:"从来没有这理。便是朝廷宫里,也有定例,或几年一选,几年一入,没有长远留下人的理,别说你家!"

宝玉对袭人的表妹感兴趣,引起袭人不满,袭人便有这么一大套话。仆对主也要进行有理有利有节的斗争的。

宝玉想一想,果然有理,又道:"老太太不放你也难。"袭人道:"为什么不放?我果然是个最难得的,或者感动了老太太,太太必不放我出去的,设或多给我家几两银子留下,然或有之;其实我也不过是个最平常的人,比我强的多而且多。自我从小儿来跟着老太太,先伏侍了史大姑娘几年,如今又伏侍了你几年。如今我们家来赎,正是该叫去的,只怕连身价也不要,就开恩叫我去呢。若说为伏侍得你好,不叫我去,断然没有的事。那伏侍得好,分内应当的,不是什么奇功;我去了仍旧又有好的了,不是没了我就成不得的。"宝玉听了这些话,竟是有去的理,无留的理,心里越发急了,因又道:"虽然如此说,我的一心要留下你,不怕老太太不和你母亲说,多多给你母亲些银子,他也不好意思接你了。"袭人道:"我妈自然不敢强。且慢说和他好说,又多给银子;就便不好和他说,一个钱也不给,安心要强留下我,他也不敢不依。但只是咱们家从没干过这倚势仗贵霸道的事。这比不得别

"比我强的多……"不纯是自谦,袭人至少自知貌不惊人,她确有疑惑。她正处于选择的十字路口,她需要凿实宝二爷的心思,她方才在家已经掉了眼泪,她到了动真格的时候了。她并没有十成把握可以被宝玉永远"要"下去。

宝玉的天真的利己主义,天真的自我中心,他毫不鬼祟,便不显得有什么邪恶。

209

的东西,因为喜欢,加十倍利弄了来给你,那卖的人不得吃亏,可以行得;如今无故平空留下我,于你又无益,反教我们骨肉分离,这件事,老太太、太太断不肯行的。"宝玉听了,思忖半晌,乃说道:"依你说来说去,是去定了?"袭人道:"去定了。"宝玉听了自思道:"谁知这样一个人,这样薄情无义呢。"乃叹道:"早知道都是要去的,我就不该弄了来,临了剩我一个孤鬼儿。"说着便赌气上床睡了。

> 关键的话在这里,袭人强调自己"最平常""于你无益",是激将法,是呼唤宝玉的情意表示。

原来袭人在家,听见他母兄要赎他回去,他就说:"至死也不回去的。"又说:"当日原是你们没饭吃,就剩我还值几两银子,若不叫你们卖,没有个看着老子娘饿死的理;如今幸而卖到这个地方,吃穿和主子一样,又不朝打暮骂。况如今爹虽没了,你们却又整理的家成业就,复了元气。若果然还艰难,把我赎出来,再多掏摸几个钱,也还罢了,其实又不难了,这会子又赎我做什么?权当我死了,再不必起赎我的念头!"因此哭闹了一阵。

> 这也算两面三刀。

他母兄见他这般坚执,自然必不出来的了。况且原是卖倒的死契,明仗着贾宅是慈善宽厚之家,不过求一求,只怕连身价银一并赏了还是有的事呢;二则贾府中从不曾作践下人,只有恩多威少的,且凡老少房中所有亲侍的女孩子们,更比待家下众人不同,平常寒薄人家的小姐也不能那样尊重。因此他母子两个就死心不赎了。次后忽然宝玉去了,他二人又是那般景况,他母子二人心中更明白了,越发一块石头落了地,而且是意外之想,彼此放心,再无赎念了。

> 贾家是富贵而卑鄙,花家是贫穷而下贱。上层卑鄙,底层下贱,吾族堪忧矣!

且说袭人自幼见宝玉性格异常,其淘气憨顽自是出于众小儿之外,更有几件千奇百怪口通过袭人的规劝,展现宝玉的面貌。

袭人以奴才的身份,这样忠于主子,这样忠于没有几个主子真正做得到的道德标准,忠于主子的长远利益,以当时的价值标准看,袭人的"觉悟"已臻于至善了。她为何这样至善?"红"没有回答,但至少说明封建道德自有它发生、存在的依据与适用的功能,又说明了封建道德的深入人心。简单一骂,一丑化(袭人),是骂不倒的。

不能言的毛病儿。近来仗着祖母溺爱,父母亦不能十分严紧拘管,更觉放纵弛荡,任情恣性,最不喜务正。每欲劝时,谅不能听。今日可巧有赎身之论,故先用骗词以探其情,以压其气,然后好下箴规。今见宝玉默默睡去了,知其情有不忍,气已馁堕。自己原不想栗子吃,只因怕为酥酪生事,又像那茜雪之茶,是以假要栗子为由,混过宝玉不提就完了。于是命小丫头子们将栗子拿去吃了,自己来推宝玉。只见宝玉泪痕满面,袭人便笑道:"这有什么伤心的?你果然留我,我自然不出去了。"宝玉见这话有因,便说道:"你倒说说,我还要怎么留你?我自己也难说。"袭人笑道:"咱们素日好处,自不用说。但今日安心留我,不在这上头。我另说出三件事来,你果然依了我,就是你真心留我了,刀搁在脖子上,我也是不出去的了。"

> 袭人的这一套办法,至今被一些女性采用。

宝玉忙笑道:"你说,那几件?我都依你。好姐姐,好亲姐姐!别说两三件,就是两三百件我也依的。只求你们同看着我,守着我,等我有一日化成了飞灰——飞灰还不好,灰还有形迹,还有知识——等我化成一股轻烟,风一吹便散了的时候,你们也管不得我,我也顾不得你们了。那时凭我去,我也凭你们爱那里去就去了。"急得袭人忙握他的嘴,说:"好,好!我正为劝你这些,更说的狠了。"宝玉忙说道:"再不说这话了。"袭人道:"这是头一件要改的。"宝玉

> 天真的悲观主义。原发的——来自对于"化飞灰"的前景的深切而又超前的体认的颓废思想,也是来自人生的虚空、此生的无谓的体认。这也是一种"悟性",可以通向宗教,可以通向艺术,也可以通向加倍的奋发有为,如"生命诚可贵,爱情价更高,若为自由故,二者皆可抛"。宝玉呢,他的高度优宠地位,注定了他哪里也通向不了,只略略重视一下讨好女孩子们。

袭人的规劝今天看来也并非全无道理。仅用"封建"两字并不能取消历史,取消生活,取消世世代代无数的活人的生活。我们今天的人是帮不上贾宝玉反封建的(他是否够算得上反封建,另当别论),也很难为袭人设计出更合理更有利的思路言路。生活在封建社会的人也得生存,正像生活在别的社会的人一样,不能只是消极颓废,骂倒一切,任意任性。何况当时并没有民主主义启蒙主义的气候。

道:"改了,再说你就拧嘴。还有什么?"

袭人道:"第二件,你真喜读书也罢,假喜也罢,只在老爷跟前,或在别人跟前,你别只管批驳诮谤,只作出个喜读书的样子来,也叫老爷少生些气,在人前也好说嘴。他心里想着,我家代代读书,只从有了你,不承望你不但不喜读书,已经他心里又气又恼了,而且背前面后乱说那些混话。凡读书上进的人,你就起个名字,叫做'禄蠹';又说只除'明明德'外无书,都是前人自己不能解圣人之书,便另出己意,混编纂出来的。这些话,怎怨得老爷不气,不时时打你?叫别人怎么想你?"

反衬宝玉颇有见地,颇能一针见血。
前人自己不能解圣人之书,便另出己意,混编纂出来,说得何等深刻透辟,恰中要害!此曹公之高见也。
此见解有助于"国学"的进展。

宝玉笑道:"再不说了。那是我小时不知天高地厚,信口胡说,如今再不敢说了。还有什么?"袭人道:"再不可谤僧毁道,调脂弄粉。还有更要紧的一件事,再不许吃人嘴上擦的胭脂了,与那爱红的毛病儿。"宝玉道:"都改,都改!再有什么?快说罢。"袭人道:"再也没有了,只是百事检点些,不任意任情的就是了。你若果然都依了,便拿八人轿也抬不出我去了。"宝玉笑道:"你这里长远了,不怕没八人轿你坐。"袭人冷笑道:"这我可不希罕的。有那个福气,没有那个道理,纵坐了也没甚趣。"

谤僧毁道与调脂弄粉列为一项,令人忍俊不禁。

又要读书上进,又要尊敬僧道,也是相反相成,相辅相成。任意任情,正是宝玉的特点,宝玉的可爱处。没有任意任情,也就没有贾宝玉了。
宝玉并非不懂现实利害,更知袭人希罕这种利,才说得如此低级。袭人冷笑,心里未必冷。

二人正说着,只见秋纹走进来,说:"三更天了,该睡了。方才老太太打发嬷嬷来问,我答应睡了。"宝玉命取表来看时,果然针已指到亥正,方从新盥漱,宽衣安歇,不在话下。

至次日清晨,袭人起来,便觉身体发重,头疼目胀,四肢火热。先时还扎挣的住,次后捱不住,只要睡着,因而和衣躺在炕上。宝玉忙回了贾母,传医诊视,说道:"不过偶感风寒,吃一两剂药疏散疏散就好了。"开方去后,令人取药来煎好,刚服下去,命他盖上被窝渥汗,宝玉自去黛玉房中来看视。

> 大概与袭人为自己的命运也为规劝宝玉而动了真格的,伤心伤肝伤气伤人有关。谁不关心自己,袭人能含糊吗?

彼时黛玉自在床上歇午,丫鬟们皆出去自便,满屋内静悄悄的。宝玉揭起绣线软帘,进入里间,只见黛玉睡在那里,忙走上来推他道:"好妹妹,才吃了饭,又睡觉。"将黛玉唤醒。黛玉见是宝玉,因说道:"你且出去逛逛,我前儿闹了一夜,今儿还没有歇过来,浑身酸疼。"宝玉道:"酸疼事小,睡出来的病大,我替你解闷儿,混过困去就好了。"黛玉只合着眼,说道:"我不困,只略歇歇儿,你且别处去闹会子再来。"宝玉推他道:"我往那里去呢,见了别人就怪腻的。"

> 吃了饭即睡不好,不无科学道理。

黛玉听了,"嗤"的一笑道:"你既要在这里,那边去老老实实的坐着,咱们说话儿。"宝玉道:"我也歪着。"黛玉道:"你就歪着。"宝玉道:"没有枕头,咱们在一个枕头上。"黛玉道:"放屁!外面不是枕头?拿一个来枕着。"宝玉出至外间,看了一看,回来笑道:"那个我不要,也不知是那个腌臜老婆子的。"黛玉听了,睁开眼,起身笑道:"真真你就是我命中的'天魔星',请枕这一个!"说着,将自己枕的推与宝玉,又起身将自己的再拿了一个来自己枕了,二人对面倒下。

> 黛玉很少说粗话,这次居然"放屁",说明了他们的相处已日益放松,这次说笑更加放松。也说明"放屁"也属"国骂",与"他妈的"媲美,再伟大再清高的绅士淑女,都离不开的。

黛玉因看见宝玉左边腮上有钮扣大小的一块血渍,便欠身凑近前来,以手抚之细看道:"这又是谁的指甲刮破了?"宝玉倒身,一面躲,一面笑道:"不是刮的,只怕是才刚替他们淘澄胭脂膏子,溅上了一点儿。"说着,便找手帕子要揩拭。黛玉便用自己的帕子替他揩拭了,口内说道:"你又干这些事。干也罢了,必定还要带出幌子来。便是舅舅看不见,别人看见了,又当奇事新鲜话儿去学舌讨好,吹到舅舅耳朵里,又大家不干净惹气。"

> 这是一种实用主义的劝诫,有的是避免惹气,与事物本身的价值判断无干。

宝玉总未听见这些话,只闻得一股幽香,却是从黛玉袖中发出,闻之令人醉魂酥骨。宝玉一把便将黛玉的衣袖拉住,要瞧笼着何物。黛玉笑道:"这等时候谁带什么香呢?"宝玉笑道:"既如此,这香是那里来的?"黛玉道:"连我也不知道,想必是柜子里头的香气衣服上熏染的,也未可知。"宝玉摇头道:"未必。这香的气味奇怪,不是那些香饼子、香球子、香袋子的香。"黛玉冷笑道:"难道我也有什么'罗汉''真人'给我些奇香不成?便是得了奇香,也没有亲哥哥亲兄弟弄了花儿、朵儿、霜儿、雪儿替我炮制。我有的是那些俗香罢了。"

> 宝钗的香味是人为的,巧配的。黛玉的香是天然的,原生的。谁能胜得过谁呢?

> 不忿之心,一直使黛玉不愉快。

宝玉笑道:"凡我说一句,你就拉上这些。不给你个利害也不知道,从今儿可不饶你了!"说着翻身起来,将两只手呵了两口,便伸向黛玉膈肢窝内两胁下乱挠。黛玉素性触痒不禁,宝玉两手伸来乱挠,便笑的喘不过气来,口里说:"宝玉!你再闹,我就恼了。"宝玉方住了手,笑问道:"你还说这些不说了?"黛玉笑道:"再不敢了。"一面理鬓笑道:"我有奇香,你有'暖香'没有?"

宝玉见问,一时解不来,因问:"什么'暖香'?"黛玉点头笑叹道:"蠢才,蠢才!你有玉,人家就有金来配你;人家有'冷香',你就没有'暖香'去配?"宝玉方听出来,宝玉笑道:"方才求饶,如今更说狠了。"说着又去伸手。黛玉忙笑道:"好哥哥,我可不敢了。"宝玉笑道:"饶便饶你,只把袖子我闻一闻。"说着便拉了袖子笼在面上,闻个不住。黛玉夺了手道:"这可该去了。"宝玉笑道:"要去,不能。咱们斯斯文文的躺着说话儿。"说着复又倒下,黛玉也倒下,用手帕盖上脸。

> 天真可以谅解一切。如果不是两孩子,这种举止,就涉嫌不堪了。
> 这是何等天真烂漫的"床上镜头"! 手帕盖脸,美哉!

宝玉有一搭没一搭的说些鬼话,黛玉只不理。宝玉问他几岁上京,路上见何景致古迹,扬州有何遗迹故事,土俗民风,黛玉不答。宝玉只怕他睡出病来,便哄他道:"嗳哟! 你们扬州衙门里有一件大故事,你可知道?"黛玉见他说的郑重,又且正言厉色,只当是真事,因问:"什么事?"宝玉见问,便忍着笑,顺口诌道:"扬州有一座黛山,山上有个林子洞,……"黛玉笑道:"这就扯谎,自来也没有听见这山。"宝玉道:"天下山水多着呢,你那里知道这些不成? 等我说完了你再批评。"黛玉道:"你且说。"宝玉又诌道:"林子洞里原来有一群耗子精。那一年腊月初七日,老耗子升座议事,说:'明日乃是腊八日,世上人都熬腊八粥,如今我们洞中果品短少,须得趁此打劫些来方好。'乃拔令箭一枝,遣一能干小耗前去打听。一时小耗回报:'各处察访打听已毕,惟有山下庙里果米最多。'老耗问:'米有几样? 果有几品?'小耗道:'米豆成仓,不可胜记。果品有五种:一红枣,二栗子,三落花生,四菱角,五香芋。'老耗听了大喜。即时点耗前去,乃拔令箭,问:'谁去偷米?'一耗便接令去偷米。又拔令箭问:'谁去偷豆?'又一耗接令去偷

> 熬"腊八粥"的风俗由来已久。中华粥文化,源远流长。

豆。然后一一的都各领令去了。只剩下香芋一种，因又拔令箭问：'谁去偷香芋？'只见一个极小极弱的小耗应道：'我愿去偷香芋。'老耗并众耗见他这样，恐不谙练，又恐怯懦无力，都不准他去。小耗道：'我虽年小身弱，却是法术无边，口齿伶俐，机谋深远。此去管比他们偷得还巧呢！'众耗忙问：'如何得比他们巧呢？'小耗道：'我不学他们直偷，我只摇身一变，也变成个香芋，滚在香芋堆里，使人看不出，听不见，却暗暗的用分身法搬运，渐渐的就搬运尽了。岂不比直偷硬取的巧些？'众耗听了，都道：'妙却妙，只是不知怎么个变法？你去先变个我们瞧瞧。'小耗听了，笑道：'这个不难，等我变来。'说毕，摇身说：'变。'竟变了一个最标致美貌的一位小姐。众耗忙笑道：'变错了，变错了！原说变果子的，如何变出小姐来？'小耗现形笑道：'我说你们没见世面，只认得这果子是香芋，却不知盐课林老爷的小姐才是真正的"香玉"呢。'"

此故事难称精彩，但也展现了"红楼"的雅雅俗俗、虚虚实实、咸咸淡淡，真是包罗万象。

识文断字者的说笑，亦离不开字形字音字意，汉字万岁！

信口一编，似有机智。

黛玉听了，翻身爬起来，按着宝玉笑道："我把你烂了嘴的！我就知道你是编我呢。"说着便拧。宝玉连连央告："好妹妹，饶我罢，再不敢了！我因为闻见你的香气，忽然想起这个故典来。"黛玉笑道："饶骂了人，还说是故典呢。"

二人说笑打闹，虽并无有分量的内涵，仍然充满生趣，叫做"生气贯注"。

一语未了，只见宝钗走来，笑问："谁说故典呢？我也听听。"黛玉忙让坐，笑道："你瞧瞧，还有谁？他饶骂了，还说是故典。"宝钗笑道："原来是宝兄弟！怪不得他。他肚子里的故典原多。只是可惜一件，凡该用故典之时他偏就忘了。有今日记得的，前儿夜里的芭蕉诗就该记得。眼面前的倒想不起来，别人冷的那样，他急的只出汗。这会子偏又有记性了。"黛玉听了笑

善于守拙的宝钗，这话却居功优越一番。仅仅是一笑吗？

在宝黛的相爱相处中,静日玉生香一节十分愉快、放松,简直两个孩子进入了自由王国,无差别境界,获得的是天真烂漫而又相亲相爱的高峰体验。嗟乎,宝黛相处中,这种局面何其短暂,何其稀少!而猜疑、隔膜、嫉妒、阴影又何其多也。

人生能有几许天真?人生能有几次笑?能有几次与异性伴侣的孩子式的混闹?

也是一种"返璞归真"。

道:"阿弥陀佛!到底是我的好姐姐,你一般也遇见对子了。可知一还一报,不爽不错的。"刚说到这里,只听宝玉房中一片声吵嚷起来。未知何事,下回分解。

> 压一压宝玉,这是女儿示好的一种表现。

受尽欺凌压制,青春仍然无暇,青春仍然美丽。

第 二 十 回

王熙凤正言弹妒意　林黛玉俏语谑娇音

　　话说宝玉在黛玉房中说"耗子精",宝钗撞来,讽刺宝玉元宵不知"绿蜡"之典,三人正在房中互相讽刺取笑。那宝玉正恐黛玉饭后贪眠,一时存了食,或夜间走了困,皆非保养身体之法;幸而宝钗走来,大家谈笑,那林黛玉方不欲睡,自己才放了心。忽听他房中嚷起来,大家侧耳听了一听,林黛玉先笑道:"这是你妈妈和袭人叫唤呢。那袭人待他也罢了,你妈妈再要认真排场他,可见老背晦了。"

　　宝玉忙欲赶过去,宝钗一把拉住道:"你别和你妈妈吵才是,他老糊涂了,倒要让他一步儿为是。"宝玉道:"我知道了。"说毕,走来,只见李嬷嬷拄着拐杖,在当地骂袭人:"忘了本的小娼妇!我抬举你起来,这会子我来了,你大模大样的躺在炕上,见我也不理一理。一心只想妆狐媚子哄宝玉,哄得宝玉不理我,只听你们的话。你不过是几两银子买来的毛丫头,这屋里你就作耗,如何使得!好不好,拉出去配一个小子,看你还妖精似的哄人不哄!"袭人先道李嬷嬷不过为他躺着生气,少不得分辩说:"病了,才出汗,蒙着头,原没看见你老人家。"后来听见他说"哄宝玉",又说"配小子",由不得又羞又委屈,禁不住哭起来了。

即使是小心眼儿的黛玉以及有城府的宝钗,也知道讽刺、讥刺并非定是恶意,也有"互相讽刺取笑"的幽默感。如今的某些人,莫非狭于黛而幽于钗乎?

报昨日吃酥酪面上无光之仇。

袭人头一天正气凛然,头头是道地教育宝玉,委曲求全地维护大局,十分成功。越是成功越难逃一骂。李嬷嬷骂袭人是必然的——关键是袭人占据了李嬷嬷自认为自己这个功臣应该占据的位置。再说李是老经验,说不定掌握了她与宝玉初试云雨情的蛛丝马迹。

李嬷嬷如此可厌,居然畅通无阻。一、有老本可吃。主子吃过她的奶,她有半主的威风或功绩。二、她责难狐狸精,隐含着防淫防妖(精)的好意,不准宝玉吃酒,也有理。大方向还是对的,自以为是正确的。三、倚老卖老,人人让三分,这也是道德传统。

宝玉虽听了这些话,也不好怎样,少不得替他分辩病了吃药等话,又说:"你不信,只问别的丫头们。"李嬷嬷听了这话,越发气起来了,说道:"你只护着那起狐狸,那里还认得我了,叫我问谁去?谁不帮着你呢?谁不是袭人拿下马来的?我都知道那些事。我只和你在老太太、太太跟前去讲,把你奶了这么大,到如今吃不着奶了,把我丢在一旁,逗着丫头们要我的强!"一面说,一面哭起来。彼时黛玉宝钗等也走过来劝道:"妈妈,你老人家担待他们些就完了。"李嬷嬷见他二人来了,便诉委曲,将当日吃茶,茜雪出去,与昨日酥酪等事,唠唠叨叨说个不了。

可巧凤姐正在上房算了输赢帐,听得后面一片声嚷动,便知是李嬷嬷老病发了,排揎宝玉的人,正值他今儿输了钱,迁怒于人,便连忙赶过来,拉了李嬷嬷,笑道:"妈妈别生气。大节下,老太太刚喜欢了一日,你是个老人家,别人吵嚷,还要你管他们才是;难道你反不知规矩,在这里嚷起来,叫老太太生气不成?你说谁不好,我替你打他。我家里烧的滚热的野鸡,快跟我来喝酒去。"一面说,一面拉着走,又叫:"丰儿,替你李奶奶拿着拐棍子,擦眼泪的手帕子。"那李嬷嬷脚不沾地,跟了凤姐儿走了,一面还说:"我也不要这老命了,索性今儿没了规距,闹一场子,讨个没脸,强似受那娼妇的气!"后面宝钗黛玉见凤姐儿这般,都拍手笑道:"亏他这一阵风来,把个老婆子撮了去。"

宝玉点头叹道:"这又不知是那里的帐,只

果然,抖搂出了要害。拿下马与"那些事",别以为"老背晦"是好惹的。

没有这点老本,不会敢于责备宝玉的。
李嬷嬷是吃老本者的一面镜子。

不同性质的矛盾,用不同的方法解决。

李嬷嬷硬是不知己丑。

拣软的欺负。又不知是那个姑娘得罪了,上在他帐上了……"一句未完,晴雯在旁说道:"谁又不疯了,得罪他做什么?既得罪了他,就有本事承任,不犯着带累别人!"袭人一面哭,一面拉着宝玉道:"为我得罪了一个老奶奶,你这会子又为我得罪这些人,这还不够我受的,还只是拉扯人。"宝玉见他这般病势,又添了这些烦恼,连忙忍气吞声,安慰他仍旧睡下出汗。又见他汤烧火热,自己守着他,歪在旁边劝他:"只养着病,别想那些没要紧的事生气。"袭人冷笑道:"要为这些事生气,屋里一刻还留得了?但只是天长日久,尽着如此吵闹,可叫人怎么样过呢。你只顾一时为我们得罪了人,他们都记在心里,遇着坎儿,说得好说不好听,大家什么意思?"一面说,一面禁不住流泪,又怕宝玉烦恼,只得又勉强忍着。

> 晴雯插话及时必要。李嬷嬷"谁不是袭人拿下马来的"的诘问,并没有没有效果。勿以为话有大用,勿以为话无用,尤其是符合事实的话。
> 不把自己当外人,经过初试云雨,又经过良宵花解语,似已觉得宝玉属于自己了。

一时杂使的老婆子端了二和药来。宝玉见他才有汗意,不叫他起来,便自己端着与他就枕上吃了,即令小丫鬟们铺炕。袭人道:"你吃饭不吃饭,到底老太太、太太跟前坐一会子,和姑娘们玩一会子,再回来。我就静静的躺一躺也好。"宝玉听说,只得依他,去了簪环,看他躺下,自往上房来,同贾母吃饭。饭毕,贾母犹欲同那几个老管家的嬷嬷斗牌。宝玉记着袭人,便回至房中,见袭人朦朦睡去。自己要睡,天气尚早。彼时晴雯、绮霞、秋纹、碧痕都寻热闹找鸳鸯琥珀等耍戏去了。见麝月一人在外间房里灯下抹骨牌。宝玉笑道:"你怎么不同他们去?"麝月道:"没有钱。"宝玉道:"床底下堆着那些,还不够你输的?"麝月道:"都玩去了,这屋子交给谁呢?那一个又病了,满屋里上头是灯,下头是

> "他们"云云,袭人很明白自己由于受到宝玉的殊宠而处于与众人对立的地位。她的成功就是她的孤立的根源。

> 知止而后有定,并不没完没了地向宝玉索取(关怀)。

> 揽事揽责之人亦多。

火。那些老婆子们都'老天拔地',服侍了一天,也该叫他们歇歇;小丫头们也服侍了一天,这会子还不叫他们玩玩去?所以我在这里看着。"

宝玉听了这话,公然又是一个袭人。因笑道:"我在这里坐着,你放心去罢。"麝月道:"你既在这里,越发不用去了,咱们两个说话玩笑岂不好?"宝玉道:"咱们两个做什么呢?怪没意思的。也罢了,早上你说头痒,这会子没什么事,我替你篦头罢。"麝月听了便道:"就是这样。"说着,将文具镜匣搬将来,卸去钗钏,打开头发,宝玉拿了篦子替他一一梳篦。只篦了三五下,见晴雯忙忙走进来取钱,一见了他两个,便冷笑道:"哦!交杯盏还没吃,倒上了头了!"宝玉笑道:"你来,我也替你篦一篦。"晴雯道:"我没这么样大福。"说着,拿了钱,便摔了帘子,出去了。

宝玉在麝月身后,麝月对镜,二人在镜内相视。宝玉便向镜内笑道:"满屋里就只是他磨牙。"麝月听说,忙向镜中摆手,宝玉会意,忽听"嗵"一声帘子响,晴雯又跑进来问道:"我怎么磨牙了?咱们倒得说说。"麝月笑道:"你去你的罢,何苦来问人了。"晴雯笑道:"你又护着!你们那瞒神弄鬼的,我都知道。等我捞回本儿来再说话。"说着,一径出去了。这里宝玉通了头,命麝月悄悄的伏侍他睡下,不肯惊动袭人。一宿无话。

次日清晨起来,袭人已是夜间发了汗,觉得轻省了些,只吃些米汤静养。宝玉放了心,因饭后走到薛姨妈这边来闲逛。

彼时正月内,学房中放年学,闺阁中忌针

| 你享得了双袭人之福吗?

这话极幽默,令人哭笑不得。并非随机之回答。博爱多劳。

虽是逗嘴,反映了众女争春争宠的大好(危险)局面。即使同为争宠而处于屈辱地位也罢,各人性格不同,路数不同,格调不同,未免坏了令某些读者羡煞的宝玉。

菂，都是闲时，因贾环也过来玩。正遇见宝钗、香菱、莺儿三个赶围棋作耍，贾环见了也要玩。宝钗素昔看他也如宝玉，并没他意；今儿听他要玩，让他上来坐了，一处玩。一磊十个钱，头一回，自己赢了，心中十分欢喜。谁知后来接连输了几盘，便有些着急。赶着这盘正该自己掷骰子，若掷个七点便赢，若掷个六点，下该莺儿，掷三点就输了。因拿起骰子来狠命一掷，一个坐定了二，那一个乱转。莺儿拍着手只叫"幺"，贾环便瞪着眼，"六""七""八"混叫。那骰子偏生转出幺来。贾环急了，伸手便抓起骰子，然后就拿钱，说是个六点。莺儿便说："明明是个幺。"宝钗见贾环急了，便瞅莺儿，说道："越大越没规矩！难道爷们还赖你？还不放下钱来呢。"莺儿满心委屈，见宝钗说，不敢出声，只得放下钱来，口内嘟囔说："一个做爷的，还赖我们这几个钱，连我也不放在眼里。前儿和宝二爷玩，他输了那些，也没着急，下剩的钱还是几个小丫头子们一抢，他一笑就罢了。"宝钗不等说完，连忙喝住了。贾环道："我拿什么比宝玉？你们怕他，都和他好，都欺负我不是太太养的。"说着便哭。宝钗忙劝他："好兄弟，快别说这话，人家笑话你。"又骂莺儿。

　　正值宝玉走来，见了这般形况，问："是怎么了？"贾环不敢则声。宝钗素知他家规距：凡做兄弟的怕哥哥。却不知那宝玉是不要人怕他的。他想着："兄弟们一并都有父母教训，何必我多事，反生疏了。况且我是正出，他是庶出，饶这样看待，还有人背后谈论，还禁得辖治了他？"更有个呆意思存在心里。你道是何呆意？因他自幼姐妹丛中长大，亲姊妹有元春探春，叔

> 赖皮性格者定不能公平游戏——"费厄泼赖"（fair play）。
> 谁没规矩？没有规则怎么游戏？要面子还是要规则呢？

> 贾环直奔主题，专提不开的壶，使别人原不这样想的也终于这样想起来。怎么可以蠢到这种匪夷所思的境地？替贾环着想，"谁养的"这个问题最好淡而化之，有贾政做老子，心虚什么？

伯的有迎春惜春，亲戚中又有史湘云、林黛玉、薛宝钗等人，他便料定天地灵淑之气，只钟于女子，男儿们不过是些渣滓浊沫而已。因此把一切男子都看成浊物，可有可无。只是父亲、伯叔、兄弟之伦，因是圣人遗训，不敢违忤，只得听他几句。所以兄弟之间亦不过尽其大概的情理就罢了，并不想自己是男子，须要为子弟之表率。是以贾环等都不怕他，却怕贾母，才让他三分。

现今宝钗生怕宝玉教训他，倒没意思，便连忙替贾环掩饰。宝玉道："大正月里，哭什么？这里不好，到别处玩去。你天天念书，倒念糊涂了。譬如这件东西不好，横竖那一件好，就舍了这件取那件。难道你守着这件东西哭会子就好了不成？你原来是取乐的，倒招的自己烦恼，不如快去呢。"贾环听了，只得回来。

赵姨娘见他这般，因问："是那里垫了踹窝来了？"贾环便说："同宝姐姐玩来着，莺儿欺负我，赖我的钱，宝玉哥哥撵我来了。"赵姨娘啐道："谁叫你上高台盘了？下流没脸的东西！那里玩不得？谁叫你跑了去讨这没意思？"正说着，可巧凤姐在窗外过，都听在耳内，便隔窗说道："大正月里，怎么了？兄弟们小孩子家，一半点儿错了，你只教导他，说这样话做什么？凭他怎么去，还有太太老爷管他呢，就大口家啐他？他现是主子，不好，横竖有教导他的人，与你什么相干？环兄弟，出来！跟我玩去。"

贾环素日怕凤姐，比怕王夫人更甚，听见叫他，忙的出来。赵姨娘也不敢出声。凤姐向贾环说道："你也是个没性气的东西！时常说给你：要吃，要喝，要玩，要笑，你爱同那一个姐姐

这也是一种因应变通之道，连宝玉都懂的。

说了半天，虽不要人怕他仍是有兄长之风，说到他自己，怕是没有这样潇洒。

赵姨娘一张口就出水平，出风格，出故事。

一件小事，骂到了"纲"上了。小题大做，激化矛盾，固赵姨娘之特色也。

凤姐也是一句话捅到主奴身份有别的要害穴位上，也算是杀人不见血！话惩狠！

当然

凤姐是秩序的维护者，把李嬷嬷驾走，训导贾环——镇压赵姨娘，她管训着一切。

223

妹妹哥哥嫂子玩,就同那个玩。你总不听我的话,反叫这些人教的歪心邪意,狐媚子霸道的。自己又不尊重,要往下流里走,安着坏心,还只怨人家偏心呢。输了几个钱,就这么样儿!"因问贾环:"你输了多少钱?"贾环见问,只得诺诺的说道:"输了一二百钱。"凤姐道:"亏了你还是爷们,输了一二百钱就这样!"回头叫:"丰儿,去取一吊钱来,姑娘们都在后头玩呢,把他送了玩去。你明儿再这样下流狐媚子,我先打了你,再叫人告诉学里,皮不揭了你的!为你这不尊重,你哥哥恨得牙痒痒,不是我拦着,窝心脚把你的肠子窝出来呢!"喝令:"去罢!"贾环诺诺的,跟了丰儿,得了钱,自去和迎春等玩去,不在话下。

> 赵姨娘安得不将凤姐恨之入骨。凤姐对她是一味镇压,不留余地。

且说宝玉正和宝钗玩笑,忽见人说:"史大姑娘来了。"宝玉听了,抬身就走,宝钗笑道:"等着,咱们两个一齐走,瞧瞧他去。"说着,下了炕,同宝玉来至贾母这边。只见史湘云大笑大说的,见了他两个,忙问好厮见。正值林黛玉在旁,因问宝玉:"在那里来?"宝玉便道:"在宝姐姐家来。"黛玉冷笑道:"我说呢,亏在那里绊住,不然早就飞了来了。"宝玉道:"只许同你玩,替你解闷儿;不过偶然去他那里一遭,就说这话。"黛玉道:"好没意思的话!去不去,管我什么事?又没叫你替我解闷儿,可许你从此不理我呢!"说着,便赌气回房去了。

> 这时的口角带孩子气。

宝玉忙跟了来,问道:"好好的又生气了?就是我说错句话,你到底也还坐在那里,和别人说笑一会子,又自己来纳闷。"黛玉道:"你管我呢!"宝玉笑道:"我自然不敢管你,只是你自己遭塌坏了身子呢。"黛玉道:"我作践了我的身子,我死我的,与你何干?"宝玉道:"何苦来,大正月里,'死'了'活'了的。"黛玉道:"偏说'死'!我这会子就死!你怕死,你长命百岁的如何?"宝玉笑道:"要像只管这样的闹,我还怕死呢?倒不如死了干净。"黛玉忙道:"正是了,要是这样闹,不如死了干净!"宝玉道:"我说自家死了干净,别要错听了赖人。"正说着,宝钗走来,说:"史大妹妹等你呢。"说着,便推宝玉走了。这里黛玉越发气闷,只向窗前流泪。

　　没两盏茶时,宝玉仍来了。黛玉见了,越发抽抽噎噎的哭个不住。宝玉见了这样,知难挽回,打叠起千百样的款语温言来劝慰。不料自己未张口,只听黛玉先说道:"你又来作什么?死活凭我去罢了!横竖如今有人和你玩,要比我又会念,又会作,又会写,又会说会笑,又怕你生气,拉了你去,你又来作什么?"宝玉听了,忙上前悄悄的说道:"你这个明白人,难道连'亲不隔疏,后不僭先'也不知道?我虽糊涂,却明白这两句话。头一件,咱们是姑舅姊妹,宝姐姐是两姨姊妹,论亲戚也比你疏。第二件,你先来,咱们两个一桌吃,一床睡,自小儿一处长大的,他是才来的,岂有个为他疏你的?"黛玉啐道:"我难道叫你疏他?我成了什么人了呢?我为的是我的心!"宝玉道:"我也为的是我的心。难道你就知道你的心,不知道我的心不成?"黛玉听了,低头不语,半日说道:"你只怨人行动嗔怪你了,你再不知道你怄人难受。就拿今日天气比,分明今日冷些,怎么你倒脱了青肷披风呢?"宝玉笑道:"何尝不穿着?见你一恼,我一暴燥,就脱了。"黛玉叹道:"回来伤了风,又该饿着吵吃的了。"

　　二人正说着,只见湘云走来,笑道:"爱哥

一句话半句话引起口角,口角内容无谓,但一下子就"死了活了的",如此严重,实际反映与宝玉的情感关系已带有生死攸关的性质了。

吵得可笑,可叹,可怜。宝钗素来是统筹兼顾方方面面的,如何能不管黛玉,推着宝玉便走了?
或谓宝钗知道(听见了)二人正在吵,吵的高潮中拉走一方,脱离接触,是恢复冷静的唯一办法。
或谓宝钗这样是"救"了宝玉,宝玉自会感激她的吧?推宝玉走前至少应礼貌性地向黛玉做一个交代或抚慰。

只得这样言不及义地论述,令后人替他着急。

这个逻辑是讲不清楚的,因为这根本不是一个逻辑论证的问题。黛玉对宝钗有一种嫉妒,也有一种提防,每每向宝玉流露。至于说要"疏"谁,她确实未曾这样想过。那么她到底要什么呢?要宝玉的心。怎么个"心"法呢?这就更弄不清楚也无法面对的了。

雨过天晴。

说笑,打趣,逗嘴,恼了,好了……本身没有多少意义也罢,却为青春的天真无邪、亲密无间的善意所照耀,变得生气灌注,活灵活现,无忧无忧。多么美好的青春年华!多么美好的青春友谊!多么难忘的毕竟是单纯透亮的岁月!当这些都一去不复返后,回溯写之,能不涕零于玩笑之中!

"妒意"云云,是"红"的人物行事的一个重要因素,是事件发展的一个重要动力能源。凤姐"妒"到了平儿为掩护她而造出来的香菱身上(见前)。李嬷嬷妒到袭人身上。晴雯妒到袭人、麝月身上。赵姨娘、贾环妒宝玉,又受到凤姐镇压,压的结果只能是越发妒。林黛玉妒宝钗。湘云的天真中似略有妒黛玉之意。贾宝玉越是博施所爱,四面打躬,委曲求全,就越是四面楚歌。谁让他成为众女性的目光的聚焦点呢?确实很难把爱与妒截然分开。也很难断然判定爱美妒丑。感情的辨析是困难的。"红"里的感情关系,真是"剪不断,理还乱"呀。

哥,林姐姐,你们天天一处玩,我好容易来了,也不理我一理儿。"黛玉笑道:"偏是咬舌子爱说话,连个'二'哥哥也叫不上来,只是'爱'哥哥'爱'哥哥的。回来赶围棋儿,又该你闹'幺爱三'了。"宝玉笑道:"你学惯了,明儿连你还咬起来呢。"湘云道:"他再不放人一点儿,专挑人的不是。你自己便比世人好,也不犯着见一个打趣一个。我指出一个人来,你敢挑他么,我就服你。"黛玉便问:"是谁?"湘云道:"你敢挑宝姐姐的短处,就算你是个好的。"黛玉听了冷笑道:"我当是谁,原来是他!我那里敢挑他呢?"宝玉不等说完,忙用话分开。湘云笑道:"这一辈子我自然比不上你。我只保佑着明儿得一个咬舌儿林姐夫,时时刻刻你可听'爱'呀'厄'的去,阿弥陀佛,那时才现在我眼里呢!"说的众人一笑,湘云忙回身跑了。要知端详,且听下回分解。

这当然只是湘云的即兴发挥的玩笑,但仍然令读者笑不出来。是啊,她们谁知道谁的夫君将会是什么样子,说话咬不咬舌子呢?她们自己的命运,是自己做不了主的啊。

焉知这玩笑没触及(不仅是黛玉的)痛处?

口角、口水战,来自实在的矛盾、利害冲突,也来自人自身的疑、妒、防、好胜心等。大观园的口水战,甚至令人想起国际关系上的口水战来,一笑。

第二十一回

贤袭人娇嗔箴宝玉　俏平儿软语救贾琏

　　话说史湘云跑了出来,怕林黛玉赶上,宝玉在后忙说:"绊倒了!那里就赶上了?"林黛玉赶到门前,被宝玉叉手在门框上拦住,笑道:"饶他这一遭儿罢。"林黛玉拉着手说道:"我要饶了云儿,再不活着!"湘云见宝玉拦着门,料黛玉不能出来,便立住脚,笑道:"好姐姐,饶我这遭儿罢。"却值宝钗来在湘云身背后,也笑道:"我劝你两个看宝兄弟面上,都撂开手罢。"黛玉道:"我不依。你们是一气的,都戏弄我不成!"宝玉劝道:"谁敢戏弄你,你不打趣他,他焉敢说你。"四人正难分解,有人来请吃饭,方往前边来。那天已掌灯时分,王夫人、李纨、凤姐、迎春、探春、惜春姊妹等,都往贾母这边来。大家闲话了一回,各自归寝。湘云仍往黛玉房中安歇。

　　宝玉送他二人到房,那天已二更多时,袭人来催了几次,方回自己房中来睡。次早,天方明时,便披衣靸鞋往黛玉房中来,却不见紫鹃翠缕二人,只有他姊妹两个尚卧在衾内。那黛玉严严密密裹着一幅杏子红绫被,安稳合目而睡。那史湘云却一把青丝,拖于枕畔,被只齐胸,一弯雪白的膀子,撂于被外,又带着两个金镯子。宝玉见了叹道:"睡觉还是不老实!回来风吹了,又嚷肩窝疼了。"一面说,一面轻轻的替他盖

白纸黑字写下来,"你们是一气的"云云,够严重的了。小说之道,在于小中见大,无心中见心,于青萍之末见狂风暴雨。

既然管理也是服务,那么,服务也是管理。在管理宝玉的起居方面,袭人这位大服务员领班,不是当仁不让、从严治玉的吗?

227

上。林黛玉早已醒了,觉得有人,就猜着定是宝玉,因翻身一看,果不出所料。因说道:"这早晚就跑过来作什么?"宝玉说:"这早晚还早呢!你起来瞧瞧。"黛玉道:"你先出去,让我们起来。"

宝玉出至外间。黛玉起来,叫醒湘云,二人都穿了衣裳。宝玉又复进来,坐在镜台旁边。只见紫鹃雪雁进来伏侍梳洗。湘云洗了脸,翠缕便拿残水要泼,宝玉道:"站着,我趁势洗了就完了,省得又过去费事。"说着,便走过来,弯腰洗了两把。紫鹃递过香皂去,宝玉道:"这盆里就不少,不用搓了。"再洗了两把,便要手巾。翠缕道:"还是这个毛病儿,多早晚才改呢。"

宝玉也不理他,忙忙的要青盐擦了牙,漱了口,完毕,见湘云已梳完了头,便走过来笑道:"好妹妹,替我梳上头。"湘云道:"这可不能了。"宝玉笑道:"好妹妹,你先时怎么替我梳了呢?"湘云道:"如今我忘了,不会梳呢。"宝玉道:"横竖我不出门,又不戴冠子、勒子,不过打几根辫子就完了。"说着,又千"妹妹"万"妹妹"的央告。湘云只得扶过他的头来一一梳篦。在家不戴冠子,并不总角,只将四围短发编成小辫,往顶心发上归了总,编一根大辫,红绦结住。自发顶至辫梢,一路四颗珍珠,下面有金坠脚。湘云一面编着,一面说道:"这珠子只三颗了,这一颗不是的,我记得是一样的,怎么少了一颗?"宝玉道:"丢了一颗。"湘云道:"必定是外头去,掉下来,不防被人拣了去,倒便宜他。"黛玉旁边冷笑道:"也不知是真丢,也不知是给了人镶什么戴去了。"宝玉不答,因镜台两边都是妆奁等物,顺手拿起来赏玩,不觉顺手拈了胭脂,意欲往口边送,又怕湘云说,正犹豫间,湘云在身后伸过手

又体贴上了。见一个体贴一个,倒也难得。太体贴了,似也有以歪就歪,越写越来劲的因素。

如果说宝玉有某些色情狂的表现,并不过分,也不是糟践了他。只是由于他天真,止于亲昵体贴,故亦引不起太大的反感。

已有香皂,未有牙膏牙粉。

跟史湘云又纠缠上了。也确实可以说是不肖——没出息。

写宝玉的发式,以显示其地位、性格、家境……的与众不同。发型一写,灵气自见。

宝玉不答,因黛玉说得正对。此公案存而不论。

袭人处事,本来是够忍让的。对宝玉却是当仁不让。

第一,宝玉是否接受她的垄断性服务,是头等大事,关系到她的命运,不能让。

第二,她自信宝玉离不开她,这是既成事实,既定态势,既有格局。

第三,她认为自己是代表正确的方面、道德的方面,她的告诫符合正统,符合贾政、王夫人的意图。她决不能对宝玉与众姐妹的混闹置之不理。

第四,她确实也"爱"宝玉。爱不但可以生发出妒,也生发出干预的趋向,生发出"管"的权力。爱也可以有二重性,故评点者提出"理解比爱更高"的命题。

来,"啪"的一下将胭脂从他手中打落,说道:"不长进的毛病儿,多早晚才改!"

一语未了,只见袭人进来,见这光景,知是梳洗过了,只得回来自己梳洗。忽见宝钗走来,因问:"宝兄弟那里去了?"袭人冷笑道:"'宝兄弟'那里还有在家的工夫!"宝钗听说,心中明白。又听袭人叹道:"姊妹们和气,也有个分寸礼节,也没个黑家白日闹的!凭人怎么劝,都是耳旁风。"宝钗听了,心中暗忖道:"倒别看错了这个丫头,听他说话,倒有些识见。"宝钗便在炕上坐了,慢慢的闲言中,套问他年纪家乡等语,留神窥察其言语志量,深可敬爱。

| 主子之间互妒,奴婢之间也互妒。袭人更妒到了湘云身上,并讲出了一番大道理,道理不讲给别人而讲给宝钗,自非偶然。
| 此是袭投靠钗,钗器重袭,钗袭结盟的开端。一个丫头,能使城府如宝钗者感到"深可敬爱",容易吗?

一时宝玉来了,宝钗方出去。宝玉便问袭人道:"怎么宝姐姐和你说的这么热闹,见我进来就跑了?"问一声不答,再问时,袭人方道:"你问我么?我那里知道你们的原故。"宝玉听了这话,见他脸上气色非往日可比,便笑道:"怎么又动了真气了?"袭人冷笑道:"我那里敢动气?只是你从今别进这屋子了,横竖有人伏侍你,再不必来支使我。我仍旧还伏侍老太太去。"一面说,一面便在炕上合眼倒下。宝玉见了这般景况,深为骇异,禁不住赶来劝慰,那袭人只管合着眼不理。宝玉无了主意,因见麝月进来,便道:"你姐姐怎么了?"麝月道:"我知道么?问你

一次又一次地主动降服宝玉。这确是女性的本事。

读者初也骇异,继而明白,此势已成,宝玉离不开袭人,已是定势。
不知与前述袭人投靠宝钗成功有无关系。有了宝钗的理解与含蓄的支持(钗深深敬爱,袭能不知么?),袭的自我感觉自然不同。

自己便明白了。"宝玉听说,呆了一回,自觉无趣,便起身咳道:"不理我罢,我也睡去。"说着,便起身下炕,到自己床上睡下。

袭人听他半日无动静,微微的打鼾,料他睡着,便起来拿一领斗篷来替他盖上,只听"嗳"的一声,宝玉便掀过去,仍合目装睡。袭人明知其意,便点头冷笑道:"你也不用生气,从此后,我也只当哑了,再不说你一声如何?"宝玉禁不住起身问道:"我又怎么了?你又劝我?你劝也罢了,刚才又没劝,我一进来,你就不理我,赌气睡了。我还摸不着是为什么,这会子你又说我恼了。我何尝听见你劝我的是什么话儿?"袭人道:"你心里还不明白?还等我说呢!"

性格、地位、思路迥然不同,但袭人挤兑宝玉方法与黛玉略同。

正闹着,贾母遣人来叫他吃饭,方往前边来,胡乱吃了几碗饭,仍回至自己房中。只见袭人睡在外头炕上,麝月在旁抹骨牌。宝玉素知麝月与袭人亲厚,一并连麝月也不理,揭起软帘,自往里间来。麝月只得跟进来。宝玉便推他出去,说:"不敢惊动你们。"麝月只得笑着出来,唤两个小丫头进来。

既是主仆关系,又是少男少女的友谊关系,才出现这种微妙情事。
主可以占有仆的劳动直至其他,却赢得不了仆的爱心。只有以友待之才行。

宝玉拿一本书,歪着看了半天,因要茶,抬头只见两个小丫头在地下站着,一个大些的,生得十分清秀,宝玉便问:"你叫什么名字?"那丫头答道:"叫蕙香。"宝玉又问:"是谁起的这个名字?"蕙香道:"我原叫'芸香',是花大姐姐改的。"宝玉道:"正经该叫'晦气'罢咧,什么'蕙香'呢!"又问:"你姊妹几个?"蕙香道:"四个。"宝玉道:"你第几个?"蕙香道:"第四。"宝玉道:"明日就叫'四儿',不必什么'蕙'香'兰'气的,那一个配比这些花,没的玷辱了好名好姓的。"一面说,一面命他倒了茶来吃。袭人和麝月在

宝玉的思路与众不同。一直体贴到花上去,也是至仁之心。
"四儿"的名字起得好。

外间听了半日,抿嘴儿笑。

这一日,宝玉也不出房门,自己闷闷的,只不过拿书解闷,或弄笔墨,也不使唤众人,只叫四儿答应。谁知这四儿是个乖巧不过的丫头,见宝玉用他,他便变尽方法笼络宝玉。至晚饭后,宝玉因吃了两杯酒,眼饧耳热之余,若往日则有袭人等大家嘻笑有兴,今日却冷清清的,一人对灯,好没兴趣。待要赶了他们去,又怕他们得了意,以后越发劝了;若拿出作上人的模样镇唬他们,似乎无情太甚。说不得横了心只当他们死了,横竖自家也要过的。便权当他们死了,毫无牵挂,反能怡然自悦。因命四儿剪烛烹茶,自己看了一回《南华经》,至外篇《胠箧》一则,其文曰:

> 故绝圣弃智,大盗乃止;擿玉毁珠,小盗不起。焚符破玺,而民朴鄙;掊斗折衡,而民不争;殚残天下之圣法,而民始可与论议。擢乱六律,铄绝竽瑟,塞瞽旷之耳,而天下始人含其聪矣;灭文章,散五彩,胶离朱之目,而天下始人含其明矣;毁绝钩绳,而弃规距,攦工倕之指,而天下始人含其巧矣。

看至此,意趣洋洋,趁着酒兴,不禁提笔续曰:

> 焚花散麝,而闺阁始人含其劝矣;戕宝钗之仙姿,灰黛玉之灵窍,丧灭情意,而闺阁之美恶始相类矣。彼含其劝,则无参商之虞矣;戕其仙姿,无恋爱之心矣;灰其灵窍,无才思之情矣。彼钗、玉、花、麝者,皆张其罗而穴其隧,所以迷眩缠陷天下者也。

续毕,掷笔就寝。头刚着枕,便忽然睡去,一夜

谁得势谁占着顶尖,谁就能不费力地得到一大批乖巧之徒。

两难。
两难是人生的基本处境之一。哈姆雷特的永恒问题:活着,还是死亡?存在,还是虚无?就是两难的根本。

很难说宝玉接受了《南华经》的什么老庄思想。他只是体会到这种烦恼,需要老庄的逻辑来调剂自己的心灵,减轻自己的苦闷。对于宝玉,老庄与其说是一种指导性的哲学、一种我们视为重要的君临思想感情的"世界观",不如说是一种心灵的游戏,概念与语言的游戏。对于他来说,很难说某种哲学比可吃的胭脂或女孩子洗剩下的洗脸水更重要。

竟不知所之,直至天明方醒。翻身看时,只见袭人和衣睡在衾上。宝玉将昨日的事,已付之度外,便推他说道:"起来好生睡,看冻着了。"

原来袭人见他无晓夜和姊妹厮闹,若真劝他,料不能改,故用柔情以警之,料他不过半日片刻,仍复好了。不想宝玉日夜竟不回转,自己反不得主意,直一夜没好生睡。今忽见宝玉如此,料是他心意回转,便索性不采他。宝玉见他不应,便伸手替他解衣,刚解开了钮子,被袭人将手推开,又自扣了。宝玉无法,只得拉他的手笑道:"你到底怎么了?"连问几声,袭人睁眼说道:"我也不怎么。你睡醒了,你自过那边房里去梳洗,再迟了,就赶不上了。"宝玉道:"我过那里去?"袭人冷笑道:"你问我,我知道吗?你爱过那里去就过那里去。从今咱两个丢开手,省得鸡生鹅斗,叫别人笑。横竖那边腻了过来,这边又有个什么'四儿''五儿'伏侍。我们这起东西,可是'白玷辱了好名好姓'的。"宝玉笑道:"你今儿还记着呢?"袭人道:"一百年还记着呢!比不得你,拿着我的话当耳旁风,夜里说了,早起就忘了。"宝玉见他娇嗔满面,情不可禁,便向枕边拿起一根玉簪来,一跌两段,说道:"我再不听你说,就同这簪一样。"袭人忙的拾了簪子,说道:"大早起,这是何苦来?听不听什么要紧,也值得这个样子?"宝玉道:"你那里知道我心里急!"袭人笑道:"你也知道着急么!可知我心里怎么样?快起来洗脸去罢。"说着,二人方起来梳洗。

宝玉往上房去后,谁知黛玉走来,见宝玉不在房中,因翻弄案上书看。可巧便翻出昨儿的《庄子》来,看见宝玉所续之处,不觉又气又笑,

---

袭人对宝玉的教育比贾政的训诫更经常也更细致,更春风化雨也更花样翻新,可惜的是并无效果。

异性之间的情感关系,也常常是你消我长,你生我灭,相反相成,相生相克,相依相悖。一味迁就或一味逞强都是不行的。个中道理,亦颇可咀嚼。

袭人竟可大胆地将矛头直指湘云为宝玉梳头事。服务专利是绝对不能让的,代为伺候必遭嫉——喜献殷勤者不可不察。

立即捎带上了"四儿"。

以百年言其长,"红"已有之。

并非接受了袭人的批评,而是对袭人动了情,求其情。

为什么女性总希望自己喜欢的男性"听说"?

物极必反,闹气亦如此。真急完了,开始转化。

又气又笑,并未认真。

不禁也提笔续一绝云：

  无端弄笔是何人？剿袭《南华》庄子文。
  不悔自家无见识，却将丑语诋他人！

题毕，也往上房来见贾母，后往王夫人处来。

> 看来"红"人不重视哲学，不重视世界观问题。把哲学——世界观问题看得那么重，是新中国成立以后的事情。

  谁知凤姐之女大姐儿病了，正乱着请大夫诊脉。大夫说："替夫人奶奶们道喜：姐儿发热是见喜了，并非别症。"王夫人凤姐听了，忙遣人问："可好不好？"大夫回道："症虽险，却顺，倒还不妨。预备桑虫、猪尾要紧。"凤姐听了，登时忙将起来：一面打扫房屋，供奉"痘疹娘娘"，一面传与家人忌煎炒等物，一面命平儿打点铺盖衣服与贾琏隔房，一面又拿大红尺头与奶子丫头亲近人等裁衣。外面又打扫净室，款留两位医生，轮流斟酌诊脉下药，十二日不放家去。贾琏只得搬出外书房来安歇。凤姐与平儿都随王夫人日日供奉"娘娘"。

> 孩子出天花时的风习殊有趣。"隔房"云云离不开视性为肮脏的基本观念。

  那贾琏只离了凤姐，便要寻事，独寝了两夜，十分难熬，只得暂将小厮内清俊的选来出火。不想荣国府内有一个极不成材破烂酒头厨子，名叫多官，人见他懦弱无能，都唤他作"多浑虫"。因他父母给他娶了一个媳妇，今年方二十岁，也有几分人材，又兼生性轻薄，最喜拈花惹草。多浑虫又不理论，只是有酒有肉有钱，便诸事不管了。所以宁荣二府之人，都得入手。因这媳妇妖调异常，轻浮无比，众人都呼他作"多姑娘儿"。如今贾琏在外熬煎，往日也见过这媳妇，垂涎久了，只是内惧娇妻，外惧娈童，不曾下得手。那多姑娘儿也有意于贾琏，只恨没空；今闻贾琏挪在外书房来，他便没事也要走三四趟去招惹。贾琏似饥鼠一般，少不得和心腹的小

> 这世界上并非都如贾府那般神气，还有完全另类的多浑虫之类。

> "多浑虫""多姑娘"，这些称谓品之有趣。

厮们计议，多以金帛相许，焉有不允之理，况都和这媳妇是旧友，一说便成。

是夜，多浑虫醉倒在炕，二鼓人定，贾琏便溜进来相会。一见面，早已神魂失据，也不及情谈款叙，便宽衣动作起来。谁知这媳妇有天生的奇趣，一经男子挨身，便觉遍体筋骨瘫软，使男子如卧绵上；更兼淫态浪言，压倒娼妓。贾琏此时恨不得化在他身上。那媳妇故作浪语，在下说道："你们女儿出花儿，供着娘娘，你也该忌两日，倒为我腌臜了身子，快离了我这里罢。"贾琏一面大动，一面喘吁吁答道："你就是'娘娘'！那里还管什么'娘娘'！"那媳妇越浪起来，贾琏不禁丑态毕露。一时事毕，两个又盟山誓海，难舍难分。自此后，遂成相契。

一日，大姐毒尽癍回，十二日后送了"娘娘"，合家祭天祀祖宗，还愿焚香，庆贺放赏已毕，贾琏仍复搬进卧室。见了凤姐，正是俗语云"新婚不如远别"，更有无限恩爱，自不必细说。

次日早起，凤姐往上房里去后，平儿收拾外边拿进来的衣服铺盖，不承望枕套中抖出一绺青丝来，平儿会意，忙藏在袖内，便走至这边房内，拿出头发来，向贾琏笑道："这是什么？"贾琏一见，连忙抢上来要夺，平儿便跑，被贾琏一把揪住，按在炕上，从手中来夺。平儿笑道："你是没良心的，我好意瞒着他来问你，你倒赌狠！等他回来我告诉了，看你怎么样。"贾琏听说，忙陪笑央求道："好人，你赏我罢，我再不敢赌狠了。"

一语未了，只听凤姐声音进来，贾琏听见松了不是，抢又不是，只叫："好人，别叫他知道！"

怎知压倒娼妓，作者亦不无嫖妓经验乎？

"该忌两日"，此语"浪"中有真；"你就是娘娘"，此话力度非常。

平儿才起身,凤姐已走进来,命平儿:"快开匣子,替太太找样子。"平儿忙答应了,找时,凤姐见了贾琏,忽然想起来,便问平儿:"前日拿出去的东西都收进来没有?"平儿道:"收进来了。"凤姐道:"可少什么不少?"平儿道:"细细查了,并没少一件儿。"凤姐又道:"可多什么没有?"平儿笑道:"不少就罢了,怎么还有得多出来?"凤姐又笑道:"这半个月,难保干净,或者有相厚的丢下的东西戒指、汗巾等物,亦未可定。"一席话,说的贾琏脸都黄了,在凤姐身背后,只望着平儿杀鸡抹脖使眼色,求他遮盖。平儿只作看不见,因笑道:"怎么我的心就和奶奶一样!我就怕有这样的,留神搜了一搜,竟一点破绽也没有。奶奶不信,亲自搜一搜。"凤姐笑道:"傻丫头,他便有这些东西,那里就叫咱们搜着。"说着,拿了样子出去了。

> 知夫莫若妻。料事如神。

> 平儿既要买贾琏的好,又要留下琏的把柄。

平儿指着鼻子,摇着头儿,笑道:"这件事你该怎么谢我呢?"喜的贾琏眉开眼笑,跑过来搂着,"心肝肠儿肉儿"乱叫。平儿手里拿着头发,笑道:"这是一辈子的把柄儿。好就好,不好咱们就抖出这个来。"贾琏笑着央告道:"你好生收着罢,千万可别叫他知道。"口里说着,瞅他不提防,一把便抢过来,笑道:"你拿着终是祸胎,不如我烧了,就完了事了。"一面说,一面掖在靴掖子内。平儿咬牙道:"没良心的,'过了河儿就拆桥',明儿还想我替你撒谎呢!"

贾琏见他娇俏动情,便搂着求欢,平儿夺手跑了出来,急的贾琏弯着腰恨道:"死促狭小娼妇儿!一定浪上人的火来,他又跑了。"平儿在窗外笑道:"我浪我的,谁叫你动火?难道图你受用,叫他知道了,又不代见我呀!"贾琏道:"你

> 连挑动性欲与调控性欲也变成了斗争手段。

> 能这样说话,平儿也够老辣的了。

235

这一段是以平儿为中心写琏、凤、平三者的关系的。三者有打有拉,有攻有防,有求有应,有信任更有不信任,有帮忙更有背叛,有爱有欲有妒有恨,这也是"三国演义"。机变、手腕、阴谋、虚实,三十六计,竟用到了夫、妻、妾之间,真是奇观,真是有过辉煌的春秋战国历史经验的民族。平儿完全了解琏、凤之恶,整个贾府人际关系之恶,但她大体上以善制恶,难得,可叹。大体上平儿与凤姐结盟而不是与贾琏结盟,这不符合姨娘文化的一般原则,姨娘,岂有不把争宠放在第一位的。说明了凤姐的实力实在不寻常,也说明了平儿的清醒理智。

不用怕他,等我性子上来,把这'醋罐子'打个稀烂,他才认得我呢!他防我像防贼似的,只许他同男人说话,不许我和女人说话。我和女人说话,略近些,他就疑惑;他不论小叔子、侄儿、大的、小的,说说笑笑,就不怕我吃醋了。以后我也不许他见人!"平儿道:"他醋你使得,你醋他使不得,他原行的正,走的正,你行动便有坏心,连我也不放心,别说他呀。"贾琏道:"你两个一口贼气!都是你们行得是,我凡行动都存坏心。多早晚才叫你们都死在我手里呢!"

"只许他同男人说话"云云似有隐情。男女权利义务不同,本不可以相比的。如今竟比了,而且贾琏忿忿然,怎么回事?

一句未了,凤姐走进院来,因见平儿在窗外,就问道:"要说话,怎么不在屋里,跑出来隔着窗子,是什么意思?"贾琏在内接嘴道:"你可问他,倒像屋里有老虎吃他呢!"平儿道:"屋里一个人没有,我在他跟前作什么?"凤姐笑道:"正是没人才好呢。"平儿听说,便道:"这话是说我么?"凤姐便笑道:"不说你说谁?"平儿道:"别叫我说出好话来了。"说着,也不打帘子,一径往那边去了。

一句话好生突兀。伏笔乎?"求欢"不得发狠乎?

凤姐自掀帘子进来,说道:"平儿丫头疯魔了,这蹄子认真要降伏起我来了,仔细你的皮要紧!"贾琏听了,倒在炕上,拍手笑道:"我竟不知平儿这么利害,从此倒服了他了。"凤姐道:"都是你兴的他,我只和你算帐就完了。"贾琏听了啐道:"你两个不睦,又拿我来垫喘儿,我躲开你们。"凤姐道:"我看你躲到那里去。"贾琏道:"我有处去。"说着就走,凤姐道:"你别走,我有话和你说呢。"不知何事,且听下回分解。

> 任何关系都不可能是绝对单向的。凤姐甚威,平儿甚忠,忠极则可反方向起作用。威极则随处都是挑战与反弹。

袭人、平儿,都有政治天分,如果生在别时别地,未可限量。

第二十二回

听曲文宝玉悟禅机　制灯谜贾政悲谶语

　　话说贾琏听凤姐儿说有话商量,因止步问:"是何话?"凤姐道:"二十一是薛妹妹的生日,你到底怎么样?"贾琏道:"我知道怎么样?你连多少大生日都料理过了,这会子倒没有主意了。"凤姐道:"大生日是有一定的则例。如今他这生日,大又不是,小又不是,所以和你商量。"贾琏听了,低头想了半日,道:"你竟糊涂了!现有比例,那林妹妹就是例。往年怎么给林妹妹做的,如今也照样给薛妹妹做就是了。"凤姐听了冷笑道:"我难道这个也不知道?我原也这么想定了。但昨日听见老太太说,问起大家的年纪生日来,听见薛大妹妹今年十五岁,虽不是整生日,也算得将笄之年。老太太说要替他做生日,自然与往年给林妹妹的不同了。"贾琏道:"既如此,就比林妹妹的多增些。"凤姐道:"我也这么想着,所以讨你的口气。我若私自添了东西,你又怪我不告诉明白了。"贾琏笑道:"罢,罢!这空头情我不领;你不盘察我,就够了,我还怪你?"说着,一径去了,不在话下。

　　且说史湘云住了两日,因要回去,贾母因说:"等过了你宝姐姐的生日,看了戏,再回去。"史湘云听了,只得住下,又一面遣人回去,将自己旧日作的两件针线活计取来,为宝钗生辰

起于青萍之末。
一个小事,反映了钗地位的上升,而且扯到了老太太身上,就不仅是十五不十五的问题的了。道理都是人说的,区别对待总会有区别对待的道理。问题是表面的道理下面,还兴许有更深的潜道理。
与其说是凤姐搞空头情,做尊重贾琏状,不如说是凤姐向贾琏通报风向。

果然,贾母亲自讲起宝姐姐的生日来。

之仪。

　　谁想贾母自见宝钗来了，喜他稳重和平，正值他才过第一个生辰，便自己捐资二十两，唤了凤姐来，交与他备酒戏。凤姐凑趣，笑道："一个老祖宗，给孩子们作生日，不拘怎样，谁还敢争？又办什么酒席。既高兴，要热闹，就说不得自己花费几两老库里的体己。这早晚找出这霉烂的二十两银子来做东，意思还叫我们赔上。果然拿不出来，也罢了；金的、银的、圆的、扁的，压塌了箱子底，只是累掯我们。举眼看看，谁不是你老人家的儿女？难道将来只有宝兄弟顶你老人家上五台山不成？那些东西只留与他，我们如今虽不配使，也别苦了我们。这个够酒的？够戏的？"说的满屋里都笑起来。贾母亦笑道："你们听听这嘴！我也算会说的了，怎么说不过这猴儿？你婆婆也不敢强嘴，你就和我'哪'啊'哪'的。"凤姐笑道："我婆婆也是一样的疼宝玉，我也没处去诉冤，倒说我强嘴！"说着，又引贾母笑了一会。贾母十分喜悦。

　　到晚上，众人都在贾母前，定省之余，大家娘儿姊妹等说笑时，贾母因问宝钗爱听何戏，爱吃何物。宝钗深知贾母年老人，喜热闹戏文，爱吃甜烂之物，便总依贾母素喜者说了一遍，贾母更加喜欢。次日，先送过衣服玩物去，王夫人、凤姐、黛玉等诸人皆有随分的，不须细说。

　　至二十一日，就贾母内院搭了家常小巧戏台，定了一班新出小戏，昆弋两腔俱有。就在贾母上房摆了几席家宴酒席，并无一个外客，只有薛姨妈、史湘云、宝钗是客，余者皆是自己人。这日早起，宝玉因不见黛玉，便到他房中来寻。只见黛玉歪在炕上，宝玉笑道："起来吃饭去，就

| 进一步挑明。 |
| 非同一般。 |

凤姐一是撒娇，二是奉承老太太之富，嘴臭心甜，还是招人疼。
凤姐口才之好，是她得宠的一个原因。人生在世，能不重视牙口乎？

猴儿也者，说明了凤姐的一个重要职能，弄臣兼宠物的职能，解闷的职能。

亲自落实亲自抓。宝钗果然有戏。宝钗还报，亦在理中，不必深责。
绝对的一己率真，会有伤于礼貌。礼貌本身包含着某种虚伪——如宝钗点食点戏——这也是文化的尴尬之处。

当然有反应，立竿见影。

开戏了,你爱听那一出,我好点。"黛玉冷笑道:"你既这样说,你就特叫一班戏,拣我爱的唱与我听,这会子犯不上借着光儿问我。"宝玉笑道:"这有什么难的,明儿就这样行,也叫他们借着咱们的光儿。"一面说,一面拉他起来,携手出去。

> 宝玉也只是说说而已。

　　吃了饭,点戏时,贾母一面先叫宝钗点,宝钗推让一遍,无法,只得点了一折《西游记》。贾母自是欢喜。然后便命凤姐点。凤姐虽有王夫人在前,但因贾母之命,不敢违拗;且知贾母喜热闹,更喜谑笑科诨,便先点了一出,却是《刘二当衣》。贾母果真更又喜欢。然后便命黛玉点,黛玉又让王夫人等先点。贾母道:"今儿原是我特带着你们取乐,咱们只管咱们的,别理他们。我巴巴的唱戏摆酒,为他们不成?他们在这里白听、白吃,已经便宜了,还让他们点戏呢!"说着,大家都笑。黛玉方点了一出。然后宝玉、史湘云、迎春、探春、惜春、李纨等俱各点了,按出扮演。

> 贾母好说笑话,很少装腔端架,是她的一大可爱之处。
>
> 幽默感与架子最矛盾,幽默感本身带有自由、平等、博爱的意味。幽默感还需要自信,越不自信就越拘谨。

　　至上酒席时,贾母又命宝钗点,宝钗点了一出《鲁智深醉闹五台山》。宝玉道:"你只好点这些戏。"宝钗道:"你白听了这几年戏,那里知道这出戏的好处?排场又好,词藻更妙。"宝玉道:"我从来怕这些热闹戏。"宝钗笑道:"要说这一出'热闹',还算你不知戏呢。你过来,我告诉你,这一出戏是一套'北点绛唇',铿锵顿挫,那音律不用说是好的了;只那词藻中,有一只'寄生草',填得极妙,你何曾知道!"宝玉见说的这般好,便凑近来央告:"好姐姐,念与我听听。"宝钗便念道:

> 宝钗的戏曲知识——雪芹的戏曲知识——丰富。
>
> 宝钗也喜欢这样的戏词么?一、并非真喜,是作家让她喜,以预言、提醒后事。二、宝钗

　　　　漫揾英雄泪,相离处士家。谢慈悲,剃

度在莲台下。没缘法,转眼分离乍。赤条条,来去无牵挂。那里讨,烟蓑雨笠卷单行?一任俺,芒鞋破钵随缘化!"

宝玉听了,喜的拍膝摇头,称赏不已,又赞宝钗无书不知。林黛玉道:"安静看戏罢!还没唱《山门》,你就《妆疯》了。"说的湘云也笑了。于是大家看戏,到晚方散。

贾母深爱那做小旦的与一个做小丑的,因命人带进来,细看时,益发可怜见。因问年纪,那小旦才十一岁,小丑才九岁,大家叹息了一回。贾母令人另拿些肉果与他两个,又另赏钱两吊。凤姐笑道:"这个孩子扮上活像一个人,你们再看不出。"宝钗心内也知道,却点点头不说;宝玉也点了点头,亦不敢说。史湘云便接口道:"倒像林姐姐的模样。"宝玉听了,忙把湘云瞅了一眼,使个眼色,众人听了这话,留神细看,都笑起来了,说:"果然像得狠!"一时散了。

晚间,湘云便命翠缕把衣包收拾了,翠缕道:"忙什么?等去的那日包也不迟。"湘云道:"明早就走,还在这里做什么?看人家的嘴脸!"宝玉听了这话,忙近前说道:"好妹妹,你错怪了我。林妹妹是个多心的人。别人分明知道,不肯说出来,也皆因怕他恼。谁知你不防头就说了出来,他岂不恼?我怕你得罪了人,所以才使眼色。你这会子恼了我,岂不辜负了我?若是别个,那怕他得罪了十个人,与我何干呢!"湘云摔手道:"你那花言巧语,别望着我说。我也原不如你林妹妹,别人拿他取笑都使得,只我说了就有不是。我原不配说他,他是主子小姐,我是奴才丫头,得罪了他了。"宝玉急的说道:"我倒是为你为出不是来了。我要有坏心,立刻化成

太入世、太务实了,就更需要另类戏词的补偿。

鸡毛蒜皮,针尖麦芒,也是人生。

按下葫芦起了瓢,变成一场混战了。

宝玉的博爱引起了博妒,引起了普遍的不平衡。湘云本来豪爽,火起来更厉害。

刚向袭人起了誓,又轮到向湘云起誓了。

241

清官难断儿女情。

看戏多心事件，平心而论，宝玉错处很小，所以他因此颇心灰意懒。黛玉的恼火也还说得通，一、他们看不起戏子，二、她不容忍宝玉当场与湘云的挤眉弄眼。

湘云也恼火，看来有更深刻的原因，湘云已看出宝黛的特殊关系来了。

凤姐是信口开个玩笑么？她是否在体察到贾母的天平倾斜以后，下意识地对黛玉有些不敬呢？

赤条条无牵挂的问题反映了人类生存的又一两难选择，又一困境。个体生命是孤独的，孤独是自由的也是痛苦的。所以人需要社会，需要家庭，需要友情、爱情、人际关系、公共关系。而人际相处又带来许多不快、烦恼、纷争、误解。处于这种"他人即是地狱"的不幸中的人倾向于假想的自我的孤独化，赤条条来去无牵挂化，这也是自然的。

灰，教万人践踏！"湘云道："大正月里，少信口胡说这些没要紧的恶誓散语歪话！说给那些小性儿、行动爱恼人、会辖治你的人听去！别叫我啐你。"说着，至贾母里间屋里，忿忿的躺着去了。

> 勾勒得亦出彩。

宝玉没趣，只得又来寻黛玉。谁知才进门，便被黛玉推出来，将门关了。宝玉又不解何故，在窗外只是低声叫："好妹妹。"黛玉总不理他。宝玉闷闷的垂头不语。袭人早知端的，当此时，再不能劝。

那宝玉只呆呆的站着。黛玉只当他回去了，却开了门，只见宝玉还站在那里。黛玉不好再闭门，宝玉因随进来，问道："凡事都有个原故，说来，人也不委屈。好好的就恼了，到底是为什么起？"黛玉冷笑道："问的我倒好，我也不知为什么。我原是给你们取笑的？拿着我比戏子，给众人取笑。"宝玉道："我并没有比你，也并没有笑你，为什么恼我呢？"黛玉道："你还要比？你还要笑？你不比不笑，比人家比了笑了的还利害呢！"宝玉听说，无可分辩。黛玉又道："这一节还可恕。再者，你为什么又和云儿使眼色？这安的是什么心？莫不是他和我玩，他就自轻自贱了？他是公侯的小姐，我原是贫民家的丫头。他和我玩，设如我回了口，岂不是他自惹轻

> 虽都是鸡毛蒜皮，也难为写得鲜活，细捉摸还有些不祥不吉利。

> 爱之深，要求高，不可原谅，不可和稀泥。

贱？你是这个主意不是？你却也是好心,只是那一个不领你的情,一般也恼了。你又拿我作情,倒说我'小性儿,行动肯恼人'。你又怕他得罪了我,我恼他,与你何干？他得罪了我,又与你何干？"

> 对于专一性的要求可名之为"爱情专制主义"。

宝玉听了,知方才与湘云私谈,他也听见了。细想自己原为怕他二人生隙,故在中间调停,不料自己反落了两处的贬谤,正与前日所看《南华经》内:"巧者劳而智者忧,无能者无所求,蔬食而遨游,泛若不系之舟。"又曰:"山木自寇,源泉自盗"等句,因此越想越无趣;再细想来:"如今不过这几个人,尚不能应酬妥协,将来犹欲何为？"想到其间,也无庸分辩,自己转身回房。林黛玉见他去了,便知回思无趣,赌气去了,一言也不曾发,不禁自己越添了气,便说:"这一去,一辈子也别来了,也别说话！"

> 调停是极险的事。不可不察。
>
> 毕竟宝玉离庄子比离孔孟直到老子,更近一些。

那宝玉不理,竟回来,躺在床上,只是闷闷咄咄的。袭人深知原委,不敢就说,只得以他事来解说,因笑道:"今儿看了戏,又勾出几天戏来。宝姑娘一定要还席呢。"宝玉冷笑道:"他还不还,与我什么相干？"袭人见这话不似往日口吻,因又笑道:"这是怎么说？好好的大正月里,娘儿们姊妹们都喜喜欢欢,你又怎么这个行景了？"宝玉冷笑道:"他们娘儿们姊妹们欢喜不欢喜,也与我无干。"袭人笑道:"他们随和,你也随和些,岂不喜欢？"宝玉道:"什么'大家彼此'？他们有'大家彼此',我只是赤条条无牵挂的。"言及此句,不觉泪下。袭人见此景况,不敢再说。宝玉细想这一句意味,不禁大哭起来,翻身站起来,至案边,提笔立占一偈云:

> 客观上已形成钗、袭为一方争取宝玉了。

243

痛苦于人际的爱欲烦恼,否定此岸的价值,翻过去寻找禅理禅境,这已经与一般的写实或教化故事(如"三言""二拍")不同了。

再翻一个筋头,把初级的"觉悟"贬低,只好仍回到此岸,乖乖地翻回来,就更高明了。

这就是否定之否定。

> 你证我证,心证意证。
> 是无有证,斯可云证。
> 无可云证,是立足境。

用语言的消解取代现实矛盾的消解。这是语言的魔术,也是语言的陷阱。

写毕,自己虽解悟,又恐人看此不解,因又填一只"寄生草",写在偈后。又念一过,自觉心中无有挂碍,便上床睡了。

岂无牵挂?即使你不牵挂人家了,人家还牵挂你呢!

谁知黛玉见宝玉此番果断而去,假以寻袭人为由,来视动静。袭人回道:"已经睡了。"黛玉听了,就欲回去,袭人笑道:"姑娘请站着,有一个字帖儿,瞧瞧是什么话。"便将宝玉方才所写的与黛玉看。黛玉看了,知宝玉为一时感忿而作,不觉可笑可叹。便向袭人道:"作的是个玩意儿,无甚关系。"说毕,便拿了回房去,与湘云同看。次日,又与宝钗看,宝钗念其词曰:

> 无我原非你,从他不解伊。肆行无碍凭来去。茫茫着甚悲愁喜,纷纷说甚亲疏密?从前碌碌却因何?到如今,回头试想真无趣!

这词也还过得去,只是太劣,不得当真。

看毕,又看那偈语,又笑道:"这个人悟了。都是我的不是,是我昨儿一支曲子惹出来的。这些道书机锋,最能移性,明儿认真起来,说些疯话,存了这个念头,岂不是从我这一支曲子起?我成了个罪魁了。"说着,便撕了个粉碎,递与丫头们,叫:"快烧了。"黛玉笑道:"不该撕了,等我问他。你们跟我来,包管叫他收了这个痴心邪说。"

虽未坑儒,却有"焚书"(撕书)的端倪。

此三女儿团结了,宝玉也就闹不下去了。

这一段写钗黛联合教育宝玉,把宝玉从参禅的走火入魔中挽救过来,这种格局很少见也很耐寻味。

一、二人的悟性都高于宝玉,稍一较量,宝玉就没了脾气。

二、二人都有一种健康的女性现实主义,懂哲学而不沉迷哲学,不会堕入哲学(禅学)的深渊。

三、二人都爱宝玉。二人也毕竟是宝玉最亲敬的。宝玉虽然泛爱,对二人毕竟不同。

四、二人都是曹雪芹精心塑造的女性形象,代表了作者对女性的美丽、智慧、见识的两极,或可称为曹氏对女性的美学理想的两极。

五、二人的活动最终还是要听作者的指挥。(不必回避,也不必认为是杀风景,小说就是小说,不是神佛显灵。这也与小说人物的相对的客观性、独立性、生动性并不矛盾。)

三人果往宝玉屋里来。黛玉先笑道:"宝玉,我问你:至贵者'宝',至坚者'玉'。尔有何贵?尔有何坚?"宝玉竟不能答。二人笑道:"这样愚钝,还参禅呢!"湘云也拍手笑道:"宝哥哥可输了!"黛玉又道:"你那偈末云,'无可云证,是立足境',固然好了,只是据我看来,还未尽善。我还续两句在后。"因念云:"无立足境,方是干净。"宝钗道:"实在这方悟彻。当日南宗六祖惠能,初寻师至韶州,闻五祖宏忍在黄梅,他便充役火头僧。五祖欲求法嗣,令徒弟诸僧各出一偈,上座神秀说道:'身是菩提树,心如明镜台;时时勤拂拭,莫使有尘埃。'彼时惠能在厨房舂米,听了这偈说道:'美则美矣,了则未了。'因自念一偈曰:'菩提本非树,明镜亦非台;本来无一物,何处染尘埃?'五祖便将衣钵传他。今儿这偈语亦同此意了。只是方才这句机锋,尚未完全了结,这便丢开手不成?"黛玉笑道:"他不能答就算输了,这会子答上了也不为出奇了。只是以后再不许谈禅了。连我们两个所知所能的,你还不知不能呢,还去参禅呢。"宝玉自己以为觉悟,不想忽被黛玉一问,便不能答;宝钗又比出"语录"来,此皆素不见他们能者。自己想了一想:"原来他们比我的知觉在先,尚未解悟,

> 用极端的干净透彻批判宝玉的初步的虚无主义,犹如用极左来反对"左",只能回到右上去。

> 这个故事颇带诡辩性。如果这样偈高明,一声不吭,一个字不念,连禅本身亦鄙弃之否定之,岂不更高明?何必脱裤子放屁证明无屎无尿呢?既不穿又不脱裤子岂不更好?比赛谁更虚无本身就是自相矛盾。

> 知道自己是最终难以解悟的,倒确实算一悟。

245

人们已经感到"运"并不决定于或不仅决定于主观努力——功。

"运"是多方面的因素造成的,所谓天时地利人和,缺一不可。

人和尤其难,镇日纷纷乱如麻的是人的主观意志。

诸谜均甚可悲。

不必怕这个悲。这些确是人生的一个侧面。当然不是全部。不承认无益于人生。承认、正视这些可悲的方面,超而越之包而容之战而胜之才是办法。

我如今何必自寻苦恼。"想毕,便笑道:"谁又参禅,不过是一时的玩话儿罢了。"说罢,四人仍复如旧。

忽然人报娘娘差人送出一个灯谜来,命他们大家去猜,猜后每人也作一个送进去。四人听说,忙出来至贾母上房,只见一个小太监,拿了一盏四角平头白纱灯,专为灯谜而制,上面已有了一个,众人都争看乱猜。小太监又下谕道:"众小姐猜着,不要说出来,每人只暗暗的写了,一齐封送进去,候娘娘自验是否。"宝钗听了,近前一看,是一首七言绝句,并无新奇,口中少不得称赞,只说:"难猜。"故意寻思,其实一见早猜着了。宝玉、黛玉、湘云、探春四个人也都解了,各自暗暗的写了。一并将贾环贾兰等传来,一齐各揣心机猜了,写在纸上,然后各人拈一物作成一谜,恭楷写了,挂于灯上。

太监去了,至晚出来,传谕道:"前日娘娘所制,俱已猜着,惟二小姐与三爷猜的不是。小姐们作的也都猜了,不知是否?"说着,也将写的拿出来,也有猜着的,也有猜不着的。太监又将颁赐之物,送与猜着之人,每人一个宫制诗筒,一柄茶筅。独迎春贾环二人未得,迎春自以为玩笑小事,并不介意,贾环便觉得没趣。且又听太监说:"三爷所作这个不通,娘娘也没猜着,叫我

> 适当傻一点才可爱。

带回问三爷是个什么。"众人听了,都来看他作的是什么,写道:

> 大哥有角只八个,二哥有角只两根。
> 大哥只在床上坐,二哥爱在房上蹲。

众人看了,大发一笑。贾环只得告诉太监说:"是一个枕头,一个兽头。"太监记了,领茶而去。

> 贾环何至于斯。
> "红"书中的人物都很立体,唯赵姨娘与贾环是扁平的。

贾母见元春这般有兴,自己一发喜乐,便命速作一架小巧精致围屏灯来,设于堂屋,命他姊妹们各自暗暗的做了,写出来,粘在屏上,然后预备下香茶细果,以及各色玩物,为猜着之贺。贾政朝罢,见贾母高兴,况在节间,晚上也来承欢取乐。上面贾母、贾政、宝玉一席,王夫人、宝钗、黛玉、湘云又一席,迎春、探春、惜春三人又一席,俱在下面。地下婆子丫鬟站满。李宫裁、王熙凤二人在里间又一席。

> 当代作"益发"。
> 娱乐的文化性。

贾政因不见贾兰,便问:"怎么不见兰哥儿?"地下女人们忙进里间问李氏,李氏起身笑着回道:"他说方才老爷并没去叫他,他不肯来。"婆子回复了贾政,众人都笑说:"天生的牛心古怪。"贾政忙遣贾环与两个婆子将贾兰唤来,贾母命他在身边坐了,抓果子与他吃,大家说笑取乐。往常间只有宝玉长谈阔论,今日贾政在这里,便唯唯而已。余者,湘云虽系闺阁弱质,却素喜谈论,今日贾政在席,也自钳口禁语;黛玉本性娇懒,不肯多话;宝钗原不妄言轻动,便此时亦是坦然自若。故此一席,虽是家常取乐,反见拘束。

> 是不是贾母忘了他?贾政想起了他?反正贾母心中只宠宝玉。
> 贾兰自己则绝不僭越。

贾母亦知因贾政一人在此所致,酒过三巡,便撵贾政去歇息。贾政亦知贾母之意,撑了他去,好让他姊妹兄弟们取乐,因陪笑道:"今日原

> 贾政的角色:性情、青春、快乐的杀手。同时是本书中唯一的卫道者。

听见老太太这里大设春灯雅谜,故也备了彩礼酒席,特来入会,何疼孙子孙女之心,便不略赐与儿子半点?"贾母笑道:"你在这里,他们都不敢说笑,没的倒叫我闷的慌。你要猜谜,我便说一个你猜,猜不着是要罚的。"贾政忙笑道:"自然受罚。若猜着了,也要领赏呢!"贾母道:"这个自然。"便念道:

  猴子身轻站树梢。

——打一果名。

  贾政已知是荔枝,故意乱猜,罚了许多东西,然后方猜着了,也得了贾母的东西,然后也念一个灯谜与贾母猜,念道:

   身自端方,体自坚硬。
   虽不能言,有言必应。

——打一用物。

说毕,便悄悄的说与宝玉,宝玉会意,又悄悄的告诉了贾母。贾母想了一想,果然不差,便说:"是砚台。"贾政笑道:"到底是老太太,一猜就是。"回头说:"快把贺彩献上来。"地下妇女答应一声,大盘小盒,一齐捧上。贾母逐件看去,都是灯节下所用所玩新巧之物,心中甚喜,遂命:"给你老爷斟酒。"宝玉执壶,迎春送酒。贾母因说:"你瞧瞧那屏上,都是他姐儿们做的,再猜一猜我听。"贾政答应,起身走至屏前,只见第一个是元妃的,写着道:

   能使妖魔胆尽摧,身如束帛气如雷。
   一声震得人方恐,回首相看已化灰。

——打一物。

贾政道:"这是爆竹呢。"宝玉答道:"是。"贾政又看迎春的,道:

贾政确实正经,但正经到扼杀一切生机的地步,未免面目可憎。
真正的仁者,不该是这样可厌的吧?
都是很不错的谜语,但身轻、树梢、坚硬、不能言、必应等语似有寒意。

当众作弊,贾母自知。虚假也罢,老太太需要奉承,众人必须奉承。

膝下承欢,堪称孝子。搞点"猫腻",亦属善心。但失了规则,游戏无趣。

人生与一切富贵荣华均是瞬间的事,物极必反。由瞬间感而产生的破灭感。

这一批灯谜与其作为谶语来读,不如作为中国式的人生处境的反思。虚无感、忧患意识、孤独感、荒谬感……都有。这当然不是说曹雪芹是个什么"主义"者,只是说曹的天才,曹的敏感,曹的经验与深思,形成了他的比哲学还要哲学的先期体验和自省。

生命本体、宇宙本体,总是先于、大于、优于关于生命关于宇宙的理论,通向——紧紧联系着本体的小说,甚至于在某种意义上先于、大于、优于哲学(当然缺少哲学的明晰性与系统性、严整性)。而文学本体,常常比文学理论更丰富。《红楼梦》比"红学","阔多啦"!

> 天运人功理不穷,有功无运也难逢。
> 因何镇日纷纷乱?只为阴阳数不同。
> ——打一用物。

<small>从诗的角度,这一首选材比较独特,胜似炮竹、风筝。</small>

贾政道:"是算盘。"迎春笑道:"是。"又往下看,是探春的,道:

> 阶下儿童仰面时,清明妆点最堪宜。
> 游丝一断浑无力,莫向东风怨别离。
> ——打一物。

<small>孤独感,距离感,漂泊与流浪的体味。</small>

贾政道:"好像风筝。"探春道:"是。"贾政再往下看,是黛玉的,道:

> 朝罢谁携两袖烟?琴边衾里两无缘。
> 晓筹不用鸡人报,五夜无烦侍女添。
> 焦首朝朝还暮暮,煎心日日复年年。
> 光阴荏苒须当惜,风雨阴晴任变迁。
> ——打一物。

<small>焦灼感。焦虑。也是忧患意识。

评点者当年最喜此两句。</small>

贾政道:"这个莫非是更香?"宝玉代言道:"是。"贾政又看道:

> 南面而坐,北面而朝,
> "象忧亦忧,象喜亦喜"。
> ——打一物。

<small>麻木,被动。哀莫大焉。</small>

贾政道:"好,好!如猜镜子,妙极!"宝玉笑回道:"是。"贾政道:"这一个却无名字,是谁做的?"贾母道:"这个大约是宝玉做的。"贾政就不言语。往下再看宝钗的,道是:

有眼无珠腹内空,荷花出水喜相逢。
梧桐叶落分离别,恩爱夫妻不到冬。

——打一物。

贾政看完,心内自忖道:"此物还倒有限。只是小小年纪,作此等言语,更觉不祥,看来皆非福寿之辈。"想到此处,愈觉烦闷,大有悲戚之状,只是垂头沉思。

贾母见贾政如此光景,想到他身体劳乏,又恐拘束了他众姊妹,不得高兴玩耍,即对贾政道:"你竟不必在这里了,歇着去罢。让我们再坐一会子,也就散了。"贾政一闻此言,连忙答应几个"是",又勉强劝了贾母一回酒,方才退出去了。回至房中,只是思索,翻来复去,甚觉凄惋。

这里贾母见贾政去了,便道:"你们乐一乐罢。"一语未了,只见宝玉跑至围屏灯前,指手画脚,信口批评,这个这一句不好,那个破的不恰当,如同开了锁的猴子一般。黛玉便道:"还像方才大家坐着,说说笑笑,岂不斯文些儿。"凤姐自里间屋里出来,插口说道:"你这个人,就该老爷每日合你寸步不离方好。刚才我忘了,为什么不当着老爷,撺掇叫你作诗谜儿。这会子不怕你不出汗呢!"说的宝玉急了,扯着凤姐儿厮缠了一会。

贾母又与李宫裁并众姊妹等说笑了一会子,也觉有些困倦,听了听,已交四鼓了,因命将食物撤去,赏与众人,随起身道:"我们安歇罢。明日还是节呢,该当早起。明日晚上再玩罢。"于是众人散去。且听下回分解。

这与咏算盘的诗一样,透露的也是一种荒谬感。

对言语的祥与不祥之辨,这也是一种源远流长的传统。至今我们只爱听吉利话,未免有些孩子气。

这种凄惋不可能只是源于几个谜;这种凄惋与令他凄惋的谜,均是来自生活与内心的体察。

猴子,难得开一次锁。

贾政为首的孝子贤孙们设局哄骗贾母高兴,贾母岂能不知?明知是假,也要假戏真做,接受下来,因为贾母有这个需要,她需要接受不断的欢呼称颂,哪怕是假的欢呼,也比真的进言死谏可爱。

第二十三回

西厢记妙词通戏语　牡丹亭艳曲警芳心

话说贾元春自那日幸大观园回宫去后,便命将那日所有的题咏,命探春依次抄录妥协,自己编次,叙其优劣,又令在大观园勒石,为千古风流雅事。因此贾政命人各处选拔精工名匠,大观园磨石镌字,贾珍率领贾蓉、贾萍等监工。因贾蔷又管理着文官等十二个女戏子并行头等事,不得空闲,因此又将贾菖、贾菱唤来监工。一日烫蜡钉朱,动起手来。这也不在话下。

且说那个玉皇庙并达摩庵两处,一班的十二个小沙弥并十二个小道士,如今挪出大观园来,贾政正想发到各庙去分住。不想后街上住的贾芹之母周氏,正打算到贾政这边谋一个大小事件与儿子管管,也好弄些银钱使用,可巧听见这边有事,便坐车来求凤姐。凤姐因见他素日不大拿班做势的,便依允了。想了几句话,便回王夫人说:"这些小和尚道士,万不可打发到别处去,一时娘娘出来,就要应承的。倘或散了,若再用时,可又费事。依我的主意,不如将他们都送到家庙铁槛寺去,月间不过派一个人拿几两银子去买柴米就是了。说声用,走去叫一声就来,一点儿不费事。"王夫人听了,便商之于贾政。贾政听了笑道:"倒是提醒了我。就是这样。"即时唤贾琏。

> 元春亦思千古不朽。

> 也是编辑"出版"事宜。

> 元春一面告诫不可奢靡,一面出题目令贾家做文章,再加开支。

> 叫做"养起来",然后召之即来,挥之即去。

周氏为子求职,凤姐因人设事,禀王夫人,王夫人请示贾政,贾政唤贾琏来,这当然是要一个过程的。但作者一口气写下来,如"贯口"然,而且说什么"正同凤姐吃饭"。对事件的过程性、时间性以及动词的"时",比较马虎从事。

> 贾琏正同凤姐吃饭,一闻呼唤,放下饭便走。凤姐一把拉住,笑道:"你且站住,听我说话,若是别的事,我不管;若是为小和尚小道士们的那事,好歹依我这么着。"如此这般,教了一套话。贾琏笑道:"我不知道,你有本事你说去。"凤姐听说,把头一梗,把筷子一放,腮上带笑不笑的瞅着贾琏道:"你当真,还是玩话儿?"贾琏笑道:"西廊下五嫂子的儿子芸儿来求了我两三遭,要件事管管,我应了,叫他等着。好容易出来这件事,你又夺了去。"凤姐儿笑道:"你放心,园子东北角上,娘娘说了,还叫多多的种松柏树,楼底下还叫种些花草,等这件事出来,我包管叫芸儿管这工程。"贾琏道:"果然这样,也倒罢了。只是昨儿晚上,我不过是要改个样儿,你就扭手扭脚的。"凤姐听了,"嗤"的一声笑了,向贾琏啐了一口,低下头便吃饭。
>
> 贾琏一径笑着去了。走到前面,见了贾政,果然为小和尚的事,贾琏便依了凤姐的主意,说道:"看来芹儿倒大大的出息了,这件事,竟交与他去管办,横竖照在里头的规例,每月叫芹儿支领就是了。"贾政原不大理论这些小事,听贾琏如此说,便依允了。贾琏回至房中告诉凤姐,凤姐即命人去告诉周氏,贾芹便来见贾琏夫妻,感谢不尽。凤姐又做情先支三个月的费用,叫他写了领字,贾琏批票画了押,登时发了对牌出去,银库上按数发出三个月的供给来,白花花三百两。贾芹随手拈了一块与掌平的人,叫他们"吃了茶罢"。于是命小厮拿了回家,与母亲商

各人想用各人的人,故而要有所谦让,有所妥协,有所安排。

竟把用人上的合作与性游戏上的合作联系了起来!

凤姐喜欢"做情",这是逞威的另一面,同样有任性而为,自找苦吃的一面。

议。登时,又雇几辆车子,至荣国府角门前,唤出二十四个人来,坐上车子,一径往城外铁槛寺去了。当下无话。

如今且说那贾元春在宫中编《大观园题咏》之后,忽想起那园中的景致,自从幸过之后,贾政必定敬谨封锁,不叫人进去,岂不辜负此园?况家中现有几个能诗会赋的姊妹们,何不命他们进去居住,也不使佳人落魄,花柳无颜。却又想宝玉自幼在姊妹丛中长大,不比别的兄弟,若不命他进去,又怕冷落了他,恐贾母王夫人心上不喜,须得也命他进去居住方妥。命太监夏忠到荣府下一道谕:"命宝钗等在园中居住,不可封锢,命宝玉也随进去读书。"

贾政、王夫人接了谕命,夏忠去后,便回明贾母,遣人进去各处收拾打扫,安设帘幔床帐。别人听了,还犹自可,惟宝玉喜之不胜。正和贾母盘算,要这个,要那个,忽见丫鬟来说:"老爷叫宝玉。"宝玉呆了半晌,登时扫了兴,脸上转了色,便拉着贾母,扭的扭股儿糖似的,死也不敢去。贾母只得安慰他道:"好宝贝,你只管去,有我呢,他不敢委屈了你。况你做了这篇好文章,想是娘娘叫你进园去住,他吩咐你几句话,不过是怕你在里头淘气。他说什么,你只好生答应着就是了。"一面安慰,一面唤了两个老嬷嬷来,吩咐:"好生带了宝玉去,别叫他老子唬着他。"老嬷嬷答应了。

宝玉只得前去,一步挪不了三寸,蹭到这边来。可巧贾政在王夫人房中商议事情,金钏儿、彩云、彩凤、绣鸾、绣凤等众丫鬟都廊檐下站着呢,一见宝玉来,都抿着嘴儿笑他。金钏一把拉

> 元春大概并无多少事做,便沉浸在省亲的回忆中,然后频发指示。
> 大观园伊甸园,便这样出现了。

> 元春想得周到,不那么垄断。不错。

> 贾母越这样说,宝玉越发不喜欢他的父亲了。

仅仅从阶级的、意识形态的观点分析贾政、宝玉的父子矛盾似亦牵强。如果宝玉之对贾政反感纯属一个卫道、捍卫封建，一个反封建、叛逆封建的话，贾母岂不客观上也成了反封建的后台？这种父子关系的形成因素亦相当复杂。

着宝玉，悄悄的说道："我这嘴上是才擦的香渍的胭脂，你这会子可吃不吃了？"彩云一把推开金钏，笑道："人家心里正不自在，你还奚落他。趁这会子喜欢，快进去罢。"宝玉只得挨门进去。原来贾政和王夫人都在里间呢。赵姨娘打起帘子，宝玉挨身而入，只见贾政和王夫人对坐在炕上说话，地下一溜椅子，迎春、探春、惜春、贾环四人都坐在那里。一见他进来，惟有探春、惜春和贾环站了起来。

> 正说明她们都与宝玉关系不错，叫做"过得着"。

　　贾政一举目见宝玉站在跟前，神彩飘逸，秀色夺人；又看见贾环人物委琐，举止粗糙；忽又想起贾珠来。再看看王夫人只有这一个亲生的儿子，素爱如珍；自己的胡须将已苍白，因这几件上，把平日嫌恶宝玉之心，不觉减了八九分。半响说道："娘娘吩咐你说，日日在外游嬉，渐次疏懒，如今叫禁管你同姐妹们在园里读书，你可好生用心学习；再不守分安常，你可仔细！"宝玉连连答应了几个"是"。王夫人便拉他在身边坐下。他姊弟三人依旧坐下，王夫人摸索着宝玉的脖项说道："前儿的丸药都吃完了没有？"宝玉答应道："还有一丸。"王夫人说："明早再取十丸来，天天临睡时候，叫袭人伏侍你吃了再睡。"宝玉道："自从太太吩咐了，袭人天天临睡打发我吃的。"贾政便问道："谁叫'袭人'？"王夫人道："是个丫头。"贾政道："丫头不拘叫个什么罢了，是谁起这样刁钻的名字？"王夫人见贾政不自在了，便替宝玉掩饰道："是老太太起的。"贾政道："老太太如何晓得这样的话？一定是宝玉。"宝

> 亦有慈父之情。
> 平日嫌恶之情惊人。何至于嫌恶？如是嫌恶，必是一种心理现象：是一种逆向的俄狄浦斯情结（不是子弑父，而是父弑子）。
> 宝玉那样泛爱女孩子并在女孩子中受宠，安知贾政潜意识里不嫉妒？

> 在那种医疗保健条件下，吃药也是一种特权享受。

> "红"中丫头的命名，有炫学之意。

玉见瞒不过，只得起身回道："因素日读诗，曾记古人有句诗云：'花气袭人知昼暖。'因这丫头姓'花'，便随意起的。"王夫人忙向宝玉说道："你回去改了罢。老爷也不用为这小事生气。"贾政道："其实也无妨碍，不用改。只可见宝玉不务正，专在这些浓词艳诗上做工夫。"说毕，断喝了一声："作孽的畜生，还不出去！"王夫人也忙道："去罢，去罢！怕老太太等吃饭呢。"

> 一提"浓词艳诗"就来气，贾政的心理乃至功能或有不正常处。

宝玉答应了，慢慢的退出去；向金钏儿笑着伸伸舌头，带着两个老嬷嬷，一溜烟去了。刚至穿堂门前，只见袭人倚门而立，见宝玉平安回来，堆下笑来，问道："叫你做什么？"宝玉告诉："没有甚么，不过怕我进园淘气，吩咐吩咐。"一面说，一面回至贾母跟前，回明原委。只见黛玉正在那里，宝玉便问他："你住在那一处好？"黛玉正盘算这事，忽见宝玉一问，便笑道："我心里想着潇湘馆好，我爱那几竿竹子，隐着一道曲栏，比别处幽静。"宝玉听了，拍手笑道："正合我的主意！我也要叫你那里去住，我就住怡红院。咱们两个又近，又都清幽。"

> 只能与金钏儿略有交流。

> 比对金钏儿正经多了。

> 虽近实远，虽清实浊，虽幽仍不见容。

二人正计议，就有贾政遣人来回贾母，说："二月二十二日是好日子，哥儿姐儿们好搬进去的。这几日内遣人进去分派收拾。"薛宝钗住了蘅芜院，林黛玉住了潇湘馆，贾迎春住了缀锦楼，探春住了秋掩书斋，惜春住了蓼风轩，李纨住了稻香村，宝玉住怡红院。每一处添两个老嬷嬷，四个丫头；除各人奶娘亲随丫头外，另有专管收拾打扫的。至二十二日，一齐进去，登时园内花招绣带，柳拂香风，不似前番那等寂寞了。

> 趁机扩编加人，益发虚空膨胀。

贾宝玉在大观园里的日子,带有理想主义(当然是富有贾宝玉特色的理想主义)色彩。因此,对其真实性可信性自来有多种说法。

还是当做小说来看最好。其实也是小说的真实,合情合理而又有滋有味就行了。可以想象作者有类似的经验。不一定太虚(如说是影射皇帝生活),似亦不必太拘泥。

农民的理想是"三十亩地一头牛,老婆孩子热炕头","样板戏"中英烈的理想是红旗招展满神州,贾宝玉的理想则是大观园。每个人的理想都不完全凭空,也都难以原封不动地完满实现。

闲言少叙。且说宝玉自进园来,心满意足,再无别项可生贪求之心,每日只和姊妹丫鬟们一处,或读书,或写字,或弹琴下棋,作画吟诗,以至描鸾刺凤,斗草簪花,低吟悄唱,拆字猜枚,无所不至,倒也十分快意。他曾有几首四时即事诗,虽不算好,却是真情真景。

"春夜即事"云:
  霞绡云幄任铺陈,隔巷蛙声听未真。
  枕上轻寒窗外雨,眼前春色梦中人。
  盈盈烛泪因谁泣,点点花愁为我嗔。
  自是小鬟娇懒惯,拥衾不耐笑言频。

"夏夜即事"云:
  倦绣佳人幽梦长,金笼鹦鹉唤茶汤。
  窗明麝月开宫镜,室霭檀云品御香。
  琥珀杯倾荷露滑,玻璃槛纳柳风凉。
  水亭处处齐纨动,帘卷朱楼罢晚妆。

"秋夜即事"云:
  绛芸轩里绝喧哗,桂魄流光浸茜纱。
  苔锁石纹容睡鹤,井飘桐露湿栖鸦。
  抱衾婢至舒金凤,倚槛人归落翠花。
  静夜不眠因酒渴,沉烟重拨索烹茶。

"冬夜即事"云:
  梅魂竹梦已三更,锦罽鹴衾睡未成。
  松影一庭惟见鹤,梨花满地不闻莺。
  女儿翠袖诗怀冷,公子金貂酒力轻。

贾宝玉的天国——风景秀美的大观园,与众多聪明美丽的女孩子朝夕相处,享受着丫鬟们的服务,养尊处优。这也是一种人间天堂的图影。一种情的乌托邦。

两联写得轻俏,全诗仍嫌平面。

《红楼梦》的魅力,离不开大观园。

几首诗的主题是富贵的青春。

诗好诗坏,有诗就有一种审美情操。宝玉常能以一种审美的眼光看异性,这就比珍、琏、蓉辈高出一大截了。

也时而踌躇意满于自己的风流公子哥儿的生活。

却喜侍儿知试茗，扫将新雪及时烹。

不说宝玉闲吟，且说这几首诗，当时有一等势利人，见是荣国府十二三岁的公子做的，抄录出来，各处称颂；再有等轻薄子弟，爱上那风流妖艳之句，也写在扇头壁上，不时吟哦赏赞。因此上竟有人来寻诗觅字，倩画求题的。宝玉一发得意，每日家做这些外务。

谁想静中生动，忽一日，不自在起来，这也不好，那也不好，出来进去，只是闷闷的。园中那些女孩子，正是混沌世界天真烂熳之时，坐卧不避，嬉笑无心，那里知宝玉此时的心事？那宝玉心内不自在，便懒在园内，只在外头鬼混，却又痴痴的。茗烟见他这样，因想与他开心，左思右想，皆是宝玉玩烦了的，只有这件，宝玉不曾见过。想毕，便走到书坊内，把那古今小说，并那飞燕、合德、武则天、杨贵妃的"外传"与那传奇角本，买了许多来引宝玉。宝玉一看，如得珍宝。茗烟又嘱咐道："不可拿进园去，若叫人知道了，我就'吃不了兜着走'呢。"宝玉那里肯不拿进去？踟蹰再四，单把那文理雅道些的，拣了几套进去，放在床顶上，无人时方看；那粗俗过露的，都藏于外面书房内。

那日正当三月中浣，早饭后，宝玉携了一套《会真记》，走到沁芳闸桥那边桃花底下一块石上坐着，展开《会真记》，从头细看。正看到"落红成阵"，只见一阵风过，树上桃花吹下一大斗来，落得满身满书满地皆是花片。宝玉要抖将下来，恐怕脚步践踏了，只得兜了那花瓣，来至池边，抖在池内。那花瓣浮在水面，飘飘荡荡，竟流出沁芳闸去了。

回来只见地下还有许多花瓣，宝玉正踟蹰

人入园，园入诗，诗入小说，此园只宜文中有，人间岂能见几回？

青春萌动，写得略显直白。

由茗烟来启蒙。
为主子寻求点突破，并分担一点突破的风险，是奴才的重要使命与职能之一。
茗烟又是跟谁学的？他怎么知道有这些书？

区别处理。自古都有约束。却始终禁不绝。盖禁得了书，禁不掉"性"也。

这一段写得情景交融，脍炙人口。

间,只听背后有人说道:"你在这里做什么?"宝玉一回头,却是林黛玉来了:肩上担着花锄,花锄上挂着纱囊,手内拿着花帚。宝玉笑道:"好,好,来把这个花扫起来,撂在那水里去罢。我才撂了好些在那里呢。"黛玉道:"撂在水里不好,你看这里的水干净,只一流出去,有人家的地方什么没有?仍旧把花遭塌了。那畸角上我有一个花冢,如今把他扫了,装在这绢袋里,埋在那里,日久随土化了,岂不干净。"

> 对美的尊重与珍惜。与某种毁灭美的本能(如"文革"中给漂亮女演员推"阴阳头",砸碎工艺品等)成为对比。这种珍惜又是软弱的、脆弱的,一个丑恶粗暴的世界,有谁能这样珍惜美呢?
>
> "红"中许多情节都有预兆乃至预演,此是葬花的预演。

宝玉听了,喜不自禁,笑道:"待我放下书,帮你来收拾。"黛玉道:"什么书?"宝玉见问,慌的藏之不迭,便说道:"不过是《中庸》《大学》。"黛玉道:"你又在我跟前弄鬼。趁早儿给我瞧瞧,好多着呢。"宝玉道:"妹妹,要论你,我是不怕的。你看了,好歹别告诉别人。真正这是好文章!你若看了,连饭也不想吃呢。"一面说,一面递了过去。黛玉把花具放下,接书来瞧,从头看去,越看越爱,不顿饭时,将十六出俱已看完。但觉词句警人,余香满口。虽看完了,却只管出神,心内还默默记诵。宝玉笑道:"妹妹,你说好不好?"林黛玉笑道:"果然有趣。"宝玉笑道:"我就是个'多愁多病的身',你就是那'倾国倾城的貌'。"林黛玉听了,不觉带腮连耳通红,登时竖起两道似蹙非蹙的眉,瞪了两只似睁非睁的眼,桃腮带怒,薄面含嗔,指着宝玉道:"你这该死的胡说!好好的,把这淫词艳曲弄了来,说这些混帐话来欺负我。我告诉舅舅、舅母去!"说到"欺负"二字,就把眼圈儿红了,转身就走。

> 好文章只好鬼鬼祟祟地读。

> 看看闲书还凑和,联系实际就罪该万死了。特立独行如林黛玉,也是自我矛盾,不敢不能不想解放的。
>
> 谁能解放自己的真心性?

宝玉着了忙,向前拦住道:"好妹妹,千万饶我这一遭,原是我说错了。若有心欺负你,明儿我掉在池子里,叫个癞头鼋吃了去,变个大忘八,等你明儿做了'一品夫人'病老归西的时候,我往你坟上替你驮一辈子碑去。"说的林黛玉"扑嗤"的一声笑了,一面揉着眼,一面笑道:"一般唬的这么个调儿,还只管胡说。呸,原来也是个'银样蜡枪头'。"宝玉听了,笑道:"你说说,你这个呢?我也告诉去。"林黛玉笑道:"你说你会'过目成诵',难道我就不能'一目十行'么?"宝玉一面收书,一面笑道:"正经快把花埋了罢,别提那些个了。"二人便收拾落花。

　　正才掩埋妥协,只见袭人走来,说道:"那里没找到?摸在这里来。那边大老爷身上不好,姑娘们都过去请安,老太太叫打发你去呢,快回去换衣服罢。"宝玉听了,忙拿了书,别了黛玉,同袭人回房换衣不提。

　　这里林黛玉见宝玉去了,听见众姐妹也不在房中,自己闷闷的。正欲回房,刚走到梨香院墙角外,只听见墙内笛韵悠扬,歌声婉转,林黛玉便知是那十二个女孩子演习戏文。虽未留心去听,偶然两句吹到耳内,明明白白一字不落道:"原来是姹紫嫣红开遍,似这般,都付与断井颓垣。"林黛玉听了,倒也十分感慨缠绵,便止步侧耳细听,又唱道是:"良辰美景奈何天,赏心乐事谁家院?"听了这两句,不觉点头自叹,心下自思:"原来戏上也有好文章,可惜世人只知看戏,未必能领略其中的趣味。"想毕,又后悔不该胡想,耽误了听曲子。再听时,恰唱到:"只为你如花美眷,似水流年……"黛玉听了这两句,不觉心动神摇。又听道"你在幽闺自怜"等句,越发

> 赔不是赔得好。幽而默之,化解矛盾一法。

> 也算是"青春片"了。

> 演习戏文,开始培训,一切从零做起。

> 能够听得如此清晰么?阅读般地清晰?看来也是人物心理活动描写的需要,使黛玉的耳朵分外灵敏。

文艺作品常起一种"催春"的作用。以为"春"大逆不道的人自然认为文艺也大逆不道。其实"春"的到来并不决定于文艺,文艺只是鲜明了、丰富了、共鸣了人对于自己的生命的春、夏、秋、冬的体验。

文艺帮助人享受了、体验了生命。体验了花开,也体验了花落,体验了情,也体验了无情。

文艺本身便是生命的鲜花,却也是落叶,也是无情的流水。无论怎么说,以宝、黛之灵性,在他们青春萌动的时候接触到《西厢记》、《牡丹亭》之属,是他们的幸福。这是书成全了他们。王实甫、汤显祖,可以因为有这样的读者而感到安慰。

> 如醉如痴,站立不住,便一蹲身坐在一块山子石上,细嚼"如花美眷,似水流年"八个字的滋味。忽又想起前日见古人诗中有"水流花谢两无情"之句,再词中又有"流水落花春去也,天上人间"之句,又兼方才所见《西厢记》中"花落水流红,闲愁万种"之句,都一时想起来,凑聚在一处。仔细忖度,不觉心痛神驰,眼中落泪。正没个开交,忽觉背后有人击他一下,及回头看时,原来是个女子,未知是谁,下回分解。

青春是阳光、是欢乐、是火,却也是自怜、愁苦、心痛神驰。

中国传统小说特别是戏曲中,接触到青春、春心、春情的不少,"红"算写得很细致,很弗洛伊德的。形象大于思想,生活之树常绿。

第二十四回

醉金刚轻财尚义侠　痴女儿遗帕惹相思

从情节主线结构的观点来看,读到这里仍然令读者摸不着头脑。宝、黛、钗、凤……这些主要人物的故事屡屡被打断。

这一回有一搭无一搭地写到了贾赦生病又无大病,宝玉被邢夫人留饭一事,又凭空插进一个贾芸直至小红的故事。依常规来看,编辑们该批评作者太漫天撒网了吧?

《红楼梦》更像大海,至少是大江,不是小溪。

只因哪儿都精彩,所以看得下去。长篇小说而能句句段段有魅力,太难了。

　　话说黛玉正在情思萦逗、缠绵固结之时,忽有人从背后击了他一下,说道:"你作什么一个人在这里?"林黛玉唬了一跳,回头看时,不是别人,却是香菱。林黛玉道:"你这个傻丫头,唬我一跳。你这会子打那里来?"香菱嘻嘻的笑道:"我来寻我们姑娘的,总找不着他;你们紫鹃也找你呢,说琏二奶奶送了什么茶叶来给你的。回家去坐着罢。"一面说,一面拉着黛玉的手,回潇湘馆来,果然凤姐送了两小瓶上用新茶来。林黛玉和香菱坐了,谈讲些这一个绣的好,那一个刺的精,又下一回棋,看两句书,香菱便走了,不在话下。

　　如今且说宝玉因被袭人找回房去,只见鸳鸯歪在床上看袭人的针线呢,见宝玉来了,便说道:"你往那里去了?老太太等着你呢,叫你过那边请大老爷安去。还不快去换了衣裳走呢!"

香菱这个人物,按作者意图,原很重要,但一路看下去,读者仍不得要领。

包括黛玉、香菱这样的好女儿,她们闲散得很文化,文化得很空虚。凤姐则是忙碌得精明,精明得粗鄙。文化与空闲有关系?人生与文化,也是有无相生。

袭人便进房去取衣服。

宝玉坐在床沿上，褪了鞋，等靴子穿的工夫，回头见鸳鸯穿着水红绫子袄儿，青缎子背心，束着白绉绸汗巾儿，脸向那边，低着头看针线，脖子上带着扎花领子。宝玉便把脸凑在脖项上，闻那香气，不住用手摩挲，其白腻不在袭人以下，便猴上身去，涎脸笑道："好姐姐，把你嘴上的胭脂赏我吃了罢。"一面说，一面扭股糖似的粘在身上。鸳鸯便叫道："袭人，你出来瞧瞧！你跟他一辈子，也不劝劝他，还是这么着。"袭人抱了衣服出来，向宝玉道："左劝也不改，右劝也不改，你到是怎么样？你再这么着，这个地方可也就难住了。"一边说，一边催他穿衣服，同鸳鸯往前面来；见过贾母，出至外面，人马俱已齐备。刚欲上马，只见贾琏请安回来正下马，二人对面，彼此问了两句话，只见旁边转过一个人来："请宝叔安。"

宝玉看时，只见这人生的容长脸儿，长挑身材，年纪只有十八九岁，生得着实斯文清秀，倒也十分面善，只是想不起是那一房的，叫什么名字。贾琏笑道："你怎么发呆，连他也不认得？他是后廊上住的五嫂子的儿子芸儿。"宝玉笑道："是了，是了，我怎么就忘了。"因问他："母亲好，这会子什么勾当？"贾芸指贾琏道："找二叔说句话。"宝玉笑道："你倒比先越发出挑了，倒像我的儿子。"贾琏笑道："好不害臊！人家比你大四五岁呢，就给你作儿子了？"宝玉笑道："你今年十几岁？"贾芸道："十八了。"

原来这贾芸最伶俐乖巧的，听宝玉说"像他的儿子"，便笑道："俗话说的好，'摇车儿里的爷爷，拄拐棍儿的孙子'，虽然年纪大，'山高遮不

又闹到了鸳鸯身上。
宝玉的这些无赖行径实在难说与蓉琏辈有什么大原则的区别，他年纪小，就闹成这个样子。但他毕竟还有真情，有灵性，有悟性，有他的大悲哀——也就是说有灵魂。按某种观点，这些镜头都应剪掉。
宝玉性情之真实恰在于不仅写雅的诗，也行俗的事。宝玉的身份决定了他能上能下，可以与林黛玉共读《西厢》，也可以紧接着与丫头们鬼混。
既是丫头，鬼混一下亦不失礼。宝玉见了黛玉或宝钗可没这么干过。
既是阶级的分离，也是灵与肉的分离。

刚刚宝玉才妙词苦心，立马进入低俗世故，这是一种荒谬，也是平衡。黛玉则没有偶一世俗化的可能，缺少这一面。

机会抓住不放。

这一段写得淡淡的,多少反映了一些贾氏人物的关系。宝玉来看望贾赦,似有贾母特使的意味。按说贾赦是贾母儿子,关系更近才对。却向宝玉"回了贾母问的话"。邢氏对宝玉贾环的态度亦亲疏完全不同。

住太阳'。只从我父亲死了,这几年也没人照管,若宝叔不嫌侄儿蠢,认做儿子,就是侄儿的造化了。"贾琏笑道:"你听见了?认了儿子,不是好开交的。"说着,就进去了。宝玉笑道:"明儿你闲了,只管来找我,别和他们鬼鬼祟祟的。这会子我不得闲儿;明日你到书房里来,和你说天话儿,我带你园里玩去。"说着,扳鞍上马,众小厮随往贾赦这边来。见了贾赦,不过是偶感些风寒。先述了贾母问的话,然后自己请了安,贾赦先站起来回了贾母问的话,便唤人来:"带进哥儿去太太屋里坐着。"

别人教育宝玉、秦钟都提到不要与"他们"混到一起,宝玉又这样教诲贾芸。"他们"是指谁呢?为什么笼统一说"他们",就有贬意而且彼此明白呢?
只能说是宝玉仍是站在贵族立场而蔑视鄙视平民的。

宝玉退出来,至后面,到上房,邢夫人见了,先站了起来请过贾母的安,宝玉方请安。邢夫人拉他上炕坐了,方问别人,又命人倒茶。茶未吃完,只见贾琮来问宝玉好。邢夫人道:"那里找活猴儿去!你那奶妈子死绝了,也不收拾收拾,弄得你黑眉乌嘴的,那里还像个大家子念书的孩子!"

声气不佳,与身份不甚合。

正说着,只见贾环贾兰小叔侄两个也来请安。邢夫人叫他两个在椅子上坐着。贾环见宝玉同邢夫人坐在一个坐褥上,邢夫人又百般摸索抚弄他,早已心中不自在了,坐不多时,便向贾兰使个眼色儿要走,贾兰只得依他,一同起身告辞。宝玉见他们起身,也就要一同回去,邢夫人笑道:"你且坐着,我还和你说话。"宝玉只得坐了。邢夫人向他两个道:"你们回去,各人替我问各人的母亲好罢。你们姑娘姐妹们都在这里呢,闹的我头晕,今儿不留你们吃饭了。"贾环

虽然邢、王有矛盾,赦政亦摩擦,宝玉却老是天之骄子,具有一种超山头的得宠地位。正是这样的地位,使之丧尽了责任心。

等答应着便出去了。宝玉笑道:"可是姐妹们都过来了,怎么不见?"邢夫人道:"他们坐了会子,都往后头不知那屋里去了。"宝玉说:"大娘说'有话说',不知是什么话?"邢夫人笑道:"那里什么话,不过叫你等着同姐妹们吃了饭去,还有一个好玩的东西给你带回去玩儿。"娘儿两个说着,不觉又晚饭时候,请过众位姑娘们来,调开桌椅,罗列杯盘,母女姊妹们吃毕了饭,宝玉辞别贾赦,同众姊妹回家,见过贾母王夫人等,各自回房安歇,不在话下。

废话也是生活。

且说贾芸进去,见了贾琏,因打听:"可有什么事情。"贾琏告诉他说:"前儿倒有一件事情出来,偏生你婶娘再三求了我,给了贾芹了。他许我说:'明儿园里还有几处要栽花木的地方,等这个工程出来,一定给你就是了。'"那贾芸听了,半晌说道:"既是这样,我就等着罢。叔叔也不必先在婶娘跟前提我今儿来打听的话,到跟前再说也不迟。"贾琏道:"提他做什么,我那里有这工夫说闲话呢。明日还要到兴邑去走一走,必须当日赶回来方好。你先去等着,后日起更以后,你来讨信,早了我不得闲。"说着,便向后面换衣服去了。

半晌,不快与思谋同时进行。为什么要这样请求?鬼鬼祟祟的。

贾芸出了荣国府回家,一路思量,想出一个主意来,便一径往他母舅卜世仁家来。原来卜世仁现开香料铺,方才从铺子里回来,一见贾芸,便问:"为什么事来?"贾芸道:"有件事求舅舅帮衬,要用冰片、麝香,好歹舅舅每样赊四两给我,八月节按数送了银子来。"卜世仁冷笑道:"再休提赊欠一事。前日也是我们铺子里一个伙计,替他的亲戚赊了几两银子的货,至今总未

下等人找下等人行下等事,不难理解,问题是贾府的上等人,也多行另一路更下等的事。

还上,因此我们大家赔上,立了合同,再不许替亲友赊欠,谁要犯了,就罚他二十两银子的东道。况且如今这个货也短,你就拿现银子到我们这小铺子里来买,也还没有这些,只好倒扁儿去,这是一件。二则你那里有正经事?不过赊了去又是胡闹。你只说舅舅见你一遭儿就派你一遭儿不是,你小人家很不知好歹,也要立个主意,赚几个钱,弄弄穿的吃的,我看着也喜欢。"贾芸笑道:"舅舅说得有理。但我父亲没的时节,我年纪又小,不知事体。后来听我母亲说,都还亏舅舅们在我们家去出主意料理的丧事。难道舅舅是不知道的,还是有一亩地,两间房子,在我手里花了不成?'巧媳妇做不出没米的饭来',叫我怎么样呢?还亏是我呢,要是别个,死皮赖脸的三日两头儿来缠舅舅,要三升米二升豆子的,舅舅也就没有法儿呢。"

卜世仁道:"我的儿,舅舅要有,还不是该的。我天天和你舅母说,只愁你没个算计。你但凡立得起来,到你大房里,就是他们爷儿们见不着,便下个气和他们的管家或管事的人们嬉和嬉和,也弄个事儿管管。前儿我出城去,碰见你们三房里的老四,骑着大叫驴,带着四五辆车,有四五十和尚道士,往家庙里去了。他那不亏能干,就有这样的事到他了?"贾芸听了唠叨的不堪,便起身告辞。卜世仁道:"怎么急的这样?吃了饭去罢……"一句话尚未说完,只见他娘子说道:"你又糊涂了!说着没有米,这里买了半斤面来下给你吃,这会子还装胖呢。留下外甥挨饿不成?"卜世仁道:"再买半斤来添上就是了。"他娘子便叫女儿:"银姐,往对门王奶奶家去问,有钱借二、三十个,明日就送来还的。"

穷自然有不是。

大寄生者周围,定是一伙小寄生虫。

贾芸太客气了,你已经够得上"死皮赖脸"啦。

"嬉和嬉和",传神。无赖的赖办法。

完全可以编入相声。对付穷亲戚,也要有厚黑学功夫。

曹雪芹写贾府的穷亲戚、小人物,也很生动。贾芸去母舅家借物一节,便写尽了卑微者的辛酸。但总体说来,曹对这些人并不同情,这是曹与十九世纪的批判现实主义作家的根本区别所在。小仲马对茶花女,陀思妥耶夫斯基对被侮辱与被损害的,托尔斯泰对卡秋莎——马斯洛娃,契诃夫对小公务员、赶车人和万卡,是怀着怎样的感情呀!而在曹笔下,最好如刘老老,不过是装疯卖傻取笑讨好,打打秋风。其他人更是卑鄙下流,五毒俱全,一心只想骗坑贾府罢了。

倒是写贾府府内的女奴——丫头们,笔下有情。但这些丫头们又无不是争着向宝玉或别的主子献媚的。鸳鸯目无宝玉,但更忠于贾母。丫头们最怕的是"撵出去配小子"——失去自己的奴隶地位。

曹雪芹大体上是站在宝玉的立场——一个没落的贵族公子的立场来看一切的。我们的人文主义传统很薄弱,而现实主义是离不开人文主义的。

夫妻两个说话,那贾芸早说了几个"不用费事",去的无影无踪了。

不言卜家夫妇,且说贾芸赌气离了母舅家门,一径回来,心下正自烦恼,一边想,一边走,低着头,不想一头就碰在一个醉汉身上,把贾芸一把拉住,骂道:"你瞎了眼,碰起我来了!"

贾芸听声音像是熟人,仔细一看,原来是紧邻倪二。这倪二是个泼皮,专放重利债,在赌博场吃饭,专爱喝酒打架。此时正从欠钱人家索债归来,已在醉乡,不料贾芸碰了他,就要动手。贾芸叫道:"老二,住手!是我冲撞了你。"倪二一听他的语音,将醉眼睁开,一看,见是贾芸,忙松了手,趔趄着笑道:"原来是贾二爷,这会子那里去?"贾芸道:"告诉不得你,平白的又讨了个没趣儿。"倪二道:"不妨。有什么不平的事,告诉我,我替你出气。这三街六巷,凭他是谁,若得罪了我醉金刚倪二的街邻,管叫他人离家散!"贾芸道:"老二,你别生气,听我告诉你这缘故。"便把卜世仁一段事告诉了倪二。倪二听了大怒道:"要不是二爷的亲戚,我便骂出来。真正气死我!也罢,你也不必愁,我这里现有几两银子,你要用只管拿去。我们好街坊,这银子是

> 写长篇如做"期货",把倪二这样的宝货存放在那里,待机脱颖而出。

> 倪二夸下海口,到底有何手段?

不要利钱的。"一头说，一头从搭包内掏出一包银子来。

贾芸心下自思："倪二素日虽然是泼皮，却也因人而施，颇有义侠之名。若今日不领他这情，怕他臊了，倒恐不美。不如用了他的，改日加倍还他就是了。"因笑道："老二，你果然是个好汉，既蒙高情，怎敢不领，回家照例写了文约送过来便了。"倪二大笑道："这不过是十五两三钱银子，你若要写文契，我就不借了。"贾芸听了，一面接银子，一面笑道："我便遵命罢了。何必着急！"倪二笑道："这才是了。天气黑了，也不让茶让酒了，我还有点事情到那边去，你竟请回。我还求你带个信儿与我们家，叫他们闭门睡罢，我不回家去；倘或有事，叫我们女孩儿明儿一早到马贩子王短腿家找我。"一面说，一面趔趄着脚儿去了。不在话下。

且说贾芸偶然碰见了这件事，心下也十分稀罕，想："那倪二倒果然有些意思，只是怕他一时醉中慷慨，到明日加倍要来，便怎么处？"忽又想道："不妨，等那件事成了，可也加倍还的起他。"因走到一个钱铺内，将那银子称一称，分两不错，心上越发欢喜。到家先将倪二的话捎与他娘子，方回家来。见他母亲自在炕上拈线，见他进来，便问："那里去了一天？"贾芸恐他母亲生气，便不提起卜世仁的事来，只说："在西府里等琏二叔的。"问他母亲："吃了饭不曾？"他母亲说："吃了。还留饭在那里。"叫小丫头拿过来与他吃。

那天已是掌灯时候，贾芸吃了饭，收拾安歇，一宿无话。次日一早起来，洗了脸，便出南门大街，在香铺买了香麝，便往荣府来。打听贾

> 高大上与骄奢淫逸懒的贾府，周围有一群穷赖坏憋苦的亲戚邻居，他们有自己的生活和义气。高大上的府第，其实筑在火山口，险矣哉！

> 豪门外、官府以外的社会，带几分黑手党的气息。

> 倪二大方，贾芸并不大方。

> 也是小人物的卑微处境。但与西方批判现实主义的思路不同。"红"写到贾府周围的小人物，多半是又卑微又卑劣，下作得很。比蛆虫还要不堪。

琏出了门,贾芸便往后面来。到贾琏院门前,只见几个小厮,拿着大高的笤帚在那里扫院子呢。忽见周瑞家的从门里出来叫小厮们:"先别扫,奶奶出来了。"贾芸忙上去笑道:"二婶娘那里去?"周瑞家的道:"老太太叫,想必是裁什么尺头。"

正说着,只见一群人簇拥着凤姐出来了。贾芸深知凤姐是喜奉承爱排场的,忙把手逼着,恭恭敬敬抢上来请安。凤姐连正眼也不看,仍往前走,只问他母亲好:"怎么不来我们家逛逛?"贾芸道:"只是身上不好,倒时常记挂着婶娘,要瞧瞧,总不能来。"凤姐笑道:"可是你会撒谎!不是我提起,他就不想我了。"贾芸笑道:"侄儿不怕雷打,就敢在长辈跟前撒谎?昨日晚上还提起婶娘来,说:'婶娘身子生得单弱,事情又多,亏婶娘好大精神,竟料理的周周全全。要是差一点儿的,早累的不知怎么样了。'"

> "喜奉承爱排场"六字,是多少强者的弱点,使多少强者在蛆虫们的小小伎俩面前就范。

> 越是假话越易流于夸张。

凤姐儿听了,满脸是笑,由不的止了步,问道:"怎么好好的,你娘儿两个在背地里嚼说起我来?"贾芸道:"有个缘故,只因我有个极好的朋友,家里有几个钱,现开香铺,因他身上捐了个通判,前日选了云南不知那一府,连家眷一齐去。他这香铺也不开了,便把货物攒了一攒,该给人的给人,该贱发的贱发,像这贵重的,都送与亲友,所以我得了此冰片、麝香。我就和我母亲商量:贱卖了可惜,要送人也没有人家配使这些香料。因想婶娘往年间还拿大包的银子买这东西呢,别说今年贵妃宫中,就是这个端阳节所用,也一定比往常要加上十几倍,故此孝敬婶娘。"一面将一个锦匣递过去。

> 人人需要别人的肯定,哪怕是凤,也不排斥乌鸦的赞美。

> 开始上了道。

> 人之道,损不足以奉有余。

凤姐正是办端阳节的礼须用香料,便命丰

儿："接过芸哥儿的来，送了家去，交给平儿。"因又说道："看着你这样知道好歹，怪道你叔叔常提起你来，说你好，说话明白，心里有见识。"贾芸听这话入港，便打进一步来，故意问道："原来叔叔也常提我的？"凤姐见问，便要告诉给他事情管的话，一想，又恐被他看轻了，只说得了这点儿香料，便混许他管事了。因又止住，且把派他种花木工程的事，都一字不提，随口说了几句淡话，便往贾母房里去了。

> 这方面的心思，实在也没高明到哪里去。
> 诡诈之心，遍及各人各处各事，他们的原则是可说假话可不说假话的一律说假话，可刁难可不刁难别人的一律刁难。痼疾已成性矣。

　　贾芸也不好提的，只得回来。因昨日见了宝玉，叫他到外书房等着，故此吃了饭，便又进来，到贾母那边仪门外绮散斋书房里来。只见茗烟改名焙茗的并锄药两个小厮下象棋，为夺车正拌嘴呢；还有引泉、扫花、挑云、伴鹤四五个，在房檐下掏小雀儿玩。贾芸进入院内，把脚一跺，说道："猴儿们淘气，我来了。"众小厮看见了他，都才散去，贾芸进书房内，便坐在椅子上，问："宝二爷下来了没有？"焙茗道："今日总没下来。二爷说什么，我替你哨探哨探去。"说着，便出去了。

> 夺车掏雀儿，也算其乐融融。

> 这里的"哨探"，或可写作"扫听"。

　　这里贾芸便看字画古玩。有一顿饭的工夫，还不见来。再看看别的小子，都玩去了。正在烦闷，只听门前娇音嫩语的叫了一声"哥哥"，贾芸往外瞧时，是一个十五六岁的丫头，生的倒也十分精细干净，那丫头见了贾芸，便抽身要躲了，恰值焙茗走来，见那丫头在门前，便说道："好，好，正抓不着个信儿。"贾芸见了焙茗，也就赶出来，问："怎么样？"焙茗道："等了这一日，也没个人儿过来。这就是宝二爷房里的。"因说道："好姑娘，你进去带个信儿，就说廊上二爷来了。"

那丫头听见,方知是本家的爷们,便不似从前那等回避,下死眼把贾芸钉了两眼。听那贾芸说道:"什么'廊上''廊下'的,你只说芸儿就是了。"半晌,那丫头冷笑道:"依我说,二爷且请回去罢,明日再来。今儿晚上得空儿,我回一声。"焙茗道:"这是怎么说?"那丫头道:"他今儿也没睡中觉,自然吃的晚饭早,晚上又不下来,难道只是要二爷这里等着挨饿不成?不如家去,明儿来是正经。就便回来有人带信,不过口里答应着,他肯给带到吗?"

> "下死眼",也算出手(眼)不凡,出手(眼)惊人!

贾芸听这丫头的话,简便俏丽,待要问他名字,因是宝玉房里的,又不便问,只得说道:"这话倒是。我明日再来。"说着,便往外去了。焙茗道:"我倒茶去。二爷吃茶再去。"贾芸一面走,一面回头说:"不吃茶,我还有事呢。"口里说话,眼睛瞧那丫头还站在那里呢。

> 贾芸能听上两几句话就判断人的是否"简便俏丽",说明他本人也属能人。

那贾芸一径回来。至次日,来至大门前,可巧遇见凤姐往那边去请安,才上了车,见贾芸来,便命人唤住,隔窗子笑道:"芸儿,你竟有胆子在我跟前弄鬼!怪道你送东西给我,原来你有事求我。昨日你叔叔才告诉我,说你求他。"贾芸笑道:"求叔叔的事,婶娘别提,我这里正后悔呢。早知这样,我一起头就求婶娘,这会子早完了,谁承望叔叔竟不能的。"凤姐笑道:"怪道你那里没成儿,昨日又来寻我。"贾芸道:"婶娘辜负了我的孝心,我并没有这个意思;若有这意,昨儿还不求婶娘?如今婶娘既知道了,我倒要把叔叔丢下,少不得求婶娘,好歹疼我一点儿。"凤姐冷笑道:"你们要拣远路儿走,叫我也难。早告诉我一声儿,什么不成了,多大点儿事,耽误到这会子。那园子里还要种树种花,我

> 能挨上凤姐骂,有门儿了。

> 干脆说实话,一针扎到穴位上。

> 有些实话,硬着头皮顶住。有些瞎话,老着脸皮硬说。

> 专权擅权弄权,固人生一乐也,凤姐这样一说,读者也为她感到痛快。

271

只想不出个人来,早说不早完了。"贾芸笑道:
"这样明日婶娘就派我罢。"凤姐半晌道:"这个
我看着不大好,等明年正月里的烟火灯烛那个
大宗儿下来,再派你罢。"贾芸道:"好婶娘,先把
这个派了我罢,果然这件办的好,再派我那件。"
凤姐笑道:"你倒会拉长线儿!罢了,若不是你
叔叔说,我不管你的事。我不过吃了饭就过来,
你到午错时候来领银子,后日就进去种花。"说
着,命人驾起香车,径去了。

  贾芸喜不自禁。来至绮散斋打听宝玉,谁
知宝玉一早便往北静王府里去了。贾芸便呆呆
的坐到晌午,打听凤姐回来。便写个领票来领
对牌,至院外,命人通报了,彩明走了出来,单要
了领票进去,批了银数、年月,一并连对牌交与
贾芸。贾芸接看那批上批着二百两银子,心中
喜悦,翻身走到银库上领了银子,回家告诉他母
亲,自是母子俱喜。次日五更,贾芸先找了倪二
还了银子,又拿了五十两银子,出西门找到花儿
匠方椿家里去买树,不在话下。

  且说宝玉自这日见了贾芸,曾说过明日着
他进来说话,这原是富贵公子的口角,那里还记
在心上,因而便忘怀了。这日晚上,却从北静王
府里回来,见过贾母王夫人等,回至园内,换了
衣服,正要洗澡,袭人因被薛宝钗烦了去打结
子;秋纹碧痕两个去催水;檀云又因他母亲病
了,接了出去;麝月又现在家中病着;还有几个
做粗活听使唤的丫头,料是叫他不着,都出去寻
伙觅伴的去了。不想这一刻的工夫,只剩了宝
玉在房内,偏生的宝玉要吃茶,一连叫了两三
声,方见两三个老婆子走进来。宝玉见了,连忙
摇手说:"罢,罢!不用了。"老婆子们只得退出。

也还要适当照顾一下丈夫的脸面影响,大获全胜以后说点便宜话,高一下姿态——终比连这样的话都不说要强。

见比自己高贵的人物,难。

已与北静王来往上了。

袭薛来往频繁。

服务班子越大,越易出现缺勤、人手不够的情形。

就小红倒茶一事写宝玉的伶牙利爪的丫头们组成的服务班子的组成格局与突破此种格局的不可能,入木三分,合情合理,而且作者不加臧否。可思可叹!
即使如一些红学家分析的或高鹗续作所写的那样,小红后来对贾家很不好,也是逼出来的。不能见爱见用,最后成了对立面。

> 宝玉见没丫头们,只得自己下来,拿了碗,向茶壶去倒茶。只听背后有人说道:"二爷,仔细烫了手,等我来倒。"一面说,一面走上来接了碗去。宝玉倒唬了一跳,问:"你在那里来的?忽然来了,唬我一跳。"那丫头一面递茶,一面笑着回道:"我在后院里,才从里间后门进来,难道二爷就没听见脚步响?"
>
> 宝玉一面吃茶,一面仔细打量,那丫头穿着几件半新不旧的衣裳,倒是一头黑鸦鸦的好头发,挽着纂儿,容长脸面,细巧身材,却十分俏丽甜净。宝玉便笑问道:"你也是我这屋里的人么?"那丫头道:"是的。"宝玉道:"既是这屋里的,我怎么不认得?"那丫头听说,便冷笑一声道:"不认得的也多呢!岂止我一个。从来我又不递茶水拿东西,眼前的事一件也做不着,那里认得呢。"宝玉道:"你为什么不做眼前的事?"那丫头道:"这话我也难说。只是有一句话回二爷:昨日有个什么芸儿来找二爷,我想二爷不得空儿,便叫焙茗回他,叫他今日早起来,不想二爷又往北府里去了。"
>
> 刚说到这句话,只见秋纹碧痕嘻嘻哈哈的笑着进来,两个人共提着一桶水,一手撩衣裳,趔趔趄趄泼泼撒撒的。那丫头便忙迎出去接。那秋纹碧痕正对抱怨,"你湿了我的衣裳",那个又说"你踹了我的鞋。"忽见走出一个人来接水,二人看时,不是别人,原来是小红。二人便都诧异,将水放下,忙进来看时,并没别人,只有宝

这个具体情节很难说是小红有意高攀钻营。

也算"官僚主义"?

不说也罢,说也白说。
奴才中又分三六九等,奴才中也有阶级——阶层矛盾。

玉,便心中俱不自在。只得且预备下洗澡之物,待宝玉脱了衣裳,二人便带上门出来,走到那边房内,找着小红,问他:"方才在屋里做什么?"小红道:"我何曾在屋里的?只因我的手帕子不见了,往后头找去,不想二爷要茶吃,叫姐姐们,一个儿也没有,是我进去倒了碗茶,姐姐们便来了。"秋纹兜脸啐了一口道:"没脸面的下流东西!正经叫你催水去,你说有事,倒叫我们去,你可做这个巧宗儿。一里一里的,这不上来了!难道我们倒跟不上你么?你也拿那镜子照照,配递茶递水不配!"碧痕道:"明儿我说给他们,凡要茶要水拿东西的事,咱们都别动,只叫他去便是了。"秋纹道:"这么说,还不如我们散了,单让了他在这屋里呢。"

二人你一句,我一句,正闹着,只见有个老嬷嬷进来,传凤姐的话说:"明日有人带花儿匠来种树,叫你们严禁些,衣裳裙子,别混晒混晾的。那土山一带都拦着围幕,可别混跑。"秋纹便问:"明日不知是谁带进匠人来监工?"那老婆子道:"什么后廊上的芸哥儿。"秋纹碧痕俱不知道,只管混问别的话,那小红心内明白,知是昨日外书房所见的那人了。

原来这小红本姓林,小名红玉,因"玉"字犯了宝玉黛玉的名,便单唤他做"小红",原来是府中世仆,他父亲现在收管各处田房事务。这红玉年方十六,进府当差,把他派在怡红院中,倒也清幽雅静。不想后来命姊妹及宝玉等进大观园居住,偏生这一所儿,又被宝玉点了。

这小红虽然是个不谙事体的丫头,因他原有三分容貌,心内妄想向上攀高,每每要在宝玉面前现弄现弄。只是宝玉身边一干人都是伶牙

油然而生的嫉妒心何等自然,何等厉害!

不敢承认。

所谓同辈的嫉妒,所谓已经占先者的霸道,确是"人才"头上压着的磐石。

照一照想来是配的,宝玉对她的形象观感甚佳也。
甚佳也没有办法,宝玉也没有胆量冒得罪自己的服务班子核心的危险去提拔新人。

是碰到宝玉这儿的,不是派到宝玉这儿的,所以身份不高。看来,宝玉对派谁来服务,发言权有限。宝玉有宠,却无权无势。

利爪的,那里插得下手去?不想今日才有些消息,又遭秋纹等一场恶话,心内早灰了一半。正闷闷的,忽然听见老嬷嬷说起贾芸来,不觉心中一动,便闷闷回房,睡在床上,暗暗思量;翻来掉去,正没个抓寻。忽听窗外低低的叫道:"小红,你的手帕子我拾在这里呢。"小红听了,忙走出来看,不是别人,正是贾芸。小红不觉粉面含羞,问道:"二爷在那里拾着的?"贾芸笑道:"你过来,我告诉你。"一面说一面就上来拉他。那小红转身一跑,却被门槛绊倒。要知端底,下回分解。

> 管理权在己,用人权在上。
>
> "正路"堵死,只能剑走偏锋。
>
> 写烦了宝、黛、钗、云的无事生非,再写写凤、琏、芸、红之事,写完了青春闲情,再写写用人、人事之争之政,有所舒展,有所丰富。

能写到贾芸、倪二、小红、秋纹这里,这支笔真抢得开,作者的生活经验,够宽也够用了。

第 二 十 五 回

魇魔法叔嫂逢五鬼　通灵玉蒙蔽遇双真

话说小红心神恍惚,情思缠绵,忽朦胧睡去,遇见贾芸要拉他,却回身一跑,被门槛绊了,一唬醒过来,方知是梦。因此翻来复去,一夜无眠。至次日天明,方才起来,就有几个丫头来会他去打扫房子地面,提洗面水。这小红也不梳洗,向镜中胡乱挽了一挽头发,洗了手,腰中束一条汗巾,便来打扫房屋。谁知宝玉昨儿见了他,也就留心,若要指名唤他来使用,一则怕袭人等多心,二则又不知他是何性情,因而纳闷。早晨起来,也不梳洗,只坐着出神。一时下了窗子,隔着纱屉子,向外看的真切,只见几个丫头打扫院子,都擦胭抹粉,插花带柳的,独不见昨儿那一个。宝玉便趿了鞋,走出了房门,只装做看花,东瞧西望。一抬头,只见西南角上游廊下栏杆旁有一个人倚在那里,却为一株海棠花所遮,看不真切。前进一步仔细一看,正是昨日那个丫头,在那里出神。要迎上去,又不好意思。正想着,忽见碧痕来请他洗脸,只得进去了。不在话下。

却说小红正自出神,忽见袭人招手叫他,只得走上前来。袭人笑道:"我们的喷壶坏了,你到林姑娘那边借来一用。"小红便走向潇湘馆去,到翠烟桥,抬头一望,只见山坡高处都拦着

在一定形势下,上进心演化成野心、邪心、贼心。

宝玉也怕她们,如皇帝亦怕侍臣然。

还得遮遮掩掩,奴隶主在奴隶中并不自由。任何格局,哪怕是奴役与占有的格局,对于格局主体,仍然是一个限制。

帷幕,方想起今日有匠役在此种树。原来远远的一簇人在那里掘土,贾芸正坐在山子石上监工。小红待要过去,又不敢过去,只得悄悄向潇湘馆,取了喷壶而回,无精打彩,自向房内倒着。众人只说他是身子不快,也不理论。

过了一日,原来次日是王子腾夫人的寿诞,那里原打发人来请贾母、王夫人的,王夫人见贾母不去,也便不去了。倒是薛姨妈同着凤姐儿并贾家三个姊妹、宝钗、宝玉,一齐都去了。至晚方回。

王夫人正过薛姨妈房里坐着,见贾环下了学,命他去抄《金刚经咒》唪诵。那贾环便来到王夫人炕上坐着,命人点了蜡烛,拿腔作势的抄写。一时又叫彩云倒茶来,一时又叫玉钏剪蜡花,又说金钏挡了灯亮儿。众丫鬟们素日厌恶他,都不答理他。只有彩霞还和他合得来,倒了茶与他,因向他悄悄的道:"你安分些罢,何苦讨人厌。"贾环把眼一瞅道:"我也知道,你别哄我。如今你和宝玉好,不大理我,我也看出来了。"彩霞咬着牙,向他头上戳了一指头,道:"没良心的!'狗咬吕洞宾——不识好歹。'"

两人正说着,只见凤姐同着王夫人都过来了。王夫人便一长一短问他今日是那几位堂客,戏文好歹,酒席如何。不多时,宝玉也来了,见了王夫人,也规规矩矩说了几句话,便命人除去了抹额,脱了袍服,拉了靴子,就一头滚在王夫人怀里;王夫人便用手摩挲抚弄他,宝玉也扳着王夫人的脖子说长说短。王夫人道:"我的儿,又吃多了酒,脸上滚热的。你还只是揉搓,一会子闹上酒来。还不在那里静静的躺一会子

只能是失之交臂。

封建主义对于少男少女的禁锢当然可恶。问题是在这种条件下,形成一些特殊的际遇和体验,不失为极好的文学材料,不失为对于一种生存方式——"活法"的生动表现。

人是不断地探索自己的生存方式恋爱婚姻方式交合方式的。对于古人,亦不必一味否定。后之视今,如今之视昔也。

是众丫鬟,而且是素日厌恶他,呜呼!
一、确实无赖下流,确实可厌。
二、丫鬟们也势利眼,既然贾环不得烟抽,便也厌他。
三、作者也厌他,写到他与乃母,决无好话。
三种可能,或其一,或其二,或三种并存。

王夫人对宝玉与环儿态度如此不同,有失大家风范。

去呢。"说着,便叫人拿枕头。宝玉因就在王夫人身后倒下,又叫彩霞来替他拍着。宝玉便和彩霞说笑,只见彩霞淡淡的不大答理,两眼只向着贾环。宝玉便拉他的手,说道:"好姐姐,你也理我理儿。"一面说,一面拉他的手。彩霞夺手不肯,便说:"再闹就嚷了。"

　　二人正闹着,原来贾环听见了,素日原恨宝玉,今见他和彩霞玩耍,心上越发按不下这口气。因一沉思,计上心来,故作失手,将那一盏油汪汪的蜡烛,向宝玉脸上只一推,只听宝玉"嗳哟"的一声,满屋里人都唬一跳。连忙将地下的戳灯移过来一照,只见宝玉满脸是油。王夫人又气又急,一面命人替宝玉擦洗,一面骂贾环。凤姐三步两步上炕去替宝玉收拾着,一面说道:"老三还是这样'毛脚鸡'似的,我说你上不得台盘。赵姨娘平时也该教导教导他。"一句话提醒了王夫人,遂叫过赵姨娘来,骂道:"养出这样黑心种子来,也不教训教训!几番几次我都不理论,你们一发得了意了,一发上来了!"那赵姨娘只得忍气吞声,也上去帮着他们替宝玉收拾。只见宝玉左边脸上起了一溜燎泡,幸而没伤眼睛。王夫人看了,又心疼,又怕贾母问时难以回答,急的又把赵姨娘骂一顿;又安慰了宝玉,一面取了"败毒散"来敷上。宝玉说:"有些疼,还不妨事。明日老太太问,只说我自己烫的就是了。"凤姐道:"便说自己烫的,也要骂人不小心,横竖有一场气的。"王夫人命人好生送了宝玉回房去。袭人等见了,都慌的了不得。

　　林黛玉见宝玉出了一天的门,便闷闷的,晚间打发人来问了两三遍,知道烫了,便亲自赶过来,只瞧见宝玉自己拿镜子照呢,左边脸上满满

这些情节,究竟是贾环可厌还是宝玉可厌呢?
我们毕竟老到,不会全让雪芹牵着鼻子走。

如果不是站在宝玉角度,贾环此举堪称"造反有理"——当然最后还是无理。有理也不是这个造法。

凤姐上次训斥赵姨娘,明主奴之辨,是严正指出赵姨娘不配介入主子们包括贾环的事的。现在又想到赵来了,不讲道理。
王夫人骂得极不得体,呸!

林黛玉来看望宝玉,写得很粗略。宝玉去看黛玉,黛对他怄气,则写得很细腻。除了作者

的敷了一脸药。黛玉只当十分烫得利害,忙近前瞧瞧,宝玉却把脸遮了,摇手叫他出去:知他素性好洁,故不要他瞧。黛玉也就罢了,但问他:"疼得怎样?"宝玉道:"也不很疼,养一两日就好了。"林黛玉坐了一会回去了。次日,宝玉见了贾母,虽自己承认自己烫的,贾母免不得又把跟从的人骂了一顿。

> 意图外,莫非二人的爱情的滋味恰恰不在常态(如此段)而在那哭哭笑笑的猜忌和挑剔里?

> 出了事就骂人而且是混骂,不知算一种什么人性或传统。

过了一日,有宝玉寄名的干娘马道婆到府里来,见了宝玉,唬了一大跳,问其缘由,说是烫的,便点头叹息,一面向宝玉脸上用指头画了几画,口内嘟嘟囔囔的,又咒诵了一回,说道:"包管好了。这不过是一时飞灾。"又向贾母道:"老祖宗,老菩萨,那里知道那佛经上说的利害,大凡王公卿相人家的子弟,只一生长下来,暗里有许多促狭鬼跟着他,得空儿便拧他一下,或掐他一下,或吃饭时打下他的饭碗来,或走着推他一跤,所以往往的那些大家子孙多有长不大的。"贾母听如此说,便问:"这有什么佛法解释没有呢?"马道婆便说道:"这个容易,只是多替他做些因果善事,也就罢了。再那经上还说,西方有位大光明普照菩萨,专管照耀阴暗邪祟,若有善男信女虔心供奉者,可以永保儿孙康宁,再无撞客邪祟之灾。"贾母道:"倒不知怎么供奉这位菩萨?"马道婆说:"也不值什么,不过除香烛供奉以外,一天多添几斤香油,点个大海灯。这海灯便是菩萨现身的法象,昼夜不敢息的。"贾母道:"一天一夜也得多少油?我也做个好事。"马道婆说:"这也不拘多少,随主愿心。像我家里就有好几处的王妃诰命供奉的:南安郡王府里太妃,他许的愿心大,一天是四十八斤油,一斤灯草,那海灯也只比缸略小些;锦乡侯的诰

> 这个说法极荒谬,却又颇能歪打正着地表述一种感受乃至一种实际。
> 越是娇贵尊荣越觉得四面树敌,四面都是"促狭鬼"。
> "促狭鬼"三字妙极。
> 马道婆本人就是促狭鬼。由马道婆解说"促狭鬼",令人吃惊,也令人失笑。

> 向往永远的光明普照!有大光明普照菩萨,吾辈均应供奉之。

> 敬菩萨也是有级别、有定例的。

命次一等，一天不过二十斤油；再有几家，或十斤、八斤、三斤、五斤的不等，也少不得要替他点。"贾母点头思忖。马道婆道："还有一件，若是为父母尊长的，多舍些不妨；若老祖宗为宝玉，若舍多了，怕哥儿担不起，反折了福。要舍，大则七斤，小则五斤，也就是了。"贾母道："既这么样，便一日五斤，每月打总儿关了去。"马道婆道："阿弥陀佛，慈悲大菩萨！"贾母又叫人来吩咐："以后宝玉出门，拿几串钱交给他的小子们，一路施舍与僧道贫苦之人。"

煞有介事。
曹公对这样的迷信并不客气，贾母信，曹公不信。

本是宝玉与贾环为彩霞而生的矛盾，经马道婆一解释，便有了形而上的意味。反而缓解了形而下的矛盾。

说毕，那道婆便往各房问安闲逛去了。一时来到赵姨娘房里，二人见过，赵姨娘命小丫头倒茶给他吃。赵姨娘正粘鞋呢，马道婆见炕上堆着些零星绸缎，因说："我正没有鞋面子，奶奶给我些零碎绸子缎子，不拘颜色，做双鞋穿罢。"赵姨娘叹口气道："你瞧，那里头还有块成样的么？就有好东西也到不了我这里。你不嫌不好，挑两块去就是了。"马道婆便挑了几块，掖在怀里。赵姨娘又问："前日我打发人送了五百钱去，你可在药王面前上了供没有？"马道婆道："早已替你上了供了。"赵姨娘叹气道："阿弥陀佛！我手里但凡从容些，也时常来上供，只是'心有余而力不足'。"马道婆道："你只放心，将来熬的环哥大了，得了一官半职，那时你要做多大功德，还怕不能么？"赵姨娘听了笑道："罢，罢！再别提起，如今就是榜样儿。我们娘儿们跟的上这屋里那一个儿？宝玉儿还是小孩子家，长的得人意儿，大人偏疼他些儿，也还罢了；我只不服这个主儿！"一面说，一面伸了两个指头。马道婆会意，便问道："可是琏二奶奶？"赵姨娘唬的忙摇手，起身掀帘子一看，见无人，方

显然与赵姨娘有旧。

鹰有鹰的道，蛇有蛇的路。

赵姨娘出口不凡，胸有"大志"，才把矛头对准"两个指头"。

回身向道婆说:"了不得,了不得!提起这个主儿,这一分家私要不都叫他搬了娘家去,我也不是个人。"

马道婆见说,便探他的口气道:"我还用你说?难道都看不出来。也亏你们心里也不理论,只凭他去。倒也好。"赵姨娘道:"我的娘!不凭他去,难道谁还敢把他怎么样呢?"马道婆道:"不是我说句造孽的话,你们没本事!也难怪。明里不敢怎样,暗里也算计了,还等到如今!"赵姨娘闻听这话里有话,心内暗暗的欢喜,便说道:"怎么暗里算计?我倒有这个心,只是没这样的能干人。你若教给我这法子,我大大的谢你。"马道婆听了这话打拢了一处,便又故意说道:"阿弥陀佛!你快休问我,我那里知道这些事?罪罪过过的。"赵姨娘道:"你又来了。你是最肯济困扶危的人,难道就眼睁睁的看人家来摆布死了我们娘儿两个不成?难道还怕我不谢你么?"马道婆听如此,便笑道:"若说我不忍你们娘儿两个受别人委屈,还犹可,若说谢,我还想你们什么东西么?"赵姨娘听这话松动了些,便说:"你这么个明白人,怎么糊涂了?果然法子灵验,把他两人绝了,这家私还怕不是我们的。那时候你要什么不得呢?"马道婆听了,低头半日,说:"那时节事情妥当了,又无凭据,你还理我呢?"赵姨娘说:"这有何难?我攒了几两体己,还有些衣服首饰,你先拿几样去;我再写个欠银文契给你,到那时,我照数给你。"马道婆道:"使得。"

赵姨娘将一个小丫头也支开,连忙开了箱柜,将衣服首饰拿了些出来,并体己散碎银子,又写了五十两一张欠约,递与马道婆道:"你先

马道婆虽对贾母也毕恭毕敬,毕竟是"面"上的哄骗。对赵则交心,深谈。

莫非她们有什么共同利害关系?恐不仅是人格上的认同。马道婆为何介入得恁多恁深?从整个对白看来,几乎是马占主动,逗引着、挑拨着、激发着赵来干一件大事。
莫非马道婆另有主使(曹公又为之隐去了)不成?

呜呼,语言!这叫——济困扶危!

这个逻辑是从哪儿来的呢?如系指贾环成为政老爷独苗,害宝玉一人即可。再者,害死凤姐,还有贾琏,还有琏父贾赦与母邢氏,怎么不考虑?莫非已得到了贾赦夫妇的默许,已形成了默契?

收钱一节,很有些职业杀手的意味。"红"已有之。

赵姨娘、马道婆类人物,由于精神世界、感情世界的贫乏,在"红"诸女性中显得极苍白,评点者有时认为是曹公对这一类姨娘的成见所致。我曾忖度,曹公是否有过与姨娘及庶出兄弟相处的不愉快经验。

但换一个角度想,赵马这一类人物亦颇有典型性:一、粗鄙,文化品位低到了令人作呕的地步;二、促狭,自己不灵,又嫉妒得要死,谁强嫉妒谁;三、低下,上不了台盘;四、阴谋诡计,愚而诈的鬼蜮伎俩;五、消极,除了恨别人,没有任何正面的建树。

这类人也参加到贾府的夺权斗争里来了,而且做法初见成效,不也是戏吗?

拿去作个供养。"马道婆见了这些东西,又有欠字,遂不顾青红皂白,满口应承,伸手先将银子拿了,然后收了欠契。向赵姨娘要了张纸,拿剪子铰了两个纸人儿,递与赵姨娘,叫把他二人的年庚,写在上面;又找了一张蓝纸,铰了五个青面鬼,叫他并在一处,拿针钉了:"我在家中作法,自有效验的。"说完,忽见王夫人的丫头进来道:"奶奶可在这里,太太等你呢。"二人散了,不在话下。

却说林黛玉因宝玉烫了脸不大出门,倒时常在一处说闲话儿。这日饭后,看了两篇书,又同紫鹃等作了一会针线,总闷闷不舒,一同信步出来看庭前才进出的新笋。不觉出了院门,来到园中,四望无人,惟见花光鸟语,信步便往怡红院来。只见几个丫头舀水,都在过廊上看画眉洗澡呢。听见房内笑声,原来是李宫裁、凤姐、宝钗都在这里。一见他进来,都笑道:"这不又来了两个。"

黛玉笑道:"今儿齐全,谁下帖子请的?"凤姐道:"我前日打发人送两瓶茶叶与姑娘,可还好么?"黛玉道:"我正忘了,多谢想着。"宝玉道:"我尝了不好,不知别人尝了怎么样。"宝钗道:"味倒好,只是没甚颜色。"凤姐道:"那是暹罗国

用个办法暗害自己的仇人,其实这也是古今中外一些人的共同课题,共同心愿。尽管"纸人年庚"的具体办法不一定站得住,但马道婆式的人物、心计至今不绝,而且为赵姨娘式的人物所需要,所信赖,所用。万万以此段为不经之谈而忽视之!

请想想,您的周围有马道婆吗?

如果您身旁有马道公、马道婆,他们读《红楼梦》吗?他们可能正忙于斗争而无闲暇看闲书吧。

"暹罗国贡的"云云,不知是凤

贡的。我尝了也不觉甚好，还不如我们常吃的呢。"黛玉道："我吃着好，不知你们的脾胃是怎样的？"宝玉道："你说好，把我的都拿了去吃罢。"凤姐道："我那里还多着的呢。"黛玉道："我叫丫头取去。"凤姐道："不用，我打发人送来。我明日还有一事求你，一同叫人送来。"

黛玉听了，笑道："你们听听，这是吃了他家一点子茶叶，就使唤起人来了。"凤姐笑道："你既吃了我家的茶，怎么还不给我们家作媳妇儿？"众人都大笑不止。黛玉红了脸，回过头去，一声儿不言语。宝钗笑道："我们二嫂子的诙谐是好的。"黛玉道："什么诙谐，不过是贫嘴贱舌的讨人厌罢了。"说着又啐了一口。凤姐道："你替我家做了媳妇，少些什么？"指着宝玉道："你瞧瞧，人物儿配不上？门第儿配不上？根基儿家私配不上？那一点儿玷辱了你？"黛玉起身便走。

宝钗叫道："颦儿急了，还不回来呢！走了倒没意思。"说着，站起来拉住。才至房门，只见赵姨娘和周姨娘两个人都来瞧宝玉。宝玉与众人都起身让坐，独凤姐不理。宝钗正欲说话，只见王夫人房里的丫头来说："舅太太来了，请奶奶姑娘们出去呢。"李宫裁连忙同着凤姐儿走了。赵周两人也辞了出去。宝玉道："我不能出去，你们好歹别叫舅母进来。"又说："林妹妹，你略站一站，与你说句话。"凤姐听了，回头向林黛玉道："有人叫你说话呢。"便把黛玉往后一推，和李纨一同去了。

这里宝玉拉了黛玉的手，只是笑，又不说话。黛玉不觉又红了脸，挣着要走。宝玉道："嗳哟！好头疼！"黛玉道："该，阿弥陀佛！"宝

姐吹还是曹公吹。说不怎么好，就更吹出水平来了。

凤姐这个玩笑天真无邪，并无含义，也无计谋。却多少意识到一点蛛丝马迹。

凤姐也是少妇，她也有女儿之心。拿婚配一类事打趣，有喜悦，也有明知此类话屁用没有的嘲弄。女儿心在女儿命面前，只等于零。

连周姨娘也不理吗？

这一推有点起上一哄的意思。

每次读到这里总觉得作者有过青春期精神病的经验。把这解释为赵姨娘与马道婆的邪术能不能站得住则是另一问题。

从前面数回看来,宝玉本身差不多有精神病基因,即使没有这次发作,他也是潜在的精神病患者,是亟需心理保健的一个准病人。凤姐的发作则近似于躁狂症——情绪型精神病。一个人自我感觉好到无以复加的地步,快发病了。

> 玉大叫一声,将身一跳,离地有三四尺高,口内乱嚷,尽是胡话。黛玉并众丫鬟都唬慌了,忙报知王夫人与贾母。此时王子腾的夫人也在这里,都一齐来看。宝玉一发拿刀弄杖,寻死觅活的,闹的天翻地覆。贾母王夫人一见,唬的抖衣乱战,"儿"一声"肉"一声,放声大哭。于是惊动了众人,连贾赦、邢夫人、贾珍、贾政并琏、蓉、芸、萍、薛姨妈、薛蟠并周瑞家的一干家中上下人等并丫鬟媳妇等,都来园内看视,登时乱麻一般。正没个主意,只见凤姐手持一把明晃晃的刀,砍进园来,见鸡杀鸡,见犬杀犬,见了人,瞪着眼就要杀人。众人一发慌了。周瑞媳妇带着几个力大的女人,上去抱住,夺了刀,抬回房中。平儿丰儿等哭的哀天叫地。贾政也心中着忙。当下众人七言八语,有说送祟的,有说跳神的,有荐玉皇阁张道士捉怪的,整闹了半日,祈求祷告,百般医治,并不见好。日落后,王子腾夫人告辞去了。
>
> 次日,王子腾也来问候。接着小史侯家、邢夫人弟兄并各亲戚都来瞧看,也有送符水的,也有荐僧道的,也有荐医的。他叔嫂二人,一发糊涂,不省人事,身热如火,在床上乱说,到夜里更甚。因此那些婆子丫鬟不敢上前,故将他叔嫂二人,都搬到王夫人的上房内,着人轮班守视。贾母、王夫人、邢夫人并薛姨妈寸步不离,只围着哭。

虽然低俗,却正反映了那时人们的认识。这就叫"信什么有什么"。这就叫"疑心生暗鬼"与"见怪不怪,其怪自败"。

或者是从侧面写宝玉曾患青春期精神疾患。

此时贾赦贾政又恐哭坏了贾母,日夜熬油费火,闹的上下不安。贾赦还各处去寻觅僧道。贾政见不效验,因阻贾赦道:"儿女之数,总由天命,非人力可强。他二人之病,百般医治不效,想是天意该如此,也只好由他去。"贾赦不理,仍是百般忙乱。

看看三日光阴,那凤姐宝玉躺在床上,连气息都微了。合家都说没了指望了,忙的将他二人的后事都治备下了。贾母、王夫人、贾琏、平儿、袭人等更哭的死去活来。只有赵姨娘外面假作忧愁,心中称愿。至第四日早,宝玉忽睁开眼向贾母说道:"从今已后,我可不在你家了,快打发我走罢。"贾母听见这话,如同摘了心肝一般。赵姨娘在旁劝道:"老太太也不必过于悲痛。哥儿已是不中用了,不如把哥儿的衣服穿好,让他早些回去,也免他受些苦;只管舍不得他,这口气不断,他在那里,也受罪不安。"这些话没说完,被贾母照脸啐了一口唾沫,骂道:"烂了舌头的混账老婆!怎么见得不中用了?你愿意他死了,有什么好处?你别作梦!他死了,我只合你们要命。都是你们素日调唆着,逼他念书写字,把胆子唬破了,见了他老子就像个'避猫鼠儿'一样。都不是你们这起小妇调唆的?这会子逼死了他,你们就随了心了。我饶那一个!"一面哭,一面骂。贾政在旁听见这些话,心里越发着急,忙喝退了赵姨娘,委宛劝解了一番。忽有人来回:"两口棺木都做齐了。"贾母闻之,如刀刺心,一发哭着大骂,问:"是谁叫做的棺材?快把做棺材的人拿来打死!"闹了个天翻地覆。

治备了后事。赵姨娘后来那样说话就有了根据了。

或谓赵姨娘此番话不够策略。也难说,这样说话并不违例,也不含愿宝玉死之意。贾母之骂是早有看法,并非单纯因此几句话而起。

骂得倒也痛快,有情。可见贾母也不是"善良百姓",骂起人来丝毫不含糊,起码掌握了足够的骂人语词,有过撒村的基本训练。谁都有两手,文明一手与野的一手。光文的一手不够用的时候,野的一手就上来了。

285

如果是象征地(这一部分内容本来是不可以做写实的论证的)看,赵、马的能量与破坏性不可低估。视为荒唐一笑,反倒是书生气了。

自开篇至现在,每隔一段就出现一下和尚道士。这里有曹公的自相矛盾处。他是要写人生如梦,万事终成空,终归大荒的。但写起现实的(曾经现实或可能现实的)生活来,又是千般生动,万般逼真,情丝不断,怀念有加,这与"归大荒"的写作宗旨背道而驰了。故而,时不时需要一个情节,需要和尚道士人物(代表彼岸)来提醒读者,你们看到的花花世界,其实线是牵在彼岸的,转瞬即逝的,哀哉!

忽听见空中隐隐有木鱼声,念了一句"南无解冤解结菩萨!有那人口不利、家宅不安、中邪祟、逢凶险的,我们善能医治。"贾母王夫人便命人向街上找寻去。原来是一个癞和尚同一个跛道士。那和尚是怎的模样?但见:

鼻如悬胆两眉长,目似明星有宝光;
破衲芒鞋无住迹,腌臢更有一头疮。

那道人是如何模样?看他时:

一足高来一足低,浑身带水又拖泥;
相逢若问家何处,却在蓬莱弱水西。

贾政因命人请了进来,问他二人:"在何山修道?"那僧笑道:"长官不消多话,因知府上人口欠安,特来医治的。"贾政道:"有两个人中了邪,不知有何方可治?"那道人笑道:"你家现有希世之宝,可治此病,何须问方!"贾政心中便动了,因道:"小儿生时虽带了一块玉来,上面刻着'能除凶邪',然亦未见灵效。"那僧道:"长官有所不知,那'宝玉'原是灵的,只因为声色货利所迷,故此不灵了。你今将此宝取出来,待我持诵持诵,就依旧灵了。"

贾政便向宝玉项上取下那块玉来,递与他二人。那和尚擎在掌上,长叹一声,道:"青埂峰下,别来十三载矣!人世光阴迅速,尘缘未断,奈何奈何!可羡你当日那段好处:

这一段混闹还有两个意义,一是说明了宝玉与凤姐的命运共同体的存在,另一是引来了可能已被读者忘记了的一僧一道和那块神秘玉石。

以肮脏、头疮、跛足、水泥来疏离于世俗,可怜也。

没有欲望,何谈人生?欲望——声色货利云云,又可能异化为迷途、为陷阱、为灾害;同样,控制调节这种欲望的企图,也可能异化为教条、为自戕、为枷锁。人生是麻烦的呀。

莫忘青埂,那里才是故乡!

逢五鬼,中魇魔,僧道救援,再谈"宝玉",写起来略有不自然处。前边的写实气氛太浓了,难以转到这种象征式、魔幻式的描写上来。

但毕竟还不懂什么创作方法、主义,故不失自由,不失从一个世界转入另一个世界的能力。

小说毕竟是小说。一本正经,一点荒诞不经的东西都没有,会乏味的。一味荒诞不经,信"手"开河,也难以撼动人心。

    天不拘兮地不羁,心头无喜亦无悲;
    只因锻炼通灵后,便向人间惹是非。

自由与麻木为伍,灵与是非共生。

可惜今日这番经历呀:
    粉渍脂痕污宝光,房栊日夜困鸳鸯;
    沉酣一梦终须醒,冤债偿清好散场。"

散场?别忘了"你方唱罢他登场"!

念毕,又摩弄了一回,说了些疯话,递与贾政道:"此物已灵,不可亵渎,悬于卧室槛上,除自己亲人外,不可令阴人冲犯。三十三日之后,包管好了。"贾政忙命人让茶,那二人已经走了,只得依言而行。

装神弄鬼,向往大荒。

除了说话比马道婆多了一点哲学性,操作上与马道婆无大区别。破马道婆的法,仍未能彻底脱离马道婆模式,可惜了。

  凤姐宝玉果一日好似一日的,渐渐醒来,知道饿了,贾母王夫人才放了心。众姊妹都在外间听消息,黛玉先念一声佛,宝钗笑而不言,惜春道:"宝姐姐笑什么?"宝钗道:"我笑如来佛比人还忙:又要度化众生;又要保佑人家病痛,都叫他速好;又要管人家的婚姻,叫他成就。你说可忙不忙?可好笑不好笑?"一时林黛玉红了脸,啐了一口道:"你们都不是好人!再不跟着好人学,只跟着凤丫头学的贫嘴。"一面说,一面掀帘子出去了。欲知端详,下回分解。

宝钗如此超拔冷静?
人太聪明了就不给自己留下信佛拜神的空间了。

与其说宝钗学凤姐的贫嘴,不如说是反击其贫嘴。

  魔法、邪术、蛊惑,信之则有,有之则成为生活素材乃至文学要素。

第二十六回

蜂腰桥设言传心事　潇湘馆春困发幽情

话说宝玉养过了三十三天之后，不但身体强壮，亦且连脸上疮痕平复，仍回大观园去。这也不在话下。

> 也是虎头蛇尾。后四十回虽有交代，是走个过场罢了。王按：虎头蛇尾可能是万事万象的规律。

且说近日宝玉病的时节，贾芸带着家下小厮坐更看守，昼夜在这里；那小红同众丫鬟也在这里守着宝玉，彼此相见多日，都渐渐混熟了。小红见贾芸手里拿着手帕子，倒像是自己从前掉的，待要问他，又不好问的。不料那和尚道士来过，用不着一切男人，贾芸仍种树去了。这件事待放下又放不下，待要问去又怕人猜疑，正是犹预不决神魂不定之际，忽听窗外问道："姐姐在屋里没有？"小红闻听，在窗眼内望外一看，原来是本院的个小丫头名叫佳蕙的，因答说："在家里呢，你进来罢。"佳蕙听了跑进来，就坐在床上，笑道："我好造化！才在院子里洗东西，宝玉叫往林姑娘那里送茶叶，花大姐姐交给我送去，可巧老太太给林姑娘送钱来，正分给他们的丫头们呢，见我去了，林姑娘就抓了两把给我，也不知多少，你替我收着。"便把手帕子打开，把钱倒了出来，小红就替他一五一十的数了收起。

> 小红是个有头脑的人，她多思虑，颇思虑到了一些不愉快的东西。所以她显得有一些邪恶。我国常常把智力与道德分离开。"愚忠"有，"智忠"或"愚奸"就没有。

> 有向着灯的，有向着火的，世界永远不太平。

佳蕙道："你这一阵子心里到底觉怎么样？依我说，你竟家去住两日，请一个大夫来瞧瞧，吃两剂药，就好了。"小红道："那里的话？好好的，家去做什么！"佳蕙道："我想起来了，林姑娘生的弱，时常吃药，你就和他要些来吃，也是一样。"小红道："胡说！药也是混吃的。"佳蕙道："你这也不是个长法儿，又懒吃懒喝的，终久怎么样？"小红道："怕什么，还不如早些死了倒干净。"佳蕙道："好好的，怎么说这些话？"小红道："你那里知道我心中的事！"

> 小红也有这等林黛玉式的观念。

佳蕙点头，想了一会道："可也怨不得你。这个地方，本也难站。就像昨儿老太太因宝玉病了这些日子，说伏侍的人都辛苦了，如今身上好了，各处还香了愿，叫把跟着的人都按着等儿赏他们。我们算年纪小，上不去，我也不抱怨；像你怎么也不算在里头？我心里就不服。袭人那怕他得十分儿，也不恼他，原该的。说句良心话，谁还能比他呢？别说他素日殷勤小心，便是不殷勤小心，也拼不得。只可气晴雯绮霞他们这几个，都算在上等里去，仗着老子娘的脸面，众人倒捧着他去。你说可气不可气？"小红道："也不犯着气他们。俗语说的：'千里搭长棚，没有个不散的筵席。'谁守一辈子呢？不过三年五载，各人干各人的去了，那时谁还管谁呢？"这两句话不觉感动了佳蕙心肠，由不得眼圈儿红了，又不好意思无端的哭，只得勉强笑道："你这话说的是。昨儿宝玉还说，明儿怎么样收拾房子，怎么样做衣裳。倒像有几百年熬煎。"

> 比小红地位更低，牢骚更盛。

> 没有等级不行，等级又造成了种种怨懑、矛盾。

> 晴雯的危机不仅在上面，也在"下面"。

> 越说越深，再说，小红快成"思想者"了。

> 命运常常发出枭鸟的声音。但佳蕙的逻辑不对。"逆旅""过客"之说自古有之。只住一个晚上（的旅馆），也得打扫安置呀！收拾房子做衣裳并不是妄，用几百年的熬煎做判断标准，才是诡辩，才是妄。

小红听了，冷笑两声，方要说话，只见一个未留头的小丫头走进来，手里拿着些花样子并两张纸，说道："这两个花样子，叫你描出来呢。"说着，向小红撂下，回转身就跑了。小红向外问道："到底是谁的？也等不的说完就跑。'谁蒸下馒头等着你,怕冷了不成?'"那小丫头在窗外只说得一声:"是绮大姐姐的。"抬起脚来,"咕咚咕咚"又跑了。小红便赌气把那样子掷在一边,向抽屉内找笔,找了半天,都是秃了的,因说道:"前儿一枝新笔放在那里了?怎么想不起来。"一面说,一面出神,想了一会,方笑道:"是了,前儿晚上莺儿拿了去了。"便向佳蕙道:"你替我取了来。"佳蕙道:"花大姐姐还等着我替他拿箱子,你自取去罢。"小红道:"他等着你,你还坐着闲打牙儿?我不叫你取去,他也不等你了。坏透了的小蹄子!"

> 读"红",对大丫头们印象深,其实二、三、四等的丫头们的状况,写得很有意味。

说着自己便出房来。出了怡红院,一径往宝钗院内来。刚至沁芳亭畔,只见宝玉的奶娘李嬷嬷从那边来。小红立住,笑问道:"李奶奶,你老人家那里去了?怎么打这里来?"李嬷嬷站住,将手一拍,道:"你说,好好的,又看上了那个什么'云哥儿''雨哥儿'的,这会子逼着我叫了他来。明儿叫上房里听见,可又是不好。"小红

> 与佳蕙并非真是一党。说说空话挑拨一下是非容易,真给你帮忙,难。

笑道:"你老人家当真的就信着他去叫么?"李嬷嬷道:"可怎么样呢?"小红笑道:"那一个要是知好歹,就回不进来才是。"李嬷嬷道:"他又不傻,为什么不进来?"小红道:"既是进来,你老人家该别同他一齐儿来;回来叫他一个人乱磞,可是不好么!"李嬷嬷道:"我有那们大工夫和他走?不过告诉了他,回来打发个小丫头子,或是老婆子,带进他来就完了。"说着拄着拐一径去了。小红听说,便站着出神,且不去取笔。

> 小红先问清楚有关情况。很有心计。

不多时,只见一个小丫头跑来,见小红站在那里,便问道:"红姐姐,你在这里作什么呢?"小红抬头见是小丫头子坠儿。小红道:"那里去?"坠儿道:"叫我带进芸二爷来。"说着,一径跑了。

贾芸进大观园又进怡红院,也算殊荣,也算偶然。

从曹公笔意看,这似乎是一件坏事,孕育着日后的危险。贾府只能封闭,不能开放,开放就飞进了贾芸这样的苍蝇蚊子。

这里小红刚走至蜂腰桥门前,只见那边坠儿引着贾芸来了。那贾芸一面走,一面拿眼把小红一溜;那小红只装着和坠儿说话,也把眼去一溜贾芸:四目恰好相对。小红不觉把脸一红,一扭身往蘅芜院去了。不在话下。

> 限制得越严交流得越迅速简单可贵。

这里贾芸随着坠儿逶迤来至怡红院中,坠儿先进去回明了,然后方领贾芸进去。贾芸看时,只见院内略略有几点山石,种着芭蕉,那边有两只仙鹤,在松树下剔翎。一溜回廊上吊着各色笼子,各色仙禽异鸟。上面小小五间抱厦,一色雕镂新鲜花样槅扇,上面悬着一个匾,四个大字,题道是:"怡红快绿"。贾芸想道:"怪道叫'怡红院',原来匾上是这四个字。"正想着,只听里面隔着纱窗子笑说道:"快进来罢!我怎么就忘了你两三个月。"贾芸听见是宝玉的声音,连忙进入房内,抬头一看,只见金碧辉煌,文章炫烁,却看不见宝玉在那里。一回头,只见左边立着一架大穿衣镜,从镜后转出两个一对儿十五六岁的丫头来,说:"请二爷里头屋里坐。"

> 就这样从对小红的描写转到贾芸身上来了。

> 通过贾芸(他人)的眼睛写怡红院,写宝玉的生活环境与讲究排场,是曹公惯用的方法。

贾芸连正眼也不敢看,连忙答应了,又进一道碧纱厨,只见小小一张填漆床上,悬着大红销金撒花帐子。宝玉穿着家常衣服,趿着鞋,倚在床上,拿着本书;看见他进来,将书掷下,早带笑立起身来。贾芸忙上前请了安,宝玉让坐,便在下面一张椅子上坐了。宝玉笑道:"只从那个月见了你,我叫你往书房里来,谁知接接连连许多事情,就把你忘了。"贾芸笑道:"总是我没福,偏

> 宝玉活在云端,贾芸活在泥沼里,是不是云端的人更见性情,而泥沼里的人容易污秽呢?

偏又遇着叔叔欠安。叔叔如今可大安了?"宝玉道:"大好了。我倒听见说你辛苦了好几天。"贾芸道:"辛苦也是该当的。叔叔大安了,也是我们一家子的造化。"说着,只见有个丫鬟端了茶来与他,那贾芸口里和宝玉说话,眼睛却瞅那丫鬟:细挑身子,容长脸儿,穿着银红袄儿,青缎子背心,白绫细折儿裙子。

那贾芸自从宝玉病了,他在里头混了两天,都把有名人口记了一半;他看见这丫鬟,知道是袭人,他在宝玉房中,比别人不同,如今端了茶来,宝玉又在旁边坐着,便忙站起来,笑道:"姐姐怎么替我倒起茶来?我来到叔叔这里,又不是客,让我自己倒罢了。"宝玉道:"你只管坐着罢。丫头们跟前也是这样。"贾芸笑道:"虽如此说,叔叔房里姐姐们,我怎么敢放肆呢。"一面说,一面坐下吃茶。

那宝玉便和他说些没要紧的散话。又说道谁家的戏子好,谁家的花园好,又告诉他谁家的丫头标致,谁家的酒席丰盛,又是谁家有奇货,又是谁家有异物。那贾芸口里只得顺着他说。说了一回,见宝玉有些懒懒的了,便起身告辞。宝玉也不甚留,只说:"你明儿闲了只管来。"仍命小丫头子坠儿送出去了。

出了怡红院,贾芸见四顾无人,便脚步慢慢的停着些走,口里一长一短和坠儿说话。先问他:"几岁了?名字叫什么?你父母在那行上?在宝叔房内几年了?一个月多少钱?共总宝叔房内有几个女孩子?"那坠儿见问,便一桩桩的都告诉他了。贾芸又道:"刚才那个和你说话的,他可是叫小红?"坠儿笑道:"他就叫小红。你问他作什么?"贾芸道:"方才他问你什么手帕

无聊笔墨,只为下文。

贾芸等人反映的是主子阶层中的边缘人物。

对宝二爷的近侍、侍卫长,贾芸安敢大意?

人际关系是复杂的。奴仗主势,主分十等,奴分十级。

"不甚留"三字说明天真如宝玉,也有做姿态俯就的时候。

坠儿就是后来因偷东西被晴雯驱逐的那位。

提问太多,便给人以奸诈之感,别有用心之感。

贾芸、小红,天生有缘。

子,我倒拣了一块。"坠儿听了笑道:"他问了我好几遍,可有看见他的帕子的。我那么大工夫管这些事!今儿他又问我。他说,我替他找着了他还谢我呢。才在蘅芜院门口说的,二爷也听见了,不是我撒谎。好二爷,你既拣了,给我罢;我看他拿什么谢我。"

原来上月贾芸进来种树之时,便拣了一块罗帕,知是这园内的人失落的,但不知是那一个人的,故不敢造次。今听见小红问坠儿,知是他的,心内不胜喜幸。又见坠儿追索,心中早得了主意,便向袖内将自己的一块取了出来,向坠儿笑道:"我给是给你,你若得了他的谢礼,可不许瞒我的。"坠儿满口里答应了,接了手帕子,送出贾芸,回来找小红,不在话下。

> 拾手帕也罢,拾玉镯也罢,拾到异性一样东西就这样敏感,这样大做文章。
>
> 在作者眼中,红、坠、芸,都是歪瓜裂枣。

如今且说宝玉打发贾芸去后,意思懒懒的,歪在床上,似有朦胧之态。袭人便走上来,坐在床沿上推他,说道:"怎么又要睡觉?你闷的很,出去逛逛不好?"宝玉见说,携着他的手笑道:"我要去,只是舍不得你。"袭人笑道:"快起来罢!"一面说,一面拉了宝玉起来。宝玉道:"可往那里去呢?怪腻腻烦烦的。"袭人道:"你出去了就好了。只管这么葳蕤,越发心里腻烦了。"

宝玉无精打彩,只得依他。出了房门,在回廊上调弄了一回雀儿,出至院外,顺着沁芳溪,看了一回金鱼。只见那边山坡上两只小鹿箭也似的跑来。宝玉不解何意,正自纳闷,只见贾兰在后面,拿着一张小弓儿追了下来。一见宝玉在前,便站住了,笑道:"二叔叔在家里呢,我只当出门去了。"宝玉道:"你又淘气了。好好的射他做什么?"贾兰笑道:"这会子不念书,闲着做

> "腻烦"二字(或四字),颇能说明无事可做而又养尊处优的公子哥儿的心态。下层人冻饿苦累,公子哥儿温饱享乐,却只有腻烦了。
> 百无聊赖。腻烦确是一种罪过。

> 说"好好的射他做什么"时,宝玉还有一点仁及幼鹿的意思,立即却归结到"磕牙"上。

什么？所以演习演习骑射。"宝玉道："把牙碜了，那时候才不演呢。"

说着，便顺脚一径来至一个院门前，只见凤尾森森，龙吟细细，却是潇湘馆。宝玉信步走入，只见湘帘垂地，悄无人声。走至窗前，觉得一缕幽香，从碧纱窗中暗暗透出。宝玉便将脸贴在纱窗上往里看时，耳内忽听得细细的长叹了一声，道："'每日家，情思睡昏昏。'"宝玉听了，不觉心内痒将起来。再看时，只见黛玉在床上伸懒腰。宝玉在窗外笑道："为什么'每日家情思睡昏昏'的？"一面说，一面掀帘子进来了。

> 也在腻烦。
> 因腻烦而访黛，不免可叹。

黛玉自觉忘情，不觉红了脸，拿袖子遮了脸，翻身向里装睡着了。宝玉才走上来，要扳他的身子，只见黛玉的奶娘并两个婆子却跟了进来，说："妹妹睡觉呢，等醒来再请罢。"刚说着，黛玉便翻身坐了起来，笑道："谁睡觉呢？"那两三个婆子见黛玉起来，便笑道："我们只当姑娘睡着了。"说着，便叫紫鹃，说："姑娘醒了，进来伺候。"一面说，一面都去了。黛玉坐在床上，一面抬手整理鬓发，一面笑向宝玉道："人家睡觉，你进来做什么？"宝玉见他星眼微饧，香腮带赤，不觉神魂早荡，一歪身坐在椅子上，笑道："你才说什么？"黛玉道："我没说什么。"宝玉笑道："给你个榧子吃呢！我都听见了。"

> 这些细节不乏少女情趣。

二人正说话，只见紫鹃进来，宝玉笑道："紫鹃，把你们的好茶倒碗我吃。"紫鹃道："那里有好的呢？要好的只好等袭人来。"黛玉道："别理他。你先给我舀水去罢。"紫鹃道："他是客，自然先倒了茶来再舀水去。"说着，倒茶去了。宝玉笑道："好丫头，'若共你多情小姐同鸳帐，怎舍得叫你叠被铺床？'"黛玉登时撂下脸来说道：

> 紫鹃极厚道，说此话亦有点酸溜溜的。

"二哥哥你说什么？"宝玉笑道："我何尝说什么？"黛玉便哭道："如今新兴的，外头听了村话来，也说给我听；看了混账书，也拿我取笑儿。我成了替爷们解闷儿的。"一面哭，一面下床来，往外就走。宝玉不知要怎样，心下慌了，忙赶上来说："好妹妹，我一时该死，你别告诉去！我再不敢说这样话，嘴上就长个疔，烂了舌头。"

这不是，腻烦出口角来了，反倒不腻烦了。

黛玉生活在某种阴影下面，她视爱情为唯一的生命寄托，无法接受宝玉的非郑重表示。
黛玉没有条件具有宝玉的那种幽默感。
有福气的人才幽默呀。

正说着，只见袭人走来，说道："快回去穿衣服，老爷叫你呢。"宝玉听了，不觉打了个焦雷一般，也顾不得别的，疾忙回来穿衣服。出园来，只见焙茗在二门前等着。宝玉问道："你可知道叫我是为什么？"焙茗道："爷快出来罢，横竖是见去的，到那里就知道了。"一面说，一面催着宝玉。

又腻烦出一个"焦雷"来。
生活中本不可能老是哥呀妹呀的。

转过大厅，宝玉心里还自狐疑，只听墙角边一阵呵呵大笑，回头见薛蟠拍着手跳了出来，笑道："要不说姨父叫你，你那里肯出来的这么快！"焙茗也笑着跪下了。宝玉怔了半天，方解过来，是薛蟠哄出他来。薛蟠连忙打恭作揖赔不是，又求："不要难为了小子，都是我央他去的。"宝玉也无法了，只好笑问道："你哄我也罢了，怎么说我父亲呢？我告诉姨娘去，评评这个理，可使得么？"薛蟠忙道："好兄弟，我原为求你快些出来，就忘了忌讳这句话，改日你要哄我，也说我父亲，就完了。"宝玉道："嗳哟！越发的该死了。"又向焙茗道："反叛肏的，还跪着做什么？"焙茗连忙叩头起来。薛蟠道："要不是，我也不敢惊动，只因明儿五月初三日，是我的生日，谁知古董行的程日兴，他不知那里寻了来的这么粗、这么长、粉脆的鲜藕；这么大的西瓜；这么长、这么大的暹罗国进贡的灵柏香熏的暹罗

这也是假做真时，真亦假。

有此一假，预兆了下次（挨打那次）贾政叫宝玉的"焦雷"之真。
人生中许多事确带有预演性质。

薛蟠此话浑得可爱。
荤话一骂，也就可以大赦了。也是罚了不打，打了不罚之类。国人自有其马马虎虎处。

又是暹罗国的。

295

猪、鱼。你说这四样礼物,可难得不难得?那鱼、猪不过贵而难得,这藕和瓜亏他怎么种出来的。我连忙孝敬了母亲,赶着给你们老太太、姨母送了些去。如今留了些,我要自己吃,恐怕折福,左思右想,除我之外,惟你还配吃,所以特请你来。可巧唱曲儿的一个小子又来了,我同你乐一日何如?"

一面说,一面来至他书房里,只见詹光、程日兴、胡斯来、单聘仁等并唱曲儿的都在这里。见他进来,请安的,问好的,都彼此见过了。吃了茶,薛蟠即命人:"摆酒来。"说犹未了,众小厮七手八脚摆了半天,方才停当归坐。

> 薛蟠,年轻主子中的另一种类型,带来另一种世界。

宝玉果见瓜藕新异,因笑道:"我的寿礼还未送来,倒先扰了。"薛蟠道:"可是呢,你明儿来拜寿,打算送什么新鲜礼物?"宝玉道:"我没有什么送的。若论银钱穿吃等类的东西,究竟还不是我的;惟有写一张字,或画一张画,这算是我的。"薛蟠笑道:"你提画儿,我才想起来了。昨儿我看见人家一本春宫儿,画的着实好,上头还有许多的字。我也没细看,只看落的款,原来是什么'庚黄'的。真好的了不得!"宝玉听说,心下猜疑道:"古今字画也都见过些,那里有个'庚黄'?"想了半天,不觉笑将起来,命人取过笔来,在手心里写了两个字,又向薛蟠道:"你看真了是'庚黄'么?"薛蟠道:"怎么看不真?"宝玉将手一撒与他看道:"可是这两个字罢?其实与'庚黄'相去不远。"众人都看时,原来是"唐寅"两个字,都笑道:"想必是这两字,大爷一时眼花了,也未可知。"薛蟠自觉没意思,笑道:"谁知他是'糖银'是'果银'的。"

> 宝玉能享受贾母王夫人的世界、大观园的世界、黛玉的世界,也同样享受薛大傻子的世界。宝玉真是多侧面啊!

> 汉字读或不读白字,是重要的幽默之一种,也是读书人自以为可以吹吹骄傲一下的一种。

正说着,小厮来回:"冯大爷来了。"宝玉便知是神武将军冯唐之子冯紫英来了。薛蟠等一齐都叫"快请"。说犹未了,只见冯紫英一路说笑,已进来了,众人忙起席让坐。冯紫英笑道:"好呀!也不出门了,在家里高乐罢。"宝玉薛蟠都笑道:"一向少会。老世伯身上康健?"紫英答道:"家父倒也托庇康健,近来家母偶着了些风寒,不好了两天。"

> "红"中像冯紫英这样的人物不多,给人印象也不深。

薛蟠见他面上有些青伤,便笑道:"这脸上,又和谁挥拳来?挂了幌子了!"冯紫英笑道:"从那一遭把仇都尉的儿子打伤了,我记了,再不怄气,如何又挥拳?这脸上是前日打围,在铁网山叫兔鹘梢了一翅膀。"宝玉道:"几时的话?"紫英道:"三月二十八日去的,前儿也就回来了。"宝玉道:"怪道前儿初三四儿我在沈世兄家赴席不见你呢。我要问,不知怎么忘了。单你去了,还是老世伯也去了?"紫英道:"可不是家父去,我没法儿,去罢了。难道我闲疯了?咱们几个人吃酒听唱的不乐,寻那个苦恼去?这一次大不幸之中却有大幸。"

> "打围"云云,冯紫英的生活方式倒显得比宝玉开阔些,男子汉些。

薛蟠众人见他吃完了茶,都说道:"且入席,有话慢慢的说。"冯紫英听说,便立起身来说道:"论理,我该陪饮几杯才是,只是今儿有一件大大要紧事,回去还要见家父面回,实不敢领。"薛蟠宝玉众人那里肯依,死拉着不放。冯紫英笑道:"这又奇了。你我这些年,那一回有这个道理的?果然不能遵命。若必定叫我领,拿大杯来,我领两杯就是了。"众人听说,只得罢了,薛蟠执壶,宝玉把盏,斟了两大海。那冯紫英站着,一气而尽。宝玉道:"你到底把这个'不幸之幸'说完了再走。"冯紫英笑道:"今儿说的也不尽兴,我为这个,还要特治一个东儿,请你们去

> 都是"无事忙"。

细谈一谈；二则还有奉恳之处。"说着撒手就走。薛蟠道："越发说的人热剌剌的丢不下，多早晚才请我们？告诉了也免的人犹豫。"冯紫英道："多则十日，少则八天。"一面说，一面出门上马去了。

众人回来，依席又饮了一回方散。宝玉回至园中，袭人正记挂着他去见贾政，不知是祸是福，只见宝玉醉醺醺回来，因问其原故，宝玉一一向他说了，袭人道："人家牵肠挂肚的等着，你且高乐去，也到底打发个人来给个信儿。"宝玉道："我何尝不要送信儿，因冯世兄来了，就混忘了。"

正说着，只见宝钗走进来，笑道："偏了我们新鲜东西了！"宝玉笑道："姐姐家的东西，自然先偏了我们了。"宝钗摇头笑道："昨儿哥哥倒特特的请我吃，我不吃，我叫他留着送与别人罢。我知道我的命小福薄，不配吃那个。"说着，丫鬟倒了茶来，吃茶说闲话儿，不在话下。

却说那黛玉听见贾政叫了宝玉去了一日不回来，心中也替他忧虑。至晚饭后，闻得宝玉来了，心里要找他问问是怎么样了。一步步行来，见宝钗进宝玉的园内去了，自己也随后走了来。刚到了沁芳桥，只见各色水禽尽都在池中浴水，也认不出名色来，但见一个个文彩闪灼，好看异常，因而站住，看了一回。再往怡红院来，门已关了，黛玉即便叩门。

谁知晴雯和碧痕二人正拌了嘴，没好气，忽见宝钗来了，那晴雯正把气移在宝钗身上，正在院内抱怨说："有事没事，跑了来坐着，叫我们三更半夜的不得睡觉。"忽听又有人叫门，晴雯越

宝玉的女儿国是太美好了，出了女儿国，什么薛蟠、冯紫英，很难招人待见，甚至不想多评多讲。

宝钗的自我约束机制特别发达。

回过头来再写黛玉。分忧。

晴雯把气移到宝钗身上，却伤害了黛玉，是偶然的失误吗？

写黛玉之悲,不渲染,不铺排,不用力,不带样,不过轻描淡写,寥寥几笔而情境全出,连形容词副词也没用几个。岂不令吾辈愧死!

黛玉被关在门外,而门内宝玉和宝钗欢声笑语,这是生活,也是象征、预兆。生活的本质,矛盾的本质,总是要多次外化、多次表现出来的,最初有所表现的时候很可能不过是偶然、误会、小事一段。而后,玩笑成为真实,偶然成为必然,误会成为真正的不两立,小事成为大事。

预兆只能逆推,过程终结了,才体会到当初的预兆(谶语亦如是),开始,谁想得到辨得出预兆呢? 辨出预兆又能怎么样? 人对于自己的命运,究竟有多大的自主的可能呢? 此是大悲哀也。

发动了气,也并不问是谁,便说道:"都睡下了,明儿再来罢!"

黛玉素知丫头们的情性,他们彼此玩耍惯了,恐怕院内的丫头没听见是他的声音,只当别的丫头们了,所以不开门,因而又高声说道:"是我,还不开门么?"晴雯偏生还没听见,便使性子说道:"凭你是谁,二爷吩咐的,一概不许放人进来呢!"黛玉听了,不觉气怔在门外,待要高声问他,逗起气来,自己又回思一番:"虽说是舅母家如同自己家一样,到底是客边。如今父母双亡,无依无靠,现在他家依栖,如今认真怄气,也觉没趣。"一面想,一面又滚下泪珠来了。真是回去不是,站着不是。正没主意,只听里面一阵笑语之声,细听一听,竟是宝玉宝钗二人。黛玉心中越发动了气,左思右想,忽然想起早起的事来:"必竟是宝玉恼我告他的原故。但只我何尝告你去了,你也不打听打听,就恼我到这步田地! 你今儿不叫我进来,难道明儿就不见面了!"越想越觉伤感起来,也不顾苍苔露冷,花径风寒,独立墙角边花阴之下,悲悲切切,呜咽起来。

原来这黛玉秉绝代姿容,具稀世俊美,不期这一哭,那附近柳枝花朵上宿鸟栖鸦,一闻此声,俱"忒楞楞"飞起远避,不忍再听。正是:

偏生没听见,才有这感人的一段。
所谓阴差阳错。
错归错,却也不纯是偶然。

果然联系到了自己寄人篱下的处境。

也是预兆,预演。假的玉、钗联手拒黛,最终变成真的金玉良缘否定了木石前盟。

浪漫的一哭,何等感人!
感情+灵气,能不浪漫?

花魂点点无情绪,鸟梦痴痴何处惊。
因有一首诗道:
　　颦儿才貌世应稀,独抱幽芳出绣闺;
　　呜咽一声犹未了,落花满地鸟惊飞。
那林黛玉正自啼哭,忽听"吱喽"一声,院门开处,不知是那一个出来。要知端的,下回分解。

> 用形式规范的诗一写,反倒使感情也规范化,不那么泛滥了。

地火在岩下运行,这似乎是说政治上的反抗,但也适宜于说爱情,说上进,说生活,为什么把爱情、上进、生活硬是压迫成了岩下运行的危险的地火了呢?压到一定的火候,不就会出现唐山式或汶川式大地震了吗?

第二十七回

滴翠亭杨妃戏彩蝶　埋香冢飞燕泣残红

话说黛玉正自悲泣，忽听院门响处，只见宝钗出来了，宝玉袭人一群人送了出来。待要上去问着宝玉，又恐当着众人问羞了宝玉不便，因而闪过一旁，让宝钗去了，宝玉等进去关了门，方转过来，尚望着门洒了几点泪。自觉无味，转身回来，无精打彩的卸了残妆。

> "无味"最苦，二字胜过许多夸张性的词字。

紫鹃雪雁素日知道黛玉的情性：无事闷坐，不是愁眉，便是长叹，且好端端的，不知为了什么，常常的便自泪不干的。先时还有人解劝，或怕他思父母，想家乡，受委屈，用话来宽慰解劝。谁知后来一年一月的，竟是常常如此，把这个样儿看惯了，也都不理论了。所以也没人去理，由他闷坐，只管睡觉去了。那林黛玉倚着床栏杆，两手抱着膝，眼睛含着泪，好似木雕泥塑的一般，直坐到二更多天，方才睡了。一宿无话。

> 苦得太深了，就不知为什么了。正如生病，受凉感冒，过食泻肚，病因好找。真得了癌，医生就解释不了了。
>
> 中国传统小说很少写这种人物姿势造型——以外观造型传达人的内心世界。
> 内心是看不到的，所以，写外也是写内。

至次日乃是四月二十六日，原来这日未时交芒种节。尚古风俗：凡交芒种节的这日，都要设摆各色礼物，祭饯花神，言芒种一过，便是夏日了，众花皆卸，花神退位，须要饯行。闺中更兴这件风俗，所以大观园中之人，都早起来了。那些女孩子们，或用花瓣柳枝编成轿马的，或用绫锦纱罗叠成干旄旌幢的，都用彩线系了。每

> 农历的二十四个节气，个个富有内涵，不仅是地球公转位置的标示。
> 黛玉葬花的民俗依据。

301

一棵树,每一枝花上,都系了这些物事。满园里绣带飘飘,花枝招展。更兼这些人打扮的桃羞杏让,燕妒莺惭,一时也道不尽。

且说宝钗、迎春、探春、惜春、李纨、凤姐等并大姐儿、香菱与众丫鬟们,都在园里玩耍,独不见林黛玉,迎春因说道:"林妹妹怎么不见?好个懒丫头!这会子还睡觉不成?"宝钗道:"你们等着,等我去闹了他来。"说着,便丢了众人,一直往潇湘馆来。正走着,只见文官等十二个女孩子也来了,上来问了好,说了一回闲话。宝钗回身指道:"他们都在那里呢,你们找他们去;我找林姑娘去,就来。"说着,逶迤往潇湘馆来。忽然抬头见宝玉进去了,宝钗便站住,低头想了一想:"宝玉和林黛玉是从小儿一处长大,他兄妹间多有不避嫌疑之处,嘲笑不忌,喜怒无常;况且黛玉素昔猜忌,好弄小性儿的,此刻自己也跟了进去,一则宝玉不便,二则黛玉嫌疑,倒是回来的妙。"想毕,抽身回来。

刚要寻别的姊妹去,忽见面前一双玉色蝴蝶,大如团扇,一上一下,迎风翩跹,十分有趣。宝钗意欲扑了来玩耍,遂向袖中取出扇子来,向草地下来扑。只见那一双蝴蝶,忽起忽落,来来往往,将欲过河去了。倒引的宝钗蹑手蹑脚的,一直跟到池边滴翠亭上,香汗淋漓,娇喘细细。宝钗也无心扑了,刚欲回来,只听那亭里边嘁嘁喳喳有人说话。原来这亭子四面俱是游廊曲栏,盖在池中水上,四面雕镂槅子,糊着纸。

宝钗在亭外听见说话,便煞住脚,往里细听,只听说道:"你瞧这手帕子果然是你丢的那块,你就拿着;要不是,就还芸二爷去。"又有一人说话:"可不是我那块!拿来给我罢。"又听

> 多美的风俗!

> 少女的世界。

> 宝钗想的极是,如果不想,就更可爱。如果想,就更合适,人——少女,要可爱,也要举措得宜——合适。

> 生活中毕竟还有美好,还有趣味,还有玩乐,还有青春。

宝钗的金蝉脱壳,为历来评者所诟病。或曰,宝钗故意陷害黛玉。不完全像。
天衣无缝,是很难做到的。天衣少缝,像宝钗这样处事,也不易了。

道:"你拿什么谢我呢?难道白找了来不成?"又答道:"我已经许了谢你,自然是不哄你的。"又听说道:"我找了来给你,自然谢我;但只是那拣的人,你就不谢他么?"那一个又说道:"你别胡说。他是个爷们家,拣了我们的东西,自然该还的。叫我拿什么谢他呢?"又听说道:"你不谢他,我怎么回他呢?况且他再三再四的和我说了,若没谢的,不许我给你呢。"半晌,又听说道:"也罢,拿我这个给他,算谢他的罢。你要告诉别人呢?须说一个誓。"又听说道:"我要告诉人,嘴上就长一个疔,日后不得好死!"又听说道:"嗳呀!咱们只顾说话,看有人来悄悄的在外头听见。不如把这槅子都推开了,便是人见咱们在这里,他们只当我们说玩话呢。走到跟前,咱们也看的见,就别说了。"

宝钗外面听见这话,心中吃惊,想道:"怪道从古至今那些奸淫狗盗的人,心机都不错。这一开了,见我在这里,他们岂不臊了?况且说话的语音,大似宝玉房里红儿的言语。他素昔眼空心大,是个头等刁钻古怪东西,今儿我听了他的短儿,'人急造反,狗急跳墙',不但生事,而且我还没趣。如今便赶着躲了,料也躲不及,少不得要使个'金蝉脱壳'的法子。"犹未想完,只听"咯吱"一声,宝钗便故意放重了脚步,笑着叫道:"颦儿!我看你往那里藏!"一面说,一面故意往前赶。

那亭内的小红坠儿刚一推窗,只听宝钗如此说着往前赶,两个人都唬怔了。宝钗反向他

到处有阴谋。
到处有压迫。
到处有眼。

这样的对话偏偏让极富消化能力的宝钗听见,如果是黛玉听见呢?

从一个帕子上得出"奸淫狗盗"的结论。
说别人心机如何如何的人,自己的心机又如何呢?
你怎么会了解红儿?宝玉才刚刚接触,知其存在的。
也是唯女子与小人难养的意思。
不使自己陷入无谓的矛盾中,这是应该的。

二人笑道:"你们把林姑娘藏在那里了?"坠儿道:"何曾见林姑娘了?"宝钗道:"我才在河那边看着林姑娘在这里蹲着弄水儿呢。我要悄悄的唬他一跳,还没有走到跟前,他倒看见我了,朝东一绕,就不见了。别是藏在里头了?"一面说,一面故意进去,寻了一寻,抽身就走,口内说道:"一定又钻在山子洞里去了。遇见蛇,咬一口也罢了。"一面说,一面走,心中又好笑:"这件事算遮过去了,不知他二人是怎样?"

> 话多了一点,容易露假。如果宝钗高明,不必说如许多的。

谁知小红听了宝钗的话,便信以为真,让宝钗去远,便拉坠儿道:"了不得了!林姑娘蹲在这里,一定听了话去了!"坠儿听了,也半日不言语。小红又道:"这可怎么样呢?"坠儿道:"便听见了,管谁筋疼,各人干各人的就完了。"小红道:"若是宝姑娘听见还倒罢了;林姑娘嘴里又爱克薄人,心里又细,他一听见了,倘或走露了,怎么样呢?"

> 坠儿此语,实是金玉良言。

二人正说着,只见文官、香菱、司棋、侍书等上亭子来了。二人只得掩住这话,且和他们玩笑。只见凤姐儿站在山坡上招手叫,小红连忙弃了众人,跑至凤姐前,堆着笑问:"奶奶使唤做什么事?"凤姐打量了一回,见他生的干净俏丽,说话知趣,因笑道:"我的丫头们今儿没跟进我来。我这会子想起一件事来,要使唤个人出去,不知你能干不能干?说的齐全不齐全?"小红笑道:"奶奶有什么话,只管吩咐我说去;若说的不齐全,误了奶奶的事,任凭奶奶责罚就是了。"凤姐笑道:"你是那位姑娘房里的?我使你出去,他回来找你,我好替你说。"小红道:"我是宝二爷房里的。"凤姐听了笑道:"嗳哟!你原来是宝玉房里的,怪道呢。也罢了,等他问,我替你说。

> 玩笑中掩盖着什么?

> 天生我材必有用。

> 充满自信。

你到我们家告诉你平姐姐,外头屋里桌子上汝窑盘子架儿底下放着一卷银子,那是一百二十两,给绣匠的工价,等张材家的来,当面秤给他瞧了,再给他拿去。再里头床头儿上有个小荷包,拿了来。"

> 小红的机遇来了。

小红听说,答应着,撤身去了。不多时回来了,只见凤姐不在这山坡上了,因见司棋从山洞里出来,站着系带子,便赶来问道:"姐姐,不知道二奶奶往那里去了?"司棋道:"没理论。"小红听了,回身又往四下里一看,只见那边探春宝钗在池边看鱼,小红上来陪笑道:"姑娘们可知道二奶奶刚才那里去了?"探春道:"往你大奶奶院里找去。"

> 司棋也不友好。
>
> "理论"原是动词,与"理会"同义。

小红听了,再往稻香村来,顶头只见晴雯、绮霞、碧痕、秋纹、麝月、侍书、入画、莺儿等一群人来了。晴雯一见小红,便说道:"你只是疯罢!院子里花儿也不浇,雀儿也不喂,茶炉子也不弄,就在外头逛。"小红道:"昨儿二爷说了,今儿不用浇花,过一日浇一回罢。我喂雀儿的时候,姐姐还睡觉呢。"碧痕道:"茶炉子呢?"小红道:"今儿不该我的班儿,有茶没茶,休问我。"绮霞道:"你听听他的嘴!你们别说了,让他逛罢。"小红道:"你们再问问,我逛了没逛?二奶奶才使唤我说话取东西去的。"说着,将荷包举给他们看,方没言语了。大家走开。晴雯冷笑道:"怪道呢!原来爬上高枝儿去了,把我们不放在眼里了。不知说了一句话半句话,名儿姓儿知道了不曾,就把他兴头的这个样!这一遭儿半遭儿的算不得什么;过了后儿,还得听呵!有本事从今儿出了这园子,长长远远的在高枝儿上才算得。"一面说着去了。

> 底气足了些。
> 读这一段而笑小红者,不觉得自己亦可笑吗?
> 世间有多少须眉小红,混得不如小红呢。
> 如果——例如——贾瑞有小红的机遇!
>
> 晴雯此话本对,而且说得痛快。但与小红比,晴雯是已经爬上高枝的既得利益者,嘲弄正在爬的小红,未免太不厚道了。

这里小红听说,不便分证,只得忍着气来找凤姐儿。到了李氏房中,果见凤姐在这里和李氏说话儿呢。小红上来回道:"平姐姐说,奶奶刚出来了,他就把银子收起来了;才张材家的来取,当面秤了给他拿去了。"说着,将荷包递了上去,又道:"平姐姐叫我来回奶奶:才旺儿进来讨奶奶的示下,好往那家子去的,平姐姐就把那话按着奶奶的主意打发他去了。"凤姐笑道:"他怎么按着我的主意打发去了?"小红道:"平姐姐说:'我们奶奶问这里奶奶好。原是我们二爷不在家,虽然迟了两天,只管请奶奶放心。等五奶奶好些,我们奶奶还会了五奶奶来瞧奶奶呢。五奶奶前儿打发了人来说:舅奶奶带了信来了,问奶奶好,还要和这里的姑奶奶寻两丸延年神验万金丹;若有了,奶奶打发人来,只管送在我们奶奶这里。明儿有人去,就顺路给那边舅奶奶带去的。'"

> 其实提名字就没有这些绕口令。诸多避讳,便变成了对于口才的挑战与训练。

话未说完,李氏道:"嗳哟哟!这话我就不懂了,什么'奶奶''爷爷'的一大堆。"凤姐笑道:"怨不得你不懂,这是四五门子的话呢。"说着,又向小红笑道:"好孩子,难为你说的齐全,不像他们扭扭捏捏蚊子似的。嫂子不知道,如今除了我随手使的这几个丫头老婆子之外,我就怕和别人说话。他们必定把一句话拉长了,作两三截儿,咬文嚼字,拿着腔儿,哼哼唧唧的,急的我冒火,他们那里知道!先是我们平儿也是这么着,我就问着他:难道必定妆蚊子哼哼就是美人了?说了几遭,才好些了。"李宫裁笑道:"都像你泼辣货才好!"凤姐道:"这一个丫头就好。方才这两遭说话虽不多,听那口角就很剪断。"说着,又向小红笑道:"明儿你伏侍我去罢,

> 按:并无爷爷。

> 凤姐此话颇有趣。她管事,注意条理和效率,形成了所谓"急脾气"。
> 凤姐此话可以作为对文风(语风)的意见来领会。
> 这话说得很解放。

语言的明快与条理,往往反映了思维的明快与条理。凤姐以此取人,良有以也。
对这种"装蚊子哼哼"的习尚也批得痛快。
当然,仅考虑到这一面,亦有皮相处。与话也说不清楚的人打交道,确实是人生一"怕"。

我认你做女儿。我一调理,你就出息了。"

当然。

小红听了,"扑哧"一笑。凤姐道:"你怎么笑?你说我年轻,比你能大几岁,就做你的妈了?你做春梦呢!你打听打听,这些人比你大的赶着我叫妈,我还不理他呢!今儿抬举了你了。"小红笑道:"我不是笑这个,我笑奶奶认错了辈数儿了,我妈是奶奶的女儿,这会子又认我做女儿!"凤姐道:"谁是你妈?"李宫裁笑道:"你原来不认的他?他是林之孝的女儿。"凤姐听了,十分诧异,因说道:"哦!是他的丫头!"又笑道:"林之孝两口子,都是锥子扎不出一声儿来的。我成日家说,他们倒是配就了的一对夫妻:一个天聋,一个地哑。那里承望养出这么个伶俐丫头来!你十几岁了?"小红道:"十七岁了。"又问名字,小红道:"原叫'红玉',因为重了宝二爷,如今只叫红儿了。"

这也是网状结构,从小红身上又引出林之孝夫妇来。

和此后对林之孝家的描写不合。
这么一对比,小红及其父母给人的印象更深了。

凤姐听说,将眉一皱,把头一回,说道:"讨人嫌的很!得了'玉'的便宜似的,你也'玉',我也'玉'。"因说:"嫂子不知道,我和他妈说:'赖大家的如今事多,也不知这府里谁是谁,你替我好好的挑两个丫头我使。'他一般的答应着;他饶不挑,倒把他这女孩子送了别处去。难道跟我必定不好?"李纨笑道:"你可是又多心了。进来在先,你说在后,怎么怨的他妈?"凤姐说道:"你这么着,明儿我和宝玉说,叫他再要人,叫这丫头跟我去。可不知本人愿意不愿意?"小红笑道:"愿意不愿意,我们也不敢说。

或谓有贬黛意,难说。凤姐此情此景此处贬黛难以说通。作者有意逐渐透露出黛的行市见"落"的信息,则完全可能。

何者是人物的,何者是作者的,你永远说不十分清楚。以为人物可以当作者的传声筒,是三流作家的观念。以为人物百分之百地"不依作者意志为转移",是二流论者的见解。

只是跟奶奶，我们学些眉眼高低，出入上下，大小的事儿，也得见识见识。"刚说着，只见王夫人的丫头来请，凤姐便辞了李宫裁去了。小红自回怡红院去，不在话下。

> 答得得体。本来，小红是无权讲愿不愿意的，她只能服从主子，怎可有自己的意志？

如今且说林黛玉因夜间失寐，次日起来迟了，闻得众姊妹都在园中做饯花会，恐人笑他痴懒，连忙梳洗了出来。刚到了院中，只见宝玉进门来了便笑道："好妹妹，你昨儿可告了我了不曾？我悬了一夜心。"黛玉便回头叫紫鹃道："把屋子收拾了，下一扇纱屉；看那大燕子回来，把帘子放了下来，拿狮子倚住；烧了香，就把炉罩上。"一面说，一面又往外走。宝玉见他这样，还认作是昨日晌午的事，那知晚间的这件公案，还打恭作揖的。林黛玉正眼也不看，各自出了院门，一直找别的姊妹去了。宝玉心中纳闷，自己猜疑："看这样光景，不像是为昨儿的事。但只昨日我回来得晚了，又没有见他，再没有冲撞他的去处了。"一面想，一面由不得随后追了来。

> 亦不忘安排内务，并非绝对地不食烟火。只是纱屉、燕子、帘子、狮子、香、炉罩，意趣与方才凤姐吩咐小红亦及小红来回的汝窑盘子架儿底下的银子床头上的荷包以及延年神验万金丹……完全不同。

> 可怜宝玉。你最多弄清一件事，却弄不清基本的深层问题。

只见宝钗探春，正在那边看鹤舞，见黛玉来了，三个一同站着说话儿。又见宝玉来了，探春便笑道："宝哥哥，身上好？我整整的三天没见你了。"宝玉笑道："妹妹身上好？我前儿还在大嫂子跟前问你呢。"探春道："宝哥哥，你往这里来，我和你说话。"宝玉听说，便跟了他，离了钗玉两个，到了一棵石榴树下。

> 园中猎鹿，园中看鹤舞，什么气派！
> 园中猎鹿，园中鹤舞，不免矫情，本应是"原上"看的呦！

探春因说道："这几天，老爷可曾叫你？"宝玉笑道："没有叫。"探春道："昨儿我恍惚听见说，老爷叫你出去。"宝玉笑道："那想是别人听错了，并没叫的。"探春又笑道："这几个月，我又攒下有十来吊钱了。你还拿了去，明儿出门

> "老爷叫"的阴影无处不在。

> 写探春的生活琐事与她和宝玉的兄妹之情，所用笔墨极少，这一段值得注意。

逛去的时候，或是好字画，好轻巧玩意儿，替我带些来。"宝玉道："我这么逛去，城里城外大廊大庙的逛，也没见个新奇精致东西，总不过是那些金、玉、铜、磁器，没处摆的古董；再就是绸缎、吃食、衣服了。"探春道："谁要这些。怎么像你上回买的那柳枝儿编的小篮子，真竹子根儿挖的香盒儿，胶泥垛的风炉儿，这就好了。我喜欢的什么似的，谁知他们都爱上了，都当宝贝似的抢了去了。"宝玉笑道："原来要这个。这不值什么，拿几百钱出去给小子们，管拉两车来。"探春道："小厮们知道什么？你拣那朴而不俗直而不拙这些东西，你多多替我带了来，我还像上回的鞋做一双你穿，比那双还加工夫，如何呢？"宝玉笑道："你提起鞋来，我想起故事来了：一回穿着，可巧遇见了老爷，老爷就不受用，问：'是谁做的？'我那里敢提三妹妹三个字？我就回说，是前儿我生日舅母给的。老爷听了是舅母给的，才不好说什么的。半日还说：'何苦来！虚耗人力，作践绫罗，做这样的东西。'我回来告诉了袭人，袭人说：'这还罢了，赵姨娘气的抱怨的了不得：正经兄弟，鞋塌拉袜塌拉的，没人看得见，且做这些东西！'"

探春听说，登时沉下脸来道："你说，这话糊涂到什么田地！怎么我是该做鞋的人么？环儿难道没有分例的？衣裳是衣裳，鞋袜是鞋袜，丫头老婆一屋子，怎么抱怨这些话，给谁听！我不过闲着没事作一双半双，爱给那个哥哥兄弟，随我的心。谁敢管我不成！这也是他瞎气。"宝玉听了，点头笑道："你不知道，他心里自然又有个想头了。"探春听说，一发动了气，将头一扭，说道："连你也糊涂了！他那想头，自然是有的，

| 探春的趣味不俗。
探春与宝玉十分亲，与贾环成为鲜明对比。

朴而不俗，质而不拙，这是很好的审美理想。

假话之用亦大矣，连这样一件小事，宝玉都不敢说实话！

登时沉下脸，可见碰到了不能碰的原则问题。

生活，生活，香盒儿、风炉儿，最后还是绕不开主奴、嫡庶的麻烦。

309

这一段堪称是探春的人生定向定性宣言。

或谓,她这是正气凛然,界线分明。或谓,这是人性扭曲,令人毛骨悚然。

不过是那阴微鄙贱的见识。他只管这么想,我只管认得老爷太太两个人,别人我一概不管。就是姊妹弟兄跟前,谁和我好,我就和谁好,什么偏的,庶的,我也不知道。论理,我不该说他,但他忒昏愦得不像了!还有笑话儿呢:就是上回我给你那钱,替我带那玩耍的东西,过了两天,他见了我,也是说没钱,便怎么难处,我也不理论。谁知后来丫头们出去了,他就抱怨起我来,说我攒的钱,为什么给你使,倒不给环儿使了。我听见这话,又好笑,又好气。我就出来往太太跟前去了。"

正说着,只见宝钗那边笑道:"说完了,来罢。显见得是哥哥妹妹了,丢下别人,且说体己去。我们听一句儿就使不得了?"说着,探春宝玉二人方笑着来了。宝玉因不见了林黛玉,便知他躲了别处去了。想了一想:"索性迟两日,等他的气息一息再去也罢了。"因低头看去,许多凤仙石榴等各色落花,锦重重的落了一地,因叹道:"这是他心里生了气,也不收拾这花儿来了。等我送了去,明儿再问着他。"说着,只见宝钗约着他们往外头去。宝玉道:"我就来。"等他二人去远,把那花儿兜了起来,登山渡水,过树穿花,一直奔了那日同林黛玉葬桃花的去处来。

将已到了花冢,犹未转过山坡,只听山坡那边有呜咽之声,一面数落着,哭的好不伤心。宝玉心下想道:"这不知是那房里的丫头,受了委屈,跑到这个地方来哭。"一面想,一面煞住脚步,听他哭道是:

> 阴微鄙贱?如此说来,探春的见识则是光明正大的。

> 因为是亲生母亲,更要划清界线。这也是亲不亲,阶级分。

> 探春与赵、环划清界线,本是可以理解的。直接联系到当事人宝玉,有些俗得有损探春自己的形象。即使事实如此,亦应回避这种交流。不宜把疏赵、环与亲宝玉放在一起叙说。

> 故意引到花上来。

此诗确实感人,一而再再而三地抒发了黛玉的悲哀。

一味悲哀,一再渲染,当然也让人觉得黛玉未免钻牛角尖——叫做悲其一点,不及其余。对人生的理解,还是太窄太窄了啊!

这样的诗,岂不成了锥子诗?只扎出了一个洞。

在"红"诸诗中,葬花诗最为普及。悲哀,细腻,动人而又相当通俗。对人与物与时的吟咏完全融合在一道。

读者也不喜欢颓丧至此。

不以林黛玉的名义,很难写这样的诗,写了也难流传,诗界是不能容忍这种"灰"与相对直白的诗体的。小说家以小说人物的名义与心境推出自己的诗,的确是高招。内容并不新鲜,但体物抒情无所不至。

生命的根本悲哀还是孤独与死亡,这首诗写了这永恒的题材。

黛玉的人生(社会)处境与生命的基本困境是联在一起写的。

花谢花飞飞满天,红消香断有谁怜?	孤独。
游丝软系飘春榭,落絮轻沾扑绣帘。	软弱飘泊的做客。
闺中女儿惜春暮,愁绪满怀无释处;	迟暮。
手把花锄出绣帘,忍踏落花来复去。	不忍。
柳丝榆荚自芳菲,不管桃飘与李飞;	意难平。
桃李明年能再发,明年闺中知有谁?	瞬间。无定。
三月香巢已垒成,梁间燕子太无情!	怨。
明年花发虽可啄,却不道人去梁空巢已倾。	危机。
一年三百六十日,风刀霜剑严相逼;	与环境不相容。
明媚鲜妍能几时,一朝飘泊难寻觅。	匆迫。
花开易见落难寻,阶前闷杀葬花人;	窒息。
独把花锄泪暗洒,洒上空枝见血痕。	刻骨之痛。
杜鹃无语正黄昏,荷锄归去掩重门;	掩重门很有封闭的象征意味。
青灯照壁人初睡,冷雨敲窗被未温。	冷清。
怪侬底事倍伤神?半为怜春半恼春;	没有结果的怜(爱)与忧伤。
怜春忽至恼忽去,至又无言去不闻。	无可奈何。
昨宵庭外悲歌发,知是花魂与鸟魂?	物我同悲。
花魂鸟魂总难留,鸟自无言花自羞;	在造物面前低垂下头。
愿奴胁下生双翼,随花飞到天尽头。	想超脱。想到了死——香丘。
天尽头,何处有香丘?	
未若锦囊收艳骨,一抔净土掩风流。	否定生。

质本洁来还洁去,强于污淖陷渠沟。　　｜洁癖。
　　尔今死去侬收葬,未卜侬身何日丧?　　｜对生死的无知无力。
　　侬今葬花人笑痴,他年葬侬知是谁?　　｜痴。
　　试看春残花渐落,便是红颜老死时。　　｜死之意识遍处。
　　一朝春尽红颜老,花落人亡两不知!　　｜意识终于消亡。悲夫!
宝玉听了,不觉痴倒。要知端详,下回分解。

"红"中诸诗的普及,以此诗为最。而且它主宰了"红"的旋律。

第二十八回

蒋玉函情赠茜香罗　薛宝钗羞笼红麝串

话说林黛玉只因昨夜晴雯不开门一事，错疑在宝玉身上。次日又可巧遇见饯花之期，正在一腔无明，未曾发泄，又勾起伤春愁思，因把些残花落瓣去掩埋，由不得感花伤己，哭了几声，便随口念了几句。不想宝玉在山坡上听见，先不过点头感叹；次又听到"侬今葬花人笑痴，他年葬侬知是谁？……一朝春尽红颜老，花落人亡两不知"等句，不觉恸倒山坡上，怀里兜的落花撒了一地。试想林黛玉的花颜月貌，将来亦到无可寻觅之时，宁不心碎肠断！既黛玉终归无可寻觅之时，推之于他人，如宝钗、香菱、袭人等，亦可以到无可寻觅之时矣。宝钗等终归无可寻觅之时，则自己又安在哉？且自身尚不知何在何往，将来斯处、斯园、斯花、斯柳，又不知当属谁姓矣。因此一而二，二而三，反复推求了去，真不知此时此际，如何解释这段悲伤！正是：

　　　花影不离身左右，鸟声只在耳东西。

那林黛玉正自伤感，忽听山坡上也有悲声，心下想道："人人都笑我有痴病，难道还有一个痴子不成？"抬头一看，见是宝玉，黛玉便啐道："呸！我当是谁，原来是这个狠心短命的……"刚说到"短命"二字，又把口掩住，长叹一声，自

> "随口念"云云，不过于强调。也是一种力透纸背而又轻描淡写的写法，也是对人物既能入乎其内又能出乎其外的把握，乃至与"怨而不怒，哀而不伤"的传统有关。
>
> 为宇宙、万物、人生一哭。也是"哀人生之须臾"，"前不见古人，后不见来者，念天地之悠悠，独怆然而涕下"。

> 情须痴。觅知音就是觅知痴。

> 关系已经不同。如不是对已

为生命的短促而悲伤,从这一个起点可以获得不同的启示。

一、因短促而更加珍惜生命,追求事业。"人最宝贵的是生命……"(奥斯特洛夫斯基:《钢铁是怎样炼成的》) 二、因而及时行乐。"秉烛夜游,良有以也。"(李白:《春夜宴桃李园序》) 三、放弃一切追求,或遁入空门,或和光同尘。以无视无,以求解脱。四……

而宝玉则只剩下了瞬时生命体验中的女孩子们对他的感情的慰藉。他实际上是停留于起点,停留于原始的悲伤,没有向前走一步。所以宝玉非僧非道非老非庄,他干脆什么都不是。

己抽身便走了。　　这里宝玉悲恸了一回,见黛玉去了,便知黛玉看见他,躲开了。自己也觉无味,抖抖土起来,下山寻归旧路,往怡红院来。可巧看见黛玉在前头走,连忙赶上去,说道:"你且站着。我知你不理我,我只说一句话,从今以后,撩开手。"林黛玉回头见是宝玉,待要不理他,听他说"只说一句话",便道:"请说来。"宝玉笑道:"两句话,说了你听不听?"黛玉听说,回头就走。宝玉在身后面叹道:"既有今日,何必当初!"　　黛玉听见这话,由不得站住,回头道:"当初怎么样?今日怎么样?"宝玉道:"嗳!当初姑娘来了,那不是我陪着玩笑?凭我心爱的,姑娘要,就拿去;我爱吃的,听见姑娘也爱吃,连忙收拾的干干净净收着,等了姑娘到来。一个桌子上吃饭,一个床儿上睡觉。丫头们想不到的,我怕姑娘生气,替丫头们都想到。我心里想着:姊妹们从小儿长大,亲也罢,热也罢,和气到了儿,才见得比别人好。如今谁承望姑娘人大心大,不把我放在眼睛里,倒把外四路儿的什么'宝姐姐''凤姐姐'的放在心坎儿上,倒把我三日不理、四日不见的。我又没个亲兄弟、亲妹妹,虽然有两个,你难道不知道是我隔母的?我也和	经定情的人,是骂不出这种话的。 看描写,宝玉过了一会儿才起来,"可巧"看见黛玉。巧在黛玉等他。 仍是宠惯了的小少爷的腔调。 有京剧对白味道。可见京剧也是来自生活的。 友情、爱情、亲情,都有一份痴心,痴得令人泪下! 有话剧对白味道。即是说,这一段话很有戏剧性,搬上舞台,效果当佳。

"啊,青春,青春,你什么都不在乎,连忧愁也给你以安慰,连悲哀也对你有帮助……"(屠格涅夫:《初恋》)

事后回忆起宝黛少年时的这一切追求、试探、猜忌、误解、言归于好,是多么纯真,多么甜蜜!可惜,到以后,想再哭哭笑笑地痴闹一番,亦不可得矣。

你是独出,只怕同我的心一样,谁知我是白操了这一番心,有冤无处诉!"说着,不觉滴下泪来。

> 说得挺委屈。
> 为什么素日不见他这样"不幸"呢?为什么一说,果然可怜见呢?

那时黛玉耳内听了这话,眼内见了这形景,心内不觉灰了大半,也不觉滴下泪来,低头不语。宝玉见这般形象,遂又说道:"我也知道,我如今不好了;但只任凭着我怎么不好,万不敢在妹妹跟前有错处。便有一二分错处,你或是教导我,戒我下次,或骂我几句,打我几下,我都不灰心。谁知你总不理我,叫我摸不着头脑,少魂失魄,不知怎么样才是。就是死了,也是个'屈死鬼'。任凭高僧高道忏悔,也不能超脱,还得你申明了原故,我才得托生呢!"

> 很有孩子气,稚气。
> 但又想得深,说得重。
> 真难过呀!非浮言柱语可比。

黛玉听了这话,不觉将昨晚的事都忘在九霄云外了,便说道:"你既这么说,为什么我去了,你不叫丫头开门?"宝玉诧异道:"这话从那里说起?我要是这样,立刻就死了!"黛玉啐道:"大清早起'死'呀'活'的,也不忌讳。你说有呢就有,没有就没有,起什么誓呢!"宝玉道:"实在没有见你去,就是宝姐姐坐了一坐,就出来了。"

> 两人都诚,都真,都动了真情,即使无更深刻的内涵也动人起来。

黛玉想了一想,笑道:"是了。必是你丫头们懒怠动,丧声歪气的,也是有的。"宝玉道:"想必是这个原故。等我回去问了是谁,教训教训他们就好了。"黛玉道:"你的那些姑娘们,也该教训教训,只是论理我不该说。今儿得罪了我的事小,倘或明儿'宝姑娘'来,什么'贝姑娘'来,也得罪了,事情岂不大了。"说着,抿着嘴儿

> 何必轻易树敌?

315

宝玉大谈他的药方,还扯了薛蟠、凤姐,加上王夫人、钗、黛等重要人物的反应,这一大段除炫耀用药之富外还有无更深刻更具体的含义。也或有与家败之后药也吃不上的情状对比的意思。

笑。宝玉听了,又是咬牙,又是笑。

  二人正说话,见丫头来请吃饭,遂都往前头来了。王夫人见了黛玉,因问道:"大姑娘,你吃那鲍太医的药可好些?"黛玉道:"也不过这么着。老太太还叫我吃王大夫的药呢。"宝玉道:"太太不知道,林妹妹是内症,先天生的弱,所以禁不住一点儿风寒;不过吃两剂煎药,疏散了风寒,还是吃丸药的好。"王夫人道:"前儿大夫说了个丸药名字儿,我也忘了。"宝玉道:"我知道那些丸药,不过叫他吃什么人参养荣丸。"王夫人道:"不是。"宝玉又道:"八珍益母丸?左归、右归?再不就是八味地黄丸?"王夫人道:"都不是。我只记得有个'金刚'两个字的。"宝玉拍手笑道:"从来没听见有个什么'金刚丸'!若有了'金刚丸',自然有'菩萨散'了。"说的满屋里人都笑了。宝钗抿嘴笑道:"想是天王补心丹。"王夫人笑道:"是这个名儿。如今我也糊涂了。"宝玉道:"太太倒不糊涂,都是叫'金刚''菩萨'支使糊涂了。"王夫人道:"扯你娘的臊!又欠你老子捶你了。"宝玉笑道:"我老子再不为这个捶我。"

  王夫人又道:"既有这个名儿,明儿就叫人买些来吃。"宝玉道:"这些药都是不中用的。太太给我三百六十两银子,我替妹妹配一料丸药,包管一料不完就好了。"王夫人道:"放屁!什么药就这贵?"宝玉笑道:"当真的呢。我这个方子比别的不同,那个药名儿也古怪,一时也说不清,只讲那头胎紫河车,人形带叶参,三百六十

笑了就好。
宝玉咬牙,就更可爱可笑。

宝玉怎么知道这么多药和药理?吃的药多,知的药多,也是炫耀富贵吧?中药的药名都有心理治疗作用。

宝玉因解开与黛玉的误会而过于兴奋了。对老子也挺放心了。
但毕竟又现"老子捶"的阴影。

国骂。

宝玉今天话如许多,不自觉地说起"相声"来了。(相声的起源是因高兴而饶舌吗?)

两不足龟,大何首乌,千年松根茯苓胆,诸如此类的药,不算为奇。只在群药里算那为君的药,说起来唬人一跳。前年薛大哥哥求了我一二年,我才给了他这方子。他拿了方子去,又寻了二三年,花了有上千的银子,才配成了。太太不信,只问宝姐姐。"宝钗听说,笑着摇手儿说道:"我不知道,也没听见。你别叫姨娘问我。"王夫人笑道:"到底是宝丫头好孩子,不撒谎。"宝玉站在当地,听见如此说,一回身把手一拍,说道:"我说的倒是真话呢,倒说撒谎!"口里说着,忽一回身,只见林黛玉坐在宝钗身后,抿着嘴笑,用手指头在脸上画着羞他。

  凤姐因在里间房里,看着人放桌子,听如此说,便走来笑道:"宝兄弟不是撒谎,这倒是有的。前日薛大爷亲自和我来寻珍珠,我问他:'做什么?'他说:'配药。'他还抱怨说:'不配也罢了,如今那里知道这么费事。'我问:'什么药?'他说是宝兄弟的方子,说了许多药,我也不记得。他又说:'不然,我也买几颗珍珠了,只是定要头上戴过的,所以来和妹妹寻。妹妹就没散的花儿,那上头拆下来的也使得。过后儿我拣好的再给妹妹穿了来。'我没法儿,把两枝珠花儿现拆了给他。还要一块三尺长、上用的大红纱,拿乳钵乳了面子呢。"凤姐说一句,宝玉念一句佛,说:"太阳在屋子里呢!"凤姐说完了,宝玉又道:"太太想,这不过是将就呢。正经按方子,这珍珠宝石定要在古坟里的,有那古时富贵人家装裹的头面拿了来才好。如今那里为这个去刨坟掘墓?所以只是活人带过的,也可以使得。"王夫人听了道:"阿弥陀佛!不当家花拉的,就是坟里有,人家死了几百年,这会子翻尸

封建贵族的贪婪、占有欲,不仅表现在财富、建筑、美食、美服、美女上,也表现在吃药上。似乎得天下之名贵药材而吃之是人生一大幸事。
曹公这里写得这样铺张,不无摆阔之意。

薛家殷富,吃起药来也要高人一等。头上珍珠缺失之事有了下落。

药学与迷信。
联想到当代作家古华的小说《九十九堆礼俗》。

倒骨的,作了药也不灵!"

宝玉因向黛玉说道:"你听见了没有?难道二姐姐也跟着我撒谎不成?"脸望着林黛玉说,却拿眼睛瞟着宝钗。林黛玉便拉王夫人道:"舅母听听,宝姐姐不替他圆谎,他只问着我。"王夫人也道:"宝玉很会欺负你妹妹。"宝玉笑道:"太太不知道这个原故。宝姐姐先在家里住着,那薛大哥的事,他也不知道,何况如今在里头住着呢?自然是越发不知道了。林妹妹才在背后,以为是我撒谎,就羞我。"

正说着,见贾母房里的丫头找宝玉和林黛玉去吃饭。林黛玉也不叫宝玉,便起身拉了那丫头走。那丫头说:"等着宝二爷一块儿走。"林黛玉道:"他不吃饭,不同咱们走,我先走了。"说着,便出去了。宝玉道:"我今儿还跟着太太吃罢。"王夫人道:"罢,罢!我今儿吃斋,你正经吃你的去罢。"宝玉道:"我也跟着吃斋。"说着,便叫那丫头:"去罢。"自己跑到桌子上坐了。王夫人向宝钗等笑道:"你们只管吃你们的,由他去罢。"宝钗因笑道:"你正经去罢。吃不吃,陪着林妹妹走一趟,他心里打紧的不自在呢。"宝玉道:"理他呢,过一会子就好了。"

一时吃过饭,宝玉一则怕贾母记挂着,二则也记挂着林黛玉,忙忙的要茶漱口。探春惜春都笑道:"二哥哥,你成日家忙些什么?吃饭吃茶也是这么忙碌碌的。"宝钗笑道:"你叫他快吃了瞧黛玉妹妹去罢,叫他在这里胡闹些什么。"

宝玉吃了茶,便出来,一直往西院来,可巧走到凤姐儿院前,只见凤姐在门前站着,蹬着门槛子,拿耳挖子剔牙,看着十来个小厮们挪花盆呢。见宝玉来了,笑道:"你来的好。进来,进

脸望眼瞟,有趣。

不知道薛大哥的事,为何却知道宝玉房中丫头们的事?

这一节王夫人也比较放松,没有端架子。可看出她与宝玉的母子之情。

"爱",也累人。
方才赔不是、诉心曲未免太累了,不自觉地说出"理他呢"的话,也是发泄下意识里对黛玉的"小性"的不满。
宝钗想得开,看得开,说得开。几乎可以说是一种政治风度。

来,替我写几个字儿。"宝玉只得跟了进来,到了房里,凤姐命人取过笔砚纸来,向宝玉道:"大红妆缎四十匹,蟒缎四十匹,各色上用纱一百匹,金项圈四个。"宝玉道:"这算什么?又不是账,又不是礼物,怎么个写法?"凤姐儿道:"你只管写上,横竖我自己明白就罢了。"宝玉听说,只得写了。

> 自己明白就行,"猫儿腻"多了。

凤姐一面收起来,一面笑道:"还有句话告诉你,不知依不依?你屋里有个丫头叫小红的,我要叫了来使唤,明儿我再替你挑几个,可使得么?"宝玉道:"我屋里的人也多的很,姐姐喜欢谁,只管叫了来,何必问我?"凤姐笑道:"既这么着,我就叫人带他去了。"宝玉道:"只管带去。"说着便要走。凤姐道:"你回来,我还有一句话呢。"宝玉道:"老太太叫我呢,有话等回来罢。"说着,便至贾母这边,只见都已吃完饭了。贾母因问他:"跟着你娘吃了什么好的?"宝玉笑道:"也没什么好的,我倒多吃了一碗饭。"因问:"林姑娘在那里?"贾母道:"里头屋里呢。"

> 毫无反应吗?他不是已经对小红产生了兴趣了么?这里似乎略嫌粗疏。

> 什么话?

宝玉进来,只见地下一个丫头吹熨斗,炕上两个丫头打粉线,黛玉弯着腰拿剪子裁什么呢。宝玉走进来,笑道:"哦!这是做什么呢?才吃了饭,这么控着头,一会子又头疼了。"黛玉并不理,只管裁他的。有一个丫头说道:"那块绸子角儿还不好呢,再熨他一熨。"黛玉便把剪子一撂,说道:"'理他呢,过一会子就好了。'"宝玉听了,自是纳闷。只见宝钗探春等也来了,和贾母说了一回话,宝钗也进来问:"林妹妹做什么呢?"因见林黛玉裁剪,笑道:"越发能干了,连裁剪都会了。"黛玉笑道:"这也不过是撒谎哄人罢了。"宝钗笑道:"我告诉你个笑话儿,才刚为那

> 纳闷什么?宝玉的话她听见了么?
> 宝玉说什么,黛玉立即知道。黛玉"真神人也"。宝黛爱情真是得天独深厚的爱情也。

319

个药,我说了个不知道,宝兄弟心里不受用了。"林黛玉道:"'理他呢,过会子就好了。'"宝玉向宝钗道:"老太太要抹骨牌,正没人,你抹骨牌去罢。"宝钗听说,便笑道:"我是为抹骨牌才来么?"说着便走了。林黛玉道:"你倒是去罢,这里有老虎,看吃了你!"说着又裁。宝玉见他不理,只得还陪笑说道:"你也去逛逛,再裁不迟。"黛玉总不理。宝玉便问丫头们:"这是谁叫他裁的?"黛玉见问丫头们,便说道:"凭他谁叫我裁,也不管二爷的事!"宝玉方欲说话,只见有人进来回说:"外头有人请。"宝玉听了,忙撤身出来。黛玉向外头说道:"阿弥陀佛!赶你回来,我死了也罢了!"

> 一波未平,一波又起。宝玉的不是算是赔不完了。

> 动不动讲死,因是怄宝玉,却也确实反映了二人的感情已经带有生死与之的性质。

宝玉出来到外面,只见焙茗说:"冯大爷家请。"宝玉听了,知道是昨日的话,便说:"要衣裳去。"就自己往书房里来。焙茗一直到了二门前等人,只见出来了一个老婆子,焙茗上去说道:"宝二爷在书房里等出门的衣裳,你老人家进去带个信儿。"那婆子道:"放你娘的屁!倒好,宝二爷如今在园里住着,跟他的人都在园里,你又跑了这里来带信儿!"焙茗听了笑道:"骂的是,我也糊涂了!"说着,一径往东边二门前来,可巧门上小厮在甬路底下踢球,焙茗将原故说了,有个小厮跑了进去,半日,才抱了一个包袱出来,递与焙茗,回到书房里。

> 为何糊涂?有那么紧迫和复杂么?

宝玉换了,命人备马,只带着焙茗、锄药、双瑞、寿儿四个小厮去了。一径到了冯紫英门口,有人报与冯紫英,出来迎接进去。只见薛蟠早已在那里久候了,还有许多唱曲儿的小厮们,并唱小旦的蒋玉菡,锦香院的妓女云儿。大家都

> 蒋玉菡的出现,引发了后面宝玉挨打的大事件,最后又联系上袭人的归宿,也算一人多能,天衣无缝。

见过了,然后吃茶。

宝玉擎茶笑道:"前儿所言'幸与不幸'之事,我昼夜悬想,今日一闻呼唤即至。"冯紫英笑道:"你们令姑表弟兄倒都心实。前日不过是我的设辞,诚心请你们一饮,恐又推托,故说下这句话。今日一邀即至,谁知都信真了。"说毕,大家一笑。然后摆上酒来,依次坐定。冯紫英先命唱曲儿的小厮过来让酒,然后命云儿也来敬。

> 高高举起,轻轻放下,前诈而今实乎?前真而今诈乎?谁知道?
> 人们说"兵不厌诈",书里怎么是友不厌诈、酒不厌诈、玩不厌诈起来?

那薛蟠三杯下肚,不觉忘了情,拉着云儿的手,笑道:"你把那体己新样儿的曲子唱个我听,我吃一坛,如何?"云儿听说,只得拿起琵琶来,唱道:

> 两个冤家,都难丢下,想着你来又记挂着他。两个人,形容俊俏都难描画。想昨宵,幽期私订在茶架,一个偷情,一个寻拿;拿住了,三曹对案我也无回话。

> 令人想起苏联歌曲《山楂树》。

唱毕,笑道:"你喝一坛子罢了。"薛蟠听说,笑道:"不值一坛,再唱好的来。"

宝玉笑道:"听我说来:这么滥饮,易醉而无味。我先喝一大海,发一个新令,有不遵者,连罚十大海,逐出席外,与人斟酒。"冯紫英蒋玉函等都道:"有理,有理。"宝玉拿起海来,一气饮尽,说道:"如今要说'悲''愁''喜''乐'四字,却要说出'女儿'来,还要注明这四个字原故。说完了,喝门杯,酒面要唱一个新鲜时样曲子,酒底要席上生风一样东西,或古诗、旧对、《四书》《五经》成语。"薛蟠未等说完,先站起来拦道:"我不来,别算我。这竟是玩弄我呢!"云儿也站起来,推他坐下,笑道:"怕什么?这还亏你天天吃酒呢,难道连我也不如?我回来还说呢。说是了,罢;不是了,不过罚上几杯,那里就醉死

> 懂得正经人,正经书,正经事当然好,作为小说家,还要懂点邪的歪的,或半邪半歪的。

> 造句。
> 属于文学游戏。考的是文字能力与构思能力。反应要快,联想力要丰富。

了。你如今一乱令,倒喝十大海,下去斟酒不成?"众人都拍手道:"妙!"薛蟠听说无法,只得坐了。听宝玉说道:"女儿悲,青春已大守空闺;女儿愁,悔教夫婿觅封侯;女儿喜,对镜晨妆颜色美;女儿乐,秋千架上春衫薄。"

众人听了,都说道:"好!"薛蟠独扬着脸,摇头说:"不好,该罚!"众人问:"如何该罚!"薛蟠道:"他说的我全不懂,怎么不该罚?"云儿便拧他一把,笑道:"你悄悄的想你的罢。回来说不出,又该罚了。"于是拿琵琶听宝玉唱道:

> 滴不尽相思血泪抛红豆,开不完春柳春花满画楼,睡不稳纱窗风雨黄昏后,忘不了新愁与旧愁,咽不下玉粒金波噎满喉,照不尽菱花镜里形容瘦。展不开的眉头,捱不明的更漏。呀!恰便似遮不住的青山隐隐,流不断的绿水悠悠。

唱完,大家齐声喝彩,独薛蟠说:"无板。"宝玉饮了门杯,便拈起一片梨来,说道:"'雨打梨花深闭门'。"完了令。

下该冯紫英,说道:"女儿喜,头胎养了双生子;女儿乐,私向花园掏蟋蟀;女儿悲,儿夫染病在垂危;女儿愁,大风吹倒梳妆楼。"说毕,端起酒来,唱道:

> 你是个可人,你是个多情,你是个刁钻古怪鬼灵精,你是个神仙也不灵。我说的话儿你全不信,只叫你去背地里细打听,才知道我疼你不疼!

唱完,饮了门杯,说道:"'鸡声茅店月'。"令完,下该云儿。

云儿便说道:"女儿悲,将来终身倚靠谁?"薛蟠笑道:"我的儿,有你薛大爷在,你怕什么?"

各种酒令,"红"写得淋漓尽致,似比今天的国人的酒令更雅一些。

把叙写女子心事的曲子变成佐酒的酒令。血泪,愁,都成了游戏。成了游戏就不会一味煽情滥情。煽情滥情与矫情无情是一样的可厌的。这也算是玩文学吧?只玩,或闻玩暴怒,视玩为大逆不道,未免都有些走火入魔。

如果今日这样行酒令,只怕某些人的表现还赶不上冯紫英与薛蟠。

有民歌风。

众人都道:"别混他,别混他!"云儿又道:"女儿愁,妈妈打骂何时休?"薛蟠道:"前儿我见了你妈,还吩咐他,不叫他打你呢。"众人都道:"再多言者,罚酒十杯!"薛蟠连忙自己打了一个嘴巴子,说道:"没耳性,再不许说了。"云儿又道:"女儿喜,情郎不舍还家里;女儿乐,住了箫管弄弦索。"说完,便唱道:

> 豆蔻花开三月三,一个虫儿往里钻;钻了半日钻不进去,爬到花儿上打秋千。肉儿小心肝,我不开了,你怎么钻?

唱毕,饮了门杯,说道:"'桃之夭夭'。"令完,下该薛蟠。

薛蟠道:"我可要说了:女儿悲……"说了半日,不见说底下的。冯紫英笑道:"悲什么?快些说。"薛蟠登时急的眼睛铃铛一般,便道:"女儿悲……"又咳嗽了两声,方说道:"女儿悲,嫁了个男人是乌龟。"众人听了都大笑起来。薛蟠道:"笑什么?难道我说的不是?一个女儿嫁了汉子,要做忘八,怎么不伤心呢?"众人笑的弯腰说道:"你说的是!快说底下的罢。"薛蟠瞪了瞪眼,又说道:"女儿愁……"说了这句,又不言语了。众人道:"怎么愁?"薛蟠道:"绣房钻出个大马猴。"众人哈哈笑道:"该罚,该罚!先还可恕,这句更不通。"说着,便要斟酒。宝玉笑道:"押韵就好。"薛蟠道:"令官都准了,你们闹什么?"众人听说,方罢了。

云儿笑道:"下两句越发难说了,我替你说罢。"薛蟠道:"胡说!当真我就没好的了!听我说罢:女儿喜,洞房花烛朝慵起。"众人听了,都咤异道:"这句何其太雅?"薛蟠道:"女儿乐,一

这个哏捧得好。
戏曲表演上常有这种笑料。

有妓女风。
但仍不算粗鄙。

象征化能有净化的效果。
云儿有一定的文化素养。

好!
薛蟠体的诗,仍然会有人做的。
今人做薛蟠风格的诗,比薛蟠更厚颜。

薛蟠横蛮,"有血债"。但他的率直和幽默给人以好感。与同样横蛮乃至狠毒而又诡诈和一本正经的人相比,薛蟠简直可爱起来了!

任何事物都要一波三折才好。薛蟠虽粗,不可能生在那样人家一点文词不接触。我们毋

323

蒋玉函行酒令中竟说出了"花气袭人"。联想到袭人最终嫁给了蒋,现在的这一笔令人震惊!真是震撼人心的一笔!冥冥中万事皆有定数,一饮一啄莫非前定,这不是科学,而是神学。但同时,它非常文学!就是说,他是对自己的命运无能为力而又饱经沧桑的人返视自己的、亲人友人仇人的遭遇时的主观感受。作为一种观念,它是不(符合客观的)真实的。作为一种感受,它是刻骨的真实的。

根觚杷往里戳。"众人听了,都回头说道:"该死,该死!快唱了罢。"薛蟠便唱道:"一个蚊子哼哼哼。"众人都怔了,说道:"这是个什么曲儿?"薛蟠还唱道:"两个苍蝇嗡嗡嗡。"众人都道:"罢,罢,罢!"薛蟠道:"爱听不听!这是新鲜曲儿,叫做'哼哼韵'儿,你们要懒怠听,连酒底都免了,我就不唱。"众人都道:"免了罢,倒别耽误了别人家。"

> 宁设想,他的粗鲁也是他表示自己的特权、放纵与享乐的一种手段。有这句雅的,才有了起、承、转,最后就更上一层楼了。
> 恶搞之风,祖师爷的薛蟠。

于是蒋玉函说道:"女儿悲,丈夫一去不回归;女儿愁,无钱去打桂花油;女儿喜,灯花并头结双蕊;女儿乐,夫唱妇随真和合。"说毕,唱道:

可喜你天生成百媚娇,恰便似活神仙离碧霄。度青春,年正小;配鸾凤,真也巧。呀!看天河正高,听谯楼鼓敲;剔银灯,同入鸳帏悄。

> 优伶风。

唱毕,饮了门杯,笑道:"这诗词上我倒有限,幸而昨日见了一副对子,只记得这句,可巧席上还有这件东西。"说毕,便干了酒,拿起一朵木樨来,念道:"'花气袭人知昼暖'。"

> 偶然乎?偶然在生活中,在小说中,何等有魅力。因偶然而无法解释,因偶然无法解释而带有宿命——必然性质。偶然便成了神明,成了神意了。

众人倒都依了,完令。薛蟠又跳了起来喧嚷道:"了不得,了不得!该罚,该罚!这席上并没有宝贝,你怎么说起宝贝来?"蒋玉函忙说道:"何曾有宝贝?"薛蟠道:"你还赖呢?你再念来。"蒋玉函只得又念了一遍。薛蟠道:"'袭人'可不是宝贝是什么?你们不信只问他。"说毕,指着宝玉。宝玉没好意思起来,说:"薛大哥,你该罚多少?"薛蟠道:"该罚,该罚!"说着,拿起酒来,一饮而尽。冯紫英与蒋玉函等犹问他原故,云儿便告诉了出来,蒋玉函忙起身陪罪。众人都道:"不知者不作罪。"

少刻,宝玉出席解手,蒋玉函随了出来,二人站在廊檐下,蒋玉函又赔不是。宝玉见他妩媚温柔,心中十分留恋,便紧紧的搭着他的手,叫他:"闲了往我们那里去。还有一句话问你,也是你们贵班中,有一个叫琪官儿的,他如今名驰天下,可惜我独无缘一见。"蒋玉函笑道:"就是我的小名儿。"宝玉听说,不觉欣然跌足笑道:"有幸,有幸!果然名不虚传。今儿初会,便怎么样呢?"想了一想,向袖中取出扇子,将一个玉玦扇坠解下来,递与琪官,道:"微物不堪,略表今日之谊。"琪官接了,笑道:"无功受禄,何以克当?也罢,我这里也得了一件奇物,今日早起方系上,还是簇新,聊可表我一点亲热之意。"说毕,撩衣将系小衣儿一条大红汗巾子解了下来,递与宝玉,道:"这汗巾子是茜香国女国王所贡之物,夏天系着肌肤生香,不生汗渍。昨日北静王给的,今日才上身。若是别人,我断不肯相赠。二爷请把自己系的解下来给我系着。"宝玉听说,喜不自禁,连忙接了,将自己一条松花汗巾解下来,递与琪官。二人方束好,只听一声大叫:"我可拿住了!"只见薛蟠跳了出来,拉着二人道:"放着酒不吃,两个人逃席出来,干什么?快拿出来我瞧瞧。"二人都道:"没有什么。"薛蟠那里肯依?还是冯紫英出来,才解开了。复又归坐饮酒,至晚方散。

宝玉回至园中,宽衣吃茶,袭人见扇子上的扇坠儿没了,便问他:"往那里去了?"宝玉道:

薛亦知宝玉与袭人的"猫儿腻"。

"随"得可笑,亦有些下作。妩媚温柔,似是O型同性恋的说法。

宝玉生活在封闭环境中,如何知道这些事这些歌这些酒令?

宝玉不是说男孩是泥做的吗?貌美男子:北静王、秦、蒋等则例外,不但是水,而且是酒做的啦!

已经有点那个,一解释来路更加弗洛伊德了。

想当年宝玉与秦钟亦这样黏黏糊糊,嘻嘻闹闹。而今鲸卿何在?宝玉这样悲那样也悲,为何不为鲸卿一悲?是真有情乎?

"马上丢了。"睡觉时，只见腰里一条血点似的大红汗巾子，袭人便猜了八九分，因说道："你有了好的系裤子，把我的那条还我罢。"宝玉听了，方想起那条汗巾子，原是袭人的，不该给人才是。心里后悔，口里说不出来，只得笑道："我赔你一条罢。"袭人听了，点头叹道："我就知道又干这些事！也不该拿我的东西给那起混账人，也难为你心里没个算计儿。"欲再说几句，又恐恼上他的酒来，少不得也睡了。一宿无话。

> 太泛太博的情容易顾此失彼，喜新厌旧，故而会成为无情薄情寡情的另一面。

> 定数。真是"混账人"啊！

至次日天明方才醒了，只见宝玉笑道："夜里失了盗也不晓得，你瞧瞧裤子上。"袭人低头一看，只见昨日宝玉系的那条汗巾子，系在自己腰里呢，便知是宝玉夜间换了，忙一顿就解下来，说道："我不希罕这行子，趁早儿拿了去！"宝玉见他如此，只得委婉解劝了一回。袭人无法，只得系上。过后宝玉出去，终久解下来，掷在个空箱子里，自己又换了一条系着。

> 诸事皆有定数，天公自有巧安排。无定数，无安排，经过亲历者的分析，经过人为事立法，也就有定数有天意了。

> 无法怎样，只得怎样，袭人一生就是这样。

宝玉并未理论，因问起："昨日可有什么事情？"袭人便回说："二奶奶打发人叫了小红去了。他原要等你来着，我想什么要紧，我就做了主，打发他去了。"宝玉道："很是。我已经知道了，不必等我罢了。"袭人又道："昨日贵妃打发夏太监出来送了一百二十两银子，叫在清虚观初一到初三打三天平安醮，唱戏献供，叫珍大爷领着众位爷们跪香拜佛呢。还有端午儿的节礼也赏了。"说着，命小丫头来，将昨日的所赐之物取了出来，只见上等宫扇两柄，红麝香珠二串，凤尾罗二端，芙蓉簟一领。

> 毫不依依。
> 在袭人面前，宝玉不敢表露对小红的兴趣。

宝玉见了，喜不自胜，问："别人的也都是这个？"袭人道："老太太多着一个香玉如意，一个玛瑙枕。老爷、太太、姨太太的，只多着一个香玉如

> 袭人如此掌握全局，心中有数，奇了。

意。你的同宝姑娘的一样。林姑娘同二姑娘、三姑娘、四姑娘只单有扇子和数珠儿,别的都没有。大奶奶、二奶奶他两个是每人两匹纱,两匹罗,两个香袋儿,两个锭子药。"宝玉听了,笑道:"这是怎么个原故?怎么林姑娘的倒不同我的一样,倒是宝姐姐的同我一样?别是传错了罢?"袭人道:"昨儿拿出来,都是一分一分的写着签子,怎么就错了!你的是在老太太屋里的,我去拿了来了。老太太说了,明儿叫你一个五更天进去谢恩呢。"宝玉道:"自然要走一趟。"说着,便叫了紫鹃来:"拿了这个到你们姑娘那里去,就说是昨儿我得的,爱什么留下什么。"紫鹃答应了,拿了去。不一时回来,说:"姑娘说了,昨儿也得了,二爷留着罢。"

　　宝玉听说,便命人收了。刚洗了脸出来要往贾母那里请安去,只见黛玉顶头来了,宝玉赶上去笑道:"我的东西叫你拣,你怎么不拣?"黛玉昨儿所恼宝玉的心事,早又丢开,只顾今日的事了,因说道:"我没这么大福气禁受,比不得宝姑娘,什么'金'什么'玉'的!我们不过是个草木之人罢了。"宝玉听他提出"金玉"二字来,不觉心动疑猜,便说道:"除了别人说什么'金'什么'玉',我心里要有这个想头,天诛地灭,万世不得人身!"黛玉听他这话,便知他心里动了疑,忙又笑道:"好没意思,白白的说什么誓?管你什么'金'什么'玉'的呢!"宝玉道:"我心里的事也难对你说,日后自然明白。除了老太太、老爷、太太这三个人,第四个就是妹妹了。要有第五个人,我也起个誓。"林黛玉道:"你也不用起誓,我很知道,你心里有'妹妹',但只是见了'姐姐',就把'妹妹'忘了。"宝玉道:"那是你多心,我再不是这样的。"林黛玉道:"昨儿宝丫头不替你圆谎,你为什么问着我呢?那要是我,你

没有区别就没有政策,元妃赏物亦本着这个原则。
没有亲疏、远近、贵贱、高下,哪里还有人生?

黛玉葬花的不幸预感,正在有条不紊地兑现为事实。
由袭人来论证"不错",合适。说明了元妃的意图符合袭人的"民心"。

可叹!

金、玉其实是没有生命的,它们的珍贵是人为地造成的。
草木是生命自身,是自身的生长与凋谢。

有话不能说,有话不能听,有心不能表白。

这是说不清楚的。
如果仅仅是这三个人的感情纠葛,事犹可说。加上元妃的意图,还有什么可说的?宝玉赌咒起誓,又有何用?

327

"红"的爱情纠葛,又包括两方面的内容:一、宝、黛、钗的三角关系,三人的感情波澜。钗并非纯然的第三者。三个人的感情世界都很复杂。二、贾府环境对他们的情感——婚姻的影响。写到这一回,气候已经变了,已经是"西风压倒东风"了。

作者的写法是:循序渐进,不慌不忙,不夸不饰。只写其"然",不写其"所以然",不事先回答疑问,填补空白。"满纸荒唐言""谁解其中味"?尽管曹公写得很周密,仍然留下大量内里的空白,供你捉摸品味,无尽之意尽在"水下"。(按海明威的说法,小说如冰山,"露出水面的只是它的八分之一,八分之七却藏在海里"。)这不仅是一个含蓄的手法问题,技巧问题。更是作者的生活经验、阅历问题,作者的含蓄并非仅仅出自一种拒绝饶舌的艺术修养,更出自他的经验的丰富性。经验压制着判断,作者可以叙述描写自己的经验,却分析不完它。这样的作者有福了。

> 又不知怎么样了。"
>
> 正说着,只见宝钗从那边来了,二人便走开了。宝钗分明看见,只装看不见,低头过去了。到了王夫人那里,坐了一回,然后到了贾母这边,只见宝玉也在这里呢。宝钗因往日母亲对王夫人等曾提过"金锁是个和尚给的,等日后有玉的方可结为婚姻"等语,所以总远着宝玉。昨日见元春所赐的东西,独他与宝玉一样,心里越发没意思起来。幸亏宝玉被一个林黛玉缠绵住了,心心念念只记挂着林黛玉,并不理论这事。此刻忽见宝玉笑道:"宝姐姐,我瞧瞧你的那香串子?"可巧宝钗左腕上笼着一串,见宝玉问他,少不得褪了下来。

宝钗已吃了定心丸,便不计较别的了。

> 宝钗原生的肌肤丰泽,容易褪不下来,宝玉在傍边看着雪白的臂膊,不觉动了羡慕之心,暗暗想道:"这个膀子,若长在林姑娘身上,或者还得摸一摸。偏长在他身上,正是恨我没福。"忽然想起"金玉"一事来,再看看宝钗形容,只见脸若银盆,眼同水杏;唇不点而红,眉不画而翠:比林黛玉另具一种妩媚风流,不觉就呆了,宝钗褪下串子来递与他也忘了接。

果如黛玉所说,见了姐姐,就把妹妹忘了。

曹公敢于面对和描写他的最富自况意味的人物宝玉的这一面,这是很了不起的。他并不想捏出一个理想化的"情种"来。他正视作为一个活人的贾宝玉的七情六欲——不是单情独欲。

> 宝钗见他呆了,自己倒不好意思的,丢下串子,回身才要走,只见林黛玉蹬着门槛子,嘴里

咬着手帕子笑呢。宝钗道:"你又禁不得风吹,怎么又站在那风口里?"林黛玉笑道:"何曾不是在房里的。只因听见天上一声叫,出来瞧了瞧,原来是个呆雁。"宝钗道:"呆雁在那里呢?我也瞧瞧。"林黛玉道:"我才出来,他就'忒儿'一声飞了。"口里说着,将手里绢子一甩,向宝玉脸上甩来,宝玉不知,正打在眼上,"嗳哟"了一声。要知端的,下回分解。

宝黛之情出自他们对于生命的短暂与孤独的绝望感,爱情是他们唯一的自救之路。蒋玉函与薛宝钗,对于宝玉都有吸引力,但这吸引只是一种愉悦,没有精神深处的那种空虚与悲凉,以及死马当活马医——填补这种悲凉的一搏。

第二十九回

享福人福深还祷福　多情女情重愈斟情

话说宝玉正自发怔,不想黛玉将手帕子甩了来,正碰在眼睛上,倒唬了一跳,问:"是谁?"林黛玉摇着头儿笑道:"不敢,是我失了手,因为宝姐姐要看呆雁,我比给他看,不想失了手。"宝玉揉着眼睛,待要说什么,又不好说的。

> 仍然不失稚趣,天真烂漫。人是永远可以原谅孩子的,也比较可以原谅童心的保有者。

一时凤姐儿来了,因说起初一日在清虚观打醮的事来,约着宝钗、宝玉、黛玉等看戏去。宝钗笑道:"罢,罢!怪热的,什么没看过的戏,我不去的。"凤姐道:"他们那里凉快,两边又有楼。咱们要去,我头几天先打发人去,把那些道士都赶出去,把楼上打扫了,挂起帘子来,一个闲人不许放进庙去,才是好呢。我已经回了太太了,你们不去,我自家去。这些日子也闷的很了,家里唱动戏,我又不得舒舒服服的看。"贾母听说,就笑道:"既这么着,我同你去。"凤姐听说,笑道:"老祖宗也去,敢仔好!可就是我又不得受用了。"贾母道:"到明儿我在正面楼上,你在傍边楼上,你也不用到我这边来立规矩,可好不好?"凤姐笑道:"这就是老祖宗疼我了。"贾母因向宝钗道:"你也去,连你母亲也去;长天老日的,在家里也是睡觉。"宝钗只得答应着。

> 遇事谦让收缩,很像是一种本能,本能化了的修养。客观上则很像是谋略。
>
> 净场方能迎宾。
>
> 凤姐一身而兼"宰相"与"弄臣",不亦伟哉!
>
> 这也是宝钗的体面——应老祖宗之命而去。

贾母又打发人去请了薛姨妈,顺路告诉王

夫人,要带了他们姊妹去。王夫人因一则身上不好,二则预备元春有人出来,早已回了不去的;听贾母如此说,笑道:"还是这么高兴。打发人去到园里告诉,有要逛去的,只管初一跟老太太逛去。"这个话一传开了,别人还可已,只是那些丫头们,天天不得出门槛儿,听了这话,谁不要去! 便是各人的主子懒怠去,他也百般的撺掇了去,因此李宫裁等都说去。贾母越发心中喜欢,早已吩咐人去打扫安置,都不必细说。

> 难得一出园。

单表到了初一这一日,荣国府门前车辆纷纷,人马簇簇,那底下凡执事人等,闻得是贵妃做好事,贾母亲自拈香,正是初一日乃月之首日,况是端阳节间,因此凡动用的什物,一色都是齐全的,不同往日。

> "找乐"(陈建功有以此命名的小说),也是自找麻烦。

少时贾母等出来。贾母坐一乘八人大轿,李氏、凤姐、薛姨妈每人一乘四人轿,宝钗、黛玉二人共坐一辆翠盖珠缨八宝车,迎春、探春、惜春三人共坐一辆朱轮华盖车。然后贾母的丫头鸳鸯、鹦鹉、琥珀、珍珠,黛玉的丫头紫鹃、雪雁、春纤,宝钗的丫头莺儿、文杏,迎春的丫头司棋、绣橘,探春的丫头侍书、翠墨,惜春的丫头入画、彩屏,薛姨妈的丫头同喜、同贵,外带香菱、香菱的丫头臻儿,李氏的丫头素云、碧月,凤姐儿的丫头平儿、丰儿、小红,并王夫人的两个丫头金钏、彩云,也跟了凤姐儿来。奶子抱着大姐儿,另在一车上。还有两个丫头,一共又连上各房的老嬷嬷奶娘,并跟出门的家人媳妇子,黑压压的站了一街的车。

> 又排场上了。

> 全部女性。

> 阵容强大。只列姓名也是阵容,也是气氛。一般地说,小说忌罗列人物姓名而无描写刻画。但这里不同,罗列出了气氛。此亦"文无定法"一例。笼统描写,亦见生动,可观可闻,活灵活现。

贾母等已经坐轿去了多远,这门前尚未坐完。这个说"我不同你在一处",那个说"你压了我们奶奶的包袱",那边车上又说"招了我的花儿",这边又说"碰了我的扇子",咭咭呱呱,说笑不绝。周瑞家的走来过去的说道:"姑娘们,这是街上,看人笑话。"说了两遍,方见好了。

前头的全副执事摆开,早已到了清虚观门口。宝玉骑着马,在贾母轿前。街上人都站在两边。将至观前,只听钟鸣鼓响,早有张法官执香披衣,带领众道士在路旁迎接。贾母的轿刚至山门以内,见了土地本境城隍各位泥塑圣像,便命住轿。贾珍带领各子弟上来迎接。凤姐儿知道鸳鸯等在后面赶不上,贾母自己下了轿,忙要上来搀,可巧有个十二三岁的小道士儿,拿着剪筒,照管剪各处蜡花,正欲得便且藏出去,不想一头撞在凤姐儿怀里,凤姐便一扬手,照脸一下,把那小孩子打了一个斤斗,骂道:"小野杂种!往那里跑?"那小道士也不顾拾烛剪,爬起来往外还要跑,正值宝钗等下车,众婆娘媳妇正围随的风雨不透,但见一个小道士滚了出来,都喝声叫:"拿,拿!打,打!"

贾母听了,忙问:"是怎么了?"贾珍忙出来问。凤姐上去搀住贾母,就回说:"一个小道士儿剪烛花的,没躲出去,这会子混钻呢。"贾母听说,忙道:"快带了那孩子来,别唬着他。小门小户的孩子,都是娇生惯养惯了的,那里见过这个势派?倘或唬着他,倒怪可怜见儿的,他老子娘岂不疼的慌?"说着,便叫贾珍:"去,好生带了来。"贾珍只得去拉了那孩子,一手拿着蜡剪,跪在地下乱颤。贾母命贾珍拉起来,叫他:"不要怕。"问他:"几岁了?"那孩子总说不出话来。贾母还说:"可怜见儿的!"又向贾珍道:"珍阿哥带他去罢。给他些钱买果子吃,叫人别难为了他。"贾珍答应,领他去了。这里贾母带着众人,

凤姐说过"把那些道士都赶出去",张不在"那些"之列也。

出手又快又狠,有乒乓球运动员之风。

一齐喊打,很是弱者卑怯者的一种英雄主义乐趣。

老祖宗是来做好事的。叫做"阎王好惹,小鬼难缠"。然而,阎王是小鬼的后台。

又见小鬼,又见阎王,怎生不怕?

一层一层的瞻拜观玩。外面小厮们见贾母等进入二层山门,忽见贾珍领了一个小道士出来,叫人来带去,给他几百钱,不要难为了他。家人听说,忙上来领了下去。

> 评点者颇怀疑此小道士是否真的能够得到"宽大处理"。

贾珍站在台矶上,因问:"管家在那里?"底下站的小厮们见问,都一齐喝声说:"叫管家!"登时林之孝一手整理着帽子,跑了来,到贾珍跟前。贾珍道:"虽说这里地方大,今儿咱们人多,你使的人,你就带了在这院里罢;使不着的,打发到那院里去。把小幺儿们多挑几个在这二层门上同两边的角门上,伺候着要东西传话。你可知道不知道?今儿姑娘奶奶们都出来,一个闲人也不许到这里来。"林之孝忙答应:"晓得。"又说了几个"是"。贾珍道:"去罢。"又问:"怎么不见蓉儿?"

一声未了,只见贾蓉从钟楼里跑了出来。贾珍道:"你瞧瞧他,我这里也没热,他倒乘凉去了!"喝命家人啐他。那小厮们都知道贾珍素日的性子,违拗不得,便有个小厮上来向贾蓉脸上啐了一口。贾珍还眼向着他,那小厮便问贾蓉道:"爷还不怕热,哥儿怎么先乘凉去了?"贾蓉垂着手,一声不敢说。那贾芸、贾萍、贾芹等听见了,不但他们慌了,亦且连贾琏、贾瑞、贾琼等也都忙了,一个一个都从墙根下慢慢的溜下来。

> 向小辈发威风,也是犀头们的特长。
> 精彩。
> 看来早有训练,早有演习,可说是家常便饭。不然,小厮岂敢又啐又质询?大主子教训小主子,以示严明。

贾珍又向贾蓉道:"你站着做什么?还不骑了马跑到家里告诉你娘母子去?老太太同姑娘们都来了,叫他们快来伺候!"贾蓉听说,忙跑了出来,一叠连声的要马,一面抱怨道:"早都不知做什么的,这会子寻趁我。"一面又骂小子:"捆着手呢么?马也拉不来。"要打发小厮去,又恐怕后来对出来,说不得亲自走一趟,骑马去了。

> 果然。
>
> 自然不服。
>
> 再怨下一层。

且说贾珍方要抽身进来,只见张道士站在傍边,陪笑说道:"论理,我不比别人,应该里头伺候;只因天气炎热,众位千金都出来了,法官不敢擅入,请爷的示下。恐老太太问,或要随喜那里,我只在这里伺候罢了。"贾珍知道这张道士虽然是当日荣国公的替身,曾经先皇御口亲呼为"大幻仙人",如今现掌"道录司"印,又是当今封为"终了真人",现今王公藩镇都称为"神仙",所以不敢轻慢。二则他又常往两个府里去,凡夫人小姐都是见的。今见他如此说,便笑道:"咱们自己,你又说起这话来;再多说,我把你这胡子还揪了你的呢!还不跟我进来。"那张道士呵呵大笑着,跟了贾珍进来。

> 替荣国公当了道士。真是好主意,什么都占全了,什么都不动真的、不吃亏。
> 道士也需要头衔、封号、级别、圣恩。

> 身份不同,关系不同,背景不同,点到为止,含而不露。

贾珍到贾母跟前,控身陪笑,说着:"张爷爷进来请安。"贾母听了,忙道:"搀他来。"贾珍忙去搀过来。那张道士先呵呵笑道:"无量寿佛!老祖宗一向福寿康宁!众位奶奶小姐纳福!一向没到府里请安,老太太气色越发好了。"贾母笑道:"老神仙,你好?"张道士笑道:"托老太太的万福,小道也还康健。别的倒罢了,只记挂着哥儿,一向身上好?前日四月二十六,我这里做遮天大王的圣诞,人也来的少,东西也很干净,我说请哥儿来逛逛,怎么说不在家?"贾母说道:"果真不在家。"一面回头叫宝玉。

> 随便一个人的口语,都写得真切实在。

谁知宝玉解手去了,才来,忙忙上前问:"张爷爷好?"张道士也抱住问了好,又向贾母笑道:"哥儿越发发福了。"贾母道:"他外头好,里头弱。又搭着他老子逼着他念书,生生的把个孩子逼出病来了。"张道士道:"前日我在好几处看见哥儿写的字,做的诗,都好的了不得。怎么老爷还抱怨说哥儿不大喜欢念书呢?依小道看

> 念念不忘控诉他老子。

来,也就罢了。"又叹道:"我看见哥儿的这个形容身段,言谈举动,怎么就同当日国公爷一个稿子!"说着,两眼流下泪来。贾母听了,也由不得满脸泪痕,说道:"正是呢!我养了这些儿子孙子,也没一个像他爷爷的,就只这玉儿像他爷爷。"

那张道士又向贾珍道:"当日国公爷的模样儿,爷们一辈的不用说了,自然没赶上;大约连大老爷、二老爷也记不清楚了。"说毕,又呵呵大笑道:"前日在一个人家,看见一位小姐,今年十五岁了,生的倒也好个模样儿。我想着哥儿也该寻亲事了。若论这个小姐模样儿,聪明智慧,根基家当,倒也配的过。但不知老太太怎么样?小道也不敢造次,等请了老太太示下,才敢向人去张口呢。"贾母道:"上回有个和尚说了,这孩子命里不该早娶,等再大一大儿再定罢。你如今也讯听着,不管他根基富贵,只要模样儿配的上,就来告诉我。便是那家子穷,不过给他几两银子。只是模样儿,性格儿,难得好的。"

说毕,只见凤姐儿笑道:"张爷爷,我们丫头的寄名符儿,你也不换去。前儿亏你还有那么大脸,打发人和我要鹅黄缎子去!要不给你,又恐怕你那老脸上过不去。"张道士哈哈大笑道:"你瞧,我眼花了!也没见奶奶在这里,也没道谢。寄名符早已有了,前日原想送去的,不知道娘娘来做好事,也就混忘了。还在佛前镇着。待我取来。"说着,跑到大殿上去,一时拿了一个茶盘,搭着大红蟒缎经袱子,托出符来。大姐儿的奶子接了符,张道士方欲抱过大姐儿来,只见凤姐笑道:"你就手里拿出来罢了,又用个盘子托着。"张道士道:"手里不干不净的,怎么拿?

很与贾母投合。

难得有个人与贾母一起回忆一下荣国公。
增加了宝玉受宠的一个因素。
不知算不算贾母的"移情"。

"但是我记得清",他的潜台词在这里。也是摆老资格。
张道士是唯一与贾母提起国公爷的人,不同。

什么时候说的?有点召之即来,要什么有什么的味道。毕竟是小说。

话说得很好。

用"辣子"方法与张道士"套磁"。张道士正与贾母话家常忆旧谈新,凤姐接了上来,说明凤姐的地位、人头儿。也没过早插嘴,免得妨碍贾母与之交谈;又没过迟,免得贾母觉得厌倦或气氛转凉。

用盘子洁净些。"凤姐笑道："你只顾拿出盘子，倒唬我一跳，我不说你是为送符，倒像是和我们化布施来了。"众人听说，哄然一笑，连贾珍也掌不住笑了。贾母回头道："猴儿，猴儿！你不怕下割舌地狱？"凤姐笑道："我们爷儿们不相干，他怎么常常的说我该积阴骘，迟了就短命呢？"

张道士也笑道："我拿出盘子来，一举两用，倒不为化布施，倒要将哥儿的这玉请了下来，托出去给那些远来的道友并徒子徒孙们见识见识。"贾母道："既这么着，你老人家老天拔地的，跑什么，带他去瞧了叫他进来，岂不省事？"张道士道："老太太不知道，看着小道是八十岁的人，托老太太的福，倒还健朗；二则外面的人多气味难闻，况是个暑热的天，哥儿受不惯，倘或哥儿中了腌臜气味，倒值多了。"贾母听说，便命宝玉摘下"通灵玉"来，放在盘内。那张道士兢兢业业的用蟒袱子垫着，捧了出去。

这里贾母与众人各处游玩一回。方去上楼，只见贾珍回说："张老爷送了玉来。"刚说着，张道士捧了盘子走到跟前，笑道："众人托小道的福，见了哥儿的玉，实在稀罕，都没什么敬贺，这是他们各人传道的法器，都愿意为敬贺之礼。哥儿便不稀罕，只留着玩耍赏人罢。"贾母听说，向盘内看时，只见也有金璜，也有玉玦，或有"事事如意"，或有"岁岁平安"，皆是珠穿宝嵌，玉琢金镂，共有三五十件。因说道："你也胡闹。他们出家人，是那里来的，何必这样？这断不能收。"张道士笑道："这是他们一点敬意，小道也不能阻挡。老太太若不留下，岂不叫他们看着小道微薄，不像是门下出身了。"贾母听如此说，方命人接下了。宝玉笑道："老太太，张爷爷既

笑料俯拾即是，凤姐的智商就是高。

玩笑中又出现了宿命阴影。

玉本是补天之物，天外之物，化外之物，形而上之物，偏常做形而下的处理，令读者念念不忘，几信其有。

张道士何等体面。此外，谁能要下玉来拿出去供参观？张究竟是谁？

人皆有"玉"或"准玉"。这是什么意思呢？按照好莱坞警匪片的逻辑，会不会是张道士把真玉通过这个手段换走了呢？换了又怎样？不换又怎样？真乎假乎，有乎无乎，到了大荒山，都一样啊。

三出戏各似有深意。

这种另有"所指"的文字在"红"中比比皆是。这样,就造就了一种阅读方法,当称之为读"天书"的方法,拿文本当"密电码"来破译,有时尝到甜头,尝到一种探秘的趣味,但若一味这样搞,又容易神经兮兮,牵强附会。评点者则更倾向于首先拿"红"当小说读。小说中有象征隐喻的文字是可能的。通篇既是可读可叹的小说又是密电码,从创作论上看,完全不可能。搞密电码式的文学,顶多搞到《水浒传》中藏头诗的低劣水平。

这么说,又推辞不得,我要这个也无用,不如叫小子捧了这个,跟着我出去散给穷人罢。"贾母笑道:"这话说的是。"张道士又忙拦道:"哥儿虽要行好,但这些东西虽说不甚稀罕,到底也是几件器皿。若给了乞丐,一则与他们也无益,二则反倒遭塌了这些东西。要舍给穷人,何不就散钱与他们?"宝玉听说,便命:"收下,等晚间拿钱施舍罢。"说毕,张道士方才退出。

> 张道士说得很合情合理而又照顾周到。更主要的原因没说出来,应该照顾敬献者们的脸面呀!

这里贾母与众人上了楼,在正面楼上归坐。凤姐等上了东楼。众丫头等在西楼轮流伺候。贾珍一时来回道:"神前拈了戏,头一本《白蛇记》。"贾母问:"《白蛇记》是什么故事?"贾珍道:"汉高祖斩蛇方起首的故事。第二本是《满床笏》。"贾母道:"这倒是第二本也还罢了。神佛要这样,也只得罢了。"又问:"第三本?"贾珍道:"第三本是《南柯梦》。"贾母听了,便不言语。贾珍退了下来,走至外边,预备着申表、焚钱粮、开戏,不在话下。

> 权贵占有财富,朝里有人,读书吟诗,享福祈福,而且也占尽了僧道灵异的先机。

> 三出戏,无非是始而终,盛而衰,最后一场虚空之意。虚空自然是要虚空的,问题是虚空之前,又委实真真要紧。

且说宝玉在楼上,坐在贾母傍边,因叫个小丫头子,捧着方才那一盘子贺物,将自己的玉带上,用手翻弄寻拨,一件一件的挑与贾母看。贾母因看见有个赤金点翠的麒麟,便伸手拿起来,笑道:"这件东西,好像是我看见谁家的孩子也带着一个的。"宝钗笑道:"史大妹妹有一个,比这个小些。"贾母道:"原来是云儿有这个。"宝玉

> 又稀罕神秘了。
> 是史家的事了。

玉、锁、麒麟之属，聚讼纷纭。胡适并曾因之而批评"红"够不上"自然主义"。

对此不能求真，不能求证，不能用形式逻辑去分析推导。

只能偏重于象征地、幻化地、主观地去直观整体感受之。

命数之奇、之乱，而又无独有偶，不仅宝玉有玉，宝钗有锁，湘云有麒麟，而且张道士处又有一麒麟。能解释多少就解释多少，能猜测（那就没有准儿了）多少就猜测多少。解不开，猜不着，就只好存疑存在那里，这才是阅读之道。强不知以为知，郢书燕说，难免钻牛角尖。保留几分命运的暗示的神秘性——就算是故弄玄虚吧，也是小说家言小说之道。紧紧地把握住"红"是小说，有些事情就好办了。

道："他这么往我们家去住着，我也没看见。"探春笑道："宝姐姐有心，不管什么他都记得。"黛玉冷笑道："他在别的上头心还有限，惟有这些人带的东西上，越发留心。"宝钗听说，便回头装没听见。 　　宝玉听说史湘云有这件东西，自己便将那麒麟忙拿起来，揣在怀里。一面心里又想到怕人看见他听是史湘云有了，他就留着这件，因此，手里揣着，却拿眼睛瞟人。只见众人倒都不理论，惟有林黛玉瞅着他点头儿，似有赞叹之意。宝玉不觉心里没意思起来，又掏出来，瞅着黛玉赸笑道："这个东西倒好玩，我替你留着，到家穿上你带。"林黛玉将头一扭道："我不稀罕。"宝玉笑道："你既不稀罕，我少不得就拿着。"说着，又揣了起来。 　　刚要说话，只见贾珍之妻尤氏和贾蓉续娶的媳妇婆媳两个来了，见过贾母。贾母道："你们又来做什么，我不过没事来逛逛。"一句话说了，只见人报："冯将军家有人来了。"原来冯紫英家听见贾府在庙里打醮，连忙预备猪羊、香烛、茶食之类的东西送礼。凤姐听了，忙赶过正楼来，拍手笑道："嗳呀！我却不防这个。只说咱们娘儿们来闲逛逛，人家只当咱们大摆斋坛	玉、钗、锁布成了迷魂阵。不但令黛玉凄怆，也令无数读者迷惑。 天数有定，但天数本身又如此相悖相扰，一塌糊涂！ 这也是"因何镇日纷纷乱，只为阴阳数不通"。 把玉的故事做大做足，除本身的失、得、祛邪、观赏外，又横向联系出金麒麟、金锁来。 宝玉无趣得可怜了。 续娶了谁？为何说得如此含糊？ 动不动拍手说笑，倒还不是没落恐慌心态。 那时国人尚无鼓掌习俗，却知拍手而笑。拍手而笑，得意之中带几分野性与傻气。 全都是没事找事。

的来送礼,都是老太太闹的。这又不得预备赏封儿。"刚说了,只见冯家的两个管家婆子上楼来了。冯家两个未去,接着赵侍郎家也有礼来了。于是接二连三,都听见贾府打醮,女眷都在庙里,凡一应远亲近友,世家相与,都来送礼。贾母才后悔起来,说:"又不是什么正经斋事,我们不过闲逛逛,没的惊动人。"因此虽看了一天戏,至下午便回来了,次日便懒怠去。凤姐又说:"'打墙也是动土',已经惊动了人,今儿乐得还去逛逛。"贾母因昨日见张道士提起宝玉说亲的事来,谁知宝玉一日心中不自在,回家来生气,嗔着张道士与他说了亲,口口声声说:"从今以后,再不见张道士了。"别人也并不知为什么原故;二则林黛玉昨日回家,又中了暑,因此二事,贾母便执意不去了。凤姐见不去,自己带了人去,也不在话下。

> 贾母是个贪玩爱热闹的人,却也有嫌烦的时候。

> 张道士是个什么角色?怎么能有如许大的影响?如当时只是信口一说,为何余音袅袅不绝?

且说宝玉因见林黛玉病了,心里放不下,饭也懒怠吃,不时来问,林黛玉又怕他有个好歹。因说道:"你只管看你的戏去,在家里做什么?"宝玉因昨日张道士提亲事,心中大不受用,今听见林黛玉如此说,心里因想道:"别人不知道我的心,还可恕,连他也奚落起我来。"因此心中更比往日更烦恼加了百倍。若是别人跟前,断不能动这肝火,只是黛玉说了这话,倒又比往日别人说这话不同,由不得立刻沉下脸来,说道:"我白认得了你!罢了,罢了!"林黛玉听说,便冷笑了两声:"白认得了我?那里像人家有什么配得上呢。"宝玉听了,便向前来直问到脸上:"你这么说,是安心咒我天诛地灭?"林黛玉一时解不过这个话来。宝玉又道:"昨儿还为这个赌了

> 命运的阴影,爱情的达摩克利斯之剑。

> 没话找话,动气动情,这是人生,这是爱情。

339

几回咒，今儿你到底又重我一句！我便'天诛地灭'，你又有什么益处？"黛玉一闻此言，方想起上日的话来。今日原自己说错了，又是着急，又是羞愧，便战战兢兢的说道："我要安心咒你，我也'天诛地灭'。何苦来！我知道昨日张道士说亲，你怕拦了你的好姻缘，你心里生气，来拿我煞性子。"

> 爱情是怎样地不讲道理，不讲逻辑！面对你心爱的女子的时候，切勿念念不忘形式逻辑的论证规则！

原来那宝玉自幼生成有一种下流痴病，况从幼时和黛玉耳鬓厮磨，心情相对，及如今稍明时事，又看了那些邪书僻传，凡远亲近友之家所见的那些闺英闱秀，皆未有稍及林黛玉者，所以早存一段心事，只不好说出来。故每每或喜或怒，变尽法子暗中试探。那林黛玉偏生也是个有些痴病的，也每用假情试探。因你也将真心真意瞒了起来，只用假意，我也将真心真意瞒了起来，只用假意，如此"两假相逢，终有一真"，其间琐琐碎碎，难保不有口角之事。即如此刻，宝玉的心内想的是："别人不知我的心，还可恕；难道你就不想我的心里眼里只有你？你不能为我解烦恼，反来以这话奚落堵噎我，可见我心里一时一刻白有你，你心里竟没我了。"宝玉是这个意思，只口里说不出来。那林黛玉心里想着："你心里自然有我，虽有'金玉相对'之说，你岂是重这邪说不重我的？我便时常提着'金玉'，你只管了然无闻的，方见得是待我重，无毫发私心了。如何我只一提'金玉'的事，你就着急？可知你心里时时有'金玉'的，见我一提，你又怕我多心，故意着急，安心哄我。"

> 痴病痴病，不痴不病者不知其味，又痴又病者不知其病。

> 中国传统小说很少写心理活动，如《红》之写宝、黛心事，绝无仅有，实一突破。这种突破自非来之于某种文学观念，创作方法的更新，而是来自生活的启示，小说文本自身的启示也。《红》对于传统小说，实是全面的大突破。

看来两个人原本是一个心，却多生了枝叶，反弄成两个心了。那宝玉心中又想道："我不管怎么样都好，只要你随意，我便立刻因你死了也

> 邪说与人，邪说与我，这个问题概括得好。但邪说背后有命运，有天意，于是令人气馁了。

> 一而异，一而疑，一而多（心），一而苦，一而无诉无解。

如今只述外面形容,极是。心理活动描写得再多,最后还是要表现为"外面的形容"。人人都是通过"外面的形容"才使旁人感觉到自己的心事的,那么,某些情况下,与其去一览无遗又难免不挂一漏万乃至失之武断地去讲某某的心理活动,不如展其外面形容,测其心理依据。

情愿;你知也罢,不知也罢,只由我的心,那才是你和我近,不和我远。"林黛玉心里又想着:"你只管你,你好,我自好。你何必为我把自己失了?殊不知,你失我也失。可见,你不叫我近你,你竟叫我远你了。"如此看来,却都是求近之心,反弄成疏远之意。此皆他二人素昔所存私心,难以备述。如今只述他们外面的形容。

这些话像绕口令一样,盖那个时候的感情就是这样千回百回。哪像如今英文里所说:"我需要你,我的甜心蜜糖!"

那宝玉又听见他说"好姻缘"三个字,越发逆了己意,心里干噎,口里说不出话来;便赌气向颈上摘下"通灵玉"来,咬咬牙,狠命往地下一摔,道:"什么劳什子!我砸了你,就完了事了!"偏生那玉坚硬非常,摔了一下,竟文风不动。宝玉见不破,便回身找东西来砸。黛玉见他如此,早已哭起来,说道:"何苦来,你摔砸那哑吧东西?有砸他的,不如来砸我!"

读之心酸不已。
什么劳什子,砸不烂甩不掉离不开,横亘在两个有情男女之间!使爱者不能沟通,不能信任,不能满意!
世上有几多这样的劳什子,我们的身边又有几多这样的劳什子呢?

二人闹着,紫鹃雪雁等忙解劝。后来见宝玉下死劲砸玉,忙上来夺,又夺不下来。见比往日闹的大了,少不得去叫袭人。袭人忙赶了来,才夺了下来。宝玉冷笑道:"我是砸我的东西,与你们什么相干!"袭人见他脸都气黄了,眼眉都变了,从来没气得这样,便拉着他的手,笑道:"你合妹妹拌嘴,不犯着砸他;倘砸坏了,叫他心里脸上怎么过的去?"林黛玉一行哭着,一行听了这话,说到自己心坎儿上来,可见宝玉连袭人不如,越发伤心大哭起来。心里一烦恼,方才吃的香薷饮解暑汤,便承受不住,"哇"的一声,都吐了出来。紫鹃忙上来用手帕子接住,登时一口一口的,把块手帕子吐湿。雪雁忙上来捶。

袭人来夺,可叹可悯!

这个具体情节合情合理,十分动人,丝丝入扣。

爱情是相互照耀。
爱情是互相期待。
爱得深,期待得多。

341

紫鹃道:"虽然生气,姑娘到底也该保重着。才吃了药,好些,这会子因和宝二爷拌嘴,又吐了出来;倘或犯了病,宝二爷怎么过的去呢?"宝玉听了这话,说到自己心坎儿上来,可见黛玉不如一紫鹃。又见黛玉脸红头胀,一行啼哭,一行气凑,一行是泪,一行是汗,不胜怯弱。宝玉见了这般,又自己后悔:"方才不该和他较证,这会子他这样光景,我又替不了他。"心里想着,也由不得滴下泪来了。袭人见他两个哭,由不得守着宝玉也心酸起来;又摸着宝玉的手冰凉,待要劝宝玉不哭罢,一则又恐宝玉有什么委屈闷在心里,二则又恐薄了黛玉。不如大家一哭,就丢开手了,因此也流下泪来。紫鹃一面收拾了吐的药,一面拿扇子替黛玉轻轻的扇着,见三个人都鸦雀无声,各自哭各自的,也由不得伤起心来,也拿手帕子拭泪。

爱情是利他的,又是自私的。期待实现不了,便怨、恼、恨,互相折磨起来。
折磨起来,便觉"爱人"还不如路人。

病态也有审美价值,嘻!

四个人都无言对泣。一时,袭人勉强笑向宝玉道:"你不看别人的,你看看这玉上穿的穗子,也不该同林姑娘拌嘴。"黛玉听了,也不顾病,赶来夺过去,顺手抓起一把剪子来要剪。袭人紫鹃刚要夺,已经剪了几段。黛玉哭道:"我也是白效力,他也不稀罕,只有别人替他再穿好的去。"袭人忙接了玉道:"何苦来!这是我才多嘴的不是了。"宝玉向黛玉道:"你只管剪!我横竖不带他,也没什么。"

四人同哭,读者亦为之一哭可也。

鸡毛蒜皮,丝丝入扣,一丝不苟。

只顾里头闹,谁知那些老婆子们见黛玉大哭大吐,宝玉又砸玉,不知道要闹到什么田地,倘或连累了他们,便一齐往前头回贾母王夫人知道,好不干连了他们。那贾母王夫人见他们忙忙的做一件正经事来告诉,也都不知有了什么大祸,便一齐进园来瞧他兄妹。急的袭人抱

这样的汇报客观上不利于黛,老太太、太太从中生不出对黛的好感。

怨紫鹃："为什么惊动了老太太、太太？"紫鹃又只当是袭人去告诉的，也抱怨袭人。

那贾母王夫人进来，见宝玉也无言，黛玉也无话，问起来，又没为什么事，便将这祸移到袭人紫鹃两个人身上，说："为什么你们不小心伏侍？这会子闹起来都不管了！"因此将二人连骂带说，教训了一顿。二人都没话，只得听着。还是贾母带出宝玉去了，方才平服。

> 芝麻大的事，儿女情长的事，却也变成一场混战、一锅粥。

> 代主人受过是忠仆的一大任务也是一大荣耀。别人还摊不上呢。

过了一日，至初三日，乃是薛蟠生日，家里摆酒唱戏，贾府诸人都去了。宝玉因得罪了黛玉，二人总未见面，心中正自后悔，无精打彩的，那里还有心肠去看戏？因而推病不去。黛玉不过前日中了些暑溽之气，本无甚大病，听见他不去，心里想："他是好吃酒看戏的，今日反不去，自然是因为昨儿气着了；再不然他见我不去，他也没心肠去。只是昨儿千不该，万不该，铰了那玉上的穗子。管定他再不带了，还得我穿了他才带。"因而心中十分后悔。

那贾母见他两个都生气，只说趁今儿那边去看戏，他两个见了，也就完了，不想又都不去。老人家急的抱怨说："我这老冤家，是那一世里孽障？偏遇见这么两个不省事的小冤家，没有一天不叫我操心！真是俗语说的，'不是冤家不聚头'。几时我闭了眼，断了这口气，凭这两个冤家闹上天去，我'眼不见，心不烦'，也就罢了。偏又不咽这口气。"自己抱怨着，也哭了。

> 爱而生怨，怨而益亲，是幸福也是灾难，总算尝到了这味道！

这话传入宝林二人耳内，他二人竟未从听见过"不是冤家不聚头"的这句俗语，如今忽然得了这句话，好似参禅的一般，都低着头细嚼这句话的滋味，都不觉潸然泣下。虽不曾会面，然一个在潇湘馆临风洒泪，一个在怡红院对月长人生一世,爱情体验是最强烈也最不分明,最快乐也最苦恼的体验。

有这样的体验,哪怕爱情没有成功,也不枉活一世了。

爱、怜、疑、嗔、怨、恼、恨……这些感情相接相生,如一圆环。这一回,宝黛感情实又前进了一步,发展到了新阶段。

而此情与张道士的提亲示玉,还礼有关。似有几分不可思议处。

> 吁。却不是"人居两地,情发一心"么。
>
> 袭人因劝宝玉道:"千万不是,都是你的不是。往日家里小厮们和他的姊妹拌嘴,或是两口子分争,你听见了,还骂小厮们蠢,不能体贴女孩儿们的心肠;今儿你也这么着了。明儿初五,大节下,你们两个再这么仇人似的,老太太越发要生气,一定弄的不安生。依我劝你,正经下个气,赔个不是,大家还是照常一样儿,这么也好,那么也好。"宝玉听了,不知依与不依。要知端详,下回分解。

有没有第六感官的作用?

这样劝宝玉,其实是投宝玉之所好,设想如是相反,劝宝玉"以后再莫理她!"不是只能使宝玉愤怒么。也叫顾全大局。袭人角色,大不易也。

把有中国特色的爱情滋味写得如此丰富、日常、难分难解、动人,殊可信也。

第 三 十 回

宝钗借扇机带双敲　椿龄画蔷痴及局外

话说林黛玉自与宝玉口角后,也觉后悔,但又无去就他之理,因此日夜闷闷,如有所失。紫鹃度其意,乃劝道:"论前日之事,竟是姑娘太浮躁了些。别人不知那宝玉脾气,难道咱们也不知道的? 为那玉也不是闹了一遭两遭了。"黛玉啐道:"你倒来替人派我的不是,我怎么浮躁了?"紫鹃笑道:"好好的,为什么剪了那穗子? 岂不是宝玉只有三分不是,姑娘倒有七分不是? 我看他素日在姑娘身上就好,皆因姑娘小性儿,常要歪派他,才这么样。"

黛玉欲答话,只听院外叫门,紫鹃听了一听,笑道:"这是宝玉的声音,想必是来赔不是来了。"黛玉听了,说:"不许开门!"紫鹃道:"姑娘又不是了! 这么热天,毒日头地下,晒坏了他,如何使得呢!"口里说着,便出去开门,果然是宝玉。一面让他进来,一面笑着说道:"我只当宝二爷再不上我们的门了,谁知道这会子又来了。"宝玉笑道:"你们把极小的事,倒说大了。好好的,为什么不来? 我便死了,魂也要一日来一百遭。妹妹可大好了?"紫鹃道:"身上病好了,只是心里气还不大好。"宝玉笑道:"我晓得有什么气。"一面说着,一面进来。只见黛玉又在床上哭。

> 度其意而劝,这是紫鹃的聪慧,也是一切"劝解"的局限性所在。

> 这样的"批评"使嘴硬的黛玉心里受用。

> 为你而哭!

宝玉与黛玉互爱得好苦,强烈的、深挚的感情,超常的近乎先验的感情是人生的厚味,是人生的真谛所在。但是,当这种情感体验过于超常,过于不流俗、不苟且、不轻薄、不让步的时候,它就会不容于人,亦不容于天!

安娜·卡列尼娜的悲剧以至罗密欧与朱丽叶的悲剧亦可做如是解。

那黛玉本不曾哭,听见宝玉来,由不得伤心了,止不住滚下泪来。宝玉笑着走近床来道:"妹妹身上可大好了?"黛玉只顾拭泪,并不答应。宝玉因便挨在床沿上坐了,一面笑道:"我知道你不恼我,但只是我不来,叫旁人看见,倒像是咱们又拌了嘴的似的。若等他们来劝咱们,那时节,岂不咱们倒觉生分了?不如这会子,你要打要骂,凭着你怎么样,千万别不理我!"说着,又把"好妹妹"叫了几十声。

> 这样的小儿女故事竟令读者为之垂泪不尽。
>
> 由怨怒而伤心,渐趋平复了。

黛玉心里原是再不理宝玉的,这会子听见宝玉说"别叫人知道咱们拌了嘴就生分了是的"这一句话,又可见得比别人原亲近,因又掌不住,便哭道:"你也不用来哄我。从今以后,我也不敢亲近二爷,权当我去了。"宝玉听了笑道:"你往那里去呢?"黛玉道:"我回家去。"宝玉笑道:"我跟了去。"黛玉道:"我死了呢?"宝玉道:"你死了,我做和尚。"黛玉一闻此言,登时把脸放下来,问道:"想是你要死了,胡说的是什么?你们家倒有几个亲姐姐亲妹妹呢,明日都死了,你几个身子做和尚?明日我倒把这话告诉别人去评评。"

> 历来红学家极重视这话。
>
> 似乎是脱口而出而且近乎荒诞不经的话,竟成了事实,则此话也就是谶语了。谶语是迷信?是胡思乱想?是威严的命运和神灵的暗示?抑或小说作者对于书的结局的预先透露?他知道后四十回稿会佚散吗?这种种可能性,对于小说家言来说,又有什么区别呢?这也是假做真时真亦假呀!

宝玉自知这话说的造次了,后悔不来,登时脸上红涨,低了头,不敢则一声。幸而屋里没人。黛玉两眼直瞪瞪的瞅了他半天,气的"嗳"了一声,说不出话来。见宝玉逼得脸上紫涨,便咬着牙,用指头狠命的在他额上戳了一下,"哼"了一声,咬着牙说道:"你这……"刚说了两个

> 戏曲性场面!

字,便又叹了一口气,仍拿起手帕子来擦眼泪。

宝玉心里原有无限心事,又兼说错了话,正自后悔;又见黛玉戳他一下,要说也说不出来,自叹自泣,因此自己也有所感,不觉滚下泪来。要用帕子揩拭,不想又忘了带来,便用衫袖去擦。黛玉虽然哭着,却一眼看见了他穿着簇新藕合纱衫,竟去拭泪,便一面自己拭着泪,一面回身,将枕上搭的一方绡帕拿起来,向宝玉怀里一摔,一语不发,仍掩面而泣。宝玉见他摔了帕子来,忙接住拭了泪,又挨近前些,伸手挽了黛玉一只手,笑道:"我的五脏都碎了,你还只是哭。去罢,我同你往老太太跟前去。"黛玉将手一摔道:"谁同你拉拉扯扯的!一天大似一天,还这么涎皮赖脸的,连个理也不知道。"

一句话没说完,只听嚷道:"好了!"宝黛两个不防,都唬了一跳,回头看时,只见凤姐儿跑了进来,笑道:"老太太在那里抱怨天,抱怨地,只叫我来瞧瞧你们好了没有。我说:'不用瞧,过不了三天,他们自己就好了。'老太太骂我,说我懒;我来了,果然应了我的话。也没见你们两个,有些什么可拌的,三日好了,两日恼了,越大越成了孩子了!有这会子拉着手哭的,昨儿为什么又成了'乌眼鸡'呢?还不跟我走,到老太太跟前,叫老人家也放些心。"说着,拉了黛玉就走。

黛玉回头叫丫头们,一个也没有。凤姐道:"又叫他们做什么,有我伏侍呢。"一面说,一面拉了就走。宝玉在后面跟着,出了园门,到了贾母跟前,凤姐笑道:"我说他们不用人费心,自己就会好的,老祖宗不信,一定叫我去说和;我及至到那里要说和,谁知两个人倒在一处对赔不

看来"红"的作者是相信命运的,各个关键情节都有预兆、预演、预示,至少有看似不经的言语的预言。经过太多的沧桑,谁能不变成宿命论者呢?

至今有许多电影借用这一场面,如《董存瑞》就有连长批评哭了董存瑞,又递给他手帕擦泪的镜头并受到影评家钟惦棐的激赏。不知来源与"红"是否有关。实乃不朽的细节也。

中国少男少女的感情生活从一开始就被那么多(亲)人关心干预撮和劝慰,实大不幸!太没有 privacy(独处、不受干扰的)观念了。

这一段凸现宝钗的尊严的不可侵犯性与应对(外交)才能。

宝玉有点自讨没趣。宝钗也是人不犯我,我不犯人,人若犯我,我必犯人。

是,对笑对说呢!倒像'黄鹰抓住鹞子的脚',两个都'扣了环了'。那里还要人去?"说的满屋里都笑起来。

此时宝钗正在这里,那黛玉只一言不发,挨着贾母坐下。宝玉没甚说的,便向宝钗笑道:"大哥哥好日子,偏生的又不好了,没别的礼送,连个头也不磕去。大哥哥不知我病,倒像我懒,推故不去呢。倘或明儿闲了,姐姐替我分辩分辩。"宝钗笑道:"这也多事。你便要去,也不敢惊动,何况身上不好。弟兄们终日一处,要存这个心,倒生分了。"宝玉又笑道:"姐姐知道体谅我就好了。"又道:"姐姐怎么不看戏去?"宝钗道:"我怕热。看了两出,热得很,要走,客又不散;我少不得推身上不好,就来了。"宝玉听说,由不得脸上没意思,只得又搭讪笑道:"怪不得他们拿姐姐比杨贵妃,原也体胖怯热。"宝钗听说,不由的大怒,待要怎样,又不好怎样;回思了一回,脸红起来,便冷笑了两声,说道:"我倒像杨贵妃,只是没一个好哥哥好兄弟,可以做得杨国忠的!"

宝钗岂是眼皮里揉沙子者!

按下葫芦起了瓢,宝玉算是惨了。

二人正说着,可巧小丫头靓儿因不见了扇子,和宝钗笑道:"必是宝姑娘藏了我的。好姑娘,赏我罢。"宝钗指他道:"你要仔细!我和谁玩过,你来疑我?和你素日嘻皮笑脸的那些姑娘们,你该问他们去。"说的靓儿跑了。宝玉自知又把话说造次了,当着许多人,更比才在黛玉跟前更不好意思,便急回身,又同别人搭讪去了。

直捣要害!

黛玉听见宝玉奚落宝钗,心中着实得意,才要搭言,也趁势取个笑,不想靓儿因找扇子,宝钗又发了两句话,他便改口说道:"宝姐姐,你听了两出什么戏?"宝钗因见黛玉面上有得意之态,一定是听了宝玉方才奚落之言,遂了他的心愿,忽又见问他这话,便笑道:"我看的是李逵骂了宋江,后来又赔不是。"宝玉便笑道:"姐姐通今博古,色色都知道,怎么连这一出戏的名儿也不知道,就说了这么一串。这叫做'负荆请罪'。"宝钗笑道:"原来这叫'负荆请罪'!你们通今博古,才知'负荆请罪',我不知什么叫'负荆请罪'。"

> 这叫找"呲"儿。

> 宝黛除了言语上的失当之外,他们的吵架和好本身也令宝钗不悦。

> 口舌之争,是人际斗争的一大块,能言善辩也是一种威慑力量;放尊重些,少挑衅!

一句话未说了,宝玉黛玉二人心里有病,听了这话,早把脸羞红了。凤姐这些上虽不通,但只看他三人形景,便知其意,也笑问道:"这们大热的天,谁还吃生姜呢?"众人不解,便说道:"没有吃生姜的。"凤姐故意用手摸着腮,诧异道:"既没人吃生姜,怎么这样辣辣的?"宝玉黛玉二人听见这话,越发不好意思了。宝钗再欲说话,见宝玉十分羞愧,形景改变,也就不好再说,只得一笑收住。别人总未解得他四个人的言语,因此付之一笑。

> 有理有利有节。

一时宝钗凤姐去了,黛玉笑向宝玉道:"你也试着比我利害的人了。谁都像我心拙口夯的,由着人说呢!"宝玉正因宝钗多心,自己没趣,又见黛玉问着他,越发没好气起来。欲待要说两句,又怕黛玉多心,说不得忍气,无精打彩,一直出来。

> 爱呀爱得够疲倦的了。身份不同,关系不同,背景不同,点到为止,含而不露。

谁知目今盛暑之际,又当早饭已过,各处主仆人等多半都因日长神倦,宝玉背着手,到一处,一处鸦雀无声。从贾母这里出来,往西走过

349

了穿堂,便是凤姐的院落。到他院门前,只见院门掩着,知道凤姐素日的规矩,每到天热,午间要歇一个时辰的,进去不便,遂进角门,来到王夫人上房内。只见几个丫头手里拿着针线,却打盹儿。王夫人在里间凉床上睡着,金钏儿坐在傍边捶腿,也乜斜着眼乱恍。

宝玉轻轻的走到跟前,把他耳上带的坠子一摘,金钏儿睁眼,见是宝玉。宝玉便悄悄的笑道:"就困的这么着?"金钏抿嘴一笑,摆手令他出去,仍合上眼。宝玉见了他,就有些恋恋不舍的,悄悄的探头瞧瞧王夫人合着眼,便自己向身边荷包里带的香雪润津丹掏了一丸出来,便向金钏儿口里一送,金钏儿并不睁眼,只管噙了。宝玉上来,便拉着手,悄悄的笑道:"我和太太讨你,咱们在一处吧。"金钏儿不答。宝玉又道:"不然,等太太醒来,我就讨。"金钏儿睁开眼,将宝玉一推,笑道:"你忙什么?'金簪儿掉在井里头,有你的只是有你的。'连这句俗语难道也不明白?我告诉你个巧方儿,你往东小院子里拿环哥儿同彩云去。"宝玉笑道:"凭他怎么去罢,我只守着你。"只见王夫人翻身起来,照金钏儿脸上就打了一个嘴巴子,指着骂道:"下作小娼妇!好好爷们,都叫你们教坏了!"宝玉见王夫人起来,早一溜烟去了。这里金钏儿半边脸火热,一声不敢言语。登时众丫头们听见王夫人醒了,都忙进来。王夫人便叫:"玉钏儿,把你妈叫上来,带出你姐姐去。"金钏儿听见,忙跪下哭道:"我再不敢了!太太要打要骂,只管发落,别叫我出去,就是天恩了。我跟了太太十来年,这会子撵出去,我还见人不见人呢!"

王夫人固然是个宽仁慈厚的人,从来不曾

盛暑火大,宝玉烦躁,动辄得咎,成了祸头子——麻烦制造者啦。

也是女祸论。

宁做奴隶,不要自由,这恐怕不仅是觉悟问题。

打过丫头们一下,今忽见金钏儿行此无耻之事,此乃平生最恨者,故气忿不过,打了一下子,骂了几句。虽金钏儿苦求,也不肯收留;到底唤了金钏儿之母白老媳妇领了下去。那金钏儿含羞忍辱的出去,不在话下。

> "平生最恨"四字,表达了王夫人正人君子、大义凛然的性格。盖封建道德的最敏感最伟大部分在于反淫防淫,尤其是防女性之淫。女性防女性,更甚于男性。王夫人如此深恶痛绝,实有她的心理深层依据。自己越是压抑就越是要压抑别人摧残别人,这是中国的反性灭性道德的运转能源和动力保障体系。

且说宝玉见王夫人醒了,自己没趣,忙进大观园来。只见赤日当天,树阴合地,满耳蝉声,静无人语。刚到了蔷薇架,只听见有人哽噎之声,宝玉心中疑惑,便站住细听,果然架下那边有人。此时正是五月,那蔷薇花叶茂盛之际,宝玉悄悄的隔着篱笆洞儿一看,只见一个女孩子蹲在花下,手里拿着根绾头的簪子在地下抠土,一面悄悄的流泪呢。宝玉心中想道:"难道这也是个痴丫头,又像颦儿来葬花不成!"因又自笑道:"若真也葬花,可谓'东施效颦',不但不为新特,而且更是可厌了。"想毕,便要叫那女子,说:"你不用跟着林姑娘学了。"话未出口,幸而再看时,这女孩子面生,不是个侍儿,倒像是那十二个学戏的女孩子之内一个,却辨不出他是生、旦、净、丑那一个脚色来。

> 这里突然插进一个故事,只如长篇中的一个半独立的短篇然。

> 让人物主观主义犯判断错误以吊读者的胃口,也是欲擒故纵,欲彰弥盖。

宝玉忙忙把舌头一伸,将口掩住,自己想道:"幸而不曾造次,上两回皆因造次了,颦儿也生气,宝儿也多心,如今再得罪了他们,越发没意思了。"一面想,一面又恨认不得这个是谁。再留神细看,只见这女孩子眉蹙春山,眼颦秋水,面薄腰纤,袅袅婷婷,大有林黛玉之态。宝玉早又不忍弃他而去,只管痴看,只见他虽然用金簪画地,并不是掘土埋花,竟是向土上画字。宝玉用眼随着簪子的起落,一直到底,一画、一点、一勾的看了去,数一数,十八笔,自己又在手心里用指头按着他方才下笔的规矩写了,猜是

> 只记得得罪钗黛,忘了金钏了么?

> 一会儿是一个小戏子长得像黛玉,一会儿是这个,后边还有五儿之类,另外晴雯也像黛玉,这样写人物——把一个人物与一些别人类似起来——是"红"的一个特色。

个什么字。写成一想,原来就是个蔷薇花的"蔷"字。宝玉想道:"必定是他也要做诗填词,这会子见这花,因有所感,或者偶成一两句,一时兴至,怕忘,在地下画着推敲,也未可知。且看他底下再写什么。"一面想,一面又看,只见那女孩子还在那里画呢。画来画去,还是个"蔷"字。再看,还是个"蔷"字。

里面的原是早已痴了,画完一个"蔷"又画一个"蔷",已经画了有几十个。外面的不觉也看痴了,两个眼睛珠儿只管随着簪子动,心里却想:"这女孩子一定有什么说不出的大心事,才这么个形景。外面他既是这个形景,心里不知怎么熬煎呢!看他的模样儿,这般单薄,心里那里还搁得住熬煎?可恨我不能替你分些过来。"

> 以宝玉的眼睛看陌生者的外面形容,便更多一种陌生感、间离感却又有一种情种间的共鸣感。既沟通又绝对地不沟通,妙极。

伏中阴晴不定,片云可以致雨,忽然凉风过了,飒飒的落下一阵雨来。宝玉看那女子头上滴下水来,纱衣裳登时湿了。宝玉想道:"这是下雨了,他这个身子,如何禁得骤雨一激。"因此禁不住便说道:"不用写了。你看下大雨,身上都湿了。"那女孩子听说,倒唬了一跳,抬头一看,只见花外一个人叫他"不要写下大雨了",一则宝玉脸面俊秀;二则花叶繁茂,上下俱被枝叶隐住,刚露着半边脸,那女孩子只当是个丫头,再不想是宝玉,因笑道:"多谢姐姐提醒了我,难道姐姐在外头有什么遮雨的?"一句提醒了宝玉,"嗳哟"了一声,才觉得浑身冰凉。低头看看自己身上,也都湿了。说:"不好!"只得一气跑回怡红院去了,心里却还记挂着那女孩子没处避雨。

> 情景交融,天人互感,飒飒落雨,更有长夏永昼之感。

> 宝玉也是"惺惺惜惺惺"。"以情会友"。

> 宝玉误以为她是效颦,她误以为宝玉是丫头,这个"两岔口"颇有内在的戏剧性。

> 宝玉因情而忘我,动人得紧。跑回怡红院还记挂女孩子没处避雨,可称余音袅袅,三日不绝。

原来明日是端阳节,那文官等十二个女孩子都放了学,进园来各处玩耍,可巧小生宝官正旦玉官两个女孩子,正在怡红院和袭人玩笑,被雨阻住,大家把沟堵了,水积在院内,把些绿头鸭、花㶉鶒、彩鸳鸯,捉的捉,赶的赶,缝了翅膀,放在院内玩耍,将院门关了。袭人等都在游廊上嬉笑。

> 与前述夏日午后落雨的季节描写气象描写呼应得好。

宝玉见关着门,便用手扣门,里面诸人只顾笑,那里听见?叫了半日,拍得门山响,里面方听见了。料着宝玉这会子再不回来的,袭人笑道:"谁这会子叫门?没人开去。"宝玉道:"是我。"麝月道:"是宝姑娘的声音。"晴雯道:"胡说!宝姑娘这会子做什么来?"袭人道:"让我隔着门缝儿瞧瞧,可开就开,别叫他淋着回去。"说着,便顺着游廊到门前往外一瞧,只见宝玉淋得"雨打鸡"一般。袭人见了,又是着忙,又是可笑,忙开了门,笑着,弯腰拍手道:"那里知道是爷回来了!你怎么大雨里跑了来?"

> 一是窝了宝钗的火,二是受了黛玉的气,三是挨了凤姐的嘲笑,四是旁观了龄官的画蔷,五是错踢了自家的袭人,多情公子一路吃瘪。

宝玉一肚子没好气,满心里要把开门的踢几脚,方开了门,并不看真是谁,还只当是那些小丫头们,便抬腿踢在肋上,袭人"嗳哟"了一声。宝玉还骂道:"下流东西们!我素日担待你们得意,一点儿也不怕,越发拿着我取笑儿了!"口里说着,一低头见是袭人哭了,方知踢错了。忙笑道:"嗳哟,是你来了!踢在那里了?"袭人从来不曾受过一句大话儿的,今忽见宝玉生气踢他一下,又当着许多人,又是羞,又是气,又是疼,真一时置身无地。待要怎么样,料着宝玉未必是安心踢他,少不得忍着说道:"没有踢着,还不换衣裳去!"

> 宝玉想"平等"就平等,想"主子"就主子,想"姐姐"就姐姐,想踢脚就踢脚。

> 说下天来,主子就是主子,自由平等博爱如贾宝玉先生也,也是那个阶级的呀!

> 宝玉真成了祸头子了。

宝玉一面进房来解衣,一面笑道:"我长了这么大,今日是头一遭儿生气打人,不想偏生遇见了你!"袭人一面忍痛换衣裳,一面笑道:"我

> 未必。

这一段很像一个美丽的短篇小说。朦胧而又美丽,视角很有特色。夏日的烦闷,阵雨的从天而降,互不相识(甚至性别也闹误会)的少男少女的心心相印,传达着一种天真美好的青春气息,若明若暗,瞬间偶遇,各有苦衷,一种不得不必交流中的似有交流,都使它成为一篇不同寻常的微妙的心态小说。此短篇小说可以命名为《夏天》《雨》或《青春》……你甚至会觉得它写得相当"现代",它与以劝善惩恶为主旨,以因果报应为逻辑,以人物命运(情节联结)为主体的"三言""二拍"式的中国传统小说是怎样的不同啊!

是个起头儿的人,也不论事大事小,是好是歹,自然也该从我起。但只是别说打了我,明日顺了手,也打起别人来。"宝玉道:"我才也不是安心。"袭人道:"谁说是安心呢!素日开门关门的都是那起小丫头们的事,他们是憨皮惯了的,早已恨得人牙痒痒,他们也没个怕惧,你打量是他们,踢一下子唬唬也好。刚才是我淘气,不叫开门的。"

何等地识大体!

说着,那雨已住了,宝官玉官也早去了。袭人只觉肋上疼得心里发闹,晚饭也不曾吃。至晚间洗澡脱了衣服,只见肋上青了碗大一块,自己倒唬了一跳,又不好声张。一时睡下,梦中作痛,由不得"嗳哟"之声,从睡中哼出。

宝玉虽说不是安心,因见袭人懒懒的,也不安稳。忽夜里闻得"嗳哟",便知踢重了,自己下床来,悄悄的秉灯来照。刚到床前,只见袭人嗽了两声,吐出一口痰来,"嗳哟"一声,睁眼见了宝玉,倒唬一跳,道:"作什么?"宝玉道:"你梦里'嗳哟',必是踢重了,我瞧瞧。"袭人道:"我头上发晕,嗓子里又腥又甜,你倒照一照地下罢。"宝玉听说,果然持灯向地下一照,只见一口鲜血在地。宝玉慌了,只说:"了不得了!"袭人见了,也就心冷了半截。要知端的,下回分解。

和袭人更过得着了。被主子无意中踢了一脚,其实给忠奴带来了被赏识被列入亲信死党的大好机遇。

这一回堪称是宝玉的无赖纪事,宝玉的泛爱主义的碰壁纪事。他得罪了黛玉,刚稍有好转又得罪了宝钗,紧接着害了金钏,到此回结束,他已把金钏完全忘到了一边。他完全没有估计到后果的严重性。然后去关心起龄官画"蔷"来。该时他的心情是纯洁、美好、忘我的。回怡红院,恶的一面突又上升,称王称霸的一面又凸现出来了。不论袭人怎样忍辱负重,委曲求全,事情本身留给宝玉的当然也不是成功和胜利的喜悦。宝玉的悲剧在于他性灵可悲!多情可悲!乃至可厌可耻!

但谁又能为他设计更好的选择呢?

宝玉写得丰满,灵的,肉的,可爱的,无赖的,多情的,多内分泌的,颓废的与混乱的。与其说他是逆子的典型,不如说是青春——任性的典型。他不承认任何意识形态与价值系统,只承认与女儿及貌美男儿的直觉吸引与瞬间快乐。

第三十一回

撕扇子作千金一笑　因麒麟伏白首双星

袭人吐血而灰心,以"红"的观点,这本是一个重要的契机,本应该借此而看穿撒手的,当然,袭人无此灵性,不可能的。即使颇有慧根而且参过禅的宝玉也是做不到的。
谁能看得透?即使看透了,谁又能身体力行自己的大彻大悟?即使身体力行了,又能有什么影响,什么意思?

　　话说袭人见了自己吐的鲜血在地,也就冷了半截,想着往日常听人说:"少年吐血,年月不保;纵然命长,终是废人了。"想起此言,不觉将素日想着后来争荣夸耀之心,尽皆灰了,眼中不觉的滴下泪来。宝玉见他哭了,也不觉心酸起来,因问道:"你心里觉着怎么样?"袭人勉强笑道:"好好的,觉怎么样呢。"

　　宝玉的意思即刻便要叫人烫黄酒,要山羊血黎峒丸来。袭人拉了他的手,笑道:"你这一闹不大紧,闹起多少人来,倒抱怨我轻狂。分明人不知道,倒闹得人知道了,你也不好,我也不好。正经明日你打发小子问问王太医去,弄点子药吃吃就好了。人不知鬼不觉的,可不好?"宝玉听了有理,也只得罢了;向案上斟了茶来,给袭人漱了口。袭人知宝玉心内也不安稳的,待要不叫他伏侍,他又必不依;二则定要惊动别人,不如且由他去罢:因此倚在榻上,由宝玉去伏侍。一交五更,宝玉也顾不得梳洗,忙穿衣出来,将王济仁叫来,亲自确问。王济仁问其原

即使最理智最周到的人,也有人算不如天算的时候,也有灰心的时候,也在那里知其不可而为之。

袭人处理问题先考虑影响,自然要降低透明度了。

保密才好。

宝玉要踢小丫头,却踢了袭人,而且后果严重,使袭人和宝玉陷入尴尬状态。这是:一、偶然误伤?二、实是上帝的(亦即作品的上帝——作者的)意旨,是对于识大体贤良忠顺"献身"的袭人及离不开袭人的宝二爷的一大调侃?

故,不过是伤损,便说了个丸药的名字,怎么服,怎么敷。宝玉记了,回园来,依方调治,不在话下。

> 这也是高高举起,轻轻放下。人间这样的事多着呢。

这日正是端阳佳节,蒲艾簪门,虎符系臂,午间王夫人治了酒席,请薛家母女等赏午。宝玉见宝钗淡淡的,也不和他说话,自知是昨日的原故。王夫人见宝玉没精打彩,也只当是昨日金钏儿之事,他没好意思的,越发不理他。林黛玉见宝玉懒懒的,只当是他因为得罪了宝钗的原故,心中不自在,形容也就懒懒的。凤姐昨日晚间王夫人就告诉了他宝玉金钏的事,知道王夫人不自在,自己如何敢说笑,也就随着王夫人气色行事,更觉淡淡的。迎春姐妹见众人无意思,也都无意思了。因此,大家坐了一坐,就散了。

> 淡淡懒懒没精打采也如传染病。

林黛玉天性喜散不喜聚,他想得也有个道理。他说:"人有聚就有散,聚时欢喜,到散时岂不清冷?既清冷则生感伤,所以不如倒是不聚的好。比如那花开时令人爱慕,谢时便增惆怅,所以倒是不开的好。"故此,人以为欢喜时,他反以为悲。那宝玉的情性只愿常聚,生怕一时散了;那花只愿常开,生怕一时谢了;只到筵散花谢,虽有万种悲伤,也就无可如何了。因此今日之筵,大家无兴散了,林黛玉倒不觉得,倒是宝玉心中闷闷不乐,回至自己房中,长吁短叹。

> 散时清冷云云,不也是不喜散吗?
>
> 她的"不聚的好"的实质,不正是因长聚不散的乌托邦主义的破灭所生吗?
>
> 悲得提前了一些。大略像给一个人祝寿时预致追悼。
> 然而这是真实的心情,虽然是荒唐的逻辑。
> 所谓喜散喜聚之说,都是人为的矫情,二者思路毫无二致。

偏生晴雯上来换衣服,不防又把扇子失了手,掉在地下,将骨子跌折。宝玉因叹道:"蠢才,蠢才!将来怎么样?明日你自己当家立业,难道也是这么顾前不顾后的?"晴雯冷笑道:"二爷近来气大得很,行动就给脸子瞧。前日连袭

> 晴雯的风格果然不同,起码这一点上毫不奴颜婢膝。
> 这一句话等于补叙,"闪回"。

人都打了，今日又来寻我们的不是。要踢要打凭爷去。就是跌了扇子，也是平常的事；先时连那么样的玻璃缸、玛瑙碗，不知弄坏了多少，也没见个大气儿。这会子一把扇子就这么着了。何苦来！嫌我们就打发了我们，再挑好的使。好离好散的倒不好？"

宝玉听了这些话，气的浑身乱战。因此说道："你不用忙，将来有散的日子！"袭人在那边早已听见，忙赶过来，向宝玉道："好好的，又怎么了？可是我说的：'一时我不到就有事故儿。'"晴雯听了冷笑道："姐姐既会说，就该早来，也省了爷生气。自古以来，就只是你一个人伏侍爷的，我们原没伏侍过。因为你伏侍的好，昨日才挨窝心脚；我们不会伏侍的，明日还不知是个什么罪呢？"

袭人听了这话，又是恼，又是愧；待要说几句话，因见宝玉已经气的黄了脸，少不得自己忍个性子，推晴雯道："好妹妹，你出去逛逛，原是我们的不是。"晴雯听了他说"我们"两字，自然是他和宝玉了，不觉又添了醋意，冷笑几声道："我倒不知道，你们是谁？别叫我替你们害臊了！便是你们鬼鬼祟祟干的那事，也瞒不过我去。那里就称起'我们'来了！那明公正道，连个姑娘还没挣上去呢，也不过和我似的，那里就称上'我们'了！"袭人羞得脸紫涨起来，想一想，原是自己把话说错了。宝玉一面说道："你们气不忿，我明日偏抬举他。"袭人忙拉了宝玉的手道："他一个糊涂人，你和他分证什么？况且你素日又是有担待的，比这大的，过去了多少，今日是怎么了？"晴雯冷笑道："我原是糊涂人，那里配和我说话！我不过奴才罢咧。"袭人听说，

又是预言。
作者对人物命运了如指掌，故可以涉笔成谶，随时给以神秘与威严的暗示。

纸是包不住火的，各种矛盾都有表面化的一日。

可以从"红楼"学拌嘴争吵，果然鲜活犀利长本身；更可以学不拌不争，看透所拌所争的无聊与无趣无效。

晴雯说话尖刻如利刃，而且抓住破绽，直捣要害，痛快则痛快矣，对她自己却是大大的不利！
宝玉一生气，话也失了态。也有补"窝心脚"之歉意，"堤外损失堤内补"之意。

道:"姑娘到底是和我拌嘴,是和二爷拌嘴呢?要是心里恼我,你只和我说,不犯着当着二爷吵;要是恼二爷,不该这么吵的万人知道。我才也不过为了事,进来劝开了,大家保重。姑娘倒寻上我的晦气!又不像是恼我,又不像是恼二爷,夹枪带棒,终久是个什么主意?我就不说,让你说去。"说着便往外走。宝玉向晴雯道:"你也不用生气,我也猜着你的心事了。我回太太去,你也大了,打发你出去,可好不好?"晴雯听了这话,不觉又伤起心来,含泪说道:"我为什么出去?要嫌我,变着法儿打发我去,也不能够的。"宝玉道:"我何曾经过这样吵闹?一定是你要出去了。不如回太太,打发你去罢。"说着,站起来就要走。

袭人忙回身拦住,笑道:"往那里去?"宝玉道:"回太太去!"袭人笑道:"好没意思!认真的去回,你也不怕臊了他?便是他认真要去,也等把这气下去了,等无事中说话儿回了太太也不迟。这会子急急的当一件正经事去回,岂不叫太太犯疑?"宝玉道:"太太必不犯疑,我只明说是他闹着要去的。"晴雯哭道:"我多早晚闹着要去了?饶生了气,还拿话压派我。只管去回,我一头碰死了,也不出这门儿。"宝玉道:"这又奇了。你又不去,你又闹些什么?我经不起这吵,不如去了,倒干净。"说着,一定要去回。袭人见拦不住,只得跪下了。碧痕、秋纹、麝月等众丫鬟见吵闹得利害,都鸦雀无闻的在外头听消息,这会子听见袭人跪下央求,便一齐进来,都跪下了。宝玉忙把袭人拉起来,叹了一声,在床上坐下,叫众人起去。向袭人道:"叫我怎么样才好!这个心使碎了,也没人知道。"说着,不觉滴下泪

袭人并非软弱,唇枪舌剑并不含糊,而且处处为了二爷,仁义忠顺,拳拳之心诚于中而形于外,能不动人,能不厉害?比起晴雯的少林拳,袭人的拳路又高一等了。

果然,宝玉顺着袭人指的路,杀出了致命一招。也是预言。

杀手锏付诸使用,二爷的招数尽了,体面尽了,情义也尽了。

冷处理的原则。

回太太打发晴雯出去,这是命运的预演。"红"中大量情节都不仅有预兆而且有预演。

又是"不奴隶,毋宁死"。

跪下求人,带有强求性质,属于软暴力。

博爱多劳。多劳便必然徒劳,叫做心余力绌。爱得太多,劳得便多,心使碎了,活该!

正在宝、袭、晴混战之时,林黛玉自天而降,恰逢其时,恰说其话,真神人也!

种什么因,结什么果,袭人播种了与宝玉的"鬼鬼祟祟",终于收获了。

黛玉管袭人叫嫂子,够"缺德"的。袭人口上不说,心里能不记恨么?

客观上,性格的相似造成了派别的形成。客观上,黛玉与晴雯站在一起了。

来。袭人见宝玉流下泪来,自己也就哭了。

晴雯在旁哭着,方欲说话,只见黛玉进来,便出去了。林黛玉笑道:"大节下,怎么好好的哭起来?难道是为争粽子吃,争恼了不成?"宝玉和袭人"嗤"的一笑。林黛玉道:"二哥哥不告诉我,我不问你也就知道了。"一面说,一面拍着袭人的肩,笑道:"好嫂子,你告诉我,必定是你们两个拌了嘴。告诉妹妹,替你们和劝和劝。"袭人推他道:"姑娘,你闹什么?我们一个丫头,姑娘只是混说。"黛玉笑道:"你说你是丫头,我只拿你当嫂子待。"宝玉道:"你何苦来替他招骂名儿。饶这么着,还有人说闲话,还搁得住你来说这话!"袭人笑道:"林姑娘,你不知道我的心事,除非一口气不来,死了,倒也罢了。"林黛玉笑道:"你死了,别人不知怎么样,我先就哭死了。"宝玉笑道:"你死了,我做和尚去。"袭人道:"你老实些罢!何苦还说这些话。"林黛玉将两个指头一伸,抿嘴笑道:"做了两个和尚了!我从今以后,都记着你做和尚的遭数儿。"宝玉听了,知道是他点前日的话,自己一笑,也就罢了。

一时黛玉去了,就有人来说:"薛大爷请。"宝玉只得去了,原来是吃酒,不能推辞,只得尽席而散。晚间回来,已带了几分酒,踉跄来至自己院内,只见院中早把乘凉的枕榻设下,榻上有个人睡着。宝玉只当是袭人,一面在榻沿上坐下,一面推他,问道:"疼的好些了?"只见那人翻身起来,说:"何苦来,又招我!"

吝惜自己的感情,珍重自己的感情,才不致如此"掉份儿"!

黛玉出现得好,说的话更好,与晴、袭、宝的混战接上了茬。

"做和尚"成了口头禅,立马掉价。

死活也罢,做一遭再做一遭和尚也罢,适可而止,"一笑也就罢了",不能一味纠缠泛滥下去,这也算哀而不伤、怨而不怒的传统吧。

设想一下宝玉碧痕洗澡的情景,本应该是很美的。而且,这一段说笑,绝对不含淫亵之意。
但是,天国里的纯净的(排除了性意识)身体,又是非人间非现实的。这样就更需要通过艺术表达这种对于人体,对于男女的无拘束无设防的快乐相处的幻想与追求。
这不是"黄",恰恰是"黄"的反面。
这又很容易走向"黄"。
许多美好的幻想再跨上一步就成了非礼下流。可怜的人类文明!

> 宝玉一看,原来不是袭人,却是晴雯。宝玉将他一拉,拉在身旁坐下,笑道:"你的性子越发惯娇了,早起就是跌了扇子,我不过说了那么两句,你就说上那些话。你说我也罢了,袭人好意劝,你又刮拉上他。你自己想想,该不该?"晴雯道:"怪热的,拉拉扯扯做什么!叫人来看见像什么!我这身子也不配坐在这里。"宝玉笑道:"你既知道不配,为什么睡着呢?"
>
> 晴雯没的说,"嗤"的又笑了,说道:"你不来使得,你来了就不配了。起来,让我洗澡去。袭人麝月都洗了澡,我叫了他们来。"宝玉笑道:"我才又吃了好些酒,还得洗一洗。你既没有洗,拿了水来,咱们两个洗。"晴雯摇手笑道:"罢,罢!我不敢惹爷。还记得碧痕打发你洗澡,足有两三个时辰,也不知道做什么呢;我们也不好进去的。后来洗完了,进去瞧瞧,地下的水,淹着床腿,连席子上都汪着水,也不知是怎么洗了。笑了几天。我也没功夫收拾水,你也不用同我洗去。今日也凉快,那会子洗了,这会子可以不用,我倒舀一盆水来你洗洗脸,通通头。才鸳鸯送了好些果子来,都浸在那水晶缸里呢。叫他们打发你吃。"宝玉笑道:"既这么着,你也不许洗去,只洗洗手,拿果子来吃罢。"晴雯笑道:"我慌张的连扇子还跌折了,那里还配打发吃果子。倘或再打破盘子,还更了不得

宝玉性子太好近于无用,钟情太多近于滥情。

很像是伊甸园里的故事。男男女女的无拘束无邪念无遮盖的(裸体的)相处,也是一种乌托邦。至于国外有裸体公园,进园者把衣服脱光,便是此种乌托邦的偶尔实现。
拍个电影,给个镜头如何?

没有电冰箱。

呢！"宝玉笑道："你爱打就打。这些东西，原不过是借人所用，你爱这样，我爱那样，各自性情不同；比如那扇子，原是搧的，你要撕着玩。也可以使得，只是不可生气时拿他出气；就如杯盘，原是盛东西的，你喜欢听那一声响，就故意砸了，也可以使得，只别在生气时拿他出气。这就是爱物了。"晴雯听了，笑道："既这么说，你就拿了扇子来我撕。我最喜欢听撕的。"宝玉听了，便笑着递与他。晴雯果然接过来，"嗤"的一声，撕了两半。接着又听"嗤""嗤"几声。宝玉在旁笑着说："撕得好！再撕响些。"

正说着，只见麝月走过来，笑道："少作些孽罢！"宝玉赶上来，一把将他手里的扇子也夺了递与晴雯。晴雯接了，也撕作几半子，二人都大笑。麝月道："这是怎么说？拿我的东西开心儿。"宝玉笑道："打开扇子匣子你拣了去，什么好东西！"麝月道："既这么说，就把扇子搬出来，让他尽力撕岂不好？"宝玉笑道："你就搬去。"麝月道："我可不造这样孽！他没撕折了手，叫他自己搬去。"晴雯笑着，便倚在床上，说道："我也乏了，明日再撕罢。"宝玉笑道："古人云，'千金难买一笑'，几把扇子，能值几何？"一面说着，一面叫袭人。袭人才换了衣服走出来，小丫头佳蕙过来拾去破扇，大家乘凉，不消细说。

至次日午间、王夫人、薛宝钗、林黛玉众姐妹正在贾母房内坐着，就有人回："史大姑娘来了。"一时，果见史湘云带领众多丫鬟媳妇走进院来。宝钗黛玉等忙迎至阶下相见。青年姊妹间，经月不见，一旦相逢，其亲密自不消说得。一时进入房中，请安问好，都见过了。贾母因

可爱的少爷理论。
可以怀着美好的心情去欣赏，哪怕这种欣赏带有破坏性。

不可以因愤怒，有意识地去破坏有价值的东西。

一切决定于主观动机，这就留下了为一切开脱的口子。

多少有褒姒撕绸缎的遗风。率性则易任性，任性不失可爱，任性又易流于霸道和破坏。

不免令人想起褒姒的撕绸取乐的故事。符合弗派心理学关于发泄的理论，但终让人觉得罪过，觉得这埋伏下了晴雯下场凶险的种子。

评点者有言：谁的青春也不是吃素的！

说:"天热,把外头的衣服脱脱罢。"史湘云忙起身宽衣。王夫人因而笑道:"也没见穿上这些做什么?"史湘云笑道:"都是二婶娘叫穿的,谁愿意穿这些。"

宝钗一旁笑道:"姨妈不知道:他穿衣裳,还更爱穿那别人的衣裳,可记得旧年三四月里,他在这里住着,把宝兄弟的袍子穿上,靴子也穿上,额子也勒上,猛一瞧,倒像是宝兄弟,就是多两个坠子。他站在那椅子背后,哄的老太太只是叫:'宝玉,你过来,仔细那上头挂的灯穗子招下灰来,迷了眼。'他只是笑,也不过去。后来大家忍不住笑了,老太太才笑了说:'扮作男人好看了。'"林黛玉道:"这算什么!惟有前年正月里接了他来,住了没两日,下起雪来,老太太和舅母那日想是才拜了影回来,老太太的一个新新的大红猩猩毡斗篷放在那,谁知眼不见他就披了,又大又长,他就拿两个汗巾子拦腰系上,和丫头们在后院子扑雪人儿去,一跤栽倒沟跟前,弄了一身泥。"说着,大家想着前情,都笑了。宝钗笑问那周奶妈道:"周妈,你们姑娘还那么淘气不淘气了?"周奶妈也笑了。迎春笑道:"淘气也罢了,我就嫌他爱说话;也没见睡在那里还是咭咭呱呱,笑一阵,说一阵,也不知是那里来的那些谎话!"王夫人道:"只怕如今好了。前日有人家来相看,眼见有婆婆家了,还是那么着?"贾母因问:"今日还是住着,还是家去呢?"周奶妈笑道:"老太太没有看见,衣裳都带了来了,可不住两天。"湘云问道:"宝玉哥哥不在家么?"宝钗笑道:"他再不想着别人,只想宝兄弟,两个人好玩的,这可见还没改了淘气。"贾母道:"如今你们大了,别提小名儿了。"

这种倒叙带有招之即来的意味。伟大如曹雪芹,写这样一部人物、事件、生活细节众多的长篇,也免不了这边拉一下那边补一下,不足为病,反而觉得自自然然。

其实任何一个普通人向你讲述一件事,也难免有跳跃、补叙、倒叙、多头、暂挂、空白……诸种手段。为何小说家要把自己搞得那么干巴?或者把一切叙述方式上的灵动归之于洋玩意儿的启发?

黛玉讲起湘云,这样洒脱自在,是不是对象的风格也影响着主体呢?

更妙。

只怕,当然这里的怕并不是恐惧之意而是或然可能之意,但这里用一"怕"字仍然令人浮想联翩。

刚说着,只见宝玉来了,笑道:"云妹妹来了!怎么前日打发人接你去,不来?"王夫人道:"这里老太太才说这一个,他又来提名道姓的了。"林黛玉道:"你哥哥有好东西等着你呢。"湘云道:"什么好东西?"宝玉笑道:"你信他!几日不见,越发高了。"湘云笑道:"袭人姐姐好?"宝玉道:"好,多谢你想着。"湘云道:"我给他带了好东西来了。"说着,拿出手帕子来,挽着一个疙瘩。宝玉道:"什么好的?你倒不如把前日送来的那绛纹石的戒指儿带两个给他。"湘云笑道:"这是什么?"说着便打开,众人看时,果然是上次送来的那绛纹戒指,一包四个。林黛玉笑道:"你们瞧瞧他这个人,前日一般的打发人给我们送来,你就把他的也带了来,岂不省事?今日巴巴儿的自己带了来,我当又是什么新奇东西,原来还是他。真真的是个糊涂人。"史湘云笑道:"你才糊涂呢!我把这理说出来,大家评一评谁糊涂。给你们送东西,就是使来的人不用说话,拿进来一看,自然就知是送姑娘们的了,要带了他们的这东西,须得我告诉来人,这是那一个丫头的,那是那一个丫头的。那使来的人明白还好,再糊涂些,丫头的名字也记不得,混闹胡说的,反连你们的东西都搅糊涂了。若是打发个女人来还罢了,偏前日又打发小子来,可怎么说丫头们的名字呢?还是我来给他们带来,岂不清白!"说着,把四个戒指放下,说道:"袭人姐姐一个,鸳鸯姐姐一个,金钏儿姐姐一个,平儿姐姐一个;这倒是四个人的,难道小子们也记得这么清白?"

众人听了,都笑道:"果然明白。"宝玉笑道:"还是这么会说话,不让人。"林黛玉听了,冷笑

岂不如同"嫂子"?湘云见宝玉要问袭人好,而宝玉要代致谢意。

有许多读"红"评"红"者偏爱湘云,诚然,湘云给密云欲雨的大观园带来一股清爽。但本评者对湘云不大激动得起来,盖黛玉、宝钗已经立住了,她们的命运围绕宝玉,令读者牵肠挂肚,而湘云相对显得边缘些,外围些。性格豪爽透亮的人也不易写出深度。

区区小事,也有学问。未免无聊。越是富贵,越要自找麻烦也。

这四个人的名单学实为因仆敬主之学,明明是对于贾母、王夫人、凤姐与宝玉的致意。

道:"他不会说话,就配带'金麒麟'了。"一面说着,便起身走了。幸而诸人都不曾听见,只有薛宝钗抿嘴一笑。宝玉听见了,倒自己后悔又说错了话;忽见宝钗一笑,由不得也一笑。宝钗见宝玉笑了,忙起身走开,找了黛玉说笑去了。

抿嘴一笑,不无快意。发现自己的对立面与另一个对立上了就高兴,是人之常情,也颇可笑。

贾母因向湘云道:"吃了茶,歇一歇,瞧瞧你嫂子们去。园里也凉快,同你姐姐们去逛逛。"湘云答应了,因将三个戒指包上,歇了一歇,便起身要瞧凤姐等去。众奶娘丫头跟着,到了凤姐那里,说笑了一回。出来,便往大观园来,见过了李宫裁,少坐片时,便往怡红院来找袭人。因回头说道:"你们不必跟着,只管瞧你们的朋友亲戚去。留下翠缕伏侍就是了。"众人听了,自去寻姑觅嫂,单剩下湘云翠缕两个。

翠缕道:"这荷花怎么还不开?"史湘云道:"时候还没到呢。"翠缕道:"这也和咱们家池子里的一样,也是楼子花。"湘云道:"他们这个还不如咱们的。"翠缕道:"他们那边有棵石榴,接连四五枝,真是楼子上起楼子,这也难为他长。"史湘云道:"花草也是同人一样,气脉充足,长的就好。"翠缕把脸一扭,说道:"我不信这话!若说同人一样,我怎么不见头上又长出一个头来的人?"

荷花外有荷花:园外有园,府外有府,贾外有史,天外有天。

湘云听了,由不得一笑,说道:"我说你不用说话,你偏好说。这叫人怎么好答言?天地间都赋阴阳二气所生,或正或邪,或奇或怪,千变万化,都是阴阳顺逆;就是一生出来,人人罕见的,究竟道理还是一样。"翠缕道:"这么说起来,从古至今,开天辟地,都是些阴阳了?"湘云笑道:"糊涂东西,越说越放屁。什么'都是些阴阳'!况且'阴''阳'两个字,还只是一个字:阳

从花草"楼子上起楼子"扯出阴阳来,不无牵强。看来是作者要湘云在这里大谈一番阴阳。

翠缕的发挥说明了她的抽象思辨能力,当可保送哲学研究生。

史湘云大谈阴阳,从小说情节发展上看并不十分自然。按一般责任编辑的眼光,此段可有可无,大可删去。

好在人物、气氛、环境都已写活、写"立"、写得令人信服了,有些突兀之笔也就搭进去了。长篇小说(写好了的话)更富承受能力。

也可能别有深意,有待挖掘。也可能只是曹公有意在这里哲学一番。曹公写"红",颇有求全的追求,他就是要写个百科全书,岂能无哲学?

> 尽了,就成阴,阴尽了,就成阳;不是阴尽了又有一个阳生出来,阳尽了又有个阴生出来。"翠缕道:"这糊涂死我了!什么是个阴阳,没影没形的?我只问姑娘:这阴阳是怎么个样儿?"湘云道:"这阴阳不过是个气罢了。器物赋了,才成形质。譬如天是阳,地就是阴;水是阴,火就是阳;日是阳,月就是阴。"翠缕听了,笑道:"是了,是了!我今日可明白了。怪道人都管着日头叫'太阳'呢,算命的管着月亮叫什么'太阴星',就是这个理了。"湘云笑道:"阿弥陀佛!刚刚明白了。"翠缕道:"这些东西有阴阳也罢了,难道那些蚊子、蛇蚤、蠓虫儿、花儿、草儿、瓦片儿、砖头儿,也有阴阳不成?"湘云道:"怎么没有呢!比如那一个树叶儿,还分阴阳呢,那边向上朝阳的就是阳,这边背阴覆下的就是阴。"翠缕听了,点头笑道:"原来这样,我可明白了。只是咱们这手里的扇子,怎么是阳,怎么是阴呢?"湘云道:"这边正面就为阳,那反面就为阴。"
>
> 翠缕又点头笑了。还要拿几件东西要问,因想不起什么来,猛低头看见湘云宫绦上的金麒麟,便提起来,笑道:"姑娘,这个难道也有阴阳?"湘云道:"走兽飞禽,雄为阳,雌为阴;牝为阴,牡为阳。怎么没有呢?"翠缕道:"这是公的,还是母的呢?"湘云啐道:"什么'公'的'母'的!又胡说了。"翠缕道:"这也罢了,怎么东西都有

也是用"对话录"的方式谈论哲学,有点欧洲味道。

翠缕可以写论文答辩了。

既谈阴阳雌雄,偏讳男女公母,人之无聊,一至于斯!

此一回目及金麒麟种种,是"红"的一大公案。解说纷纭,不及备述。

此评点不拟将力量用在这些类似猜谜的事情上。谜随它谜去。我们讨论的是已经显露出来,或虽然没有完全显露,却确是有迹可寻,有案可查的东西。这些东西,已够我们受用与伤脑筋了。

当然,猜谜也别有乐趣,去唬去蒙去穿凿也有乐趣。但那是另外的路子了。

阴阳,咱们人倒没有阴阳呢?"湘云沉了脸说道:"下流东西,好生走罢!越问越说出好的来了!"翠缕道:"这有什么不告诉我的呢?我也知道了,不用难我。"湘云"扑嗤"的笑道:"你知道什么?"翠缕道:"姑娘是阳,我就是阴。"湘云拿手帕子掩着嘴笑起来。翠缕道:"说的是了,就笑的这么样?"湘云道:"很是,很是!"翠缕道:"人家说主子为阳,奴才为阴,我连这个大道理也不懂得?"湘云笑道:"你很懂得。"

正说着,只见蔷薇架下金晃晃的一件东西,湘云指着问道:"你看那是什么?"翠缕听了,忙赶去拾起来,看着笑道:"可分出阴阳来了!"说着,先拿史湘云的麒麟瞧。史湘云要他拣的瞧瞧,翠缕只管不放手,笑道:"是件宝贝,姑娘瞧不得!这是从那里来的?好奇怪!我只从来在这里没见人有这个。"湘云道:"拿来我瞧瞧。"翠缕将手一撒,笑道:"姑娘请看。"湘云举目一验,却是文彩辉煌的一个金麒麟,比自己佩的又大又有文彩。湘云伸手擎在掌上,只是默默不语,正自出神,忽见宝玉从那边来了,笑道:"你两个在这日头底下做什么呢?怎么不找袭人去呢?"史湘云连忙将那麒麟藏起,道:"正要去呢,咱们一处走。"说着,大家进入怡红院来。

袭人正在阶下倚槛迎风,忽见湘云来了,连忙迎下来,携手笑说一向别情,一面进来归坐。宝玉因问道:"你该早来,我得了一件好东西,专

还要沉下脸,还要骂下流,端端的精神病!

谁混谁呢?
翠缕已有觉察,故意打诨,大智若愚,彼此一笑。这也是一种可能。

由阴阳而问麒麟,由麒麟之阴阳而及人之阴阳,而见麒麟,而及麒麟失主宝玉,虽不甚了了却"给你一个惊奇"(这是英语说法的直译),读之蓦然心动。蓦然心动后仍是一片迷茫。这种小说学也够绝的了。

有的小说段落引起分析推理的兴致。

这后半回虽难以推理,却仍给你以感觉。

在没有推理的依据,找不到推理的出路的时候,先不必着急,也不必否定作品的这一部分,还是寻找你的感觉吧。万物—阴阳—麒麟—失落与捡拾,湘云、翠缕、宝玉以及隐在后面的贾母、张道士、凤姐……你感到什么了么?

等你呢。"说着,一面在身上掏上半天,"嗳呀"了一声,便向袭人:"那个东西你收起来了么?"袭人道:"什么东西?"宝玉道:"前日得的麒麟。"袭人道:"你天天带在身上的,怎么问我?"宝玉听了,将手一拍,说道:"这可丢了!往那里找去?"就要起身自己寻去。史湘云听了,方知是他遗落的,便笑问道:"你几时又有个麒麟了?"宝玉道:"前日好容易得的呢!不知多早晚丢了,我也糊涂了。"史湘云笑道:"幸而是个玩的东西,还是这么慌张。"说着,将手一撒,笑道:"你瞧瞧,是这个不是?"宝玉一见,由不得欢喜非常。要知欢喜的事,下回分解。

"红"对符号的描写甚为得趣,玉而钗,钗而麒麟,此麒麟而彼麒麟,这是表现符号的痛快淋漓,还是荒唐绝伦?

一块玉的文章做来做去,难得要领,再加一锁一麒麟,再加一更大的金麒麟,再由宝玉丢掉,由湘云捡去。留点东西给读者猜测思量,固小说之道也。

晴袭口舌,夹上宝玉,表面琐碎,实为人事上的必然。湘翠谈玄,扯出一个又一个麒麟,表面莫名其妙,蕴涵的是天命上的必然。黛玉计较麒麟,越是计较便越是无奈,她死定了。

第三十二回

诉肺腑心迷活宝玉　含耻辱情烈死金钏

话说宝玉见那麒麟,心中甚是欢喜,便伸手来拿,笑道:"亏你拣着了!你是何时拾的?"史湘云笑道:"幸而是这个,明日倘或把印也丢了,难道也就罢了不成?"宝玉笑道:"倒是丢了印平常,若丢了这个,我就该死了。"

怎么就该死?何言重也。

袭人斟了茶来与史湘云吃,一面笑道:"大姑娘,我听前日你大喜呀。"史湘云红了脸吃茶,一声也不答应。袭人笑道:"这会子又害臊了?你还记得十年前,咱们在西边暖阁上住着,晚上你同我说的话儿?那会子不害臊,这会子怎么又臊了?"史湘云笑道:"你还说呢!那会子咱们那么好,后来我们太太没了,我家去住了一程子,怎么就把你派了跟二哥哥;我来了,你就不像先待我了。"袭人笑道:"你还说呢!先'姐姐'长,'姐姐'短哄着我替你梳头洗脸,做这个,弄那个;如今大了,就拿出小姐的款儿来。你既拿小姐的款,我怎么敢亲近呢?"史湘云道:"阿弥陀佛,冤枉冤哉!我要这样,就立刻死了。你瞧瞧,这么大热天,我来了,必定赶来先瞧瞧你。你不信,你问缕儿,我在家时时刻刻,那一回不念你几声。"

提醒一下袭人原是贾母的人。

能与、敢与湘云斗嘴,袭人实是拔份儿了。

史湘云也死呀活呀的,似乎不值。言重了。也算阴影?

话犹未了,袭人和宝玉都劝道:"说玩话儿,你又认真了。还是这么性急。"史湘云道:"你不说你的话咽人,倒说人性急。"一面说,一面打开手帕子,将戒指递与袭人。袭人感谢不尽,因笑道:"你前日送你姐姐们的,我已得了;今日你亲自又送来,可见是没忘了我。只这个就试出你来了。戒指儿能值多少,可见你的心真。"史湘云道:"是谁给你的?"袭人道:"是宝姑娘给我的。"湘云叹道:"我只当林姐姐送你的,原来是宝姐姐给了你。我天天在家里想着,这些姐姐们,再没一个比宝姐姐好的。可惜我们不是一个娘养的,我但凡有这么个亲姐姐,就是没了父母,也没妨碍的。"说着,眼圈儿就红了。宝玉道:"罢,罢,罢!不用提起这个话了。"史湘云道:"提这个便怎么?我知道你的心病:恐怕你的林妹妹听见,又嗔我赞了宝姐姐了。可是为这个不是?"袭人在旁"嗤"的一笑,说道:"云姑娘,你如今大了,越发心直嘴快了。"宝玉笑道:"我说你们这几个人难说话,果然不错。"史湘云道:"好哥哥,你不必说话叫我恶心;只会在我跟前说话,见了你林妹妹,又不知怎么好了。"

　　袭人道:"且别说玩话,正有一件事要求你呢。"史湘云便问:"什么事?"袭人道:"有一双鞋,抠了垫心子,我这两日身上不好,不得做,你可有工夫替我做做?"史湘云道:"这又奇了。你家放着这些巧人不算,还有什么针线上的,裁剪上的,怎么叫我做起来?你的活计叫人做,谁好意思不做呢?"袭人笑道:"你又糊涂了!你难道不知道:我们这屋里的针线,是不要那些针线上的人做的。"史湘云听了,便知是宝玉的鞋,因笑道:"既这么说,我就替你做做罢。只是一件,你的我才做,别人的我可不能。"袭人笑道:"又来了!我是个什么儿,就敢烦你做鞋了。实告诉

> 宝姑娘何等周到,走在事情的前面了。

> 能拿钗黛关系开开玩笑,说明此话题仍然轻松与天真烂漫。

> 木秀于林,风必摧之。
> 连大大咧咧、小孩气的史湘云也加入了拥薛的行列,夫复何言!

> "我们屋里的",弄不好以为是老公说老婆。

> 给宝玉做活,全凭袭人的交情面子,可叹。

选择上的分歧,宝、黛、钗、云,四人已经分成了两股道。

宝、黛是任性的、个人的、率真的、理想的(我行我素的),却又是相当脱离实际的。哪一个实际活着的人能那样活呢? 钗、云是认同社会的现有价值标准的,现实的,实用的,却又是相当庸俗和令人窒息(戕害心灵)的。

归根结底,谁能无真性? 谁能完全不认同(他人、社会)?

在我们每个人的心中,不是都或多或少,或偏于彼或偏于此地有这种选择上的争执和困惑吗?

> 你:可不是我的,你别管是谁的,横竖我领情就是了。"史湘云道:"论理,你的东西也不知烦我做了多少。今日我倒不做的原故,你必定也知道。"袭人道:"我倒也不知道。"史湘云冷笑道:"前日我听见把我做的扇套儿拿着和人家比,赌气又铰了。我早就听见了,你还瞒我? 这会子又叫我做,我成了你们奴才了。"宝玉忙笑道:"前日的那事本不知是你做的。"袭人也笑道:"他本不知是你做的,是我哄他的话,说是新近外头有个会做活的,扎的绝出奇的好花儿,我叫他们拿了一个扇套儿试试看好不好,他就信了,拿出去给这个瞧、那个看的。不知怎么又惹恼了那一位,铰了两段。回来他还叫赶着做去,我才说了是你做的,他后悔的什么似的。"史湘云道:"这越发奇了。林姑娘也犯不上生气,他既会剪,就叫他做。"袭人道:"他可不做呢。饶这么着,老太太还怕他劳碌着了。大夫又说好生静养才好,谁还肯烦他做呢? 旧年好一年的工夫,做了个香袋儿;今年半年,还没见拿针线呢。"
>
> 正说着,有人来回说:"兴隆街的大爷来了,老爷叫二爷出去会。"宝玉听了,便知贾雨村来了,心中好不自在。袭人忙去拿衣服。宝玉一面登着靴子,一面抱怨道:"有老爷和他坐着就罢了,回回定要见我。"史湘云一边摇着扇子,笑

补叙了这么一个故事,读者会感到,已讲述的故事之后,还有无数故事。这也是海明威的冰山论。

不言褒贬而褒贬之情已出。人是精灵,言语则是精灵之精灵也。

本来是贾雨村言,书一开头捏出来的,捏出来以后还真活了,掺和进来了。掺和进来以后便又多了一根搅屎棍。

371

道："自然你能会宾接客,老爷才叫你出去呢。"宝玉道："那里是老爷?都是他自己要请我见的。"湘云笑道："'主雅客来勤',自然你有些警动他的好处,他才要会你。"宝玉道："罢,罢!我也不称雅,俗中又俗的一个俗人,并不愿同这些人往来。"湘云笑道："还是这个情性,改不了。如今大了,你就不愿读书去考举人进士的,也该常会会这些为官作宰的,谈讲谈讲那些仕途经济的学问,也好将来应酬庶务,日后也有个朋友。没见你成年家只在我们队里搅些什么?"

宝玉听了,道："姑娘请别的屋里坐坐,我这里仔细腌臜了你知经济学问的人!"袭人道："姑娘快别说这话。上回也是宝姑娘也说过一回,他也不管人脸上过得去过不去,他就'咳'了一声,拿起脚来走了。这里宝姑娘的话也没说完,见他走了,登时羞得脸通红,说又不是,不说又不是。幸而是宝姑娘,那要是林姑娘,不知又闹得怎么样,哭得怎么样呢!提起这些话来,宝姑娘叫人敬重,自己过了一会子去了。我倒过不去,只当他恼了,谁知过后还是照旧一样,真真是有涵养,心地宽大的。谁知这一个反倒同他生分了。那林姑娘见他赌气不理,他后来不知赔多少不是呢。"宝玉道："林姑娘从来说过这些混账话不曾?若他也说过这些混账话,我早和他生分了。"袭人和湘云都点头笑道："这原是混账话?"

原来林黛玉知道史湘云在这里,宝玉一定又赶来说麒麟的原故,因心下忖度着,近日宝玉弄来的外传野史,多半才子佳人,都因小巧玩物上撮合,或有鸳鸯,或有凤凰,或玉环金佩,或鲛

一听"经济学问",宝玉的反应似是受到了严重伤害。原因在于他的来历,他是块"无才不得入选"的废石头。如果他对世俗功名毫不在乎,听了付之一笑也就得了。

追叙得分明。倾向也分明。宝玉则更分明。与黛玉的关系已超越朦胧了。

一语道破,与黛玉引为同道。你说不说混账,全不介意,反正你说什么也不算数。

不准爱情,只谈爱物小巧。

这也算是罕见的大段心理描写了。
相当一部分心理活动是借助语言来进行的,所以中国人的心理活动描写,便大不同于巴尔扎克或者乔伊斯。
是生活琐事的细节的描写。更是爱情的倾诉。
和欧美式的拥抱、接吻、"I love you""I want you"("我爱你""我要你")是怎样的不同啊。
和现代青年的爱情亦差之远矣。

帕鸳绦:皆由小物而遂终身之愿。今忽见宝玉亦有麒麟,便恐借此生隙,同史湘云也做出那些风流佳事来,因而悄悄走来,见机行事,以察二人之意。不想刚走来,正听见史湘云说"经济"一事,宝玉又说:"林妹妹不说这样混账话,若说这话,我也同他生分了。"

林黛玉听了这话,不觉又喜又惊,又悲又叹。所喜者,果然自己眼力不错,素日认他是个知己,果然是个知己。所惊者,他在人前一片私心称扬于我,其亲热厚密,竟不避嫌疑。所叹者,你既为我之知己,自然我亦可为你的知己,既你我为知己,则又何必有"金玉"之论呢?既有"金玉"之论,也该你我有之,又何必来一宝钗呢?所悲者,父母早逝,虽有铭心刻骨之言,无人为我主张;况近日每觉神思恍惚,病已渐成,医者更云:"气弱血亏,恐致劳怯之症。"我虽为你的知己,但恐不能久待;你纵为我知己,奈我薄命何!想到此间,不禁滚下泪来。待进去相见,自觉无味,便一面拭泪,一面抽身回去了。

这里宝玉忙忙的穿了衣裳出来,忽见黛玉在前面慢慢的走着,似乎有拭泪之状,便忙赶着上来笑道:"妹妹往那里去?怎么又哭了?又是谁得罪了你?"林黛玉回头见是宝玉,便勉强笑道:"好好的,我何曾哭了。"宝玉笑道:"你瞧瞧,眼睛上的泪珠儿未干,还撒谎呢。"一面说,一面

人生得一知己足矣!
人生得一知己难矣!

麻烦仍是出在宝钗,而不是湘云身上。

爱情与生命,谁也离不开谁。

感情深,思忖深。深深动人。
呜呼,哀哉!

读者愿意为宝黛而哭！这泪水中有点人生的滋味。

幸亏人的泪腺还没有完全枯萎，否则，人与机器人，人脑与电脑又有什么区别呢？

所以，小说还会有人写下去，读下去。文学，也还会怔怔地存在下去。不合时宜也罢。

禁不住抬起手来，替他拭泪。林黛玉忙向后退了几步，说道："你又要死了！做什么，这么动手动脚的。"宝玉笑道："说话忘了情，不觉的动了手，也就顾不得死活。"林黛玉道："死了倒不值什么，只是丢下了什么'金'，又是什么'麒麟'，可怎么好呢！"一句话，又把宝玉说急了，赶上来问道："你还说这话，到底是咒我还是气我呢？"林黛玉见问，方想起前日的事来，遂自悔自己又说造次了，忙笑道："你别着急，我原说错了。这有什么，筋都叠暴起来，急得一脸汗！"一面说，一面禁不住近前伸手替他拭面上的汗。

宝玉瞅了半天，方说道："你放心。"黛玉听了，怔了半天，说道："我有什么不放心？我不明白你这话。你倒说说，怎么放心不放心？"宝玉叹了一口气，问道："你果然不明白这话？难道我素日在你身上的心都用错了？连你的意思若体贴不着，就难怪你天天为我生气了！"林黛玉道："果然我不明白放心不放心的话。"宝玉点头叹道："好妹妹，你别哄我；果然不明白这话，不但我素日之意白用了，且连你素日待我之意也都辜负了。你皆因多是不放心的原故，才弄了一身的病。但凡宽慰些，这病也不得一日重似一日。"林黛玉听了这话，如轰雷掣电，细细思之，竟比自己肺腑中掏出来的还觉恳切，竟有万句言语，满心要说，只是半个字也不能吐，却怔怔的望着他。此时宝玉心中有万句言词，不知一时从那一句说起，却也怔怔的望着黛玉。两

他们的感情表现，愈益显示了严重的性质。
金呀麒麟呀虽然不经，但形成了极现实的威胁。
亲热而又朴实。他们的爱情不但有先验性、心灵性、震撼性、障碍性与虚幻性，也有世俗性与实在性。黛玉为宝玉拭汗，何等地动人！铭心刻骨的恩爱，宝玉不枉走人间一遭矣。 话也开始往实里说。
轰雷掣电是真情，无限真情总是空。 这样的表白，俗白而催人泪下。七十七岁老王，为之再流泪矣！

宝黛爱情,终于说出了口,也算惊心动魄!真真地爱一个人,固大矣!凿实了。从游戏式的玩玩笑笑,说说逗逗,哭哭恼恼,终于到了诉肺腑、"轰雷掣电"的阶段了。简直是孤注一掷。爱一个人,就这样艰难。能不为"人"一哭!宝玉钟情至此,就是再有一千个不是,也可以原谅了。

个人怔了半天,林黛玉只"咳"了一声,两眼不觉滚下泪来,回身便要走。宝玉忙上前拉住道:"好妹妹,且略站住,我说一句话再走。"黛玉一面拭泪,一面将手推开,说道:"有什么可说的?你的话我都知道了。"口里说着,却头也不回,竟去了。

> 小儿女之情,壮夫不为。有些有为之士并不喜"红"中的这些描写,但这些描写,确有震撼力。

宝玉望着只管发起呆来。原来方才出来慌忙,不曾带得扇子,袭人怕他热,忙拿了扇子,赶来送与他;忽抬头见了林黛玉和他站着,一时黛玉走了,他还站着不动,因而赶上来说道:"你也不带了扇子去,亏我看见,赶了送来。"宝玉出了神,见袭人和他说话,并未看出是何人来,便一把拉住,说道:"好妹妹,我的这心事,从来也不敢说,今日我胆大说出来,死也甘心!我为你也弄了一身的病,在这里又不敢告诉人,只好掩着。等你的病好了,只怕我的病才得好呢。睡里梦里也忘不了你!"袭人听了,吓得惊疑不止,只叫"神天菩萨,坑死我了!"便推他道:"这是那里的话,敢是中了邪?还不快去!"宝玉一时醒过来,方知是袭人送扇;宝玉羞得满面紫涨,夺了扇子,便抽身的跑了。

> 好比是又犯了精神病!在恶浊的封建社会封建大家庭里,当真地要死要活地爱上了一个人,这就是病,这就是痴,这就是大难临头。

> 袭人之惊疑恐惧,不打一处来。

这里袭人见他去了,自思方才之言,一定是因林黛玉而起,如此看来,将来难免不才之事,令人可惊可畏。想到此间,也不觉怔怔的滴下泪来。心下暗度如何处治,方能免此丑祸。

> 袭人从哪儿来的责任担当?

> "暗度如何处治"云云,埋伏了不少谋略与故事。

正裁疑间,忽有宝钗从那里走来,笑道:"大毒日头地下,出什么神?"袭人见问,忙笑道:"那两个雀儿打架,倒也好玩儿,我就看住了。"宝钗道:"宝兄弟这会子穿了衣服,忙忙的那里去了?我才看见走过去,倒要叫住问他呢。他如今说话越发没了经纬,我故此没叫他,由他过去罢。"袭人道:"老爷叫他出去。"宝钗听了,忙说道:"嗳哟!这么黄天暑热的,叫他做什么?别是想起什么来,生了气,叫他出去教训一场罢?"袭人笑道:"不是这个,想是有客要会。"宝钗笑道:"这个客也没意思,这么热天,不在家里凉快,还跑些什么!"袭人笑道:"你可说么!"

  宝钗因而问道:"云丫头在你们家做什么呢?"袭人笑道:"才说了一会子闲话,你瞧,我前日粘的那双鞋子,明日求他做去。"宝钗听见这话,便两边回头,看无人来往,笑道:"你这么个明白人,怎么一时半刻的就不会体谅人情?我近来看着云姑娘的神情,风里言风里语的,听起来,在家里一点点做不得主。他们家嫌费用大,竟不用那些针线上的人,差不多儿的东西都是他们娘儿们动手。为什么这几次他来了,他和我说话儿,见没人在跟前,他就说家里累得很。我再问他两句家常过日子的话,他就连眼圈儿都红了,嘴里含含糊糊,待说不说的。想其形景,自然从小没爹娘的苦。我看他也不觉的伤起心来。"

  袭人见说这话,将手一拍,道:"是了,是了。怪道上月我求他打十根蝴蝶儿结子,过了那些日子,才打发人送来,还说:'这是粗打的,且在别处将就使罢;要匀净的,等明日来住着,再好生打罢。'如今听姑娘这话,想来我们求他,他也不好推辞,不知他在家里怎么三更半夜的做呢!

编瞎话也可达到出神入化的上乘,令人想起秦氏的看猫狗打架。看打架,也许是一种暗示。

阴影。老爷的大棒始终举在宝玉头上。

已有私房话需说可说。

耳聪目明信息多。

从这一小事上看出史家的家道衰落,是这几个家族的衰落之兆。也看出宝钗、湘云、袭人的关系,特别是宝钗的全面洞察与体贴。还看出钗袭结盟、宝黛被孤立之态。

其实,在贾府是奴婢,赶出去也是奴婢。配小子的下场同样可怕。
空洞的"自由""独立"实当不得饭吃。此外,奴隶意识比奴隶地位还可怕。被主家赶出来,当是十分丢人的事。

可是我也糊涂了,早知道是这样,我也不该求他的。"宝钗道:"上次他告诉我,说在家里做活做到三更天,若是替别人做一点半点,他家的那些奶奶太太们,还不受用呢。"袭人道:"偏生我们那个牛心左性的小爷,凭着小的大的活计,一概不要家里这些活计上的人做,我又弄不开这些。"宝钗笑道:"你理他呢!只管叫人做去,就是了。"袭人道:"那里哄得过他?他才是认得出来呢。说不得我只好慢慢的累去罢了。"宝钗笑道:"你不必忙,我替你做些何如?"袭人笑道:"当真的?这样就是我的造化了。晚上我亲自过来。"

自荐得巧妙,合时。水到渠成。应该设立一门"自荐学"。说史说贾,最后把自己摆进去,真地道呀!

一句话未了,忽见一个老婆子忙忙走来,说道:"这是那里说起!金钏儿姑娘好好投井死了!"袭人听得,唬了一跳,忙问:"那个金钏儿?"那老婆子道:"那里还有两个金钏儿呢?就是太太屋里的。前日不知为什么撵他出去,在家里哭天抹泪的,也都不理会他,谁知找不着他,才有打水的人说:'那东南角上井里打水,见一个尸首。'赶着叫人打捞起来,谁知是他。他们还只管乱着要救活,那里中用了?"宝钗道:"这也奇了。"袭人听说,点头赞叹,想素日同气之情,不觉流下泪来。宝钗听见这话,忙向王夫人处来安慰。这里袭人回去不提。

"五四"以来,国人都知道"不自由,毋宁死"的口号,却忘记了"不奴隶,毋宁死"的积习。不奴隶,只好死!太不觉悟了。

一个"奇"字表达出宝钗的距离感。

却说宝钗来至王夫人房里,只见鸦雀无闻,独有王夫人在里间房内坐着垂泪。宝钗便不好提这事,只得一旁坐了。王夫人便问:"你从那里来?"宝钗道:"从园里来。"王夫人道:"你从园里来,可曾见你宝兄弟?"宝钗道:"才倒看见了他,穿着衣服出去了,不知那里去。"王夫人点头叹道:"你可知道一桩奇事?金钏儿忽然投井死了!"宝钗见说,道:"怎么好好的投井?这也奇。"王夫人道:"原是前日他把我一件东西弄坏了,我一时生气,打了一下,撵了他下去。我只说气他几天,还叫他上来,谁知他这么气性大,就投井死了,岂不是我的罪过。"宝钗笑道:"姨娘是慈善人,固然是这样想;据我看来,他并不是赌气投井,多半他下去住着,或是在井跟前玩,失了脚掉下去的。他在上头拘束惯了,这一出去,自然要到各处去玩玩逛逛,岂有这样大气的理?纵然有这样大气,也不过是个糊涂人,也不为可惜。"王夫人点头叹道:"这话虽然如此,到底我心不安。"

宝钗笑道:"姨娘也不劳关心,十分过不去,不过多赏他几两银子,发送他,也就尽主仆之情了。"王夫人道:"才刚我赏了五十两银子与他娘,原要还把你姊妹们的新衣服给他装裹,谁知各丫头可巧都没有什么新做的衣服,只有你林妹妹做生日的两套。我想你林妹妹那个孩子,素日是个有心的,况且他原也三灾八难的,既说了给他过生日,这会子又给人去装裹,岂不忌讳?因为这么样,我才现叫裁缝赶着做一套给他。要是别的丫头,赏他几两银子,也就完了。金钏儿虽然是个丫头,素日在我跟前,比我的女儿也差不多。"口里说着,不觉流下泪来。宝钗忙道:"姨娘这会子又何用叫裁缝赶去,我前日倒做了两套,拿来给他,岂不省事?况且他活的时候也穿过我的旧衣服,身量又相对。"王夫人

点头叹道,"一桩奇事"。噫!

又奇。当做奇事谈,绝无同情怜惜。

保密。

解释得奇。冷血,自欺,还有一种内在的精明和狡猾。
然而这也是一种"必要"。你无法做到同情每一个需要同情的人。人常常需要硬起心肠,若无其事。

很轻巧。

人的生命是很廉价的。讨论金钏之死本身远不如讨论装裹何出之深入热烈。一条人命不如两套衣装。
什么时候能懂得生命的珍贵呢?

此回读罢,确有宝黛爱情已陷重围之感。

宝钗的冷静得体,时而令人毛骨悚然。黛玉的任性也荒唐自苦。黛玉的一切,确是自讨苦吃。连"生存"都不考虑,还怎么考虑爱情?她果真是绝对令人同情的吗?感情与理智,独立与趋同,我行我素与克己奉人,任何一面发展到极端都会走向自己的反面,美德美行可能类似恶德恶行。

道:"虽然这样,难道你不忌讳?"宝钗笑道:"姨娘放心,我从来不计较这些。"一面说,一面起身就走。王夫人忙叫了两个人跟宝姑娘去。

> 果然心宽,果然可疼。

一时宝钗取了衣服回来,只见宝玉在王夫人旁边坐着垂泪。王夫人正才说他,因见宝钗来了,就掩住口不说了。宝钗见此景况,察言观色,早知觉了七八分。于是将衣服交明,王夫人将他母亲叫来拿了去。再看下回分解。

湘云给袭人戒指,袭人求湘云为宝玉做鞋,多么温馨!宝钗告诉袭人湘云家道困难,多么体己!宝玉向黛玉表达爱情,以命相许,多么悲苦!宝玉误将袭人看成黛玉,多么危险!宝钗劝慰王夫人,多么懂事!鸡零狗碎之中,悲剧正在准备,灭亡之神的脚步不可阻挡!

第三十三回

手足眈眈小动唇舌　　不肖种种大承笞挞

宝玉向黛玉倾诉了真情,立即挨打,这是一种非逻辑的衔接关系——蒙太奇关系。
宝玉挨打是为蒋玉函事,与宝黛爱情无关,但接在一起写,便另有一番滋味。接得好!回目安排得好!
大难果然临头!

却说王夫人唤上他母亲来,拿几件簪环,当面赏与,又吩咐:"请几众僧人念经超度他。"他母亲磕头,谢了出去。

> 王夫人对于金钏之死并非全无自责,但这种高层人物手段太多,赏钱赏礼赏簪环,再办办后事,便自以为对得起死者了。

原来宝玉会过雨村回来,听见了金钏儿含羞自尽,心中早已五内摧伤,进来又被王夫人数说教训了一番,也无可回说。看见宝钗进来,方得便走出,茫然不知何往,背着手,低着头,一面感叹,一面慢慢的信步来至厅上。刚转过屏门,不想对面来了一人,正往里走,可巧撞了一个满怀。只听那人喝一声:"站住!"宝玉唬了一跳,抬头看时,不是别人,却是他父亲,早不觉倒抽了一口气,只得垂手一旁站了。贾政道:"好端端的,你垂头丧气嗐些什么?方才雨村来了,要见你,那半天才出来;既出来了,全无一点慷慨挥洒的谈吐,仍是葳葳蕤蕤的。我看你脸上一团私欲愁闷气色,这会子又咳声叹气,你那些还不足,还不自在?无故这样,却是为何?"宝玉素日虽然口角伶俐,只是此时一心总为金钏儿感

> 从吃瘪再进一步,宝玉遇险遭难,似乎也活该如此!

> "葳葳蕤蕤"本是华丽繁茂之意。莫非是"畏畏赢赢"之误?

380

伤,恨不得此时也身亡命殒,跟了金钏儿去,如今见他父亲说这些话,究竟不曾听见,只是怔怔的站着。

> 宝玉的精神面貌确实不对头,永远不对头。作为一个负责的父亲,对于精神不振作的现象,自应深恶痛绝。

贾政见他惶悚,应对不似往日,原本无气的,这一来,倒生了三分气。方欲说话,忽有回事人来回:"忠顺亲王府里有人来,要见老爷。"贾政听了,心下疑惑,暗暗思忖道:"素日并不与忠顺府来往,为什么今日打发人来?"一面想,一面命:"快请厅上坐。"急忙进内更衣。出来接见时,却是忠顺府长府官,一面彼此见了礼,归坐献茶。未及叙谈,那长府官先就说道:"下官此来,并非擅造潭府,皆因奉命而来,有一件事相求。看王爷面上,敢烦老先生做主。不但王爷知情,且连下官辈亦感谢不尽。"

> 贵族之间,既有一损俱损一荣俱荣的结亲结盟关系,也有素不来往的保持距离关系。其背后似有政治利益集团的划分背景。
> 素不来往者突然造访,由不得贾政不紧张。

贾政听了这话,摸不着头脑,忙陪笑起身问道:"大人既奉王命而来,不知有何见谕?望大人宣明,学生好遵谕承办。"那长府官冷笑道:"也不必承办,只用老先生一句话就完了。我们府里有一个做小旦的琪官,一向好好在府,如今竟三五日不见回去,各处去找,又摸不着他的道路,因此各处察访。这一城内,十停人倒有八停人都说,他近日和衔玉的那位令郎相与甚厚。下官辈听了,尊府不比别家,可以擅来索取,因此启明王爷。王爷亦说:'若是别的戏子呢,一百个也罢了;只是这琪官,随机应答,谨慎老成,甚合我老人家的心境,断断少不得此人。'故此求老先生转达令郎,请将琪官放回,一则可慰王爷谆谆奉恳之意,二则下官辈也可免操劳求觅之苦。"说毕,忙打一躬。

> 一声冷笑,麻烦不小。

> 绝不考虑琪官本人意愿。

> 以打躬来将军、进攻、炮轰。

贾政听了这话,又惊又气,即命唤宝玉出来。宝玉也不知是何原故,忙忙赶来,贾政便琪官置买房舍、宝玉琪官来往诸事,小说文本俱付阙如,略一提及,便知山外有山,楼外有楼,小说外还有许多小说故事。

这也是长篇小说亦繁亦简之处。

问:"该死的奴才!你在家不读书也罢了,怎么又做出这些无法无天的事来!那琪官现是忠顺王爷驾前承奉的人,你是何等草莽,无故引逗他出来,如今祸及于我。"宝玉听了,唬了一跳,忙回道:"实在不知此事。究竟'琪官'两个字,不知为何物,况更加以'引逗'二字!"说着便哭。

贾政未及开口,只见那长府官冷笑道:"公子也不必隐饰,或藏在家,或知其下落,早说了出来,我们也不受些辛苦,岂不念公子之德?"宝玉连说:"实在不知。恐是讹传,也未见得。"那长府官冷笑两声道:"现有证据,必定当着老大人说了出来,公子岂不吃亏?既说不知此人,那红汗巾子怎得到了公子腰里?"宝玉听了这话,不觉轰了魂魄,目瞪口呆,心下自思:"这话他如何得知?他既连这样机密事都知道了,大约别的瞒他不过,不如打发他去了,免得再说出别的事来。"因说道:"大人既知他的底细,如何连他置买房舍这样大事倒不晓得了?听得说,他如今在东郊离城二十里有个什么紫檀堡,他在那里置了几亩田地,几间房舍。想是在那里,也未可知。"那长府官听了,笑道:"这样说,一定是在那里。我且去找一回,若有了便罢;若没有,还要来请教。"说着,便忙忙的告辞走了。

贾政此时气得目瞪口歪,一面送那官员,一面回头命宝玉:"不许动!回来有话问你!"一直送那官员去了。才回身,忽见贾环带着几个小厮一阵乱跑,贾政喝命小厮:"给我快打!"贾环

确是该死!得罪了亲王,是好玩的吗?

这是要害,宝玉闯了祸,快株连上乃父了。

先赖。

说假话都有童子功。

便只有招认,以争取坦白从宽了。

算不算宝玉把琪官给"卖"了呢?以后,宝玉有何面目见他?

"请教"二字,用出威胁意味来。

目瞪口歪,比目瞪口呆更形象真切。

见了他父亲,吓得骨软筋酥,赶忙低头站住。贾政便问:"你跑什么?带着你的那些人都不管你,不知往那里去,由你野马一般!"喝叫:"跟上学的人呢?"贾环见他父亲甚怒,便乘机说道:"方才原不曾跑,只因从那井边一过,那井里淹死了一个丫头,我看人头这样大,身子这样粗,泡得实在可怕,所以才赶着跑了过来。"贾政听了,惊疑问道:"好端端,谁去跳井?我家从无这样事情,自祖宗以来,皆是宽柔待下。大约我近年于家务疏懒,自然执事人操克夺之权,致使弄出这暴殄轻生的祸患。若外人知道,祖宗的颜面何在!"喝命:"叫贾琏、赖大来!"

> 贾环真能抓住机会,变被动为主动,变辩解(自己之乱跑)为进谗,几乎是早有准备、早有训练一般。

> 宽柔何物?可宽柔处宽柔,"好好的爷们"被教坏之时,王夫人欲宽柔亦不可能。

小厮们答应了一声,方欲去叫,贾环忙上前,拉住贾政袍襟,贴膝跪下,道:"父亲不用生气。此事除太太房里的人,别人一点也不知道,我听见我母亲说……"说到这句,便回头四顾一看;贾政知其意,将眼色一丢,小厮们明白,都往两边后面退去。贾环便悄悄说道:"我母亲告诉我说,宝玉哥哥前日在太太房里,拉着太太的丫头金钏儿,强奸不遂,打了一顿,金钏儿便赌气投井死了。"话未说完,把个贾政气得面如金纸,大喝:"拿宝玉来!"一面说,一面便往书房去,喝命:"今日再有人来劝我,我把这冠带家私一应就交与他与宝玉过去,我免不得做个罪人,把这几根烦恼鬓毛剃去,寻个干净去处自了,也免得上辱先人、下生逆子之罪!"

> 进谗有术,贾环应发"谗告奖":第一,抓住主子盛怒时机。第二,抓住一些影影绰绰的事,宝玉在太太房里与金钏儿混闹,非无根据。第三,打中要害,这一汇报足以令贾政休克。第四,利用灾难性事件,利用主子在灾难中找替罪羊心切的时机。

众门客仆从见贾政这个形景,便知又是为宝玉了,一个个咬指吐舌,连忙退出。贾政喘吁吁直挺挺的坐在椅子上,满面泪痕,一叠连声:"拿宝玉!拿大棍,拿绳捆上!把门都关上!有人传信到里头去,立刻打死!"众小厮们只得齐

> 如见其容,如闻其声。立刻打死!不宽柔了?

声答应着,有几个来找宝玉。

那宝玉听见贾政吩咐他"不许动",早知凶多吉少;那里知道贾环又添了许多的话?正在厅上旋转,怎得个人来往里头捎信,偏生没个人来,连焙茗也不知在那里。正盼望时,只见一个老妈妈出来,宝玉如得了珍宝,便赶上来拉他,说道:"快进去告诉:老爷要打我呢!快去,快去!要紧,要紧!"宝玉一则急了,说话不明白;二则老婆子偏生又耳聋,不曾听见是什么话,把"要紧"二字,只听做"跳井"二字,便笑道:"跳井让他跳去,二爷怕什么?"宝玉见是个聋子,便着急道:"你出去叫我的小厮来罢!"那婆子道:"有什么不了的事?老早的完了,太太又赏了银子,怎么不了事呢?"

宝玉急得手脚正没抓寻处,只见贾政的小厮走来,逼着他出去了。贾政一见,眼都红了,也不暇问他在外流荡优伶,表赠私物,在家荒疏学业,逼淫母婢,只喝命:"堵起嘴来,着实打死!"小厮们不敢违,只得将宝玉按在凳上,举起大板,打了十来下。宝玉自知不能讨饶,只是呜呜的哭。贾政还嫌打的轻,一脚踢开掌板的,自己夺过板子来,狠命的又打了十几下。

宝玉生来未经过这样苦楚,起先觉得打的疼不过,还乱嚷乱哭,后来渐渐气弱声嘶,哽咽不出。众门客见打的不祥了,赶着上来,恳求夺劝。贾政那里肯听?说道:"你们问问他干的勾当,可饶不可饶!素日皆是你们这些人把他酿坏了,到这步田地,还来劝解。明日酿到他弑父弑君,你们才不劝不成?"

众人听这话不好听,知道气急了,忙乱着觅人进去给信。王夫人不敢先回贾母,只得忙穿

有鲜花着锦、烈火烹油之盛,便有雪上加霜、怒中进谗之灾。

这也是无巧不成书。命中有此一劫。

虽是打岔,仍是讽刺。死个把丫头有什么了不起?二爷的屁股可事关重大呢。

这几条罪名,第一,大致不算冤枉,与金钏事固有贾环诬告,宝玉也是罪责难逃。第二,与琏、珍、蓉、薛蟠辈比,并不出格。贾政盛怒,一是严格要求亲儿子嫡儿子,二是得罪了王爷,担待不起,三是早就对宝玉不满,宝玉有人护着,他教训不了,便也感到压抑。

"不祥"二字用得好。

无限上纲,泄怒老办法。有论者以此为据论证宝玉的叛逆性,未必。

评点《红楼梦》(上)

曹雪芹写大场面,如指挥一个交响乐队,贾政如何,贾环如何,宝玉如何,小厮如何,清客如何,聋婆子如何,王夫人如何,李纨如何……有条不紊,错落有致,合成一个亦喜亦悲亦闹亦正的大乐章!

偌大场面,面面俱到,你一言我一语,各有特色。读之如身临其境。写活了,写神了,写绝了。

衣出来,也不顾有人没人,忙忙扶了一个丫头,赶往书房中来。慌得众门客小厮等避之不及。贾政方要再打,一见王夫人进来,更加火上浇油,那板子越下去的又狠又快。按宝玉的两个小厮,忙松手走开,宝玉早已动弹不得了。贾政还欲打时,早被王夫人抱住板子。贾政道:"罢了,罢了!今日必定要气死我才罢!"王夫人哭道:"宝玉虽然该打,老爷也要保重。且炎暑天气,老太太身上又不大好,打死宝玉事小,倘或老太太一时不自在了,岂不事大?"贾政冷笑道:"倒休提这话!我养了这不肖的孽障,我已不孝;平昔教训他一番,又有众人护持,不如趁今日结果了他的狗命,以绝将来之患!"说着,便要绳来勒死。王夫人连忙抱住哭道:"老爷虽然应当管教儿子,也要看夫妻分上。我如今已五十岁的人,只有这个孽障,必定苦苦的以他为法,我也不敢深劝。今日越发要他死了,岂不是有意绝我?既要勒死他,快拿绳先勒死我,再勒死他。我们娘儿们不如一同死了,在阴司里也得个倚靠。"说毕,抱住宝玉,放声大哭起来。

贾政听了此话,不觉长叹一声,向椅上坐了,泪如雨下。王夫人抱着宝玉,只见他面白气弱,底下穿着一条绿纱小衣,一片皆是血迹。禁不住解下汗巾去,由腿看至臀胫,或青或紫,或整或破,竟无一点好处,不觉失声大哭起"苦命的儿"来。因哭出"苦命儿"来,又想起贾珠来,便叫着贾珠,哭道:"若有你活着,便死一百个,

先是王夫人来劝,劝不住。有点像包拯铡陈世美,先公主,后太后来说情,一级又一级地升级。潜台词是:你们护的,你们惯的!益发意气用事,意在示威。

王夫人劝得仍极礼貌有致。

抬出贾母,亦不灵了。

进而要绳勒死,事态更加严重,却也显出闹剧色彩来了。气极了,演出的便成闹剧。令人感动。
从另一面说,也是报应。逼死金钏,紧接着陷于此境,说出此话,"拿绳勒死"云云,岂戏言哉!

两个人都哭了,动了感情,再写宝玉挨板子后的状态。

这更像一种修辞方法,是反话,既无贾珠,只能视宝玉为心肝生命。

我也不管了。"此时里面的人闻得王夫人出来，那李宫裁、王熙凤与迎春姊妹早已出来了。王夫人哭着贾珠的名字，别人还可，惟有李宫裁禁不住也放声哭了。贾政听了，那泪更似走珠一般滚了下来。

李纨槁木死灰，从不动情，此时插进来哭，极合情理。人人有其一恸。

正没开交处，忽听丫鬟来说："老太太来了。"一句话未了，只听窗外颤巍巍的声气说道："先打死我，再打死他，岂不干净了！"贾政见母亲来了，又急又痛，连忙迎出来。只见贾母扶着丫头，摇头喘气的走来。贾政上前躬身陪笑说道："大暑热天，母亲有何生气的自己走来，有话只叫儿子进去吩咐便了。"贾母听了，便止步喘息，一面厉声道："你原来和我说话！我倒有话吩咐，只是我一生没养个好儿子，却叫我和谁说去！"

语出不凡，先声夺人，一语穿透多少屏障！贾母岂是等闲之辈！

都动了真肝火，读之喘不过气来。
一句一刀，刺刀见红，字字出血！

贾政听这话不像，忙跪下含泪说道："为儿的教训儿子，也为的是光宗耀祖。母亲这话，我做儿子的如何当得起？"贾母听说，便啐了一口，说道："我说了一句话，你就禁不起！你那样下死手的板子，难道宝玉就禁得起了？你说教训儿子是光宗耀祖，当日你父亲怎么教训你来！"说着，也不觉滚下泪来。贾政又陪笑道："母亲也不必伤感，皆是做儿子的一时性急，从此以后，再不打他了。"贾母便冷笑几声道："你也不必和我赌气，你的儿子，自然你要打就打。想来你也厌烦我们娘儿们，不如我们早离了你，大家干净！"说着，便命人："去看轿！我和你太太、宝玉立刻回南京去。"家下人只得答应着。

对答如流，批深批透，贾宝玉体无完肤，贾政亦体无完肤矣。

提起"你父亲"，悲从中来。人之常情，叫做"感情文化"的。

都有无赖招数，贾母亦不例外。
贾母绝不省油，贾母也受过流氓文化的熏陶。

贾母又叫王夫人道："你也不必哭了，如今宝玉年纪小，你疼他；他将来长大，为官作宦的，也未必想着你是他母亲了。你如今倒不要疼

旁敲侧击，句句击中。比正面说还厉害。这也是语言的艺

他，只怕将来还少生一口气呢！"贾政听说，忙叩头说道："母亲如此说，儿子无立足之地了！"贾母冷笑道："你分明使我无立足之地，你反说起你来！只是我们回去了，你心里干净，看有谁来不许你打。"一面说，一面只命："快打点行李车辆轿马回去！"贾政直挺挺跪着，叩头认罪。

贾母一面说，一面来看宝玉，只见今日这顿打，不比往日，又是心疼，又是生气，也抱着哭个不了。王夫人与凤姐等解劝了一会，方渐渐的止住。早有丫鬟媳妇等，上来要搀宝玉，凤姐便骂："糊涂东西！也不睁开眼瞧瞧，这个样儿，如何搀着走得？这不快进去把那藤屉子春凳抬出来呢！"众人听了，连忙进去，果然抬出春凳来，将宝玉抬放凳上，随着贾母王夫人等进去，送至贾母房中。

彼时贾政见贾母怒气未消，不敢自便，也跟着进来。看看宝玉果然打重了，再看看王夫人一声"肉"一声"儿"的哭道："你替珠儿早死了，留着珠儿，也免你父亲生气，我也不白操这半世的心了。这会子你倘或有个好歹，丢下我，叫我靠那一个？"数落一场，又哭"不争气的儿"。贾政听了，也就灰心自己不该下毒手打到如此地步。先劝贾母，贾母含泪说道："儿子不好，原是要管的，不该打到这个分儿。你不出去，还在这里做什么！难道于心不足，还要眼看着他死了才去不成？"贾政听说，方退了出来。

此时薛姨妈同宝钗、香菱、袭人、史湘云等也都在这里。袭人满心委屈，只不好十分使出来。见众人围着，灌水的灌水，打扇的打扇，自己插不下手去，便索性走出门，到二门前，命小厮们找了焙茗来细问："方才好端端的，为什么

术，艺术的威力。包括读者，谁不动情？

"直挺挺"三字形容得有限。甚至令人想起贾瑞的"硬邦邦"来。

凤姐精明，乱中有细，此种描写应属滴水不漏。

进程、心态、言语、动作，合情合理，点点滴滴都透着真实可信。

你也灰心，我也灰心。可惜都在事后。灾难非可防也。

贾母略有松动，轰贾政出去如同赦了贾政。

袭人的优质服务带有垄断性，不能垄断了，便满心委屈。

不服了，便去查核始末。此高级服务也。

这是前四十回的一大高潮。这一高潮涉及许多人和事,许多矛盾侧面。各种矛盾积累到一定程度,便要大乱一次。

每个人的表现都恰如其分,恰有其理。忠顺府长府官话说得并无差错,贾政怒得更有道理,也是一身正气。贾环进谗不佳,毕竟无风不起浪。贾政打得有理。王夫人说得有理。李纨哭得有理。贾母气得骂得赖得有理。凤姐料理得有理。袭人查核得有理。这一切矛盾又都成了以后的矛盾发展的预伏。

真大手笔也!

打起来?你也不早来透个信儿!"焙茗急的说:"偏生我没在跟前,打到中间,我才听见了,忙打听原故,却是为琪官同金钏姐姐的事。"袭人道:"老爷怎么知道的?"焙茗道:"那琪官的事,多半是薛大爷素昔吃醋,没法儿出气,不知在外头挑唆了谁来,在老爷跟前下的火。那金钏儿的事,大约是三爷说的,我也是听见跟老爷的人说。"

袭人听了这两件事都对景,心中也就信了八九分,然后回来,只见众人都替宝玉疗治调停完备。贾母命:"好生抬到他房内去。"众人一声答应,七手八脚,忙把宝玉送入怡红院内自己床上卧好,又乱了半日,众人渐渐散去,袭人方进前来,经心服侍,问他端的,且听下回分解。

焙茗也是亲信,提供了重要与主要的情报。奴才需要掌握主子间矛盾的信息,很必要也很危险。

焙茗此说确否?至少也是事出有因。因此说而引起了薛家兄妹、母子的矛盾,真是错综复杂(见后)。小事大事,同理。

重对景(符合预计),却不重证据,这是传统法学的一大缺陷。

"红"始终没有交代琪官之事是怎么走漏的。

一场好打,都是理由充分,乱哄哄本是天意,读起来仍然令人叹息。最可叹是李纨,只这一次有感情的流露。

第 三 十 四 回

情中情因情感妹妹　错里错以错劝哥哥

话说袭人见贾母王夫人等去后,便走来宝玉身边坐下,含泪问他:"怎么就打到这步田地?"宝玉叹气说道:"不过为那些事,问他做什么! 只是下半截疼得很,你瞧瞧,打坏了那里?"袭人听说,便轻轻的伸手进去,将中衣脱下,略动一动,宝玉便咬着牙叫"嗳哟",袭人连忙停住手:如此三四次,才褪下来了。袭人看时,只见腿上半段青紫,都有四指阔的僵痕高了起来。袭人咬着牙说道:"我的娘! 怎么下这般的狠手! 你但凡听我一句话,也不到得这步地位。幸而没动筋骨,倘或打出个残疾来,可叫人怎么样呢?"

> 不过那些事。人皆知。贾政就是不允许。

> 袭人总结的教训是宝玉应该听她的。因为她贤良,因为她代表"正确"的东西。

正说着,只听丫鬟们说:"宝姑娘来了。"袭人听见,知道穿不及中衣,便拿了一床夹纱被,替宝玉盖了。只见宝钗手里托着一丸药走进来,向袭人说道:"晚上把这药用酒研开,替他敷上,把那淤血的热毒散开,可以就好了。"说毕,递与袭人。又问:"这会子可好些?"宝玉一面道谢,说:"好些了。"又让坐。

> 宝钗是务实的。

宝钗见他睁开眼说话,不像先时,心中也宽慰了好些,便点头叹道:"早听人一句话,也不至有今日。别说老太太、太太心疼,就是我们看着,心里也……"刚说了半句,又忙咽住,自悔说

> 同样的结论。

389

的话太急了,不觉红了脸,低下头来。宝玉听得这话如此亲切稠密,大有深意;忽见他又咽住,不往下说,红了脸,低下头,只管弄衣带,那一种娇羞怯怯,竟难以言语形容,越觉心中感动,将疼痛早已丢在九霄云外去了。想道:"我不过挨了几下打,他们一个个就有这些怜惜之态,令人可亲可敬。假若我一时竟遭殃横死,他们还不知何等悲感呢!既是他们这样,我便一时死了,得他们如此,一生事业,纵然尽付东流,也无足叹惜矣。"正想着,只听宝钗问袭人道:"怎么好好的动了气,就打起来了?"袭人便把焙茗的话说出来了。宝玉原来还不知贾环的话,见袭人说出,方才知道;因又拉上薛蟠,惟恐宝钗沉心,忙又止住袭人道:"薛大哥从来不这样的,你们别混猜度。"

宝钗听说,便知宝玉是怕他多心,用话拦袭人。因心中暗暗想道:"打得这个形象,疼还顾不过来,还这样细心,怕得罪了人。你既这样用心,何不在外头大事上做工夫,老爷也欢喜了,也不能吃这样亏。你虽然怕我沉心,所以拦袭人的话,难道我就不知我哥哥素日恣心纵欲、毫无防范的那种心性?当日为一个秦钟,还闹的天翻地覆,自然如今比先又加利害了。"想毕,因笑道:"你们也不必怨这个怨那个,据我想,到底宝兄弟素日肯和那些人来往,老爷才生气。就是我哥哥说话不防头,一时说出宝兄弟来,也不是有心挑唆:一则也是本来的实话;二则他原不理论这些防嫌小事。袭姑娘从小儿只见过宝兄弟这样细心人,你何尝见过我哥哥那天不怕地不怕、心里有什么口里说什么的人呢?"

袭人因说出薛蟠来,见宝玉拦他的话,早已

宝姑娘并非冷面冷心,只是不轻易放纵自己,不轻易形于色罢了。

宝钗娇态,第一次亮相。

居然升华到世界观、人生观的高度,真是人各有志。宝玉的志,率性而已。

袭人何至如此冒失,把薛蟠也扯了出来?想是:一、她要表达她对宝玉挨打事的认真查核的忠心;二、早已把宝钗引为同道,引为主子,自当不折不扣地去汇报。

这在中国小说中已算大段心理描写,只是太务实了。

宝钗的应对有多好!不替哥哥辩护而实辩护之,淡化之,从容自然大方谈论之,不改自己舒舒服服应付裕如的状态。

明白自己说造次了,恐宝钗没意思;听宝钗如此说,更觉羞愧无言。宝玉又听宝钗这番一半是堂皇正大,一半是去己的疑心,更觉比先心动神移。方欲说话时,只见宝钗起身说道:"明日再来看你,好生养着罢。方才我拿了药来,交给袭人,晚上敷上,管就好了。"说着,便走出门去。袭人赶着送出院外,说:"姑娘倒费心了。改日宝二爷好了,亲自来谢了。"宝钗回头笑道:"有什么谢处?你只劝他好生静养,别胡思乱想的就好。要想什么吃的玩的,悄悄的往我那里去取了,不必惊动老太太、太太众人。倘或吹到老爷耳朵里,虽然彼时不怎么样,将来对景,终是要吃亏的。"说着去了。

> 应对外交的首要条件是自己无愧,无愧才能周旋,无愧必能胜任。
> 宝玉为钗心动神移在先,强撮合的婚姻在后。

> "红"的作者,既承认专一的、以生命相许的爱情,又承认泛爱,尤其是泛欲。
> 端庄、世故、周全,而又一片好意,堪称完美。

袭人抽身回来,心内着实感激宝钗。进来见宝玉沉思默默,似睡非睡的模样,因而退出房外栉沐。宝玉默默的躺在床上,无奈臀上作痛,如针挑刀挖一般,更热如火炙,略展转时,禁不住"嗳哟"之声。那时天色将晚,因见袭人去了,却有两三个丫鬟伺候,此时并无呼唤之事,因说道:"你们且去梳洗,等我叫时再来。"众人听了,也都退出。

> 对于"红"来说,宝玉挨打是前四十回的重大事件,各种人物各种冲突均浮出水面,中间四十回的大事——抄检大观园可与之相比。对于历史对于社会来说,宝玉挨打则是小事,而且宝玉根本不是一个历史角色。可见,文学有自己的独特的眼光、选择。

这里宝玉昏昏默默,只见蒋玉函走了进来,诉说忠顺府拿他之事;一时又见金钏儿进来,哭说为他投井之情。宝玉半梦半醒,都不在意。忽又觉有人推他,恍恍惚惚,听得有人悲切之声。宝玉从梦中惊醒,睁眼一看,不是别人,却是林黛玉。犹恐是梦,忙又将身子欠起来,向脸上细细一认,只见他两个眼睛肿得桃儿一般,满面泪光,不是黛玉,却是那个?宝玉还欲看时,怎奈下半截疼痛难禁,支持不住,便"嗳哟"一声,仍旧倒下,叹了一声,说道:"你又做什么来?

> 金钏是死了。蒋没有死呀,怎么也入梦相诉?只能说宝玉对蒋有负疚感。

愿为"这些人"而死,亦即愿为这些人而生。

这反映了宝玉的大寂寞、大虚空。他委实不知道为什么而生。

他无法接受那毫不联系实际的忠忠孝孝那一套,他没有也不需要有任何责任心,他其实生而无事。

然而他又聪明灵秀,有一定的文化素养和审美情趣,他只能够率性而为,把委实空虚的人生寄托在年轻貌美的异性同性友人身上。

> 虽然太阳落下去,那地上的余热未散,倘又受了暑呢,我虽然捱了打,并不觉疼痛。我这个样儿是装出来哄他们,好在外头布散与老爷听。其实是假的,你不可信真。"
>
> 此时林黛玉虽不是嚎啕大哭,然越是这等无声之泣,气噎喉堵,更觉利害。听了宝玉这番话,心中虽有万句言词,只是不能说得,半日,方抽抽噎噎的说道:"你从此可都改了罢!"宝玉听说,便长叹一声道:"你放心,别说这样话。我便为这些人死了,也是情愿的。"
>
> 一句话未了,只见院外人说:"二奶奶来了。"林黛玉便知是凤姐来了,连忙立起身,说道:"我从后院子里去罢,回来再来。"宝玉一把拉住,道:"这又奇了。好好的怎么怕起他来?"林黛玉急得跺脚,悄悄的说道:"你瞧瞧我的眼睛,又该他们取笑儿开心了。"宝玉听说,赶忙的放了手。黛玉三步两步转过床后,刚出了后院,凤姐从前头已进来了。问宝玉:"可好些了?想什么吃?叫人往我那里取去。"接着薛姨妈又来了。一时贾母又打发了人来。
>
> 至掌灯时分,宝玉只喝了两口汤,便昏昏沉沉的睡去。接着周瑞媳妇、吴新登媳妇、郑好时媳妇,这几个有年纪长往来的,听见宝玉挨了打,也都进来。袭人忙迎出来,悄悄的笑道:"婶娘们略来迟了一步,二爷睡着了。"说着,一面带

"装出来""哄"是国人的聪明,也是国人的宿疾。

黛玉的劝告与袭、钗大略一致,可见黛玉并不拒绝实用主义乃至机会主义,她爱宝玉,当然不希望宝玉总挨板子。黛玉身上有许多敏感、多情、恃才恃貌傲物、深沉而又尖刻的东西,因此,她常常与既定的文化导向、价值标准发生冲撞。但把她说成是整个封建主义的叛逆,甚至说成是反封建的先驱,过了。"诉肺腑"以后,宝黛的关系更加亲昵了。

挨打多么辛苦。

他们到那边房里坐了,倒茶与他们吃。那几个媳妇子都悄悄的坐了一回,向袭人说:"等二爷醒了,你替我们说罢。"

> 这里也有危机公关、慰问公关。如今,哪里有了灾难,真友假友也都慰问一番。

袭人答应了,送他们出去。刚要回来,只见王夫人使个婆子来口称:"太太叫一个跟二爷的人呢。"袭人见说,想了一想,便回身悄悄的告诉晴雯、麝月、秋纹等人说:"太太叫人,你们好生在房里,我去了就来。"说毕,同那婆子一径出了园子,来至上房。

> 想了一想,便是有意识有计谋地利用这个机会了。
> 人人对挨打事件都有所反应,客观上是人人利用这个事件。

王夫人正坐在凉榻上摇着芭蕉扇子,见他来了,说道:"你不管叫个谁来也罢了,又丢下来了,谁伏侍他呢?"袭人见说,连忙陪笑回道:"二爷才睡安稳了,那四五个丫头,如今也好了,会伏侍二爷了,太太请放心。恐怕太太有什么话吩咐,打发他们来,一时听不明白,到耽误了事。"王夫人道:"也没甚话,白问问他这会子疼的怎么样?"袭人道:"宝姑娘送来的药,我给二爷敷上了,比先好些了。先疼的躺不稳,这会子都睡沉了,可见好些。"王夫人又问:"吃了什么没有?"袭人道:"老太太给的一碗汤,喝了两口,只嚷干渴,要吃酸梅汤。我想酸梅是个收敛东西,刚才挨打,又不许叫喊,自然急的热毒热血未免存在心里,倘或吃下这个去,激在心里,再弄出大病来,可怎么样?因此我劝了半天,才没吃。只拿那糖腌的玫瑰卤子和了,吃了小半碗,嫌吃絮了,不香甜。"王夫人道:"嗳哟,你何不早来和我说?前日有人送了几瓶子香露来,原要给他一点子的,我怕胡遭塌了,就没给;既是他嫌那玫瑰膏子絮烦,把这个拿两瓶子去,一碗水里,只用挑得一茶匙,就香的了不得呢。"说着,就唤彩云来:"把前日的那几瓶香露拿了来。"袭

> 可见王夫人并未有与袭人谈话的意图。是袭人占的主动。

> 使她们谈话的含义"升格","吩咐"云云,分明是说自己前来领旨,来摸"精神",来领会意图。

> 精明服务,奴学博士。

> 袭人亦懂医!原来她还兼保健护士!

> 玫瑰露道具出现,预伏了线索。

393

人道："只拿两瓶来罢，多也白遭塌；等不够，再来取，也是一样。"

彩云听了，去了半日，果然拿了两瓶来，付与袭人。袭人看时，只见两个玻璃小瓶，却有三寸大小，上面螺丝银盖，鹅黄笺上写着"木樨清露"，那一个写着"玫瑰清露"。袭人笑道："好尊贵东西！这么个小瓶儿，能有多少？"王夫人道："那是进上的，你没看见鹅黄笺子？你好生替他收着，别遭塌了。"

袭人答应着，方要走时，王夫人又叫："站着，我想起一句话来问你。"袭人忙又回来，王夫人见房内无人，便问道："我恍惚听见宝玉今日捱打，是环儿在老爷跟前说了什么话，你可听见这个话没有？你要听见告诉我，我也不吵出来叫人知道是你说的。"袭人道："我倒没听见这话，为二爷霸占着戏子，人家来和老爷要，为这个打的。"王夫人摇头说道："也为这个，还有别的原故。"袭人道："别的原故，实在不知道了。今日大胆在太太跟前说句不知好歹的话，论理……"说了半截，却又咽住。王夫人道："我有什么生气的，你只管说来。"袭人道："太太别生气，我就说了。"王夫人道："你说就是了。"袭人道："论理我们二爷也得老爷教训教训，若老爷再不管，不知将来做出什么事来呢。"

王夫人一闻此言，便合掌念声"阿弥陀佛"，由不得赶着袭人叫了一声："我的儿！亏了你也明白这话，和我的心一样。我何曾不知管儿子？先时你珠大爷在，我是怎么样管他，难道我如今倒不知管儿子了？只是有个原故：如今我想我已经五十岁的人了，通共剩了他一个，他又长得单弱，况且老太太宝贝似的，若管紧了他，倘或

这样小，怎么像是香水或花露水？还是食品香精？挑一茶匙和一碗水，不知这是怎么个吃法。

袭人主动来谈，但不能由她主动说什么情况。如果"格儿"不够而又去主动言三道四，当属于"越位"违例，效果适得其反。故是她"要走时"，"王夫人又叫"，才好。

已将此事告诉了宝玉和宝钗，却不告诉王夫人，以免担更大责任，也避免结怨赵姨娘，这也是中庸之道。这该算是袭人的奸诈还是忠厚呢？

这是一种进言（谏）态势，进言（谏）者必须察言观色，说说停停，适可而止，才能不令主子生疑生厌，才能不至于以取宠始，以自取没趣乃至自取灭亡终。

王夫人果然天真烂漫，一句话就使之折服交心。当然，想必王夫人素日对袭人印象就是好的。

以袭人之卑微地位,她要相对地"出人头地",要有一定"成就",只有牢牢地靠拢正统、维护正统、效忠正统,才有自己的立足点。自己立住了,才好谈别的。而且,从逻辑上说,她这样做,最符合主子的利益,方能分享一点主子的利益。她的这点见识,确实高明一筹,所以立即使王夫人折服。当时并不存在斯巴达克思式的奴隶暴动领袖,我们到底还能怎么要求袭人呢?道德标准常常与实用标准相悖离,我们又该怎样评价袭人呢?

再有好歹,或是老太太气坏了,那时上下不安,岂不倒坏了,所以就纵坏了他。我常常掰着口儿说一阵,劝一阵,哭一阵,彼时他好过,后来还是不相干,端的吃了亏才罢。设若打坏了,将来我靠谁呢!"说着,由不得滚下泪来。 | 王夫人向袭人诉苦,袭人的脸面大矣。

袭人见王夫人这般悲感,自己也不觉伤了心,陪着落泪。又道:"二爷是太太养的,太太岂不心疼;便是我们做下人的,伏侍一场,大家落个平安,也算是造化了。要这样起来,连平安都不能了。那一日那一时,我不劝二爷?只是再劝不醒。偏生那些人又肯亲近他,也怨不得他这样,总是我们劝的倒不好了。今日太太提起这话来,我还记挂着一件事,每要来回太太,讨太太个主意,只是我怕太太疑心,不但我的话白说了,且连葬身之地都没了。"王夫人听了这话内中有因,忙问道:"我的儿!你只管说。近来我因听见众人背前面后都夸你,我只说你不过在宝玉身上留心,或是诸人跟前和气,这些小意思。谁知你方才和我说的话,全是大道理,正合我的心事。你有什么,只管说什么,只别叫别人知道就是了。"袭人道:"我也没什么别的说,我只想着讨太太一个示下,怎么变个法儿,以后竟还叫二爷搬出园外来住,就好了。" | 与灾难、特殊事件伴生的往往是机遇,尤其是投机者与冒险者的机遇。

趁机表白、表功。

使出胜负手来了。

大道理的用处是提升自己。

中国人本来就崇拜大道理,而袭人偏偏够得着大道理。语出惊人,石破天惊。

王夫人听了,吃一大惊,忙拉了袭人的手,问道:"宝玉难道和谁作怪了不成?"袭人连忙回道:"太太别多心,并没有这话。这不过是我的袭人抓住了要害,纲举目张。

父母都会有这种心理,认为青春期是一个危险期,希望自己的子女不致过早过滥地陷入性冲动性关系中,其实不独封建社会然。

但封建道德尤其重视"男女之大防",袭人的话说中了王夫人的心病。

客观上,这一番进言准备了此后王夫人的抄检大观园,大杀大砍,害了许多人。

小见识:如今二爷也大了,里头姑娘们也大了,况且林姑娘宝姑娘又是两姨姑表姊妹,虽说是姊妹们,到底是男女之分,日夜一处,起坐不方便,由不得叫人悬心,便是外人看着,也不像大家子的体统。俗语说的好,'没事常思有事',世上多少没头脑的事,多半因为无心中做出,有心人看见,当做有心事,反说坏了,只是预先不防着断然不好。二爷素日性格,太太是知道的。他又偏好在我们队里闹,倘或不防,前后错了一点半点,不论真假,人多口杂,那起小人的嘴,有什么避讳,心顺了,说的比菩萨还好;心不顺,就编的连畜生不如。二爷将来倘或有人说好,不过大家直过;设若叫人哼出一声不是来,我们不用说,粉身碎骨,罪有万重,都是平常小事,但后来二爷一生的声名品行,岂不完了?二则太太也难见老爷。俗语又说,'君子防未然',不如这会子防避的为是。太太事情多,一时固然想不到;我们想不到则可,既想到了,若不回明太太,罪越重了。近来我为这事,日夜悬心,又不好说与人,惟有灯知道罢了。"

> 难得的是袭人说这些话时毫无愧色。可以设想。即使王夫人知道了宝袭的"同领警幻所训之事",也仍然信任袭人。因为,自己做了什么(只要是悄悄地做的,没有捅破窗户纸)并不重要,重要的是大面上表什么态,说什么,这很符合国人的思维与判断习惯。其次,袭人已有把握,主子已有意把她给了宝玉,她本人并不受她维护的戒律的约束。她要的是干脆将宝玉给予她。

> 把假想敌也抬出来,更证明自己的忠顺。

> 眼光远,看得高。

王夫人听了这话,如雷轰电掣的一般,正触了金钏儿之事,心下越发感爱袭人不尽,忙笑道:"我的儿!你竟有这个心胸,想得这样周全。我何曾又不想到这里?只是这几次有事就忘了。你今日这一番话提醒了我,难为你成全我娘儿两个声名体面,真真我竟不知道你这样好

> 也是雷轰电掣!

罢了。你且去罢,我自有道理。只是还有一句话,你今既说了这样的话,我就把他交给你了,好歹留心,保全了他,就是保全了我,我自然不辜负你。"

袭人大获全胜。这也叫抓住了机遇。

袭人连声答应着去了。回来正值宝玉睡醒,袭人回明香露之事,宝玉喜不自禁,即命调来吃,果然香妙非常。因心下记挂着黛玉,满心里要打发人去,只是怕袭人,便设一法先使袭人往宝钗那里去借书。

此时的袭人,更感香妙。已感到袭人是与黛玉的情义的对立面。

袭人去了,宝玉便命晴雯来,吩咐道:"你到林姑娘那里,看看他做什么呢。他要问我,只说我好了。"晴雯道:"白眉赤眼儿的,作什么去呢?到底说句话儿,也像一件事。"宝玉道:"没有什么可说的。"晴雯道:"若不然或是送件东西,或是取件东西;不然,我去了,怎么样搭讪呢?"宝玉想了一想,便伸手拿了两条手帕子,撂与晴雯,笑道:"也罢,就说我叫你送这个给他去了。"晴雯道:"这又奇了,他要这半新不旧的两条帕子?他又要恼了,说你打趣他。"宝玉笑道:"你放心,他自然知道。"

人际关系,错综微妙,几近派系瓜葛,互爱互防,精微已极!

晴雯的话有启发作用,也显示了晴雯的倾向性。

晴雯听了,只得拿了帕子,往潇湘馆来。只见春纤正在栏杆上晾手帕子,见他进来,忙摇手儿说:"睡下了。"晴雯走进来,满屋漆黑,并未点灯,黛玉已睡在床上,问:"是谁?"晴雯忙答道:"晴雯。"黛玉道:"做什么?"晴雯道:"二爷送手帕子来给姑娘。"黛玉听了,心中发闷,暗想:"做什么送手帕子来给我?"因问:"这帕子是谁送他的,必定是好的,叫他留着送别人罢,我这会不用这个。"晴雯笑道:"不是新的,就是家常旧的。"黛玉听了,越发闷住。细心搜求,一时方大悟过来,连忙说:"放下,去罢。"晴雯只得放了,

如果是今人呢?有此悟吗?

抽身回去;一路盘算,不解何意。

这林黛玉体贴出手帕子的意思来,不觉神魂驰荡:"宝玉这番苦心能领会我这番苦意,又令我可喜;我这番苦意,不知将来如何,又令我可悲;忽然好好的送两块帕子来,若不是领我深意,单看了这帕子,又令我可笑了。再想到私相传递,我又可惧;我自己每每好哭,想来也无味,又令我可愧。"如此左思右想,一时五内沸然,由不得余意缠绵,便命掌灯,也想不起嫌疑避讳等事,研墨蘸笔,便向那两块旧帕上写道:

> 其　　一
> 眼空蓄泪泪空垂,暗洒闲抛却为谁?
> 尺幅鲛绡劳惠赠,叫人焉得不伤悲!
> 其　　二
> 抛珠滚玉只偷潸,镇日无心镇日闲;
> 枕上袖边难拂拭,任他点点与斑斑。
> 其　　三
> 彩线难收面上珠,湘江旧迹已模糊;
> 窗前亦有千竿竹,不识香痕渍也无?

林黛玉还要往下写时,觉得浑身火热,面上作烧,走至镜台,揭起锦袱一照,只见腮上通红,真合压倒桃花,却不知病由此萌。一时方上床睡去,犹拿着帕子思索,不在话下。

却说袭人来见宝钗,谁知宝钗不在园内,往他母亲那里去了。袭人不便空手回来,等至二更,宝钗方回来。

原来宝钗素知薛蟠情性,心中已有一半疑薛蟠挑唆了人来告宝玉的,谁知又听袭人说出来,越发信了。究竟袭人是焙茗说的,那焙茗也是私心窥度,并未据实,大家都是一半猜度,一

旁注:

这一段似是第三十二回听宝玉倾诉真情后所感的再现与萦绕。

可喜,可悲,可笑,可惧,可愧,此情重过千钧。

这三首题帕诗未见才华洋溢,但知刻骨铭心,此情胜于词之作也。

或曰:至性无文,至情无词。

把它们不是当做诗,而是当做"哭泣"一读可也。

在"红"中,情就是病,病就是情,病与情就是命。

半据实,竟认准是他说的。那薛蟠因素日有这个名声,其实这一次却不是他干的,被人生生的一口咬死是他,有口难分。这日正从外头吃了酒回来,见过母亲,只见宝钗在这里,说了几句闲话,因问:"听见宝兄弟吃了亏,是为什么?"薛姨妈正为这个不自在,见他问时,便咬着牙道:"不知好歹的冤家,都是你闹的,你还有脸来问!"薛蟠见说,便怔了,忙问道:"我何尝闹什么?"薛姨妈道:"你还装腔呢!人人都知道是你说的,还赖呢。"薛蟠道:"人人说我杀了人,也就信了罢?"薛姨妈道:"连你妹妹都知道是你说的,难道他也赖你不成?"宝钗忙劝道:"妈妈和哥哥且别叫喊,消消停停的,就有个青红皂白了。"向薛蟠道:"是你说的也罢,不是你说的也罢,事情也过去了,不必较正,把小事弄大了。我只劝你,从此以后,少在外头胡闹,少管别人的事。天天一处大家胡跳,你是个不防头的人,过后没事就罢了,倘或有事,不是你干的,人人都也疑惑说是你干的。不用别人,我先就疑惑你。"

　　薛蟠本是个心直口快的人,见不得这样藏头露尾的事;又是宝钗劝他不要跐去,他母亲又说他犯舌,宝玉之打,是他治的,早已急得乱跳,赌神发誓的分辩。又骂众人:"谁这么编派我?我把那囚攮的牙敲了!分明是为打了宝玉,没的献勤儿,拿我来做幌子。难道宝玉是天王?他父亲打他一顿,一家子定要闹几天!那一回为他不好,姨父打了他两下子,过后儿老太太不知怎么知道了,说是珍大哥治的,好好的叫了去骂了一顿。今日越发拉上我了!既拉上我,也不怕;索性进去把宝玉打死了,我替他偿命,大

围绕宝玉挨打一事,竟引出了薛家的内部矛盾,尤其是薛蟠宝钗兄妹的问题,写得何其丰富立体,在在都是好戏。

人情世故,巨细真伪,蜚短流长,丝丝入扣,毫厘无爽。

宝钗并未掌权,却也学会了想当然,主观臆断,其言令人反感。

薛蟠问得好。
宝玉实无什么了不起,除了他在家中地位外,主要是处于小说中心位置罢了。

补叙插叙一无头无尾之事。
"红"的结构行云流水,疏而不漏,但并非天衣无缝。

家干净。"一面嚷,一面找起一根门闩来就跑。慌得薛姨妈拉住骂道:"作死的孽障,你打谁去?你先打我来!"薛蟠的眼急得铜铃一般,嚷道:"何苦来!又不叫我去,又好好的赖我。将来宝玉活一日,我耽一日的口舌,不如大家死了清净。"宝钗忙也上前劝道:"你忍耐些儿罢。妈妈急的这个样儿,你不说来劝,你倒反闹得这样。别说是妈妈,便是旁人来劝你,也为你好,倒把你的性子劝上来。"薛蟠道:"你这会子又说这话。都是你说的!"宝钗道:"你只怨我说,再不怨你那顾前不顾后的形景。"薛蟠道:"你只会怨我顾前不顾后,你怎么不怨宝玉外头招风惹草的呢?别说别的,就拿前日琪官儿的事比给你们听:那琪官儿我们见了十来次,他并未和我说一句亲热话,怎么前日他见了,连姓名还不知道,就把汗巾子给他?难道这也是我说的不成?"薛姨妈和宝钗急的说道:"还提这个!可不是为这个打呢!可见是你说的了。"薛蟠道:"真真的气死人了!赖我说的我不恼,我只为一个宝玉闹的这么天翻地覆的。"宝钗道:"谁闹?你先持刀动杖的闹起来,倒说别人闹。"

　　薛蟠见宝钗说的话句句有理,难以驳正,比母亲的话反难回答,因此便要设法拿话堵回他去,就无人敢拦自己的话了;也因正在气头上,未曾想话之轻重,便道:"好妹妹,你不用和我闹,我早知道你的心了,从先妈妈和我说,你这金要拣有玉的才可配,你留了心,见宝玉有那劳什子,你自然如今行动护着他。"话未说了,把个宝钗气怔了,拉着薛姨妈哭道:"妈妈,你听哥哥说的是什么话!"薛蟠见妹子哭了,便知自己冒撞,便赌气走到自己房里安歇不提。

> 太急了。反而说明他对宝玉不无微词,他与宝玉不无芥蒂。

> 这样的抬杠当然越抬越气。

> 薛蟠对宝玉确有妒意。就是说,蟠或有作案动机,但无作案证据。

> 都有捅要害刀见红的本领。

挨打有预兆,有前因——蒋玉函事、金钏事等。挨打中贾政是主要一方。挨打有后果,有余波。宝玉是坚持自己的选择,打死也无憾,绝对不可能与乃父要求的那一套妥协了。黛玉是与宝玉的感情更深一层,已经不是两小无猜的嗔嗔喜喜,而是生死相托的性质了。袭人利用这一事件发表了自己的"正确"见解,并提出了"防范措施",取得了王夫人的特殊信任,也推动了王夫人去准备采取行动。宝钗则通过看望宝玉及与乃兄的纠纷暴露了真情,她对宝玉的兴趣也已表面化了。

曹雪芹的笔真如统率着几个"方面军"一般。

> 宝钗满心委屈气忿,待要怎样,又怕他母亲不安,少不得含泪别了母亲,各自回来,到房里整哭了一夜。次日一早起来,也无心梳洗,胡乱整理,便出来瞧母亲。可巧遇见黛玉,独立在花阴之下,问他:"那里去?"薛宝钗因说:"家去。"口里说着,便只管走。黛玉见他无精打彩的去了,又见眼上好似有哭泣之状,大非往日可比,便在后面笑道:"姐姐也自己保重些儿,就是哭出两缸泪来,也医不好棒疮!"不知薛宝钗如何答对,且听下回分解。

还是触到痛处了。否则一笑一骂而已,哭不了一夜的。

包括黛玉,也能从悲剧中看出笑料来。

宝玉挨打后各人的情况,尤其是宝、黛、钗、蟠、袭的情况,丝丝入扣,合情合理,都有发展。

挨打事件的唯一胜利者是花袭人,她是求宠有术吗?还是确有真心呢?

第三十五回

白玉钏亲尝莲叶羹 黄金莺巧结梅花络

话说宝钗分明听见林黛玉克薄他,因记挂着母亲哥哥,并不回头,一径去了。这里林黛玉还是立于花阴之下,远远的却向怡红院内望着。只见李宫裁、迎春、探春、惜春并各项人等,都向怡红院内去过之后,一起一起的散尽了;只不见凤姐儿来。心里自己盘算道:"如何他不来瞧宝玉?便是有事缠住了,他必定也是要来打个花胡哨,讨老太太、太太的好儿才是。今儿这早晚不来,必有原故。"一面猜疑,一面抬头再看时,只见花花簇簇一群人,又向怡红院内来了。定睛看时,却是贾母搭着凤姐儿的手,后头邢夫人、王夫人,跟着周姨娘并丫头媳妇等人,都进院去了。

黛玉看了,不觉点头,想起有父母的好处来,早又泪珠满面。少顷,只见宝钗薛姨妈等也进去了。忽见紫鹃从背后走来说道:"姑娘吃药去罢,开水又冷了。"黛玉道:"你到底要怎么样?只是催,我吃不吃,与你什么相干!"紫鹃笑道:"咳嗽的才好了些,又不吃药了?如今虽是五月里,天气热,到底也还该小心些。大清早起,在这个潮地方站了半日,也该回去歇息了。"

一句话提醒了黛玉,方觉得有点腿酸,呆了半日,方慢慢的扶着紫鹃,回潇湘馆来。一进院

> 置之不理是最正确的处理。

> 性情如黛玉,也有世故掂量的另一面。

> 黛玉不是喜散不喜聚么?为何又羡聚悲散呢?她还是看不透,想不开,欠火候呀!

> 黛玉心中不快,爱宝玉,关心宝玉的人太多了。又有多少"地盘"留给她呢?

黛玉立在花阴之下,看一批批人看望宝玉,这个角度选得极佳。突出了宝黛二人处境之大不同,更突出了黛玉与这个家族的疏离感。情也是负担,是沉重的包袱。黛玉反不能随随便便与别人一起去怡红院"打花胡哨"。同时这种视角也很"文学"。

林黛玉的这种敏感清雅的独处生活方式,使评点者不伦不类地联想起美国女诗人艾米莉·狄金森(Emily Dickinson),她完成学业后几乎是足不出户。她写诗,完全不是为了发表,她很短命,温柔纤细,死后才成为著名诗人。

《追忆逝水年华》的作者普鲁斯特也是长期过着封闭的生活的。

林黛玉的特点其实适合搞艺术,她是艺术型人物。与狄金森相比,最不幸之处是她并不能真正与世隔绝,相反,她处于关系复杂,一个个纵横捭阖、勾心斗角的贾府的矛盾中,她与宝玉的感情甚至把她也推到了矛盾漩涡的中心,她成了矛盾一方,孤立无援必败的一方。而且,她生活在一个视文学艺术为下流异端的社会里。

门,只见满地下竹影参差,苔痕浓淡,不觉又想起《西厢记》中所云"幽僻处可有人行?点苍苔白露泠泠"二句来,因暗暗的叹道:"双文虽然命薄,尚有孀母弱弟;今日我黛玉之薄命,一并连孀母弱弟俱无。"想到这里,又欲滴下泪来,不防廊上的鹦哥,见黛玉来了,"嘎"的一声,扑了下来,倒吓了一跳。因说道:"你作死呢,又扬了我一头灰。"那鹦哥又飞上架去,便叫:"雪雁,快掀帘子,姑娘来了!"黛玉便止住步,以手扣架,道:"添了食水不曾?"那鹦哥便长叹一声,竟大似黛玉素日吁嗟音韵,接着念道:"侬今葬花人笑痴,他年葬侬知是谁?"黛玉紫鹃听了,都笑起来。紫鹃笑道:"这都是素日姑娘念的,难为他怎么记了。"黛玉便命将架摘下来,另挂在月洞窗外的钩上,于是进了屋子,在月洞窗内坐了。吃毕药,只见窗外竹影映入纱窗,满屋内阴阴翠润,几簟生凉。黛玉无可释闷,便隔着纱窗,调逗鹦哥做戏,又将素日所喜的诗词也教与他念。这且不在话下。

> 一时竟无尘嚣俗气。

> 别有天地非人间。
> 高雅若是,岂能见容?

> 这种清雅闲逸环境,造就了黛玉的性格,也毒蚀着黛玉的灵魂。

> 这一类细节写多写透,便有无聊的一面,无怪冰心说最不喜《红楼梦》。

且说薛宝钗来至家中,只见母亲正梳头呢,

一见他来了，便说道："你大清早起跑来做什么？"宝钗道："我瞧瞧妈妈，身上好不好？昨儿我去了，不知他可又过来闹了没有？"一面说，一面在他母亲身旁坐了，由不得哭将起来。薛姨妈见他一哭，自己掌不住也就哭了一场，一面又劝他："我的儿，你别委屈了。你等我处分那孽障！你要有个好歹，我指望那一个来？"薛蟠在外听见，连忙跑过来，对着宝钗左一个揖，右一个揖，只说："好妹妹，恕我这次罢！原是我昨儿吃了酒，回来的晚了，路上撞客着了，来家未醒，不知胡说了什么，连自己也不知道，怨不得你生气。"

> 薛蟠可能说了实话，至少他说了自己的认识与估计，故而是最大的发昏，是混蛋已极。

宝钗原是掩面哭的，听如此说，由不得又好笑了，遂抬头向地下啐了一口，说道："你不用做这些像生儿了。我知道你的心里多嫌我们娘儿两个，你是变着法儿叫我们离了你就心净了。"薛蟠听说，连忙笑道："妹妹，这从那里说起？妹妹从来不是这样多心说歪话的人。"薛姨妈忙又接着道："你只会听你妹妹的'歪话'，难道昨儿晚上你说的那些话，就该的不成？当真是你发昏了！"薛蟠道："妈妈也不必生气，妹妹也不用烦恼，从今以后，我再不同他们一处吃酒闲逛如何？"宝钗笑道："这才明白过来了。"薛姨妈道："你要有个横劲，那龙也下蛋了。"薛蟠道："我若再和他们一处逛，妹妹听见了，只管啐我，再叫我畜生，不是人，如何？何苦来为我一个人，娘儿两个天天操心。妈妈为我生气，还犹可恕；若只管叫妹妹为我操心，我更不是人。如今父亲没了，我不能多孝顺妈妈，多疼妹妹，反叫娘母子生气，妹妹烦恼，连个畜生不如了！"口里说着，眼睛里禁不住也滚下泪来。

> "像生儿"是不是"相声"？

> "红"的作者主观上就不想把薛蟠写得太坏，这个意图略显露了。

> 薛蟠对母对妹还是很"义气"的，也许"义气"二字这里用得有点滑稽。但薛蟠并非寡悌忠信之徒，也决不是狼心狗肺之属。
> 中国的家庭关系，处处是盛情文化。

薛姨妈本不哭了,听他一说,又吊起伤心来。宝钗勉强笑道:"你闹够了,这会子又招着妈妈哭起来了。"薛蟠听说,忙收了泪,笑道:"我何曾招妈妈哭来?罢,罢,罢!丢下这个别提了,叫香菱来倒茶妹妹吃。"宝钗道:"我也不吃茶,等妈妈洗了手,我们就进去了。"薛蟠道:"妹妹的项圈我瞧瞧,只怕该炸一炸去了。"宝钗道:"黄澄澄的,又炸他做什么?"薛蟠又道:"妹妹如今也该添补些衣裳了,要什么颜色花样,告诉我。"宝钗道:"连那些衣服我还没穿遍了,又做什么?"一时薛姨妈换了衣裳,拉着宝钗进去,薛蟠方出去了。

> 家人互劝,认罪赔礼,忏悔改过,这一套也是很有中国特色的。反映了家庭观念,互相交叉负责的观念,与一种以个人为本位的文化传统大不相同。

这里薛姨妈和宝钗进园来看宝玉,到了怡红院中,只见抱厦里外回廊上,许多丫头老婆站着,便知贾母等都在这里。母女两个进来,大家见过了,只见宝玉躺在榻上,薛姨妈问他:"可好些?"宝玉忙欲欠身,口里答应着:"好些。"又说:"只管惊动姨娘姐姐,我当不起。"薛姨妈忙扶他睡下,又问他:"想什么,只管告诉我。"宝玉笑道:"我想起来,自然和姨娘要去的。"王夫人又问:"你想什么吃?回来好给你送来的。"宝玉笑道:"也倒不想什么吃。倒是那一回做的那小荷叶儿小莲蓬儿的汤还好些。"凤姐在旁笑道:"听听,口味倒不算高贵,只是太磨牙了。巴巴的想这个吃。"贾母便一叠连声的叫:"做去!"凤姐儿笑道:"老祖宗别急,我想想这模子是谁收着呢?"因回头吩咐个婆子问管厨房的去要。

> 从黛玉的角度已写过此"看",再从薛姨妈、宝钗角度写,这使人想起拉美搞的"结构现实主义"。

那婆子去了半天,来回说:"管厨房的说:'四副汤模子都缴上来了。'"凤姐听说,又想了一想,道:"我也记得交上来了,就不记得交给谁了,多半是在茶房里。"又遣人去问管茶房的,也

> 贾府的庶务,十分繁杂,凤姐纵有三头六臂,也常有疏漏。

405

不曾收。次后还是管金银器的送来了。

　　薛姨妈先接过来瞧时,原来是个小匣子,里面装着四副银模子,都有一尺多长,一寸见方。上面凿着有豆子大小,也有菊花的,也有梅花的,也有莲蓬的,也有菱角的;共有三四十样,打的十分精巧。因笑向贾母王夫人道:"你们府上也都想绝了,吃碗汤,还有这些样子,要不说出来,我见了这个,也不认得这是做什么用的。"凤姐儿也不等人说话,便笑道:"姑妈那里晓得,这是旧年备膳,他们想的法儿,不知弄些什么面印出来,借点新荷叶的清香,全仗着好汤,究竟没意思。谁家常吃他呢? 那一回呈样的,做了一回,他今儿怎么想起来了。"说着,接过来递与个妇人:"吩咐厨房里立刻拿几只鸡,另外添了东西,做出十碗汤来。"

　　王夫人道:"要这些做什么?"凤姐儿笑道:"有个原故:这一宗东西,家常不大做;今儿宝兄弟提起来了,单做给他吃,老太太、姑妈、太太都不吃,似乎不大好,不如借势儿弄些大家吃,托赖着连我也尝个新儿。"贾母听了,笑道:"猴儿,把你乖的! 拿着官中的钱做人情。"说的大家笑了。凤姐也忙笑道:"这不相干。这个小东道我还孝敬得起。"便回头吩咐妇人:"说给厨房里,只管好生添补着做了,在我账上领银子。"婆子答应着去了。

　　宝钗一旁笑道:"我来了这几年,留神看起来,二嫂子凭他怎么巧,再巧不过老太太去。"贾母听说,便答道:"我的儿! 我如今老了,那里还巧什么? 当日我像凤哥儿这么大年纪,比他还来得呢! 他如今虽说不如我们,也就算好了,比你姨娘强远了。你姨娘可怜见的,不大说话,

玩具化的器具,玩意儿化的生活,也是一种理想。

食文化。"中华料理",精则精矣,有的不免烦琐太过。

统筹兼顾,组织者的思路。

贾府的财务制度与财务运作令人很感兴趣。这里略见端倪,难知其详。既谈到"官中的钱""我的账",可能彼等有一笔"公款",又各有一笔包给个人的费用,大锅饭与分散承包并举吧。

宝钗没有放过奉承贾母的机会。

贾母当仁不让,自非等闲人物。

和木头似的,在公婆跟前就不献好儿。凤儿嘴乖,怎么怨得人疼他。"宝玉笑道:"若这么说,不大说话的就不疼了?"贾母道:"不大说话的又有不大说话的可疼之处,嘴乖的也有一宗可嫌的,倒不如不说的好。"宝玉笑道:"这就是了。我说大嫂子倒不大说话呢,老太太也是和凤姐姐的一样看待。若说单是会说话的可疼,这些姐妹里头也只凤姐姐和林妹妹可疼了。"贾母道:"提起姊妹,不是我当着姨太太的面奉承,千真万真,从我们家里四个女孩儿算起,都不如宝丫头。"薛姨妈听说,忙笑道:"这话是老太太说偏了。"王夫人忙又笑道:"老太太时常背地里和我说宝丫头好,这倒不是假话。"宝玉勾着贾母,原为要赞林黛玉的,不想反赞起宝钗来,倒也意出望外,便看着宝钗一笑。宝钗早扭过头去和袭人说话去了。

善于言词与拙于言词,各有千秋。

宝玉偏要提到林妹妹,可怜不识时务。

既是闲话,也是投桃报李,更是由衷判定,有意透露"上意"。

王夫人也出来附和,情况更郑重了。

此时黛玉倍添寂寞,与鹦鹉"对话"而已。

　　忽有人来请吃饭,贾母方立起身来,命宝玉:"好生养着罢。"把丫头们嘱咐了一回,方扶着凤姐儿,让着薛姨妈,大家出房去了,犹问:"汤好了不曾?"又问薛姨妈等:"想什么吃,只管告诉我,我有本事叫凤丫头弄了来咱们吃。"薛姨妈笑道:"老太太也会怄他的,时常他弄了东西孝敬,究竟又吃不多。"凤姐儿笑道:"姑妈倒别这样说。我们老祖宗只是嫌人肉酸,若不嫌人肉酸,早已把我还吃了呢!"

钗黛对手的格局已形成。

凤姐在贾母面前时刻扮演总管兼弄臣的角色。当众这样调侃,就不仅是邀宠,而且是示宠显宠了。

　　一句话没说了,引的贾母众人都哈哈的笑起来。宝玉在屋里也掌不住笑。袭人笑道:"真真的二奶奶的嘴,怕死人。"宝玉伸手拉着袭人笑道:"你站了这半日,可乏了。"一面说,一面拉他身旁坐下。袭人笑道:"可是又忘了,趁宝姑娘在院子里,你和他说,烦他们莺儿来打上几根

407

绦子。"宝玉笑道："亏你提起来。"说着，便仰头向窗外道："宝姐姐，吃过饭叫莺儿来，烦他打几根绦子，可得闲儿？"宝钗听见，回头道："怎么不得闲儿？一会叫他来就是了。"贾母等尚未听真，都止步问宝钗。宝钗说明了，贾母便说道："好孩子，你叫他来替你兄弟打几根。你要人使，我那里闲的丫头多着的呢。你喜欢谁，只管叫来使唤。"薛姨妈宝钗等都笑道："只管叫他来做就是了，有什么使唤的去处。他天天也是闲着淘气。"大家说着，往前正走，忽见湘云、平儿、香菱等在山石边掐凤仙花呢，见了他们走来，都迎上来了。

> 宝玉这里果真常常需要劳务引进吗？
> 还是以此为借口，变着法儿与各处女孩子调笑呢？

少顷出至园外，王夫人恐贾母乏了，便欲让至上房内坐；贾母也觉脚酸，便点头依允。王夫人便命丫头忙先去铺设坐位。那时赵姨娘推病，只有周姨娘与那婆娘丫头们忙着打帘子，立靠背，铺褥子。贾母扶着凤姐儿进来，与薛姨妈分宾主坐了，薛宝钗史湘云坐在下面。王夫人亲捧了茶来，奉与贾母；李宫裁捧与薛姨妈。贾母向王夫人道："让他们小妯娌伏侍，你在那里坐了，好说话儿。"王夫人方向一张小杌子上坐下，便吩咐凤姐儿道："老太太的饭，放在这里，添了东西来。"凤姐儿答应出去，便命人去贾母那边告诉。那边的婆娘们忙往外传了，丫头们忙都赶过来，王夫人便命："请姑娘们去。"请了半天，只有探春惜春两个来了；迎春身上不耐烦，不吃饭；林黛玉是不消说，十顿饭只好吃五顿，众人也不着意了。

> 宝玉的凶险挨打之后，是甜蜜的亲情与物质享受，贾府的文化危机更加严重，贾政所坚持的意识形态，更加无效。

> "红"描写坐的规矩坐的过程恁多！

> 林黛玉再次疏离在圈子外边。

少顷饭至，众人调放了桌子，凤姐儿用手巾裹了一把牙箸，站在地下，笑道："老祖宗和姨妈不用让，还听我说就是了。"贾母笑向薛姨妈道：

"我们就是这样。"薛姨妈笑着应了,于是凤姐放下四双箸:上面两双是贾母薛姨妈,两边是薛宝钗史湘云的。王夫人李宫裁等都站在地下,看着放菜。凤姐先忙着要干净家伙来,替宝玉拣菜。

少顷,莲叶汤来,贾母看过了,王夫人回头见玉钏儿在那里,便命玉钏与宝玉送去。凤姐道:"他一个人拿不去。"可巧莺儿和同喜儿都来了,宝钗知道他们已吃了饭,便同莺儿道:"宝二爷正叫你去打绦子,你们两个一同去罢。"莺儿答应着,同玉钏儿出来。莺儿道:"这么远,怪热的,怎么端了去?"玉钏笑道:"你放心,我自有道理。"说着,便命一个婆子来,将汤饭等类放在一个捧盒里,命他端了跟着,他两个却空着手走。一直到了怡红院门口,玉钏儿方接了过来,同莺儿进入房中。袭人、麝月、秋纹三个人正和宝玉玩笑呢,见他两个来了,都忙起来笑道:"你们两个来的怎么碰巧,一齐来了?"一面说,一面接了下来。玉钏便向一张杌子上坐了,莺儿不敢坐下,袭人便忙端了个脚踏来,莺儿还不敢坐。宝玉见莺儿来了,却倒十分欢喜;见了玉钏儿,便想起他姐姐金钏儿来了,又是伤心,又是惭愧,便把莺儿丢下,且和玉钏儿说话。袭人见把莺儿不理,恐莺儿没好意思的,又见莺儿不肯坐,便拉了莺儿出来,到那边屋里去吃茶说话儿去了。

这里麝月等预备了碗箸,来伺候吃饭。宝玉只是不吃,问玉钏儿道:"你母亲身上好?"玉钏儿满脸怒色,正眼也不看宝玉,半日,方说了一个"好"字。宝玉便觉没趣,半日,只得又陪笑问道:"谁叫你替我送来的?"玉钏儿道:"不过是

> 奴可使奴。
> 无怪乎她们不愿被逐。

> 害了金钏,享受玉钏,冷落了莺儿,唉!

> 贾环告宝玉的状,并非无因。虽不能说金钏是因宝玉企图强奸而死,至少是因骚扰而死。

奶奶太太们！"宝玉见他还是哭丧着脸，便知他是为金钏儿的原故，待要虚心下气哄他，又见人多，不好下气的，因而便寻方法，将人都支出去，然后又陪笑问长问短。那玉钏儿先虽不欲理他，只管见宝玉一些性气也没有，凭他怎么丧谤，还是温存和气，自己倒不好意思的了，脸上方有三分喜色。

宝玉便笑求他："好姐姐，你把那汤端了来，我尝尝。"玉钏儿道："我从不会喂人东西，等他们来了再吃。"宝玉笑道："我不是要你喂我，我因为走不动，你递给我吃了，你好赶早回去交代了，你好吃饭的。我只管耽误了时候，你岂不饿坏了。你要懒怠动，我少不得忍了疼下去取来。"说着，便要下床来，扎挣起来，禁不住"嗳哟"之声。玉钏儿见他这般，忍耐不住，起身说道："躺下去罢！那世里造下了业，这会子现世现报，叫我那一个眼睛看得上！"一面说，一面"哧"的一声又笑了，端过汤来，宝玉笑道："好姐姐，你要生气，只管在这里生罢，见了老太太、太太，可放和气些。若还这样，你就要挨骂了。"玉钏儿道："吃罢，吃罢！不用和我甜嘴蜜舌的，我可不信这样话！"说着，催宝玉喝了两口汤，宝玉故意说："不好吃，不好吃。"玉钏儿道："阿弥陀佛！这还不好吃，什么好吃呢！"宝玉道："一点味儿也没有，你不信尝一尝，就知道了。"玉钏儿果真赌气尝了一尝，宝玉笑道："这可好吃了！"玉钏儿听说，方解过他的意思来，原是宝玉哄他吃一口。便说道："你既说不吃，这会子说好吃，也不给你吃了。"宝玉只管陪笑央求要吃，玉钏儿又不给他，一面又叫人打发吃饭。丫头方进来时，忽有人来回话，说："傅二爷家的两个嬷嬷

宝玉见了玉钏，本应严肃、沉重、自责，一声不吭，无地自容的。
如今犹自天真调笑，实说明了善良如宝玉，也还是在某方面视奴婢如草芥的残酷而自私的主子！

主子的一个好脸，代价是奴才的一条命。

宝玉赔补也罢，耐性也罢，体贴也罢，仍然不出二爷的圈，纨子弟的圈。
从人道主义的观点看这一段，用一口汤的"奉献"来挽回一条命的遗憾，这是令当今读者感到很不对味儿，很反感的。
雪芹这样津津有味地写这些，实说明他也不懂得尊重金钏的生命价值。

来请安,来见二爷。"

宝玉听说,便知是通判傅试家的嬷嬷来了。那傅试原是贾政的门生,原来都赖贾家的名声得意,贾政也着实看待,与别的门生不同,他那里常遣人来走动。宝玉素昔最厌勇男蠢妇的,今日却如何又命这两个婆子进来?其中原来有个原故:只因那宝玉闻得傅试有个妹子,名唤傅秋芳,也是个琼闺秀玉,传说才貌俱全,虽自未亲睹,然遐思遥爱之心,十分诚敬;不命他们进来,恐薄了傅秋芳,因此连忙命让进来。那傅试原是暴发的,因傅秋芳有几分姿色,聪明过人,那傅试安心仗着妹子,要与豪门贵族结亲,不肯轻意许人,所以耽误到如今。目今傅秋芳已二十三岁,尚未许人。怎奈那些豪门贵族,又嫌他本是穷酸,根基浅薄,不肯求配。那傅试与贾家亲密,也自有一段心事。

> 宝玉最厌什么?他活在今日说不定要做变性手术。
> 宝玉之泛爱真无涯也。
> 宝玉也是人人爱我,我爱人人了。

今日遣来的两个婆子,偏生是极无知识的,闻得宝玉要见,进来,只刚问了好,说了没两句话,那玉钏儿见生人来,也不和宝玉厮闹了,手里端着汤,却只顾听。宝玉又只顾和婆子说话,一面吃饭,伸手去要汤,两个人的眼睛都看着人,不想伸猛了手,便将碗撞翻,将汤泼了宝玉手上。玉钏儿倒不曾烫着,吓了一跳,忙笑道:"这是怎么了?"慌的丫头们忙上来接碗。宝玉自己烫了手,倒不觉的,只管问玉钏儿:"烫了那里了?疼不疼?"玉钏儿和众人都笑了。玉钏儿道:"你自己烫了,只管问我。"宝玉听了,方觉自己烫了。众人上来,连忙收拾。宝玉也不吃饭了,洗手吃茶,又和那两个婆子说了两句话,然后婆子告辞出去。晴雯等送至桥边方回。

> 成为担心龄官受雨那一段的再现与变奏。
> 莲叶羹是物质食粮,与玉钏的调笑才是精神食粮。

那两个婆子见没人了,一行走,一行谈论,

> 从两个婆子眼光中,再说说宝玉,竭力渲染其独特风格。

411

这一个笑道:"怪道有人说他们家宝玉是相貌好,里头糊涂,中看不中吃的,果然竟有些呆气。他自己烫了手,倒问别人疼不疼,这可不是呆子?"那个又笑道:"我前一回来,听见他家里许多人抱怨,千真万真的有些呆气。大雨淋的水鸡似的,他反告诉别人:'下雨了,快避雨去罢。'你说可笑不可笑?时常没人在跟前,就自哭自笑的;看见燕子就和燕子说话,河里看见了鱼就和鱼儿说话,见了明星月亮,他便不是长吁短叹的,就是咕咕哝哝的。且一点刚性也没有,连那些毛丫头的气都受到了。爱惜起东西来,连个线头都是好的;遭塌起来,那怕值千值万的,都不管了。"两个人一面说,一面走出园来回去,不在话下。

宝玉的心理状态或可谓不无病态之处。
但这两个婆子的议论,表达的那种愚蠢与呆板,又应该由哪里的心理医生来治疗呢?
或者可问,究竟是谁的心理缺陷更严重,更难治疗些呢?

且说袭人见人去了,便携了莺儿过来,问宝玉:"打什么绦子?"宝玉笑向莺儿道:"才只顾说话,就忘了你。烦你来,不为别的,替我打几根络子。"莺儿道:"装什么的络子?"宝玉见问,便笑道:"不管装什么的,你都每样打几个罢。"莺儿拍手笑道:"这还了得!要这样,十年也打不完了。"宝玉笑道:"好姐姐,你闲着也没事,都替我打了罢。"袭人笑道:"那里一时都打得完?如今先拣要紧的打两个罢。"莺儿道:"什么要紧,不过是扇子,香坠儿,汗巾子。"宝玉道:"汗巾子就好。"莺儿道:"汗巾子是什么颜色?"宝玉道:"大红的。"莺儿道:"大红的须是黑络子才好看;或是石青的,才压得住颜色。"宝玉道:"松花色配什么?"莺儿道:"松花配桃红。"宝玉笑道:"这才姣艳。再要雅淡之中带些姣艳。"莺儿道:"葱绿柳黄我是最爱的。"宝玉道:"也罢了。也打一条桃红,再打一条葱绿。"莺儿道:"什么花

又讲起编织艺术或者工艺美术来了。果然面面俱到,万物皆备于"红"。

样呢？"宝玉道："也有几样花样？"莺儿道："'一柱香''朝天凳''象眼块''方胜''连环''梅花''柳叶'。"宝玉道："前儿你替三姑娘打的那花样是什么？"莺儿道："是'攒心梅花'。"宝玉道："就是那样好。"一面说，一面袭人刚拿了线来。窗外婆子说："姑娘们的饭都有了。"宝玉道："你们吃饭去，快吃了来罢。"袭人笑道："有客在这里，我们怎好去的？"莺儿一面理线，一面笑道："这话又打那里说起？正经快吃了来罢。"袭人等听说，方去了，留下两个小丫头呼唤。

> 这样的手工技艺，今日还有吗？

宝玉一面看莺儿打络子，一面说闲话。因问他："十几岁了？"莺儿手里打着，一面答话："十五岁了。"宝玉道："你本姓什么？"莺儿道："姓黄。"宝玉笑道："这个名姓倒对了，果然是个'黄莺儿'。"莺儿笑道："我的名字本来是两个字，叫做金莺，姑娘嫌拗口，只单叫莺儿，如今就叫开了。"宝玉道："宝姐姐也就算疼你。明儿宝姐姐出嫁，少不得是你跟去了。"莺儿抿嘴一笑。宝玉笑道："我常常和袭人说，明儿也不知那一个有福的消受你们主儿两个呢。"莺儿笑道："你还不知我们姑娘，有几样世上人都没有的好处呢，模样儿还在其次。"宝玉见莺儿姣腔婉转，语笑如痴，早不胜其情了，那堪更提起宝钗来？便道："他好处在那里？好姐姐告诉我听。"莺儿道："我告诉你，你可不许又告诉他去。"宝玉笑道："这个自然的。"

> 想到哪里去了？

> 宝玉的意淫堪称登峰造极。可笑可叹复又可厌。

> 好处多了去啦！

正说着，只听见外头说道："怎么这样静悄悄的！"二人回头看时，不是别人，正是宝钗来了。宝玉忙让坐。宝钗坐了，因问莺儿："打什么呢？"一面问，一面向他手里去瞧，才打了半截。宝钗笑道："这有什么趣儿，倒不如打个络

> 宝钗直取其玉。
> 宝玉忘玉，宝钗念玉。

413

其实，黛玉亦常有与众同乐的机会。但这一回突出了她的冷落与宝玉这里的红火。

直到此时，宝玉对于异性真是"吃"着这个拿着那个，揣着一个望着一个，天真烂漫，体贴忘我，而又是自我中心，精神受用。

至少是精神的慰藉与弥补，宝玉的精神生活，其实大荒，荒芜空虚得可怕。这也是爱么？是奉献也是自私，是宝玉的享乐。有人说他嗔他瞋不起他对他哭笑不得，但实际还是宠他爱他哄他亲他，没有哪女孩子真的厌他恨他。

客观上呢，他爱了谁就害了谁，不独金钏。思之令人毛骨悚然。

爱情就是这样的，爱情的形象不仅有美好的一面。

子，把玉络上呢。"一句话提醒了宝玉，便拍手笑道："倒是姐姐说得是，我就忘了。只是配个什么颜色才好？"宝钗道："若用杂色断然使不得，大红又犯了色，黄的又不起眼，黑的又太暗；等我想个法儿，把那金线拿来配着黑珠儿线，一根一根的拈上，打成络子，那才好看。"

是早有分析论证了么？怎么想得这样充分？

宝玉听说，喜之不尽，一叠连声就叫袭人来取金线。正值袭人端了两碗菜走进来，告诉宝玉道："今儿奇怪，刚才太太打发人替我送了两碗菜来。"宝玉笑道："必定是今儿菜多，送给你们大家吃的。"袭人道："不是，指名给我送来，还不叫我过去磕头，这可是奇了。"宝钗笑道："给你的你就吃去，这有什么猜疑的。"袭人道："从来没有的事，倒叫我不好意思的。"宝钗抿嘴一笑，说道："这就不好意思了？明儿还有比这个更叫你不好意思的呢。"袭人听了话内有因，素知宝钗不是轻嘴薄舌奚落人的，自己想起上日王夫人的意思来，便再不提。将菜与宝玉看了，说："洗了手来拿线。"说毕，便一直出去了。吃过饭，洗了手进来，拿金线与莺儿打络子。此时宝钗早被薛蟠遣人来请出去了。

玉需金线，更需金锁。

袭人赢得了特殊补贴。

宝钗为何了如指掌？宝钗已经与王夫人商议过如何加赏袭人了么？

将菜与宝玉看，有让宝玉了解对袭人的特殊恩宠的意思。

挨打以后无事，写写玉钏儿、莺儿、莲叶羹、梅花络，也是拾遗补阙。

这里宝玉正看着打络子，忽见邢夫人那边遣了两个丫头送了两样果子来与他吃，问他：

"可走得了？若走得动，叫哥儿明儿过去散散心，太太着实记挂着呢。"宝玉忙道："若走得了，必定过来请太太的安去。疼的比先好些，请太太放心罢。"一面叫他两个坐下，一面又叫："秋纹来，把才那果子拿一半送与林姑娘去。"秋纹答应了，刚欲去时，只听黛玉在院内说话，宝玉忙叫："快请。"要知端的，且看下回分解。

又撇出去了。薛家三口的矛盾其实无是无非。宝玉除黛玉外惦记着宝钗、莺儿、傅秋芳、玉钏，看来一顿臭揍的效果是零。贾府果然是后继无人喽！

第三十六回

绣鸳鸯梦兆绛芸轩　　识分定情悟梨香院

贾政对宝玉的"教育"彻底失败了。
第一,宝玉有贾母的护持。贾政要尽孝,就不能违背贾母的旨意。其实他痛打宝玉时已表露了对于贾母王夫人娇纵宝玉的极端不满。较量的结果,他败了。
第二,整个环境与贾政的教育脱节,贾政的正统脱离了生活,没有了生命力。
第三,即使钗、袭等正统派及在正统方面毫不逊色的王夫人,也不支持贾政的强硬做法。
第四,打本身就解决不了"思想问题"。
第五,宝玉的性格、"世界观"已经形成,他与贾政的对立已经无法挽回。
呜呼贾政,回天无力矣。

　　话说贾母自王夫人处回来,见宝玉一日好一日,心中自是欢喜,因怕将来贾政又叫他,遂命人将贾政的亲随小厮头儿唤来,吩咐:"他以后倘有会人待客诸样的事,你老爷要叫宝玉,你不用上来传话,就回他说我说的:一则打重了,得着实将养几个月才走得;二则他的星宿不利,祭了星,不见外人,过了八月,才许出二门。"那小厮头儿听了,领命而去。贾母又命李嬷嬷袭人等来将此话说与宝玉,使他放心。| 整个一个不讲理的理。

　　那宝玉素日本就懒与士大夫诸男人接谈,又最厌峨冠礼服贺吊往还等事;今日得了这句话,越发得了意,不但将亲戚朋友一概杜绝了,而且连家庭中晨昏定省,一发都随他的便了,日日只在园中游玩坐卧,不过每日一清早到贾母王夫人处走走就回来了。却每日甘心为诸丫头 | 彻底解放了。

充役,竟也得十分消闲日月。或如宝钗辈有时见机劝导,反生起气来,只说:"好好的一个清净洁白女子,也学的钓名沽誉,入了国贼禄鬼之流。这总是前人无故生事,立意造言,原为引导后世的须眉浊物。不想我生不幸,亦且琼闺绣阁中亦染此风,真真有负天地钟灵毓秀之德!"众人见他如此疯癫,也都不向他说正经话了。独有林黛玉自幼不曾劝他去立身扬名,所以深敬黛玉。

> 与其说是反封建不如说是一种反文化的性格。资本主义、社会主义同样无法容忍贾宝玉的性格与道路。按照社会主义的要求,宝玉只合批倒批臭后送去劳教五年。
>
> 文化的两重性——满足人性而又约束乃至戕害人性。"红"有所反映,不简单。

闲言少述。如今且说王凤姐自见金钏儿死后,忽见几家仆人常来孝敬他些东西,又不时的来请安奉承,自己倒生了疑惑,不知何意。这日又见人来孝敬他东西,因晚间无人时,笑问平儿。平儿冷笑道:"奶奶连这个都想不起来了?我猜他们的女儿,都必是太太房里的丫头,如今太太房里有四个大的,一个月一两银子的分例,下剩的都是一个月只几百钱。如今金钏儿死了,必定他们要弄这一两银子的巧宗儿呢。"凤姐听了,笑道:"是了,是了,倒是你提醒了我。看来这起人也太不知足,钱也赚够了,苦事情又摊不着,弄个丫头搪塞身子就罢了,又要想这个。也罢了,他们几家的钱也不能容易花到我跟前,这可是他们自寻的,送什么来我就收什么,横竖我有主意。"凤姐儿安下这个心,所以只管耽延着,等那些人把东西送足了,然后乘空方回王夫人。

> 求职。
>
> 来者不拒,善财难舍,蚀本活该。凤姐不是没理,却毕竟刻薄了些。

这日午间,薛姨妈母女两个与林黛玉等正在王夫人房里,大家吃西瓜。凤姐儿得便回王夫人道:"自从玉钏儿的姐姐死了,太太跟前少着一个人,太太或看准了那个丫头,就吩咐了,下月好发放月钱。"王夫人听了,想了一想道:

"依我说，什么是例，必定四个五个的？够使就罢了，竟可以免了罢。"凤姐笑道："论理，太太说的也是；只是原是旧例，别人屋里还有两个哩，太太倒不按例了。况且省下一两银子，也有限的。"王夫人听了，又想了想，道："也罢，这个分例只管关了来，不用补人，就把这一两银子给他妹妹玉钏儿罢。他姐姐伏侍了我一场，没个好结果，剩下他妹妹跟着我，吃个双分子也不为过。"凤姐答应着，回头望着玉钏儿笑道："大喜，大喜。"玉钏儿过来磕了头。王夫人又问道："正要问你：如今赵姨娘周姨娘的月例多少？"凤姐道："那是定例，每人二两。赵姨娘有环兄弟的二两，共是四两，另外四串钱。"王夫人道："月月可都按数给他们？"凤姐见问得奇，忙道："怎么不按数给！"王夫人道："前儿恍惚听见有人抱怨，说短了一串钱，是什么原故？"凤姐忙笑道："姨娘们的丫头月例，原是人各一吊钱，从旧年他们外头商议的，姨娘们每位丫头，分例减半，人各五百钱。每位两个丫头，所以短了一吊钱。这也抱怨不着我，我倒乐得给呢，他们外头又扣着，我难道添上不成！这个事我不过是接手儿，怎么来，怎么去，由不得我做主。我倒说了两三回，仍旧添上这两分儿的为是；他们说：'只有这个数。'叫我难再说了。如今我手里每月连日子都不错给他们呢，先时在外头关，那个月不打饥荒？何曾顺顺溜溜的得过一遭儿。"

王夫人听说，就停了半晌，又问："老太太屋里几个一两的？"凤姐道："八个。如今只有七个，那一个是袭人。"王夫人道："这就是了。你宝兄弟也并没有一两的丫头，袭人还算老太太房里的人？"凤姐笑道："袭人还是老太太的人，

> 用人不按需要，而按规格，也属弊端。

> 这样的大喜！玉钏也认为是大喜吧？何等地不觉悟也。

> 问题在哪里？谁有"猫腻"？

> 王熙凤的诉苦有其实情，但无论多"苦"多穷，她照样中饱舞弊。

> 停了半晌，是且信且疑吗？

> 袭人的待遇高于其他七个大丫头。

袭人以奴婢之身不但获殊荣,得殊赏,而且能感动得王夫人哭,乃至给以"比宝玉强十倍"的评价。了不得也。这就是文化的力量。袭人认认真真地站在正统上,立得稳,说得正,线直接挂到王夫人、宝钗处,一身"正"气,着实可敬可畏!

不过给了宝兄弟使,他这一两银子还在老太太的丫头分例上领。如今说因为袭人是宝玉的人,裁了这一两银子,断乎使不得。若说再添一个人给老太太,这个还可以裁他的。若不裁他的,须得环兄弟屋里也添上一个,才公道均匀了。就是晴雯、麝月等七个大丫头,每月人各月钱一吊,佳蕙等八个小丫头们,每月人各月钱五百,还是老太太的话,别人如何恼得气得呢。"薛姨妈笑道:"只听凤丫头的嘴,倒像倒了核桃车子似的,只听他的账也清楚,理也公道。"凤姐笑道:"姑妈,难道我说错了不成?"薛姨妈笑道:"说的何尝错,只是你慢些说,岂不省力!"凤姐才要笑,忙又忍住了,听王夫人示下。王夫人想了半日,向凤姐道:"明儿挑一个丫头送去老太太使唤,补袭人,把袭人的一分裁了。把我每月的月例二十两银子里,拿出二两银子一吊钱来,给袭人去。以后凡事有赵姨娘周姨娘的,也有袭人的,只是袭人的这一分,都从我的分例上匀出来,不必动官中的就是了。"

　　凤姐一一的答应了,笑推薛姨妈道:"姑妈听见了,我素日说的话何如?今儿果然应了我的话。"薛姨妈道:"早就该如此。模样儿自然不用说的,他的那一种行事大方,说话见人和气,里头带着刚硬要强,这个实在难得。"王夫人含泪说道:"你们那里知道袭人那孩子的好处?比我的宝玉强十倍!宝玉果然是有造化的,能够得他长长远远的伏侍一辈子,也就罢了。"凤姐道:"既这样,就开了脸,明放他在屋里岂不

照顾各方面,也是摆平之意。

慢些省力,这里有一点东方哲学。

袭人本来特殊(有根),如今更是特而又特,补了又补了。

对袭人的情更重,不但接受公补,而且接受私补,恩重如山。

薛姨妈居然也介入表态,自然宝钗就门儿清了。

王夫人含泪赞袭人,昏得可以。何以激动至此?干实事不若进虚言,诚然。

好?"王夫人道:"这不好:一则年轻,二则老爷也不许,三则那宝玉见袭人是他丫头,纵有放纵的事,倒能听他的劝,如今做了跟前人,那袭人该劝的也不敢十分劝了。如今且浑着,等再过二三年再说。"

> 模糊处理,"红"已有之。挂起来更易控制。

说毕,凤姐见无话,便转身出来,刚至廊檐上,只见有几个执事的媳妇子正等他回事呢;见他出来,都笑道:"奶奶今儿回什么事,说了这半天?可不要热着。"凤姐把袖子挽了几挽,跐着那角门的门槛子,笑道:"这里过堂风,倒凉快,吹一吹再走。"又告诉众人道:"你们说我回了这半日的话,太太把二百年的事都想起来问我,难道我不说罢?"又冷笑道:"我从今以后,倒要干几件刻薄事了。抱怨给太太听,我也不怕!糊涂油蒙了心、烂了舌头、不得好死的下作东西们,别做娘的春梦了!明儿一裹脑子扣的日子还有呢。如今裁了丫头的钱,就抱怨了咱们。也不想想自己,也配使三个丫头!"一面骂,一面方走了,自去挑人回贾母话去,不在话下。

> 大事。对宝玉身边人员的安排关系着贾家的未来,故是大事。以执事媳妇子的反映烘托之,烘云托月。

> 是说赵姨娘吗?或者与别的姨娘也有矛盾?
> 凤姐的骂有恼羞成怒(可见有鬼)与一不做二不休的意思,也算强人性情,唯缺少留有余地的分寸感。

却说薛姨妈等这里吃毕西瓜,又说了一回闲话,各自方散去。宝钗与黛玉等回至园中,宝钗因约黛玉往藕香榭去,黛玉因说:"立刻要洗澡。"便各自散了。宝钗独自行来,顺路进了怡红院,意欲寻宝玉去谈讲,以解午倦。不想一入院中,鸦雀无闻,一并连两只仙鹤在芭蕉下都睡着了。宝钗便顺着游廊,来至房中,只见外间床上横三竖四,都是丫头们睡觉。转过十锦槅子,来至宝玉的房内,宝玉在床上睡着了,袭人坐在身旁,手里做针线,傍边放着一柄白犀麈。

> 仙鹤在芭蕉下睡着了,说法很美。
> 丫头们似也闲适,远胜务农做工。

宝钗走近前来,悄悄的笑道:"你也过于小

心了,这个屋里还有苍蝇蚊子,还拿蝇刷子赶什么?"袭人不防,猛抬头见是宝钗,忙放针线起身,悄悄笑道:"姑娘来了,我倒不防,唬了一跳。姑娘不知道,虽然没有苍蝇蚊子,谁知有一种小虫子,从这纱眼里钻进来,人也看不见,只睡着了,咬一口,就像蚂蚁叮的。"宝钗道:"怨不得。这屋子后头又近水,又都是香花儿,这屋子里头又香,这种虫子都是花心里长的,闻香就扑。"

> 是"小咬"吗?

说着,一面就瞧他手里的针线,原来是个白绫红里的兜肚,上面扎着鸳鸯戏莲的花样,红莲绿叶,五色鸳鸯。宝钗道:"嗳哟,好鲜亮活计!这是谁的,也值的费这么大工夫?"袭人向床上嘴儿。宝钗笑道:"这么大了,还带这个?"袭人笑道:"他原是不带,所以特特的做的好了,叫他看见,由不得不带。如今天热,睡觉都不留神,哄他带上了,便是夜里纵盖不严些儿,也就罢了。你说这一个就用了工夫,还没看见他身上带的那一个呢。"宝钗笑道:"也亏你耐烦。"袭人道:"今儿做的工夫大了,脖子低的怪酸的。"又笑道:"好姑娘,你略坐一坐,我出去走走就来。"说着,就走了。宝钗只顾看着活计,便不留心,一蹲身,刚刚的也坐在袭人方才坐的那个所在,因又见那个活计实在可爱,不由的拿起针来,就替他作。

> "红"一支笔,无所不至。性感得很。

> 想到哪里了呢?

> 确实尽心,服务意识极强。恐也是对特补的报答。

> 不由得接上了袭人的活计、思路,并非仅是因为活计可爱,实是引为同道之意。

不想林黛玉因遇见史湘云,约他来与袭人道喜,二人来至院中,见静悄悄的,湘云便转身先到厢房里去找袭人。林黛玉却来至窗外,隔着窗纱往里一看,只见宝玉穿着银红纱衫子,随便睡着在床上,宝钗坐在身旁做针线,傍边放着蝇刷子。

> 这个场面未免直露,与宝钗的韬光养晦风格不同,故令黛玉好笑。

林黛玉见了这个景儿,连忙把身子一藏,手

作者偏让宝玉在此时说此梦话,使矛盾更加激化了。

这种情节最不像写实,不像有生活依据,而像小说家的纯然虚构。莫非是宝玉假梦话以说给宝钗听？也不甚像,宝玉毋宁是欢迎宝钗对他有情的。

宝玉批判正统观念的最高标准,大胆而又巧妙。他是以更加忠君爱国的面貌来批评为君为国而死的英雄的。

握着嘴,不敢笑出来,招手儿叫湘云。湘云一见他这般光景,只当有什么新闻,忙也来一看,也要笑时,忽然想起宝钗素日待他厚道,便忙掩住口。知道黛玉口里不让人,怕他取笑,便忙拉过他来,道："走罢。我想起袭人来,他说午间要到池子里去洗衣裳,想必去了,咱们那里找他去。"黛玉心下明白,冷笑了两声,只得随他走了。

这里宝钗只刚做了两三个花瓣,忽见宝玉在梦中喊骂,说："和尚道士的话如何信得？什么是'金玉姻缘'？我偏说是'木石姻缘'！"薛宝钗听了这话,不觉怔了。忽见袭人走进来,笑道："还没有醒呢？"宝钗摇头。袭人又笑道："我才碰见林姑娘史大姑娘,他们可曾进来？"宝钗道："没见他们进来。"因向袭人笑道："他们没告诉你什么？"袭人红了脸,笑道："总不过是他们那些玩话,有什么正经说的。"宝钗笑道："今儿他们说的可不是玩话,我正要告诉你呢,你又忙忙的出去了。"

一句话未完,只见凤姐打发人来叫袭人。宝钗笑道："就是为那话了。"袭人只得唤起两个丫头来,一同宝钗出怡红院,自往凤姐这里来。果然是告诉他这话,又教他与王夫人磕头,且不必去见贾母,倒把袭人不好意思的。及见过王夫人急忙回来,宝玉已醒了,问起原故,袭人且含糊答应。至夜间人静,袭人方告诉了。

宝玉喜不自禁,又向他笑道："我可看你回

平日烧香,自有厚报。

冷笑太多,不是好事。

无一日稍忘,无一时稍忘。

虽然得宠,仍然低调。

家去不去了!那一回往家里走了一趟,回来就说你哥哥要赎你,又说在这里没着落,终久算什么,说那些无情无义的生分话唬我,从今以后我可看谁来敢叫你去?"袭人听了,便冷笑道:"你倒别这么说。从此以后,我是太太的人了,我要走,连你也不必告诉,只回了太太便走。"宝玉笑道:"便就算我不好,你回了太太竟去了,叫别人听见,说我不好,你去了,你也没意思。"袭人笑道:"有什么没意思?难道强盗贼我也跟着罢?再不然,还有一个死呢!人活一百岁,横竖要死,这一口气不在,听不见,看不见,就罢了。"宝玉听见这话,便忙握他的嘴,说道:"罢,罢,罢!不用你说这些话了。"袭人深知宝玉性情古怪,听见奉承吉利话,又厌虚而不实;听了这些尽情实话,又生悲感。便后悔自己冒撞了,连忙笑着,用话截开,只拣那宝玉素日喜欢的春风秋月,再谈及粉淡脂红,然后谈到女儿如何好。不觉又谈到女儿死,袭人忙掩住口。

　　宝玉听至浓快处,见他不说了,便笑道:"人谁不死?只要死的好。那些个须眉浊物只知道'文死谏''武死战'这二死是大丈夫死名死节,究竟何如不死的好!必定有昏君他方谏,只顾他邀名,猛拚一死,将来置君于何地?必定有刀兵,他方战,猛拚一死,也只顾图汗马之名,将来弃国于何地?所以这皆非正死。"袭人道:"忠臣良将皆出于不得已他才死。"宝玉道:"那武将不过仗血气之勇,疏谋少略,他自己无能,送了性命,这难道也是不得已?那文官更不比武官了,他念两句书,记在心里,若朝廷少有瑕疵,他就胡谈乱谏,只顾他邀忠烈之名;浊气一涌,即时拚死,这难道也是不得已?还要知道那朝廷是

宝玉何得意忘形之有?

这话厉害。

表示要坚持原则,要求宝玉改弦更张。

堂堂袭人,怎会言重至此?不是出格了吗?是她得了特补以后壮了胆气,开始收拾宝玉了吗?
一是说强盗贼不能跟,这是底线;再说还有一死,这是终极。

从死到不死,宝玉的思路不无道理。

老子的名言:"国家昏乱,有忠臣。"

宝玉讲得确有一个方面的道理。这道理相当老到,不像宝玉自己想出来的,倒像曹公的思忖,"请"宝二爷代他说出来的。

宝玉这一段"死论"很有名,也很重要。

尤其是"自此再不要托生为人"云云,彻底否定生命的意义,这在中国是非常罕见,非常异端的。盖探讨生命的终极意义不是我们的传统,立德立功立言,起码要传宗接代,延续香火,这在国人中从来是毋庸讨论的。

> 受命于天,他非圣人,那天也断断不把这万几重任与他了。可知那些死的,都是沽名,并不知大义。比如我此时若果有造化,该死于时的,如今趁你们在,我就死了,再能够你们哭我的眼泪,流成大河,把我的尸首漂起来,送到那鸦雀不到的幽僻之处,随风化了,自此再不要托生为人,就是我死的得时了。"袭人忽见说出这些疯话来,忙说:"困了。"不理他。那宝玉方合眼睡着。次日也就丢开了。

常怀千古忧,如何同销万古愁?

> 一日,宝玉因各处游的腻烦,便想起《牡丹亭》曲子来,自己看了两遍,犹不惬怀,因闻得梨香院的十二个女孩儿中,有小旦龄官,最是唱的好,因着意出角门来找时,只见宝官、玉官都在院内,见宝玉来了,都笑让坐。宝玉因问:"龄官在那里?"都告诉他说:"在他房里呢。"

宝玉的青春期烦恼症,绵绵不绝。

> 宝玉忙至他房内,只见龄官独自倒在枕上,见他进来,闻风不动。宝玉身旁坐下,又素昔与别的女孩子玩惯了的,只当龄官也同别人一样,因近前来陪笑,央他起来,唱"袅晴丝"一套。不想龄官见他坐下,忙抬起身来躲避,正色说道:"嗓子哑了,前儿娘娘传进我们去,我还没有唱呢。"宝玉见他坐正了,再一细看,原来就是那日蔷薇花下画"蔷"字的那一个。又见如此景况,从来未经过这番被人弃厌,自己便讪讪的,红了脸,只得出来了。宝官等不解何故,因问其所以,宝玉便说了出来。宝官便说道:"只略等一

情悟梨香院有趣。宝玉得宠得得以以为天下之花姑娘皆属于他,已经荒谬得近乎白痴了,居然还要通过某些事件来"识分定",来"悟"。看来让宠儿们识和悟,殊非易事。

世上并非只有宝玉一个男子,宝玉无法垄断所有女子之爱,这道理并不复杂,为何如今才"识分定"?宝玉生活在一个多么特殊的环境中,他的自我感觉混乱了,他自以为是全体少女的爱慕中心呢。

龄官不参加这个争宝玉宠的行列,已是与众不同。对买鸟的反应,更是高出一格。可敬!

等,蔷二爷来了,他叫他唱,是必唱的。"宝玉听了,心下纳闷,因问:"蔷哥儿那里去了?"宝官道:"才出去了,一定就是龄官要什么,他去变弄去了。"

宝玉听了,以为奇特,少站片时,果见贾蔷从外头来了,手里提着个雀儿笼子,上面扎着小戏台,并一个雀儿,兴兴头头往里来找龄官。见了宝玉,只得站住。宝玉问他:"是个什么雀儿?会衔旗串戏?"贾蔷笑道:"是个玉顶金头。"宝玉道:"多少钱买的?"贾蔷道:"一两八钱银子。"一面说,一面让宝玉坐,自己往龄官房里来。

> 红楼百科的又一小科:提笼架鸟学。

宝玉此刻把听曲子的心都没了,且要看他和龄官是怎么样。只见贾蔷进去,笑道:"你来瞧这个玩意儿。"龄官起身问:"是什么?"贾蔷道:"买了雀儿你玩,省得天天闷的无个开心的。我先玩个你看。"说着,便拿些谷子,哄的那个雀儿果然在那戏台上乱串,衔鬼脸、旗帜。众女孩子道:"有趣。"独龄官冷笑了两声,赌气仍睡着去了。贾蔷还只管陪笑问他:"好不好?"龄官道:"你们家把好好的人弄了来,关在这牢坑里,学这个牢什子还不算,你这会子又弄个雀儿来,也偏生干这个!你分明弄了他来打趣形容我们,还问我'好不好'。"贾蔷听了,不觉忙起来,连忙赌神发誓,又道:"今儿我那里的脂油蒙了心,费一二两银子买他来,原说解闷,就没想到这上头。罢,罢!放了生,免你的灾病。"说着,果然将那雀儿放了,一顿把那笼子拆了。龄官

> 龄官是个人物!"觉悟"比晴雯还高,何况袭人!是个有人格自觉的女孩子!

425

还说："那雀儿虽不如人，他也有个老雀儿在窝里，你拿了他来，弄这个牢什子，也忍得？今儿我咳嗽出两口血来，太太打发人来找你，叫你请大夫来细问问，你且弄这个来取笑儿。偏是我这没人管的没人理的，又偏病。"贾蔷听说，连忙说道："昨儿晚上我问了大夫，他说：'不相干，吃两剂药，后儿再瞧。'谁知今儿又吐了？这会子就请他去。"说着便要请去，龄官又叫："站住，这会子大毒日头地下，你赌气子去请了来我也不瞧。"贾蔷听如此说，只得又站住。

宝玉见了这般景况，不觉痴了，这才领会过画"蔷"深意。自己站不住，便抽身走了。贾蔷一心都在龄官身上，也不顾送人，倒是别的女孩子送了出来。那宝玉一心裁夺盘算，痴痴的回至怡红院中。正值林黛玉和袭人坐着说话儿呢。宝玉一进来，就和袭人长叹，说道："我昨儿晚上的话，竟说错了，怪道老爷说我是'管窥蠡测'。昨夜说，你们的眼泪单葬我，这就错了。我竟不能全得了。从此后，只是各人得各人的眼泪罢了。"袭人只道昨夜不过是些玩话，已经忘了，不想宝玉又提起来，便笑道："你可真真有些疯了。"宝玉默然不对。自此深悟人生情缘，各有分定，只是每每暗伤："不知将来葬我洒泪者为谁？"

且说林黛玉当下见宝玉如此形象，便知是又从那里着了魔来，也不便多问，因说道："我才在舅母跟前，听见说，明儿是薛姨妈的生日，叫我顺便来问你出去不出去。你打发人前头说一声去。"宝玉道："上回连大老爷的生日我也没去，这会子我又去，倘或碰见了人呢？我一概都不去。这么怪热的，又穿衣裳，我不去，姨妈也

不但有人道主义的问题，还有雀（儿）道主义的问题，龄官的思想很新。

从总体布局中，龄官可有可无，但写的笔力仍然可力透纸背，本书中可获"最佳配角奖"的人物多了去啦。

二人谈吐应答，感情已深，简单的话，一点点事情，都可信可感。

不是已经与黛玉说明了吗，为何不知为谁呢？

宝玉对姨妈兴趣有限，一提宝姐姐，变了。袭人则有自己的主心骨，黛玉旁观。一件小事写得错落有致。

未必恼。"袭人忙道:"这是什么话?他比不得大老爷。这里又住的近,又是亲戚,你不去,岂不叫他思量?你怕热,只清早起来,到那里磕个头、吃钟茶再来,岂不好看?"宝玉尚未说话,黛玉便先笑道:"你看着人家赶蚊子的分上,也该去走走。"宝玉不解,忙问:"怎么赶蚊子?"袭人便将昨日睡觉无人作伴,宝姑娘坐了一坐的话,说了出来。宝玉听了,忙说:"不该!我怎么睡着了?就亵渎了他。"一面又说:"明日必去。"

> 不再像以前那样疑忌,而是取笑轻松。想是黛玉对宝玉多了几分把握。

正说着,忽见史湘云穿得齐齐整整走来,辞说家里打发人来接他。宝玉黛玉听说,忙站起来让坐,史湘云也不坐,宝黛两个只得送他至前面。那史湘云只是眼泪汪汪的,见有他家人在跟前,又不敢十分委屈。少时宝钗赶来,愈觉缱绻难舍。还是宝钗心内明白,他家里人若回去告诉了他婶娘,待他家去,又恐怕受气,因此,倒催他走了。众人送至二门前,宝玉还要往外送他,倒是史湘云拦住了。一时,回身又叫宝玉到跟前,悄悄的嘱咐道:"便是老太太想不起我来,你时常提着,好等老太太打发人接我去。"宝玉连连答应了;眼看着他上车去了,大家方才进来。要知端的,且看下回分解。

> 湘云处境、离去以及到来,都是粗粗一表,便知端倪。
>
> 轻重疏密,必有区别,运笔自然用心,用心又不必太过,不避粗疏,不惮细密,是大家也。
>
> "便是老太太想不起我来"这句话透露了点令人难过的消息。
>
> 这么多女孩子愿意到贾府来?依赖贾母的荫庇?这里又有作者的倾向了。
>
> "红"毕竟不无一定程度的自传性,说来说去,作者的屁股还是坐在贾家呀。

宝玉挨打后,前线平静无事,又剩下了日常小事,鸡零狗碎,小节与零碎中蕴藏着危机与风雨。这很难写:写平了没劲,写火了虚假,能写成这样,不能不称赞作者对于人和事的体贴。

第三十七回

秋爽斋偶结海棠社　蘅芜院夜拟菊花题

对宝玉挨打及前前后后的种种人际矛盾描写之后，写一写大观园的诗歌娱乐活动，既展示了生活的另一个侧面，也变化了节奏，由疾而舒。写出生活的多方面的特性，多方面的色彩，这是长篇小说的一大优势。如是短篇结构，这些枝枝杈杈就都成了赘疣了。

话说史湘云回家后，宝玉等仍不过在园中嬉游吟咏不提。且说贾政自元妃归省之后，居官更加勤慎，以期仰答皇恩。皇上见他人品端方，风声清肃，虽非科第出身，却是书香世代，因特将他点了学差，也无非是选拔真才之意。这贾政只得奉了旨，择于八月二十日起身。是日拜别过宗祠及贾母，便起身而去。宝玉等如何送行，以及贾政出差外面诸事，不及细述。

<small>适当找补找补，避免疏漏空白。</small>

单表宝玉自贾政起身之后，每日在园中任意纵性游荡，真把光阴虚度，岁月空添。这日甚觉无聊，便往贾母王夫人处来混了一混，仍旧进园来了。刚换了衣裳，只见翠墨进来，手里拿着一幅花笺，送与他。宝玉因道："可是我忘了，要瞧瞧三妹妹去的，可好些了？你偏走来。"翠墨道："姑娘好了，今儿也不吃药了，不过是凉着一点儿。"

<small>挨打的阴影消散，快乐高雅的生活开始。</small>

宝玉听说，便展开花笺看时，上面写道：

妹探谨启

二兄文几：前夕新霁，月色如洗，因惜清景难逢，未忍就卧，漏已三转，犹徘徊桐槛之下，竟为风露所欺，致获采薪之患。昨亲劳抚嘱，已复遣侍儿问切，兼以鲜荔并真卿墨迹见赐，抑何惠爱之深耶！今因伏几处默，忽思历来古人，处名攻利敌之场，犹置些山滴水之区，远招近揖，投辖攀辕，务结二三同志，盘桓其中，或竖词坛，或开吟社，虽因一时之偶兴，每成千古之佳谈。妹虽不才，幸叨陪泉石之间，兼慕薛林雅调。风庭月榭，惜未宴及诗人；帘杏溪桃，或可醉飞吟盏。孰谓雄才莲社，独许须眉；不教雅会东山，让余脂粉耶？若蒙造雪而来，敢请扫花以俟。谨启。

> 会了字儿就要用字儿。有些用文字表达的东西，反是口语表达不好的了。文字本是表达口头语言的，但成为文字后，更凝固也更精练，更郑重也更雅致，故近在咫尺，也有通信的需要。

> 同志！按，《国语》上已有"同心则同志"之语，同志同志，也是源远流长。

宝玉看了，不觉喜的拍手笑道："倒是三妹妹高雅，我如今就去商议。"一面说，一面就走，翠墨跟在后面。刚到了沁芳亭，只见园中后门上值日的婆子手里拿着一个字帖儿走来，见了宝玉，便迎上去，口内说道："芸哥儿请安，在后门等着呢。这是叫我送来的。"宝玉打开看时，写道：

> 薛蟠、冯紫英组织的活动带着坏小子的流里流气，探春的活动则如此高雅。女性受的拘束多，反倒成就了文化品位。

不肖男芸恭请

父亲大人万福金安：男思自蒙天恩，认于　膝下，日夜思一孝顺，竟无可孝顺之处。前因买办花草，上托　大人洪福，竟认得许多花儿匠，并认得许多名园。前因忽见有白海棠一种，不可多得，故变尽方法，只弄得两盆。大人若视男是亲男一般，便留下赏玩。因天气暑热，恐园中姑娘们不便，故不敢面见。奉书恭启，并叩

台安　　　　　　　男芸跪书。一笑。

> 此信读来恶心，但这一类无耻巴结做法仍未见绝迹。攀高枝，捧臭脚，虽然不堪，仍然有效。
> 和探春的文字、信件成为对比。

宝玉看了，笑问道："独他来了，还有什么人？"婆子道："还有两盆花儿。"宝玉道："你出去说：我知道了，难为他想着。你就把花儿送到我屋里去就是了。"一面说，一面同翠墨往秋爽斋来，只见宝钗、黛玉、迎春、惜春已都在那里了。

> 宝玉看了也笑，所谓官不打送礼的也。宝玉并非利欲熏心之人，仍不能免俗，仍是闻（睹）阿谀而笑。

众人见他进来，都大笑说："又来了一个。"探春笑道："我不算俗，偶然起了个念头，写了几个帖儿试一试，谁知一招皆到。"宝玉笑道："可惜迟了，早该起个社的。"黛玉说道："此时还不算迟，也没什么可惜；但是你们只管起社，可别算我，我是不敢的。"迎春笑道："你不敢，谁还敢呢？"宝玉道："这是一件正经大事，大家鼓舞起来，不要你谦我让的；各有主意，只管说出来，大家评论。宝姐姐也出个主意，林妹妹也说句话儿。"宝钗道："你忙什么，人还不全呢。"一语未了，李纨也来了，进门笑道："雅的很呀！要起诗社，我自举我掌坛。前儿春天，我原有这个意思的，我想了一想，我又不会做诗，瞎闹些什么！因而也忘了，就没有说，既是三妹妹高兴，我就帮着你作兴起来。"

> 组织文学社团。

> 要鼓舞。气可鼓，不可泄。

> 正因不会做诗，所以自举掌坛，有趣，合理。

黛玉道："既然定要起诗社，咱们就是诗翁了，先把这些'姐妹叔嫂'的字样改了，才不俗。"李纨道："极是！何不起个别号，彼此称呼倒雅。我是定了'稻香老农'，再无人占的。"探春笑道："我就是'秋爽居士'罢。"宝玉道："'居士''主人'，到底不确，又累赘。这里梧桐芭蕉尽有，或指桐蕉起个倒好。"探春笑道："有了，我是喜芭蕉的，就称'蕉下客'罢。"众人都道："别致有趣。"

> 中国式的笔名之滥觞。"农"贴近自然，称"老农"有雅气。

黛玉笑道："你们快牵了他去，炖了肉脯子

来吃酒。"众人不解,黛玉笑道:"庄子云'蕉叶覆鹿',他自称'蕉下客',可不是一只鹿么?快做了鹿脯来!"众人听了,都笑起来。探春因笑道:"你别忙使巧话来骂人,我已替你想了个极当的美号了。"又向众人道:"当日娥皇女英洒泪在竹上成斑,故今斑竹又名湘妃竹;如今他住的是潇湘馆,他又爱哭,将来他那竹子想来也是要变成斑竹的,以后都叫他做'潇湘妃子'就完了。"大家听说,都拍手叫妙。黛玉低了头,也不言语。李纨笑道:"我替薛大妹妹也早已想了个好的,也只三个字。"众人忙问:"是什么?"李纨道:"我是封他为'蘅芜君',不知你们以为如何?"探春道:"这个封号极好。"

宝玉道:"我呢?你们也替我想一个。"宝钗笑道:"你的号早有了,'无事忙'三字恰当得很。"李纨道:"你还是你的旧号'绛洞花主'就是了。"宝玉笑道:"小时候干的营生,还提他做什么。"探春道:"你的号多得很,又起什么?我们爱叫你什么,你就答应着就是了。"宝钗道:"还得我送你个号罢,有最俗的一个号,却于你最当。天下难得的是富贵,又难得的是闲散,这两样再不能兼有,不想你兼有了,就叫你'富贵闲人'也罢了。"宝玉笑道:"当不起,当不起!倒是随你们混叫去罢。"

李纨道:"二姑娘,四姑娘,起个什么?"迎春道:"我们又不大会诗,白起个号做什么!"探春道:"虽如此,也起个才是。"宝钗道:"他住的是紫菱洲,就叫他'菱洲';四丫头住藕香榭,就他'藕榭'就完了。"

李纨道:"就是这样好。但序齿我大,你们都要依我的主意,管教说了,大家合意。我们七

读书强记,又善于联想。

也是卖弄。写书的人卖弄文词,正常。不正常的是有些写书的人都没有货色可资卖弄。

低头不语?可能认为潇湘不祥,也可能觉得妃子不好听。

宝钗的调侃甚好。宝玉确是无事忙。宝钗调侃中有规劝宝玉找点正经事做之意。

先说无事忙,又恐宝玉不乐意,再说富贵闲人,恭维两句,往回拉一拉。

宝钗何包办了命名?而黛玉话的不多,她不喜欢"潇湘妃子"的不祥意味吗?

个人起社,我和二姑娘四姑娘都不会做诗,须得让出我们三个人去。我们三个人各分一件事。"探春笑道:"已有了号,还只管这样称呼,不如不有了。以后错了,也要立个罚约才好。"李纨道:"立定了社,再定罚约。我那里地方大,竟在我那里作社。我虽不能做诗,这些诗人竟不厌俗,容我做个东道主人,我自然也清雅起来了;若是要推我做社长,我一个社长,自然不够,必要再请两位副社长,就请菱洲藕榭二位学究来,一位出题限韵,一位誊录监场。亦不可拘定了我们三个不做,若遇见容易些的题目韵脚,我们也随便做一首,你们四个却是要限定的。若如此便起,若不依我,我也不敢附骥了。"

一正二副好。由不会做诗的人担任诗社"领导"也好,可见领导就是服务,外行正宜领导。

四个专业,三个行政,比例如何?

　　迎春惜春本性懒于诗词,又有薛林在前,听了这话,便深合己意,二人皆说:"是极。"探春等也知此意,见他二人悦服,也不好强,只得依了。因笑道:"这话罢了。只是自想好笑:好好的我起了个主意,反叫你们三个来管起我来了。"宝玉道:"既这样,咱们就往稻香村去。"李纨道:"都是你忙。今日不过商议了,等我再请。"宝钗道:"也要议定几日一会才好。"探春道:"若只管会多,又没趣了。一月之中,只可两三次。"宝钗说道:"一月只要两次就够了。拟定日期,风雨无阻。除这两日外,倘有高兴的,他情愿加一社的,或请到他那里去,或附就了来,亦可使得,岂不活泼有趣?"众人都道:"这个主意最好。"

发起的人不必与管事的人重合。

除了定期活动,还有特殊增添的安排。果然,宝钗、李纨、探春的组织能力都不低。这里,已埋伏下了以后此三人"三套马车"执政的种子。

　　探春道:"这原系我起的意,我须得先做个东道主人,方不负我这兴。"李纨道:"既这样说,明日你就先开一社如何?"探春道:"明日不如今日,就是此刻好。你就出题,菱洲限韵,藕榭监场。"迎春道:"依我说,也不必随一人出题限韵,竟是拈阄公道。"李纨道："方才我来时，看见他们抬进两盆白海棠来，倒是好花。你们何不就咏起他来？"迎春道："都还未赏，先倒做诗？"宝钗道："不过是白海棠，又何必定要见了才做。古人的诗赋，也不过都是寄兴寓情耳；要等见了做，如今也没这些诗了。"

> 强调"言志"，并不强调纪实；强调寄托，并不强调状物。总之，更强调诗人的主体性。

迎春道："既如此，待我限韵。"说着，走到书架前，抽出一本诗来，随手一揭，这首诗竟是一首七言律，递与众人看了，都该做七言律。迎春掩了诗，又向一个小丫头道："你随口说个字来。"那丫头正倚门立着，便说了个"门"字，迎春笑道："就是'门'字韵，'十三元'了。这头一个韵定要'门'字。"说着又要了韵牌匣子过来，抽出"十三元"一屉，又命那小丫头随手拿四块。那丫头便拿了"盆""魂""痕""昏"四块来。

> 说明小丫头知韵，比今人强。

宝玉道："这'盆''门'两个字不大好做呢！"侍书一样预备下四分纸笔，便都悄然各自思索起来。独黛玉或抚弄梧桐，或看秋色，或又和丫鬟们嘲笑。迎春又命丫鬟点了一枝"梦甜香"。原来这"梦甜香"只有三寸来长，有灯草粗细，以其易烬，故以此为限；如香烬未成，便要受罚。

> 命题做诗，限律限韵，对于真正创作，并不可取，但对于以诗会友的联欢活动，却有助于整合、比类与保存。形式上的统一确也是一种统一，搞好了，照样出好诗，成为诗坛佳话。
> 计时方法也是越原始越有趣。比石英电子钟强多了。
> 大观园的雅集，比今日的"笔会"更富文化内涵。

一时探春便先有了，自己提笔写出，又改抹了一回，递与迎春。因问宝钗："蘅芜君，你可有了？"宝钗道："有却有了，只是不好。"宝玉背着手在回廊上踱来踱去，因向黛玉说道："你听他们都有了。"黛玉道："你别管我。"宝玉又见宝钗已誊写出来。因说道："了不得！香只剩了一寸了，我才有了四句。"又向黛玉道："香要完了，只管蹲在那潮地下做什么？"黛玉也不理。宝玉道："我可顾不得你了，好歹也写出来罢。"说着，

> 为了突出女儿们的才思，故意贬宝玉。

433

也走在案前写了。

李纨道:"我们要看诗了。若看完了还不交卷,是必罚的。"宝玉道:"稻香老农虽不善作,却善看,又最公道,你就评阅优劣,我们都服的。" 〔大体属评论工作者。〕众人都道:"自然。"于是先看探春的稿上写道:

咏 白 海 棠

　　斜阳寒草带重门,苔翠盈铺雨后盆。
　　玉是精神难比洁,雪为肌骨易销魂。
　　芳心一点娇无力,倩影三更月有痕。
　　莫谓缟仙能羽化,多情伴我咏黄昏。 〔缺少更深的意蕴与诗人的个性。〕

大家看了,称赏一回,又看宝钗的道:

　　珍重芳姿昼掩门,自携手瓮灌苔盆。
　　胭脂洗出秋阶影,冰雪招来露砌魂。
　　淡极始知花更艳,愁多焉得玉无痕?
　　欲偿白帝宜清洁,不语婷婷日又昏。 〔"淡极"句好。有境界也有自况。〕

李纨笑道:"到底是蘅芜君。"说着,又看宝玉的道:

　　秋容浅淡映重门,七节攒成雪满盆。
　　出浴太真冰作影,捧心西子玉为魂。 〔"太真""西子"云云,东拉西扯。〕
　　晓风不散愁千点,宿雨还添泪一痕。
　　独倚画栏如有意,清砧怨笛送黄昏。

大家看了,宝玉说探春的好。李纨终要推宝钗:"这诗有身分。"因又催黛玉。黛玉道:"你们都有了?"说着,提笔一挥而就,掷与众人。李 〔"掷"云云,有点恃才的意思。〕纨等看他写道:

　　半卷湘帘半掩门,碾冰为土玉为盆。 〔嫌雕琢。〕

看了这句,宝玉先喝起彩来,只说:"从何处想来!"又看下面道:

　　偷来梨蕊三分白,借得梅花一缕魂。 〔咏海棠而借助梨花梅花,实非上策。〕

众人看了,也都不禁叫好,说:"果然比别人又是一样心肠。"又看下面道:

月窟仙人缝缟袂,秋闺怨女拭啼痕。
娇羞默默同谁诉?倦倚西风夜已昏。

众人看了,都道:"是这首为上。"李纨道:"若论风流别致,自是这首;若论含蓄浑厚,终让蘅稿。"探春道:"这评的有理,潇湘妃子当居第二。"李纨道:"怡红公子是压尾,你服不服?"宝玉道:"我的那首原不好,这评的最公。"又笑道:"只是蘅潇二首,还要斟酌。"李纨道:"原是依我评论,不与你们相干,再有多说者必罚。"

宝玉听说,只得罢了。李纨道:"从此后,我定于每月初二、十六这两日开社;出题限韵,都要依我。这其间你们有高兴的,只管另择日子补开,那怕一个月每天都开社,我也不管。只是到了初二、十六这两日,是必往我那里去。"宝玉道:"到底要起个社名才是。"探春道:"俗了又不好,忒新了刁钻古怪也不好,可巧才是海棠诗开端,就叫个'海棠诗社'罢。虽然俗些,因真有此事,也就不碍了。"说毕,大家又商议了一回,略用些酒果,方各自散去。也有回家的,也有往贾母王夫人处去的。当下无话。

且说袭人因见宝玉看了字帖儿,便慌慌张张同翠墨去了,也不知何事;后来又见后门上婆子送了两盆海棠花来,袭人问:"那里来的?"婆子们便将前番原故说了。袭人听说,便命他们摆好,让他们在下房里坐了,自己走到房内,称了六钱银子封好,又拿了三百钱走来,都递与那两个婆子,道:"这银子赏那抬花儿的小子们。这钱你们打酒喝罢。"那婆子们站起来,眉开眼笑,千恩万谢的不肯受;见袭人执意不收,方领了。袭人又道:"后门上外头可有该班的小子

此诗有技巧而无内蕴。当然,不是黛玉的毛病。

未叫"无事忙"或"富贵闲人"。
宝玉原说探春的好,又说黛玉的好。是否有意压低宝钗?

行使裁判权。

大约也是喜欢偶数。

刁钻古怪也是一种俗。

袭人有职有权,有度有例,而又广结善缘。

435

们?"婆子忙应道:"天天有四个,原预备里头差使的。姑娘有什么差使?我们吩咐去。"袭人笑道:"我有什么差使?今儿宝二爷要打发人到小侯爷家与史大姑娘送东西去,可巧你们来了,顺便出去叫后门上小子们雇辆车来,回来你们就往这里拿钱,不用叫他们往前头混碰去。"婆子答应着去了。

袭人回至房中,拿碟子盛东西与湘云送去,却见槅子上碟槽空着,因回头见晴雯、秋纹、麝月等都在一处做针黹,袭人问道:"这一个缠丝白玛瑙碟子那里去了?"众人见问,你看我,我看你,都想不起来。半日,晴雯笑道:"给三姑娘送荔枝去的,还没送来呢。"袭人道:"家常送东西的家伙多,巴巴儿的拿这个去。"晴雯道:"我何常不是这样说,这个碟子配上鲜荔枝才好看。我送去,三姑娘也见了,说好看,连碟子放着,就没带来。你再瞧,那槅子尽上头的一对联珠瓶还没收来呢。"

秋纹笑道:"提起这瓶来,我又想起笑话来了。我们宝二爷说声孝心一动,也孝敬到二十分。那日见园里桂花,折了两枝,原是自己要插瓶的,忽然想起来,说:'这是自己园里才开的新鲜花,不敢自己先玩。'巴巴的把那一对瓶拿下来,亲自灌水插好了,叫个人拿着,亲自送一瓶进老太太,又进一瓶与太太。谁知他孝心一动,连跟的人都得了福了。可巧那日是我拿去的,老太太见了这样,喜的无可不可,见人就说:'到底是宝玉孝顺我,连一枝花儿也想的到。别人还只抱怨我疼他。'你们知道,老太太素日不大同我说话,有些不入他老人家的眼;那日竟叫人拿几百钱给我,说我'可怜见的,生的单弱。'这

> 既是统一的家庭,又有各房的设备财产,也算分、统结合。

> 写不完的生活写不完的诗,写不完的物件写不完的情,写不完的拌嘴写不完的乐,写不完的慵懒写不完的忙!

> 奴才常被迁怒,也有被"迁喜""迁爱"的时候。

可是再想不到的福气。几百钱是小事，难得这个脸面。及至到了太太那里，太太正和二奶奶赵姨奶奶好些人翻箱子，找太太当日年轻的颜色衣裳，不知要给那一个，一见了，连衣裳也不找了，且看花儿。又有二奶奶在傍边凑趣儿，夸宝二爷又是怎么孝敬，又是怎么知好歹，有的没的，说了两车话；当着众人，太太脸上又增了光，堵了众人的嘴。太太越发喜欢了，现成的衣裳，就赏了我两件。衣裳也是小事，年年横竖也得，却不像这个采头。"

> 秋纹有意谈起这个话题，说明自己只是沾了宠宝玉的光，并非自己另有特殊贡献。

> 宝玉肯定有孝敬长辈的这一面。

晴雯笑道："呸！好没见世面的小蹄子！那是把好的给了人，挑剩下的才给你，你还充有脸呢。"秋纹道："凭他给谁剩的，到底是太太的恩典。"晴雯道："要是我，我就不要。若是给别人剩的给我，也罢了；一样这屋里的人，难道谁又比谁高贵些？把好的给他，剩的才给我，我宁可不要，冲撞了太太，我也不受这口软气。"秋纹忙问道："给这屋里谁的？我因为前日病了几天，家去了，不知是给谁的。好姐姐，你告诉我知道。"晴雯道："我告诉了你，难道你这会退还太太去不成？"秋纹笑道："胡说！我白听了喜欢喜欢，那怕给这屋里的狗剩下的，我只领太太的恩典，也不去管别的事。"众人听了都笑："骂的巧，可不是给了那西洋花点子哈巴儿了。"袭人笑道："你们这起烂了嘴的！得了空就拿我取笑打牙儿，一个个不知怎么死呢！"秋纹笑道："原来姐姐得了，我实在不知道。我陪个不是罢。"

> 晴雯语带机关。

> 秋纹配合默契。算不算"影射"？

> 通过取笑出出气，幽默也是安全阀门。袭人懂得，允许人家说话乃至调侃她，才能避免矛盾激化。允许幽默比不允许幽默好。
> "红"笔下，正如宝玉眼里，对袭人纵有不敬不敢苟同之处，还是处处留有地步的。只"西洋花点子哈巴(叭)儿"云云，比较刺激。

袭人笑道："少轻狂罢，你们谁取了碟子来是正经。"麝月道："那瓶也该得空收来了。老太太屋里还罢了，太太屋里人多手杂，别人还可已，赵姨奶奶一伙的人见是这屋里的东西，又该

437

使黑心弄坏了才罢。太太也不大管这些,不如早些收来是正经。"晴雯听说,便掷下针黹,道:"这话倒是,等我取去。"秋纹道:"还是我取去罢,你取你的碟子去。"晴雯道:"我偏取一遭儿去。是巧宗儿,你们都得了,难道不许我得一遭儿?"麝月笑道:"统共秋丫头得了一遭儿衣裳,那里今儿又巧,你也遇见找衣裳不成?"晴雯冷笑道:"虽然碰不见衣裳,或者太太看见我勤谨,一个月也把太太的公费里,分出二两银子来给我,也定不得。"说着,又笑道:"你们别和我装神弄鬼的,什么事我不知道!"一面说,一面往外跑了。

> 晴雯这样眼里不掺沙子,固有语出伤人的一面,也有一定的震慑作用;她发出一个信号:我不是好惹的。

秋纹也同他出来,自去探春那里取了碟子来,袭人打点齐备东西,叫过本处的一个老宋妈妈来,向他说道:"你先好生梳洗了,换了出门的衣裳来,如今打发你与史大姑娘送东西去。"宋嬷嬷道:"姑娘只管交给我,有话说与我,我收拾了,就好一顺去。"袭人听说,便端过两个小攒丝盒子来,先揭开一个,里面装的是红菱、鸡头两样鲜果;又揭开那一个,是一碟子桂花糖蒸的新栗粉糕。又说道:"这都是今年咱们这里园里新结的果子,宝二爷送来与姑娘尝尝。再前日姑娘说这玛瑙碟子好,姑娘就留下玩罢。这绢包儿里头是姑娘上日叫我做的活计,姑娘别嫌粗糙,将就着用罢。替我们请安,替二爷问好,就是了。"宋嬷嬷道:"宝二爷不知还有什么说的,姑娘再问问去,回来别又说忘了。"袭人因问秋纹:"方才可是在三姑娘那里么?"秋纹道:"他们都在那里商议起什么诗社呢,又是做诗;想来没话,你只管去罢。"宋嬷嬷听了,便拿东西出去,穿戴了,袭人又嘱咐他:"你从后门去,有小子和

> 袭人自宝钗处得知了湘云的处境,便做些雪中送炭的好事。

> 如果仅仅作为关系学的做伪来看,亦不公正。有真诚的"助人为乐"的一面。既是施恩不望报,也是"感情投资"。单纯从动机上去区分真伪,确也越区分越混乱。

车等着呢。"宋嬷嬷去了,不在话下。

一时宝玉回来,先忙着看了一回海棠,至屋内告诉袭人起诗社的事,袭人也把打发宋嬷嬷与史湘云送东西去的话告诉了宝玉。宝玉听了,拍手道:"偏忘了他!我自觉心里有件事,只是想不起来,亏你提起来,正要请他去。这诗社里若少了他,还有个什么意思。"袭人劝道:"什么要紧,不过玩意儿。他比不得你们自在,家里又作不得主儿。告诉他,他要来,又由不得他;若不来,他又牵肠挂肚的,没的叫他不受用。"宝玉道:"不妨事,我回老太太,打发人接他去。"正说着,宋嬷嬷已经回来道生受,与袭人道乏,又说:"问二爷做什么呢我说:'和姑娘们起什么诗社做诗呢。'史姑娘道,他们做诗,也不告诉他去。急的了不得。"宝玉听了,转身便往贾母处来,立逼着叫人接去。贾母因说:"今儿天晚了,明日一早去。"宝玉只得罢了,回来闷闷的。

次日一早,便又往贾母处来催逼人接去。直到午后,史湘云才来了,宝玉方放了心。见面时,就把始末原由告诉他,又要与他诗看。李纨等因说道:"且别给他看,先说与他韵脚。他后来的,先罚他和了诗,若好,就请入社;若不好,还要罚他一个东道再说。"湘云笑道:"你们忘了请我,我还要罚你们呢!就拿韵来,我虽不能,只得勉强出丑。容我入社,扫地焚香,我也情愿。"众人见他这般有趣,越发喜欢,都埋怨:"昨日怎么忘了他。"遂忙告诉他诗韵。

史湘云一心兴头,等不得推敲删改,一面只管和人说着话,心内早已和成,即用随便的纸笔录出,先笑说道:"我却依韵和了两首,好歹我都

袭人拾遗补阙。
湘云处于半边缘状态。

为什么会忘记湘云?为什么还要后拖一日才能接来?似乎含有某种意味。

怎么忘了他?并非有袭人的顾虑,硬是忘了,忘就忘了。

忘了湘云,再补,于平板处起点小波澜,于无事处脱了裤子放屁。

不知，不过应命而已。"说着，递与众人。众人道："我们四首也算想绝了，再一首也不能了，你倒弄了两首，那里有许多话说？必要重了我们的。"一面说，一面看时，只见那两首诗写道：

其　　一

神仙昨日降都门，种得蓝田玉一盆。
自是霜娥偏爱冷，非关倩女欲离魂。
秋阴捧出何方雪？雨渍添来隔宿痕。
却喜诗人吟不倦，岂令寂寞度朝昏？

也似前几首的改作。确实本系一人所做。

其　　二

蘅芷阶通萝薜门，也宜墙角也宜盆。
花因喜洁难寻偶，人为悲秋易断魂。
玉烛滴干风里泪，晶帘隔破月中痕。
幽情欲向嫦娥诉，无奈虚廊月色昏！

洁呀玉呀雪呀魂呀……自我重复与相互重复，是旧体诗一大问题。
此首略可。
一句"花因喜洁难寻偶"，一句"也宜墙角也宜盆"，颇具人生况味。

众人看一句，惊讶一句，看到了，赞到了，都说："这个不枉做了海棠诗，真该要起'海棠社'了。"史湘云道："明日先罚我个东道，就让我先邀一社，可使得？"众人道："这更妙了。"因又将昨日的诗与他评论了一回。

至晚，宝钗将湘云邀往蘅芜院去安歇。湘云灯下计议如何设东拟题，宝钗听他说了半日，皆不妥当，因向他说道："既开社，便要作东。虽然是个玩意儿，也要瞻前顾后；又要自己便宜，又要不得罪了人，然后方大家有趣。你家里你又做不得主，一个月统共那几吊钱，你还不够使；这会子又干这没要紧的事，你婶娘听见了一发抱怨你了。况且你都拿出来，做这个东也不够。难道为这个家去要不成？还是和这里要呢？"

周到，务实，建设性与可操作性。

一席话提醒了湘云，倒踌蹰起来。宝钗道："这个我已经有个主意。我们当铺里有一个伙计,他家田里出的好螃蟹,前儿送了几个来。现在这里的人,从老太太起,连上屋里的人,有多一半都是爱吃螃蟹的,前日姨娘还说,要请老太太在园里赏桂花吃螃蟹。因为有事,还没有请。你如今且把诗社别提起,只普统一请,等他们散了,咱们有多少诗做不得的?我和我哥哥说,要他几篓极肥极大的螃蟹来,再往铺子里取上几坛好酒来,再备四五桌果碟,岂不又省事,又大家热闹?"湘云听了,心中自是感服,极赞:"想的周到!"宝钗又笑道:"我是一片真心为你的话,你千万别多心,想着我小看了你,咱们两个就白好了。你若不多心,我就好叫他们办去。"湘云忙笑道:"好姐姐,你这样说,倒多心待我了。我凭他怎么胡涂,连个好歹也不知,还成个人哩!我若不把姐姐当亲姐姐一样看待,上回那些家常烦难事,也不肯尽情告诉你了。"宝钗听说,便唤一个婆子来:"出去和大爷说,照前日的大螃蟹要几篓来,明日饭后请老太太、姨娘赏桂花。你说:大爷好歹别忘了,我今儿已经请下了人了。"那婆子出去说明,回来无话。

　　这里宝钗又向湘云道:"诗题也不要过于新巧了。你看古人中,那里有那些刁钻古怪的题目和那极险的韵?若题目过于新巧,韵过于险,再不得好诗,终是小家子气。诗固然怕说熟话,然亦不可过于求生;只要头一件立意清新,措词就不俗了。究竟这也算不得什么,还是纺绩针黹是你我的本等。一时闲了,倒是于身心有益的书看几章是正经。"

　　湘云只答应着,因笑道:"我如今心里想着,昨日做了海棠诗,我如今要做个菊花诗如何?"宝钗道:"菊花倒也合景,只是前人太多了。"湘

国人爱吃螃蟹,这也是中华传统。

诗与螃蟹,两手都要抓!

为之折服。
善能服人。服人又似计谋,计谋则无善,只似伪,似不善。这是为善的尴尬之处。
人类的悲哀之一,常常相信恶之真,怀疑善之伪。

宝钗的诗论有理。

这话既有轻视妇女轻视"文艺"认同三从四德的腐朽一面,也有戒骄戒躁的健康态度一面,免得做诗做成了疯魔。人从来都是活得很烦恼很辛苦的。
但总有闲情逸致。何况这些公子小姐们?小说之道正如文武之道(大道总是相通的),叫做一张一弛。

441

云道：" 我也是如此想着，恐怕落套。" 宝钗想了一想，说道：" 有了，如今以菊花为宾，以人为主，竟拟出几个题目来，都要两个字：一个虚字，一个实字；实字就用'菊'字，虚字便用通用门的。如此，又是咏菊，又是赋事，前人也没很做，也不能落套。赋景咏物两关着，又新鲜又大方。" 湘云笑道：" 这却很好，只是不知用何等虚字才好？你先想一个我听听。" 宝钗想了一想，笑道：" '菊梦'就好。" 湘云笑道：" 果然好。我也有一个，'菊影'可使得？" 宝钗道：" 也罢了，只是也有人做过。若题目多，这个也搭的上。我又有了一个。" 湘云道：" 快说出来。" 宝钗道：" '问菊'如何？" 湘云拍案叫：" 妙！" 因接说道：" 我也有了，'访菊'如何？" 宝钗也赞：" 有趣。" 因说道：" 索性拟出十个来，写上再来。"

　　说着，二人研墨蘸笔，湘云便写，宝钗便念，一时凑了十个。湘云看了一遍，又笑道：" 十个还不成幅，爽性凑成十二个，便全了，也如人家的字画册页一样。" 宝钗听说，又想了两个，一共凑成十二个，说道：" 既这样，一发编出他个次序先后来。" 湘云道：" 如此更妙，竟弄成个'菊谱'了。" 宝钗道：" 起首是'忆菊'；忆之不得，故访，第二是'访菊'；访之既得，便种，第三是'种菊'；种既盛开，故相对而赏，第四是'对菊'；相对而兴有余，故折来供瓶为玩，第五是'供菊'；既供而不吟，亦觉菊无彩色，第六便是'咏菊'；既入词章，不可以不供笔墨，第七便是'画菊'；既为画菊，如是碌碌，究竟不知菊有何妙处，不禁有所问，第八便是'问菊'；菊如何解语，使人狂喜不禁，第九竟是'簪菊'；如此人事虽尽，犹有菊之可咏者，'菊影''菊梦'二首，续在第十、

> 海棠意犹未尽，菊花又显身影，只是从时令上看，过渡得快了些。

> 当时尚无"打"（dozen）这个量词，但有"十二为幅"的观念，此中、西相通之处。

雪芹不厌其烦地通过自己喜爱的人不断做诗论诗,除人物故事展开的需要、结构上的间离与调剂(如果老是一波未平一波又起,未免太促太火)的需要以外,似还有一个原因。

盖我国传统,视诗、文为上品而小说为通俗文学——引车卖浆者的文学。雪芹必得多少展示自己的诗才才好。

> 第十一;末卷便以'残菊'总收前题之感。这便是三秋的妙景妙事都有了。"
>
> 　　湘云依言将题录出,又看了一回,又问:"该限何韵?"宝钗道:"我平生最不喜限韵,分明有好诗,何苦为韵所缚。咱们别学那小家派,只出题,不拘韵。原为大家偶得了好句取乐,并不为以此难人。"湘云道:"这话很是。这样,大家的诗还进一层。但只咱们五个人,这十二个题目,难道每人作十二首不成?"宝钗道:"那也太难人了。将这题目誊好,都要七言律诗,明日贴在墙上,他们看了,谁能那一个,就做那一个。有力量者十二首都做也可;不能的作一首也可。高才捷足者为尊。若十二首已全,便不许他赶着又做,罚他便完了。"湘云道:"这也罢了。"二人商议妥贴,方才息灯安寝。要知端的,且听下回分解。

这里有命题学。

宝钗诗论,时有大气。

"红"在炫学、炫富、炫情、炫博、炫雅乃至炫俗。

　　有挨打之痛,有闲吟之趣,有女儿之才,有海棠、菊花之美,紧接着还有朵颐之福。人生就是这样,苦苦乐乐,是是非非,雅雅俗俗,忙忙闲闲。连续闲吟似有无聊。

　　都奇怪为什么忘了湘云,却硬是忘了。史的文才、美貌、亲近,本不该忘,是不是暗示史的被忘的命运呢?在以宝玉为核心的情场中,也许最后才有的史的位置。

第三十八回

林潇湘魁夺菊花诗　薛蘅芜讽和螃蟹咏

也是一个高潮。享受人生（enjoy life）的高潮。
矛盾重重乃至大打出手的高潮不易写,快乐的高潮更不易写。
人生能有几次快乐?

话说宝钗湘云计议已定,一宿无话。湘云次日便请贾母等赏桂花。贾母等都说道:"倒是他有兴头,须要扰他这雅兴。"至午,果然贾母带了王夫人凤姐,兼请薛姨妈等进园来。贾母因问:"那一处好?"王夫人道:"凭老太太爱在那一处,就在那一处。"凤姐道:"藕香榭已经摆下了,那山坡下两棵桂花开的又好,河里水又碧清,坐在河当中亭子上不敞亮,看着水,眼也清亮。"贾母听了,说:"这话很是。"说着,引了众人往藕香榭来。原来这藕香榭盖在池中,四面有窗,左右有回廊,亦是跨水接峰,后面又有曲折桥。众人上了竹桥,凤姐忙上来搀着贾母,口里说道:"老祖宗只管迈大步走,不相干,这竹子桥规矩是'硌吱硌吱'的。"

一时进入榭中,只见栏杆外另放着两张竹案,一个上面设着杯箸酒具,一个上头设着茶筅茶具各色盏碟。那边有两三个丫头煽风炉煮茶,这一边另外几个丫头也煽风炉烫酒呢。贾母忙笑问:"这茶想的很好,且是地方东西都干

> 美景美意,美食美酒,美言美思,美人美诗。美哉红楼,写不尽,读不完!

> 炫景。

> 走在竹桥上,享受咯吱咯吱。

> 吃像吃,饮像饮,逛像逛,除了没有正经事,一切都是高标准。

444

净。"湘云笑道:"这是宝姐姐帮着我预备的。"贾母道:"我说这个孩子细致,凡事想的妥当。"一面说,一面又看见柱子上挂的黑漆嵌蚌的对子,命湘云念道:

  芙蓉影破归兰桨,菱藕香深泻竹桥。

  贾母听了,又抬头看匾,因回头向薛姨妈道:"我先小时,家里也有这么一个亭子,叫做什么枕霞阁。我那时也只像他姐妹们这么大年纪,同姊妹们天天玩去。那日谁知我失了脚掉下去,几乎没淹死,好容易救了上来,到底被那木钉碰破了头,如今这鬓角上那指头顶儿大一块窝儿,就是那碰破的。众人都怕经了水,又怕冒了风,都说了不得了,谁知竟好了。"凤姐不等人说,先笑道:"那时要活不得,如今这么大福可叫谁享呢?可知老祖宗从小儿的福寿就不小,神差鬼使,碰出那个窝儿来,好盛福寿的。寿星老儿头上原是一个窝儿,因为万福万寿盛满了,所以倒凸高出些来了。"

  未及说完,贾母与众人都笑软了。贾母笑道:"这猴儿惯的了不得了,只管拿我也取笑儿起来,恨的我撕你那油嘴。"凤姐道:"回来吃螃蟹,恐积了冷在心里,讨老祖宗笑一笑开心,一高兴多吃两个,也无妨了。"贾母笑道:"明日叫你日夜跟着我,我倒常笑笑,觉得开心,不许回家去。"王夫人笑道:"老太太因为喜欢他,才惯得他这样;还这样说,他明日越发无理了。"贾母笑道:"我倒喜欢他这样,况且他又不是那真不知高低的孩子。家常没人,娘儿们原该这样,横竖礼体不错就罢了,没的倒叫他们神鬼似的做什么。"

  说着,一齐进入亭子。献过茶,凤姐忙着安

妥当。再次令贾母折服。

老人回忆自己的青年时代,另一方面,却也使读者想到这些青年人的老境。他们有贾母的这种福气吗?

凑趣逗笑亦是取宠妙法,不可不察。

既分高低贵贱尊卑,又要亲热随意乐和。只有前者,活得太累。

吃螃蟹一节，确实可以当做风俗画来看，作者写得有鼻子有眼，实实在在，方方面面，严丝合缝。这是求实求真的一套笔墨，阅读效果是感同身受，使你忘了是小说。

好小说既是小说，又常常不是小说。是小说，使你惊叹于小说家的想象力、才华和博大精深，直至匠心独运。不是小说，使你见到感到了时代、历史、人生、宇宙，至少是生活的图画。

> 放杯箸，上面一桌：贾母、薛姨妈、宝钗、黛玉、宝玉。东边一桌：湘云、王夫人、迎春、探春、惜春。西边靠门一小桌：李纨和凤姐，虚设坐位，二人皆不敢坐，只在贾母王夫人两桌上伺候。凤姐吩咐："螃蟹不可多拿来，仍旧放在蒸笼里，拿十个来，吃了再拿。"一面又要水洗了手，站在贾母跟前剥蟹肉。头次让薛姨妈，薛姨妈道："我自己掰着吃香甜，不用人让。"凤姐便奉与贾母；二次的便与宝玉。又说："把酒烫得滚热的拿来。"又命小丫头们去取菊花叶儿桂花蕊熏的绿豆面子，预备洗手。史湘云陪着吃了一个，便下座来让人，又出至外头，命人盛两盘子与赵姨娘送去。又见凤姐走来道："你不惯张罗，你吃你的去，我先替你张罗，等散了，我再吃。"湘云不肯，又命人在那边廊上摆了两席，让鸳鸯、琥珀、彩霞、彩云、平儿去坐。鸳鸯因向凤姐笑道："二奶奶在这里伺候，我可吃去了。"凤姐儿道："你们只管去，都交给我就是了。"说着，史湘云仍入了席。
>
> 　　凤姐和李纨也胡乱应了个景儿。凤姐仍旧下来张罗，一时出至廊上，鸳鸯等正吃得高兴，见他来了，鸳鸯等站起来道："奶奶又出来做什么？让我们也受用一会子。"凤姐笑道："鸳鸯丫头越发坏了，我替你当差，倒不领情，还抱怨我，还不快斟一钟酒来我喝呢！"鸳鸯笑着，忙斟了一杯酒，送至凤姐唇边，凤姐一挺脖子吃了。琥珀彩霞二人，也斟上一杯，送至凤姐唇边，那凤

宴请设桌，也是有讲究的，其例大致可循。

把吃螃蟹当做一件大事，至今江南一些城市如此。

螃蟹宴的设计者是宝钗，"施工"者是凤姐。宝钗略高一筹。

姐也吃了。平儿早剔了一壳黄子送来,凤姐道:"多倒些姜醋。"一回也吃了,笑道:"你们坐着吃罢,我可去了。"鸳鸯笑道:"好没脸!吃我们的东西。"凤姐儿笑道:"你少和我作怪,你知道你琏二爷爱上了你,要和老太太讨了你做小老婆呢。"鸳鸯红了脸道:"啐!这也是做奶奶说出来的话。我不拿腥手抹你一脸算不得!"说着,站起来就要抹。凤姐儿道:"好姐姐,饶我这一遭儿罢。"琥珀笑道:"鸳丫头要去了,平丫头还饶他?你们看看,他没有吃了两个螃蟹,倒喝了一碟子醋呢!"

这个玩笑对于下面的情节有预示性。预示是长篇小说的一个手段,毫无预示的情节发生,会令读者感到突然,乃至会影响可信性。

平儿手里正剥了个满黄螃蟹,听如此奚落他,便拿着螃蟹照琥珀脸上来抹,口内笑骂:"我把你这嚼舌根的小蹄子!"琥珀也笑着往傍边一躲。平儿使空了,往前一撞,正恰恰的抹在凤姐腮上。凤姐正和鸳鸯嘲笑,不防吓了一跳,"嗳哟"了一声,众人掌不住都哈哈的大笑起来。凤姐也禁不住笑骂道:"死娼妇!吃离了眼了,混抹你娘的。"平儿忙赶过来替他擦了,亲自去端水。鸳鸯道:"阿弥陀佛!这才是现报呢。"

主奴之辨也要灵活掌握。大家高兴时,不妨把弦放松,自由平等博爱,不分彼此,打成一片。真有了事,那也没什么客气的。

能骂得如此畅快,人生一乐。

贾母那边听见,一叠连声问:"见了什么了,这样乐?告诉我们也笑笑。"鸳鸯等忙高声笑回道:"二奶奶来抢螃蟹吃,平儿恼了,抹了他主子一脸螃蟹黄子,主子奴才打架呢!"贾母和王夫人等听了,也笑起来。贾母笑道:"你们看他可怜见儿的,那小腿子、脐子,给他点子吃,也完了。"鸳鸯等笑着答应了,高声的说道:"这满桌子的腿子,二奶奶只管吃就是了。"凤姐洗了脸,走来又伏侍贾母等吃了一回。

贾母也凑趣。
更见凤姐之得宠。

幽默必须双向、可逆。弄臣还要培养出"玩主"来。

黛玉弱,不敢多吃,只吃了一点夹子肉,就下来了。贾母一时也不吃了。大家方散,都洗了手。也有看花的,也有弄水看鱼的,游玩了一回。王夫人因问贾母,说:"这里风大,才又吃了螃蟹,老太太还是回房去歇歇罢了。若高兴,明日再来逛逛。"贾母听了,笑道:"正是呢。我怕你们高兴,我走了,又怕扫了你们的兴;既这么说,咱们就都去罢。"回头嘱咐湘云:"别让你宝哥哥林姐姐多吃了。"湘云答应着。又嘱咐湘云宝钗二人说:"你两个也别多吃。那东西虽好吃,不是什么好的,吃多了肚子疼。"

二人忙应着,送出园外,仍旧回来,命将残席收拾了另摆。宝玉道:"也不用摆,咱们且做诗。把那大团圆桌子放在当中,酒菜都放着,也不必拘定坐位,有爱吃的去吃,大家散坐,岂不便宜?"宝钗道:"这话极是。"湘云道:"虽如此说,还有别人。"因又命另摆一桌,拣了热螃蟹来,请袭人、紫鹃、司棋、侍书、入画、莺儿、翠墨等一处共坐。山坡桂树底下铺下两条花毯,命支应的婆子并小丫头等也都坐了,只管随意吃喝,等使唤再来。

湘云便取了诗题,用针绾在墙上,众人看了,都说:"新奇,只怕做不出来。"湘云又把不限韵的缘故说了一番,宝玉道:"这才是正理,我也最不喜限韵。"黛玉因不大吃酒,又不吃螃蟹,自命人掇了一个绣墩,倚栏坐着,拿着钓杆钓鱼。宝钗手里拿着一枝桂花,玩了一回,俯在窗槛上,掐了桂蕊,掷在水面,引的游鱼浮上来唼喋。湘云出一回神,又让一回袭人等,又招呼山坡下的众人只管放量吃。探春和李纨惜春正立在垂柳阴中看鸥鹭。迎春又独在花阴下,拿着花针儿穿茉莉花。宝玉又看了一回黛玉钓鱼;一回又俯在宝钗傍边说笑两句;一回又看袭人等吃

> 大观园常有诗歌节、美食节、灯谜节等等。

> 细细写来,滴水不漏。

> 老辈人及时退出,以使青年人得以尽兴。

> 开始进入无差别境界。

螃蟹,自己也陪他饮两口酒,袭人又剥一壳肉给他吃。黛玉放下钓杆,走至座间,拿起那乌银梅花自斟壶来,拣了一个小小的海棠冻石蕉叶杯,丫头看见,知他要饮酒,忙着走上来斟,黛玉道:"你们只管吃去,让我自己斟才有趣儿。"说着,便斟了半盏,看时,却是黄酒,因说道:"我吃了一点子螃蟹,觉得心口微微的疼,须得热热的吃口烧酒。"宝玉忙接道:"有烧酒。"便命将那合欢花浸的酒烫一壶来。

> 在和自然(哪怕是人造的自然)相对的时候,人显得净化了许多。
> 一幅及时行乐图。

黛玉也只吃了一口,便放下了。宝钗也走过来,另拿了一只杯来,也饮了一口放下,便蘸笔至墙上把头一个"忆菊"勾了,底下又赘一个"蘅"字。宝玉忙道:"好姐姐,第二个我已有了四句了,你让我做罢。"宝钗笑道:"我好容易有了一首,你就忙的这样。"黛玉也不说话,接过笔来把第八个"问菊"也勾了,接着把第十一个"菊梦"也勾了,也赘上了一个"潇"字。宝玉也拿起笔来将第二个"访菊"也勾了,也赘上一个"绛"字。探春起来看着道:"竟没人作'簪菊'?让我作。"又指着宝玉笑道:"才宣过,总不许带出闺阁字样来,你可要留神。"说着,只见湘云走来,将第四第五"对菊""供菊"一连两个都勾了,也赘上一个"湘"字。探春道:"你也该起个号。"湘云笑道:"我们家里如今虽有几处轩馆,我又不住着,借了来也没趣。"宝钗笑道:"方才老太太说,你们家里也有一个水亭,叫做枕霞阁,难道不是你的?如今虽没了,你到底是旧主人。"众人都道:"有理。"宝玉不待湘云动手,便代将"湘"字抹了,改了一个"霞"字。

> 从物质的高潮进入文化的高潮,两手都要硬。

> 带有游戏性、竞赛性、测验性和联欢性。游戏中亦可见性情,见性情,见真知灼见乃至见血泪,也仍然具有游戏性。因不可一脑门子官司,搞得各个侧面势不两立——那将是何等煞风景的事。

没有顿饭工夫,十二题已全,各自誊出来,都交与迎春,另拿了一张雪浪笺过来,一并誊录

出来,某人作的,底下赘明某人的号。李纨等从头看道:

忆菊　蘅芜君

怅望西风抱闷思,蓼红苇白断肠时。
空篱旧圃秋无迹,冷月清霜梦有知。
念念心随归雁远,寥寥坐听晚砧迟。
谁怜我为黄花瘦,慰语重阳会有期。

> 平和安详如宝钗,诗中亦不免"闷思""断肠",诗咏忧思,盖难免也。
>
> 工整的句子,易成俗套,少了点阳生——个性感。

访菊　怡红公子

闲趁霜晴试一游,酒杯药盏莫淹留。
霜前月下谁家种,槛外篱边何处秋?
蜡屐远来情得得,冷吟不尽兴悠悠。
黄花若解怜诗客,休负今朝挂杖头。

> 问不着。
>
> 这样的诗如同扎针而不见血。

种菊　怡红公子

携锄秋圃自移来,篱畔庭前处处栽。
昨夜不期经雨活,今朝犹喜带霜开。
冷吟秋色诗千首,醉酹寒香酒一杯。
泉溉泥封勤护惜,好和井径绝尘埃。

> "昨夜"句尚可,有几分活气。
>
> 你到底有话说否?想说个啥?

对菊　枕霞旧友

别圃移来贵比金,一丛浅淡一丛深。
萧疏篱畔科头坐,清冷香中抱膝吟。
数去更无君傲世,看来惟有我知音。
秋光荏苒休孤负,相对原宜惜寸阴。

> 诗虽不差,仍嫌人工,不似天成、偶得者。

供菊　枕霞旧友

弹琴酌酒喜堪俦,几案婷婷点缀幽。
隔坐香分三径露,抛书人对一枝秋。
霜清纸帐来新梦,圃冷斜阳忆旧游。
傲世也因同气味,春风桃李未淹留。

> 文字虽好,诗境界有限。

咏菊　潇湘妃子

无赖诗魔昏晓侵,绕篱欹石自沉音。
毫端蕴秀临霜写,口角噙香对月吟。
满纸自怜题素怨,片言谁解诉秋心?

> 无赖诗魔的作用下,难出太好的诗。

一从陶令评章后,千古高风说到今。　　　　　不像《葬花》,句句都是黛玉体。

画菊　蘅芜君
诗余戏笔不知狂,岂是丹青费较量。
聚叶泼成千点墨,攒花染出几痕霜。　　　　　略有诗人的洒脱。
淡浓神会风前影,跳脱秋生腕底香。
莫认东篱闲采撷,粘屏聊以慰重阳。

问菊　潇湘妃子
欲讯秋情众莫知,喃喃负手扣东篱。
孤标傲世偕谁隐,一样开花为底迟?　　　　　人们称道这两句,盖内中有黛玉自己。
圃露庭霜何寂寞,雁归蛩病可相思?
莫言举世无谈者,解语何妨话片时。　　　　　降调以自慰,这是许多诗的结法。

簪菊　蕉下客
瓶供篱栽日日忙,折来休认镜中妆。
长安公子因花癖,彭泽先生是酒狂。
短鬓冷沾三径露,葛巾香染九秋霜。
高情不入时人眼,拍手凭他笑路旁。

菊影　枕霞旧友
秋光叠叠复重重,潜度偷移三径中。
窗隔疏灯描远近,篱筛破月锁玲珑。
寒芳留照魂应驻,霜印传神梦也空。
珍重暗香踏碎处,凭谁醉眼认朦胧。

菊梦　潇湘妃子
篱畔秋酣一觉清,和云伴月不分明。　　　　　洁癖,孤独感,时有显示。
登仙非慕庄生蝶,忆旧还寻陶令盟。
睡去依依随雁断,惊回故故恼蛩鸣。
醒时幽怨同谁诉,衰草寒烟无限情。

残菊　蕉下客
露凝霜重渐倾欹,宴赏才过小雪时。　　　　　宴赏句即景,反而平实可爱。
蒂有余香金淡泊,枝无全叶翠离披。
半床落月蛩声切,万里寒云雁阵迟。
明岁秋分知再会,暂时分手莫相思。

451

众人看一首，赞一首，彼此称扬不绝。李纨笑道："等我从公评来，通篇看来，各人有各人的警句，今日公评：'咏菊'第一，'问菊'第二，'菊梦'第三，题目新，诗也新，立意更新了，只得要推潇湘妃子为魁了。然后'簪菊''对菊''供菊''画菊''忆菊'次之。"宝玉听说，喜的拍手叫道："极是，极公！"黛玉道："我那个也不好，到底伤于纤巧些。"李纨道："巧的却好，不露堆砌生硬。"黛玉道："据我看来，头一句好的是'圃冷斜阳忆旧游'，这句背面傅粉；'抛书人对一枝秋'，已经妙绝，将供菊说完，没处再说，故翻回来想到未折未供之先，意思深远。"李纨笑道："固如此说，你的'口角噙香'一句也敌得过了。"探春又道："到底要算蘅芜君沉着，'秋无迹'，'梦有知'，把个'忆'字竟烘染出来了。"宝钗笑道："你的'短鬓冷沾'，'葛巾香染'，也就把簪菊形容的一个缝儿也没了。"湘云笑道："'偕谁隐''为底迟'，直直把个菊花问得无言可对。"李纨笑道："你那'科头坐''抱膝吟'，竟一时也舍不得别开，菊花有知，也必腻烦了。"说的大家都笑了。

宝玉笑道："我又落第。难道'谁家种''何处秋''蜡屐远来''冷吟不尽'都不是访不成？'昨夜雨''今朝霜'，都不是种不成？但恨敌不上'口角噙香对月吟'、'清冷香中抱膝吟'、'短鬓'、'葛巾'、'金淡泊'、'翠离披'、'秋无迹'、'梦有知'这几句罢了。"又道："明日闲了，我一个人做出十二首来。"李纨道："你的也好，只是不及这几句新巧就是了。"大家又评了一回，复又要了热螃蟹来，就在大圆桌上吃了一回。

宝玉笑道："今日持螯赏桂，亦不可无诗，我

没觉出立意新来。要新意必须一吐衷肠，但许多人作诗什么都有，就是没有衷肠。

雪芹写这一段时一定很开心。自己拟了诗，再通过自己的人物评点夸奖一番，小说家一乐也。
一人化作千人面，千人同由一人牵，小说家就是小说——小说人物们的上帝、造物(造言)主。

咬文嚼字，人生至乐也。

这样析诗，有见树不见林之虞。

为了凸现女孩子们的才气，不惜回回让宝玉"落第"。

雪芹"替"那么多女子做诗,大致都还有几分女气,内中心理依据颇可玩味。

这也是一种体贴,一种"情结"。就诗而论,或未必甚佳,放在一起,便有惊人处。

末三首"饶"上去的诗基本上是一个调子,递进累加,逐步深入。

已吟成,谁还敢作?"说着,便忙洗了手,提笔写出,众人看道:

> 持螯更喜桂阴凉,泼醋擂姜兴欲狂。
> 饕餮王孙应有酒,横行公子竟无肠。
> 脐间积冷馋忘忌,指上沾腥洗尚香。
> 原为世人美口腹,坡仙曾笑一生忙。

有情致,无深度。

黛玉笑道:"这样的诗,一时要一百首也有。"宝玉笑道:"你这会子才力已尽,不说不能作了,还贬人家。"黛玉听了,并不答应,略一仰首微吟,提起笔来一挥,已有了一首。众人看道:

> 铁甲长戈死未忘,堆盘色相喜先尝。
> 螯封嫩玉双双满,壳凸红脂块块香。
> 多肉更怜卿八足,助情谁劝我千觞?
> 对兹佳品酬佳节,桂拂清香菊带霜。

黛玉能做出这样状写饕餮的句子么?

宝玉看了,正喝彩,黛玉便一把撕了,命人烧去,因笑道:"我做的不及你的,我烧了他;你那个很好,比方才的菊花诗还好,你留着他给人看。"

倒是,更朴真也更放得开一些。
不像恁年轻人写的。

宝钗笑道:"我也勉强了一首,未必好,写出来取笑儿罢。"说着,也写了出来,大家看时,写道:

> 桂霭桐阴坐举觞,长安涎口盼重阳。
> 眼前道路无经纬,皮里春秋空黑黄。

看到这里,众人不禁叫绝。宝玉道:"骂得痛快!我的诗也该烧了。"看底下道:

> 酒未涤腥还用菊,性防积冷定须姜。
> 于今落釜成何益,月浦空余禾黍香。

吃蟹后用菊花水洗手,"红"已有之。

这是大观园的一幅行乐图。简直是天堂,是活神仙的日子。有美景,有美食,有美文(诗)更有美人,几乎人人开心,个个高兴。几近于一次联欢节,狂欢节,诗歌艺术节,美食节,菊花节。节日般的快乐一去不再,永远难忘。即使重返大荒山青埂峰无稽崖,重新永远永远地复归为一块石头,想起这次吃蟹咏菊,能不依依?

乐哉人生,哀哉人生!《红楼梦》请君尽尝人生滋味!

> 众人看毕,都说:"这是食蟹绝唱。这些小题目,原要寓大意思,才算是大才。只是讽刺世人太毒了些。"说着,只见平儿复进园来。不知做什么,且听下回分解。

寓意不过是诗才的要求,不必当真。"太毒了些"云云是雪芹狡狯处,虚虚往回拉一拉,做中庸有度状。

一连两回以诗歌活动为中心,加以食蟹,游玩,主奴笑谑,矛盾淡化,冲突歇息,太平盛世,其乐何如,其雅何如!但愿人们日日如此,长命百岁!

国人对于食蟹的热情,带有独特的文化色彩,喜欢吃一些诡异的东西,崇拜鲜野稀缺。西餐则把螃蟹剔出纯肉上桌,太不一样了。

第三十九回

村老老是信口开河　情哥哥偏寻根究底

话说众人见平儿来了,都说:"你们奶奶做什么呢,怎么不来了?"平儿笑道:"他那里得空儿来?因为说没好生吃得,又不得来,所以叫我来问还有没有,叫我要几个,拿了家去吃罢。"湘云道:"有,多着呢。"忙命人拿盒子装了十个极大的,平儿道:"多拿几个团脐的。"众人又拉平儿坐,平儿不肯,李纨拉着他笑道:"偏要你坐。"拉着他身旁坐下,端了一杯酒,送到他嘴边,平儿忙喝了一口,就要走,李纨道:"偏不许你去。显见得你只有凤丫头,就不听我的话了。"说着,又命嬷嬷们:"先送了盒子去,就说我留下平儿了。"那婆子一时拿了盒子回来,说:"二奶奶说,叫奶奶和姑娘们别笑话要嘴吃。这个盒子里,方才舅太太那里送来的菱粉糕和鸡油卷儿,给奶奶姑娘们吃的。"又向平儿道:"说使唤你来,你就贪住玩,不去了,劝你少喝一钟儿罢。"平儿笑道:"多喝了,又把我怎么样?"一面说,一面只管喝,又吃螃蟹。李纨揽着他笑道:"可惜这么个好体面模样儿,命却平常,只落得屋里使唤。不知道的人,谁不拿你当做奶奶太太看?"

平儿一面和宝钗湘云等吃喝着,一面回头笑道:"奶奶,别这样摸的我怪痒痒的。"李氏道:"嗳哟!这硬的是什么?"平儿道:"是钥匙。"李

| 难得"老农"好兴致。 |
| 李纨喜平儿,她们的为人处世有相近处。"命"并不公正。李纨当有体会。 |
| 洋人读到这里很可能想入非非。 |

455

氏道："有什么要紧的东西怕人偷了去,却带在身上？我成日家和人说笑：有个唐僧取经,就有个白马来驮着他；刘智远打天下,就有个瓜精来送盔甲；有个凤丫头,就有个你！你就是你奶奶的一把总钥匙,还要这钥匙做什么？"平儿笑道："奶奶吃了酒,又拿我来打趣着取笑儿了。"

> 通过轻松说笑表达对于平儿角色的重要评价,写来不费力,却见匠心。

> 比喻极好,李纨老到——并非槁木死灰也。

宝钗笑道："这倒是真话。我们没事评论起来,你们这几个,都是百个里头挑不出一个来的。妙在各人有各人的好处。"李纨道："大小都有个天理,比如老太太屋里,要没那个鸳鸯,如何使得？从太太起,那一个敢驳老太太的回,他现敢驳回,偏老太太只听他一个人的话。老太太的那些穿带的,别人不记得,他都记得。要不是他经管着,不知叫人诓骗了多少去呢。那孩子心也公道,虽然这样,倒常替人上好话儿,还倒不倚势欺人的。"惜春笑道："老太太昨日还说呢,他比我们还强呢。"平儿道："那原是个好的,我们那里比得上他？"宝玉道："太太屋里的彩霞,是个老实人。"探春道："可不是,外头'老实',心里可有数儿。太太是那么'佛爷'似的,事情上不留心,他都知道。凡一应事,却是他提着太太行,连老爷在家出外去的一应大小事,他都知道,太太忘了,他背后告诉太太。"

> 宝钗有知人之长。

> 难得。

> 更佳。
> 每个屋里的大丫头,都是"秘书长"呢。

李纨道："那也罢了。"指着宝玉道："这一个小爷屋里,要不是袭人,你们度量到个什么田地？凤丫头就是个楚霸王,也得两只膀子好举千斤鼎,他不是这丫头,他就得这么周到了？"平儿道："先时赔了四个丫头来,死的死,去的去,只剩下我一个孤鬼儿了。"李纨道："你倒是有造化的,凤丫头也是有造化的。想当初珠大爷在日,何曾也没两个人？你们看,我还是那容不下

> 高兴至极,忽然李纨伤心,因平儿而伤心。
> 李纨平儿,互相有一种(或李对平有一种)什么样的心情呢?"不如散了倒好"。
> 无差别境界只是昙花一现。转眼又是种种恩怨、计较、阴谋、摩擦,至少也是探听摸底。
> 实在是累人。

人的?天天只见他两个不自在,所以你珠大爷一没了,趁年轻我都打发了。若有一个好的守得住,我到底有个膀臂了。"说着不觉眼圈儿红了。众人都道:"这又何必伤心,不如散了倒好。"说着,便都洗了手,大家约着往贾母王夫人处问安。众婆子丫头打扫亭子,收洗杯盘。袭人便和平儿一同往前去。

> 也是乐极生悲。

> 李纨的悲哀当然不在没有好使的丫头而在没有丈夫,但她不能动辄为丈夫而哭,便把遗憾的心情迁移到丫头上。

袭人因让平儿到房里坐坐,再吃一钟茶。平儿回说:"不吃茶了,再来罢。"一面说,一面便要出去。袭人又叫住,问道:"这个月的月钱,连老太太、太太还没放呢,是为什么?"平儿见问,忙转身至袭人跟前,又见方近无人,悄悄说道:"你快别问,横竖再迟两天就放了。"袭人笑道:"这是为什么,唬的你这个样儿?"平儿悄声告诉他道:"这个月的月钱,我们奶奶早已支了,放给人使呢。等别处利钱收了来,凑齐了才放呢。因为是你,我才告诉你,可不许告诉一个人去。"袭人笑道:"他难道还短钱使?还没个足厌?何苦还操这心?"平儿笑道:"何曾不是呢。他这几年,只拿着这一项银子翻出有几百来了。他的公费月例又使不着,十两八两零碎攒了,又放出去,只他这体己利钱,一年不到,上千的银子呢。"袭人笑道:"拿着我们的钱,你们主子奴才赚利钱,哄的我们呆等。"平儿道:"你又说没良心的话!你难道还少钱使?"袭人道:"我虽不少,只是我也没地方使去,就只预备我们那一个。"平儿道:"你倘若有紧要事用银钱使时,我

> 靠时间差中饱吃利,"红"已有之。
> 平儿与袭人什么关系,能透露这样的核心机密?平儿几个脑袋?

> 管中窥豹,可见一斑。

> 平儿、袭人这个档次,有自己的关系网,有自己的语言。

那里还有几两银子,你先拿来使,明日我扣下你的就是了。"袭人道:"此时也用不着,怕一时要用起来不够了,我打发人去取就是了。"

> 埋伏着怎样的用意?

平儿答应着,一径出了园门,只见凤姐那边打发人来找平儿,说:"奶奶有事等你。"平儿道:"有什么事,这么要紧?我为大奶奶拉扯住说话儿,我又不逃了,这么连三接四的叫人来找!"那丫头说道:"你去不去由你,犯不上恼我,你自己敢与奶奶说去。"

> 为何有不耐烦情绪?是小烦见真情么?

平儿啐了一口,急忙走来,只见凤姐儿不在房里,忽见上回来打抽丰的那刘老老和板儿又来了,坐在那边屋里,还有张材家的周瑞家的陪着;又有两三个丫头在地下倒口袋里的枣子、倭瓜并些野菜。众人见他进来,都忙站起来了。刘老老因上次来过,知道平儿的身分,忙跳下地来,问:"姑娘好?"又说:"家里都问好。早要来请姑奶奶的安,看姑娘来的,因为庄家忙。好容易今年多打了两石粮食,瓜果菜蔬也丰盛,这是头一起摘下来的,并没敢卖呢,留的尖儿,孝敬姑奶奶、姑娘们尝尝。姑娘们天天山珍海味的,也吃腻了,吃个野菜儿,也算我们的穷心。"平儿忙道:"多谢费心。"又让坐,自己坐了,又让:"张婶子周大娘坐。"命小丫头子:"倒茶去。"周瑞张材两家的因笑道:"姑娘今日脸上有些春色,眼圈儿都红了。"平儿笑道:"可不是,我原是不吃的,大奶奶和姑娘们只是拉着死灌,不得已喝了两钟,脸就红了。"张材家的笑道:"我倒想着要吃呢,又没人让我。明日再有人请姑娘,可带了我去罢。"说着,大家都笑了。

> 不但是下地而且是跳下地,果然"忙"于致敬。也说明老老身"脚"矫健。并说明写得活现。着一"跳"字而出彩矣。

> 这是一种直觉的健康意识。

> 都是凤姐亲信,相互亲和。

周瑞家的道:"早起我就看见那螃蟹了,一斤只好秤两个三个,这么两三大篓,想是有七八刘老老说来就来,说走就走。来则必胜,顺山顺水,一串绿灯,所向披靡,真神人也。

读完《红楼梦》,掩卷思之,最幸运的人就是刘老老。

但未必有几个人愿做刘老老。还是去当宝玉、贾母乃至凤姐的人多。

十斤呢。"周瑞家的又道:"若是上上下下,只怕还不够。"平儿道:"那里都吃?不过都是有名儿的吃两个子。那些散众,也有摸得着,也有摸不着的。"刘老老道:"这样螃蟹,今年就值五分一斤,十斤五钱,五五二两五,三五一十五,再搭上酒菜,一共倒有二十多两银子。阿弥陀佛!这一顿的钱,够我们庄家人过一年的了。"

> 有摸得着,有摸不着的,能没有怨怼吗?能没有矛盾、危机吗?

平儿因问:"想是见过奶奶了?"刘老老道:"见过了,叫我们等着呢。"说着,又往窗外看天气,说道:"天好早晚了,我们也去罢,别出不去城,才是饥荒呢。"周瑞家的道:"这话倒是,我替你瞧瞧去。"说着,一径去了,半日方来,笑道:"可是你老的福来了。竟投了这两个人的缘了。"平儿等问:"怎么样?"周瑞家的笑道:"二奶奶在老太太跟前呢,我原是悄悄的告诉二奶奶:'刘老老要家去呢,怕晚了赶不出城去。'二奶奶说:'大远的,难为他扛了些东西来,晚了就住一夜,明日再去。'这可不是投上二奶奶的缘了?这也罢了,偏生老太太又听见了,问:'刘老老是谁?'二奶奶便回明白了。老太太又说:'我正想个积古的老人家说话儿,请了来我见一见。'这可不是想不到的投上缘了?"说着,催刘老老下来前去。刘老老道:"我这生象儿,怎好见的?好嫂子,你就说我去了罢。"平儿忙道:"你快去罢,不相干的。我们老太太最是惜老怜贫的,比不得那个狂三诈四的那些人。想是你怯上,我和周大娘送你去。"说着,同周瑞家的引了刘老老往贾母这边来。

> 刘老老忘了上次得到凤姐二十两的馈赠吗?

> 福怎么来的?踏破铁鞋无觅处,得来全不费功夫。

> 富人需要个人陪着说话。如今(例如美国)便有雇人陪同聊天的。

> 暴发户才狂三诈四。再进一步就是自取灭亡。

二门口该班的小厮们见了平儿出来,都站了起来,有两个又跑上来,赶着平儿叫"姑娘"。平儿问道:"又说什么?"那小厮笑道:"这会子也好早晚了,我妈病着,等我去请大夫。好姑娘,我讨半日假,可使得?"平儿道:"你们倒好,都商议定了,一天一个,告假又不回奶奶,只和我胡缠。前日住儿去了,二爷偏生叫他,叫不着,我应起来了,还说我做了情。你今日又来了。"周瑞家的道:"当真的他妈病了,姑娘也替他应着,放了他罢。"平儿道:"明日一早来。听着,我还要使你呢,再睡的日头晒着屁股再来!你这一去,带个信儿给旺儿,就说奶奶的话,问着他那剩的利钱,明日若不交来,奶奶不要了,爽性送他使罢。"那小厮欢天喜地,答应去了。

> 奴才中的等级关系、管理运作中不乏人情味。

> 凤姐的舞弊中饱,竟是半公开的么?

平儿等来至贾母房中,彼时大观园中姊妹们都在贾母前承奉,刘老老进去,只见满屋里珠围翠绕、花枝招展的,并不知都系何人。只见一张榻上,独歪着一位老婆婆,身后坐着一个纱罗裹的美人一般的小丫鬟,在那里捶腿。凤姐儿站着正说笑。刘老老便知是贾母了,忙上来,陪着笑,福了几福,口里说:"请老寿星安。"贾母亦忙欠身问好,又命周瑞家的端过椅子来坐着。那板儿仍是怯人,不知问候。贾母道:"老亲家,你今年多大年纪了?"刘老老忙起身答道:"我今年七十五了。"贾母向众人道:"这么大年纪了,还这么硬朗,比我大好几岁呢。我要到这么年纪,还不知怎么动不得呢。"刘老老笑道:"我们生来是受苦的人,老太太生来是享福的,若我们也这样,那些庄家活也没人做了。"贾母道:"眼睛牙齿都还好?"刘老老道:"都还好,就是今年左边的槽牙活动了。"贾母道:"我老了,都不中

> 像一幅画。至今有些国人以为歪在榻上待客是身份和享受。

> 俯就中也有满足与得意的享受。
> 正如受宠也很痛苦。

> 贾母呢,七十二三岁?

> 极奉承,又(至少今天看来)极讽刺。
> 时过境迁之后,所有的奉承都成了讽刺也。

大观园虽然"天堂",毕竟是人造的自然,封闭的自然,狭小的自然。贾母不能走马观花,更不能下马看花,便召见一下来自大世界大自然的贫民,也可以算是一种开放的萌芽,一种换换口味的聊胜于无的寄托,一种可怜的兴味吧。

天堂如果封闭起来,就不再是天堂,而变成天堂的反面了。

用了,眼也花,耳也聋,记性也没了。你们这些老亲戚,我都记不得了。亲戚们来了,我怕人笑我,我都不会。不过嚼得动的吃两口,睡一觉;闷了时,和这些孙子孙女儿玩笑一回就完了。"刘老老笑道:"这正是老太太的福了。我们想这么着不能。"贾母道:"什么'福',不过是老废物罢了。"说的大家都笑了。

> 贾母难得找到个人诉诉苦。

> 谈话有时也需要超功利,找一个最不相干的、毫无利害与事务关系的对象谈,才最好谈。

贾母又笑道:"我才听见凤哥儿说,你带好些瓜菜儿,我叫他快收拾去了。我正想个地里现结的瓜儿菜儿吃,外头买的不像你们地里的好吃。"刘老老笑道:"这是野意儿,不过吃个新鲜。依我们,倒想鱼肉吃,只是吃不起。"贾母又道:"今日既认着了亲,别空空的就去,不嫌我这里,就住一两天再去。我们也有个园子,园子里头也有果子,你明日也尝尝,带些家去,也算是看亲戚一趟。"凤姐儿见贾母喜欢,也忙留道:"我们这里虽不比你们的场院大,空屋子还有两间,你住两天,把你们那里的新闻故事儿,说些与我们老太太听听。"贾母笑道:"凤丫头,别拿他取笑儿,他是屯里人,老实,那里搁得住你打趣?"说着,又命人去先抓果子与板儿吃。板儿见人多了,又不敢吃。贾母又命拿些钱给他,叫小么儿们带他外头玩去。刘老老吃了茶,便把些乡村中所见所闻的事情说与贾母听,贾母越发得了趣味。

> 养尊处优者更需要泥土气息。

> 希望获取点新鲜信息。

> 要接地气。

正说着,凤姐儿便命人请刘老老吃晚饭,贾母又将自己的菜拣了几样,命人送过去与刘老老吃。凤姐知道合了贾母的心,吃了饭便又打发过来。鸳鸯忙命老婆子带了刘老老去洗了澡,自己去挑了两件随常的衣服,命给刘老老换上。那刘老老那里见过这般行事?忙换了衣裳出来,坐在贾母榻前,又搜寻些话出来说。彼时宝玉姊妹们也都在这里坐着,他们何曾听见过这些话,自觉比那些瞽目先生说的书还好听。一是少爷小姐们少见多怪,一是百姓生活确有趣味,一是刘老老善于忽悠。

　　那刘老老虽是个村野人,却生来的有些见识,况且年纪老了,世情上经历过的,见头一个贾母高兴,第二件这些哥儿姐儿们都爱听,便没话也编出些话来讲。因说道:"我们村庄上种地种菜,每年每日,春夏秋冬,风里雨里,那里有个坐着的空儿?天天都是在那地头上做歇马凉亭,什么奇奇怪怪的事不见呢。就像去年冬天,接连下了几天雪,地下压了三四尺深,我那日起得早,还没出房门,只听外头柴草响,我想着必定有人偷柴草来了,我巴着窗眼儿一瞧,却不是我们村庄上的人。"贾母道:"必定是过路的客人们冷了,见现成的柴,抽些烤火去,也是有的。"刘老老笑道:"也并不是客人,所以说来奇怪。老寿星当个什么人?原来是一个十七八岁极标致的一个小姑娘,梳着溜油光的头,穿着大红袄儿,白绫子裙儿……"刚说到这里,忽听外面人吵嚷起来,又说:"不相干的,别唬着老太太。"贾母等听了,忙问:"怎么了?"丫鬟回说:"南院马棚子里走了水了,不相干,已经救下去了。"贾母最胆小的,听了这话,忙起身扶了人出至廊上来瞧,只见东南上火光犹亮。贾母唬得口内念佛,又忙命人去火神跟前烧香,王夫人等也忙都过来请安,又回说:"已经救下去了,老太太请进房去罢。"贾母足足的看火光熄了,方领众人进来。

刘老老有文学虚构能力。

真正的假语村言。
刘老老的信口开河放到这里,似胡言乱语,又似颇有深意,令人心头一震。

这"水"走得时机奇特?

贾母有一种灾难的预感。登高必跌,然也。
也是预兆,也是警告。

宝玉且忙问刘老老:"那女孩儿大雪地里做什么抽柴草?倘或冻出病来呢?"贾母道:"都是才说抽柴草,惹出火来了,你还问呢。别说这个了,再说别的罢。"宝玉听说,心内虽不乐,也只得罢了。刘老老便又想了一遍,说道:"我们庄子东边庄上有个老奶奶子,今年九十多岁了,他天天吃斋念佛,谁知就感动了观音菩萨,夜里来托梦,说:'你这么虔心,原本你该绝后的,如今奏了玉皇,给你个孙子。'原来这老奶奶只有一个儿子,这儿子也只一个儿子,好容易养到十七八岁上,死了,哭的什么儿似的。落后,果然又生了一个,今年才十三四岁,长得粉团儿一般,聪明伶俐非常。可见这些神佛是有的。"

> 神奇、神秘、神妙,到处都有,你感觉得到吗?

这一夕话,暗合了贾母王夫人的心事,连王夫人也都听住了。宝玉心中只记挂着抽柴的故事,因闷得心中筹画。探春因问他:"昨日扰了史大妹妹,咱们回去商议着邀一社,又还一席,也请老太太赏菊花何如?"宝玉笑道:"老太太说了,还要摆酒还史妹妹的席,叫咱们做陪呢。等吃了老太太的,咱们再请不迟。"探春道:"越往前去越冷了,老太太未必高兴。"宝玉道:"老太太又喜欢下雨下雪的,不如咱们等下头场雪,请老太太赏雪岂不好?咱们雪下吟诗,也更有趣了。"黛玉忙笑道:"咱们雪下吟诗,依我说,还不如弄一捆柴火,雪下抽柴,还更有趣儿呢!"说着,宝钗等都笑了。宝玉瞅了他一眼,也不答话。

> 有意投合?无意暗合?

> 有为以后情节铺垫的作用。

> 有回声余响。

一时散了,背地里宝玉到底拉了刘老老,细问:"那女孩儿是谁?"刘老老只得编了告诉他,道:"那原是我们庄北沿儿地埂子上,有一个小祠堂里,供的不是神佛,当先有个什么老爷……"说着,又想名姓。宝玉道:"不拘什么名姓,也不必想了,只说原故就是了。"刘老老道:"这老爷没有儿子,只有一位小姐,名叫若玉小姐,知书儿识字,老爷太太爱如珍宝。可惜这若玉小姐生到十七岁,一病死了。"宝玉听了,跌足叹惜,又问:"后来怎么样?"刘老老道:"因为老爷太太思念不尽,便盖了这祠堂,塑了这若玉小姐的像,派了人烧香拨火。如今日久年深的,人也没了,庙也烂了,那像也就成了精。"宝玉忙道:"不是成精,规矩这样人是虽死不死的。"刘老老道:"阿弥陀佛!原来如此。不是哥儿说,我们都当他成了精。他时常变了人出来各村庄店道上闲逛。我才说抽柴火的,就是他了。我们村庄上的人还商量着要打了这塑像平了庙呢。"宝玉忙道:"快别如此,若平了庙,罪过不小。"刘老老道:"幸亏哥儿告诉我,我明日回去,拦住他们就是了。"宝玉道:"我们老太太、太太都是善人,就是合家大小,也都好善喜舍,最爱修庙塑神的。我明日做一个疏头,替你化些布施,你就做香头,攒了钱,把这庙修盖,再装塑了泥像,每月给你香火钱烧香,好不好?"刘老老道:"若这样时,我托那小姐的福,也有几个钱使了。"

宝玉又问他地名庄名,来往远近,坐落何方,刘老老便顺口诌了出来。宝玉信以为真,回至房中,盘算了一夜,次日一早,便出来给了焙茗几百钱,着焙茗去先踏看明白,回来再作主意。

那焙茗去后,宝玉左等也不来,右等也不来,急得热锅上的蚰蜒一般。好容易等到日落,方见焙茗兴兴头头的回来了,宝玉忙问:"可找

"若玉"之名有趣。另有版本叫"茗玉"。
若哪个玉?无怪宝玉浮想联翩。
"红"中各色人物,若玉也是个若有若无若实若虚的人物。

逼死金钏却忘了么?

刘老老的故事讲得吸引人。戛然而止,更神。这就够了。

既然是故事,何必索隐考据? 便证实或证伪了,又如何呢?

刘老老信口开河,明言其假。宝玉认真对待,极述其真。说到柴火引起了火,似有一种神秘的感应。此后刘老老接着讲下去的,是她原先想的那个故事吗? 这里似有断裂焉。

焙茗费了半天劲,找到一个瘟神,聊供一笑吗?

在十分真切、感同身受的生活画面之间之中,出现这样一个扑朔迷离的段落,令人遐思,令人迷惑,乃至令人战栗。

不能给以充分完全的解释也罢,至少在艺术上,它是必要的与奇妙的。而我们今天的一些作家,是怎样地不会不想不敢奇妙呀!

着了?"焙茗笑道:"爷听得不明白,叫我好找!那地名坐落,不似爷说的一样,所以找了一日,找到东北角田埂子上,才有一个破庙。"宝玉听说,喜得眉开眼笑,忙说道:"刘老老有年纪的人,一时错记了,也是有的。你且说你见的。"焙茗道:"那庙门都倒也朝南开,也是稀破的。我找的正没好气,一见这个,我就可好了。连忙进去,一看泥胎,唬的我又跑出来了,活像真的一般。"宝玉喜的笑道:"他能变化人了,自然有些生气。"焙茗拍手道:"那里是什么女孩儿? 竟是一位青脸红发的瘟神爷!"宝玉听了,啐了一口,骂道:"真是一个无用的杀材,这点子事也干不来!"焙茗道:"爷又不知看了什么书,或者听了谁的混话,信真了,把这件没头脑的事,派我去碰头,怎么说我没用呢?"宝玉见他急了,忙抚慰他道:"你别急,改日闲了,你再找去。若是他哄我们呢,自然没了;若竟是有的,你岂不也积了阴骘? 我必重重的赏你呢。"

　　说着,只见二门上的小厮来说:"老太太房里的姑娘们站在二门口找二爷呢。"不知找他有何言语,下回分解。

> 虚事实办,神务俗化,假想求真,将刘老老些许浪漫喜剧化了。

> 处处提醒,真假难辨,认同危机。

> "红"的优点在于它容纳了、凸显了不少"没头脑"的事,生活而不泥于生活,日常而不限于日常。

这里的刘老老几像一方神圣。她的创作水平极高。宝玉过分认真,像我们的某些红学家,刻舟求剑,胶柱鼓瑟。其实国人是最聪明的,可以心领神会,可以姑妄听之,可以连连点头,可以宁信其有,可以敬之如在,何必一定要找出一位青脸红发的瘟神爷呢?

第 四 十 回

史太君两宴大观园　金鸳鸯三宣牙牌令

话说宝玉听了,忙进来看时,只见琥珀站在屏风跟前,说:"快去罢,立等你说话呢。"宝玉来至上房,只见贾母正和王夫人众姐妹商议给史湘云还席。宝玉因说:"我有个主意:既没有外客,吃的东西也别定了样数,谁素日爱吃的,拣样儿做几样。也不必按桌席,每人跟前摆一张高几,各人爱吃的东西一两样,再一个十锦攒心盒子,自斟壶,岂不别致?"贾母听了,说:"很是。"即命人传与厨房:"明日就拣我们爱吃的东西做了,按着人数,再装了盒子来。早饭也摆在园里吃。"商议之间,早又掌灯,一夕无话。

次日清早起来,可喜这日天气清朗。李纨清晨起来,看着老婆子丫头们扫那些落叶,并擦抹桌椅,预备茶酒器皿;只见丰儿带了刘老老板儿进来,说:"大奶奶倒忙的紧。"李纨笑道:"我说你昨日去不成,只忙着要去。"刘老老笑道:"老太太留下我,叫我也热闹一天去。"丰儿拿了几把大小钥匙,说道:"我们奶奶说了:外头的高几恐不够使,不如开了楼,把那收的拿下来使一天罢。奶奶原该亲自来的,因和太太说话呢,请大奶奶开了,带着人搬罢。"李氏便命素云接了钥匙,又命婆子出去,把二门上小厮叫几个来,李氏站在大观楼下,往上看着,命人上去开了缀

都是"无事忙"。

分餐制,"红"已有之,专利应属宝玉。

锦阁,一张一张的往下抬。小厮、老婆子、丫头一齐动手,抬了二十多张下来。李纨道:"好生着,别慌慌张张鬼赶着似的,仔细碰了牙子。"又回头向刘老老笑道:"老老也上去瞧瞧。"刘老老听说,巴不得一声儿,拉了板儿登梯上去,进里面,只见乌压压的,堆着些围屏、桌、椅、大小花灯之类,虽不大认得,只见五彩炫耀,各有奇妙。念了几声佛,便下来了。然后锁上门,一齐才下来。李纨道:"恐怕老太太高兴,越发把船上划子、篙、桨、遮阳幔子,都搬了下来预备着。"众人答应,又复开了门,色色的搬了下来。命小厮传驾娘们,到船坞里撑出两只船来。

> 不但炫耀使的用的吃的穿的住的,还要炫耀仓库里放着的。

正乱着,只见贾母已带了一群人进来了,李纨忙迎上去,笑道:"老太太高兴,倒进来了;我只当还没梳头呢,才掐了菊花要送去。"一面说,一面碧月早已捧过一个大荷叶式的翡翠盘子来,里面养着各色折枝菊花,贾母便拣了一朵大红的簪了鬓上;因回头看见了刘老老,忙笑道:"过来带花儿。"一语未完,凤姐儿便拉过刘老老来,笑道:"让我打扮你。"说着,把一盘子花,横三竖四的插了一头。贾母和众人笑的不住。刘老老笑道:"我这头也不知修了什么福,今儿这样体面起来。"众人笑道:"你还不拔下来摔到他脸上呢,把你打扮的成了老妖精了。"刘老老笑道:"我虽老了,年轻时也风流,爱个花粉儿的,今儿老风流才好。"

> 尽情浪费,尽情享福,尽情糟害,尽情慵懒。这样的家族不灭亡,是无无理。

> 难得的是刘老老这种配合,要什么有什么。

说话间,已来至沁芳亭上,丫鬟们抱了一个大锦褥子来,铺在栏杆榻板上,贾母倚栏坐下,命刘老老也坐在旁边,因问他:"这园子好不好?"刘老老念佛说道:"我们乡下人,到了年下,都上城来买画儿贴,时常闲了,大家都说:'怎么

> 越享福就越会舒舒服服地享福。

关上门自己吹自己捧实没意思。所以很需要这样一位刘老老前来大惊小怪,洋相百出,赞不绝口,歌盛颂德,使贾府的主子们更体会到自己的优越,更加确认自己是生活在天堂里。

只有刘老老和她的乡下而没有大观园,固是遗憾,只有大观园而没有刘老老的一边念佛一边夸赞一边耍丑,也是遗憾。

得也到画儿上逛逛。'想着那个画儿也不过是假的,那里有这个真地方?谁知我今儿进这园里一瞧,竟比那画儿还强十倍!怎么得有人也照着这个园子画一张,我带了家去给他们见见,死了也得好处。"贾母听说,指着惜春笑道:"你瞧我这个小孙女儿,他就会画;等明儿叫他画一张如何?"刘老老听了,喜的忙跑过来,拉着惜春说道:"我的姑娘!你这么大年纪儿,又这么个好模样儿,还有这个能干,必是个神仙托生的罢?"

> 乡下人极善表达,有所比附,说得又质朴,反而更有表现力。

> 如果惜春是神仙托生的,板儿又是什么托生的呢?

贾母少歇一回,自然领着刘老老都见识见识,先到了潇湘馆。一进门,只见两边翠竹夹路,土地下苍苔布满,中间羊肠一条石子漫的路。刘老老让出来与贾母众人走,自己却走土地。琥珀拉他道:"老老,你上来走,仔细青苔滑倒了。"刘老老道:"不相干的,我们走熟了的,姑娘们只管走罢。可惜你们的绣鞋,必沾了泥。"他只顾上头和人说话,不防脚底下果踩滑了,"咕咚"一交跌倒,众人都拍手呵呵的笑。贾母笑骂道:"小蹄子们!还不搀起来,只站着笑。"说话时,刘老老已爬了起来,自己也笑了,说道:"才说嘴,就打了嘴。"贾母问他:"可扭了腰了不曾?叫丫头们捶一捶。"刘老老道:"那里说的我这么娇嫩了,那一天不跌两个子?都要捶起来,还了得呢。"

> 不同的季节,不同的人走大观园,会有不同的发现和感受。

> 连这一跤也跌得好,使老老更加可爱可喜。

紫鹃早打起湘帘,贾母等进来坐下,黛玉亲自用小茶盘捧了一盖碗茶来,奉与贾母。王夫人道:"我们不吃茶,姑娘不用倒了。"林黛玉听说，便命丫头把自己窗下常坐的一张椅子挪到下手，请王夫人坐了。刘老老因见窗下案上设着笔砚，又见书架上磊着满满的书，刘老老道："这必定是那位哥儿的书房了？"贾母笑指黛玉道："这是我这外孙女儿的屋子。"刘老老留神打量了林黛玉一番，方笑道："这那里像个小姐的绣房？竟比那上等的书房还好。"

贾母因问："宝玉怎么不见？"众丫头们答道："在池子里船上呢。"贾母道："谁又预备下船了？"李纨忙回说："才开楼拿的。我恐怕老太太高兴，就预备下了。"贾母听了，方欲说话时，有人回说："姨太太来了。"贾母等刚站起来，只见薛姨妈早进来了，一面归坐，笑道："今儿老太太高兴，这早晚就来了。"贾母笑道："我才说，来迟了的要罚他，不想姨太太就来迟了。"说笑一回。

> 不但有小姐用的书房，还有池子里的船。天下能有多少好东西，都归了他们家。

贾母因见窗上纱颜色旧了，便和王夫人说道："这个纱新糊上好看，过了后来就不翠了。这个院子里头又没有个桃杏树，这竹子已是绿的，再拿这绿纱糊上，反不配。我记得咱们先有四五样颜色糊窗的纱呢，明儿给他把这窗上的换了。"凤姐儿忙道："昨儿我开库房，看见大板箱里还有好几匹银红蝉翼纱，也有各样折枝花样的，也有流云蝙蝠花样的，也有百蝶穿花花样的，颜色又鲜，纱又轻软，我竟没见这个样的。拿了两匹出来，做两床绵纱被，想来一定是好的。"贾母听了笑道："呸！人人都说你没有不经过不见过的，连这个纱还不能认得呢，明儿还说嘴。"薛姨妈等都笑说："凭他怎么经过见过，如何敢比老太太呢。老太太何不教导了他，连我们也听听。"凤姐儿也笑说："好祖宗！教给我罢。"

> 糊个窗户也无限风光，无限高贵。

贾母笑向薛姨妈众人道："那个纱，比你们的年纪还大呢。怪不得他认做蝉翼纱，原也有些像。不知道的，都认做蝉翼纱。正经名字叫'软烟罗'。"凤姐儿道："这个名儿也好听，只是我这么大了，纱罗也见过几百样，从没听见过这个名色。"贾母笑道："你能活了多大？见过几样东西？就说嘴来了。那个软烟罗只有四样颜色：一样雨过天青，一样秋香色，一样松绿的，一样就是银红的。若是做了帐子，糊了窗屉，远远的看着，就似烟雾一样，所以叫做'软烟罗'，那银红的又叫做'霞影纱'。如今上用的府纱，也没有这样软厚轻密的了。"薛姨妈笑道："别说凤丫头没见，连我也没听见过。"

> 老太太见多识广，外松内紧，岂仅只是辈分高。

> 属于纺织工艺。
> 尽管"色即是空"，写起这些荣华富贵织锦美色来，曹公的得意之情溢于笔端。

凤姐儿一面说话，早命人取了一匹来了，贾母说："可不是这个！先时原不过是糊窗屉，后来我们拿这个做被做帐子试试，也竟好。明日就找出几匹来，拿银红的替他糊窗子。"凤姐答应着。众人看了，都称赞不已。刘老老也觑着眼看，口里不住的念佛，说道："我们想做衣裳也不能，拿着糊窗子岂不可惜？"贾母道："倒是做衣裳不好看。"凤姐忙把自己身上穿的一件大红绵纱袄的襟子拉出来，向贾母薛姨妈道："看我的这袄儿。"贾母薛姨妈都说："这也是上好的了，这是如今上用内造的，竟比不上这个。"凤姐儿道："这个薄片子还说是内造上用呢，竟连这个官用的也比不上了。"贾母道："再找一找，只怕还有；若有时，都拿出来，送这刘亲家两匹。有雨过天青的，我做一个帐子挂上。剩的配上里子，做些个夹背心子给丫头们穿，白收着霉坏了。"凤姐儿忙答应了，仍命人送去。

> 多积蓄，高消费，炫耀奢华……没有几个读者有这种大富之家的经验。但读起来津津有味；不知这是否也反映了一种物质消费欲望。

> 为何念佛？因为羡慕？惊叹？还是觉得罪过？

> 这是否说明经济结构、生产发展的一些变化，也在突破原有的秩序呢？"超稳定"也不可能一成不变。

贾母便笑道："这屋里窄，再往别处逛去

471

罢。"刘老老笑道："人人都说，'大家子住大房'，昨儿见了老太太正房，配上大箱、大柜、大桌子、大床，果然威武。那柜子比我们一间房子还大，还高。怪道后院子里有个梯子，我想又不上房晒东西，预备这梯子做什么？后来我想起来，定是为开顶柜取放东西，离了那梯子怎么得上去呢？如今又见了这小屋子，更比大的越发齐整了；满屋里东西都只好看，都可不知叫什么。我越看越舍不得离了这里。"凤姐道："还有好的呢，我都带你去瞧瞧。"

说着，一径离了潇湘馆，远远望见池中一群人在那里撑船。贾母道："他们既备下船，咱们就坐一回。"说着，向紫菱洲蓼溆一带走来。未至池前，只见几个婆子手里都捧着一色攒丝戗金五彩大盒子走来，凤姐忙问王夫人："早饭在那里摆？"王夫人道："问老太太在那里就在那里罢了。"贾母听说，便回头说："你三妹妹那里好，你就带了人摆去，我们从这里坐了船去。"

凤姐儿听说，便回身同了李纨、探春、鸳鸯、琥珀带着端饭的人等，抄着近路到了秋爽斋，就在晓翠堂上调开桌案。鸳鸯笑道："天天咱们说外头老爷们吃酒吃饭，都有个凑趣儿的，拿他取笑儿。咱们今儿也得一个女清客了。"李纨是个厚道人，听了不解；凤姐儿却知说的是刘老老了，也笑说道："咱们今儿就拿他取个笑儿。"二人便如此这般商议。李纨笑劝道："你们一点好事也不做，又不是个小孩儿，还这么淘气，仔细老太太说。"鸳鸯笑道："很不与大奶奶相干，有我呢。"

正说着，只见贾母等来了，各自随便坐下，先有丫鬟端过两盘茶来。大家吃毕，凤姐手里

衣、食、住、玩，都要讲究，写透。
没有多少"行"，他们不行，而是关起门来"万物皆备于我"。大至于国，小至于家，都搞闭锁。焉得不退化衰败？

对贾府的消费盛况，已通过元妃省亲的前后作了一番浓墨重彩的描写，现在再通过刘老老来个一惊一乍的赞叹。

一个园子里什么都有了，水路交通也有了。

越是高级奴婢，越不厚道。

鸳鸯是有经验有分寸的，如果不"用足"政策，活不起来，老太太也不尽兴，故不能按李纨的规格组织娱乐活动。当然也不能过，不能逾越了森严的上下主权界线。

拿着西洋布手巾,裹着一把乌木三镶银箸,按席摆下。贾母因说:"把那一张小楠木桌子抬过来,让刘亲家挨着我这边坐。"众人听说,忙抬了过来。凤姐一面递眼色与鸳鸯,鸳鸯便忙拉刘老老出去,悄悄的嘱咐了刘老老一席话,又说:"这是我们家的规矩,若错了,我们就笑话呢。"

调停已毕,然后归坐。薛姨妈是吃过饭来的,不吃,只坐在一边吃茶。贾母带着宝玉、湘云、黛玉、宝钗一桌,王夫人带着迎春姐妹三人一桌,刘老老挨着贾母一桌。贾母素日吃饭,皆有小丫鬟在旁边拿着漱盂、麈尾、巾帕之物,如今鸳鸯是不当这差的了,今日偏接过麈尾来拂着。丫鬟们知他要撮弄刘老老,便躲开让他。鸳鸯一面侍立,一面递眼色。刘老老道:"姑娘放心。"

那刘老老入了坐,拿起箸来,沉甸甸的不伏手。原是凤姐和鸳鸯商议定了,单拿了一双老年四楞象牙镶金的筷子与刘老老。刘老老见了,说道:"这叉巴子,比我们那里的铁锨还沉,那里拿的动他?"说的众人都笑起来。只见一个媳妇端了一个盒子站在当地,一个丫鬟上来揭去盒盖,里面盛着两碗菜,李纨端了一碗放在贾母桌上,凤姐偏拣了一碗鸽子蛋放在刘老老桌上。

贾母这边说声"请",刘老老便站起身来,高声说道:"老刘,老刘,食量大如牛,吃个老母猪不抬头!"自己却鼓着腮帮子不语。众人先还发怔,后来一听,上上下下都哈哈大笑起来。湘云掌不住,一口茶都喷了出来。林黛玉笑岔了气,伏着桌子只叫"嗳哟!"宝玉滚到贾母怀里,贾母笑的搂着叫"心肝"。王夫人笑的用手指着凤姐

享不尽荣华富贵,做不完生日宴会,颂不完皇恩盛世,看不尽风光点缀,原以为天长地久永不堕,却谁知喜中含忧终枯萎。

干脆掰着嘴喂好不好?

刘老老胸有成竹,奉陪到底。

没有乡下老土,哪衬得出豪门巨富?

"铁锨"一词作为笑话出现在大观园生活里。

大观园欢笑图。
如画。

儿,却说不出话来。薛姨妈也掌不住,口里的茶喷了探春一裙子。探春手里的茶碗都合在迎春身上。惜春离了坐位,拉着他的奶母,叫"揉一揉肠子"。地下无一个不弯腰屈背,也有躲出去蹲着笑去的,也有忍着笑上来替他姐妹换衣裳的。独有凤姐鸳鸯二人掌着,还只管让刘老老。刘老老拿起箸来,只觉不听使,又道:"这里的鸡儿也俊,下的这蛋也小巧,怪俊的。我且得一个儿。"众人方住了笑,听见这话,又笑起来。贾母笑的眼泪出来,只忍不住,琥珀在后捶着。贾母笑道:"这定是凤丫头促狭鬼儿闹的!快别信他的话了。"那刘老老正夸鸡蛋小巧,凤姐儿笑道:"一两银子一个呢,你快尝尝罢,冷了就不好吃了。"刘老老便伸筷子要夹,那里夹的起来?满碗里闹了一阵,好容易撮起一个来,才伸着脖子要吃,偏又滑下来,滚在地下,忙放下筷子,要亲自去拣,早有地下的人拣了出去了。刘老老叹道:"一两银子也没听见个响声儿就没了。"

众人已没心吃饭,都看着他取笑。贾母又说:"谁这会子又把那个筷子拿了出来,又不请客摆大筵席。都是凤丫头支使的,还不换了呢。"地下的人原不曾预备这牙箸,本是凤姐同鸳鸯拿了来的,听如此说,忙收了过去,也照样换上一双乌木镶银的。刘老老道:"去了金的,又是银的,到底不及俺们那个伏手。"凤姐儿道:"菜里若有毒,这银子下去了就试的出来。"刘老老道:"这个菜里有毒,我们那些都成了砒霜了。那怕毒死了,也要吃尽了。"贾母见他如此有趣,吃的又香甜,把自己的菜也都端过来与他吃。又命一个老嬷嬷来,将各样的菜给板儿夹在碗上。

> 一个乡下人果真这样可笑吗?她们实在没的可笑了吧?看不上喜剧也听不上相声。
> 上上下下已经有了笑的意图,笑的部署,笑的准备,万事俱备,刘老老才成为上好的笑料。
> 否则,有什么好笑的呢?

> 总有笑够了的时辰。

> 这话也厉害。把乡下的生活饮食联系到砒霜上。

一时吃毕,贾母等都往探春卧室中去闲话,这里收拾残桌,又放了一桌。刘老老看着李纨与凤姐儿对坐着吃饭,叹道:"别的罢了,我只爱你们家这行事。怪道说'礼出大家'。"凤姐儿忙笑道:"你可别多心,才刚不过大家取乐儿。"一言未了,鸳鸯也进来笑道:"老老别恼,我给你老人家赔个不是。"刘老老笑道:"姑娘说那里话?咱们哄着老太太开个心儿,可有什么恼的!你先嘱咐我,我就明白了,不过大家取个笑儿。我要心里恼,也就不说了。"鸳鸯便骂人:"为什么不倒茶给老老吃?"刘老老忙道:"才刚那个嫂子倒了茶来,我吃过了,姑娘也该用饭了。"凤姐儿便拉鸳鸯坐下道:"你和我们吃罢,省的回来又闹。"鸳鸯便坐下了,婆子们添上碗箸来,三人吃毕。

> 你想耍老老,老老便装疯卖傻地逗着你玩。戏耍,永远是双向的。单向的戏耍无开心可言,便只是荼毒了。

> 是戏耍,是讨好,是合作,又何尝不是阶级分野的展示!

刘老老笑道:"我看你们这些人,都只吃这一点儿就完了,亏你们也不饿。怪道凤儿都吹的倒。"鸳鸯便问:"今儿剩的不少,都那里去了?"婆子们道:"都还没散呢,在这里等着,一齐散与他们吃。"鸳鸯道:"他们吃不了这些,挑两碗给二奶奶屋里平丫头送去。"凤姐道:"他早吃了饭,不用给他。"鸳鸯道:"他吃不了,喂你的猫。"婆子听了,忙拣了两样,拿盒子送去。鸳鸯道:"素云那里去了?"李纨道:"他们都在这里一处吃,又找他做什么?"鸳鸯道:"这就罢了。"凤姐道:"袭人不在这里,你倒是叫人送两样给他去。"鸳鸯听说,便命人也送两样去。鸳鸯又问婆子们:"回来吃酒的攒盒,可装上了?"婆子道:"想必还得一会子。"鸳鸯道:"催着些儿。"婆子答应了。

> 吃顿饭也要有指挥。并反映鸳鸯与平儿的亲密关系。

> 残羹剩饭,照样引以为荣恩。吃点东西也要吆三喝四。幸福,古代中国叫福、福气,天官赐福,擎天命,所以,必须享福,擎受福气。这样,享福擎福的主体,必然变成寄生虫,变成废物。

凤姐等来至探春房中,只见他娘儿们正说

笑。探春素喜阔朗,这三间屋子并不曾隔断,当地放着一张花梨大理石大案,案上磊着各种名人法帖,并数十方宝砚,各色笔筒,笔海内插的笔如树林一般。那一边设着斗大的一个汝窑花囊。插着满满的一囊水晶球的白菊。西墙上当中挂着一大幅米襄阳"烟雨图"。左右挂着一副对联,乃是颜鲁公墨迹。其联云:

　　烟霞闲骨格,泉石野生涯。

案上设着大鼎,左边紫檀架上放着一个大官窑的大盘,盘内盛着数十个娇黄玲珑大佛手;右边洋漆架上悬着一个白玉比目磬,傍边挂着小槌。

那板儿略熟了些,便要摘那槌子要击,丫鬟们忙拦住他。他又要那佛手吃,探春拣了一个与他,说:"玩罢,吃不得的。"东边便设着卧榻拔步床,上悬着葱绿双绣花卉草虫的纱帐。板儿又跑来看,说:"这是蝈蝈,这是蚂蚱。"刘老老忙打了他一巴掌,道:"下作黄子!没干没净的乱闹。倒叫你进来瞧瞧,就上脸了。"打的板儿哭起来,众人忙劝解方罢。

贾母因隔着纱窗后往院内看了一回,因说:"后廊檐下的梧桐也好了,只是细些。"正说话,忽一阵风过,隐隐听得鼓乐之声。贾母问:"是谁家娶亲呢?这里临街倒近。"王夫人等笑回道:"街上的那里听的见?这是咱们的那十来个女孩子们演习吹打呢。"贾母便笑道:"既他们演,何不叫他们进来演习,他们也逛一逛,咱们可又乐了。"凤姐听说,忙命人出去叫来,又一回盼咐摆下条桌,铺上红毡子。贾母道:"就铺排在藕香榭的水亭子上,借着水音更好听。回来咱们就在缀锦阁底下吃酒,又宽阔,又听的近。"

板儿尚不知匍匐畏惧。老老则故意夸张地作状。

也有精神消费。

吃完饭看演出,"红"已有之。

众人都说："那里好。"贾母向薛姨妈笑道："咱们走罢,他们姊妹们都不大喜欢人来,生怕腌臜了屋子。咱们别没眼色,正经坐回子船,喝酒去。"说着,大家起身便走。探春笑道:"这是那里的话?求着老太太、姨妈、太太来坐坐还不能呢。"贾母笑道:"我的这三丫头却好,只有两个玉儿可恶;回来吃醉了,咱们偏往他们屋里闹去。"

> 或谓,"玉儿可恶"云云又透露了某种消息。
> 抑或只是亲热笑谈?
> 其实黛玉的败局已定,毋须再敏感了。

说着,众人都笑了,一齐出来。走不多远,已到了荇叶渚。那姑苏选来的几个驾娘,早把两只棠木舫撑来,众人扶了贾母、王夫人、薛姨妈、刘老老、鸳鸯、玉钏儿上了这一只船,落后李纨也跟上去。凤姐也上去,立在船头上,也要撑船。贾母在舱内道:"这不是玩的!虽不是河里,也有好深的,你快给我进来。"凤姐笑道:"怕什么!老祖宗只管放心。"说着,便一篙点开,到了池当中;船小人多,凤姐只觉乱晃,忙把篙子递与驾娘,方蹲下去。

> 其乐无穷。

然后迎春姊妹等并宝玉上了那只,随后跟来。其余老嬷嬷众丫鬟俱沿河随行。宝玉道:"这些破荷叶可恨,怎么还不叫人来拔去?"宝钗笑道:"今年这几日,何曾饶了这园子闲了一闲,天天逛,那里还有叫人来收拾的工夫?"林黛玉道:"我最不喜欢李义山的诗,只喜他这一句:'留得残荷听雨声。'偏你们又不留着残荷了。"宝玉道:"果然好句,以后咱们别叫拔去了。"

> 可怜。

> 林黛玉为什么不喜欢李诗呢?李义山诗也是很压抑乃至相当女性的。待考。
> 也许这更是雪芹认同古代中国的主流价值判断的表现,义山诗太缺乏正能量了。

说着,已到了花溆的萝港之下,觉得阴森透骨,两滩上衰草残菱,更助秋兴。贾母因见岸上的清厦旷朗,便问:"这是薛姑娘的屋子不是?"众人道:"是。"贾母忙命拢岸,顺着云步石梯上去,一同进了蘅芜院,只觉异香扑鼻。那些奇草仙藤,愈冷愈苍翠,都结了实,似珊瑚豆子一般,

477

宝钗不喜室内摆设。这甚至使读者想到一些伟人。

一般这样的人都有超常的抱负,超常的精神寄托,超常的精神生活精神追求。如甘地、毛泽东、胡志明、格瓦拉等。

但宝钗并不是(当然不是)这等人物。那么她是自谦?处处夹紧了尾巴?

累垂可爱。及进了房屋,雪洞一般,一色的玩器全无。案上止有一个土定瓶,中供着数枝菊花,并两部书、茶奁、茶杯而已;床上只吊着青纱帐幔,衾褥也十分朴素。贾母叹道:"这孩子太老实了。你没有陈设,何妨和你姨娘要些?我也不理论,也没想到。你们的东西,自然在家里没带了来。"说着,命鸳鸯去取些古董来,又嗔着凤姐儿:"不送些玩器来与你妹妹,这样小器。"王夫人凤姐等都笑回说:"他自己不要的。我们原送了来,都退回去了。"薛姨妈也笑说道:"他在家里也不大弄这些东西。"

> 探春房中陈设像个书生,宝钗房中则强调其朴素空洞,确实高人一筹。再对比一下可卿房中陈设的香艳与宫廷气。有趣。

贾母摇头道:"使不得。虽然他省事,倘来一个亲戚,看着不像;二则年轻的姑娘们,屋里这样素净,也忌讳。我们这老婆子,越发该住马圈去了。你们听那些书上戏上说的小姐们的绣房,精致的还了得呢!他们姊妹们虽不敢比那些小姐们,也不要很离了格儿。有现成的东西,为什么不摆?若很爱素净,少几样倒使得。我最会收拾屋子的,如今老了,没这闲心了。他们姐妹们也还学着收拾的好,只怕俗气,有好东西也摆坏了。我看他们还不俗。如今等我替你收拾,包管又大方又素净。我的体己两件,收到如今,没给宝玉看见过,若经了他的眼,也没了。"说着,叫过鸳鸯来,吩咐道:"你把那石头盆景儿和那架纱照屏,还有个墨烟冻石鼎这三样摆在这案上就够了。再把那水墨字画白绫帐子拿

> 太素了也忌讳,此说有迷信成分,也有人生经验在里边。

> 真是无微不至的关怀。老太太讲到这里,有一种施恩的喜悦,又有一种确实自信高明的良好自我感觉。

贾母这样具体关心并布置宝钗的房间陈设,当然也是宝钗的殊荣。确实也逐渐透露钗黛情争的一种起伏消长。贾母的眼光、经验、心计,确不可等闲视之。

有十分把握的人,才敢自嘲为"老废物"。愈没有底气的人愈要摆出一副神灵金刚的样儿来。

来,把这帐子也换了。"鸳鸯答应着,笑道:"这些东西都搁在东楼上的,不知那个箱子里,还得慢慢找去,明儿再拿去也罢了。"贾母道:"明日后日,都使得,只别忘了。"说着,坐了一回,方出来,一径来至缀锦阁下。文官等上来请安,因问:"演习何曲?"贾母道:"只拣你们熟的演习几套罢。"文官等下来,往藕香榭去不提。

> 前面谈"软烟罗"已经高出一大截来了。
> 就是对,就是好,就是高。这里甚至也有老人的天真。

这里凤姐儿已带着人摆设齐整,上面左右两张榻,榻上都铺着锦裀蓉簟,每一榻前两张雕漆几,也有海棠式的,也有梅花式的,也有荷叶式的,也有葵花式的,也有方的,有圆的,其式不一。一个上面放着炉瓶一分,攒盒一个。上面二榻四几,是贾母薛姨妈;下面一椅两几,是王夫人的。余者都是一椅一几。东边刘老老,刘老老之下便是王夫人。西边便是史湘云,第二便是宝钗,第三便是黛玉,第四迎春、探春、惜春挨次下去,宝玉在末。李纨凤姐二人之几设于三层槛内,二层纱橱之外。攒盒式样,亦随几之式样。每人一把乌银洋錾自斟壶,一个十锦珐琅杯。

> 享受,享受,再享受。
> 而已,而已,如此而已。

> 长幼有序、主次有别,这符合孔子的礼治理念,但并不能解决价值与秩序的瓦解问题。

大家坐定,贾母先笑道:"咱们先吃两杯,今日也行一个令,才有意思。"薛姨妈笑说道:"老太太自然有好酒令,我们如何会呢!安心要我们醉了,我们都多吃两杯就有了。"贾母笑道:"姨太太今儿也过谦起来,想是厌我老了。"薛姨妈笑道:"不是谦,只怕行不上来,倒是笑话了。"王夫人忙笑道:"便说不上来,只多吃了一杯酒,醉了睡觉去,还有谁笑话咱们不成。"薛姨妈点头笑道:"依令。老太太到底吃一杯令酒才是。"贾母笑道:"这个自然。"说着便吃了一杯。

凤姐儿忙走至当地,笑道:"既行令,还叫鸳鸯姐姐来行更好。"众人都知贾母所行之令,必得鸳鸯提着,故听了这话,都说:"很是。"凤姐便拉了鸳鸯过来。王夫人笑道:"既在令内,没有站着的理。"回头命小丫头子:"端一张椅子,放在你二位奶奶的席上。"鸳鸯也半推半就,谢了坐,便坐下,也吃了一钟酒,笑道:"酒令大如军令,不论尊卑,惟我是主,违了我的话,是要受罚的。"王夫人等都笑道:"一定如此,快些说。"鸳鸯未开口,刘老老便下席,摆手道:"别这样捉弄人,我家去了。"众人都笑道:"这却使不得。"鸳鸯喝令小丫头子们:"拉上席去!"小丫头子们也笑着,果然拉入席中。刘老老只叫:"饶了我罢!"鸳鸯道:"再多言的罚一壶。"刘老老方住了。

鸳鸯道:"如今我说骨牌副儿,从老太太起,顺领下去,至刘老老止。比如我说一副儿,将这三张牌拆开,先说头一张,次说第二张,说完了,合成这一副儿的名字。无论诗词歌赋,成语俗话,比上一句,都要合韵。错了的罚一杯。"众人笑道:"这个令好,就说出来。"

鸳鸯道:"有了一副了。左边是张'天'。"贾母道:"头上有青天。"众人道:"好!"鸳鸯道:"当中是个五合六。"贾母道:"六桥梅花香彻骨。"鸳鸯道:"剩了一张六合么。"贾母道:"一轮红日出云霄。"鸳鸯道:"凑成便是个'蓬头鬼'。"贾母道:"这鬼抱住钟馗腿。"说完,大家笑着喝彩。贾母饮了一杯。

> 近侍愈益被倚重。

> 正如陌生化是艺术的手段一样,刘老老的上席,是酒席上添了陌生元素,是陌生化的艺术魅力。

> 贾母非雅非俗,知识丰富,富有自信,大大方方。

世界上的许多事物都是双向的,而不是单一的。

"红"写了贾母等人拿刘老老取乐,这是站在贾母一边写的。

如果站在刘老老一边呢,用刘老老的视角,她这是装疯卖傻,取笑众人,孤胆英雄,独闯"虎穴",达到了一己的目的,也要弄了这些"一阵风就能吹倒"的太太小姐们。

正如评点者在一篇小说中说过的,鲁迅当然极精彩地写出了阿 Q,如果请阿 Q 来写写——不会写便说说评评描描——这些伟大作家们呢。

> 鸳鸯又道:"又有一副了。左边是个'大长五'。"薛姨妈道:"梅花朵朵风前舞。"鸳鸯道:"右边是个'大五长'。"薛姨妈道:"十月梅花岭上香。"鸳鸯道:"当中'二五'是杂七。"薛姨妈道:"织女牛郎会七夕。"鸳鸯道:"凑成'二郎游五岳'。"薛姨妈道:"世人不及神仙乐。"说完,大家称赏,饮了酒。

这些酒令风雅而不生僻,比现今的猜拳、"虎、杠、虫、鸡"要好一些。

你比神仙还乐!
薛姨妈比贾母略文一些。

> 鸳鸯又道:"有了一副了。左边'长么'两点明。"湘云道:"双悬日月照乾坤。"鸳鸯道:"右边'长么'两点明。"湘云道:"闲花落地听无声。"鸳鸯道:"中间还得'么四'来。"湘云道:"日边红杏倚云栽。"鸳鸯道:"凑成一个'樱桃九熟'。"湘云道:"御园却被鸟衔出。"说完,饮了一杯。

饮食游戏,玩牌游戏,离不开语言游戏。

> 鸳鸯道:"有了一副了。左边是'长三'。"宝钗道:"双双燕子语梁间。"鸳鸯道:"右边是'三长'。"宝钗道:"水荇牵风翠带长。"鸳鸯道:"当中'三六'九点在。"宝钗道:"三山半落青天外。"鸳鸯道:"凑成'铁锁练孤舟'。"宝钗道:"处处风波处处愁。"说完饮毕。

> 鸳鸯又道:"左边一个'天'。"黛玉道:"良辰美景奈何天。"宝钗听了,回头看着他,黛玉只顾怕罚,也不理论。鸳鸯道:"中间'锦屏'颜色俏。"黛玉道:"纱窗也没有红娘报。"鸳鸯道:"剩了'二六'八点齐。"黛玉道:"双瞻御座引朝

黛玉露出了读闲杂书籍的马脚,属于文化不正确。

481

享受生活,都"没了治"了。就这么一个小天地,就这么一些人,就这么一些吃喝玩乐的事,连一个刘老老都当珍禽异兽来"猎奇",不是正说明他们的生活的狭窄可悲么?

仪。"鸳鸯道:"凑成'篮子'好采花。"黛玉道:"仙杖香挑芍药花。"说完,饮了一口。

鸳鸯道:"左边'四五'成花九。"迎春道:"桃花带雨浓。"众人笑道:"该罚!错了韵,而且又不像。"迎春笑着,饮了一口。

原是凤姐和鸳鸯都要听刘老老的笑话,故意都命说错,都罚了。至王夫人,鸳鸯代说了一个,下便该刘老老。刘老老道:"我们庄家闲了,也常会几个人弄这个,可不如这么说的好听。少不得我也试一试。"众人都笑道:"容易说的,你只管说,不相干。"鸳鸯笑道:"左边'大四'是个'人'。"刘老老听了,想了半日,说道:"是个庄家人罢!"众人哄堂笑了。贾母笑道:"说的好,就是这样说。"刘老老也笑道:"我们庄家人不过是现成的本色,众位姑娘姐姐别笑。"鸳鸯道:"中间'三四'绿配红。"刘老老道:"大火烧了毛毛虫。"众人笑道:"这是有的,还说你的本色。"鸳鸯笑道:"右边'么四'真好看。"刘老老道:"一个萝卜一头蒜。"众人又笑了。鸳鸯笑道:"凑成便是'一枝花'。"刘老老两只手比着说道:"花儿落了结个大倭瓜。"众人大笑起来。只听外面乱嚷嚷的,何事,且听下回分解。

> 连酒令都由秘书"代劳",何必还亲自活着?
>
> 单刀直入!
>
> 庄家人现成本色,少爷小姐们呢?
>
> 这种村话的对比十分鲜明、出色。正如薛蟠的名句:"绣房里钻出个大马猴","一根矻耙往里戳"。
> 别人的"创作"都是过眼烟云,偏偏薛蟠与刘老老的插科打诨式的句子永垂不朽。

大观园再次通过老老的眼光呈现出匠心、美景、富贵、空虚与高消费。刘老老带来的不仅是笑料,更是真正的生活气息。

王之涣的名句"欲穷千里目,更上一层楼",主宰的是不断攀升的愿望,其实呢,"欲真当下目,更下一层楼"是更务实的态度,有几个人需要不断地穷千里目呢?多数人是活在当下,盯着当下的实际与具体。全国人民都在看千里之外的事?不可能。